Das Buch

Von ihrem Mann verlassen, ohne Freunde und ohne Job beschließt Anna Fox, ihr neues Leben mit einem Urlaub in Ägypten zu beginnen. Ausgerüstet mit dem Tagebuch ihrer Ururgroßmutter Louisa und einem antiken Glasfläschchen, das Louisa damals von ihrer Ägyptenreise mit nach Hause gebracht hatte, begibt sie sich auf eine Nilkreuzfahrt. Bei der Lektüre des Tagebuchs wird Anna klar, dass mit dem Flakon offenbar ein dunkles Geheimnis verbunden ist. Das merkwürdige Interesse, das zwei Mitreisende an der Flasche zeigen, bestärkt sie noch in diesem Glauben. Schon bald geschehen rätselhafte Dinge an Bord des Dampfers, und Anna fühlt sich zunehmend bedroht und verfolgt. Dunkle Mächte scheinen am Werk zu sein, die weit in die Vergangenheit Ägyptens zurückreichen – und mit denen sich schon Louisa konfrontiert sah. Kann Anna dem Schrecken eines uralten Fluchs entkommen?

Die Autorin

Barbara Erskine studierte mittelalterliche Geschichte und schrieb sich mit ihren mystisch-romantischen Frauenromanen in die internationalen Bestsellerlisten. Sie lebt mit ihrer Familie abwechselnd in Wales und auf einem alten Landsitz nahe der Küste von Essex. Im Wilhelm Heyne Verlag liegen außerdem vor: *Die Herrin von Hay* (01/7854), *Die Tochter des Phoenix* (01/9720), *Mitternacht ist eine einsame Stunde* (01/10357), *Der Fluch von Belheddon Hall* (01/10589), *Tanz im Mondlicht* (01/10984), *Das Gesicht im Fenster* (01/10985) und *Am Rande der Dunkelheit* (01/13236).

BARBARA ERSKINE

Das Lied der alten Steine

Roman

Aus dem Englischen von
Andreas Nohl

WILHELM HEYNE VERLAG
MÜNCHEN

HEYNE ALLGEMEINE REIHE
Band-Nr. 01/13551

Die Originalausgabe
WHISPERS IN THE SAND
erschien 2000 bei HarperCollins Publishers, London

Umwelthinweis:
Dieses Buch wurde auf
chlor- und säurefreiem Papier gedruckt.

2. Auflage

Taschenbucherstausgabe 08/2002

Printed in Denmark 2002
Umschlagillustration: Artothek
Umschlaggestaltung: Nele Schütz Design, München, unter Verwendung
des Gemäldes BLICK VON DER INSEL RODA ZU DEN PYRAMIDEN
VON GIZEH BEI SONNENUNTERGANG von Frank Dillon, 1823–1909
Satz: Leingärtner, Nabburg
Druck und Bindung: Nørhaven Paperback A/S, Viborg

ISBN 3-453-21099-9

http://www.heyne.de

Die Zitate,
die jedem Kapitel vorangestellt sind,
stammen aus

The Book of the Dead
von E. A. Wallis Budge

WEISSER REIHER
REISEPLAN

Bemerkung: Änderungen an diesem Plan können ohne Vorankündigung vorgenommen werden

An den meisten Abenden gibt es Filmvorführungen sowie Vorträge in der Lounge Bar über verschiedene Aspekte des alten und modernen Ägypten

1. TAG:	Nachmittags Ankunft Abendessen an Bord
2. TAG:	Besuch im Tal der Könige Nachts Kreuzfahrt nach Edfu
3. TAG:	Vormittags Besuch des Tempels von Edfu Nachmittags Kreuzfahrt nach Kom Ombo
4. TAG:	Vormittags Besuch des Tempels von Kom Ombo Nachmittags Kreuzfahrt nach Assuan
5. TAG:	Vormittags Besuch des Unvollendeten Obelisken Nachmittags Kitchener's Island
6. TAG:	Vormittags Basar in Assuan Mittags: Aperitif in *The Old Cataract Hotel* Nachmittags Besuch des Großen Staudamms
7. TAG:	Vormittags Segeln auf einer Feluke Nachmittags frei
8.-9. TAG:	Wahlfreier 2-Tages-Besuch von Abu Simbel (Start 4 Uhr)
10. TAG:	Rückkehr am späten Nachmittag Abend: Licht-und-Ton-Show im Tempel von Philae
11. TAG:	Vormittags Besuch des Tempels von Philae Kreuzfahrt nach Esna Nachmittags Besuch des Tempels von Esna Kreuzfahrt nach Luxor

12. TAG:	Vormittags Tempel von Karnak Nachmittags Tempel von Luxor Abends Pascha-Party
13. TAG:	Vormittags Luxor Museum und Basar Nachmittags Papyrus Museum Abend: Ton-und-Licht-Show im Tempel von Karnak
14. TAG:	Rückkehr nach England

Es ist kaum zu bezweifeln, dass die ersten Glasgefäße in Ägypten während der 18. Dynastie hergestellt wurden, vor allem seit der Regierungszeit Amenhoteps II. (1448-20 v. Chr.). Diese Gefäße zeichnen sich durch eine besondere Technik aus: Die erforderliche Form wurde erst aus Ton (vermutlich mit Sand vermischt) modelliert und an einem Metallstab befestigt. Auf diesem Kern wurde der Gefäßkörper aufgebaut, für gewöhnlich aus blauem Glas. Um diesen wiederum wurden verschiedenfarbige Glasfäden gelegt, welche dann mit einem kammähnlichen Instrument auf- und abwärts gezogen wurden, sodass feder- und bogenartige oder gezackte Ornamente entstanden. Anschließend wurden die meist gelben, weißen oder grünen, manchmal auch siegellack-roten Fäden so lange gewalzt, bis sie eine glatte (marmorierte) Oberfläche bildeten. Auf diese Weise hergestellte Gefäße waren fast immer klein und dienten in der Regel zur Aufnahme von Salböl und Ähnlichem.

Encyclopedia Britannica

Prolog

Die Sonne hatte noch nicht ihre Lanze über den marmornen Fußboden im kühlen, weihraucherfüllten Herzen des Tempels gesandt. Anhotep, Priester der Isis und des Amun, stand schweigend vor dem Altarstein, die Hände in das plissierte Leinen seiner Ärmel vergraben. Er hatte zum mittäglichen Opfer Myrrhe in einer Schale entzündet und sah nun zu, wie der duftende Rauch schlängelnd in der dämmrigen Kammer aufstieg. Vor ihm stand die goldene Schale mit der geweihten Mischung aus Kräutern, pulverisierten Edelsteinen und heiligem Nilwasser im Schatten und wartete darauf, dass der stärkende Strahl das edelsteinbesetzte Gefäß traf und den Trank veredelte. Er lächelte still und zufrieden und hob den Blick zu der schmalen Tür, die ins Allerheiligste führte. Ein dünner Sonnenstrahl traf den Rand des Türrahmens und schien wie ein Atemzug in dem heißen Luftgeflimmer innezuhalten. Es war beinahe so weit.

»So, mein Freund. Es ist also endlich bereit.« Das geweihte Licht wurde von einer Gestalt in der Eingangstür verdunkelt; der Sonnenstrahl sprang gekrümmt über den Fußboden, abgelenkt durch die glänzende Klinge eines gezogenen Schwerts.

Anhotep zog scharf die Luft ein. Hier im geheiligten Tempel in Anwesenheit von Isis selbst hatte er keine Waffe. Er hatte nichts, um sich zu schützen, es war niemand da, den er hätte rufen können. »Das Sakrileg, das du begehen willst, wird dir in alle Ewigkeit nachfolgen, Hatsek.« Seine Stimme klang kraftvoll und tief und hallte zwischen den steinernen Wänden der Kammer. »Lass ab, solange noch Zeit ist.«

»Ablassen? Wo der Augenblick des Triumphes endlich da ist?« Hatsek lächelte schlau. »Du und ich, Bruder, wir haben in Tausenden von Leben auf diesen Augenblick hingearbeitet und nun willst du ihn mir rauben? Du wolltest die geweihte Quelle allen Lebens an diesen kranken Pharaoknaben verschwenden! Wo doch die Göttin selbst verlangt, dass sie ihr gegeben werde!«

»Nein!« Anhoteps Gesicht hatte sich verdüstert. »Die Göttin bedarf ihrer nicht.«

»Du bist es, der ein Sakrileg begeht!« Das Zischen von Hatseks Stimme hallte in der Kammer wider. »Der geweihte Trank aus den eigenen Tränen der Göttin muss von Rechts wegen ihr gehören. Sie allein heilte den zerstörten Leib von Osiris und sie allein kann den zerstörten Leib des Pharaos erneuern.«

»Er gehört dem Pharao!« Anhotep entfernte sich vom Altar. Sein Gegner folgte ihm, und in diesem Augenblick zerschnitt der reinigende Sonnenstrahl wie ein Messer die Dunkelheit, traf die Kristalloberfläche des Tranks und verwandelte sie in glänzendes Gold. Einen Moment lang starrten beide Männer darauf, abgelenkt von der Macht, die dem Kelch entstieg.

»Also«, wisperte Anhotep. »Es ist geschehen. Das Geheimnis des ewigen Lebens ist unser.«

»Das Geheimnis des ewigen Lebens gehört Isis.« Hatsek hob das Schwert. »Und es wird ihres bleiben, mein Freund.« Er holte aus, stieß das Schwert in Anhoteps Brust und zog es ächzend wieder heraus, als dieser in die Knie sank. Einen Moment lang zögerte er, als bedaure er seine übereilte Tat, dann hob er die blutige Schneide über den Altar und schleuderte mit einer einzigen weit ausholenden Bewegung den Kelch mit dem geweihten Trank zu Boden.

»Für dich, Isis, vollbringe ich dies.« Er legte das Schwert auf den Altar und hob die Hände. Noch einmal hallte seine Stimme durch den Raum. »Niemand als du, große Göttin, kennt die Geheimnisse des Lebens und diese Geheimnisse sollen dein sein für ewig!«

Hinter ihm gelang es dem knienden Anhotep irgendwie, sich aufzurichten, die blutigen Hände auf die Brust gepresst. Während sich sein Augenlicht schon trübte, tastete er halb blind nach dem Schwert, das über ihm auf dem Stein lag. Er fand es, zerrte sich schmerzhaft auf die Füße und hob es mit beiden Händen. Hatsek, der ihm den Rücken zudrehte und beobachtete, wie die Sonnenscheibe aus dem Ausschnitt des Eingangs glitt, konnte ihn nicht sehen. Die Schwertspitze schnitt ihm zwischen die Schulterblätter und drang durch die Lunge in sein Herz. Er war tot, bevor seine gekrümmte Gestalt vor die Füße des anderen Mannes kippte.

Anhotep blickte hinab. Am Fuße des Altars lag der geweihte Trank in einer kühlen blau-grünen Lache, verunreinigt von dem gerinnenden Blut zweier Männer. Anhotep starrte sie einen Augenblick lang an und sah sich dann verzweifelt um. Dann taumelte er, mühsam nach Atem ringend, zu einem Bord im Schatten eines Pfeilers. Dort stand das Salbgefäß, die kleine verzierte Glasphiole, in der er den konzentrierten Trank in das Allerheiligste gebracht hatte. Er streckte seine blutige Hand danach aus und ging dann wieder zum Altar. Dort fiel er unter Schmerzen auf die Knie, doch obwohl der Schweiß seine Sicht noch verschlechterte, gelang es ihm, ein wenig von der Flüssigkeit in die winzige Flasche zurückzuschöpfen. Mit zitternden Fingern presste er den Stöpsel so fest wie möglich darauf, wobei er das Glas über und über mit Blut beschmierte. Mit letzter unbeschreiblicher Mühe riss er sich hoch und stellte die Phiole auf das Bord, ganz hinten in die Dunkelheit zwischen Pfeiler und Wand, dann drehte er sich um und schleppte sich ins Licht.

Als man ihn schließlich auf der Schwelle zum Allerheiligsten liegend fand, war er schon mehrere Stunden tot.

Während die Leichname der beiden Priester gewaschen und einbalsamiert wurden, erklangen Gebete für ihre Seelen, die ihnen auferlegten, in der nächsten Welt der Herrin des Lebens zu dienen, da sie es in dieser versäumt hatten.

Der Hohepriester befahl, die beiden Mumien im Allerheiligsten zu beiden Seiten des Altars aufzubahren und es dann für ewig zu versiegeln.

I

Möge nichts gegen mich sprechen,
wenn ich gerichtet werde;
möge keiner sich gegen mich stellen;
möge man uns nicht trennen,
wenn wir ihm gegenüberstehen,
der die Waage hält.

Es ist dreizehnhundert Jahre vor Christi Geburt. Nach der Einbalsamierung werden die Mumien der Priester zurück in den Felsentempel gebracht, wo sie einst ihren Göttern dienten, und in dem Dämmer, wo sie starben, zur Ruhe gebettet. Für einen Augenblick dringt ein Sonnenfleck in das innere Heiligtum, dann wird der letzte Lehmziegel vor den Eingang gesetzt, das Licht verschwindet und der Tempel, der jetzt ein Grab ist, liegt sofort im Dunkel. Wären Ohren da zu hören, so würden sie einige wenige gedämpfte Geräusche wahrnehmen: Der Verputz wird geglättet und die Siegel werden aufgedrückt. Dann herrscht Grabesstille.

Der Schlaf der Toten wird nicht gestört. Die Öle und Harze im Fleisch beginnen zu wirken. Die Verwesung wird aufgehalten.

Die Seelen der Priester verlassen ihre irdischen Körper und suchen das Gericht der Götter auf. Dort im Saal jenseits der Tore des westlichen Horizonts hält Anubis, der Totengott, die Waage, die ihr Schicksal entscheiden wird. In der einen Schale liegt die Feder von Maat, der Göttin der Wahrheit. Auf die andere wird das Herz des Menschen gelegt.

»Was du brauchst, mein Kind, ist Urlaub!«

Phyllis Shelley war eine kleine, drahtige Frau mit einem energischen, kantigen Gesicht, das von ihrer eckigen, rot gerahmten Brille noch betont wurde. Mit ihrem modischen Kurzhaarschnitt sah sie zwanzig Jahre jünger aus als die achtundachtzig, die sie nur ungern zugab.

Sie steuerte mit dem Teetablett auf die Küchentür zu und überließ es Anna, mit dem Teekessel und einem Teller Gebäck zu folgen.

»Du hast natürlich Recht.« Anna lächelte liebevoll. Während ihre Großtante hinaus auf die Terrasse strebte, blieb Anna einige Sekunden im Flur stehen und betrachtete ihr müdes, mageres Gesicht in dem fleckigen goldgerahmten Spiegel. Ihr dunkles Haar war mit einem bunten Schal zurückgebunden, der die grau-grünen Farbtupfer in ihren braunen Augen hervorhob. Sie war schlank, groß gewachsen, ebenmäßig gebaut, eine klassische Schönheit, ihr Körper war immer noch straff und anziehend, aber zu beiden Seiten ihres Mundes verliefen jetzt feine Linien und die Krähenfüße um ihre Augen waren tiefer, als sie bei einer Frau Mitte dreißig sein sollten. Sie seufzte und verzog das Gesicht. Sie hatte gut daran getan, herzukommen. Sie hatte eine starke Dosis Phyllis bitter nötig!

Mit der einzigen noch lebenden Tante ihres Vaters Tee zu trinken, war eine der großen Freuden im Leben. Die alte Dame war im

Herzen unverwüstlich jung geblieben, willensstark – unbezähmbar war das Wort, mit dem die Leute sie immer beschrieben –, klar denkend, und sie hatte einen wunderbaren Humor. In ihrem gegenwärtigen Zustand, unglücklich, einsam und deprimiert, drei Monate nach dem endgültigen Urteilsspruch, brauchte Anna eine Infusion all dieser Eigenschaften und noch einige mehr. In der Tat, sagte sie sich selbst mit einem Lächeln, als sie sich umwandte, um Phyllis auf die Terrasse hinaus zu folgen, fehlte ihr wahrscheinlich nichts, was Tee und Kuchen und offenherzige Gespräche im Lavenham-Cottage nicht kurieren könnten.

Es war ein herrlicher Herbsttag, die Blätter schimmerten in hellen Gold- und Kupfertönen, die Beeren in den Hecken leuchteten scharlachrot und schwarz, die Luft duftete nach Holzfeuern und dem sanften Nachhall des Sommers.

»Du siehst gut aus, Phyl.« Anna lächelte über den kleinen runden Tisch.

Phyllis quittierte Annas Bemerkung mit einem Schnauben und einer hochgezogenen Augenbraue. »Wenn man bedenkt, wie alt ich bin, meinst du. Danke, Anna! Es geht mir gut, was man von dir nicht gerade behaupten kann, mein Schatz. Du siehst entsetzlich aus, wenn ich das sagen darf.«

Anna zuckte bedauernd die Achseln. »Ich habe ein paar schreckliche Monate hinter mir.«

»Natürlich. Aber es hat keinen Sinn, zurückzublicken.« Phyllis kam ohne Umschweife zur Sache. »Was willst du jetzt mit deinem Leben anfangen, wo du allein darüber bestimmen kannst?«

Anna zuckte die Achseln. »Arbeit suchen, nehme ich an.«

Einen Moment herrschte Stille, während Phyllis Tee einschenkte. Sie reichte eine der beiden Tassen hinüber und danach »selbstgebackenes« Teegebäck und ein Schälchen Pflaumenmarmelade, beides aus der Lebensmittelecke des örtlichen Gartengeschäfts. Phyllis Shelley hatte in ihrem vielbeschäftigten Leben keine Zeit zum Kochen und Stricken, wie sie immer wieder allen Leuten erklärte, die die Dreistigkeit besaßen, sie um Beiträge aus einem dieser Gebiete für das Kirchenfest oder ähnliche Wohltätigkeitsveranstaltungen zu bitten.

»Dem Leben, Anna, muss man sich stellen. Man muss es erleben«, sagte sie langsam und leckte die Marmelade von ihren Fingern. »Vielleicht entwickelt es sich nicht so, wie wir es geplant oder gehofft haben. Es ist vielleicht nicht immer angenehm, aber es sollte immer aufregend sein.« Ihre Augen blitzten. »Du klingst nicht, als hättest du etwas Aufregendes vor.«

Anna lachte gegen ihren Willen. »Im Moment hat sich wohl alles Aufregende aus meinem Leben davongestohlen.«

Wenn es je vorhanden gewesen war. Es folgte ein langes Schweigen. Sie schaute durch den schmalen Cottage-Garten zur Steinmauer. Dort lag Phyllis' Katze Jolly und schlief mit dem Kopf auf den Pfoten auf den uralten Ziegelsteinen, die mit Flechten und wildem Wein bewachsen waren. Späte Rosen blühten üppig und die Luft war trügerisch warm, geschützt durch die Gebäude, die zu beiden Seiten angrenzten. Anna seufzte. Sie spürte Phyllis' Blick und biss sich auf die Lippe. Plötzlich betrachtete sie sich selbst mit den kritischen Augen der alten Frau. Verwöhnt. Faul. Nutzlos. Depressiv. Eine Versagerin.

Phyllis kniff die Augen zusammen. Sie konnte auch Gedanken lesen. »Selbstmitleid beeindruckt mich gar nicht, Anna. Das hat es noch nie. Ich konnte diesen Soundso, deinen Mann, nie leiden. Es war verrückt von deinem Vater, dir die Ehe mit ihm zu erlauben. Du hast Felix viel zu jung geheiratet. Du wusstest ja gar nicht, was du da tust. Und ich glaube, du bist noch einmal mit einem blauen Auge davongekommen. Du hast immer noch viel Zeit, um dir ein neues Leben aufzubauen. Du bist jung und gesund und hast noch deine eigenen Zähne!«

Anna lachte wieder. »Du tust mir gut, Phyl. Ich brauche jemanden, der mir in den Hintern tritt. Das Problem ist, dass ich eigentlich nicht weiß, wo ich anfangen soll.«

Die Scheidung war sehr zivilisiert verlaufen. Kein unziemliches Gezanke, keine Feilschereien um Geld oder Eigentum. Felix hatte ihr das Haus gelassen und sich damit ein reines Gewissen erkauft. Immerhin hatte er sie betrogen und verlassen. Und er hatte schon ein Auge auf ein anderes Haus in einer schickeren Gegend geworfen, ein Haus, das von einem Innenarchitekten maßgeschneidert und auf das Feinste möbliert sein würde, um sein neues Leben, seine neue Frau und sein Kind zu beherbergen.

Für Anna, plötzlich so allein, war das Leben über Nacht eine leere Hülle geworden. Felix war sozusagen ihr Alles gewesen.

Selbst ihre Freunde waren Felix' Freunde gewesen. Ihre Aufgabe war es, seine Gäste zu bewirten, seinen gesellschaftlichen Terminkalender zu führen, alle Rädchen seines Lebens gut zu schmieren, und all das machte sie, so glaubte sie jedenfalls, ziemlich gut. Aber vielleicht doch nicht. Vielleicht hatte sie sich am Ende doch ihre innere Unzufriedenheit anmerken lassen.

Zwei Wochen nach ihrem Diplom in modernen Sprachen hatten sie geheiratet. Er war fünfzehn Jahre älter. Der Entschluss, ihr Studium abzuschließen, war, wie es ihr inzwischen schien, die letzte große Entscheidung in ihrem Leben gewesen, die sie selbst gefällt hatte.

Felix hatte eigentlich gewollt, dass sie unmittelbar nach dem Heiratsantrag die Universität verlässt. »Du brauchst diese ganze Bildung doch gar nicht, Liebling«, hatte er sie bedrängt. »Wozu denn? Du wirst nie arbeiten müssen.«

Oder deinen hübschen kleinen Kopf mit irgendetwas belasten, was des Nachdenkens wert wäre… Diese gönnerhaften Worte, zwar ungesagt, aber stillschweigend gemeint, waren in den folgenden Jahren immer häufiger in ihrem Kopf widergeklungen. Aber sie redete sich auch selbst ein, dass sie für anderes gar keine Zeit hatte; dass das, was sie für Felix tat, Arbeit war. Es nahm auf alle Fälle ihre ganze Zeit in Anspruch. Und die Bezahlung? Oh, die Bezahlung war gut. Sehr gut! Er hatte ihr alles gegönnt. Ihre Pflichten waren klar und einfach. In diesen Tagen feministischen Ehrgeizes, weiblicher Unabhängigkeit und Entschlossenheit sollte sie ein Dekorationsstück sein. Er hatte das so überzeugend dargestellt, dass sie gar nicht merkte, was geschah. Sie sollte klug genug sein, um mit Felix' Freunden Konversation treiben zu können, aber nicht so klug, dass sie ihn in den Schatten stellte, und er hatte nahezu meisterhaft verstanden, es als enorm wichtig und verantwortungsvoll erscheinen zu lassen, dass sie all die Lebensbereiche organisieren durfte, die nicht schon von seiner Sekretärin organisiert wurden. Und um diese Organisation reibungslos zu gestalten, wurde ihr erst nach der vornehmen Hochzeit in Mayfair und der Hochzeitsreise auf die Virgin Islands mitgeteilt, dass es keine Kinder geben würde. Niemals.

Sie hatte zwei Hobbys: Fotografieren und Gärtnern. Er ließ sie für beides so viel Geld ausgeben, wie sie wollte, und unterstützte ihre Interessen sogar, solange sie ihren sonstigen Pflichten nicht im Wege standen. Beides war schließlich schick, gab einen guten Gesprächsstoff ab und war relativ harmlos, und sie hatte damit die Lücken in ihrem Leben gefüllt. In der Tat war sie in der Verbindung der beiden Gebiete so gut geworden, dass ihre Gartenfotos mit Preisen ausgezeichnet und verkauft wurden und ihr die Illusion gaben, ihr Leben sei sinnvoll.

Seltsamerweise hatte sie seine gelegentlichen Seitensprünge toleriert, selbst verwundert, wie wenig sie ihr ausmachten. Sie hegte den leisen Verdacht, gestand es sich aber nie wirklich ein, dass sie ihn vielleicht doch nicht so sehr liebte, wie sie sollte. Das spielte keine Rolle. Es gab keinen anderen Mann, zu dem sie sich hingezogen fühlte. Manchmal fragte sie sich, ob sie vielleicht ein bisschen frigide war. Der Sex mit Felix machte ihr Spaß, aber sie vermisste ihn nicht, als er seltener und seltener wurde. Dennoch traf sie die Nachricht, dass seine neueste Freundin schwanger war, wie ein Schlag ins Gesicht. Der Damm, der so lange ihre Gefühle zurückgehalten hatte, brach und eine Welle aus Wut und Enttäuschung, Einsamkeit und Unglück stürzte über sie hinweg, die sie ebenso erschreckte wie sie ihren Mann schockierte. Er hatte diese Veränderung in seinem Leben nicht geplant. Und eigentlich hatte er so weitermachen wollen wie bisher, Shirley besuchen, sie unterstützen, und wenn die Zeit kam, für das Kind aufzukommen, wäre er ohne Zweifel großzügig, aber er würde sich nicht allzu sehr engagieren. Seine unmittelbare und echte Freude über das Baby hatte ihn ebenso durcheinandergebracht, wie sie Shirley gefreut und Anna vernichtet hatte. Nur wenige Tage nach der Entbindung war er zu Mutter und Kind gezogen und Anna hatte ihren Rechtsanwalt angerufen.

Nach der einvernehmlichen Scheidung hatten sich Felix' Freunde ihr gegenüber erstaunlich loyal verhalten – vielleicht hatten sie erkannt, dass etwas Ungeplantes und Unerwartetes geschehen war, und es tat ihnen wirklich Leid, aber als einer nach dem anderen anrief, um ihr sein Beileid auszusprechen und dann in verlegenes Schweigen fiel, wurde ihr klar, dass sie sehr wenige eigene Freunde besaß, was das Gefühl der Einsamkeit noch verstärkte. Komischerweise rieten ihr alle, bevor sie auflegten, sie solle Urlaub machen.

Und jetzt sagte Phyllis das Gleiche.

»Du musst mit einem Urlaub anfangen, Anna, Liebes. Szenenwechsel. Neue Leute. Dann kannst du zurückkommen und dieses Haus verkaufen. Das war ja ein Gefängnis für dich.«

»Aber Phyl …«

»Nein, Anna. Widersprich nicht, meine Liebe. Na ja, was das Haus angeht, von mir aus, aber nicht in Bezug auf den Urlaub. Felix hat dich immer an all diese Orte mitgenommen, wo du bloß am Swimmingpool herumgelungert und ihm bei seinen Geschäftsgesprächen zugeschaut hast. Du musst wohin, wo es aufregend ist. Du musst nach Ägypten.«

»Ägypten?« Anna bekam das Gefühl, den Boden unter den Füßen zu verlieren. »Warum Ägypten?«

»Weil du als kleines Mädchen andauernd von Ägypten geredet hast. Du hattest Bücher darüber. Du hast Pyramiden und Kamele und Ibisse gemalt und jedes Mal, wenn wir uns trafen, hast du mich angebettelt, dir von Louisa zu erzählen.«

Anna nickte. »Seltsam. Du hast Recht. Und ich habe jahrelang schon nicht mehr an sie gedacht.«

»Dann wird es höchste Zeit! Man vergisst seine Kindheitsträume so leicht. Manchmal glaube ich, die Leute finden das ganz in Ordnung. Sie lassen alles zurück, was ihr Leben aufregend machen würde. Ich finde, du solltest hinfahren und die Orte ansehen, die Louisa besichtigt hat. Als vor zehn Jahren einige ihrer Skizzenbücher veröffentlicht wurden, hatte ich selbst nicht wenig Lust, dorthin zu reisen, weißt du? Ich hatte deinem Vater geholfen, die Bilder auszuwählen, und mit dem Herausgeber an den Bildunterschriften und den historischen Anmerkungen gearbeitet. Ich wollte es so gerne sehen. Und vielleicht werde ich das auch noch eines Tages.« Sie lächelte, ihre Augen strahlten munter und Anna dachte, dass sie die alte Dame durchaus für fähig hielt, eine solche Reise zu unternehmen.

»Eine erstaunliche Frau, deine Ur-Urgroßmutter«, fuhr Phyllis fort. »Erstaunlich, tapfer und sehr begabt.«

Wie du. Nicht wie ich. Anna biss sich auf die Lippen, statt dies laut zu sagen.

Stirnrunzelnd dachte sie über Phyllis' Worte nach, wobei ihr durchaus bewusst war, dass die alte Dame sie unverwandt musterte.

»Nun?«

Anna lächelte. »Der Versuchung kann man nur schwer widerstehen.«

»Schwer widerstehen? Es ist eine fabelhafte Idee!«

Anna nickte. »Ich habe sogar Felix ein- oder zweimal vorgeschlagen, nach Ägypten zu fahren, aber er hatte kein Interesse.« Sie hielt inne, denn sie fühlte tief in ihrem Innern so etwas wie Begeisterung. Schließlich, warum denn nicht? »Weißt du, ich glaube, ich werde deinem Rat folgen. Ich habe ja nichts sonderlich Dringendes vor.«

Phyllis lehnte sich in ihrem Stuhl zurück. Sie schlosss die Augen und wandte ihr Gesicht der Sonne zu. Ein leichtes Lächeln huschte über ihre Züge. »Gut. Dann ist es also beschlossen.« Nach einer Pause fuhr sie fort: »Ist das nicht himmlisch? Es gibt keine schönere Jahreszeit als den Herbst. Der Oktober ist mein Lieblingsmonat.« Sie öffnete die Augen und betrachtete Annas Gesicht. »Hast du schon mit deinem Vater geredet?«

Anna schüttelte den Kopf. »Er hat mich seit der Scheidung nicht mehr angerufen. Ich glaube, das verzeiht er mir nie.«

»Dass du dich von Felix getrennt hast?«

Anna nickte. »Er war so stolz darauf, Felix zum Schwiegersohn zu haben.« Ihre Stimme klang einen Augenblick bitter, sie konnte es nicht verbergen. »Der Sohn, den er nie gehabt hat.«

»Dummkopf.« Phyllis seufzte. »Er wird immer unmöglicher, seit deine Mutter tot ist, und das ist jetzt gut zehn Jahre her! Ärgere dich nicht allzu sehr darüber, Herzchen. Er wird sich schon wieder beruhigen. Du bist zehnmal so viel wert wie irgendeiner der Söhne, die er hätte bekommen können, und eines Tages wird ihm das schon noch klar werden, das verspreche ich dir.«

Anna schaute zur Seite und konzentrierte sich so stark sie konnte auf die scharlachrote Ranke an der Ecke der Terrassenmauer. Eigentlich hätte sie inzwischen an die mangelnde Sensibilität und das eklatante Desinteresse ihres Vaters an ihr, seinem einzigen Kind, gewöhnt sein müssen. Sie schniefte kräftig und richtete ihre Aufmerksamkeit auf die Natursteinplatten zu ihren Füßen. Alte Flechten, längst zu weißen Krusten vertrocknet, hatten Kreise und Schlieren in dem Stein gebildet. Plötzlich merkte sie, dass Phyllis aufgestanden war. Sie hob den Blick und sah, wie ihre Tante durch die offenen Glastüren im Haus verschwand. Da tastete sie nach ihrem Taschentuch und wischte sich die Augen.

Phyllis blieb nur zwei Minuten weg. »Hier habe ich etwas, das dich interessieren könnte.« Sie sah Anna nicht an, als sie sich setzte. Sie hatte ein Päckchen vor sich auf den Tisch fallen lassen. »Als ich Louisas Papiere und Skizzenbücher durchforstete, glaubte ich, ich würde nie etwas Persönliches finden. Wenn es Briefe gab, dann muss sie sie vernichtet haben. Es war nichts da. Aber vor ein paar Monaten habe ich einen alten Sekretär restaurieren lassen. Das Furnier hatte sich überall abgehoben.« Sie machte eine Pause. »Der Restaurator hat in einer der Schubladen einen doppelten Boden gefunden und darunter dies hier.« Sie reichte Anna das Päckchen.

Anna nahm es. »Was ist darin?«

»Ihr Tagebuch.«

»Wirklich?« Anna war plötzlich ganz aufgeregt und betrachtete es neugierig. »Aber das muss unglaublich wertvoll sein.«

»Das nehme ich an. Und interessant.«

»Hast du es gelesen?«

Phyllis zuckte die Achseln. »Ich habe nur kurz hineingeschaut, die Schrift ist ziemlich unleserlich und meine Augen sind nicht mehr die besten. Ich finde, du solltest es lesen, Anna. Es handelt von ihren Monaten in Ägypten. Und inzwischen solltest du deinen Vater anrufen, finde ich. Das Leben ist zu kurz für lange Missstimmungen. Sag ihm, er ist ein Idiot, und sag ihm, dass ich das gesagt habe.«

Als es Zeit war, zu fahren, lag das Tagebuch auf dem Rücksitz. Die letzten dunkelroten Strahlen des Sonnenuntergangs verblassten gerade, als Anna einstieg, den Zündschlüssel umdrehte und zu ihrer Tante aufsah. »Danke, dass du da bist. Ich wüsste nicht, was ich ohne dich täte.«

Phyllis schüttelte in gespieltem Ärger den Kopf. »Dann würdest du sehr gut allein zurechtkommen, das weißt du. Also, ruf Edward heute Abend an. Versprochen?«

»Ich werde drüber nachdenken. So viel kann ich versprechen.«

Sie dachte tatsächlich darüber nach. In dem Stau, der nach einem sonnigen Wochenende die Straße nach London verstopfte, hatte sie reichlich Zeit, Phyllis' Ratschlag und ihre eigene Situation zu überdenken. Sie war fünfunddreißig, vierzehn Jahre lang verheiratet gewesen, sie hatte nie gearbeitet und keine Kinder. Sie ließ die Kupplung kommen und den Wagen ein paar Meter vorwärtsrollen. Noch immer konnte sie den Gedanken nicht ertragen, dass Felix der Vater des Kindes einer anderen Frau war. Sie hatte kaum Freunde, einen Vater, der sie verachtete, und eine entsetzliche Leere vor sich, so kam es ihr zumindest im Augenblick vor. Auf der Habenseite gab es Phyllis, das Fotografieren, den Garten und, wie Phyllis darüber auch denken mochte, das Haus.

Einer der Gründe, weshalb Felix ihr das Haus gelassen hatte, war der Garten. Für Londoner Verhältnisse war er groß, auf den ersten Blick schmal und rechteckig, aber durch irgendeine planerische Laune im achtzehnten Jahrhundert bog das hintere Ende des Gartens hinter zwei weiteren Häusern rechtwinklig ab, was seine Größe verdoppelte, die Gärten der anderen Häuser allerdings stark beschnitt. Der Garten war Annas Leidenschaft. Soweit sie wusste, war Felix nie auch nur bis zu seinem Ende gelaufen. Sein Interesse begann und endete mit der Verwendbarkeit des Gartens für die Einladungen von Kunden. Drinks. Grillfeste. Sonntagnachmittagtees. Die Terrasse mit ihrem Jasmin und den Rosen, ihren alten Terracottatöpfen voller Kräuter – so weit ging sein Interesse. Was jenseits davon lag, die verschlungenen Pfade, die hohen Mauern mit ihren Gittern, die ausgeklügelten Beete mit ihren sorgfältig komponierten Farben, stellenweise halb verborgenen Stücken von Skulpturen, die sie liebevoll auf Ausflügen in ländlichen Antiquitätenläden erstanden hatte, war allein ihre Domäne.

Es hatte sie sehr erstaunt, dass Felix in den Scheidungsverhandlungen den Garten eigens erwähnt hatte. Er hatte gesagt, sie verdiene ihn, nach all ihrer Arbeit. Das war das Freundlichste, was er je darüber zu ihr gesagt hatte.

»Daddy? Können wir miteinander reden?« Sie hatte zehn Minuten lang im Schlafzimmer neben dem Telefon gesessen, bevor sie den Hörer aufnahm, um zu wählen.

Einen Augenblick herrschte Schweigen, dann kam: »Ich kann mir nicht vorstellen, dass wir sonderlich viel zu bereden hätten, Anna.«

Sie biss sich auf die Lippe. »Es könnte ja sein, dass ich unglücklich und einsam bin und dich brauche.«

»Ich glaube nicht, dass du mich brauchst.« Die Stimme am anderen Ende war kalt. »Schließlich hast du es ja auch nicht für nötig befunden, meine Meinung zu der Scheidung einzuholen.«

»Deine Meinung einzuholen?« Die altbekannten Gefühle, die von Wut über Fassungslosigkeit und Entrüstung bis hin zu Machtlosigkeit reichten, brandeten über sie. »Wieso hätte ich deine Meinung einholen sollen?«

»Aus Höflichkeit.«

Anna schloss die Augen und zählte bis zehn. So war es immer gewesen. Andere Eltern zeigten in ähnlichen Situationen Liebe oder Mitgefühl, ja sogar Wut. Ihr Vater beklagte sich über mangelnde Höflichkeit. Sie seufzte hörbar. »Es tut mir Leid. Ich glaube, ich hab' zu tief drin gesteckt. Es ist alles so plötzlich passiert.«

»Es hätte überhaupt nicht passieren dürfen, Anna. Du und Felix, ihr hättet euch irgendwie arrangieren können. Wenn du mich zu Rate gezogen hättest, dann hätte ich mit ihm reden können ...«

»Nein! Nein, Daddy, das hätten wir nicht. Unsere Ehe ist beendet. Wir haben die Entscheidung getroffen. Niemand sonst. Wenn du dich in irgendeiner Weise übergangen fühlst, tut mir das Leid. Das war nicht meine Absicht. Ich habe dich die ganze Zeit auf dem Laufenden gehalten, falls du dich erinnerst. Jeden Tag.« Sie wurde allmählich gereizt.

»Ich erwarte nicht, auf dem Laufenden gehalten zu werden, Anna. Ich erwarte, um Rat gefragt zu werden. Ich bin dein Vater ...«

»Ich bin eine erwachsene Frau, Daddy!«

»So benimmst du dich aber nicht, wenn ich das mal sagen darf ...«

Anna knallte den Hörer auf die Gabel. Ihr drehte sich der Magen um und sie schluchzte beinahe vor Wut.

Sie stand auf, ging zum Toilettentisch und starrte darauf, ohne etwas wahrzunehmen. Es war ein kleiner Rokokosekretär, der mithilfe eines ovalen Spiegels für seinen gegenwärtigen Verwendungszweck ausgerüstet worden war, bedeckt mit verschiedenen Kosmetika, Pinseln und Schmuckstücken. Plötzlich nahm sie ihr eigenes Spiegelbild wahr und sah sich finster an. Er hatte Recht. Sie benahm sich nicht wie eine erwachsene Frau. Sie benahm sich so, wie sie sich fühlte: wie ein verlassenes Kind.

Ihre Hand glitt zu dem kleinen gläsernen Parfümfläschchen, das vor dem Spiegel stand. Sie nahm es und sah es unglücklich an. Es war etwa sieben Zentimeter hoch und von einem tiefen, undurchsichtigen Blau, mit einem breiten federartigen Ornament verziert, als Stöpsel diente ein geformter Wachsklumpen, der bis zum Ansatz des Flaschenhalses hineingeschoben und versiegelt war. Phyllis hatte es ihr geschenkt, da es sie als Kind so fasziniert hatte, und seitdem war es immer bei ihr gewesen. »Pass gut darauf auf, Anna«, hatte Phyllis gesagt. »Es stammt aus dem alten Ägypten und ist sehr, sehr alt.«

Ägypten.

Anna drehte es zwischen den Fingern und betrachtete es. Felix hatte es natürlich schätzen lassen, von einem ziemlich hochnäsigen Kunsthändler. »Es tut mir Leid, wenn ich Sie enttäuschen muss, liebe Anna, aber ich fürchte, das stammt wohl aus einem viktorianischen Basar. Die frühen Reisenden wurden immer mit so genannten Antiken hereingelegt. Und das hier sieht nicht einmal ägyptisch aus.« Er hatte es ihr mit leicht gerümpfter Nase zurückgereicht, als ob er durch die bloße Berührung sich und seinen Bond-Street-Ruf beschmutzt hätte. Anna lächelte müde bei der Erinnerung an diesen Moment. Wenigstens musste sie die eingebildeten Bekannten von Felix nicht mehr ertragen und nicht mehr so tun, als bewundere sie deren Klugheit; sie musste nicht mehr ihre herablassende Behandlung erdulden, als wäre sie nur ein dekoratives Zubehör, das er auf irgendeinem Basar aufgelesen hatte.

Seufzend stellte sie die Flasche ab und sah wieder in den Spiegel. Sie war müde, niedergeschlagen und sie hatte alles satt.

Phyllis hatte wie immer Recht. Sie brauchte Urlaub.

»Sind Sie schon einmal in Ägypten gewesen?«

Warum hatte sie das nicht bedacht, als sie einen Fensterplatz reserviert hatte? Fünf Stunden Gefangenschaft neben irgendjemandem, den das Schicksal ihr zum Nachbarn gegeben hatte, und keine Fluchtmöglichkeit!

Fast vier Monate waren seit jenem wundervollen Herbsttag in Suffolk vergangen, aber nun endlich war sie unterwegs. Draußen legte das Bodenpersonal von Gatwick letzte Hand an die Beladung des Flugzeugs und befreite die Flügel für den Start vom Eis. Graupel wehte über den Flughafen und peitschte in die Gesichter der Männer, die sich um das Flugzeug scharten, bis sie eine wütende, schmerzende Farbe bekamen.

Anna hob den Blick nicht von ihrem Reiseführer. »Nein.« Sie versuchte, unbeteiligt zu klingen, ohne unhöflich zu sein.

»Ich auch nicht.« Sie fühlte, wie er sie von der Seite ansah, aber er sagte nichts weiter und suchte in der Tasche zu seinen Füßen nach eigenem Lesestoff.

Der Gangplatz neben ihm war immer noch frei, aber das Flugzeug füllte sich langsam und das Flugpersonal rückte die Leute immer dichter zusammen. Anna riskierte einen raschen Blick nach links. Um die vierzig; sandfarbenes Haar, regelmäßige Züge und lange Wimpern, die deutlich sichtbar waren, während er sein offenbar schon oft gelesenes Buch durchblätterte. Plötzlich tat es ihr Leid, dass sie so kurz angebunden gewesen war. Aber es gab genug Zeit, das wieder gutzumachen, wenn sie es wollte. Alle Zeit der Welt. Neben ihm zwängte sich ein älterer Mann mit hohem Kragen in den dritten Sitz der Reihe. Er beugte sich vor, nickte erst ihr, dann ihrem Nachbarn zu, dann griff er nach einem Stapel Zeitungen. Sie bemerkte mit einem Lächeln, dass die *Church Times* säuberlich unter einem Exemplar der *Sun* verborgen war.

Als sie an diesem Morgen ihre Haustür abgeschlossen und den Koffer in das wartende Londoner Taxi gewuchtet hatte, wollte sie beinahe der Mut verlassen. Die stillen frühmorgendlichen Straßen waren von dickem Februarfrost weiß überzogen und das Dämmerlicht vor Sonnenaufgang wirkte seltsam flach und bedrückend. All ihre Entschlusskraft schien dahin. Hätte der Taxifahrer nicht darauf gewartet, sie zur Victoria Station zu bringen, wo der Zug zum Flughafen abfuhr, dann wäre sie in das leere Haus zurückgelaufen, hätte Ägypten für immer sausen lassen und sich im Bett die Decke über den Kopf gezogen.

Im Flugzeug war es heiß und stickig und sie hatte Kopfschmerzen. Sie konnte sich kaum bewegen, der Ellbogen ihres Nachbarn stieß dauernd gegen ihren eigenen. Außer einem Kopfnicken und einem kurzen Lächeln, als sie aufgeschaut hatte, um ihr Tablett entgegenzunehmen, und einem weiteren, als die Getränke kamen, hatte er sich ihr nicht mehr zugewandt. Das Schweigen belastete sie allmählich. Sie wünschte sich kein regelrechtes Gespräch, davor hatte es sie ja eben noch gegraust, aber ab und zu ein kleines Wortgeplänkel, um die Stimmung aufzulockern, wäre eine willkommene Abwechslung gewesen. Der Trommelwirbel der Flugzeugmotoren ließ nicht nach, und als sie die Augen schloss, schien er von Minute zu Minute lauter zu werden. Sie hatte die Kopfhörer für den Film abgelehnt. Er auch. Soweit sie sehen konnte, schlief er, das Buch umgekehrt auf dem Schoß, die Finger locker darüber verschränkt. Der erste Reiseführer hatte einem neuen Platz gemacht und er hatte ihn rasch durchgeblättert, sich dann zurückgelehnt, sich müde das Gesicht gerieben und war dann anscheinend in tiefen Schlaf gesunken. Sie schaute aus dem Fenster und sah tief unten auf dem tiefblauen gekräuselten sonnengewärmten Mittelmeer den winzigen Schatten des Flugzeugs tanzen. Sie wagte einen zweiten Blick auf das Gesicht ihres Nachbarn. Im Schlaf war es weniger anziehend als im Wachzustand. Die Falten hingen schwer nach unten, der Mund war zusammengepresst und traurig, ein fast spürbares Gewicht lastete auf den Zügen. Sie wandte sich wieder ihrem Buch zu, voller Neid auf seine Fähigkeit zu schlafen. Noch zwei oder drei Stunden lagen vor ihnen und ihre Muskeln sehnten sich bereits danach, aus der verkrampften Sitzhaltung befreit zu werden.

Als sie sich nach oben zu den Schaltern reckte, um etwas kühlere Luft zu bekommen, bemerkte sie plötzlich, dass seine Augen geöffnet waren und sie ansahen. Er lächelte und sie hob ein wenig die Mundwinkel. Sie wollte ihm damit nicht mehr als ein Gefühl sachter Freundlichkeit und Sympathie in diesen engen, zu intimen Sitzverhältnissen vermitteln. Als ihr gerade eine unverfängliche Bemerkung einfiel, schaute er wieder weg und schloss die Augen.

Sie zuckte die Achseln und stöberte in ihrer Tasche nach Louisas Tagebuch. Sie hatte es sich für die Reise aufgespart. Vielleicht war dies der richtige Moment, um damit anzufangen.

Es war in Leder gebunden und hatte dickes Papier mit Büttenrand, dass stellenweise blassbraune Flecken aufwies. Andächtig schlug sie die erste Seite auf und begann die schwungvolle, schräg gestellte Schrift zu lesen.

»15. Februar, 1866: So hat nun also das Schiff Luxor erreicht, und ich verlasse hier meine Reisegenossen, um mich den Forresters anzuschließen. Morgen früh werden meine Kisten auf die *Ibis* gebracht, die bereits in der Nähe angelegt hat. Die Decks sind leer, nicht einmal die Mannschaft ist da und das Schiff sieht verlassen aus. Es wird wundervoll sein, endlich einmal Ruhe zu haben, besonders nach dem ständigen Gerede von Isabella und Arabella, mit denen ich in all diesen Wochen seit Kairo die Kabine teilen musste. Sie nehmen ein Paket Skizzen und Bilder auf ihrem Schiff mit zurück, und ich hoffe, so bald wie möglich im Tal der Gräber eine neue Serie von Zeichnungen anfangen zu können. Der britische Konsul hat mir einen Dragoman versprochen, und die Forresters sollen ein freundliches, älteres Ehepaar sein, das mich gerne mitreisen lässt, ohne mich beim Zeichnen allzu sehr zu stören. Die Tageshitze, die zunächst nach der langen Reise meine Lebensgeister weckte, nimmt zu, aber die Nächte sind glücklicherweise kühl. Ich sehne mich danach, mehr von der Wüste zu sehen. Die nervöse Aufregung meiner Reisegenossen hat uns bisher daran gehindert, uns etwas weiter von unserem Schiff zu entfernen. Ich kann es kaum erwarten, meine Forschungen auszudehnen.«

Anna sah nachdenklich auf. Sie hatte noch nie die Wüste gesehen. War noch nie in Afrika oder dem mittleren Osten gewesen. Wie frustrierend musste es sein, wenn man sich nicht umsehen konnte, weil die Reisegenossen zu furchtsam waren. Es war schlimm genug, dass sie selbst nie die Zeit und Möglichkeit gehabt hatte, jene Orte gründlich zu besichtigen, die sie mit Felix besucht hatte. Sie rückte auf ihrem Sitz hin und her, um es sich etwas bequemer zu machen, anschließend wandte sie sich wieder dem Tagebuch zu.

»Louisa, Liebe. Sir John Forrester ist da.« Arabella, eingehüllt in eine Wolke aus weißer Spitze und leicht fleckigem Musselin, kam in die kleine Kabine gehüpft. »Er will dich auf seine Yacht holen.«

»Es ist keine Yacht, Arabella. Man nennt das *Dahabijah.*« Louisa hatte alles gepackt und war bereit, ihre Malsachen lagen sorgfältig verschnürt auf Deck, zusammen mit ihren Kisten und ihrem Koffer. Sie rückte ihren breitkrempigen Strohhut zurecht und nahm ihren kleinen Handkoffer von der Pritsche. »Kommst du noch mit hoch zum Verabschieden?«

»Aber sicher!«, kicherte Arabella. »Du bist so mutig, Louisa. Wie unvorstellbar gefährlich die Reise sein wird.«

»Sie wird überhaupt nicht gefährlich«, erwiderte Louisa trocken. »Sie wird unglaublich interessant.«

Louisa raffte mit einer Hand ihre weiten Röcke, stieg die Kajütentreppe hoch und trat in das blendende Sonnenlicht an Deck.

Sir John Forrester war ein großer, ausgemergelter Mann Ende sechzig, bekleidet mit einem schweren Tweedjackett, Sporthosen und Stiefeln. Mit dem Tropenhelm, seinem einzigen Zugeständnis an das Klima, in der Hand, wandte er sich zu ihr um. »Mrs. Shelley? Ich freue mich sehr.« Seine Verbeugung war höflich, seine Augen unter den buschigen weißen Augenbrauen strahlend blau und sympathisch aufgeschlossen. Er begrüßte ihre Mitreisenden einen nach dem anderen und befahl dann den beiden dunkelhäutigen Nubiern, die er mitgebracht hatte, Louisas Gepäck in die Feluke zu laden, die neben dem Raddampfer festgemacht hatte.

Nun, da der Augenblick gekommen war, empfand Louisa doch etwas Nervosität. Sie schüttelte nacheinander den Frauen und Männern, die in den vergangenen Wochen ihre Reisegefährten gewesen waren, die Hand, nickte der Besatzung zu, gab dem Kabinenpersonal Trinkgelder und wandte sich dann schließlich dem kleinen Segelboot zu, das sie zur *Ibis* bringen würde.

»Gar nicht so einfach, meine Liebe, die Leiter hinunterzukommen.« Sir John bot ihr seine Hand. »Wenn Sie unten sind, setzen Sie sich hin, wo Sie wollen. Dort.« Sein strenger Zeigefinger strafte die offene Einladung Lügen.

Louisa wickelte ihre Röcke fest um sich, hob sie so hoch wie sie nur wagte und tastete vorsichtig mit ihrem kleinen braunen Stiefel nach der Leiter. Von unten ergriff eine schwarze Hand ihren Knöchel und lenkte ihren Fuß auf die erste Sprosse. Sie biss sich auf die Lippe, um nicht vor Ärger den Mann zu treten, der sich dies herausgenommen hatte, und ließ sich rasch in das kleine Boot mit dem flatternden Segel hinab. Die beiden ägyptischen Bootsleute lächelten und verbeugten sich zur Begrüßung, als sie sich auf den Sitz sinken ließ, den Sir John ihr angewiesen hatte. Er folgte ihr hinab und binnen Sekunden fuhr das Boot über das trübe Wasser auf die *Ibis* zu. Hinter ihr stand Arabella noch an Deck, das Gesicht im Schatten ihres rosa Sonnenschirms, und winkte Louisas scheidendem Rücken zu.

Das Schiff, auf das sie zufuhren, war eines jener anmutigen eleganten privaten Fahrzeuge, die auf dem Nil verkehrten. Es hatte zwei große Lateinsegel und am Heck eine große Ruderpinne, die sich über das Dach der Hauptkabine erhob. Die Räumlichkeiten, wie Louisa bald entdeckte, enthielten Kabinen für sie selbst, die Forresters und Lady Forresters Zofe, einen Salon mit Diwanen und einem großen Schreibtisch und ausreichend Quartiere für die Besatzung, die aus dem Kapitän, auch *Reis* genannt, und acht Mann bestand. Das Deck war so groß, dass man darauf sitzen und essen konnte, wenn man wollte, und hatte einen eigenen Bereich für die Besatzung, zu der auch ein hervorragender Koch gehörte.

Diesmal würde sie eine eigene Kabine haben. Als Louisa sich darin umsah, hüpfte ihr das Herz vor Freude. Nach dem dunklen Holz und den Messingbeschlägen des Raddampfers wirkte diese Kabine, so klein sie auch war, wie die Anmut selbst. Ihr schmales Bett war mit bunt gewebtem Stoff bedeckt, auf dem Fußboden lag ein Teppich, feine blaue und grüne Gardinen umrahmten das Fenster und Waschschüssel und Eimer bestanden aus getriebenem Metall, das wie Gold glänzte.

Sie riss sich den Hut vom Kopf, warf ihn auf das Bett und sah sich beglückt um. Vom Deck konnte sie das Trippeln nackter Füße und das Ächzen der Masten und der Takelage hören.

Von Lady Forrester war nichts zu sehen. »Indisponiert, meine Liebe. Sie wird beim Dinner zu uns stoßen«, sagte Sir John, als er sie zu ihrer Kabine führte. »Wir fahren so bald wie möglich. Nicht weit. Wir machen am anderen Ufer fest, dann können Sie morgen zum Tal aufbrechen. Hassan wird Ihr Dragoman sein. Guter Mann. Wärmstens zu empfehlen. Sehr verlässlich. Und billig.« Er lächelte wissend. »Und Jane Treece, die Zofe, werden Sie sich mit Lady Forrester teilen müssen. Ich schicke sie sofort zu Ihnen, dann kann sie Ihnen helfen, sich einzurichten.«

Und da war sie, eine Frau von etwa fünfundvierzig Jahren, mit streng zurückgebundenen und von einer Haube bedeckten Haaren, einem schwarzen Kleid und einer Haut, die unter der grausamen Sonne zu einer Art Landkarte aus Sommersprossen und feinen Falten geworden war. »Guten Abend, Mrs. Shelley.« Ihre Stimme klang tief und gebildet. »Sir John hat mich gebeten, Sie als Zofe und Anstandsdame zu bedienen, solange Sie auf seinem Boot sind.«

Louisa verbarg ihre Enttäuschung, so gut sie konnte. Sie hatte gehofft, von solchen Förmlichkeiten befreit zu sein. Dennoch würde es eine große Hilfe sein, wenn jemand ihre Sachen auspackte, ihre Kleider ausschüttelte, ihre Unterwäsche und Unterröcke zusammenlegte und verstaute und ihre Haarbürsten und Kämme herauslegte. Ihre Skizzenbücher, ihren kostbaren Aquarellkasten von Winsor & Newton und ihre Pinsel durfte niemand außer ihr selbst anfassen. Sie legte sie auf den kleinen Tisch vor dem elegant spitzbogigen Kabinenfenster mit seinen Lamellenfensterläden.

Als sie sich umwandte, fiel ihr Blick auf das Abendkleid, das Jane Treece bereits ausgebreitet und für sie zurechtgelegt hatte. Wieder musste sie auf den Wunsch verzichten, ihr Korsett und die Unterröcke sowie das förmliche Schwarz der Trauer abzulegen und die herrlich kühlen, weich fließenden Kleider anzuziehen, die ihre Freundin Janey Morris ihr vor vielen Monaten in London genäht hatte. »Ich hatte gedacht, auf so einem kleinen Schiff ginge es weniger förmlich zu«, sagte sie vorsichtig. »Und es ist zwar sehr freundlich von Sir John, daran zu denken, aber als Witwe brauche ich, glaube ich, keine Anstandsdame.«

»Tatsächlich!« Das Wort enthielt leises Entsetzen, eine gewisse Verachtung und solchen Hochmut, dass Louisa keinen Zweifel mehr hegen konnte, dass sie völlig falsche Erwartungen gehabt hatte.

»Sir John und Lady Forrester wahren auf der *Ibis* stets die Form, das kann ich Ihnen versichern, Mrs. Shelley. Wenn Sie das Boot verlassen, um die heidnischen Tempel zu besichtigen, wird es zweifellos schwieriger sein, all diese Annehmlichkeiten beizubehalten. Ich habe deutlich zu verstehen gegeben, dass ich nicht bereit bin, Sie bei solchen Gelegenheiten zu begleiten, aber hier sorgen Sir Johns Diener Jack und ich für einen reibungslosen Ablauf wie bei Ihnen zu Hause in Belgravia.«

Louisa biss sich auf die Lippen, um ein sarkastisches Lächeln zu verbergen. Sie versuchte, angemessen zerknirscht auszusehen, und erlaubte der Frau, ihr beim Anlegen des schwarzen Seidenkleids zu helfen und ihr das Haar in weichen Locken um den Kopf unter dem schwarzen Spitzenschleier festzustecken. Wenigstens war es kühler ohne das Gewicht des Nackenknotens, den sie sonst trug. Die Versicherung, dass Jane Treece sie nicht zum Tal der Gräber begleiten würde, hob ihre Laune beträchtlich.

Der zentrale Salon des Boots war ebenso exotisch wie ihre eigene Kabine, doch der Tisch war mit englischem Silberbesteck und Porzellangeschirr gedeckt. Das Essen war ägyptisch und schmeckte köstlich. Louisa aß mit großem Genuss, während sie den Forresters zu erklären versuchte, warum sie die ägyptische Landschaft malen wollte. Augusta Forrester war aus ihrer Behausung aufgetaucht und sah so elegant und kühl aus, als gäbe sie die Gastgeberin daheim in London. Die zierliche silberhaarige Dame Anfang sechzig mit ihren großen, dunklen Augen hatte sich ihre hübschen Gesichtszüge und ihren Charme erhalten, was sie unmittelbar anziehend machte. Ihre Aufmerksamkeitsspanne war allerdings, wie Louisa bald entdeckte, nur sehr kurz.

»Als Mr. Shelley starb«, erklärte Louisa beim Essen, »war ich völlig verloren.« Konnte sie ihnen je erklären, wie verloren? Ohne ihren geliebten George? Sie hatte dasselbe Fieber bekommen, das ihren Mann umgebracht hatte. Zwar war sie genesen, aber danach war sie zu schwach und energielos, um für ihre beiden robusten und stets lauten Söhne zu sorgen. Sie waren zu Georges Mutter gekommen und Louisa hatte sich schließlich überzeugen lassen, dass ein paar Monate in heißem Klima ihre Gesundheit wiederherstellen würden. Sie und George hatten immer vorgehabt, eines Tages nach Ägypten zu reisen. George hatte sie mit Geschichten von all den Entdeckungen unterhalten, die im Wüstensand gemacht wurden. Er hatte ihr versprochen, dass sie eines Tages zusammen dorthin fahren würden und sie dann die Tempel und Gräber malen könnte. Der eher unkonventionelle Haushalt, den sie geführt hatten, mit seinem Gelächter, seinen Gesprächen und dem ständigen Besucherstrom von Malern, Dichtern und Reisenden, löste sich auf, als die Krankheit zuschlug. Georges Mutter war gekommen, hatte sie beide gepflegt, die Kinder mitgenommen, die Hälfte der Dienstboten entlassen, sie durch ihre eigenen ersetzt und Louisa am Boden zerstört zurückgelassen.

Louisa blickte von Sir John zu seiner Frau, wobei sie feststellen musste, dass Letztere ihr gar nicht mehr zuhörte, doch die Erwähnung ihres Neffen Edward brachte sie aus ihren Träumereien zurück. Einige Minuten lang richtete sie ihre dunklen Augen auf Louisas Gesicht, während diese beschrieb, wie er sie gerettet, ihre Reise arrangiert, den Dampfer von Kairo gebucht und Onkel und Tante überredet hatte, sie zu den Ausgrabungen mitzunehmen. Ohne seine Hilfe wäre sie längst am Ende.

Onkel und Tante waren allerdings nicht ganz so unkonventionell wie ihr Neffe. Mit jeder weiteren Minute erkannte Louisa deutlicher, dass ihre eigenen Träume von Gesprächen, Gelächter und freundschaftlichem Reisen, über die sie mit George so oft gesprochen hatte, mit den Vorstellungen der Forresters keineswegs übereinstimmten.

Anna sah auf. Ihr Nachbar schien wieder zu schlafen. Über die Rückenlehne ihres Vordermannes konnte sie den Film sehen. Die meisten Passagiere schienen völlig in der Handlung aufzugehen. Sie versuchte, sich unmerklich zu strecken. Wie lange sie es wohl aushalten würde, bevor sie ihn bitten musste, sie durchzulassen, damit sie zur Toilette gehen konnte? Sie sah sich nach hinten um. Die Schlange vor den Waschräumen war anscheinend nicht kürzer geworden. Hinter dem dick verglasten Fenster hatte die ferne Erde Farbtöne von Rot, Ocker und Gold angenommen. Die Farben Afrikas. Vor Aufregung zitternd schaute sie lange hinunter, dann lehnte sie sich zurück und schloss die Augen. Sie war beinahe da.

An Schlaf war nicht zu denken.

Sie öffnete wieder das Tagebuch, begierig, sich in Louisas Abenteuern zu verlieren und ihre eigene Art des Reisens, die alles andere als romantisch war, auszublenden. Sie überflog die enge schräge Handschrift mit ihrer verblassten braunen Tinte und betrachtete die Skizzen, die die Erzählung illustrierten.

»Hassan brachte die Maultiere in der frühen Dämmerung, sodass wir die schlimmste Hitze vermeiden konnten. Er lud meine Malsachen wortlos in die Satteltaschen. Ich fürchtete, er sei immer noch wütend über meinen Mangel an Takt und Verständnis für seine Rolle, beschloss aber, kein Wort darüber zu verlieren. Stattdessen gestattete ich ihm, mir auf mein Tier zu helfen, ohne eine Entschuldigung oder einen Tadel für seinen gestrigen Ausbruch zu äußern. Einmal sah er zu mir auf, da konnte ich die Wut in seinen Augen sehen. Dann ergriff er den Zügel des Packtiers und bestieg sein eigenes. Wir ritten den ganzen Weg bis zum Tal, ohne ein Wort zu wechseln.«

Anna blickte wieder auf und rieb sich erschöpft die Augen. Es klang nicht, als hätte sich Louisa mit Hassan sehr wohl gefühlt. Sie blätterte einige Seiten weiter.

»Heute habe ich ihn wieder gesehen – nur eine blasse Gestalt im Dunst der Hitze. Ein großer Mann, der mich beobachtete; in der einen Minute war er ganz nah, in der nächsten war er verschwunden. Ich rief nach Hassan, aber er schlief, und als er zu mir kam, hatte sich der Mann in dem seltsamen Schimmer aufgelöst, den die Hitze auf den Sand warf. Der Schatten, in dem ich meine Staffelei aufgestellt hatte, war im Gegensatz dazu dunkel, aber da draußen auf dem Boden des Tals gab es für ihn kein Versteck. Ich bekomme allmählich Angst. Wer ist er und warum kommt er nicht näher?«

Das klang spannend. Spannend und geheimnisvoll. Mit einem leichten Schauer sah Anna erschrocken auf und bemerkte, dass die Stewardess ihr einen Becher Kaffee hinhielt. Ihr Nachbar kümmerte sich gar nicht um die Frau, sondern betrachtete mit offensichtlichem Interesse das Tagebuch auf Annas Knien. Sie schloss es und ließ es in ihre Tasche gleiten, dann klappte sie den Tisch vor sich hinunter. Aber er sah schon nicht mehr hin. Draußen näherte sich die Sonne immer mehr dem Horizont.

Ihr Nachbar schien erneut eingeschlafen zu sein, als sie das Tagebuch wieder aus ihrer Tasche kramte und es an einer willkürlichen Stelle aufschlug. Sofort wurde sie von den Worten gefesselt, die förmlich aus der Seite sprangen. »Ich fange an, dieses Land zu lieben …«

Louisa legte ihren Federhalter hin und blickte aus dem Fenster auf den dunklen Fluss. Sie hatte die Lamellenläden aufgeklappt, um seinen Geruch, die warme Nachtluft und die Windstöße kühler Wüstenluft in ihre Kabine zu lassen. Alles verzauberte sie. Sie lauschte angespannt. Aus den anderen Kabinen kam kein Geräusch. Selbst die Besatzung schlief. Sie raffte ihre Röcke, schlich auf Zehenspitzen zur Tür und öffnete sie. Die Treppe zum Deck war steil. Vorsichtig kletterte sie hinauf und trat in die Dunkelheit. Sie erkannte die zusammengekauerten Formen der schlafenden Männer vor dem Mast und hörte plötzlich ein kurzes schläfriges Grunzen, als einer von ihnen seinen Kopf auf dem Kissen seines Armes zurechtrückte. Wieder kam ein kalter Windstoß und sie konnte die Palmblätter am Ufer rascheln hören. Die Sterne über ihr wirkten wie wilde Funken gegen den blauschwarzen Himmel.

Sie spürte eine leise Bewegung hinter sich und drehte sich um. Hassans nackte Füße gingen völlig lautlos auf dem Deck. »Mrs. Shelley, Sie sollten in Ihrer Kabine bleiben.« Seine Stimme war nicht mehr als ein Wispern, das sich zum Wispern des Windes im Schilf gesellte.

»Es ist zu heiß da unten. Und die Nacht ist zu schön, um sie zu versäumen.« Ihr Mund war trocken.

Sie sah ihn lächeln, seine Zähne schimmerten weiß in der dunklen Silhouette seines Gesichts. »Die Nacht gehört den Liebenden, Mrs. Shelley.«

Ihr Gesicht brannte. Sie wich ein paar Schritte vor ihm zurück und klammerte sich an die Reling. »Die Nacht gehört auch den Malern und Dichtern, Hassan.«

Mit halbem Ohr lauschte sie auf Geräusche von unten. Ihr Herz klopfte wie wild.

Ihr Nachbar schielte schon wieder in Louisas Tagebuch, sie konnte es spüren. Anna seufzte. Allmählich ärgerte sie sich über ihn. Sein Blick verletzte ihre Privatsphäre, drang ungeladen in den Raum ein, der ihr gehörte. Wenn er nicht mal zu einem Minimum an höflicher Konversation bereit war, dann ging ihn ihr Lesestoff nichts an! Sie schloss das Tagebuch und zwang sich, den Vordersitz anzulächeln. »Nicht mehr lange.« Sie wandte sich zu ihm. »Machen Sie auch eine Kreuzfahrt?«

Er war ein attraktiver Mann, wie sie plötzlich bemerkte, aber in dem Augenblick, da sie dies dachte, verschloss sich sein Gesicht, wurde hart und verlor jegliche Wärme.

»Ja, in der Tat, aber ich bezweifle sehr, dass es dieselbe ist wie Ihre.« Sein Akzent war nur ganz schwach und schwer zu bestimmen – vielleich schottisch oder irisch –, denn dies waren seine einzigen Worte. Er wandte sich von ihr ab, lehnte den Kopf wieder an und schloss die Augen.

Ärger und Widerwille stiegen in ihr auf. Na, jedenfalls hatte er ihr deutlich zu verstehen gegeben, was er von ihr hielt. Wie konnte er es wagen, überhaupt irgendeine Meinung über sie zu haben. Abrupt drehte sie sich zum Fenster um und starrte hinaus. Zu ihrem Erstaunen stellte sie fest, dass unter ihnen bereits Dunkelheit herrschte. Plötzlich merkte sie, dass sie in der Ferne Lichter ausmachen konnte. Bald würden sie Luxor erreichen.

Als Anna endlich die Passkontrolle hinter sich und in dem Gewimmel der anderen Touristen ihren Koffer wiederbekommen hatte, war sie völlig erschöpft. Sie hielt ihren Koffer ganz fest, winkte alle Hilfsangebote von schreienden und wild gestikulierenden Kofferträgern grimmig ab und stellte sich in der Busschlange an.

Der *Weiße Reiher* war ein kleines Schiff. Im Prospekt war dem viktorianischen Raddampfer eine ganze Seite gewidmet, getrennt von den anderen Kreuzfahrtschiffen, um sein Alter, seine Geschichte und seine Exklusivität hervorzuheben. Es würde nur achtzehn Passagiere geben. Sie hatte es für wenig aussichtsreich gehalten, hier noch einen Platz zu bekommen, sich aber dennoch darum bemüht, weil es am nächsten an das Schiff herankam, auf dem Louisa von Kairo nach Luxor gereist war. Zu ihrer großen Freude und Überraschung hatte man ihr geantwortet, dass sie aufgrund einer Absage eine der beiden Einzelkabinen bekommen könne.

Im Bus sah sie sich hastig um, stellte aber fest, dass ihr Sitznachbar aus dem Flugzeug nicht da war. Sie wusste nicht recht, ob sie erleichtert war oder es bedauerte. Seine Unhöflichkeit hatte ihr missfallen. Andererseits hätte sie wenigstens ein vertrautes Gesicht unter all diesen Fremden gesehen. Sie ging ganz nach hinten durch und setzte sich. Ihre kleine Reisetasche und ihren Fotoapparat stellte sie auf den Sitz neben sich. War sie die einzige alleinstehende Person hier? Es sah so aus, alle anderen saßen in Paaren. Die Lautstärke der aufgeregten Unterhaltungen nahm zu, als die Türen sich schlossen und der Bus losfuhr. Sie blickte in die Dunkelheit hinaus. Plötzlich fühlte sie sich trostlos einsam, doch dann erkannte sie mit schockartiger Erregung, die alle Gedanken an ihre Einsamkeit verdrängte, dass sie jenseits der spiegelnden Busfenster Palmen und einen Mann in weißem Turban auf einem kleinen Esel sah, der die dunkle Straße entlangtrottete.

Das Schiff – dreistöckig, hell erleuchtet, mit einem großen Schaufelrad auf jeder Seite – hatte auf dem Strom am Stadtrand festgemacht. Man begrüßte sie mit heißen Tüchern für die Hände und einem süßen Fruchtsaft, anschließend bekamen sie ihre Kabinenschlüssel.

Ihre Kabine war klein, aber sie genügte ihr. Der große Koffer stand bereits mitten im Raum. Sie blickte sich neugierig um. Ihre neue Bleibe bot ein Einzelbett, einen Nachttisch mit einem altmodischen Telefon für interne Anrufe, einen Toilettentisch und einen schmalen Schrank. Nicht gerade Luxusklasse, aber zumindest musste sie die Kabine nicht mit einer Fremden teilen. Sie warf Reisetasche, Kamera und Schultertasche aufs Bett, schloss die Tür und ging zum Fenster. Sie schob die Vorhänge zurück und öffnete die Läden, um hinauszuschauen, aber das Ufer war dunkel. Zu ihrer Enttäuschung konnte sie nichts sehen. Sie zog die Vorhänge vor und wandte sich wieder dem Zimmer zu. Eine halbe Stunde bis zum Abendessen hatte es geheißen und am Morgen würde man sie über den Nil zu ihrer ersten Besichtigung fahren – zum Tal der Könige, Louisas Tal der Gräber. Die Vorfreude überkam sie wie eine Woge.

In null Komma nichts hatte sie ausgepackt und alle Kleider und Röcke aufgehängt, die sie mitgebracht hatte – sie hatte die Hilfe einer Jane Treece nicht nötig –, und ihre wenigen Kosmetika auf dem Toilettentisch aufgebaut. Ihr kleines Parfümfläschchen stellte sie dazu. Anna hatte es angemessen gefunden, es in sein Herkunftsland mitzunehmen, egal ob es nun von einem bescheidenen Basar stammte oder aus einem uralten Grab.

Sie hatte noch Zeit für eine kurze Dusche vor dem Essen. Sie legte ihre Kleider ab und schlüpfte in das kleine Bad. Fünf Minuten lang stand sie unter dem lauen Getröpfel und ließ die Reisemüdigkeit von sich abwaschen, dann zwang sie sich, aus ihrer Träumerei aufzuwachen, trat auf den Holzrost auf dem Mosaikfußboden zwischen Klo und puppengroßem Waschbecken und nahm das Handtuch.

Sie wickelte es um sich und trat ins Zimmer. Die Temperatur in der Kabine war gefallen. Sie fröstelte und sah sich um. Soweit sie erkennen konnte, gab es keinen Regler für eine Klimaanlage. Vielleicht hatte das Schiff ein zentrales Belüftungssystem. Sie zog ihr grünes Baumwollhemd an und schlang sich einen leichten Pullover um die Schultern, doch dann zögerte sie stirnrunzelnd. Die Raumtemperatur war irgendwie seltsam. Hoffentlich würde sie sich nicht darüber beschweren müssen; sie hatte von Ägypten Hitze erwartet! Zögernd ging sie zur Tür.

Dies war der Augenblick, vor dem ihr graute. Nun musste sie hinausgehen und ihre Mitreisenden kennen lernen. Dies war ihr erster Ausflug ins Leben, seit sie wieder allein stehend war. Wenn sie sich überhaupt ihre Mitreisenden vorgestellt hatte, dann als homogene Gruppe, der auch sie selbst angehörte, nicht als Ansammlung von Paaren, unter denen sie als Einzige Single war. Mit einem tiefen Seufzer trat sie auf den Teppich im Korridor, der zu ihrer Erleichterung ganz warm war, und begab sich zur Haupttreppe. Geradeaus lagen die Lounge und die Bar und die Flügeltür, die sich auf das Deck öffnete. Die Treppe mit ihrem schönen Messinggeländer, den Palmenkübeln und viktorianischen Spucknäpfen führte hinab zum Speisesaal, wohin jetzt alle strebten.

Sie fand sich an einem von drei runden Tischen wieder, die jeweils Platz für sechs Leute boten. In den Fenstern war nichts von dem Land und dem Fluss zu sehen, zu denen sie so weit gereist war. Das Einzige, was auf Ägypten hindeutete, war die feierliche Prozession von Kellnern, mindestens drei für jeden Tisch, dunkelhäutig und weiß gekleidet, hinter dem halbkreisförmigen Serviertisch in der Mitte des Raumes, auf dem Obst und Käse aufgetürmt waren.

Ihre Tischgenossen waren zu ihrer Erleichterung umstandslos freundlich; das fremdelnde Schweigen wich sofort, als sich überall um sie herum die Leute einander vorstellten. Zu ihrer Linken schüttelte sie einem gut aussehenden Mann die Hand, der ungefähr in ihrem Alter war, vielleicht ein wenig älter. Als er zur Begrüßung aufstand, bemerkte sie, dass er sie nicht überragte, aber seine breiten Schultern und die untersetzte Figur vermittelten einen Eindruck von Größe. »Andy Watson, aus London.« Er lächelte, seine braunen Augen blitzten fröhlich unter dunklen Wimpern und buschigen Brauen. »Ungebunden, noch zu haben, charmant, mit einer absoluten Leidenschaft für alles Ägyptische, wie wohl alle hier, denn deshalb sind wir ja gekommen.«

Anna musste lachen. Etwas schüchtern stellte sie sich als geschiedene Frau aus London vor, wobei sie ihm einen Augenblick lang kühn in die Augen schaute, bevor sie den großen dünnen Mann mit mausgrauem Haar, beinahe ausgemergelten Gesichtszügen und unglaublich blassen blauen Augen begrüßte, der rechts von ihr saß.

»Wir sind zu fünft auf der Kreuzfahrt.« Andy lehnte sich herüber, um wieder ihre Aufmerksamkeit zu gewinnen. »Neben Ihnen, das ist Joe Booth. Er macht irgendwelche Geschäfte in der Stadt.

Daneben sitzt seine Frau Sally. Und das«, dabei deutete er auf die schlanke rothaarige junge Frau zu seiner Linken, »ist Charley, die sich mit Serena da drüben die Kabine teilt.« Er nickte zu einer Frau, die am Nachbartisch saß und ihr den Rücken zukehrte. Die sechste Person am Tisch, der Einzige außer ihr, der offenbar niemanden auf der Kreuzfahrt kannte, stellte sich als pensionierter Arzt namens Ben Forbes vor. Anscheinend teilten auch er und Andy sich eine Kabine. Anna schätzte ihn auf Ende sechzig, ein großer Mann von blühender Gesichtsfarbe, mit kleinen hellen wachen Augen, einem wilden grauen Haarschopf und einem übermütigen Lachen, das sich nach wenigen Minuten nicht nur als ansteckend erwies, sondern auch als fabelhafte Methode, die Aufmerksamkeit auf ihren Tisch zu lenken. Die Kellner kamen immer zuerst zu ihnen, ebenso wie ihr Reiseleiter Omar, der sich ihnen vorstellte, während sie auf das Essen warteten.

»Willkommen. Morgen beginnen wir unsere Besichtigung im Tal der Könige. Karnak und den Tempel von Luxor werden wir am letzten Tag der Kreuzfahrt besichtigen. Wir stehen morgen sehr früh auf. Wir überqueren den Fluss mit einer Fähre und fahren dann mit dem Bus weiter. Der Tagesplan wird jeden Morgen oben an der Treppe vor der Lounge ausgehängt.« Er war ein enorm attraktiver Mann, der, wie Anna später herausfand, an der Universität von Kairo Geschichte studierte, wenn er nicht gerade als Reiseleiter unterwegs war. Er sah sie alle rundherum an und lächelte hinreißend, wobei seine weißen Zähne ein kleines Vermögen an blitzendem Gold sehen ließen. »Wenn Sie irgendwelche Fragen oder Probleme haben, dann wenden Sie sich bitte jederzeit an mich.« Er verbeugte sich und ging weiter zum nächsten Tisch.

Während ihre Augen ihm folgten, sah Anna, wie er sich wieder verbeugte und sich jedem einzelnen Gast vorstellte. Da bemerkte sie den Mann, neben dem Omar stand. Mit dem Rücken zu ihr, den Arm über die Rückenlehne gehängt, saß ihr Sitznachbar aus dem Flugzeug und lauschte mit nach oben gewandtem Gesicht Omars kurzer Rede. Er musste also doch im Bus gewesen sein. Er hatte sich umgezogen und trug jetzt ein dunkelblaues Hemd mit offenem Kragen, dazu helle Leinenhosen. Sie bemerkte, wie er gegenüber Omar eine leise Bemerkung machte, die diesen erröten ließ und bei den Übrigen am Tisch lautes Lachen auslöste. Er war also noch immer unangenehm. Das lag wohl in seiner Natur. Sie unterdrückte ein zaghaftes Triumphgefühl, dass sie also doch auf derselben Kreuzfahrt war wie er!

»Haben Sie einen Bekannten entdeckt?« Andy reichte ihr einen Korb mit warmen Brötchen.

Sie schüttelte den Kopf. »Er saß bloß im Flugzeug neben mir.«

»Ach so.« Andy starrte über die Schulter, dann wandte er sich wieder ihr zu. »Ganz schön mutig von Ihnen, allein hierher zu reisen. Warum haben Sie beschlossen, nach Ägypten zu kommen, nachdem Sie Ihren Gatten los waren?«

Sie zuckte zusammen. »Wie Sie gesagt haben, ich habe eine Leidenschaft für alles Ägyptische. Na ja, vielleicht ist das übertrieben. Meine Ur-Urgroßmutter hieß Louisa Shelley. Sie reiste in den späten 1860er Jahren hierher, um zu malen...«

»*Die* Louisa Shelley? Die Aquarellmalerin?« Jetzt war er ganz Ohr. »Aber sie ist sehr berühmt! Es ist keine sechs Monate her, dass ich eine Zeichnung von ihr verkauft habe.«

»Verkauft?« Anna runzelte die Stirn.

»In meinem Geschäft. Ich handle mit Kunst und Antiquitäten.« Er lächelte sie an.

Von der anderen Seite beugte sich Charley herüber und gab ihm einen Klaps auf das Handgelenk. »Bitte keine Geschäftsgespräche, Andy. Das hast du doch versprochen.« Mit müden Augen musterte sie Anna von oben bis unten. »Bitte stacheln Sie ihn nicht dazu an!« Ihr Blick wurde nicht von einem freundlichen Lächeln begleitet. »Und was machen Sie?« Sie wartete mit hochgezogenen Augenbrauen.

Anna hatte gar keine Chance zu antworten, denn Andy fuhr dazwischen. »Sie will hier das Vermögen ihres Ex-Mannes durchbringen, Schatz, was dachtest du denn? Und ich glaube, wenn wir nach Hause kommen, kann ich ihr ein paar tolle Sachen verkaufen, aber im Augenblick wollen wir uns auf das konzentrieren, was Ägypten zu bieten hat, allem voran das ägyptische Essen. Wussten Sie, dass dieses Schiff berühmt ist für sein Essen?«

Anna warf Andy einen Blick zu. Seine offene Fröhlichkeit erweckte Vertrauen. Plötzlich bemerkte sie, dass Charleys Hand, die neben ihrem Teller lag, die von Andy berührte. Also war er doch nicht mehr zu haben. Sie würde vorsichtig sein müssen. »Wenn Sie sich für Kunst und Antiquitäten interessieren, dann sollte ich Ihnen vielleicht mein altägyptisches Parfümfläschchen zeigen.« Sie lächelte.

Andy lehnte sich zurück und legte den Kopf schief. »Echt altägyptisch?«

Sie zuckte die Achseln. »Angeblich nicht. Aber es stammt von Louisa und ich glaube, sie hat es dafür gehalten. Ich habe auch ihr Tagebuch dabei. Ich werde ja sehen, ob sie irgendwo erwähnt, wo sie es gefunden hat. Ich fand es nett, es mitzunehmen. Dahin, woher es stammt.«

»Finde ich auch.« Andy beobachtete den nubischen Kellner, der sich mit der Suppe näherte. »Sie müssen mir beides bei Gelegenheit zeigen. Ich kenne mich ein bisschen mit Altertümern aus, außerdem würde ich wahnsinnig gerne Louisa Shelleys Tagebuch sehen. Enthält es zufällig Zeichnungen?« Er hatte sein Brötchen in die Hand genommen und zerkrümelte es zwischen den Fingern.

Anna nickte. »Ein paar kleine Illustrationen. Die meisten ihrer Zeichnungen sind in den Skizzenbüchern, die sie dabei hatte.«

Plötzlich bemerkte sie, dass am Nebentisch ihr Nachbar aus dem Flugzeug auf sie aufmerksam geworden war. Er starrte sie so eindringlich an, dass sie argwöhnte, er hätte ihrem Gespräch gelauscht. Sie lächelte ihm kurz zu – nur eine winzige Geste – und bekam ein Nicken als Antwort.

»Ihr Freund aus dem Flugzeug hat Sie entdeckt, wie ich sehe«, raunte Andy ihr amüsiert zu.

»Scheint so.« Anna fragte sich, warum seine Tischnachbarin, Serena, getrennt von ihren Reisegenossen saß. Bislang hatte sie sich noch nicht einmal zu ihnen umgedreht. Noch während sie hinsah, lächelte die Frau ihrem Tischgenossen zu und begann sich angeregt mit ihm zu unterhalten. Er wandte sich sofort wieder ihr zu und dabei sah Anna sein recht attraktives Lächeln.

Sie griff nach ihrem Löffel. Es war eine Gemüsesuppe, leicht gewürzt, dünn, aber köstlich. Eine willkommene Abwechslung nach dem abgepackten Essen auf der Reise. »Er war ganz fasziniert von dem Tagebuch. Ich hab' es während des Fluges gelesen und er konnte seine Augen gar nicht davon abwenden.«

»Tatsächlich?« Andy kniff leicht die Augen zusammen. »Anna, Sie passen doch gut darauf auf, nicht wahr? Es ist mit Sicherheit sehr wertvoll. Es wäre eine gewaltige Versuchung für jeden, der erraten könnte, was es ist.« Seine Augen waren ernsthaft besorgt.

Zum ersten Mal seit langer Zeit fühlte Anna einen Anflug dankbaren Glücks. Er schien sich wirklich für das, was sie sagte, zu interessieren. »Sie glauben doch nicht, dass er versuchen würde, es zu stehlen?«

»Nein, natürlich nicht. Er war sicher nur neugierig. Ein handgeschriebenes Tagebuch ist nicht die übliche Reiselektüre, die man in einem Flugzeug erwartet.« Er lachte leise.

Anna warf noch einen Blick hinüber zu dem anderen Tisch und stellte zu ihrer Verwirrung fest, dass der Mann im blauen Hemd sie immer noch ansah. Sein Gesicht hatte einen leicht hämischen Ausdruck. Sie schaute weg, verlegen, weil sie erwischt worden war, und lächelte, ohne sich etwas dabei zu denken, den Nubier an, der hinter dem Serviertisch stand. Er erwiderte ihren Blick und war sofort bei ihr. »Mehr Suppe, Madam?«

Andy kicherte. »Tja, die müssen Sie jetzt essen.«

Sie sah auf. »Ja bitte, das wäre nett.« Sie sah ihrem Teller nach und zuckte hilflos die Achseln. »Sie werden mich für kolossal gefräßig halten.«

»Oder bloß hungrig.« Andy lachte wieder. »Damit Sie sich besser fühlen, nehme ich auch noch eine Portion. Ihnen ist doch hoffentlich klar, dass dies ein viergängiges Menü ist«, fuhr er fort, als ihr neu gefüllter Teller gebracht wurde.

»Nein!«

»Doch! Und ich werde etwas Wein dazu bestellen.« Er hob die Hand und winkte den Kellner heran.

»Diese wunderschönen Gewänder!«, flüsterte Anna, als der Mann sie bedient hatte und zu seinem Beobachtungsposten beim Serviertisch zurückgekehrt war. Die Kellner trugen lange gestreifte hemdartige Baumwollgewänder, die in der Taille mit einer roten Schärpe zusammengehalten wurden. »Sie sehen einfach glänzend aus.«

Andy griff nach der Flasche. »Man nennt sie *Djelaba*.«

»Was?«

»Die Gewänder, die die Männer hier tragen. Enorm bequem.

Kühl.« Er drehte dem Nachbartisch den Rücken zu, lehnte sich zurück, strahlte zuerst Charley an, die mit einem bösen Blick antwortete – es ärgerte sie sichtlich, dass Andy der neuen Reisegefährtin so viel Aufmerksamkeit widmete –, und dann Anna. »Zweifellos werden wir uns irgendwann auf dieser Reise so kostümieren müssen. Ich habe gehört, dass sogar die teuersten und snobistischsten Schiffe sich bewogen fühlen, ihre Passagiere mit irgendeiner Art von Kostümfest lächerlich zu machen.«

»Allmählich bekomme ich den Verdacht, dass Sie nicht zum ersten Mal in Ägypten sind.« Anna sah zu, wie er die Weinflasche, die gerade gekommen war, mit zusammengekniffenen Augen betrachtete.

»Zum ersten Mal auf so einer Kreuzfahrt.« Er goss ein wenig Wein in sein Glas und hob es prüfend an die Nase. »Das könnte sich als Fehler erweisen. Man sollte in Ägypten eigentlich bei Bier bleiben, wenn man nicht französischen Wein trinken will. Nicht übel, glaube ich. Mögen Sie etwas?« Er griff nach ihrem Glas.

Auf seiner anderen Seite hatte Charley endlich ein angeregtes Gespräch mit Ben Forbes angefangen. Ihr langes rotes Haar war nach vorne über ihre Schulter gefallen und ein paar Strähnen hingen in die Suppe. Sie schien es nicht zu bemerken.

»Ich war ein wenig nervös, als ich so ganz allein auf diese Reise ging«, fuhr Anna fort, »aber jetzt weiß ich ja, wen ich um Rat fragen kann.«

»Aber sicher.« Er zwinkerte. »Jetzt essen Sie die Suppe. Ich sehe schon, die *Hors d'oeuvres* warten.«

Als die Mahlzeit endlich vorbei war, begaben sich die meisten der Passagiere in die Lounge-Bar, andere gingen durch die Flügeltüren hinaus aufs Deck. Anna schauderte, als sie in die Dunkelheit hinaustrat. Sie hatte die sanfte Luft von vorhin erwartet, aber inzwischen war eine kalte Brise aufgekommen. Sie wand sich zwischen den Tischen und Stühlen hindurch bis zum Heck und lehnte sich an die Reling, allein. Andy und Charley waren drinnen an der Bar geblieben, sie konnte sie durch die halb geöffnete Türe lachen hören. An dieser Stelle war der Fluss breit, auch wenn sie jetzt wenig sehen konnte. Am Ufer, wo sie festgemacht hatten, lagen die eng zusammengedrängten Lehmhäuser größtenteils im Dunkeln und die einzigen Laute kamen wie ferner Gesang von einem anderen Schiff weiter hinten und von dem gelegentlichen Plätschern des Wassers gegen das Schlammufer.

»Also sind wir doch auf derselben Kreuzfahrt.« Die Stimme unmittelbar neben ihr ließ sie zusammenzucken. »Verzeihen Sie, dass ich an Ihrem guten Geschmack gezweifelt habe.«

Sie wandte sich um und sah das blaue Hemd und das sandfarbene Haar. Er lehnte am Geländer, ohne sie anzusehen, scheinbar in Gedanken versunken. Er drehte sich um und streckte die Hand aus. »Ich heiße Toby. Toby Hayward.« Im Stehen erkannte sie, dass er viel größer war, als sie erwartet hatte. Er war schlaksig gebaut und in den Schultern leicht gebeugt.

»Ich bin Anna Fox.« Sein Händedruck war fest, aber kurz.

Sie starrten beide einige Augenblicke in die Dunkelheit hinaus. »Wissen Sie, ich kann es kaum glauben, dass ich hier bin«, fuhr Anna leise fort. »Auf dem Nil. Irgendwo da draußen in der Dunkelheit sind Tut-ench-Amuns Grab, das alte Theben und die Wüste, und dahinter das Herz Afrikas.«

Er gluckste leise. »Eine Romatikerin. Hoffentlich werden Sie nicht enttäuscht.«

»Nein, auf keinen Fall.« Plötzlich fühlte sie sich angegriffen. »Es wird wunderbar.« Sie wandte sich ab und wanderte zwischen den leeren Tischen und Stühlen zurück in die Lounge.

Andy entdeckte sie sofort. »Anna, kommen Sie, lassen Sie sich zu einem Drink einladen.«

Sie schüttelte lächelnd den Kopf. »Danke, aber ich glaube, ich lege mich jetzt schlafen. Morgen müssen wir früh los und ich habe da draußen ein bisschen gefroren. Ich hätte nicht gedacht, dass es in Ägypten so kalt werden kann.«

»Das ist der Wüstenwind.« Andy nahm ihre Hand zwischen seine beiden Hände. »Meine Güte, ja. Sie ist eiskalt. Wollen Sie sich nicht lieber doch von einem starken Drink auftauen lassen?«

»Nein, danke.« Sie merkte, dass sich die Tür hinter ihr öffnete und Toby hereinkam; jetzt war das Deck ganz verlassen. Ohne sich um die anderen Passagiere zu kümmern, ging er schnurstracks durch die Lounge zu den Kabinen.

Sie folgte ihm betont langsam, während er auf die Treppe zustrebte, denn sie wollte ihn nicht einholen, aber als sie ihre

Kabinentür erreichte und aufschloss, war er nirgendwo mehr zu sehen.

Sie blieb stehen und sah sich um. Die Kabine sah nicht mehr kahl und unpersönlich aus. Und sie war nicht mehr kalt. Sie war warm und einladend, die Nachttischlampe brannte, das Bett war aufgeschlagen, das Handtuch, das sie vor dem Essen benutzt hatte, war schon durch ein frisches ersetzt. Ihre eigenen Sachen machten den Raum einladend und freundlich; das Parfümfläschchen auf seinem Ehrenplatz auf dem Toilettentisch verdoppelte sich im Spiegel, ein kleiner, beinahe leuchtender Farbfleck auf dem braunen Holz. Mit einem Mal war sie sehr glücklich.

Das Tagebuch wartete neben dem Bett. Vielleicht blieb sie noch lange genug wach, um ein wenig weiter zu lesen und zu erfahren, wie Louisa das Tal der Könige zum ersten Mal erlebt hatte. Dann würde sie wissen, was sie morgen erwartete.

2

Zwei Dinge verabscheuen die Götter:
Schlechtigkeit und Falschheit. Wer nicht ohne Fehl ist
und dennoch dem blutigen Maul Ammits entgeht,
was hat der zu erwarten?
Ihm, der die Fußfesseln an die Feinde der Götter heftet,
ihnen, die in den Schlachthöfen schlachten;
ihnen kann keiner entrinnen.
Mögen sie mich nie mit ihren Messern stechen;
möge ich nie hilflos in ihre Folterkammern geraten.
Besser ist es, zum Körper in der stillen Hitze der Totenkammer
zurückzukehren und zu warten.
Ich bin Heute und Gestern; ich habe die Macht,
ein zweites Mal geboren zu werden.

Thoth, der Richtergott, sieht die Herzen der Menschen und runzelt die Stirn, als das erste in die Waagschale gelegt wird und der Waagbalken zu zittern beginnt.

Ammit, die die Toten frisst, sitzt neben der Waage und leckt sich die schrecklichen Lippen. Wiegt dieses Herz mehr als die Feder Maats, wird es ihr zum Lohn. Diese Männer dienten den Göttern. Der eine war Priester der Isis und des Amun. Der andere war Priester der Isis und ihrer Schwester Sekhmet, der blutmäuligen Löwin, der Göttin des Krieges und des Zorns und – seltsam wunderbarer Widerspruch – des Heilens. Sie müssten die Prüfung bestehen; sie müssten zum ewigen Leben voranschreiten bei den Göttern, denen sie dienten. Doch an ihren Händen klebt Blut, in ihren Herzen wütet die Rache und in ihren Köpfen lebt die Gier nach dem Lebenselixier. Wenn sie jetzt die Prüfung nicht bestehen, werden sie den Schrecken der Ammit und die Qualen der Verdammten fliehen, und sie werden in die Totenkammer zurückkehren, um zu warten. Alles wird dunkel.

Im Morgengrauen war Louisa bereit. Hassan wartete am Ufer mit drei Eseln. Essen, Wasser und ihr Malzeug wurden rasch und schweigend in den Satteltaschen des einen verstaut und Hassan half ihr auf ihren. Dann stieg er auf seinen Esel, wobei er die Leitzügel der beiden anderen fest in der Hand hielt. Hinter ihnen war die Besatzung der *Ibis* mit ihren Arbeiten beschäftigt. Von den Forresters oder Jane Treece war nichts zu sehen. Louisa lächelte erleichtert. Sie würden ihnen entkommen.

Bislang hatten sich die Forresters nicht als die Art von Gastgebern erwiesen, die sie sich erhofft hatte. Ihr Tagesablauf war sogar noch eingeschränkter als der von Isabella und Arabella. Auch sie sahen nicht ein, warum man die Altertümer besichtigen sollte, besonders diejenigen, die mit einem Halbtagesritt durch die glühende Hitze verbunden waren. Zu allem Überfluss fühlten sie sich für Louisas moralisches Wohl verantwortlich. Ein Dragoman war für sie gemietet worden, aber sie durfte nicht mit ihm allein sein. Zwar war sie nicht nur wegen ihrer Gesundheit nach Ägypten gekommen, sondern – zumindest ihrer Meinung nach – um die Altertümer zu malen, dennoch hielten sie dies weder für wichtig noch für ratsam.

In der Tat hatten sie vor, langsam nilaufwärts zu segeln, sobald der Dampfer mit der Post aus England in Luxor angekommen war. In ihrer Verzweiflung, vielleicht nie das Tal der Gräber besuchen zu können, hatte Louisa ihr Heil in der Heimlichtuerei gesucht. Sie hatte Hassan getroffen, der im Schatten der Markise auf Deck saß und in sein Notizbuch schrieb. Er sprang auf, als sie sich näherte, und lauschte ernst ihren geflüsterten Instruktionen. Ihr war nur zu bewusst, dass Lady Forrester noch in der letzten Minute darauf bestehen konnte, dass Jane Treece sie als Anstandsdame begleitete. Daher hatte Louisa ihnen erzählt, sie würde erst im Laufe des Vormittags aufbrechen. Nur Hassan erklärte sie, dass sie im Morgengrauen aufbrechen mussten.

Als sie erwachte, war es noch dunkel. Sie zog sich an, so leise sie konnte. Ihre ersten kurzen Begegnungen mit dem Mann, der ihr Dragoman sein sollte – Führer, Begleiter, Diener und Dolmetscher –, waren angenehm verlaufen. Er war ein stiller, ernster Mann und sich seiner Verantwortung voll bewusst. Und er stellte von Anfang an klar, dass er sich nur Louisa gegenüber verpflichtet fühlte. Er würde sie begleiten, wohin immer sie gehen wollte.

»Hat er einen Namen?« Louisa tätschelte den Hals ihres Tieres, als sie aufbrachen.

Hassan zuckte die Achseln. »Ich weiß es nicht. Ich habe sie für den Ausflug gemietet.«

»Er muss einen Namen haben. Vielleicht sollte ich ihm einen geben. Caesar. Klingt das gut?«

Hassan lächelte zu ihr herüber, während sie rasch vom Ufer wegritten und zwischen ein paar Lehmhäusern einbogen, außer Sichtweite der *Ibis*. »Das ist ein guter Name. Ich werde meinen Antonius nennen. Und unser Lasttier soll Cleopatra sein.«

Louisa lachte vergnügt. »Was werden wir für eine vornehme Gesellschaft sein!« Er war ein gut aussehender Mann, mittelgroß, schlank, in weiten blauen Hosen und einem gestreiften Gewand. Er hatte große, dunkle Augen, umrahmt von langen Wimpern. Louisa musterte ihn verstohlen und fragte sich, wie alt er wohl sein mochte. Das war schwer zu sagen. Sein Haar war völlig unter dem roten Turban verborgen. Er hatte Fältchen in den Augenwinkeln und Lachfalten von der Nase zum Mund, ansonsten war seine Haut straff.

»Wie weit müssen wir reiten bis zum Tal, Hassan?« Sie konnte es sich nicht verkneifen, sich umzuschauen.

»Das werden wir wissen, wenn wir ankommen. Wir haben den ganzen Tag Zeit.« Sein Lächeln war herzlich und offen.

Louisa lachte. In Ägypten, so viel hatte sie bereits verstanden, geschah alles zu seiner Zeit. Das war der Wille Gottes. Mit einem zufriedenen Seufzer setzte sie sich auf dem Filzsattel zurecht und versuchte, sich dem Schritt ihres Esels anzupassen.

Der Weg durch die Felder mit Weizen und Gerste war kühl im Licht der Morgendämmerung unter den Eukalyptusbäumen und den hohen anmutigen Dattelpalmen; sie entspannte sich und genoss die duftende Luft und die Grüße der Fellachen, die sie auf dem Weg in die Felder überholten. Nur allzu bald erreichten sie den Rand der bebauten Ackerfläche entlang des Nils und drangen in die Wüste vor. Vor ihnen erhob sich die lang gestreckte rote Schulter der thebanischen Hügel, sonst so geheimnisvoll nah, dass man sie vom Schiff aus sehen konnte, jetzt aber in dunstiger Ferne.

Bevor die Sonne zu hoch stieg, machten sie kurz Rast, um ein Frühstück aus Wassermelone, Käse und Brot zu sich zu nehmen, dann ritten sie weiter. Die Hügel vor ihnen kamen endlich näher. Louisa fächelte sich unter dem Schatten ihres breitkrempigen Hutes Luft zu und blickte nach oben. Ein Falke segelte über ihnen, ein dunkler Fleck im strahlenden Blau des Himmels.

»Bald da, sehr bald.« Hassan zügelte seinen kleinen Esel. »Wollen Sie Bilder von den Bergen malen?«

Louisa nickte. »Ich will die Berge sehen und die Gräber der Pharaonen.«

»Natürlich, was sonst?« Hassan lächelte. »Ich habe Kerzen und Fackeln mitgebracht, damit wir sie sehen können.« Er deutete auf das Packtier. »Nicht weit, dann können Sie rasten.«

Sie nickte wieder. Schweiß rann ihr den Rücken und zwischen den Brüsten hinunter. Ihre Kleider fühlten sich schwer und bedrückend an. »Ich dachte, man würde viele Besucher auf dieser Straße sehen«, rief sie ihm zu. Die Einsamkeit machte sie allmählich nervös.

»Es kommen viele Besucher.« Er zuckte die Achseln. »Der Dampfer ist einige Tage lang nicht hier gewesen. Wenn er kommt, werden auch die Besucher wiederkommen.«

»Ach so.« Sie lächelte unsicher. Auf der kaum erkennbaren Straße waren keine anderen Reiter unterwegs. Es gab auch keine Spuren.

»Da sind keine Fußspuren, keine Anzeichen von irgendjemand anderem.« Sie gestikulierte beunruhigt.

Er schüttelte den Kopf. »Gestern Nacht war es windig. Pfuff!« Er blies die Backen auf und fuchtelte mit den Händen. »Der Sand kommt und alles verschwindet.«

Louisa lächelte. Das war ein Satz für ihr Tagebuch, den durfte sie nicht vergessen: Der Sand kommt und alles verschwindet. Das Epitaph einer Kultur.

Als sie die Hügel erreichten, wurde die Straße steiler und schließlich bogen sie in das verborgene Tal, wo sie deutlich die rechteckigen Türen sehen konnte, die in die gleißenden Kalkfelsen gemeißelt waren. Hassan hielt an, glitt von seinem Esel und half ihr beim Absteigen. Während sie dastand und um sich schaute und dem Heulen des seltsamen warmen Windes und dem Kreischen der kreisenden Falken lauschte, packte er ihre Skizzenbücher und Farben und einen Perserteppich aus, den er nahebei auf dem Sand ausbreitete. Anschließend zog er Stangen hervor, über die er als Sonnendach ein grün und blau gestreiftes Tuch spannte, wie ein Beduinenzelt, sodass sie in dem kargen Tal etwas Schutz hatte.

»Ich dachte, hier würden Leute graben. Ausgrabungen machen. Warum ist alles so leer?« Sie starrte um sich, immer noch überwältigt von der Verlassenheit des Tals.

Er zuckte die Achseln. »Manchmal sind viele da. Manchmal gar keine. Das Geld geht aus.« Er hob wieder beredt die Schultern. »Sie müssen fortgehen und mehr besorgen. Dann kommen sie zurück. Dann sehen Sie das Wadi voller Leute. Die hiesigen Männer sind immer da. Wir werden sie sehen, nehme ich an. Sie graben nachts. Wenn sie ein neues Grab finden, dann graben sie auch morgens, sogar in der Hitze des Tages. Was sie finden, müssen sie in Boulak im Amt abgeben, aber …« Wieder das Achselzucken, das sie allmählich gut kannte.

Er griff in die Satteltasche des Esels und holte zwei Kerzen und eine kleine Lampe heraus. Er schwenkte sie und verbeugte sich. »Sie wollen jetzt ein Grab von innen sehen?«

Sie nickte. Die Gräber würden himmlisch kühl sein nach der endlosen Sonnenglut. Sie griff nach einer Wasserflasche und Hassan goss ihr eilig etwas daraus ein. Das Wasser war warm und muffig, aber sie trank es dankbar, dann tauchte sie ihr Taschentuch in den Becher und wischte sich die Stirn damit.

Ein Skizzenbuch unter dem Arm, wandte sie sich um und folgte Hassan zu einer der Felsentüren.

»Wir fangen hier an.« Er winkte sie zu einem der Eingänge. »Es ist das Grab Ramses' VI. Es ist seit der Zeit der Alten offen.«

»Sie haben schon andere Leute hierher gebracht. Kennen Sie alles so gut wie die hiesigen Führer?«, fragte sie.

»Natürlich.« Er nickte. »Ich habe die Führer aus den Dörfern schon tausendmal gehört. Ich brauche sie nicht mehr.«

Als sie in den Eingangskorridor traten, starrte Louisa in die Dunkelheit. Nach der Helligkeit draußen war sie zunächst völlig blind. Erst allmählich begannen sich ihre Augen an das Dunkel zu gewöhnen. Das flackernde Licht von Hassans Kerze erleuchtete nur schwach die Wände des langen Gangs, in dem sie sich befanden, aber in ihrem blassen Schein konnte sie den atemberaubenden Tumult von Figuren und Farben sehen, der sich bis weit nach vorne erstreckte. Dann zündete er die Lampe an und in dem rauchigen Licht, das ihr entströmte, erkannte sie Hieroglyphen und Götter und Könige, die Wände und Decke in glühenden Farben bedeckten. Sie stand regungslos auf dem abschüssigen sandigen Boden und blickte sich erstaunt und beglückt um. »Ich hatte ja keine Ahnung«, sagte sie atemlos. »Überhaupt keine Ahnung, dass es so ...« Sie suchte nach Worten. »So wundervoll sein würde.«

»Schön?« Hassan sah sie an.

»Sehr, sehr schön.« Sie machte ein paar Schritte vorwärts, dabei rutschten ihre Schuhe über den steil abfallenden Gang. »Hassan, es ist großartiger, als ich es mir je erträumt habe.«

Die tiefe Stille des Ortes war überwältigend. Doch statt kühler zu sein, war das Grab heiß und stickig wie ein Backofen. Sie näherte sich einer Wand und legte ihre Hand einen Augenblick lang auf den bemalten Stein. »Es wäre sehr schwer, das abzumalen. Oder gar dieses Wunder zu vermitteln. Dieses Geheimnis. Das könnte ich nie. Meine Zeichnungen wären zu impressionistisch, zu unangemessen.« Sie zuckte hilflos die Achseln.

»Ihre Bilder sind sehr gut.« Er hob die Lampe höher, sodass das Licht etwas weiter in die Dunkelheit schien.

»Woher wollen Sie das denn wissen? Sie haben doch noch gar keine gesehen«, erwiderte sie über die Schulter.

»Ich habe gesehen. Als ich den Esel beladen habe, hat der Wind das Buch aufgemacht.« Er folgte ihr mit einem fröhlichen Lächeln. »Ich konnte nicht anders, ich habe gesehen. Hier. Vorsicht. Hier geht eine lange Treppe hinunter.«

Das kleine Viereck aus Tageslicht am Eingang hinter ihnen verschwand plötzlich, als sie eine lange, grob ausgehauene Treppe hinunterstiegen. Der Kerzenschein fing sich auf den vielfarbigen Wänden, breitete sich, als sie die von Pfeilern getragene Kammer am Treppenfuß erreichten, aus und wurde dann wieder schwächer, als verlöre er sich in der finsteren Weite. Eine weitere Folge von Gängen führte tiefer und tiefer in die Dunkelheit, bis sie schließlich die Grabkammer ganz unten erreichten. Louisa verschlug es den Atem und sie blieb stehen. Über ihnen in den flackernden Schatten überspannten zwei riesige, merkwürdig lang gezogene Figuren die Decke.

»Nut. Himmelsgöttin.« Hassan stand neben ihr und hielt die Lampe hoch. Da plötzlich spürte sie mit ungeheurer Intensität, wie nahe er ihr war. Sie sah ihn verstohlen von der Seite an, während er zu den Figuren hinaufblickte. Sein Gesicht war nur eine Silhouette in dem weichen Licht.

Er drehte sich um und ertappte ihren Blick. Sie wurde rot. »Darf ich die Lampe haben?«

»Natürlich. Setzen Sie sich, Louisa.« Eine halbe Sekunde lang berührten sich ihre Hände, als ihre Finger sich um den hölzernen Schaft schlossen. Dann trat sie abrupt zur Seite. »Erzählen Sie mir von der Himmelsgöttin.«

Anna erwachte mit einem Ruck. Das Licht in ihrer Kabine brannte noch, das Tagebuch lag auf ihrer Brust. Sonnenlicht drang durch die Schlitze der Fensterläden und sandte helle schmale Lichtstreifen über Fußboden und Wände. Sie sprang aus dem Bett und schob die Läden auf. Der Fluss draußen war strahlend blau. Ein Nilkreuzer fuhr stromaufwärts, während sie am fernen Ufer jenseits des breiten Stroms die Palmen sehen konnte, dann einen Streifen grüner Felder und ganz in der Ferne im Dunst die Berge, eine rosa und ockerfarbene Linie im frühen Morgenlicht.

Sie zog sich rasch ein blaues Hemd an, bahnte sich einen Weg durch die Tische und Stühle der Lounge und ging auf das menschenleere Deck. Es war bereits heiß auf dem Achterdeck, aber unter der Markise gab es Schatten. Sie lehnte sich an die Reling und betrachtete voller Freude die Palmen am anderen Ufer. Das Kreuzfahrtschiff war nicht mehr zu sehen und einen Moment lang war der Fluss leer. Erst nach einigen Minuten löste sie sich von diesem Anblick und ging zum Speisesaal, wo das Frühstück wartete. An der Tür traf sie Serena, die Kabinengenossin von Charley, die am Vorabend am Nebentisch gesessen hatte. Sie war um die fünfundvierzig, schlank und attraktiv, mit kurzen, dunklen Haaren und riesengroßen grünen Augen. Sie lächelte Anna fröhlich an und sagte: »Bis später.« Begrüßung und Abschied in einem. Sie hielt Anna die Tür auf und verschwand dann in Richtung Kabinen. Im Speisesaal saß nur Charley, an demselben Tisch wie gestern Abend.

»Guten Morgen.« Anna setzte sich in ihre Nähe. »Haben Sie gut geschlafen?« »Ich habe kein Auge zugetan.« Charley machte ein finsteres Gesicht. Sie hielt eine Tasse schwarzen Kaffee umklammert. »Ich hasse das Fliegen und ich hasse Schiffe.«

Anna verbarg ein erstauntes Lächeln. Sie widerstand der Versuchung zu fragen, warum Charley unter diesen Umständen solch einen Urlaub machte. »Soll ich Ihnen etwas vom Buffet mitbringen?« Der Serviertisch hinter ihnen war mit Frühstücksflocken und Früchten, Käse, kaltem Fleisch und Eiern beladen.

Charley schüttelte den Kopf. Ihr langes Haar war an diesem Morgen zu einem Pferdeschwanz zurückgebunden und sie trug T-Shirt und Jeans. »Kümmern Sie sich nicht um mich. Mir wird erst wohl, wenn ich das hier getrunken habe.« Dabei deutete sie auf den Kaffee.

»Haben die anderen schon gefrühstückt?« Anna ließ ihren Blick über die leeren Plätze schweifen, die die Kellner bereits abgedeckt hatten.

Charley nickte. »Alles Frühaufsteher.« Sie sah Anna von der Seite an. »Andy und ich sind ein Paar. Wir sind schon einige Monate zusammen.«

Anna sah dem Kellner zu, der ihr Kaffee einschenkte, dann stand sie auf, um zum Buffet zu gehen. »Das habe ich mir schon fast gedacht.« Sie lächelte. Charleys Bemerkung war eine deutliche Warnung, ein Schuss vor den Bug. Aber hatte Andy nicht gesagt, er sei noch zu haben? Anna türmte Obst, Käse und ein köstliches lockeres Croissant auf ihren Teller und ging zum Tisch zurück. Charley war verschwunden.

Als Anna in ihre Kabine zurückkehrte, um Sonnenhut, Sonnenbrille und Reiseführer zu holen, blieb sie einen Augenblick stehen und sah sich um. Sie hatte das Tagebuch auf dem Nachttisch liegen lassen. Sie zögerte kurz, dann holte sie ihren Koffer vom Schrank, legte das Tagebuch hinein und schloss ihn ab. Dann wuchtete sie ihn wieder an seinen Platz. Als sie eine Haarbürste und Sonnencreme vom Toilettentisch nahm und in ihre Tasche warf, fiel ihr Blick auf das Parfümfläschchen. Hätte sie das nicht auch lieber wegschließen sollen? Sie zögerte und warf einen Blick auf ihre Uhr. Man hatte ihnen gesagt, sie sollten sich um Viertel vor sieben im Empfangsbereich einfinden, um zum Aufbruch um sieben Uhr bereit zu sein. Sie wollte nicht den Bus verpassen. Die Entscheidung war leicht. Sie würde es einfach mitnehmen. Sie nahm das Fläschchen, wickelte es in einen der dünnen Seidenschals, mit denen sie sonst ihr Haar zurückband, und steckte das scharlachfarbene Bündel in ihre Tasche. Dann verließ sie die Kabine.

Ein kleiner Bus holte sie am Ufer ab und brachte sie zur Fähre in Luxor. Sie nahm einen der hinteren Sitze im Bus und sah neugierig zum Fenster hinaus. Zu ihrer Überraschung kam Andy und setzte sich neben sie, wobei er seine breite Gestalt mit einer Vertraulichkeit in die engen Sitze zwängte, die Anna, wie sie sich selbst eingestand, nicht unangenehm fand. »Na, wie geht es Ihnen heute? Aufgeregt?«

Unwillkürlich sah sie sich nach Charley um, konnte sie aber nirgends entdecken. Sie nickte. »Mir geht es gut. Sehr aufgeregt, ja.« Jetzt erkannte sie alle Gesichter. In der Nähe saßen Sally Booth und Ben Forbes. Und Serena neben einer älteren Dame in einem kirschroten Hosenanzug. Dann waren da noch zwei Paare, deren Namen sie nicht kannte. Und hinten im Bus saß ganz allein Toby Hayward.

»Haben Sie ihr kostbares Tagebuch dabei?« Andy musterte die Tasche auf ihrem Schoß.

Sie schüttelte den Kopf. »Ich habe es in meinem Koffer eingeschlossen.« Sie grinste ihn an. »Das ist sicher ausreichend, Andy. Ich glaube nicht, dass sich irgendjemand dafür interessiert. Wirklich.«

Er betrachtete immer noch ihre Tasche und sie folgte seinem Blick, um herauszufinden, was ihn so fesselte. Ihr Schal hatte sich aufgewickelt und das Parfümfläschchen lag entblößt auf ihrem Reiseführer.

»Schon Souvenirs?« Er lächelte sie an. »Lassen Sie sich von den Straßenhändlern nichts andrehen, was Sie nicht wirklich wollen. Sie sind schrecklich überzeugend.«

Sie schüttelte den Kopf, als müsste sie sich verteidigen. Er hatte es offensichtlich nicht als antik erkannt. Sie wickelte das Fläschchen wieder ein und schob es ganz unten in die Tasche. »Natürlich nicht. Ich kann gut Nein sagen.« Aus dem Augenwinkel sah sie seine hochgezogene Augenbraue, beschloss aber, sie zu ignorieren.

Als der Bus schlingernd den Weg vom Ufer hinauffuhr und in die schmale staubige Straße einbog, sah sie aus dem Fenster die niedrigen, würfelförmigen Lehmhäuser, die die Straße säumten. Sie waren zwei oder drei Stockwerke hoch, dann endeten sie plötzlich, als wären sie nur halb fertig, und Eisenarmierungen ragten meterweise heraus, wie Ansammlungen von Fernsehantennen. Eng aneinander gedrängt wirkten die Häuser wie Barackensiedlungen, die sich um die eigentliche Stadt gruppierten, alle in der gleichen gelbgrauen Farbe, manche allerdings bunt bemalt mit wilden Zeichnungen und Mustern, ein Kontrast zu dem Sandstaub überall. Viele waren mit Teppichen geschmückt, die zum Lüften aus den Fenstern hingen, manche hatten statt Dächern nur ein paar Palmen- oder Strohmatten und überall sah Anna Reihen von amphorenartigen Tontöpfen auf den Dächern oder neben den Türen. Sie schüttelte den Kopf. »Ich kann es ehrlich gesagt immer noch nicht fassen, dass ich hier bin.«

Er lachte. »Sie sind hier, das können Sie mir glauben. Also, haben Sie gestern Abend noch im Tagebuch gelesen?«

Anna nickte. »Ein bisschen. Ich habe die Stelle gefunden, wo sie das Tal der Könige besucht. Es gab eine wunderbare Beschreibung des Tals. Es war leer. Verlassen. Es war niemand mit ihr dort außer ihrem Dragoman Hassan. Sie picknickten auf einem Perserteppich.«

Andy lachte. »Ich fürchte, so werden wir das nicht erleben. Es wird gerammelt voll mit Touristen sein. Manche sagen, es sind solche Mengen, dass es einem alles verdirbt. Keinerlei Atmosphäre, jedenfalls nicht mehr viel. Und keine Dragomane.«

»Das ist so ein hübsches Wort. Ich hätte liebend gerne einen eigenen Dragoman!« Sie klammerte sich an die Lehne des Vordersitzes, als der Bus in ein Schlagloch fuhr und dann mit lärmendem Gehupe scharf nach rechts auf die stark befahrene Hauptstraße bog.

»Kann ich vielleicht zu Diensten sein?«

Sie lächelte ihn an. »Ich glaube, das würde Charley nicht gefallen«, sagte sie sanft. »Wo ist sie übrigens?«

»Irgendwo vorne. Bei Joe und Sally. Sie hat sich an Omar herangemacht.« Das Schlingern des Busses warf ihn für einen Augenblick gegen sie. »Haben Sie Ihre Kamera dabei?«

Sie nickte. »Fotografieren ist eine Leidenschaft von mir. Die Kamera vergesse ich nicht so leicht.«

»Gut. Sie müssen mich vor irgendeinem großen Pharao ablichten, damit ich zu Hause mit meiner Reise angeben kann.«

Sie stiegen aus dem Bus und standen für die kurze Fährfahrt über den Nil an. Auf der anderen Seite wartete ein gleichartiges Fahrzeug, aber älterer Bauart, auf sie. Als Anna sich beim Einsteigen nach Andy umsah, war Charley an seiner Seite. Bei diesem zweiten Teil der Reise saß sie neben Serena.

»Mein erster Ägyptenbesuch.« Die dunkelhaarige Frau trug einen kühlen Musselinrock und eine Bluse in kräftigen kontrastierenden Blau- und Grüntönen.

»Meiner auch.« Anna nickte. »Sie sind mit Charley befreundet, nicht wahr.«

Serena lachte. »Wegen meiner Sünden. Wir wohnen gewissermaßen zusammen in London. Na ja, sie hat ein Zimmer in meiner Wohnung gemietet. Ich hatte die Idee, nach Ägypten zu fahren, und bevor ich mich versah, wollte Charley mit. Sie weiß, wie lange es mich schon hierher zieht, und wahrscheinlich war ich so enthusiastisch und begeistert, dass ich sie angesteckt habe.« Sie schüttelte bedauernd den Kopf. »Sie und Andy haben sich seit einigen Monaten ab und zu gesehen, und als er von der Reise hörte, sagte er halb im Spaß, dass er auch mit will. Charley war sofort im siebten Himmel und da fand er plötzlich, dass er sich für seinen Geschmack ein bisschen zu sehr festgelegt hatte, deshalb fragte er auch noch die Booths. Schon waren wir eine ganze Wagenladung.« Sie seufzte. »Entschuldigung. Klingt wohl so, als würde ich mich beklagen?«

Anna schüttelte den Kopf. »Ich dachte, es ist lustiger, mit Freunden zu reisen als allein.«

»Mag sein.« Serena klang nicht sehr überzeugt davon. Einen Augenblick schwiegen sie, während der Fahrer auf seinen Sitz kletterte und sich vorbeugte, um den Anlasser zu betätigen. Der Bus rüttelte und beruhigte sich dann bei einem gewaltigen, aber stetigen Rattern. »Sie sind allein?« Serenas Frage ging im Lärm des knirschenden Getriebes fast unter.

»Frisch geschieden und unterwegs in die Unabhängigkeit.« Anna hatte das Gefühl, dass ihr munterer Ton einen wehmütigen Beiklang hatte, hoffte aber, dass der nach außen kaum zu hören war.

»Das ist gut.« Serena nickte. »Mein Lebensgefährte ist vor vier Jahren gestorben. Eine Weile hatte ich das Gefühl, ich hätte die Hälfte meines Körpers verloren. Wir waren uns so nahe gewesen, dass es wirklich wie ein körperlicher Verlust war; ein Teil von mir war mit ihm gestorben. Aber es wird besser.« Sie lächelte breit. »Tut mir Leid. Das ist ein bisschen viel für eine erste Unterhaltung, aber wenigstens wissen Sie jetzt, dass jemand da ist, der Sie versteht, wenn Sie mal reden wollen.«

»Danke.« Anna war erstaunt über die Zuneigung, die sie für die andere Frau empfand. Aber es war natürlich nicht dasselbe. Felix war nicht tot. Und ihre Gefühle für ihn – waren sie je so stark gewesen, dass sie ihn als Teil von sich selbst empfunden hatte? Sie glaubte nicht, dass sie sich je so nahe gestanden hatten.

Bei dem Motorenlärm war es unmöglich, sich zu unterhalten, daher wandten sie ihre Aufmerksamkeit der vorbeigleitenden Landschaft zu. Abgesehen von den Autos und Bussen war die Landschaft, wie Anna bemerkte, nicht anders, als Louisa sie vor hundertundvierzig Jahren beschrieben hatte. Und sie wirkte so zeitlos, dass sie auch vor 1400 Jahren genauso ausgesehen haben konnte.

Sie blickte aus dem Fenster, auf das intensive Grün dieses fruchtbaren Landstreifens, der durch schmale Kanäle bewässert wurde, und auf die Schatten der Eukalyptusbäume und Palmen, die dunkle Flecken auf die staubige Straße malten. Da und dort erblickte sie Wasserbüffel, Esel und sogar Kamele; Männer in *Djelabas*, Jungen in Jeans, manche auf Fahrrädern, aber die meisten auf den Rücken kleiner trottender Esel, deren Rippen wie Harfensaiten herausstanden. Und es gab auch Zuckerrohrfelder und kleine schrebergartenartige Rechtecke mit Zwiebeln und Kohl. Dazwischen lagen manchmal kleine, schäbige Papyrus- und Alabasterfabriken.

Sie machten einen kurzen Halt, um auszusteigen und die Memnonkolosse zu fotografieren, zwei massive Figuren aus rötlichem Quarzit, die allein auf dem nackten Schotterboden standen. Dann waren sie wieder im Bus unterwegs zum Rand des grünen fruchtbaren Landes. Schließlich näherten sie sich den Bergen, die sie vom Schiff aus im frühen Morgenlicht gesehen hatte. Als sie näher kamen, wechselten sie die Farbe. Sie wurden weniger braun, weniger rötlich, da die Sonne von dem staubigen Stein und Sand reflektiert wurde. Sie fuhren an Dörfern vorbei, die sich in die Felsen duckten, mit dunklen Löchern zwischen den Lehmhäusern, die neu oder alt sein konnten, Höhlen oder Wohnungen oder Altertümer.

Es war schwierig zu erkennen, fand Anna, ob etwas zwei Jahre alt war oder zweitausend. Hier gab es überhaupt kein Grün mehr. Der Boden bestand nur aus Felsen, Schiefer und Geröll.

Der Busparkplatz im Tal vertrieb all ihre Vorstellungen von Louisas einsamem Besuch der Gräber. Wie Andy ihr schon vorausgesagt hatte, war es zum Bersten voll. Hektarweise Busse, Hunderte von Touristen und darum herum, wie Wespen um einen Marmeladetopf, Dutzende von eifrigen lärmenden Männern in farbenprächtigen *Djelabas* und Kopftüchern, die jede Menge von Postkarten und Statuetten von Bastet und Tut und sonstige Souvenirs anboten.

»Kümmern Sie sich nicht um sie und folgen Sie mir.« Omar klatschte in die Hände. »Ich kaufe die Eintrittskarten und Fotogenehmigungen für Sie, dann können Sie das Tal alleine erforschen oder sich mir anschließen, damit ich Ihnen einige der Gräber zeige.«

Anna sah sich unglücklich um. Dieser Ort war überhaupt nicht, wie sie ihn sich vorgestellt hatte. Nicht im Geringsten. Einen Augenblick blieb sie überwältigt stehen, dann wurde sie in eine lockere Schlange geschwemmt, die sich an den kahlen Felsen entlangbewegte, vorbei an einer Reihe bunter Stände, wo noch mehr Souvenirs feilgeboten wurden. Andy und Charley und auch Serena waren verschwunden. Einen Augenblick lang überlegte sie, ob sie sie suchen sollte, entschied sich aber dagegen. Lächelnd nahm sie ihre Eintrittskarte von Omar entgegen und machte sich dann energisch auf den Weg, um sich allein zurechtzufinden.

Das enge Tal absorbierte das Sonnenlicht und verwandelte sich in einen blendenden Ofen. Die Berge um sie herum waren riesig, ockerfarben, Ehrfurcht gebietend, rau und uneben mit tiefen Rissen. Eine Landschaft, die von der Zeit völlig unberührt schien. Die rechteckigen Eingänge der Gräber waren wie schwarze lockende Schatten über die Felswände verteilt. Manche waren mit Gittern versperrt. Viele waren offen.

»Sie sehen verloren aus, liebste Anna.« Ben Forbes war plötzlich neben ihr. »Wollen Sie sich mit mir hineinwagen?« Sein breitkrempiger Hut saß unternehmungslustig schief und die grüne Leinentasche, die über seiner Schulter hing, sah aus, als hätte sie schon einige Expeditionen hinter sich. Er hatte seinen Reiseführer bereits geöffnet. »Ramses IX. Ich glaube, das ist ein besonders prächtiges Grab. Für den Anfang genauso gut wie jedes andere.«

Er ging voran, eine steile Rampe hinunter, wo sie sich in die Schlange der besichtigungswütigen Touristen einreihten.

»Interessanter Mann, dieser Andy Watson. Wir haben uns beide ein bisschen spät für diesen Urlaub angemeldet, und wie das Schicksal so spielt, gab es nur noch eine Doppelkabine. Also teilen wir sie uns. Ich selbst finde ihn nicht direkt unwiderstehlich, kann aber verstehen, wenn die Damen dies tun.« Er hatte seine Brille abgenommen und putzte sie mit seinem Taschentuch.

»Ja.« Sie nickte.

»Anscheinend hat er einen Narren an Ihnen gefressen.«

»Oh, das glaube ich nicht. Er ist bloß freundlich.«

Ben nickte. »Wahrscheinlich.« Sie schwiegen einen Moment und rückten in der Schlange vorwärts. »Ich saß im Bus neben Charley.«

Anna warf ihm einen Blick zu. »Seiner Freundin?«

»Sagt sie wenigstens. Verzeihen Sie, dass ich meine Nase da hineinstecke, Anna, besonders in einem so frühen Stadium, aber ich bin schon auf mehreren Kreuzfahrten gewesen und unser Schiff ist so außerordentlich klein.«

Anna hob eine Augenbraue. »Soll das eine Warnung sein?«

»Ich glaube, die Dame kann ziemlich unangenehm werden, wenn sie sich provoziert fühlt.«

Anna seufzte. »Ist es nicht eine Schande, dass man nicht mit jemandem vom anderen Geschlecht einfach befreundet sein kann? Ich will niemandem im Wege stehen. Er war freundlich und ich kenne hier niemanden, das ist alles.«

»Sie kennen mich.« Ben lächelte sie voller Wärme an, wobei seine Augenwinkel tiefe Falten bildeten. »Nicht so attraktiv, das ist klar. Nicht so jung. Aber wesentlich weniger gefährlich. Kommen Sie.« Er berührte leicht ihren Ellbogen.

Sie standen vor einem großen rechteckigen Eingang, das schwere Eisengitter stand offen, wurde aber von aufmerksamen Aufsehern bewacht, die feierlich die Eintrittskarten entgegennahmen, eine Ecke abrissen und sie jedem Besucher zurückgaben. Langsam, Schulter an Schulter mit Menschen jeder Nationalität, tappten sie die lange Rampe in die Dunkelheit hinunter, wobei sie die Wände und Decke betrachteten. Jede freie Fläche war von oben bis unten mit Hieroglyphen und Bildern von Göttern und Pharaonen bedeckt – die überwältigenden Farben Ocker und Zitronengelb, Grün, Lapislazuli und Aquamarin und Schwarz und Weiß erstaunlich gut erhalten und jetzt hinter Plexiglas. Sie konnte ihre Augen nicht davon abwenden. So viele Bücher, so viele Abbildungen, die sie seit ihrer Kindheit durchgeblättert und betrachtet hatte wie viele andere – aber sie hatte sich nie vorgestellt, dass eine solch überwältigende Schönheit und Kraft von ihnen ausgehen würde. Und sie hatte nie gewusst, wie groß sie waren. Zu ihrem Erstaunen konnte sie die Leute, von denen es um sie herum wimmelte, völlig ausblenden, ihre Ausrufe und aufgeregten Gespräche ignorieren, ebenso wie die rivalisierenden Kommentare der Führer, das Gelächter, die Störungen durch jene, die nach einer so weiten Reise zu diesem wunderbaren und Ehrfurcht einflößenden Ort plauderten und tratschten, ohne sich wirklich um die Schönheit und die Geschichtsträchtigkeit um sie herum zu kümmern. Das Schweigen war überwältigend. Es übertönte jeden Lärm. Es war allumfassend.

Je weiter sie in das Grab hineinkamen, desto heißer wurde es. Anna, gewöhnt an englische und europäische Höhlen, die umso kälter wurden, je tiefer man in sie vordrang, erschreckte dieser Umstand. Die Dunkelheit schaffte keine Linderung. Das Schweigen und die Hitze wurden dichter und dichter.

Durch drei aufeinander folgende Korridore kamen sie schließlich in die Grabkammer, in der nur eine rechteckige Grube den Ort markierte, wo einst der Sarkophag gestanden hatte.

Ben sah auf Anna hinunter. »Na, wie finden Sie es?«

Sie schüttelte den Kopf. »Ich bin sprachlos.«

Er lachte. »Das ist kein Mangel, den allzu viele Leute hier unten teilen.« Langsam kehrten sie um und arbeiteten sich wieder zum Tageslicht vor. »Sollen wir uns als Nächstes Tutenchamuns Grab ansehen? Er ist wieder dort, wissen Sie, natürlich ohne seinen Schatz.« Als sie in das Sonnenlicht hinaustraten, deutete er auf einen der kleineren Eingänge. »Wir haben Glück. Ich glaube nämlich, sie schließen sein Grab immer mal wieder, damit es sich von all den Besuchern erholt. Laut meinem Reiseführer ist es klein und verhältnismäßig unauffällig im Vergleich zu manchen anderen, weil er jung gestorben ist und niemand mit seinem Tod rechnete. Vielleicht ist er sogar umgebracht worden.«

Wieder standen sie Schlange, wieder wurde eine Ecke von ihrer Eintrittskarte abgerissen und wieder gingen sie langsam den Weg in die Dunkelheit. Dieses Grab unterschied sich in der Tat von dem vorigen. Es war nicht nur kleiner, sondern auch einfacher; es war nicht verziert, aber da war noch etwas anderes. Anna blieb unbemerkt stehen und ließ die Leute vorbei. Sie sah sich um und gewöhnte ihre Augen an die dämmrige Beleuchtung. Ben war weitergegangen, so hatte sie einen Augenblick für sich allein. Dann begriff sie, was so merkwürdig war. Dieses Grab war kalt.

Sie fröstelte und spürte die Gänsehaut auf ihren Armen. »Ben?« Sie konnte ihn nicht sehen. Eine Besuchergruppe war unterwegs in die innere Kammer. Sie wandte sich um; halb erwartete sie, jemanden hinter sich zu finden. Aber da war niemand. »Ben?« In der Stille klang ihre Stimme erstickt.

Verwirrt legte sie eine Hand an ihren Kopf und bemerkte plötzlich eine Schar von Touristen, die sich laut und fröhlich auf Italienisch unterhielten, während sie den Eingangsbereich füllten; im nächsten Moment waren sie alle um Anna herum und rissen sie mit sich fort.

Sie runzelte die Stirn. Jetzt war das Grab nicht mehr kalt; es war ebenso heiß wie das andere, sodass sie vor Hitze kaum atmen konnte. Plötzlich in Panik, drängte sie nach vorn. Sie konnte Ben nicht sehen. Normalerweise bekam sie nie Platzangst, aber die Wände schienen sie einzwängen zu wollen.

Die Menschen um sie herum waren anonyme schwarze Schatten, gesichtslos im Dunkeln. Ihr Mund war trocken.

Sie blickte sich verstört um, bückte sich in den nächstbesten Eingang und fand sich plötzlich in der Grabkammer wieder und sah in die offenen Augen des jungen Königs Tutenchamun. Er lag da in seinem dunklen heißen Grab und schaute an die Decke, voller Verachtung für die Banausen, die da kamen und ihn anstarrten, der Reichtümer beraubt, die einst sein Königtum bestärkt hatten, aber immer noch Ehrfurcht gebietend. Wie viele der Leute, die ihn umstanden, waren sich wohl wie sie so plötzlich und unmittelbar des abgemagerten, gebrochenen Körpers des jungen Königs bewusst, der in diesem vergoldeten Sarg lag? Sie fröstelte wieder, aber diesmal nicht vor Kälte.

»Anna?« Ben erschien neben ihr mit dem Fotoapparat in der Hand. »Ist er nicht fantastisch?«

Sie nickte. Die Tasche auf ihrer Schulter war sehr schwer geworden. Warum hatte sie nicht ihre Kamera herausgeholt? Sie setzte die weiche Ledertasche auf dem Boden ab und zog den Reißverschluss auf, als ihr plötzlich seltsam schwindelig wurde. Nach Luft schnappend richtete sie sich auf und der Inhalt der Tasche ergoss sich auf den staubigen Boden.

»Ist alles in Ordnung?« Ben hatte sie von der Seite beobachtet. Er bückte sich und füllte hastig alles wieder in die Tasche zurück. Vor ihren Augen blitzte es scharlachrot auf, als er das in Seide gewickelte Parfümfläschchen hineinschob, dann spürte sie seinen Arm um ihre Schultern.

»Ich habe mich plötzlich ganz komisch gefühlt.« Sie presste sich die Hände aufs Gesicht. »Es geht wieder. Ich muss mich zu schnell nach meiner Kamera gebückt haben. Zu viel Aufregung und zu früh aufgestanden, nehme ich an.« Sie zwang sich zu einem Lächeln.

»Vielleicht ist das ein Signal, dass es Zeit wird, draußen in der frischen Luft ein wenig auszuruhen.« Er nahm ihren Arm und blickte über die Schulter. »Diese Gräber sind für meine Begriffe ein bisschen arg überwältigend.«

»Irgendetwas ist da unten, nicht wahr?« Anna fühlte, wie der Schweiß auf ihrem Rücken eiskalt wurde. Sie zitterte wieder. »Ich dachte, all das Gerede über den ›Fluch der Pharaonen‹ sei dummes Geschwätz, aber da ist diese Atmosphäre. Sie gefällt mir nicht.«

Das kreischende Gelächter einer nahen deutschen Gruppe und das ernste Murmeln einer Gruppe japanischer Fotografen in der Schatzkammer jenseits des Grabes schienen sie Lügen zu strafen, aber das spielte keine Rolle. »Ich möchte wirklich gerne gehen. Es tut mir Leid.«

»Kein Problem. Kommen Sie.«

Dankbar für seinen starken Arm stolperte sie hinter ihm her, zurück zum Eingangskorridor und hin zum blendenden Sonnenlicht.

Sobald sie in der Raststätte für Besucher im Schatten saß, fühlte sie sich besser. Sie tranken beide etwas Mineralwasser, aber Anna spürte, dass Ben gerne weitergegangen wäre. »Gehen Sie doch bitte ohne mich. Ich bin gleich wieder in Ordnung. Ich bleibe nur noch ein paar Minuten hier sitzen, dann komme ich nach.«

Er sah sie forschend an. »Sind Sie sicher?«

»Natürlich.«

Sie konnte nicht sehen, wo Hassan Louisa eine provisorische Hütte auf einem weichen Perserteppich errichtet hatte. Sie wünschte sich verzweifelt, von den Massen wegzukommen, um die Stelle zu finden und das Schweigen zu erleben, wie Louisa es getan hatte. Einen Moment lang stand sie da, beschattete ihre Augen mit einer Hand und schaute einem der weißen, gleißenden Wege nach, die von dem lärmigen Zentrum des Tals wegführten. Waren sie vielleicht dorthin gegangen? Sie blickte über die Schulter und sah Ben zusammen mit einer Schlange Touristen in einem Grab auf der anderen Seite des mittleren Talabschnitts verschwinden. In seiner Nähe erkannte sie ein oder zwei Leute aus ihrer Gruppe. Sie zögerte, dann drehte sie ihnen entschlossen den Rücken zu und stieg den menschenleeren Pfad hinauf, an einem staubigen Wegweiser vorbei, der auf weitere Gräber hinwies. Staub und Steine machten den Weg rutschig, aber sie arbeitete sich unverdrossen aufwärts, weg von den Massen.

Über ihr segelten die Felsenschwalben und tauchten in Löcher in den Felswänden, sonst rührte sich nichts. Wie auf Knopfdruck wurde der Lärm der Menschenmenge hinter ihr leiser und verstummte dann ganz. Die Hitze und die Stille waren überwältigend. Sie blieb stehen und sah sich um. Einen Augenblick fürchtete sie, sich zu verlaufen, aber der Weg war gut markiert, nur menschenleer. Die Felsen waren einfarbig. Gleißend. Der Himmel leuchtete in dem strahlendsten Blau, das sie je gesehen hatte.

Irgendwo in der Nähe hörte sie plötzlich Schritte und ein schabendes Geräusch auf dem Kalkstein. Sie runzelte die Stirn und suchte mit den Augen die Felswand ab. Da war niemand. Es war nur das Geräusch des Sandes.

Aber ihre Stimmung hatte erneut gewechselt und wieder fühlte sie sich unwohl. Nach dem Lärm, der Unruhe und der Farbigkeit des Haupttals – den Massen, den schreienden Führern, den lauten Stimmen in einem Dutzend verschiedener Sprachen –, schüchterte sie diese intensive Stille ein. Es war eine Grabesstille.

Trotz der Hitze fröstelte sie schon wieder. Sie hatte das merkwürdige Gefühl, beobachtet zu werden, als wäre jemand ganz in ihrer Nähe. Sie starrte mit zusammengekniffenen Augen die gleißende Felswand hoch. In dieser Richtung gab es noch mehr Gräber. Das hatte sie auf dem Plan gesehen. Aber niemand schien sie zu besichtigen. Vielleicht waren sie geschlossen wie die meisten Gräber, um sie vor dem Ansturm der Touristen zu bewahren. Sie folgte dem Weg ein paar Schritte weiter und bog um eine Ecke. Die Felsen waren vegetationslos und still, abgesehen von den Vögeln. Hoch oben konnte sie einen schwarzen Fleck im blendenden Himmel sehen. Vielleicht war das ein Falke, wie Louisa ihn gesehen hatte. Das Gefühl, jemand wäre direkt neben ihr, war plötzlich so deutlich, dass sie herumfuhr. Winzige Staubwölkchen stoben einen Augenblick in einem nicht merkbaren Windhauch um ihre Knöchel, dann war die Luft wieder still.

Unbeirrt ging sie weiter. Hier musste Hassan das Zelt für Louisa aufgestellt haben, da war sie ganz sicher. Hier hatten sie zusammen auf dem Teppich gesessen, sie hatte ihr Skizzenbuch geöffnet, das Wasserglas aufgeschraubt und dann eines der Bilder der zerklüfteten Hügel angefangen.

»Gehe ich recht in der Annahme, dass Sie auch lieber die Massen meiden?«

Die Stimme, wenige Meter entfernt, schreckte sie aus ihrer Träumerei auf. Sie drehte sich abrupt um. Toby Hayward stand ganz nah hinter ihr. Er schwang seine Leinentasche von der Schulter auf die Erde und wischte sich das Gesicht mit dem Unterarm. »Entschuldigung, ich wollte Sie nicht erschrecken. Ich habe Sie erst hinter der Ecke gesehen.«

Sie staunte, wie erleichtert sie war, dass eine wirkliche Person das Gefühl des Beobachtetseins verursacht hatte, und brachte ein Lächeln zustande. »Ich habe geträumt.«

»Das ist der richtige Ort dafür.« Er stand einen Augenblick schweigend da. »Ich finde es schwierig, bei diesen Menschenmassen da unten die Atmosphäre zu spüren«, sagte er unvermittelt. »So viele Leute und sie machen unzählige Fotos, aber sie sehen nichts. Haben Sie es gemerkt? Die Augen sind geschlossen.«

»Die Kamera erinnert sich. Sie haben Angst davor, dass sie vergessen werden«, sagte Anna langsam. »Das tun wir alle.« Ihr eigener Fotoapparat war immer noch in ihrer Tasche.

»Ich bin sicher, dass Sie auch sehen.«

Das Schneidende in seiner Stimme verwirrte sie. »Ich bemühe mich.« Sie versuchte, das Gespräch in eine andere Richtung zu lenken. Schließlich war ihr Reiseziel kein Geheimnis. »Ich habe versucht, mir diesen Ort vorzustellen, wie er vor hundert Jahren war, bevor er kommerzialisiert wurde.«

»Das war er immer schon. Die haben hier wahrscheinlich schon Gruppenführungen gemacht, als die Leichen noch nicht kalt waren.« Er verschränkte die Arme und sah die Felswände hinauf. »Habe ich gestern Abend richtig gehört? Sie sind mit Louisa Shelley verwandt?« Keine Entschuldigung fürs Lauschen, fiel ihr auf.

»Ich bin ihre Ur-Urenkelin, ja.«

»Sie gehörte zu den wenigen aus der viktorianischen Ära, die die Seele Ägyptens verstanden haben.« Er studierte immer noch mit zusammengekniffenen Augen die Felsformationen über ihnen.

»Woher wissen Sie das?« Anna starrte ihn neugierig an.

»Aus ihren Bildern. Im Traveller's Club hängt eine Serie von Aquarellen.«

»Das wusste ich nicht.«

Er nickte unvermittelt. »Im Treppenhaus. Ich habe sie oft betrachtet. Sie liebt die Details. Sie stört sich nicht an formalen Einzelheiten. Und sie ist nie herablassend. Sie hat eine wunderbare Farbtiefe, ganz anders als Roberts. Er sieht das alles«, er machte eine weit ausholende Armbewegung zu den Felsen, »als einen einzigen Farbton. Sie sieht die Schatten, die wunderbare Struktur.«

Anna sah ihn mit neuem Interesse an. »Sie reden wie ein Künstler.«

»Künstler!« Er schnaubte. »Blödes Wort. Wenn Sie Maler meinen, ja, ich bin Maler.« Er starrte immer noch den Felsen an, und sie nutzte die Gelegenheit, ihn einen Augenblick lang verstohlen zu mustern, das zerfurchte Gesicht, das buschige graublonde Haar unter dem verblichenen blauen Sonnenhut.

»Louisa hat Ägypten geliebt. Ich lese gerade ihr Tagebuch, man spürt das auf jeder Seite.« Sie lächelte wehmütig. »Ich beneide diese viktorianischen Frauen beinahe. Sie mussten so viel kämpfen und haben trotzdem durchgehalten. Sie sind einfach ihren Träumen gefolgt. Sie haben so hart dafür gearbeitet, –« Sie brach mitten im Satz ab, da sie merkte, dass er sich von den Felsen abgewandt hatte und sie aufmerksam betrachtete. Ihre Blicke trafen sich und einen ausgedehnten Moment lang sah Anna ihm in die Augen, bevor sie den Blick wieder löste.

»Das klingt, als sehnten Sie sich danach, auch hart für einen Traum zu arbeiten«, sagte er langsam.

Sie zuckte die Achseln. »Vielleicht. Aber ich bin leider nicht furchtlos genug.« Wie hätte sie sonst in ihrer Ehe so unterwürfig und immer daheim bleiben können?

»Nicht?« Er sah sie immer noch nachdenklich an.

»Nein.« Sie lächelte plötzlich. »Oder höchstens erst seit heute. Mich von der Gruppe zu lösen und hierher zu kommen, war für meine Verhältnisse ganz schön furchtlos.«

Er lachte, wodurch er auf einmal viel jünger aussah. »Dann müssen wir Sie ermutigen, öfter furchtlos zu sein. Welche Gräber hat ihre Ur-Urgroßmutter besucht? Natürlich nicht das von König Tut.«

»Nein.« Annas Lächeln erstarb.

Er zog eine Augenbraue hoch. »Was habe ich jetzt Falsches gesagt?«

»Nichts.«

»Etwas über Tutenchamuns Grab?«

Sie schüttelte den Kopf. Er war sensibel, das musste sie ihm lassen. »Ich habe es mir vorhin angesehen. Es ist etwas Seltsames passiert.«

»Etwas Seltsames?«

Sie schüttelte den Kopf. »Klaustrophobie, nehme ich an. Eigentlich nichts. Aber ich musste unbedingt weg von dem Trubel und hier hinauf.«

»Und ich habe Ihnen das Alleinsein verdorben. Das tut mir Leid.«

»Nein, nein, so habe ich das nicht gemeint.« Sie machte eine Geste der Hilflosigkeit. »Das Schlimme ist nur, dass es nicht geholfen hat. Das Gefühl, was immer es auch war, ist mir hierher gefolgt.«

Wieder schaute er sie mit seinem verwirrend direkten Blick an. Aber es lag kein Urteil darin. Er machte sich nicht über sie lustig. Im Gegenteil, er dachte über ihre Worte nach, bewegte sie in seinen Gedanken und suchte in ihrem Gesicht nach Anhaltspunkten. »Ich glaube, dieses ganze Tal könnte so auf jemanden wirken«, sagte er schließlich. »Trotz der Touristenmassen herrscht hier eine ganz eigene Atmosphäre. Sie ist unangenehm. Haben Sie schon Serena Canfield kennen gelernt? Sie saß gestern beim Abendessen neben mir. Sie sollten mit ihr reden, wenn Sie tatsächlich ein Medium sind. Sie kennt sich aus mit altägyptischer Magie und solchen Sachen, die Ihnen vielleicht gefallen werden. Sie hat alle Bücher über Sternentore und Orion und Sirius gelesen.«

Anna blickte argwöhnisch drein. Machte er sich doch insgeheim über sie lustig oder meinte er diesen Vorschlag ernst? Es war unmöglich, in diesen festen, wasserklaren Augen etwas zu lesen.

»Vielleicht tue ich das«, sagte sie mit einem Anflug von Trotz. »In Ägypten ist Platz für so vieles, das seltsam und ungewöhnlich ist.«

Er zuckte die Achseln, doch die Neigung seines Kopfes konnte ebenso ein zustimmendes Nicken bedeuten. »Ich hoffe allerdings, dass sie unserem verehrten Reiseleiter nicht zu nahe kommt, der ein frommer Moslem ist und auf seinem Schiff kein Wort über all diese Dinge hören will. Er hat genug Probleme mit den ›Legenden‹ der Pharaonen. Haben Sie es schon bemerkt? Er will sie nicht einmal als historisches Phänomen gelten lassen.«

Anna schüttelte lachend den Kopf. »Ich hatte keine Ahnung, dass es auf unserem Schiff solche ideologischen Konflikte gibt. Das wird eine außerordentlich interessante Reise. Ich habe übrigens schon mit Serena geredet. Sie saß im Bus neben mir, aber über den Sirius haben wir nicht gesprochen. Dieser Aspekt der ägyptischen Geschichte scheint mir entgangen zu sein. Mein Interesse stammt aus Reiseberichten, von Leuten wie Lawrence Durrel, den Archäologiebüchern meiner Mutter, sogar aus der Schule, wo ich einen Lehrer hatte, der sich für die Pyramiden begeisterte.«

»Und Louisa.«

»Und Louisa.«

»Kann ich ihr Tagebuch vielleicht einmal sehen?« Wieder sah er ihr mit dieser verwirrenden Direktheit in die Augen, die sein Markenzeichen zu sein schien.

Sie sah weg, bevor sie antwortete. »Natürlich.«

»Jetzt?« Er klang erwartungsvoll.

»Tut mir Leid.« Sie schüttelte den Kopf. »Ich habe es nicht dabei. Es ist auf dem Schiff.«

»Klar. Ich bin ja dumm.« Er schwang sich die Tasche wieder über die Schulter. »Also, ich glaube, ich gehe jetzt wieder ins Tal hinunter und schaue mir noch das eine oder andere Grab an, bevor wir fahren. Ich werde Omar suchen und ihn mit ein paar tiefgründigen philosophischen Fragen quälen. Kommen Sie allein zurecht?«

Sie war nicht sicher, ob er sie das aus echter Sorge fragte oder ob er ihr damit nur auf subtile Weise zu verstehen geben wollte, dass er nicht erwartete, mit ihr zusammen zurückzukehren. Und tatsächlich drehte er sich nach dem letzten Wort um und eilte den Weg hinunter. Binnen Sekunden war er hinter den Felsen verschwunden.

Die Stille und die Hitze senkten sich wieder über sie wie ein schwerer Vorhang. Sie rührte sich nicht und hatte das Bedürfnis, ihn zurückzurufen. Die Einsamkeit im Tal war mit Händen zu greifen. Sie beschirmte ihre Augen und betrachtete einen Augenblick lang die Felswand, dann drehte sie sich um und sah Toby nach. Zu ihren Füßen prasselte etwas Geröll den Weg hinunter. Das Geräusch verstärkte nur die Stille. Sie versuchte, sich an das Tagebuch zu erinnern, an das Bild des Tals, wie Louisa es gesehen hatte, sie versuchte sich den Teppich vorzustellen, das Schutzdach, die einfache Kameradschaft des Mannes und der Frau, als Louisa ihre Malsachen bereitgelegt hatte, aber das Bild blieb verschwommen. Die Gestalt Louisas mit ihrem Sonnenschirm, das Klappern der Eselshufe auf dem Stein, das Klicken des Pinsels gegen den Rand des Wassergefäßes, alles war von der Stille verschluckt. Sie biss sich auf die Lippen und bekämpfte den Drang, Toby hinterherzulaufen. Das war lächerlich. Wovor sollte sie Angst haben? Vor der Stille? Vor der momentanen Leere nach all den Menschen unten im Tal? Sie warf einen letzten Blick über die Schulter auf die sonnenverbrannten Felsen, dann begann sie, den Weg zurückzugehen in der Hoffnung, jeden Augenblick Toby vor sich zu sehen. Noch zweimal blickte sie über die Schulter, dann ergriff sie Panik. Sie schritt weiter aus und bald rannte sie so schnell sie konnte zurück ins Tal, stolpernd und rutschend in ihrem Verlangen, Toby einzuholen. Ganz egal, was er gesagt hatte, sie wollte keine Sekunde länger allein an diesem Ort bleiben.

Aber der Weg war leer. Weit und breit war niemand zu sehen. Schließlich erreichte sie den Talgrund und wühlte sich heftig atmend durch die Leute und die schreienden Führer zu dem schattigen Rastplatz, auf dem mehrere Touristengruppen saßen. Die glühende Hitze sammelte sich in dem Tal wie in einem Backofen. Anna schloss die Augen und atmete tief ein und aus, um ihr Herzklopfen zu beruhigen. Toby konnte sie nirgends entdecken.

Stattdessen entdeckte Andy sie. Er ließ sich schwer neben ihr auf die Bank fallen, nahm seinen Hut ab und fächelte sich damit Luft zu. »Ist es Ihnen warm genug?«

Sie nickte und versuchte ihre Stimme unter Kontrolle zu bekommen. »Ich dachte, in den Gräbern wäre es kühl. In der Dunkelheit.«

»Eher wie Pizzaöfen.« Er grinste. »Haben Sie Spaß? Sie sehen so einsam aus, wie Sie da sitzen. Ich dachte, Ben würde sich um Sie kümmern.«

»Ich habe es nicht nötig, dass man sich um mich kümmert, danke schön!« Ihr Ärger war nur zur Hälfte gespielt. »Aber er war bei mir, ja. Er ist sehr nett.«

»Ich auch.« Andy zog eine Augenbraue hoch. »Kann ich Sie in einen anderen Höllenschlund begleiten? In etwa einer Stunde treffen wir uns zum Picknick.« Er warf einen Blick auf seine Uhr. »Heute Nachmittag fahren wir dann zum Ramsestempel und zum Tempel der Hatschepsut. Auf dieser Reise gibt es keine Zeit zum Abschlaffen!«

Ein Schatten schob sich über sein Gesicht. Charley stand da und musterte ihn von oben. »Ich bin sicher, dass Anna keine Begleitung nötig hat. Wenn sie jemanden braucht, der ihr im Dunkeln Händchen hält, dann kann Omar das ja machen. Dafür ist er schließlich da.« Ihre Stimme klang eisig.

Anna stand hastig auf. »Ich brauche tatsächlich keinerlei Begleitung, machen Sie sich keine Sorgen.« Sie nahm ihre Tasche und hängte sie sich über die Schulter. »Wir sehen uns sicher im Bus.« Sie wartete ihre Reaktion gar nicht ab, sondern tauchte ins Sonnenlicht, um über den Sandweg zu dem Schatten eines weiteren Grabeingangs zu gelangen.

Erst als sie mit ihrem Reiseführer in der Hand in der Schlange stand, merkte sie, dass Andy ihr gefolgt war.

»Entschuldigung. Das war peinlich.«

»Überhaupt nicht. Charley hat Recht. Ich brauche keine Begleitung.« Sie sah sich um. »Wo ist sie denn?«

»Immer noch drüben im Schatten.« Die Schlange rückte ein paar Schritte zum Eingang vor. »Ägyptologie ist nicht ihre Sache. Sie meint, sie hat genug gesehen für einen Tag.«

»Ich verstehe.« Anna sah ihn von der Seite an, unsicher, ob sie triumphieren oder Mitleid für die andere Frau empfinden sollte. Sie mochte Andy. Seine offenherzige Freundlichkeit hatte sehr dazu beigetragen, dass sie sich unter so vielen Fremden wohl fühlte. Sie kamen ihr nicht einmal mehr wie Fremde vor. Es war ihr erster Tag in Ägypten, dennoch kam es ihr vor, als wäre sie mit allen schon lange bekannt.

»Hallo.« Wie zur Bestätigung ihres Gedankens kam Ben aus dem Eingang vor ihnen. Sein Gesicht war vor Hitze gerötet, ein deutlicher Kontrast zum Weiß seiner Haare. Als die Sonne ihn traf, setzte er wieder seinen Hut auf den Kopf und grinste sie breit an. »Das ist eins der besten Gräber. Großartig. Der Kopf dreht sich einem bei dem Gedanken, wie viel Arbeit da drin steckt und wie viele Menschen das geleistet haben.« Sein Gesicht nahm einen etwas nüchterneren Ausdruck an. »Charley! Gehen Sie auch rein?«

Charley stand plötzlich neben ihnen. Ihr Gesicht war angespannt, ihre Augen glühten vor Wut. »Ja, ich gehe auch hinein. Die dumme, begriffsstutzige Charley hat tatsächlich Interesse.«

»Hier geblieben!« Andy hielt wie mit eiserner Hand Annas Handgelenk fest, als sie sich zum Gehen wandte. Erschrocken runzelte sie die Stirn. »Andy, bitte …«

»Nein. Ich habe Sie gefragt, ob Sie dieses Grab mit mir besichtigen wollen. Das habe ich auch so gemeint. Wenn Charley mitkommen will, ist das ihre Sache. Sie hat eine Eintrittskarte wie wir alle.«

Die Zornesröte in Charleys Gesicht wurde noch deutlicher. »Genau. Und deshalb gehe ich jetzt hinein.«

»Bitte sehr.« Andys Lächeln war, zumindest oberflächlich, so gewinnend wie immer.

Anna sah sich nach Ben um, aber er war verschwunden.

Als sie hinunter in die Dunkelheit gingen, entdeckte Anna weiter vorne Omar mit einem halben Dutzend Passagieren von ihrem Schiff, die beschlossen hatten, den Rundgang mit ihm zu machen. Erleichtert beeilte sie sich, ihn einzuholen, wobei Andy an ihrer Seite blieb. Im Laufe der nächsten zwanzig Minuten, während derer Omar ihnen von Grabkammern und Kartuschen, dem *Totenbuch* und dem *Buch der Tore*, von Sklavenarbeit und den Göttern des Todes und des Gerichts erzählte, gelang es ihr, sich in der Dunkelheit langsam von Charley und Andy zu entfernen. Als sie die innere Säulenhalle erreichten, hatte sie sie gänzlich aus den Augen verloren.

Doch als zurückging und dabei konzentriert die Decke mit ihren wunderbaren Malereien betrachtete, wurde sie am Arm gepackt. »Was spielen Sie hier eigentlich für ein Spiel? Sie kennen ihn doch kaum!«, zischte Charley ihr giftig ins Ohr. »Warum? Warum tun Sie das?«

Anna drehte sich erstaunt um. »Was tue ich denn? Sehen Sie, Charley, Sie sind auf dem völlig falschen Dampfer. Ich spiele überhaupt kein Spiel, das kann ich Ihnen versprechen.«

»Sie ermutigen ihn!«

»Das tue ich nicht. Andy ist nett. Er hat gesehen, dass ich allein bin, und wollte mir dabei helfen, dass ich mich nicht unwohl fühle. Ben auch.« Sie zögerte für den Bruchteil einer Sekunde. »Und Toby. Und Ihre Freundin Serena. Das ist alles. Es sind nette Leute und ich schätze ihre Freundlichkeit.«

Sie blickte sich um in der Hoffnung, Andy zu finden, aber er war nirgends zu sehen. Eine lange Reihe von Besuchern rückte an ihnen vorbei, denn sie standen mitten in dem Korridor, der aus der Tiefe des Grabes hinauf ins Licht führte. Jemand stieß sie leicht an und sie trat zurück. »Wir stehen im Weg, Charley. Wir müssen mit den anderen weitergehen.«

»Ich gehe weiter. Sie können von mir aus verloren gehen!« Die Boshaftigkeit von Charleys Worten machte Anna sprachlos. Einen

Augenblick lang war sie unfähig, überhaupt zu reagieren. In der Zeit eilte Charley davon und war bald nicht mehr zu sehen hinter all den langsam voranschreitenden Rücken. Anna fröstelte. Der Angriff war so plötzlich gekommen und so unerwartet feindselig, dass sie nicht recht wusste, wie sie sich jetzt verhalten sollte. Sie wollte hinter ihr herlaufen, streiten, sich verteidigen, aber gleichzeitig sagte ein trotziger Teil in ihrem Bewusstsein, sie sollte das alles ignorieren, sich weiter mit Andy unterhalten, und, solange sie ihn anziehend fand – und sie erkannte plötzlich, dass sie ihn außerordentlich anziehend fand –, Charley ein bisschen provozieren. Es war allerdings nur ein sehr kleiner Teil ihres Bewusstseins. Ein wesentlich größerer Teil war dafür, keinen Unfrieden zu stiften.

3

O halte meine Seele nicht gefangen.
O bewache nicht meinen Schatten
vielmehr möge sich ein Weg öffnen für meine Seele
und meinen Schatten
und ich den großen Gott im Tempel sehen
am Tage des Gerichts …

Von ihren Göttern zurückgewiesen und auf der Flucht vor Strafe schlafen die beiden Priester in der Dunkelheit ihrer Gräber. Der Duft von Zedernöl und Myrrhe und Zimt hängt in der heißen, trockenen Luft. Noch immer ist kein Geräusch zu hören. In den Felsen hoch über ihnen leben Falken und Geier. Der Schrei des Schakals gellt unter dem Nachthimmel, wenn die Sterne blasser werden und die Sonne von ihrer Reise unter der Erde zurückkehrt, um wieder über der Wüste im Osten aufzugehen. In der Dunkelheit ist die Zeit ohne Bedeutung, ohne Form.

Auf dem Bord zwischen Säule und Wand liegt die kleine Flasche versteckt, die nun mit Blut versiegelt ist. Der Leben spendende Trank darin, den Göttern geweiht, von der Sonne geheiligt, wird zähflüssig und schwarz.

Müde und staubig kehrten sie spät am Abend zum Schiff zurück, wo sie mit duftenden heißen Tüchern begrüßt wurden, die eines der Besatzungsmitglieder an der Tür des Empfangsraumes von einem dampfenden Metalltablett verteilte. Danach bekamen sie Obstsaft und anschließend ihre Kabinenschlüssel. Anna machte sich auf den Weg zu ihrer Kabine, ohne sich auch nur umzusehen, ob Andy und Charley in der Nähe waren. Im Bus hatte sie hinten neben Joe gesessen, erleichtert, dass sie nicht zu reden brauchte, da er sofort einschlief. In der Kabine warf sie ihre Tasche aufs Bett und begann sofort, ihr Kleid auszuziehen, denn sie war ebenso erschöpft wie Joe.

Doch plötzlich hielt sie unvermittelt inne. Ihre Haut prickelte. Die Kabine war kalt geworden und für den Bruchteil einer Sekunde hatte sie das Gefühl, es wäre jemand da, dicht neben ihr, der sie beobachtete.

»Das ist ja Blödsinn«, sagte sie laut und betrachtete sich im Spiegel. Die Kabine maß höchstens acht Quadratmeter. Die winzige Dusche bot kaum genug Platz für eine Person. Da konnte niemand sein. Sie stieß die Tür mit dem Fuß an, worauf diese aufschwang und den Blick auf Waschbecken und Dusche freigab; auf der Stange hingen frische Handtücher bereit.

Unvermittelt spähte sie zu ihrem Koffer auf dem Schrank. War er verrückt worden? Es hatte nicht den Anschein. Seufzend schüttelte sie den Kopf. Sie war einfach sehr müde. Sie hatte sich alles eingebildet. Es war überhaupt nicht kalt. Im Gegenteil, sie fühlte sich immer noch so heiß und klebrig wie im Bus nach diesem Tag in der Gluthitze. Sie zog sich das Kleid über den Kopf, schüttelte die Falten und den Staub heraus und hängte es an die Tür. Dann öffnete sie ihre Haare, strich sie sich aus dem Gesicht, stieg in die Dusche und drehte das herrlich kühle Wasser auf.

Der einzige freie Stuhl an ihrem Tisch, als sie zum Abendessen kam, befand sich zwischen Ben und Joe. Anna schlüpfte mit einem freundlichen Lächeln neben den mittlerweile wiedererwachten Joe und sah, wie Charley nach Andys Arm griff und ihn demonstrativ drückte.

»Na, wie hat Ihnen der erste Tag gefallen?«, fragte Ben sie leise und schenkte ihr ein Glas Wein ein.

»Wunderbar.« Sie lächelte ihn an und er zwinkerte ihr zu. »Ich könnte mich gut an all das hier gewöhnen.«

»Das werden Sie auch. Aber der Tag ist noch nicht zu Ende. Haben Sie das Schwarze Brett vor dem Speisesaal gesehen? Omar wird nach dem Essen einen Vortrag in der Lounge halten und etwa um elf fährt das Schiff ab, sodass wir ein gutes Stück nilaufwärts sein werden, wenn wir aufwachen.«

An einem der anderen Tische ertönte eine plötzliche Lachsalve, sodass Anna sich umdrehte. Toby sah auf. Mit ironischem Zwinkern hob er sein Glas und sprach einen Toast, aber in dem allgemeinen Gesprächslärm und Gelächter konnte sie ihn nicht verstehen. Auch sie hob ihr Glas, worauf Andy sich rasch umdrehte, um zu sehen, wen sie anlächelte. Er runzelte die Stirn. »Wie war denn Ihre Besichtigung heute im Vergleich zu Louisa Shelleys?« Er beugte sich über seinen Teller und sprach laut, damit sie ihn über den Tisch hinweg verstand. »Hat sich alles sehr verändert?«

»In mancher Hinsicht ist es kaum wiederzuerkennen.« Ihr Blick wanderte zwischen Charley und ihm hin und her. »In anderer überhaupt nicht. Da ist tatsächlich eine Art Zeitlosigkeit zu spüren, nicht wahr?«

»Wie überall in Ägypten«, mischte sich Ben ein.

»Louisa hatte natürlich das Tal für sich allein. Es muss immer noch wunderbar sein, wenn all die Touristen weg sind und alles ganz leer ist. Aber das Problem gibt es inzwischen auf der ganzen Welt, denke ich. Es gibt kaum noch Orte, an denen man allein sein kann.«

»Der Ruf einer echten Misanthropin.« Andy grinste sie an.

Sie merkte, dass sie errötete. »Nein, ich mag Menschen, aber ich genieße es auch, wenn ich allein sein kann, besonders an einem Ort, wo mir die Atmosphäre wichtig ist. In großen Kathedralen geht es mir genauso. Man sollte den lärmigen Touristengruppen und den uninteressierten Schulkindern entkommen können, die bloß die Sehenswürdigkeiten abklappern oder von verzweifelten Lehrern ohne wirkliches Interesse herumgeschleift werden.«

»Hört, hört. Gut gesprochen.« Andy klatschte feierlich. »Eine großartige Rede.« »Und vernünftig.« Ben lächelte sie an. »Ich denke, wir alle stimmen aus vollem Herzen zu.«

Einen Augenblick herrschte Stille. Anna bemerkte, dass Toby am Nebentisch sich umgedreht hatte und zuhörte. Verwirrt sah sie auf ihre Suppe hinunter. Plötzlich hörte man ihr zu – eine völlig neue Erfahrung, wie ihr auf einmal kar wurde.

Da sie erschöpft war, kehrte sie früh in ihre Kabine zurück. Sie blickte aus dem Fenster, wobei sie die Augen gegen die Lichtreflexe beschatten musste, und sah den dunklen Fluss. Sie hatten noch nicht vom Ufer abgelegt. Mit einem Schauer der Erregung machte sie sich bettfertig und langte schließlich zu ihrem Koffer hinauf, um das Tagebuch herauszuholen. Sie freute sich darauf, vor dem Schlafen weiterzulesen.

»Sitt Louisa?« Hassans Schatten fiel auf ihr offenes Skizzenbuch. Ihre Staffelei samt Sonnenschirm war am Bug der Dahaiyah aufgestellt, die langsam südwärts segelte. Von den anderen auf dem Schiff war nichts zu sehen. Nach dem Mittagsmahl hatten sie sich der Nachmittagshitze ergeben und waren in ihre Kabinen zurückgekehrt, sodass Louisa allein mit ihren Aquarellfarben an Deck zurückblieb. Nur der Steuermann am anderen Ende des Schiffes mit dem Ruder unter dem Arm hatte ihr bis jetzt Gesellschaft geleistet. Sie sah zu Hassan auf und lächelte.

»Bevor wir Luxor verlassen haben, bin ich zum Basar gegangen«, sagte Hassan. »Ich habe ein Geschenk für Sie.«

Sie wurde verlegen. »Das hätten Sie aber nicht tun sollen, Hassan…«

»Ich tue es gerne. Bitte.« Er streckte die Hand aus. Sie hielt ein kleines Päckchen. »Ich weiß, dass Sie selbst den Souk besuchen wollten, um ein Andenken zu kaufen.«

Als Sir John und Lady Forrester gehört hatten, dass Louisa plante, Luxor noch einmal zu besuchen, hatten sie nahezu willkürlich den Beschluss gefasst, dass es Zeit war, nach Süden zu fahren.

Louisa nahm das Päckchen und sah es einen Augenblick lang an.

»Es ist sehr alt. Dreitausend Jahre. Aus der Zeit eines Königs, den man kaum kennt, Tutenchamun.«

Einen Moment lang fuhr das Schiff in einem anderen Winkel und der Schatten des Segels legte sich über sie. Unwillkürlich wurde ihr ein wenig kalt.

»Machen Sie es auf.« Seine Stimme klang sehr leise.

Langsam knotete sie die Schnur auf, die das Papier zusammenhielt, und ließ sie fallen. Das Papier raschelte leise, als sie es abwickelte. Es war eine winzige blaue Glasflasche darin. Dabei lag ein arabisch beschriftetes Stück Papier, das einem fast schon zwischen den Fingern zerkrümelte, so alt war es. »Es ist aus Glas. Aus der 18. Dynastie. Etwas ganz Besonderes. An einer geheimen Stelle darin ist ein Tropfen Lebenselixier eingesiegelt.« Hassan zeigte auf das Stück Papier. »Da steht alles geschrieben. Manches kann ich nicht lesen, aber anscheinend erzählt es die Geschichte von einem Pharao, der ewig leben wollte, und von Amunpriestern, die einen besonderen Trank mischten, der ihn wieder zum Leben erwecken würde. Es gehörte zu einer speziellen Zeremonie. Die Geschichte auf diesem Dokument sagt, dass der Priester einen Teil des Tranks in dieser Flasche versteckt hat, um ihn vor bösen Dschinn zu verstecken. Als er starb, war die Flasche Tausende von Jahren verloren.«

»Und das ist sie?« Louisa lachte begeistert.

»Das ist sie.« Hassans Augen hatten zu leuchten begonnen, als er sah, wie sehr sie sich freute.

»Dann ist es wirklich ein Schatz und ich werde ihn immer behalten. Danke.« Sie sah zu ihm auf und einen Augenblick lang trafen sich ihre Blicke. Sekunden des Schweigens dehnten sich zwischen ihnen, bis Hassan plötzlich zurücktrat. Er verbeugte sich und entfernte sich von ihr.

»Hassan …« Louisas Stimme klang rau und war kaum lauter als ein Wispern. Er hörte sie nicht.

Lange saß sie nur da, das kleine Fläschchen in ihrem Schoß. Schließlich nahm sie es in die Hand. Es war etwas höher als ihr Zeigefinger lang, bestand aus dickem undurchsichtigem Glas mit einem weißen, gedrehten Ornament und der Stöpsel war mit einer Art harzigem Wachs versiegelt. Sie hielt das Fläschchen gegen das Sonnenlicht, aber das Glas war zu dick zum Hindurchschauen und nach einer Minute gab sie es auf. Sie ließ es in ihre Malkiste gleiten und steckte es in das Fach für die Pinsel und das Wassergefäß. Später in der Kabine wollte sie es im Geheimfach unten in ihrem hölzernen Überseekoffer verstecken.

Sie nahm wieder den Pinsel zur Hand und wandte sich ihrem Bild zu, aber es fiel ihr schwer, sich zu konzentrieren.

Ihre Gedanken kehrten immer wieder zu Hassan zurück.

Anna legte das Tagebuch beiseite und warf einen Blick auf die geschlossenen Fensterläden, die nur dünne Streifen Licht durchließen. Das Boot hatte einen leichten Ruck getan. Dann hörte sie das gleichmäßige Klopfen der Maschinen. Sie stand auf, ging zum Fenster, schob die Läden beiseite und öffnete es. Sie entfernten sich bereits vom Ufer. Sie sah zu, wie der Streifen dunklen Wassers zwischen dem Schiff und dem Ufer langsam breiter wurde, dann wechselte die Tonhöhe der Maschinen und sie spürte den gleichmäßigen Schub der Schaufelräder. Sie waren unterwegs. Einige Minuten lang betrachtete sie die leuchtende Dunkelheit, dann ging sie zurück zum Bett, wobei sie das Fenster offen ließ, und glitt unter die Baumwolldecke. Also war die Flasche hier in ihrer Tasche ursprünglich ein Geschenk von Hassan gewesen. Und was für ein Geschenk! Es war gar kein Parfümfläschchen. Es war eine

Art Phiole, ein heiliges Kunstwerk aus der Zeit Tutenchamuns, dessen Grab zu Louisas Lebzeiten natürlich noch nicht entdeckt war, und es enthielt nichts weniger als das Lebenselixier!

Sie hatte eine Gänsehaut. Einen Augenblick lang befand sie sich wieder in der dunklen inneren Grabkammer, wo sie auf den Mumienkasten des Knabenkönigs hinuntersah. Sie erinnerte sich daran, wie sie sofort und vollkommen seinen Körper gespürt hatte, der vor ihr lag, und wie ihre Tasche – mitsamt dem Fläschchen – direkt vor seine Füße gefallen war.

Sie zog die Decke fester unters Kinn, nahm wieder das Tagebuch, beruhigt von dem leisen Rumpeln der Maschinen tief im Herzen des Schiffes, und las weiter.

An diesem Abend blieb Louisa, die ihr kühlstes Musselinkleid trug, noch am Salontisch sitzen, nachdem sich Augusta in ihre Kabine zurückgezogen hatte. Sir John sagte: »Wir segeln ab, sobald der Wind etwas auffrischt. Der *Reis* hat mir versichert, dass es in der Abenddämmerung so weit sein wird. Dann kommt der Wind aus der Wüste.« Er nahm die silberne Dose mit Zigarren und hielt sie ihr hin. Louisa nahm eine heraus. Sie hatte nie geraucht, bevor sie nach Ägypten kam. Aber zu wissen, wie entsetzt ihre Schwiegermutter wäre, sie so zu sehen, war Grund genug, damit anzufangen. Die empört hochgezogenen Brauen von Lady Forrester waren ein weiterer Grund. Mit einem stillen Glucksen beugte sie sich vor und ließ sich von Sir John Feuer geben.

»Darf ich Sie bitten, etwas für mich zu übersetzen?« Sie holte das Papier aus ihrer Tasche, in das das Fläschchen eingewickelt gewesen war, und reichte es Sir John.

Er nahm einen kräftigen Zug von seiner Zigarre und legte sie dann auf einen kleinen kupfernen Aschenbecher. »Lassen Sie mich sehen. Das ist arabisch, aber vor langer Zeit geschrieben, nach dem Papier zu urteilen.«

Er sah sie kurz an. »Was sagten Sie, wo Sie das gefunden haben?«

Sie lächelte. »Ich habe es nicht gefunden, sondern einer der Diener. Im Souk, zusammen mit einem Andenken, das er mir gekauft hat.«

»Aha.« Er legte das Papier auf den Tisch, strich es glatt und betrachtete es einige Augenblicke lang schweigend. Louisa beobachtete ihn, wobei ihr anfänglich beiläufiges Interesse nervöser Erwartung Platz machte. Er runzelte nun die Stirn und fuhr mit dem Finger die gewundenen Buchstaben auf der Seite entlang. Schließlich blickte er auf.

»Ich schätze, das ist irgendein dummer Streich. Eine Albernheit, um Gutgläubige zu erschrecken oder zu amüsieren.«

»Erschrecken?« Louisas Augen waren auf das Papier geheftet. »Könnten Sie es mir bitte vorlesen?«

Er schnaufte heftig. »Ich brauche es nicht ganz genau zu lesen. Es ist recht schwierig, alles zu entziffern. Anscheinend handelt es sich um eine Warnung. Den Gegenstand, zu dem dies gehört«, seine blauen Augen sahen wissend zu ihr auf, »den haben Sie?«

»Eine kleine Duftflasche, ja.«

»Also, sie ist irgendwie verflucht. Sie gehörte einst einem hohen Priester, der dem Pharao diente. Ein böser Geist versuchte sie zu stehlen. Anscheinend kämpfen beide immer noch darum.« Ein Lächeln breitete sich auf seinem Gesicht aus. »Eine wunderbare Geschichte für den gutgläubigen Besucher aus dem Ausland. Sie können es nach der Heimreise Ihren Leuten in London zeigen und sie an der Tafel zum Erbleichen bringen, während Sie von Ihrem Ägyptenbesuch erzählen.«

»Sie halten es also nicht für ernst gemeint?« Sie schnipste die Asche von ihrer Zigarre in das Kupferschälchen.

»Ernst gemeint?« Er lachte wiehernd. »Meine liebe Louisa, das glaube ich kaum. Aber wenn Sie einen Hohepriester oder einen bösen Dschinn auf dem Schiff sehen, dann sagen Sie mir Bescheid. Ich möchte sie sehr gerne kennen lernen.«

Er rückte seinen Stuhl näher zu ihr und legte das Papier zwischen sie beide auf den Tisch. »Man kann echte Antiquitäten kaufen, wenn man die richtigen Kontakte hat. Ich könnte arrangieren, dass welche auf das Schiff gebracht werden, wenn wir nach Luxor zurückkommen. Sie brauchen keine Dienstboten zum Basar zu schicken.«

»Aber ich habe doch gar nicht…« Sie verschluckte den Rest des Satzes, denn sie merkte plötzlich, wie unklug es wäre, Sir John zu erzählen, dass das Fläschchen ein Geschenk ihres Dragoman war.

Er lehnte sich näher zu ihr herüber. »Ich habe ein paar ihrer Aquarelle gesehen.« Er machte eine Kopfbewegung zur Ecke des Raumes, wo sie einen Block mit Zeichnungen hatte liegen lassen. »Sie sind sehr gut.«

Es war unglaublich heiß in der Kabine. Er war ihr so nah, dass sie seine Körperwärme spüren, seinen Schweiß riechen konnte. Sie rückte von ihm ab. »Es ist sehr freundlich von Ihnen, das zu sagen. Und ja, es würde mich sehr freuen, wenn Antiquitäten aufs Schiff gebracht werden könnten. Sie wissen ja, ich habe sehr wenig Geld zum Ausgeben, aber wenn mir etwas gefällt, könnte ich es vielleicht malen.«

Er brach in lautes Gelächter aus. »Erstklassig! Gute Idee! Da freue ich mich schon jetzt.« Ihre Hand ruhte auf dem Tisch und plötzlich legte er seine darauf und drückte sie. »Erstklassig«, wiederholte er.

Louisa zog ihre Hand zurück. Ihre Angst, sie könnte ihn kränken, kämpfte mit dem Bedürfnis, aufzustehen und so viel Abstand wie möglich zwischen sie zu bringen.

An der Tür war ein Geräusch zu hören, beide drehten sich um. Da stand Jane Treece, die Augen auf den Tisch gerichtet, wo vor einem Augenblick noch beider Hände zusammen auf dem Stück Papier mit arabischer Schrift gelegen hatten.

»Lady Forrester meinte, ich sollte vielleicht Mrs. Shelley helfen, sich zum Schlafen fertig zu machen.« Die Stimme klang monoton. Kalt. Die Frau ließ ihren Blick zum Aschenbecher wandern, wo Louisas Zigarre lag. Ein dünner Rauchfaden stieg zur Kabinenlampe auf, die an einem Deckenbalken hing.

»Danke.« Erleichtert stand Louisa auf. »Entschuldigen Sie mich bitte, es war ein anstrengender Tag.« Während sie sich vom Tisch entfernte, raschelten leise ihre schwarzen Röcke. Sie fühlte Sir Johns Blick und ihr Gesicht wurde wieder heiß.

»Ihr Brief, meine Liebe.« Er nahm das Blatt und hielt es ihr hin. »Passen Sie gut darauf auf. Ihren Enkeln wird die Geschichte bestimmt gefallen.«

Anna hörte einen Augenblick auf zu lesen. Unter sich fühlte sie die stetige Bewegung des Schiffes, das sich nach Süden arbeitete. Im Tagebuch reiste Louisa genau die gleiche Flussstrecke hinauf, nach Esna und Edfu. Mit ihrem Duftfläschchen. Einem Duftfläschchen mit einem Fluch, gejagt von bösen Dschinns. Trotz der Hitze spürte Anna ein Frösteln.

Sie lag da und betrachtete die Schatten, die die Nachttischlampe an die Decke warf, das Tagebuch auf ihrer Brust. Was war wohl aus dem Blatt Papier und seiner Geschichte geworden?, fragte sie sich.

Ihr Blick schweifte zu dem kleinen Toilettentisch, wo sie ihre Tasche abgelegt hatte. Er lag im Dunkeln; sie konnte gerade den Umriss des Spiegels erkennen, dessen Glas ganz schwach das Licht widerspiegelte, das die Lampe an die Decke warf. Sie betrachtete es schläfrig, dann runzelte sie plötzlich die Stirn. Hatte sich tief im Spiegel etwas bewegt? Sie hielt die Luft an, Panik ergriff sie. Einen Moment lang konnte sie nicht atmen. Sie presste die Decke eng an die Brust, schloss die Augen und versuchte, ihren Atem zu beruhigen. Das war doch Unsinn. Sie träumte. Ein Märchen hatte ihr Angst eingejagt. Sie stützte sich auf die Kissen und suchte den Schalter für die Deckenlampe, da fiel das Tagebuch mit einem Schlag zu Boden. Die helle Deckenbeleuchtung ließ sie deutlich erkennen, dass da absolut nichts war. Der Schlüssel steckte immer noch in der Kabinentür. Niemand hätte in den Raum kommen können. Ihre Tasche lag unberührt, wo sie sie gelassen hatte – oder doch nicht? Immer noch vor Schreck zitternd, zwang sie sich, ihre Füße unter dem Leintuch hervorzustrecken, stand auf und ging zum Toilettentisch. Die Tasche war offen, das Fläschchen lag gut sichtbar oben auf ihrer Sonnenbrille. Vorsichtig berührte sie ihren Schal. Sie war sicher, dass sie ihn um die Phiole gewickelt und diese ganz unten in die Tasche gelegt hatte. Jetzt lag der Schal auf dem Toilettentisch, ein roter Streifen Seide auf dem dunkel gebeizten Holz. Sie starrte ihn fassungslos an. Auf der Seide waren irgendwelche braunen papierartigen Krümel verteilt. Neugierig streckte sie ihre Hand danach aus und zerrieb einige davon zwischen den Fingern. Anschließend fegte sie sie auf den Boden. Unter dem Schal lag die Haarbürste, die sie benutzt hatte, bevor sie ins Bett gegangen war, die Haarbürste, die sie zuallerletzt aus der Tasche genommen hatte, bevor sie den Reißverschluss wieder geschlossen und die Tasche auf das Regal gelegt hatte. Auch dessen war sie sich sicher.

Sie sah sich um. In diesem Raum konnte sich kein Mensch verstecken; nirgendwo. Sie riss die Tür zum Bad auf und zog den Duschvorhang zurück, der noch feucht war von ihrer Dusche vor wenigen Stunden. Sie sah unter dem Bett nach, sie rüttelte an der Türklinke. Die Tür war abgeschlossen. Aber sie wusste bereits, dass niemand da war. Wie auch?

Mit erneutem Frösteln ging sie zurüch zum Bett und hob das Tagebuch auf. Es war offen auf den Boden gefallen und der Buchrücken auf ganzer Länge gebrochen. Sie vergaß den Schal und fuhr mit dem Finger traurig über das Leder. Wie schade! Es war so lange unbeschädigt geblieben und nun war es aufgebrochen. Als sie wieder ins Bett steigen wollte, bemerkte sie, dass an der Stelle, wo das Tagebuch hingefallen war, ein Umschlag lag. Sie hob ihn auf. Der braune Klebestreifen, mit dem er hinten im Tagebuch festgeklebt gewesen war, war zerrissen. An dem festen Büttenpapier erkannte sie sofort, dass er mindestens so alt war wie das Tagebuch. Auf der Rückseite der Klappe war ein Wappen eingeprägt. Es zeigte einen Baum mit einer kleinen Krone. Sie lächelte. Forrester? Hatte es zu dem Briefpapier gehört, das sie auf dem Schiff benutzten? Sie vergaß ihre Angst und öffnete neugierig den Umschlag. Darin lag ein dünnes gefaltetes Blatt. Sie erriet sofort, dass es Louisas arabische Botschaft war.

Wenn Sie einen Hohepriester oder einen bösen Dschinn auf dem Boot sehen, dann sagen Sie mir bitte Bescheid …

Die Worte aus Louisas Tagebucheintrag hallten einen Augenblick in ihrem Kopf wider.

Ein Hohepriester, der dem Pharao diente … ein böser Geist … beide kämpfen immer noch darum …

Annas Hände zitterten. Sie holte tief Luft, steckte das Blatt wieder in den Umschlag, öffnete die Nachttischschublade und legte ihn in ihre schmale lederne Schreibmappe.

Endlich stieg sie wieder ins Bett, setzte sich auf die Fersen und zog die Decke unters Kinn. Die Kabine war kalt. Ein zugiger nächtlicher Luftstrom kam vom Fluss durch das offene Fenster.

Sie umschloss ihre Knie, legte das Kinn auf einen Arm und schloss die Augen.

Lange saß sie so da und ließ hin und wieder die Augen zu der Tasche schweifen, die immer noch auf dem Toilettentisch lag. Schließlich hielt sie es nicht mehr aus. Sie kletterte erneut aus dem Bett und zog das Fläschchen aus der Tasche. Sie hielt es in der Hand und betrachtete es lange, dann holte sie ihren Koffer vom Schrank, wickelte das Fläschchen wieder in den Schal, steckte es in den Koffer in eine elastische Seitentasche, wo es sicher war, schloss den Deckel, drehte den Schlüssel um und stemmte den Koffer wieder an seinen Platz. Anschließend goss sie Wasser aus der Plastikflasche, die auf dem Tisch stand, in das Glas daneben. Einige Minuten stand sie da und trank das kalte Wasser, starrte in die nächtliche Schwärze, die vorbeiglitt, dann schaltete sie die Kabinenlampe aus und kehrte zurück ins Bett.

Louisa wusste nicht recht, wovon sie aufgewacht war. Sie lag in der Dunkelheit und starrte an die Decke und fühlte ihr Herz bis zum Halse schlagen. Sie hielt die Luft an. Jemand war in ihrer Kabine. Sie spürte ihn ganz deutlich in ihrer Nähe.

»Wer ist da?« Ihre Stimme war kaum mehr als ein Flüstern, aber es war, als hallte sie durch das ganze Schiff. »Wer ist da?« Sie setzte sich auf, griff mit zitternder Hand nach den Streichhölzern und zündete ihre Kerze an. Die Kabine war leer. Sie starrte mit angehaltenem Atem in die flackernden Schatten und lauschte. Ihre Kabinentür war geschlossen. Das schlafende Schiff gab keinen Laut von sich. Sie hatten bei Einbruch der Nacht an einer flachen marmornen Treppe festgemacht, wo Palmen und Eukalyptusbäume bis hinunter zum Ufer wuchsen. Das Wasser klatschte gegen die Stufen und in der Ferne hatte sie im Dämmerlicht ein Minarett gesehen.

Ein kurzer Stoß, gefolgt von einem Rasseln, ließ sie den Atem anhalten. Das Geräusch kam von dem Tisch vor dem Fenster. Es klang, als wäre etwas zu Boden gefallen. Sie starrte auf die Stelle und versuchte angestrengt im Kerzenlicht etwas zu sehen, dann stieg sie zögernd aus dem Bett, denn sie wusste, sie würde keine Ruhe finden, ehe sie nicht genauer nachgesehen hatte. Einen Augenblick stand sie da in ihrem langen weißen Nachthemd und blickte auf den Boden. Eine ihrer Farbtuben war heruntergefallen. Sie hob sie auf und betrachtete sie. Die leichte Bewegung des Schiffes an seiner Ankerkette musste sie bewegt haben, sodass sie vom Tisch gerollt war. Ihr Blick wanderte zu Hassans Duftfläschchen. Sie hatte noch keine Gelegenheit gefunden, mit ihm zu sprechen, seit er es ihr am Nachmittag geschenkt hatte. Während sie mit den Forresters zu Abend aß, hatte er mit dem *Reis* auf dem Vorderdeck gesessen und sie beide hatten, freundschaftlich ins Gespräch vertieft, eine Wasserpfeife zusammen geraucht.

Sie hatte das Blatt Papier mit seiner arabischen Warnung in einen Umschlag gesteckt und den Umschlag hinten in ihr Tagebuch gelegt. Ob Scherz oder nicht, die Botschaft war ihr unangenehm.

Die kleine Flasche stand auf dem Tisch bei ihren Malsachen. Sie runzelte die Stirn. Hatte sie sie nicht in ihrem Überseekoffer verstaut? Doch, vor dem Abendessen, sie erinnerte sich ganz deutlich daran. Vielleicht hatte Jane Treece es dorthin gestellt, als sie Louisas Musselinkleid weggeräumt hatte, weil sie gedacht hatte, es gehörte zu ihren Malsachen. Sie griff nach dem Fläschchen, zögerte aber im letzten Moment, als fürchtete sie sich davor, es zu berühren. Wenn es nun wahr war? Wenn es drei- oder viertausend Jahre alt war? Hatte es vielleicht einem Tempelpriester gehört, in den Tagen der alten Pharaonen?

Sie holte hastig Luft, nahm es in die Hand und setzte sich damit aufs Bett.

Sie lehnte sich in die Kissen zurück, die Flasche zwischen den Handflächen, und versank in ihren Gedanken, wobei ihre Einbildungskraft sie von dem Hohepriester, der hinter der Duftflasche her war, zu Hassan trug. Warum hatte er ihr überhaupt ein Geschenk gemacht? Sie rief sich sein Gesicht vor Augen, die ausgeprägten Züge, die großen braunen Augen, die regelmäßigen weißen Zähne, und auf einmal erinnerte sie sich an die warme, trockene Berührung seiner Hand, als er ihr die brennende Fackel im Königsgrab gereicht hatte. Unwillkürlich überrann sie ein Schauer. In diesem Augenblick hatte sie etwas empfunden, was sie endgültig verloren geglaubt hatte: die intensive Lust, wenn die Hand ihres geliebten George sie berührte und er sie dabei ansah und sie ein heimliches Lächeln des Einverständnisses tauschten, dass sie sich später, wenn die Kinder schliefen, in seinem oder ihrem Zimmer treffen würden. Dies aber gegenüber einem nahezu Fremden zu empfinden, der noch dazu einer anderen Rasse angehörte und bei ihr angestellt war? Sie fühlte, wie sie im Kerzenlicht errötete. Das war beinahe zu skandalös, um es dem Tagebuch anzuvertrauen.

Als Anna erwachte, stand ihr Bett in hellem Sonnenlicht, das durch das offene Fenster hereinflutete. Das Schiff fuhr noch, und als sie aus dem Bett stieg und hinausschaute, hatte sie eine atemberaubende Aussicht auf vorübergleitende Palmen und Plantagen. Einige Augenblicke stand sie wie verzaubert, dann wandte sie sich ab, zog das Nachthemd aus und ging in die Dusche.

Toby setzte sich gerade an den Frühstückstisch, als sie den Speisesaal betrat. »Noch ein Langschläfer? Ich glaube, die anderen sind schon fast alle fertig. Bitte, setzen Sie sich zu mir.« Er rückte einen Stuhl für sie zurecht. »Heute Morgen besichtigen wir den Tempel von Edfu. Soviel ich mitbekommen habe, kommen wir ziemlich bald an.« Er winkte den Kellner mit der Kaffeekanne heran, während Anna Platz nahm. »Sie sehen müde aus. War das Tal der Könige ein allzu aufregender Reisebeginn?«

Sie schüttelte den Kopf. »Ich habe nicht gut geschlafen.«

»Aber nicht seekrank, hoffe ich.«

Sie lachte. »Nein, obwohl ich zugeben muss, dass ich die Bewegung schon gespürt habe. Es hat sich seltsam angefühlt.« Sie griff nach der Tasse.

»Ich nehme an, es hat Sie gestört, als wir bei Esna durch die Schleuse gefahren sind. Das muss irgendwann in den frühen Morgenstunden gewesen sein. Ich bin jedenfalls wach geworden, aber nicht wach genug, um aufzustehen und vom Deck aus zuzuschauen.«

»Nein, Sie werden es kaum glauben, aber das habe ich verpasst. Ich habe sehr lange in Louisas Tagebuch gelesen und davon habe ich wohl Albträume bekommen. Danach bin ich ständig aufgewacht.«

»Was hat sie denn um Himmels willen geschrieben?«

»Sie erzählt von einem Parfümfläschchen, das ihr Dragoman in einem Basar für sie gekauft hatte. Angeblich hing ein Spuk damit zusammen.«

»Mit dem Fläschchen oder dem Basar?« In seinen Augenwinkeln zeigten sich fröhliche Fältchen, dennoch lag in seiner Stimme nicht die Spur von Heiterkeit.

»Dem Fläschchen. Ich weiß, dass es komisch klingt. Eine spukende Parfümflasche!«

»Was hat denn gespukt? Wohl ein Flaschengeist.«

»Sie nannte es Dschinn. Ist das dasselbe?« Sie lächelte, um zu zeigen, dass sie selbst nicht daran glaubte und darüber lachen konnte wie er.

»Ja, das ist dasselbe. Wie verlockend! Na ja, Sie dürfen sich jedenfalls von solchen Wahnvorstellungen nicht mehr am Schlafen hindern lassen. Vielleicht sollten Sie solche aufregenden

Dinge nicht noch spätabends im Bett lesen.« Er stand auf und schob seinen Stuhl zurück. »Kann ich Ihnen etwas vom Buffet holen?«

Sie sah ihm nach, als er den Speisesaal durchquerte und zwei Teller nahm. Er suchte sorgfältig die zwei größten Croissants aus dem Brotkorb und kam dann zurück. »Wir sind da. Sehen Sie?« Er stellte die Teller ab und deutete zu den Fenstern. »Wir haben gerade noch Zeit zu essen, dann sollten wir lieber gehen und uns Plätze in einer standesgemäßen Kalesche sichern. Wir fahren äußerst stilvoll zum Tempel von Edfu.«

Eine Reihe vierrädriger offener Wagen, gezogen von beängstigend mageren Pferden, wartete am Quai auf sie; jeder wurde von einem Ägypter in farbenprächtiger *Djelaba* und mit Turban kutschiert. Lange, Furcht einflößende Peitschen lehnten neben jedem Kutscher auf der Fußbank. Ab und zu hörte man ihr Knallen, wenn die Pferde um eine Position drängelten. Der Lärm war ohrenbetäubend, denn zwischen den Kaleschen und den Hufen der Pferde schrien kleine Jungen durcheinander nach Bakschisch und lotsten die Touristen zu den Fahrzeugen, die sie sich aus irgendwelchen Gründen auserkoren hatten.

Als sie sich am Quai versammelten, stellte Anna erleichtert fest, dass sie mit Serena in derselben Kalesche sitzen würde. Beinahe ohne es zu merken, hatte sie in der Menge nach Andy und Charley Ausschau gehalten, aber sie waren beide nicht zu sehen; Joe und Sally Booth stießen noch zu ihnen. Ihr Fahrer, der Abdullah hieß, war irgendwo zwischen siebzig und hundertfünfzig Jahre alt, wie sie wegen seines zahnlosen Lächelns vermutete. Sein Gesicht war besonders dunkelhäutig und hager, von tiefen Falten zerfurcht, und wegen der fehlenden Zähne wirkte sein Lächeln geradezu piratenhaft. Anna ließ sich mit dem Stoßgebet neben Serena nieder, sie mögen nicht in die Wüste entführt werden und für immer verschwinden. Sie fuhren los, die Pferde in leichtem Galopp, sie überholten die anderen Fahrzeuge und machten sich auf den Weg ins Stadtzentrum, wo die Pferde furchtlos Lastwagen und Autos herausforderten. Anna klammerte sich verzweifelt an der Seitenwand der Kutsche fest und wünschte sich, sie hätte eine Hand frei, um ihre Kamera herauszuholen. Es war etwas ungemein Altmodisches an dieser Fortbewegungsart, was sie außerordentlich reizvoll fand.

Die Kalesche rumpelte durch ein Schlagloch und Anna fiel zur Seite auf ihre Reisegefährtin. Serena lachte. »Ist das nicht wunderbar? Ich freue mich so auf den Tempel von Edfu. Er ist etwas ganz Besonderes, wissen Sie. Er ist bei weitem nicht so alt wie der in Karnak, den wir nächste Woche sehen werden. Vielmehr ist er in der ptolemäischen Dynastie erbaut worden, aber er ist berühmt für seine Inschriften und Reliefs und sie haben ja sogar unter den Römern noch an die alten Götter geglaubt.«

Anna wünschte sich auf einmal, sie hätte weniger über das Parfümfläschchen gelesen und mehr über Louisas hiesigen Besuch. Während die Kalesche die Hauptstraße entlang und über eine Kreuzung polterte, stellte sie sich Hassan und Louisa in genau solch einem Fahrzeug vor. Hinter ihnen ertönte ein Ruf. Sie blickte sich um und sah eine andere Kutsche, gezogen von einem grauen Pferd, dessen Hüftknochen wie Garderobenhaken herausstanden, mit ihnen gleichziehen. Der Kutscher ließ seine Peitsche über dem Kopf des Pferdes knallen und stieß einen Siegesruf aus, während Andy sich vorbeugte und ihnen zuwinkte. »Wer als Letzter ankommt, zahlt das Bier!«, rief er ihnen zu, als seine Kalesche an ihnen vorbeizog.

Serena lachte verlegen. »Er ist ein Kindskopf, nicht wahr?«

Anna zog eine Augenbraue hoch. »Sie sehen ihn wahrscheinlich oft, wenn er und Charley zusammen sind.«

Serena zuckte die Achseln. »Nicht so oft. Nicht so oft, wie Charley das gerne hätte.« Sie brach ab und beide beobachteten mit besorgtem Blick eine Frau, die vor ihnen die Straße überquerte, eine Wassermelone auf dem Kopf. Abdullah ließ mit einem boshaften Grinsen die Peitsche genau hinter ihr knallen, offensichtlich in der Hoffnung, sie zu erschrecken. Sie drehte sich um und beschimpfte ihn lauthals, ohne auch nur ein Jota ihrer graziösen Haltung zu verlieren. Es war beeindruckend.

»Sind sie nicht wunderschön?« Serena warf einen Blick auf die Kamera, die Anna endlich in Händen hielt. Sie steckten jetzt mitten im Verkehrsgetümmel und fuhren nicht mehr mit solch halsbrecherischer Geschwindigkeit. Sie sah zu, wie Anna die Kamera einstellte und auf die sich entfernende Frau richtete. »Warum wir wohl keine Lasten auf dem Kopf tragen? Ich glaube nicht, dass es im Westen je üblich war, oder?«

»Vielleicht liegt es an der Feuchtigkeit. Unsere Habseligkeiten würden im Regen nass und wir würden alle Arthritis in unseren Hälsen bekommen.« Anna lachte. »Wenn alle Leute plötzlich an der Bushaltestelle ihre Akten- und Einkaufstaschen auf den Kopf setzen, dann ist das vielleicht ein Zeichen, dass die globale Erwärmung wirklich stattfindet.«

Jetzt lachten beide Frauen. Sie verstummten wieder, als ein kleiner Junge an ihnen vorbeiging, der einen gefesselten Truthahn unter dem Arm trug. Die Augen des Vogels blickten irr und er atmete schwer vor Angst. Anna hob die Kamera, während Serena den Kopf schüttelte. »Die Grausamkeit hier macht mir ganz schön zu schaffen. Dieser Vogel. Die Pferde ...«

»Sie schlagen sie aber nicht wirklich«, erwiderte Anna. »Das Peitschengeknalle ist hauptsächlich für uns. Ich habe genau zugesehen. Ich glaube, sie wissen ganz gut, dass die sensiblen westlichen Touristen es nicht ertragen würden, wenn die Pferde geschlagen würden.«

»Solange wir hier sind, sind sie vielleicht vorsichtig, aber was passiert danach?« Serena klang nicht überzeugt.

»Zumindest füttern sie sie.« Säcke mit frischem Grünfutter hingen an jeder Kutsche.

Sie ließen die Kaleschen im Schatten hinter dem Tempel und gingen die letzte Strecke bis zum Eingang zu Fuß. Anna sah ehrfürchtig auf. Der Tempel war ein gewaltiges, flaches Bauwerk, rechteckig hinter dem riesigen, vierzig Meter hohen Pylon, dem Monumentaltor, das Reliefs von Ptolemäos zeigte, wie er seine Feinde besiegte. Sie blieben davor stehen, bildeten folgsam eine Gruppe um Omar und lauschten seinen Ausführungen über die zweitausendjährige Geschichte und darüber, welchen Platz der Tempel darin einnahm.

Ein weißgewandeter Mann stand beim Eingang, neben der Statue des Gottes Horus als riesiger Falke, und Anna ertappte sich dabei, wie sie ihn beobachtete. Ein Schatten wie eine schwarze Linie schnitt durch das blendende Weiß seiner baumwollenen *Djelaba*, während er mit verschränkten Armen schweigend an der

Wand lehnte. Sie hatte das Gefühl, als beobachtete er sie alle, und sie spürte eine plötzliche Beunruhigung.

»Was ist los? Stimmt etwas nicht?« Serena betrachtete ihr Gesicht.

Sie schüttelte den Kopf. »Es ist eigentlich nichts. Ich habe nur dauernd das komische Gefühl, dass da jemand ist und mich beobachtet...«

Hinter ihnen holte Omar tief Luft und fuhr mit seiner Geschichte fort. Keine der beiden Frauen hörte ihm zu.

»Scheint nicht sonderlich nett zu sein, nach Ihrer Reaktion zu urteilen.«

»Nein.« Anna lachte kurz. »Ich glaube, ich werde in Ägypten ein bisschen neurotisch. Vielleicht können wir heute Abend vor dem Essen einen Drink nehmen, dann erzähle ich Ihnen mehr davon.«

Wovon? Einem Albtraum? Einem Gefühl, dass jemand in der Dunkelheit ihrer Kabine ihre Tasche ausgepackt und ihr Parfümfläschchen berührt hatte? Ein Parfümfläschchen, das von einem bösen Geist verfolgt wurde? Sie schüttelte den Kopf, wohl wissend, dass Serena sie immer noch neugierig anschaute. Es klang vielleicht verrückt am hellichten Tage, aber schließlich wussten Andrew und Toby bereits von dem Tagebuch. Warum nicht noch jemanden einweihen? Und vor allem eine Person, bei der sie spürte, dass sie sich ihr anvertrauen konnte, ohne sich zu genieren. Hatte ihr nicht Toby gestern vorgeschlagen, mit Serena über ihre seltsamen Empfindungen im Tal der Könige zu sprechen? Er hatte gemeint, sie würde sie vielleicht verstehen.

Nach ihrer Besichtigung kamen sie erst spät zum Schiff zurück, erschöpft, staubig und verschwitzt. Der warmen Limonade und den duftenden Waschlappen folgte das Mittagessen, und als dann das Schiff ablegte und weiter stromaufwärts fuhr, zogen sich die Passagiere in ihre Kabinen oder auf die Liegestühle an Deck zurück.

Hier fand Andy einige Stunden später Anna. Er trug zwei Gläser, wovon er ihr eines anbot, als er sich in den Stuhl neben sie setzte. »Ich hoffe, Sie haben nicht ohne Hut geschlafen.«

»Nein, wie Sie sehen.« Er hing an der Lehne. Sie setzte sich auf und trank den frischen Fruchtsaft, den er ihr gebracht hatte. »Das war köstlich. Danke.« Sie stellte plötzlich fest, dass das Deck menschenleer war; während sie geschlafen hatte, war einer nach dem anderen verschwunden. »Wie spät ist es?«

»In Ägypten gibt es keine Zeit.« Er schmunzelte. »Aber die Sonnenscheibe sinkt im Westen. Das bedeutet, dass es schon bald wieder Zeit für eine Mahlzeit ist.« Er klopfte bedauernd auf seinen Bauch. »Ich fürchte, unsere Landexkursionen, so anstrengend sie auch sind, verbrauchen nicht genug Energie, um all das Essen zu verbrennen, das wir zu uns nehmen.« Er schwieg einen Augenblick. »Ist dies vielleicht ein günstiger Moment, um mir das Tagebuch zu zeigen?«

Der abrupte Themenwechsel überraschte sie. Sie merkte, dass er zu ihrer Tasche schielte, die neben ihrem Stuhl auf dem Boden lag.

»Es ist in meiner Kabine. Vielleicht später, Andy, wenn es Ihnen nichts ausmacht.«

»Natürlich. Es eilt nicht.« Er lehnte sich zurück und schloss die Augen. »Haben Sie es schon jemand anderem gezeigt?«

»Auf dem Schiff, meinen Sie?« Sie warf ihm über den Rand ihrer Sonnenbrille einen Blick zu. Seine dunklen Brillengläser machten es unmöglich, in seinen Zügen zu lesen.

Er nickte.

»Nein. Toby ist der Einzige, der es gesehen hat. Im Flugzeug.«

»Toby Hayward?« Andy kaute einen Augenblick lang auf seiner Lippe. »Ich kenne seinen Namen irgendwoher. Er scheint eher ein Einzelgänger zu sein.«

»Wie ich«, erwiderte sie sanft. »Zumindest auf dieser Kreuzfahrt. Er ist Maler.«

Seine hochgezogene Augenbraue war nicht zu übersehen. »Tatsächlich? Ist er bekannt?«

Anna lächelte. »Keine Ahnung. Vielleicht kennen Sie deshalb seinen Namen? Ich glaube nicht, dass ich schon von ihm gehört habe, aber das hat nichts zu sagen.«

Andy leerte sein Glas. »Sie dürfen mir sagen, wenn Sie finden, dass es mich nichts angeht, aber ich bin der Ansicht, Sie sollten wirklich gut auf dieses Tagebuch aufpassen, Anna. Abgesehen davon, dass es eine Menge Geld wert ist, ist es ja auch ein echtes Stück Geschichte.«

»Eben deshalb habe ich es weggeschlossen.« Sie sprach vielleicht etwas entschiedener als sie beabsichtigt hatte, aber allmählich ärgerte sie sich über seinen Ton. Da war etwas Herablassendes in seinem Benehmen, das sie an Felix erinnerte.

Er lachte, was sie noch wütender machte. Er legte die Arme über den Kopf und tat so, als ducke er sich. »Okay, okay, es tut mir Leid. Ich hätte wissen sollen, dass sie sehr gut allein darauf aufpassen können und auch auf sich selbst. Schließlich sind Sie ja Louisas Ururenkelin!«

Diese Tatsache rief sie sich später wieder in Erinnerung, als sie Serena in der Bar traf und sich mit ihr in der Ecke auf einem der gemütlichen Sofas niederließ. Draußen war es dunkel. Sie hatten am Ufer an einer Stelle angelegt, die, wie man ihnen sagte, in Gehweite des Tempels von Kom Ombo lag. Um sie herum versammelten sich nach und nach die anderen. Sie sah Andy, der auf einem Hocker an der Bar thronte. Charley stand bei ihm und sie führten ein lautes Gespräch mit Joe und dem Bartender.

»Also, dann erzählen Sie mir mal von den seltsamen Gefühlen, die Sie haben.« Serena lehnte sich in die Kissen, ihr Glas in der Hand. Einen Augenblick lang musterte sie eingehend Annas Gesicht, dann drehte sie sich zur Bar um, wo die Gruppe um Andy eine besonders laute Lachsalve losgelassen hatte.

»Es klingt eigentlich albern, wenn man so ruhigen Blutes darüber redet.« Anna zuckte die Achseln. »Aber jemand hat mir erzählt, dass Sie sich für Parapsychologie und so etwas interessieren.«

Serena lächelte. »So etwas? Ja, das kann man sagen. Hat es wohl mit dem Mann zu tun, den wir heute morgen in Edfu gesehen haben?«

»Nicht direkt. Er war wirklich. Aber aus irgendeinem Grund hat er mich nervös gemacht. Er hat uns beobachtet und ich habe dauernd das Gefühl, dass ich von jemandem beobachtet werde. Aber ich kann es nicht erklären ...« Sie wusste nicht recht, wie sie fortfahren sollte, und brach ab.

»Fangen Sie am besten von vorne an, Anna. Ich finde, dann ist alles immer viel klarer.« Anna hatte nun Serenas volle Aufmerksamkeit. »Offenbar bedrückt Sie irgendetwas und das ist gar nicht gut, wo Sie doch einen schönen, sorglosen Urlaub verbringen sollten.«

»Sie lesen wohl kein Arabisch, oder?«

Serena schüttelte den Kopf und lachte. »Ich fürchte nein.«

»Ich habe in meiner Kabine ein Tagebuch.«

»Von Louisa Shelley, ich weiß.« Sie sah Annas Gesicht und lachte wieder. »Meine Liebe, dies ist ein kleines Schiff und wir sind nicht allzu viele. Sie erwarten doch nicht, dass das ein Geheimnis bleibt?«

»Wohl nicht.« Anna war erschrocken. Plötzlich dachte sie an Andys Warnung. »Nun, in diesem Tagebuch ist beschrieben, wie Louisa ein kleines Glasfläschchen von ihrem Dragoman geschenkt bekam. Ich habe das Fläschchen geerbt. Es war ein Blatt Papier dabei, das habe ich auch, darauf steht auf Arabisch, dass die Flasche aus pharaonischer Zeit stammt und irgendwie verwünscht ist. Der ursprüngliche Besitzer, ein Hoher Priester aus dem alten Ägypten, folgt ihr nach, ebenso wie ein böser Geist, weil im Glas ein geheimer Trank versiegelt ist. Ich weiß, dass es idiotisch klingt, wie ein schlechter Film, aber es beunruhigt mich…« Ihre Stimme wurde vor Verlegenheit immer leiser.

»Haben Sie das Fläschchen hier bei sich, auf dem Schiff?«, fragte Serena leise. In dem allgemeinen Lärm konnte Anna sie kaum hören.

Sie nickte erleichtert, dass Serena nicht gelacht hatte. »Ich habe es mitgebracht. Inzwischen wünschte ich, ich hätte das nicht getan. Ich weiß eigentlich nicht, warum, es kam mir einfach richtig vor, es nach Ägypten zurückzubringen. Ich besitze es seit Jahren. Ich dachte immer, es sei eine Fälschung. Das hat jedenfalls ein Freund meines Mannes gesagt, der Antiquitätenhändler ist. Andy hält es auch für falsch.«

»Andy Watson?« Serenas Stimme klang scharf. »Was weiß der denn davon? Haben Sie es ihm gezeigt?«

»Er hat es gestern gesehen. Er sagt, in der viktorianischen Zeit seien massenhaft Fälschungen an leichtgläubige Touristen verkauft worden.«

»Da hat er natürlich Recht. Aber Sie kommen mir nicht leichtgläubig vor und ich bin sicher, Louisa war es ebenso wenig wie ihr Dragoman, wenn er auch nur einen Funken Anstand im Leib hatte.« Serena schwieg einen Augenblick. »Und Sie fürchten den Fluch?«

Es war keine Anklage, nur eine Feststellung.

Anna schwieg zunächst, dann zuckte sie mit den Achseln. »Ich weiß erst seit gestern Abend davon.« Sie kaute auf ihrer Lippe herum und lachte verlegen. »Aber wenn ich ehrlich bin, muss ich wohl sagen, dass es mir allmählich zusetzt. Schon bevor ich die Geschichte kannte, hatte ich so ein komisches Gefühl, als ob jemand mich beobachtete. Ich bin schreckhaft, seit meiner Ankunft in Ägypten. Und dann hatte ich ein- oder zweimal das Gefühl, dass jemand sich an meinen Sachen zu schaffen gemacht hatte, obwohl die Kabinentür abgeschlossen war und wirklich niemand da sein konnte. Ich habe versucht mich zu überzeugen, dass ich nur geträumt oder Halluzinationen hatte oder dass ich mir die Sache nur einbildete. Schließlich war ich müde gestern nach der Besichtigung und so weiter, aber …« Wieder verstummte sie mitten im Satz.

»Wir wollen uns mal eins nach dem anderen ansehen. Sagen Sie mir doch, was auf dem Blatt steht, soweit Sie es verstehen. Ich nehme an, Sie haben eine Übersetzung?« Serenas Stimme blieb leise, aber fest. Sie hatte einen angenehm tiefen Klang, den Anna äußerst tröstlich fand.

Als Anna ihr alles berichtet hatte, dachte Serena eine Weile schweigend nach. Sie starrte auf ihr Glas, das sie auf den kleinen Tisch vor sich gestellt hatte, während Anna ängstlich ihr Gesicht betrachtete.

»Wenn Louisa das Gefühl hatte, dass ein Geist die Flasche bewachte, dann müssen wir natürlich davon ausgehen, dass die Flasche echt ist«, sagte sie schließlich. »Und wenn die Flasche, die Sie dabeihaben, wirklich dieselbe Flasche ist, dann ist es wahrscheinlich, dass sie irgendeine Art von Resonanz um sich hat.«

»Resonanz?« Anna sah sie gespannt an.

Serena lachte wieder. Anna fing an, dieses tiefe kehlige Gurgeln zu mögen. Auch davon ging etwas Tröstliches aus. »Nun, meine Liebe, wie ich gesagt habe, wir wollen eins nach dem anderen betrachten. Es ist anzunehmen, dass Sie sich für geistig gesund halten. Als Sie dieses merkwürdige Gefühl hatten, haben Sie nicht geschlafen; zumindest können Sie sicher sein, dass sie das erste Mal nicht schliefen, weil Sie gerade aus der Dusche kamen. Sie waren nüchtern. Sie wussten, wo Sie Ihre Tasche gelassen hatten. Sie hatten wahrscheinlich vor nicht allzu langer Zeit einen Sehtest, also, warum sollten Sie Ihren Augen nicht trauen?«

»Das ist einfach. Wenn die Tasche bewegt und die Flasche ausgewickelt worden ist, dann muss dies irgendjemand getan haben. Ich glaube nicht an Geister. Ich bin kein Medium. Schließlich ist mir sonst nie so etwas passiert. O nein.« Anna schüttelte den Kopf. »Ich werde damit einfach nicht fertig, wirklich nicht.«

Serena sah sie nachdenklich an. »Würden Sie mir die Flasche zeigen?«

»Natürlich. Kommen Sie nach dem Essen mit in meine Kabine.« Plötzlich machte Anna ein beunruhigtes Gesicht. »Ehrlich gesagt, macht es mich inzwischen ein bisschen nervös, da hineinzugehen. Ich weiß nicht, was ich vorfinde.«

»Wenn es Sie so ängstigt, warum lassen Sie die Flasche dann nicht im Schiffssafe einschließen, bei Ihrem Pass und Ihren Wertsachen?« Serena blickte auf, als der Gong vor dem Restaurant unten im Schiff ertönte.

Sie standen auf und gingen auf die Treppe zu, die zum Unterdeck führte.

»Das ist eine gute Idee. Das konnte ich tun«, sagte Anna und schüttelte den Kopf. »Ich kann das alles einfach nicht fassen! Ich muss es mir einbilden. Schließlich ist ja nie etwas passiert, bevor ich davon gelesen hatte. Wenn es stimmt, warum hat sich denn in London nie etwas gezeigt?«

Serena drehte sich zu ihr um. »Das ist doch klar. Sie haben die Flasche zurück nach Ägypten gebracht. Sie ist wieder nach Hause gekommen.«

Eine Weile später schloss Anna die Tür auf und machte Licht. Der kleine Raum war leer. Sie winkte Serena herein und schloss die Tür hinter ihnen. Sie hatten mit den anderen beim Abendessen gesessen, aber wie auf Verabredung waren sie bei der Lounge, wo der Kaffee serviert wurde, abgebogen, bevor Omar wieder einen Vortrag für die ganze Gesellschaft hielt. Das Thema des heutigen Abends war die Geschichte Ägyptens nach der Zeit der Pharaonen.

Die Kabine war mit zwei Leuten annähernd überfüllt. Serena setzte sich auf das Bett, während Anna ihren Koffer vom Schrank holte. Sie stellte ihn auf den Boden, hockte sich davor, schloss ihn auf und klappte den Deckel zurück. »Hier ist sie.« Sie griff in die Seitentasche und holte das kleine seidene Päckchen heraus. Ohne den Schal zu entfernen, reichte sie es Serena.

Es war ganz still in der Kabine. Alle anderen Passagiere waren in der Lounge und sahen Omar zu, der für einen Exkurs durch Ägyptens neuere Geschichte einen Diaprojektor auf der Bartheke aufbaute. Die beiden Korridore, von denen die zehn Kabinen abgingen, waren leer. Die Besatzung war beim Essen. Das Flussufer lag dunkel und verlassen. Man hörte sanftes Plätschern durch das halb offene Fenster und leises, trockenes Rascheln aus dem Schilf. Der Wind wehte von der Wüste her.

Sehr vorsichtig begann Serena, die Flasche auszuwickeln. »Sie ist kleiner, als ich dachte.«

Anna setzte sich neben sie. »Sie ist winzig.« Sie kicherte nervös. »So klein und macht solch einen Aufstand.«

»Psst.« Serena zog das rote Seidentuch ab und ließ es auf die Bettdecke fallen. Sie betrachtete die Flasche, die auf ihrer Handfläche lag, und strich mit dem Finger darüber. »Sie fühlt sich alt an. Das Glas ist rau und uneben.« Sie schloss die Augen und strich immer weiter mit der Fingerspitze darüber, ganz sacht, fast ohne sie zu berühren. »Sie ist alt. Voller Erinnerungen. Voller Zeit.« Ihre Stimme klang sehr leise. Träumerisch. »Das Fläschchen ist echt, Anna. Es ist alt. Sehr alt.« Sie fuhr fort darüber zu streichen. »Es enthält Magie. Und Macht.« Sie schwieg lange. »Ich sehe eine Gestalt vor mir, einen Mann. Er ist groß. Hat durchdringende Augen. Sie durchschauen alles. Silbern, wie Messerklingen.« Sie schwieg und streichelte die Flasche mit behutsamen Bewegungen. »Er hat so viel Macht«, fuhr sie langsam fort, »aber da ist Verrat. Er hat Feinde. Er hält sich für unbesiegbar, aber nah bei ihm sind Hass und Habgier. Jemand, den er für seinen Freund hielt, ist bei ihm. Er wartet. Er verbirgt sich heimlich im Dunkel. Sie dienen verschiedenen Göttern, aber davon weiß er nichts. Noch nicht …« Ihre Stimme wurde leiser und verstummte. Anna hielt den Atem an und sah fasziniert zu, wie die Fingerspitze mit dem glatten, ovalen, unlackierten Fingernagel vorsichtig weiterstreichelte. »Da ist Blut, Anna«, fuhr Serena endlich flüsternd fort. »So viel Blut – und so viel Hass.«

»Das erfinden Sie doch.« Anna entfernte sich einen Schritt von ihr und lehnte sich an die Tür. »Sie machen mir Angst!« Auf einmal zitterte sie hemmungslos. War das die Gestalt, die Louisa so geängstigt hatte?

Langsam blickte Serena auf. Ihre Augen waren auf Annas Gesicht gerichtet, aber sie nahm sie nicht wahr. Ihre Augen waren weit geöffnet und blicklos.

»Serena?«, flüsterte Anna. »Serena, bitte.«

Wieder herrschte langes Schweigen, dann rieb Serena sich urplötzlich die Augen. Sie lächelte unsicher. »Was habe ich gesagt?«

»Wissen Sie das nicht?« Anna rührte sich nicht von ihrem Platz an der Tür.

Serena sah auf das Fläschchen in ihrer Hand. Fröstelnd ließ sie es auf das Bett fallen. »Es ist alt. Sehr alt«, wiederholte sie mit ausdrucksloser Stimme.

»Das haben Sie gesagt.« Anna schluckte. Sie konnte ihre Augen nicht von der Flasche auf dem Bett wenden. »Aber was war all das andere? Das mit dem Blut?«

Serena riss die Augen auf. »Blut?« Einen Augenblick verstummte sie, dann sah sie weg. »O verdammt.« Sie bedeckte ihr Gesicht mit den Händen. »Das wollte ich nicht. Vergessen Sie es, um Gottes willen. Es tut mir Leid. Glauben Sie nichts, was ich gesagt habe, Anna.« Sie griff nach der Flasche, überlegte es sich dann anders, ließ sie liegen und stand auf. »Ich habe eine Neigung zum Melodramatischen. Kümmern Sie sich nicht darum. Ich will Ihnen beileibe keine Angst einjagen.«

»Aber das haben Sie getan.«

»Wirklich?« Einen Moment lang betrachtete sie Annas Gesicht, als wollte sie ihre Gedanken lesen. Dann machte sie eine wegwerfende Geste und sah weg. »Der Vortrag muss doch jetzt zu Ende sein. Lassen Sie uns in die Lounge gehen und etwas trinken.« Sie beugte sich über das Bett und griff nach der Flasche. Nur einen ganz kleinen Augenblick zögerte sie, dann nahm sie sie auf und wickelte sie fest in das Seidentuch. Sie hielt sie Anna hin. »An Ihrer Stelle würde ich Omar bitten, es für Sie in den Safe zu tun. Ich denke, es ist echt.« Ihre Stimme klang immer noch merkwürdig flach.

Anna nahm sie zögernd entgegen. Einen Augenblick hielt sie sie in der Hand, dann bückte sie sich und stopfte sie zurück in den

Koffer. »Später. Bestimmt. Wenn jemand an der Rezeption ist.« Sie öffnete den Mund, um noch etwas zu fragen, dann überlegte sie es sich anders. Sie nahm ihre Handtasche und legte die Hand auf die Klinke. »Kommen Sie. Lassen Sie uns gehen.«

Mit den Getränken in der Hand verließen sie die Lounge, wo die anderen in kleinen Grüppchen um die niedrigen Tische saßen, und traten hinaus auf das offene überdachte Deck mit seinen leeren Tischen und Stühlen. Anna fröstelte. »Der Wind ist kalt.«

»Das macht mir nichts. Er ist wunderbar – reinigend. Eine solche Erleichterung nach der Hitze des Tages. Steigen wir auf die Sonnenterrasse.«

Sie ging voraus zum Bug, wo Anna zuvor geschlafen hatte. Alles lag hier im Dunkeln. Sie blickten auf die farbigen Lämpchen hinunter, die in Girlanden um die Markise auf dem unteren Deck hingen. Über sich sahen sie die samtige Schwärze des Himmels und die hell strahlenden Sterne. Sie lehnten an der Reling und schauten über den Fluss. Irgendwie wirkte die Nacht gerade durch das Gelächter und die Gespräche, die aus den Türen unten heraufklangen, noch stiller.

Anna fixierte mit den Augen die Lichtreflexe auf den Wellen des dunklen Wassers. »Wie haben Sie das gemacht?« Sie nahm einen Schluck aus ihrem Glas.

Serena gab nicht vor, als wüsste sie nicht, wovon Anna sprach. Sie hob die Schultern. »Man nennt das Psychometrie. Es ist eine Art Hellsichtigkeit, nehme ich an. Man liest gewissermaßen einen Gegenstand. Ich habe das schon immer gekonnt, seit meiner Kindheit. Deswegen interessiere ich mich auch für übersinnliche Phänomene. Bei Kindern wird so etwas als blühende Fantasie bezeichnet. Bei Erwachsenen …« Sie hielt inne. »Exzentrik. Wahnsinn. Schizophrenie. Suchen Sie sich aus, was Sie wollen.« Eine Sekunde lang klang ihre Stimme ein wenig bitter, dann war es vorüber. »Es ist etwas, was man nicht leichten Herzens pflegt, wie Sie sich vorstellen können, aber es kann ganz nützlich sein. Manchmal.«

Anna blickte immer noch auf das Wasser hinab. »Was hat denn Ihr Mann dazu gesagt?«

»Ach.« Serena lächelte traurig. »Eine Frau kommt mit tödlicher Sicherheit sofort auf den wunden Punkt zu sprechen. Er war sich nicht ganz sicher, ob er mich hinreißend verrückt oder reif für die Anstalt finden sollte. Aber er hat nie wirklich versucht, mich einzusperren, das muss ich ihm lassen.« Ihr leises Lachen ließ Anna schließlich aufschauen.

Serena tat einen Schritt von der Reling weg und setzte sich auf einen Stuhl. Mit einem Seufzer lehnte sie sich zurück und blickte zu den Sternen empor. »Wir waren sehr glücklich. Ich habe ihn angebetet. Ich habe all dieses Zeug so gut ich konnte unter Verschluss gehalten, solange er lebte. Als er dann starb«, sie zögerte, »war es wohl eine Art Coming-out. Ich fand Gleichgesinnte. Ich las. Ich redete. Ich schrieb. Ich forschte. Charley hält mich für verrückt, aber sie ist nicht oft zu Hause, und ehrlich gesagt ist es mir egal, was sie denkt. Vor zwei Jahren habe ich angefangen, ägyptische Mystik zu studieren und ich bin hierher gekommen, um zunächst in einer Gruppe ein Gefühl für das Land zu bekommen, bevor ich allein wieder hierher fahre.«

Auch Anna blickte wieder über das Geländer auf den Fluss und dann über das niedrige Ufer und die dunkle Silhouette der Bäume hinweg nach oben. Die Sterne waren so hell. So klar. »Also, erzählen Sie mir von meiner Flasche.«

»Ich erinnere mich nicht, was ich gesagt habe.« Serena nahm einen Schluck aus ihrem Glas. Sie bemerkte trotz der Dunkelheit Annas Miene und lächelte traurig. »Nein ehrlich, ich weiß es nicht. Manchmal weiß ich es, aber meistens falle ich in eine Art Trance. Es tut mir Leid, Anna. Aber so ist das bei mir. Sie müssen mir erzählen, was ich gesagt habe.«

»Sie haben von Hass und Verrat und Blut gesprochen.« Die Worte hallten einen Moment in der Stille nach. »Sie haben einen Mann beschrieben. Den Priester. Sie haben gesagt, er sei groß, mit stechenden Augen.« Sie drehte sich erschrocken um, als sie plötzlich Schritte hinter sich hörte.

»Das klingt nach mir. Groß. Mit stechenden Augen.« Andy war am Ende der Treppe aufgetaucht. »Kommt schon, Mädels. Was besprecht ihr denn da so heimlich? Serena, altes Haus, du kannst nicht die schönste Frau auf dem Schiff so mit Beschlag belegen. Das ist verboten. Vor allem, wenn ihr über andere Männer redet.« Er grinste vergnügt.

Serena und Anna tauschten Blicke.

»Wir kommen gleich, Andy.« Serena rührte sich nicht von ihrem Stuhl. »Jetzt sei ein guter Junge und verdrück dich.«

Anna musste sich ein Lächeln verkneifen. Sie sagte nichts und weidete sich an seiner augenblicklichen Verlegenheit. Dann zuckte er die Achseln. »Okay, du musst ja nicht gleich grob werden.« Er hob die Hände, als ironische Geste der Kapitulation. »Ich merke, wenn so etwas Niederes wie ein Mann unerwünscht ist. Es gibt Drinks für euch an der Bar, wenn ihr möchtet.«

Sie sahen ihm nach, wie er über das Deck trottete, unbekümmert winkte und dann die Treppe hinunter verschwand.

Erst nach einigen Augenblicken ergriff Serena wieder das Wort. »Andy ist ein Spötter. Ein Ungläubiger. Ich glaube, es wäre klug, ihm gegenüber nichts von alledem zu erwähnen.«

»Das denke ich auch.« Anna setzte sich neben sie. Sie zog fröstelnd ihren Pullover über die Schultern. »Was soll ich denn jetzt machen?«

»Sie könnten die Flasche in den Nil werfen.« Serena legte den Kopf weit zurück und leerte ihr Glas bis auf den letzten Tropfen. »Dann wären Sie das Problem los, schätze ich.«

Anna schwieg. »Hassan hat sie Louisa geschenkt«, sagte sie schließlich.

»Und was ist mit ihnen passiert?«

Anna zuckte die Achseln. »Ich habe noch nicht viel von dem Tagebuch gelesen, aber ich weiß, dass sie sicher nach England zurückgekehrt ist.«

»Es ist natürlich Ihre Sache.« Serena beugte sich mit einem Seufzer vor und stützte die Ellbogen auf die Knie.

»Sie haben doch gesagt, dass Sie ägyptische Mystik studieren«, sagte Anna langsam. »Also können Sie vielleicht etwas tun. Können Sie mit ihm sprechen?« Ein Teil von ihr konnte es nicht fassen, dass sie dies tatsächlich fragte; ein anderer Teil begann, Serena sehr ernst zu nehmen.

»O nein, ich bin in keiner Weise qualifiziert, mit so einer Sache umzugehen.« Serena schüttelte den Kopf. »Anna, meine Liebe, dies ist – zumindest vielleicht – ein schwerer Brocken. Ein Hohepriester, wenn er das wirklich war, ist weit außerhalb meiner Reichweite. Wahrscheinlich außer Reichweite von allen heute lebenden Menschen. Diese Leute haben die Magie eigentlich erfunden. Haben Sie jemals von Hermes Trismegistus gehört? Und von Thoth, dem Gott der Magie?«

Anna biss sich nervös auf die Lippe. »Ich will die Flasche nicht zerstören.«

»Okay. Serena erhob sich. »Ich mache Ihnen einen Vorschlag. Lesen Sie noch mehr in diesem Tagebuch. Finden Sie heraus, was Louisa widerfahren ist. Wie ist sie damit fertig geworden? Vielleicht ist ihr überhaupt nichts passiert. Ich werde heute Nacht darüber nachdenken, morgen gehen wir zu dem großen Tempel von Kom Ombo. Wer weiß, vielleicht können wir den Wächter der Flasche besänftigen, indem wir den Göttern opfern.«

Es war schon spät, als Anna in ihre Kabine zurückkehrte. Sie blieb einen Moment stehen, die Hand auf dem Lichtschalter, und starrte den Koffer auf dem Boden an. Das kurze Flurende hinter ihr war leer. Serena war einen Stock tiefer zu ihrer eigenen Kabine gegangen, die sie mit Charley teilte.

Eine Stunde in fröhlicher Gesellschaft in der Lounge im Gespräch mit Joe, Ben und Sally hatte Anna entspannt und abgelenkt. Sie hatte nicht vergessen, dass die Flasche in ihrer Kabine auf sie wartete, aber sie hatte sie weit in den Hintergrund verbannt. Nun ließ sie die Tür offen und kniete sich neben den Koffer. Sie öffnete ihn und schaute hinein. Nur eine kleine Ausbuchtung in der Seitentasche verriet, wo die Flasche verborgen war. Sie holte tief Luft und nahm sie heraus. Sie war immer noch in das rote Seidentuch gewickelt. Ohne nachzudenken verließ sie die Kabine, rannte den Flur entlang zum Treppenhaus und dann die Treppe hinunter zum Rezeptionstisch im Restaurantgeschoss. Dort, hinter einem Paneel der Wand, befand sich der Safe des Schiffes, wo sie alle ihre Pässe und sonstigen Wertsachen deponiert hatten, die sie nicht in der Kabine liegen lassen oder in der Tasche herumtragen wollten. Der Tisch war unbesetzt und lag im Dunkeln. Sie holte kurz tief Luft und drückte dann auf die Messingklingel, die auf der blanken Tischoberfläche stand. Sie klang durch die gesamte Rezeption, aber die Tür hinter dem Empfangstisch, die zu den Besatzungsräumen führte, blieb geschlossen. Aufgeregt streckte sie die Hand aus, um noch einmal zu klingeln, dann überlegte sie es sich anders.

Ein Blick auf die Armbanduhr erinnerte sie, dass es beinahe Mitternacht war. Man konnte nicht erwarten, dass irgendjemand um diese Zeit Dienst tat. Außer Omar. Er hatte gesagt, er stünde ihnen zu jeder Tages- und Nachtzeit zur Verfügung, wenn es Probleme gäbe. Aber damit hatte er Dinge wie Blinddarmentzündung und Mord gemeint, keine vergessenen Nippes. So etwas konnte bis morgen warten, oder etwa nicht?

Sie machte kehrt und eilte zur Treppe zurück. Sollte sie ihn wirklich mitten in der Nacht wecken, um ihn zu bitten, etwas in den Safe zu tun? Einige Sekunden lang blieb sie unentschlossen stehen, dann drehte sie sich um und ging zu ihrer eigenen Kabine.

Auf der Schwelle zögerte sie. Sie war nur wenige Minuten weg gewesen, aber in der Kabine hatte sich etwas verändert. Unwillkürlich krampften sich ihre Finger fester um das kleine Seidenbündel, als sie in der Tür stand und vorsichtig hineinschaute. Der Koffer lag immer noch mit offenem Deckel mitten auf dem Boden. Sie starrte ihn an. Er war leer, aber etwas war anders. Das matte Licht der Nachttischlampe warf einen keilförmigen Schatten über den leeren Koffer, einen Schatten, in dem etwas lag. Etwas, das vorher nicht dagewesen war. Mit rasend klopfendem Herzen und trockener Kehle zwang sie sich, einen Schritt näher zu gehen. Eine Handvoll brauner Krümel, die wie Torf aussahen, lag auf dem Grund des Koffers. Sie betrachtete sie argwöhnisch, dann hockte sie sich langsam hin und streckte eine Hand aus. Sie waren ganz trocken und fühlten sich an wie Papier. Als sie mit den Fingern darüber fuhr, zerfielen sie zu feinem Staub. Mit gerunzelter Stirn sah sie sich im Raum um. Nichts sonst hatte sich verändert. Nichts war verstellt worden. Sie zerrieb den Staub zwischen ihren Fingern und roch vorsichtig daran. Da war ein ganz schwacher Geruch. Wie nach Gewürzen. Exotisch. Aus irgendeinem Grund drehte er ihr den Magen um. Sie klopfte ihre Hände ab und warf den Kofferdeckel zu. Dann stemmte sie den Koffer wieder auf den Schrank und wischte die Hände mehrfach an ihrem Handtuch ab. Schließlich machte sie die Kabinentür zu und verriegelte sie.

Sie entkleidete sich und duschte in nervöser Hast, wobei sie ständig in alle Ecken schaute. Anschließend steckte sie das Seidenpäckchen in die Plastiktüte, in die sie ihre Filme gepackt hatte, stopfte diese in ihre Kosmetiktasche, zog den Reißverschluss zu und stellte sie in der Dusche auf den Boden. Dann schloss sie die Badezimmertür.

Minutenlang stand sie in der Kabine, jeden Muskel angespannt, und lauschte. Durch das halb geöffnete Fenster hörte sie das leise Rascheln des Schilfs. In der Ferne rief kurz ein Vogel, danach war alles still. Sie drehte die Deckenlampe aus, stieg endlich ins Bett und lag einen Moment lauschend im Licht der Nachttischlampe. Schließlich griff sie nach dem Tagebuch. Sie fühlte sich nicht im Mindesten schläfrig und in Louisas Geschichte konnte sie sich wenigstens eine Weile verlieren und schauen, ob sie vielleicht irgendeine Erwähnung der Flasche und ihres Geschicks fand. Sie blätterte herum und blieb an einer kleinen Tuschezeichnung hängen, über der stand: Kapitell in Edfu. Sie zeigte das reich verzierte obere Ende einer Säule in dem Hof, den sie erst an diesem Morgen gesehen hatte.

»Die Forresters fanden wieder einmal, es sei zu heiß, um das Boot zu verlassen, also besorgte Hassan Esel, damit wir zum großen Tempel von Edfu reiten konnten …«

Anna blickte auf. Die Kabine war still. Warm. Sie fühlte sich sicher. Sie machte es sich noch etwas bequemer, dann blätterte sie um und las weiter.

Der kleine Eselführer brachte sie zum Eingang des Tempels und zog sich dann in den dürftigen Schatten einiger Palmen zurück, um auf sie zu warten, während Hassan durch den Sand voranging. Er hatte zwei anderen kleinen Jungen befohlen, den Farbkasten, die Staffelei, das Skizzenbuch, ihren Picknickkorb und das Sonnendach zu tragen. Sie schlugen ihr Lager im Schutz einer der großen Mauern auf; Louisa saß auf dem Perserteppich und sah den

Jungen zu, die ihre Last auf die Erde stellten, dann einen Piaster als Lohn empfingen und davonhuschten.

»Kommen Sie, setzen Sie sich zu mir.« Sie lächelte Hassan an und klopfte neben sich auf den Teppich. »Ich will die Geschichte dieses Ortes hören, bevor wir ihn besichtigen.«

Er ließ sich am Rand des Teppichs nieder, die Beine über Kreuz, die Augen wegen der Sonne zusammengekniffen. »Ich glaube, Sie wissen mehr als ich, Sitt Louisa, von Ihren Büchern und Gesprächen mit Sir John.« Er lächelte feierlich.

»Das ist nicht wahr, das wissen Sie ganz genau.« Sie griff nach dem kleinen Skizzenbuch und öffnete es. »Außerdem höre ich Ihnen gerne zu, während ich zeichne.«

Jede Sekunde stieg die Sonne am Himmel höher. Louisa wollte die Eleganz und Kraft dieses Ortes und seine Majestät einfangen, bevor die Schatten zu kurz wurden, die Schönheit der Steinmetzarbeiten, die eine ganz eigene Zartheit auszeichnete, vor allem im Kontrast zu der Festigkeit und schieren Größe des Steins, aus dem sie gehauen waren. Und sie wollte die erstaunliche plastische Kraft der Statuen des Falkengottes Horus festhalten, den Ausdruck dieser riesigen runden Augen wiedergeben, die die unvorstellbaren Weiten jenseits der Tempelmauern überblickten. Sie schraubte das Wassergefäß auf, goss etwas in das Töpfchen, das an ihrem Farbkasten klemmte, und nahm einen Pinsel zur Hand.

»Der Tempel ist erst kürzlich von Monsieur Mariette ausgegraben worden. Bevor er kam, reichte der Sand bis hier.« Hassan deutete unbestimmt zu einer Stelle etwa auf halber Höhe der Säulen. »So viel hat er weggeräumt. Auf dem Tempel und dicht darum standen Häuser. Die sind jetzt alle fort. Und er hat das alles ausgegraben.« Er wies zu den hohen Sandwällen um den Tempel herum, auf denen das Dorf ungemütlich über den Resten der antiken Stadt schwebte. »Jetzt kann man sehen, wie riesig er ist. Wie hoch. Wie großartig. Der Tempel wurde in der Zeit der Ptolemäer gebaut. Er ist Horus, dem Falkengott, geweiht. Es ist einer der größten Tempel in ganz Ägypten.« Hassans Stimme spann die Geschichte des Bauwerks zu einer Legende von Licht und Finsternis. Der Sand rückte näher, dann wich er wieder zurück, wie die Wasser des Nils.

Louisa hielt in der Arbeit inne und sah ihn an, während die hellen Ocker- und Umbratöne ihrer Palette am Pinsel trockneten.

Sein Gesicht war in einem Moment belebt und begeistert, im nächsten wieder entspannt, während er das Netz seiner Geschichte spann. Träumerisch hörte sie zu, verlor sich in den Visionen, die er für sie herzauberte, und es dauerte ein Weilchen, ehe sie merkte, dass er schwieg und sie mit halbem Lächeln auf dem schönen Gesicht anschaute. »Ich habe Sie zum Schlafen gebracht, Sitt Louisa.«

Sie schüttelte lächelnd den Kopf. »Sie haben mich mit Ihrer Geschichte verzaubert. Ich sitze hier gebannt und kann nicht einmal malen.«

»Dann habe ich versagt. Ich wollte Ihre Inspiration leiten.« Das anmutige Achselzucken, die leise abwertende Geste dieser braunen Hand mit den langen, ausdrucksvollen Fingern trugen auch nicht dazu bei, sie aus ihrer Starre zu befreien. Sie saß bewegungslos, ohne ihren Blick von ihm wenden zu können. Hassan brach den Zauber. »Soll ich das Essen aufdecken, Sitt Louisa? Dann können Sie schlafen, wenn Sie wollen, bevor wir den Tempel erforschen.«

Er erhob sich in einer einzigen fließenden Bewegung, holte den Picknickkorb und nahm ein weißes Tischtuch, Teller, Gläser und Silberbesteck heraus. Dann folgten Obst, verschiedene Käsesorten, Brot und getrocknetes Fleisch.

Er machte keine Einwendungen mehr, wenn sie darauf bestand, dass er mit ihr aß. Die feierlich arrangierten Gedecke lagen sehr nahe beieinander auf dem Tischtuch.

Sie wusch ihren Pinsel sorgfältig in dem kleinen Wassergefäß aus, formte seine Borsten zu einer Spitze und legte ihn dann weg. »Trotz der Hitze habe ich solchen Appetit.« Sie lachte ein bisschen kokett, doch dann hielt sie inne. Sie durfte sich mit diesem Mann nicht zu sehr anfreunden, schließlich war er ihr Angestellter. In den Augen der Forresters war er nicht mehr als ein Dienstbote.

Sie ließ sich von dem leinenbezogenen Klappstuhl, auf dem sie vor der Staffelei gesessen war, hinuntergleiten und setzte sich mit überkreuzten Beinen auf den Perserteppich, ihre Röcke um sie herum gebauscht. Als sie aufsah, reichte er ihr einen Teller; seine tiefen braunen Augen ruhten einen Moment lang ernst auf ihrem Gesicht. Dann lächelte er auf diese gemächlich ernste Art, die sie inzwischen so gern hatte, ohne eine Spur von Unterwürfigkeit.

Sie nahm ein Stück Brot, das er ihr anbot, und legte es auf ihren Teller. »Sie verwöhnen mich, Hassan.«

»Natürlich.« Wieder dieses Lächeln.

Eine Weile aßen sie in einmütigem Schweigen und lauschten dem Tschilpen der Spatzen, die hoch über ihnen in den Mauern wohnten. Eine Gruppe von Besuchern erschien in der Ferne und blieb vor dem großen Pylon stehen. Die Frau trug ein blassgrünes Kleid in der neuesten Mode und sofort griff Louisa nach ihrem Skizzenblock, denn der helle Farbfleck in der Strenge des Hofes nahm sie gefangen. Die Gestalten bewegten sich langsam außer Sicht und sie ließ den Block sinken. »Wir sehen in einer Minute wie exotische Schmetterlinge aus und in der nächsten wie dressiertes Geflügel«, bemerkte sie bedauernd. »Fehl am Platz in diesem Klima. So unbequem und doch für einen Moment so schön.«

»Sehr schön«, wiederholte Hassan leise. Louisa blickte überrascht auf, aber Hassan hatte sich schon abgewandt und beschäftigte sich mit dem Essen. »Manche Damen in Luxor tragen im Sommer ägyptische Kleider«, sagte er nach einem Augenblick. »Das ist kühl und sie haben es bequemer.«

»Das würde mir sehr gefallen«, sagte Louisa begierig. Dann schwand die Freude aus ihrem Gesicht. »Aber ich glaube nicht, dass Lady Forrester mich als Gast auf ihrem Schiff dulden würde, wenn ich so etwas Ungehöriges täte. Ich habe Kleider dabei, die bequemer wären als dieses hier«, sie zeigte auf ihren schwarzen Rock, »aber leider sind sie bunt und das wäre den Forresters nicht recht, deshalb trage ich sie nicht in ihrer Gegenwart. Ich will sie nicht beleidigen.« Janey Morris' Kleider hatte Jane Treece zu ihren Nachthemden gelegt.

»Vielleicht könnten Sie sich auf unseren Ausflügen irgendwo umziehen, sodass Sie Lady Forrester nicht unglücklich machen müssen.« Diesmal konnte man eindeutig ein Blitzen in seinen Augen wahrnehmen. »Ich kann Ihnen Kleider besorgen, Sitt Louisa, wenn Sie das wünschen. Stellen Sie sich vor, wie viel bequemer Sie es jetzt hätten.« Obwohl er sie kaum ansah, hatte sie das äußerst merkwürdige Gefühl, er könnte durch alles, was sie anhatte, hindurchsehen – das enge Korsett, die langen Unterhosen, die beiden Unterröcke unter ihrem schwarzen Reisekleid, einer davon gestärkt, ganz zu schweigen von den Strümpfen aus Florgarn, die von Strumpfbändern gehalten wurden, und den festen Stiefeln.

»Ich glaube, ich kann es keinen Moment länger aushalten.« Sie schüttelte den Kopf. Ihr fest zusammengerolltes Haar, ihr Hut – auf einmal erstickte sie das alles. »Können wir auf dem Rückweg zum Schiff hier im Dorf etwas für mich kaufen?«

Er schüttelte den Kopf. »Wir müssen diskret sein. Ich werde mich darum kümmern, bevor wir unser nächstes Reiseziel erreichen. Keine Angst, Sie werden sich bald wohler fühlen.«

Etwas später stellten sie einen der Jungen als Wache für ihre Habseligkeiten auf und schlenderten durch den von Säulen umstandenen Hof in den Hypostylos. Sie blieben stehen und bewunderten die massiven Säulen. »Man fühlt hier das Gewicht der Jahrhunderte auf seinem Kopf, nicht wahr?« Fast flüsterte er.

»Es ist so riesig.« Louisa starrte ehrfürchtig nach oben.

»Um sowohl Menschen wie Götter zu inspirieren.« Hassan nickte und verschränkte die Arme. »Und die Götter sind immer noch hier. Spüren Sie sie?« In der Stille klang das entfernte Getschilpe und Geplauder der Spatzen seltsam. Louisa schüttelte den Kopf. Es war das Geräusch englischer Hecken und Londoner Straßen, wo die Vögel auf der Fahrbahn herumhüpften und zwischen den Hufen der Kutschpferde nach Futter suchten. Hier in dieser großartigen Umgebung wirkten sie unpassend.

»Sollen wir weitergehen?« Hassan betrachtete ihr Gesicht, auf dem die Schatten spielten. Die zweite Säulenhalle, die inzwischen vor ihnen lag, war noch dunkler. Er ging wenige Schritte vor ihr, eine hohe, stattliche Gestalt. An diesem Tag trug er einen blauen Turban und eine einfache weiße *Djelaba* mit Stickereien am Halsausschnitt und am Saum. Bald verschluckten ihn die Schatten und er war nicht mehr zu sehen. Einen Augenblick stand sie still, denn er würde sicher wieder auftauchen oder warten, dass sie ihm folgte. Aber er kam nicht zurück. Die Stille um sie schien sich noch verdichtet zu haben. Selbst die Vögel waren in der erbarmungslosen Hitze plötzlich verstummt.

»Hassan?« Sie ging ein paar Schritte. »Hassan? Warten Sie auf mich!« Ihre Stiefel klapperten auf den Pflasterplatten, als sie zu dem Tor eilte, wo sie ihn hatte verschwinden sehen. »Hassan?« Sie sprach ganz leise. Es kam ihr irgendwie unrecht vor, laut zu rufen. Wie in einer Kathedrale.

Es war zu still. Sie konnte ihn nicht hören. »Hassan?« Sie erreichte den Eingang und blickte in die Dunkelheit. Plötzlich bekam sie es mit der Angst zu tun. »Hassan, wo sind Sie?«

»Sitt Louisa, was ist los?« Seine Stimme kam von hinten. Sie fuhr herum. Er stand sieben Meter entfernt in einem Lichtkegel, der aus einer für sie nicht sichtbaren Tür fiel. »Verzeihung. Ich dachte, Sie wären immer noch neben mir.«

»Das war ich doch. Ich habe Sie da hineingehen sehen ...« Sie drehte sich zu der dunklen Tür um.

»Nein. Ich hatte gesagt, wir sollten uns den Nilraum anschauen. In diesen Raum wurde jeden Tag Wasser gebracht für die Waschungen der Priester.« Er näherte sich, sein Gesicht hatte auf einmal einen sorgenvollen Ausdruck.

»Ich habe Sie gesehen, Hassan. Ich habe Sie dort hineingehen sehen.« Sie zeigte aufgeregt auf die Stelle.

»Nein, Herrin.« Er blieb neben ihr stehen. »Ich versichere Ihnen, ich würde Sie nie ängstigen.« Ganz kurz legte er ihr seine Hand auf den Arm. »Warten Sie. Ich sehe nach. Vielleicht ist jemand anderes da drin.« Er schritt auf den düsteren Eingang der Opferhalle zu und blickte hinein. »*Miin*! Wer ist da?«, rief er scharf. Er ging einen Schritt weiter hinein. »Da ist niemand.« Er beschirmte seine Augen, um besser sehen zu können. »Aber es sind noch viele Kammern dahinter. Vielleicht sind noch andere Besucher da.«

»Aber ich habe Sie gesehen. *Sie*.« Louisa kam näher, bis sie neben ihm stand. »Wenn Sie es nicht waren, dann war es jemand, der genauso groß ist, genauso dunkel und genauso angezogen ...«

Sie beugte sich auf der Schwelle zu einer kleinen Kammer vor, die in die dicke Wand eingelassen war, und ihr Arm streifte seinen. Sie spürte die Wärme seiner Haut, roch seinen Zimtduft.

»Sehen Sie, sie ist leer.« Seine Stimme war direkt an ihrem Ohr. Für gewöhnlich rückte er respektvoll zur Seite, wenn sie ihm nahe kam. In der schmalen Tür blieb er stehen. »Ohne Kerze kann man nichts sehen. Ich hole eine aus dem Korb ...«

»Nein.« Sie fasste ihn am Arm. »Nein, Hassan. Ich sehe sehr gut, dass sie leer ist.« Einen Augenblick lang blieben sie stehen. Er hatte sich von der Dunkelheit abgewandt und blickte mit einem Ausdruck solcher Liebe und Besorgnis auf sie herab, dass es ihr einen Moment lang den Atem raubte. Dann war es vorbei. »Hassan …«

»Verzeihen Sie.« Er zog sich zurück und verbeugte sich. »Verzeihen Sie mir, Sitt Louisa. Es tut mir Leid. Es gibt noch so viel zu sehen und wir brauchen Licht für das innere Heiligtum. *Istanna shwaiyeh*. Bitte warten Sie einen Augenblick. Ich werde es holen.« Er ging weg, sein Gesicht wieder ausdruckslos, während sie in der Tür stehen blieb.

Sie schaute zurück ins Dunkel. Ihr Herz klopfte rasend gegen ihre Rippen und sie fühlte sich erhitzt und seltsam atemlos. Langsam drehte sie sich um und ging hinter ihm her. Da bemerkte sie, dass sie ihre Hände in den Falten ihres Rocks zu Fäusten geballt hatte. Entschlossen öffnete sie sie. Sie holte tief Luft. Das war Unsinn. Erst hatte sie Visionen und bildete sich ein, ihn zu sehen, wo er nicht war, dann reagierte sie auf ihn, als ob … Aber ihre Gedanken zuckten selbst vor der bloßen Vorstellung zurück, sie könnte sich von ihm angezogen fühlen. Das durfte nicht sein.

Er hatte nicht auf sie gewartet. Wieder sah sie ihn in die Schatten eintauchen und dann hinaus ins Sonnenlicht des großen Hofs treten. Diesmal war er die ganze Zeit zu sehen und nun sah sie auch die andere Besuchergruppe. Sie sah die Frau im grünen Kleid, die nach oben blickte, da ihr Führer sie auf irgendetwas in dem Fries hoch über ihren Köpfen aufmerksam machte. Die Frau langweilte sich, das konnte Louisa selbst aus dieser Entfernung erkennen. Und ihr war heiß und unbequem in ihrem schick mit Volants besetzten Kleid, dessen modisch kurze Schleppe hinter ihr durch den Staub schleifte. Unter den Armen der Frau waren dunkle Schweißflecken zu sehen, ebenso ein verräterischer feuchter Streifen zwischen ihren Schulterblättern. Mit einem Mal sehnte Louisa sich wieder nach der leichten Kleidung, die Hassan ihr in Aussicht gestellt hatte, oder nach dem weichen, kühlen Stoff der Kleider, die zusammengefaltet unter ihren Nachthemden in der Schublade im Schiff lagen. War sie nicht dafür nach Ägypten gekommen? Um frei zu sein. Ihr Schicksal selbst in die Hand zu nehmen. Ohne Rücksicht auf die Ansichten anderer Leute. Der Familie ihres Mannes in London. Der Forresters. Ihrer Zofe. Ihr Herz hüpfte plötzlich vor Erregung, sie raffte ihre Röcke und rannte hinter Hassan her. »Warten Sie auf mich!« Sie lächelte die andere Frau mitleidig an, als sie an ihr vorbeiwirbelte, und fragte sich mit vergnügtem Glucksen, was diese wohl über das ordinäre, eilige Flittchen dachte, das aus dem Allerheiligsten aufgetaucht war und einem großen, gut aussehenden Ägypter hinterherrannte.

4

Dein Diener hat dir ein Opfer bereitet
und die mächtigen Götter zittern,
wenn sie das Schlachtmesser sehen …

Ich sehe mit meinem Gesicht; ich habe meine Existenz;
ich habe getan, was mir befohlen war;
ich hasse den Schlaf …
und der Gott Seth hat mich geweckt!

Die Stille wird durch ein kratzendes Geräusch gestört, schwach und weit entfernt. Das ist eine Störung, ein Sakrileg in der schwelenden Hitze des Dunkels, wo nicht die leiseste Bewegung, kein Hauch und kein Herzschlag, innerhalb oder außerhalb der Leinenstreifen zu hören sind, die die Körper umhüllen.

An den Wänden spinnen die heiligen Texte ihre Legenden in das Firmament. Die Gebete für diese beiden Männer waren hastig, sie wurden rasch kopiert. Das Gewebe aus jenen Gebeten, die sie auf ihren Weg bringen, ihre Seelen beschützen und ihr Bewusstsein lenken sollen, ist mit Farbe geschrieben worden, nicht in den Fels eingemeißelt. In einer Ecke – versteckt, doch mächtig, befehlend, geschrieben von einem Eingeweih-

ten – bittet ein einziges Gebet ihre Seelen, sie mögen, wenn es ihnen nicht gut geht, wieder in der Welt erscheinen, die sie so unerwartet verlassen haben. »Ich hasse den Schlaf…«

Anna wurde durch lautes Klopfen an ihrer Kabinentür geweckt. Sie starrte einen Augenblick verständnislos an die Decke, dann blinzelte sie auf ihre Uhr. Es war halb neun.

»Wer ist da? Einen Moment!« Sie sprang aus dem Bett, schüttelte sich die Haare aus den Augen und versuchte, ihren Kopf zu klären. »Serena? Es tut mir Leid. Ich hätte den Wecker stellen sollen.«

Sie drehte den Schlüssel im Schloss und öffnete die Tür. Andy stand da, in einem Hemd mit offenem Kragen und Khakihosen. Er grinste sie an. »Das tut mir jetzt Leid. Ich dachte, ich hätte Sie beim Frühstück verpasst, weil Sie Frühaufsteherin sind.« Er bemerkte ihr wildes, ungebürstetes Haar, ihr kurzes Nachthemd und die langen, nackten Beine, und sein Grinsen wurde noch breiter. »Sie hatten doch vor, nach Kom Ombo mitzukommen?«

»Ja!« Anna fuhr sich mit der Hand durch das Haar. »Oh Gott, ja! Ich habe verschlafen! Um wie viel Uhr fahren wir ab?«

»In zehn Minuten.« Er trat einen Schritt zurück. »Ich mache Ihnen einen Vorschlag. Soll ich Ihnen Kaffee aus dem Speisesaal holen, solange Sie sich anziehen?«

»Würden Sie das tun?« Sie zuckte mit den Schultern – man kann nicht die große Dame spielen, wenn man nichts anderes anhat als ein zerknittertes rosa Hemdchen.

Sie duschte eilig, schnappte sich dann ein Kleid und ein dünnes Baumwollhemd als Jacke, schlüpfte in die Sandalen und war gerade dabei, Filme und Kamera in ihre Tasche zu stopfen, als er wieder in der Tür erschien, mit Kaffee und einem Croissant, das in eine Papierserviette gewickelt war. »Ali hat sogar Erdbeermarmelade für Sie draufgetan.« Er reichte ihr beides. »Er scheint ein großer Fan von Ihnen zu sein. Und Sie brauchen nicht so schnell zu essen, dass Sie sich verschlucken. Omar hat gesagt, wir können einfach den Pfad hinter ihnen her zum Tempel gehen. Es ist ein Marsch von einer halben Stunde, habe ich gehört, aber wir können ihn nicht verfehlen. Man kann die Ruinen von hier aus sehen.« Er deutete auf das Fenster.

»Sie haben mir das Leben gerettet!« Sie nahm den Kaffee in Empfang, setzte sich aufs Bett und trank ihn dankbar. Plötzlich fühlte sie sich unbehaglich, weil er da stand und ihr zuschaute. Doch dann wurde ihr die Komik der Situation bewusst und sie brach in Gelächter aus. »Entschuldigung. Ich bin es nicht gewöhnt, Männer in meine Kabine einzuladen. Setzen Sie sich doch bitte. Ich brauche nur zwei Minuten.« Das Croissant war warm, sodass etwas Butter und Marmelade herausquoll. So etwas zu essen, konnte man ebenfalls kaum mit Würde erledigen.

Er beobachtete sie, seine Augen blitzten vor Vergnügen. »Sie können sich nochmal duschen, bevor wir gehen«, sagte er nach einem Augenblick.

Sie lachte wieder. »So schlimm ist es dann doch nicht. Ich bin sicher, es reicht, wenn man mich mit dem Lappen abwischt. Normalerweise bin ich stubenrein.« Sie trank genussvoll den Kaffee aus und ging dann ins Bad. Ihr Kulturbeutel lag immer noch auf dem Boden, wo sie ihn während des Duschens hingelegt hatte. In dem winzigen Raum war anderswo kein Platz dafür. Sie sah hinunter und erstarrte. Er war geschlossen gewesen. Daran erinnerte sie sich. Sie hatte ihn vor wenigen Minuten geöffnet und, ohne an das Fläschchen zu denken, nach Lippenbalsam gesucht. Ihre Finger hatten die Plastiktüte am Grunde des Beutels ertastet. Sie hatte sie dort gelassen, sie noch tiefer hineingestopft, sodass sie unter ungebrauchten Kosmetika und Lotionsvorräten versteckt war, und den Beutel weder verschlossen. Doch jetzt war der Beutel offen und es hingen Plastikfetzen heraus. Eine Sekunde lang war sie vor Angst wie gelähmt. Der Anblick des geöffneten Kulturbeutels schnürte ihr förmlich die Kehle zu. Dann meldete sich ihr gesunder Menschenverstand. Sie war in Eile gewesen. Andrew hatte an der Tür gestanden. Die Plastikfolie hatte sich im Reißverschluss verfangen. Das war alles. Das Fläschchen war immer noch da. Sie konnte sehen, dass die Fetzen aus den metallenen Zähnchen herausschauten. Sie zwang sich zur Ruhe, nahm den Waschlappen und wrang ihn unter kaltem Wasser aus. Wenig später war sie fertig.

Ein fröhlicher Matrose zeigte ihnen den Weg am Flussufer entlang, auf dem sie in der Ferne ihre Reisegenossen sehen konnten, die in einer dichten Gruppe Omar umgaben, der heftig gestikulierte und nach vorne wies. Sie beobachteten sie schamlos, dann machten sie sich unter dem intensiven Blau des Morgenhimmels auf den Weg.

»Wollen Sie sie einholen, wegen des Vortrags?« Andy streifte sie mit seinem Blick.

»Sie meinen Joggen?«

»Anders geht es nicht.«

»Ich glaube, eher nicht.« Sie lächelte ihn an. »Gehen Sie nur voraus, wenn Sie wollen. Ich schaue mich gerne alleine um.«

Er schüttelte den Kopf. »Nein, Laufen ist nicht meine Sache. Zumindest nicht in dieser Hitze. Aber ich habe gestern Abend über Kom Ombo nachgelesen. Wenn Sie Lust haben, erzähle ich Ihnen davon.«

Bis sie die bevölkerten bunten Andenkenstände in der Nähe des Eingangs erreichten, hatte er einige Jahrtausende Geschichte beackert, von den prähistorischen Ursprüngen bis zum Wiederaufbau in der ptolemäischen Zeit. »Er ist viel älter als Edfu, ein Doppeltempel. Er ist mittendurch geteilt. Die eine Hälfte ist Haroeris oder dem älteren Horus geweiht, die andere Sobek, dem Krokodilgott«, belehrte er sie im Gehen. »Es war ein Tempel der Heilkunst. Die Menschen kamen von überall her, um die Priesterheiler zu befragen, und er ist viel zerstörter als Edfu. Er steht so nah am Fluss, dass er durch das Wasser beschädigt worden ist, zudem gab es vor nicht allzu langer Zeit ein Erdbeben.«

Der Ort war voll von Touristen, und wieder einmal mussten sie in einer Schlange von Besuchern stockend vorwärtsrücken, bis sie ihre Eintrittskarten vorzeigen konnten.

»Ich dachte, Sie hätten beschlossen, diesmal zu schwänzen.« Toby stand plötzlich neben ihr, als Andy, einen Augenblick abgelenkt, während er von einer Seite des Tempels zur anderen blickte, außer Hörweite war. »Wie ich sehe, vergnügen Sie sich mit unserem Antiquitätenhändler.« Er hob eine Braue in Andys Richtung. »Serena sucht Sie übrigens. Heißt das, Sie haben meinen Vorschlag beherzigt und mit ihr gesprochen?«

Anna nickte. »Sie hat mir sehr geholfen. Sie hatten Recht. Sie weiß eine Menge über Mystik und ägyptische Geschichte.«

»Genug, um Sie zu beruhigen?« Er warf ihr einen kurzen Blick zu. Sie gingen langsam zwischen den massigen Säulenstümpfen des Vorhofs auf die Fassade des Hypostylos zu.

»Um Sie zu beruhigen?« Andy war zu ihnen zurückgekehrt. »Weshalb? Beunruhigt Sie denn etwas, Anna?«

Sie zuckte die Achseln und schüttelte den Kopf. »Nichts Ernstes.« Omar stand jetzt unmittelbar vor ihnen. Er sprach über die Lage des Tempels an der Kreuzung der Karawanenstraße aus Nubien und der Straße aus der Wüste, auf denen das Gold transportiert wurde, und machte sie auf die geflügelten Sonnenscheiben über den beiden Toren aufmerksam. Sie ging näher heran. Omar wusste sehr viel. Es lohnte sich, ihm zuzuhören. Es war töricht, die Vorträge, die zur Reise gehörten, auszulassen. Sie versuchte angestrengt, sich auf seine Worte zu konzentrieren, ihre Augen folgten seinem ausgestreckten Zeigefinger zu den Basreliefs, aber beinahe sofort schweiften ihre Gedanken ab. Sie versuchte sich vorzustellen, wie dieser große Tempel früher ausgesehen hatte, zu erspüren, ob noch etwas von der damaligen Atmosphäre vorhanden war.

Das hatte sie schon immer getan, selbst als Kind; stets hatte sie das Bedürfnis gehabt, sämtliche Ablenkungen auszublenden, selbst wenn sie interessant und informativ waren, um sich ganz auf die Atmosphäre zu konzentrieren. Die Tatsachen hatten Zeit. Ein Ort wurde für sie erst durch seine Ausstrahlung lebendig. Diese Atmosphäre blieb ihr auch lange nach der Besichtigung erhalten; sie war es, was zählte, viel mehr als die historischen Daten seiner Errichtung. Und es war die Atmosphäre Ägyptens, die sie mit nach Hause nehmen würde. Außerdem hatte sie allzu belehrende Vorträge noch nie gemocht.

»Habe ich Ihnen nicht gesagt, Sie sollen Ihre Finger von Andy lassen?«, zischte ihr jemand wütend ins Ohr. Sie fuhr überrascht herum.

Charley stand einen knappen Meter von ihr entfernt, die Augen hinter einer dunklen Sonnenbrille verborgen. »Das habe ich ernst gemeint!« Sie sah sich kurz um. Die anderen folgten Omar in die Säulenhalle, aber sie kehrte ihnen den Rücken zu und versperrte Anna den Weg. »An Ihrer Stelle würde ich mir jemand anderen aussuchen.«

»Ich finde, es geht Sie überhaupt nichts an, mit wem ich rede!«, erwiderte Anna ebenso scharf. »Ich werde den Eindruck nicht los, dass Sie maßlos übertreiben. Ich kann Ihnen versichern, ich habe nicht die Absicht, Ihnen Ihren Freund auszuspannen, falls er das denn ist. Ich habe ihn schließlich gerade erst kennen gelernt. Aber wenn er und ich uns wie normale Erwachsene unterhalten wollen, dann sehe ich keinen Grund, warum wir das nicht tun sollten.«

Einen Augenblick lang glaubte sie, Charley würde sie schlagen. Das Gesicht der jungen Frau war krebsrot, sie ballte die Fäuste und zitterte nahezu vor Zorn. Sie holte tief Luft und nahm sich sichtlich zusammen, dann machte sie auf dem Absatz kehrt.

»Gut gemacht!« Toby, der mit unverblümtem Interesse gelauscht hatte, grinste Anna vergnügt an.

Sie errötete. Aus irgendeinem Grund wäre es ihr lieber gewesen, wenn er den Wortwechsel nicht mit angehört hätte. Sie sah sich nach Charley um. Sie war verschwunden. Doch dann fand Anna sie wieder an Andys Seite. Sie hakte sich bei ihm unter, als wäre er ihr Besitz. »Ich wundere mich, dass sie ihn nicht an der Leine führt«, konnte sie sich nicht zu sagen verkneifen.

Toby verzog das Gesicht. »Ich kenne eine Menge Frauen, die nichts anderes machen würden, wenn man sie ließe.« Er milderte diese Worte nicht einmal durch ein Lächeln ab.

»Das klingt aber bitter«, kommentierte Anna, verwundert über seinen veränderten Tonfall. »Sprechen Sie da etwa aus Erfahrung?«

Sein Gesicht verfinsterte sich. »Ich bin sicher, das könnten die meisten Männer, wenn man ihnen genug auf den Zahn fühlt. Lassen Sie uns das Thema wechseln. Es tut mir Leid. Ich hätte Ihr Gespräch überhaupt nicht unterbrechen sollen. Sehen Sie, unser treuer Führer hält wieder eine Rede, wir sollten ihm eigentlich zuhören.« Er entfernte sich und plötzlich war sie allein. Eine neue

Touristengruppe kam und verschluckte sie. Ihr Führer redete auf Französisch und mit reicher Gebärdensprache.

»Anna!« Serena zwängte sich auf einmal zu ihr durch. »Da sind Sie ja. Geht es Ihnen gut?«

»Natürlich.«

»Sie sehen ganz durcheinander aus. Ich habe Charley mit Ihnen reden sehen. Ich war zu weit weg, um dazuzustoßen. Aber Sie sind anscheinend gerettet worden?«

Anna runzelte ärgerlich die Stirn. »Sozusagen. Sagen Sie, interessiert sich denn niemand hier für ägyptische Geschichte? Alle scheinen nur irgendwelche eigennützigen Zwecke zu verfolgen und niemand hört Omar zu.« Sie hielt inne, doch dann sprudelte es aus ihr hervor: »Bei allem Respekt, ich kann nicht verstehen, wie Sie Charley ertragen können. Sie ist unmöglich. Ich bin nicht hinter ihrem Freund her, zum Donnerwetter.«

Serena lachte amüsiert. »Ich musss sie nicht ertragen. Sie ist bloß meine Untermieterin, nicht meine Freundin, wir haben nicht einmal eine Wohngemeinschaft. Jedenfalls nicht wirklich. Und sie fühlt sich durch mich in keiner Weise bedroht. Ich fürchte, sie hat Andys Interesse an Ihnen viel früher bemerkt als Sie selbst. Sie sind eine attraktive Frau, Anna. Er hat ein Auge auf Sie geworfen. Das ist nun mal so. Wenn Sie tatsächlich kein Interesse an ihm haben, dann wird sie das schon merken.« Sie schwieg einen Moment. »Und inzwischen haben wir beide etwas zu erledigen.«

»Etwas zu erledigen?« Anna starrte sie verständnislos an.

»Sie können doch den gestrigen Abend nicht schon vergessen haben! Wir wollen doch den Göttern opfern, meine Liebe, erinnern Sie sich?« Serena sah ihr in die Augen und brach dann in lautes Gelächter aus. »Anna, was machen Sie denn für ein Gesicht! Ich meine nicht, dass wir Charley und Toby Strohhalme ziehen lassen und sie dann von der höchsten Säule stürzen sollen. Ich glaube, wir können es subtiler anstellen. Raffinierter. Ich würde Blumen vorschlagen, wenn es welche gäbe. Aber so wie's aussieht, genügt vielleicht ein Trankopfer. Ich habe etwas mitgebracht, was, wie mir scheint, angemessen ist.« Sie klopfte auf ihre große rehbraune Wildledertasche, die sie immer über der Schulter trug. »Wir werden ein ruhiges Eckchen finden. Es ist der Mühe wert, Anna.«

Sie schlängelten sich durch die französischen Touristen und strebten zum Herzen des Tempels. Ihre eigene Gruppe war verschwunden.

»Heute Morgen dachte ich, jemand hätte versucht, das Duftfläschchen zu stehlen.« Anna folgte dicht hinter Serena. »Ich kam in die Dusche, wo ich sie in meiner Kulturtasche mit den Schminksachen gelassen hatte. Ich fand die Schminktasche offen, die Plastiktüte, in die ich das Fläschchen eingewickelt hatte, zerrissen. Das muss ich wohl selber gewesen sein. Ich bin sicher, dass ich es war. In meiner Eile hat sich wahrscheinlich der Reißverschluss verklemmt und ich habe ihn nicht richtig zugemacht, aber einen Augenblick lang war ich wirklich erschrocken.« In ihrem Kopf hörte sie eine leise, bohrende Stimme: »Aber du hast die Plastiktüte ganz tief hineingestopft. Du weißt, dass du sie nicht eingeklemmt hast. Du weißt, dass du die Tasche richtig zugemacht hast…« Sie verdrängte die Stimme und merkte plötzlich, dass Serena mit ihr sprach.

»Machen Sie sich keine Sorgen darüber. Nicht jetzt. Haben Sie im Tagebuch nachgeschaut, was Louisa darüber schreibt?«

»Ja, schon. Aber ich fürchte, ich habe mich ablenken lassen und über sie und Hassan in Edfu gelesen. Ich werde es heute Nachmittag noch einmal nach Einträgen durchblättern.«

»Und abgesehen von dem Reißverschluss haben Sie gestern Nacht nichts Ungewöhnliches bemerkt?«

Anna zögerte. Staub. Seltsam würzig riechender Staub. Wie neurotisch war sie denn schon? Sie schüttelte den Kopf. »Ich habe bis ziemlich spät gelesen.«

»Es war schon ziemlich spät, als wir beschlossen haben schlafen zu gehen, Anna!« Wieder dieses tiefe, amüsierte Gurgeln. »Passen Sie auf, wir suchen uns ein ruhiges Plätzchen, falls das bei den vielen Leuten überhaupt möglich ist.«

»Und was für einen Nutzen soll das haben?«

»Wenn wir den Göttern gefallen, seinen Göttern, dann kann es nicht schaden. Und vielleicht, ganz vielleicht, wird es ihn fernhalten, wer immer er auch sein mag. Hier.« Sie winkte Anna fort vom Hauptstrom der Besucher in eine ruhige Ecke.

»Omar hat gesagt, die Opferstelle war da drüben.« Anna zeigte nach vorne.

»Das stimmt. Aber es gab noch eine andere, wo die Priester Haroeris dienten, hier durch, in der Wand verborgen. Ich finde, ein ruhigerer Ort ist für unsere Zwecke geeigneter, finden Sie nicht auch?«

Sie duckten sich durch die schmale Tür in eine dunkle Kammer. Innen fotografierten zwei Männer die Reliefs. Sie drehten sich nicht um, als Serena Anna zur gegenüberliegenden Wand führte. »Sehen Sie, hier.« Sie wühlte in ihrer Tasche und zog eine bleistiftdünne Taschenlampe heraus. Der schmale Lichtstrahl ruhte auf einer Figurengruppe. »Ja«, flüsterte sie triumphierend. »Haroeris mit Thoth und Isis. Wir sind am richtigen Ort. Ich habe gestern Nacht nachgeschlagen. Hier machen wir unser Bittopfer.«

Sie warf einen kurzen Blick auf die beiden Männer. Der eine stellte nur einige Zentimeter vor der Wand seine Linse scharf, der andere machte sich im Licht einer kleinen Lampe Notizen. »Ein Letztes.« Die Worte schwebten durch die Dunkelheit zu ihnen.

»Sobald wir allein sind. Hier.« Sie kramte in ihrer Tasche. »Diese Herrschaften sind an ein großes Zeremoniell gewöhnt. Ich hoffe bloß, dass unser guter Wille und unsere Aufrichtigkeit bei ihnen etwas zählen.«

»Wenn sie überhaupt zuhören«, bemerkte Anna trocken. »Wahrscheinlich reden nicht allzu viele Leute mit ihnen, heutzutage.«

Serena warf ihr einen spöttischen Blick zu. »Ich glaube, Sie wären überrascht.«

Der größere der beiden Männer packte endlich seine Kamera zusammen und schlenderte auf sie zu. »Toller Raum hier. Wie ich sehe, haben Sie die Isisgruppe gefunden. Nicht viele Leute wissen davon.« Nach seinem Akzent zu urteilen, war er Deutscher, dachte Anna, oder vielleicht Schweizer. »Sie ist schön, nicht? Wir haben sie schon fotografiert.« Sein Kumpel hatte eine große Tasche mit fotografischer Ausrüstung geschultert. Er blieb hinter ihnen stehen. »Die Götter sind immer noch hier, fühlen Sie das nicht? Sie sind aus den großen Tempeln geflohen und verstecken sich jetzt in Kapellen wie dieser. Gute Jagd, meine Damen.« Und mit einem Glucksen strebte er zur Tür.

»Woher haben sie das gewusst?«, wisperte Anna.

»Vielleicht Gleichgesinnte.« Serena griff in ihre Tasche und holte eine kleine Plastikflasche heraus. »Hier, solange wir allein sind. Gießen Sie etwas in Ihre Hand. Halten Sie es den Göttern hin und dann gießen Sie es auf den Boden vor ihnen. Es ist Rotwein. Das Beste, was wir tun können, unter den gegebenen Umständen. Ich habe ihn gestern Abend beim Essen stibitzt.«

Anna zögerte. »Es kommt mir nicht richtig vor.«

»Glauben Sie mir, es ist recht. Wir können bloß nicht sicher sein, ob sie es annehmen oder nicht.« Sie schraubte den Deckel ab.

Anna streckte ihre Hände aus. »Es tut mir Leid, aber ich fühle mich wie eine Idiotin.«

Serena sah ihr ins Gesicht. »Das dürfen Sie nicht.« Sie sprach scharf. »Schnell. Ich höre Stimmen. Opfern Sie!«

Von weiter draußen hörte Anna eine Lachsalve, gefolgt von einem plötzlichen lebhaften Gespräch, das wie erregtes Arabisch klang.

»Rasch, machen Sie ein Gefäß mit den Händen.«

Sie tat wie geheißen und fühlte, wie der warme Wein in ihre Hände floss.

»Halten Sie sie hoch. Für die großen Götter Ägyptens. Haroeris und Thoth und Isis, Herrin des Mondes.«

Anna wiederholte die Namen und dann fügte sie zur Sicherheit noch hinzu: »Beschützt und behütet uns.« Sie streckte ihre Hände einen Moment lang aus, dann öffnete sie sie und ließ den Wein auf den Stein zu ihren Füßen fließen. Sie hatte keinerlei Bedürfnis mehr zu lachen. Die Atmosphäre in dem kleinen Raum war wie elektrisiert. Sie hielt den Atem an. Serena starrte verzückt die Wand an. Sie folgte ihrem Blick und sog erschreckt die Luft ein. Lag der Schatten eines Mannes auf dem Relief? Einen Augenblick verharrte sie bewegungslos, dann hob Serena die Arme und kreuzte sie über der Brust. Sie verbeugte sich tief und verehrungsvoll gegen die Mauer. Anna zögerte kurz, dann tat sie es ihr nach.

Sie hatten sich kaum wieder aufgerichtet, da erschienen zwei Gestalten in der Tür. »Ich dachte mir doch, ich hätte Sie hier hereingehen sehen. Was haben Sie vor?« Bens Körper ließ einen Augenblick lang kein Licht mehr herein. Er nahm den Hut ab und wischte sich die Stirn mit dem Arm. »Haben Sie irgendetwas

Interessantes gesehen? Haben Sie sich schon die mumifizierten Krokodile angeschaut?«

Joe folgte ihm nach. Die beiden Männer hielten Fotoappparate in der Hand. Anna wischte sich verstohlen mit einem Papiertaschentuch den Rotwein von den Händen. Sie konnte den aromatischen Alkohol riechen und erwartete, dass die Männer etwas darüber sagen würden, aber sie schienen ihn nicht zu bemerken. Serena hatte den Deckel wieder auf die Flasche geschraubt und ließ sie in ihre Tasche gleiten. In Sekundenschnelle waren sie wieder draußen im Sonnenschein und wanderten zu viert langsam weiter zum Herzen des Tempels.

Anna warf Serena einen Blick zu. »Haben Sie es auch gesehen?«

Serena nickte und legte den Finger auf die Lippen. »Wir reden nachher darüber, wenn wir wieder auf dem Schiff sind. Aber halten Sie die Augen offen. Die Götter sind auf alle Fälle in der Nähe.« Sie hakte sich lächelnd bei Ben ein. »Es gibt noch viel zu sehen. Danach, hat Omar gesagt, sollen wir uns die Stände da unten im Dorf anschauen und uns etwas Hübsches kaufen, wenn wir einen guten Preis aushandeln können.«

Zum zweiten Mal begab Anna sich nach dem späten Mittagessen auf das Sonnendeck. Sie blickte sich nach freien Stühlen um und wählte einen ganz vorne auf dem Schiff. Mit dem Hut und der Tüte in der Hand, die sowohl das Tagebuch als auch Sonnenmilch enthielt, schlängelte sie sich zwischen den furchtlosen Sonnenanbetern durch, die der nachmittäglichen Hitze die Stirn boten, setzte sich hin und schwang ihre langen braunen Beine auf den Schemel vor ihr. Die Luft war sehr heiß und sie konnte durch die Sonnencreme hindurch das Brennen der Sonnenstrahlen auf ihrer Haut spüren. Die meisten anderen waren unten im Schatten oder schliefen in ihren Kabinen, froh um etwas Ruhe nach dem anstrengenden Morgen.

Auf einmal hörte sie Schritte in der Nähe und stellte sich hinter ihrer dunklen Brille schlafend. Sie war nicht in der Stimmung, Andy und Charley zu ertragen. Beim Mittagessen hatte Charley des Öfteren Gelegenheit gehabt, Andys Arm zu packen und schmollend in Annas Richtung zu schauen. Die Darbietung hatte sie kalt gelassen und Andy hatte zu ihrer Freude kaum Notiz von der Frau genommen; offensichtlich gingen ihm ihre ständigen Klagen auf die Nerven.

Sie öffnete ein Auge halb und sah, dass Toby auf das Deck gekommen war. Er ging an den Stühlen vorbei zur Reling und lehnte sich darüber. Sie bemerkte, dass er ein Skizzenbuch in der Hand hielt, allerdings war es geschlossen. Er hatte sie anscheinend nicht bemerkt, sondern wandte seine Aufmerksamkeit ganz und gar dem Fluss zu, auf dem gerade eine anmutige Feluke vorbeisegelte.

Anna lag still, Louisas Tagebuch ungeöffnet in der Tasche. Die Luft war schwer und es kostete einige Willenskraft, wach zu bleiben. Ihre Lider sanken herab. Sie sah noch, wie Toby einen Fuß auf das Zwischengeländer stellte, um bequemer zu stehen, wie er sein Skizzenbuch öffnete und einen Bleistift aus der Hemdtasche zog.

Das Schiff würde in Kürze Kom Ombo verlassen, um weiter nach Süden Richtung Assuan zu fahren. Sobald sie in Bewegung waren, würde eine leichte Brise aufkommen. Sie räkelte sich wie eine Katze und schloss die Augen. Sie schreckte auf, als die Maschinen im Schiffsrumpf zu rumpeln anfingen und ein leichtes Zittern durch das Deck lief.

»Wir fahren gerade ab.« Toby stand immer noch an der Reling. Er drehte sich nicht um, aber sie nahm an, dass er mit ihr sprach, denn sonst war niemand in Hörweite. Er zeichnete rasch und flüssig, sein Block lag vor ihm und er sah alle paar Sekunden auf, um mehr Details von seinem Gegenstand aufzunehmen. Diesmal war es ein Mann mit Turban, der ein kleines Boot ruderte, das randvoll mit Grünfutter – Bersim – beladen war. Anna richtete sich auf und erhob sich von ihrem Liegestuhl. Sie stellte sich neben ihn ans Geländer. »Die sind aber gut.« Sie betrachtete die kleinen Skizzen auf dem Blatt. Er hatte einige von dem Boot gemacht. Es lag so tief im Wasser, dass der Bootsrand fast nicht zu sehen war. Und er hatte gesonderte Skizzen von den seltsamen Rudern gemacht, die es hier überall gab – gerade andersherum als die, die sie von zu Hause kannte –, mit dem breiten Ende oben als Griff und dem schmalen im Wasser.

»Danke.« Er zeichnete ein paar Sekunden lang. »Das ist die Insel, wo sich früher die Krokodile gesonnt haben. Die Untertanen Sobeks …« Er machte eine Kopfbewegung zu einer Sanddüne vor ihnen. Die Tempelruinen lagen nun oberhalb vor ihnen am Ostufer.

»Ich hatte gehofft, wir würden Krokodile sehen.« Anna spürte nun die kühlere Brise auf den Wangen.

Er schüttelte den Kopf. »Das ist vorbei. Seit dem Bau des Assuan-Staudamms sind sie aus dem Fluss verschwunden.« Er beendete seine Zeichnung und schlug das Skizzenbuch zu. Anschließend drehte er sich mit dem Rücken zum Geländer. »Macht Ihnen die Reise bislang Spaß?«

Sie nickte. »Sehr.«

»Wann darf ich mir mal das Tagebuch anschauen?« Er sah sie nicht an. Sie folgte seinem Blick und landete bei dem alten Buch, das, leicht zu erkennen an seinem abgeriebenen Ledereinband, neben ihrem Liegestuhl aus der Tasche herauslugte. Sie runzelte die Stirn. Sie konnte sich nicht erklären, warum sie zögerte, es ihm zu zeigen, aber er hatte sich bereits von der Reling abgestoßen und sich neben ihre Tasche gehockt. Er warf sein Skizzenbuch auf den Stuhl, nahm das Tagebuch heraus und öffnete es ohne Umschweife.

»Da sind nur ganz wenige Zeichnungen.« Es klang fast wie ein Vorwurf.

»Ja.« Sie ärgerte sich über dieses zudringliche Interesse an ihrem Eigentum und war erbost, dass er es einfach genommen hatte ohne zu fragen. Sie wollte nicht, dass er es anfasste. »Es tut mir Leid, aber ich kann es Ihnen nicht leihen. Ich lese es selbst gerade.« Sie musste sich zwingen, ruhig zu sprechen.

»Und Sie misstrauen mir.« Er blinzelte plötzlich zu ihr hoch. Seine Augen waren ganz klar in der blendenden Sonne. Sein Gesicht hatte seine freundliche Offenheit verloren und wieder den harten, verschlossenen Ausdruck angenommen, der ihr schon im Flugzeug aufgefallen war.

»Ich würde es niemandem anvertrauen«, sagte sie so ruhig sie konnte. »Es ist ein persönliches Dokument und es gehört meiner Familie.«

»Und es ist zweifellos ziemlich wertvoll.« Er blätterte immer noch beinahe gierig durch die Seiten. Er hielt inne, als er eins der winzigen Aquarelle entdeckte, und drehte das Buch um, um es besser zu sehen. »Sie war gut. Zart. Ihr Blick war fantastisch. Und ihr Sinn für Farben. Sehen Sie? Sie ist nie unsicher – zögert keine Sekunde. Ein Strich und es ist vollkommen. Wissen Sie, Sie sollten das nicht ins Sonnenlicht hinausbringen. Oder neben Ihre Sonnenmilch legen. Es ist nicht irgendein billiges Taschenbuch, das man mitnehmen kann, wohin man will. Es ist unbezahlbar.«

»Es war nicht in der Sonne, bis Sie es einfach aufgemacht haben!«, erwiderte Anna. Ihre Wangen brannten, plötzlich war sie ungeheuer wütend auf ihn. Er behandelte sie schon wieder belehrend und von oben herab. »Wenn Sie so freundlich wären, es mir zu geben.« Sie streckte die Hand aus.

Einen Augenblick lang erwartete sie, er würde ablehnen. Er hielt es geöffnet und starrte darauf, als versuchte er, es zu fotografieren und für immer seinem Gedächtnis einzuprägen. Zögernd schloss er es und reichte es ihr.

»Verzeihen Sie mir. Ich wollte Sie nicht verärgern«, sagte er leise. »Würden Sie mir glauben, wenn ich Ihnen sage, dass ich nicht an seinem finanziellen Wert interessiert bin? Nur an den Zeichnungen. Sie sind einzigartig. Sie fängt die Atmosphäre ein, wie ich das nie könnte, nicht in einer Million Jahren.« Eine kurze Sekunde lang sah sie durch seine schützende Maske und erkannte die aufgestaute Frustration und Qual, die dort verborgen zu sein schienen. Er öffnete den Mund, als wollte er noch etwas sagen, überlegte es sich aber anders und drehte sich um. Sie sah ihm nach, als er sich hinunter zu den tieferen Decks begab.

Sie hatte keine Zeit, über seinen Ausbruch nachzudenken. Sekunden später tauchte eine neue Gestalt auf. Es war Andy. Er sah sie sofort und hob grüßend die Hand. Hastig hockte sie sich neben ihren Liegestuhl, schob das Tagebuch wieder in die Tasche und diese unter den Liegestuhl, sodass man sie nicht sehen konnte.

»War das nicht eben Toby Hayward hier bei Ihnen?«, fragte er und lehnte sich dabei an die Reling.

Anna hob eine Augenbraue. »Ja.«

»War er nicht willkommen?« Er neigte seinen Kopf leicht zu ihr.

»Nicht besonders. Ich hatte gehofft, ich könnte ein wenig in Frieden lesen.«

»Das klingt ein wenig frostig. Kriege ich auch eine Abfuhr?«

Sie seufzte. Sie mochte Andys Gesellschaft, das konnte sie nicht leugnen, aber in diesem Moment hatte sie keine Lust auf die

Gesellschaft von irgendjemandem, auch nicht auf seine. »Es ist keine Abfuhr, Andy. Ich bin bloß müde nach diesem Vormittag. Er war ziemlich anstrengend. Dann haben wir zusammen ein nettes Mittagessen gehabt. Jetzt hatte ich gehofft, das Boot könnte die Anstrengung übernehmen und ich einfach eine geruhsame Fahrt genießen.«

Einen Augenblick lang dachte sie, er würde sich umdrehen und weggehen, und sie seufzte schon vor Erleichterung, doch dann blieb er stehen und sah sie wieder an. »Hat er nach dem Tagebuch gefragt?«, erkundigte er sich betont beiläufig.

»Ja.« Sie stöhnte innerlich, seine Hartnäckigkeit ärgerte sie. Hörte denn diese Fragerei nie auf? Zuerst der eine, dann der andere. Sie bückte sich und nahm ihre Tasche. »Also Andy, ich hoffe, Sie verzeihen mir, aber ich glaube, ich gehe jetzt hinein. Es ist mir hier oben ein bisschen zu heiß und ich würde gerne ein wenig schlafen, bevor wir alle wieder beim Essen zusammensitzen.« Sie gab ihm keine Gelegenheit zu einer Antwort. Sie ließ ihn einfach stehen und ging nach unten zu ihrer Kabine.

Sie holte ihren Schlüssel aus der Tasche und schob die Tür auf. Die Kabine lag im Halbdunkel. Bevor sie hinausgegangen war, hatte sie die Läden vor das offene Fenster gezogen, damit die Sonne nicht hereinschien. Sie trat ein und schnappte nach Luft. Die Kabine war erfüllt von demselben staubigen Geruch, den die torfartige Substanz in ihrem Koffer ausgeströmt hatte. Sie hatte das Gefühl zu ersticken. Sie warf die Tasche und ihren Sonnenhut auf das Bett, schwankte zum Fenster und schob zog die Läden zurück. Das Sonnenlicht flutete herein. Sie drehte sich um und ließ ihre Blicke durch die Kabine schweifen, dann sah sie es auf dem Boden bei der Duschentür. Braune, harzige Krümel waren dort verstreut. Sie schauderte.

Die Tür zur Dusche stand offen. Sie zwang sich, langsam näher zu gehen.

Der Kulturbeutel lag auf der Seite unter dem Waschbecken, sein Inhalt war auf dem Fußboden verstreut. Von dem Fläschchen in der Plastiktüte war nichts zu sehen. Mit einem Schreckensruf bückte sie sich, fegte die Sachen zurück in den Beutel und sah sich um. Es war nur ein kleiner Raum. Die Flasche konnte nirgendwohin gerollt sein. Sie konnte nirgendwo versteckt sein. Sie trug den

Kulturbeutel in die Kabine und leerte ihn auf dem Bett. Plötzlich merkte sie, dass sie zitterte. Sie zog ihre Jacke vom Fußende des Bettes, schlüpfte hinein und besichtigte stehend die Sammlung von Lippenstiften und Lidschatten und den kleinen Plastiktöpfchen mit dieser und jener Creme für die Reise. Sie fragte sich, warum sie das alles mitgebracht hatte. Sie hatte eigentlich nichts davon benutzt, seit sie angekommen war. Aber der eine Gegenstand, den sie wirklich sehen wollte, die kleine ägyptische Flasche, war nirgends zu finden.

Sie setzte sich auf das Bett und fuhr mit den Händen leicht über die Gegenstände, wie um sie hier in ihrer Kabine zu fixieren.

Sie schloss die Augen und holte tief Luft, dann stand sie wieder auf und kniete sich vor der Badezimmertür hin. Diese Krümel waren nicht pudrig wie die letzten. Sie waren klebrig. Geschüttelt von Ekel starrte sie ihre Finger an. Sie konnte das Zeug nicht loswerden. Es klebte an ihrer Haut und durchdrang ihre Hände mit dem widerlichen Geruch von Zedernöl, Myrrhe und Zimt. Wie rasend raffte sie sich auf, stürzte zum Waschbecken, drehte die Wasserhähne voll auf und wusch sich die Hände wieder und wieder mit dem Seifenstück, bis sie ganz rau waren. Schließlich trocknete sie sich ab, stieg über die Schweinerei, schnappte ihren Schlüssel und stürzte zur Tür. Sie trat in den Korridor und rannte die Treppe hinauf.

Im Restaurantdeck gab es sechs Kabinen, drei auf jeder Seite des langen schmalen Korridors, der ihrem ähnelte. Welche gehörte Serena? Sie stand verzweifelt da und zermarterte sich das Hirn. Hatte Serena ihr die Kabinennummer gesagt? Sie konnte sich nicht erinnern.

Plötzlich ging fast direkt neben ihr eine Tür auf und Toby kam heraus. Sie starrte ihn erschrocken an, dann zwang sie sich, tief Atem zu holen. Sie entspannte ihr Gesicht und grüßte ihn. »Ah, endlich ein freundliches Gesicht!« Es war vielleicht nicht ganz passend, aber es war das Erste, was ihr in den Sinn kam. »Ich kam mir hier unten schon vor wie auf der *Marie Celeste*. Sie wissen nicht zufällig, welches Serenas Kabine ist, oder?«

Er zuckte die Achseln. »Tut mir Leid. Ich glaube, sie wohnt irgendwo da hinten, aber ich bin nicht sicher, in welcher Kabine.« Er machte die Tür zu, schloss sie ab und ging nach einem kurzen Kopfnicken zur Treppe.

Sie blickte ihm einen Moment lang nach. Ihr war schmerzhaft bewusst, dass er ihr immer noch böse war und dass sie ihn um ihres Seelenfriedens willen, und seines wahrscheinlich auch, irgendwie begütigen musste – wohl am besten, indem sie ihm das Tagebuch zeigte. Sie drehte sich um und ging zum Ende des Flurs. Vorsichtig lauschte sie einen Augenblick an einer der Türen, wo sie eine Bewegung gehört zu haben meinte. Es herrschte nur Schweigen, ebenso wie an der nächsten Tür. Dann hörte sie auf der gegenüberliegenden Seite das leise Murmeln einer weiblichen Stimme. Sie hob den Kopf und klopfte an. Die Stimme verstummte, dann hörte sie das Klappern von Holzpantinen auf dem Boden und die Tür ging auf. Es war Charley.

»Sieh mal an.« Sie musterte Anna von oben bis unten, als wäre sie ein besonders merkwürdiges niederes Lebewesen. »Wem verdanken wir das Vergnügen?« Ihre Stimme triefte vor Sarkasmus.

»Ist Serena da?«

Charley zuckte die Achseln. Sie trat zurück und setzte sich an den Toilettentisch. Anna blieb in der Tür stehen. »Für dich«, rief Charley.

Die Kabine sah genauso aus wie Annas, nur dass zwei Betten und zwei Schränke in einen Raum gequetscht waren, der kaum größer war als ihrer. Die Badezimmertür, eine exakte Kopie von der in Annas Kabine, ging auf und Serena kam in ein Handtuch gewickelt heraus. Ihre nassen kurzen Haare waren aus dem Gesicht zurückgestrichen und ihre Schultern von Wassertropfen bedeckt.

»Tut mir Leid, ich war in der Dusche.« Lächelnd teilte sie diese offensichtliche Tatsache mit. »Was ist los, Anna? Stimmt etwas nicht?« Ihr Lächeln verschwand.

»Es ist etwas passiert«, platzte Anna heraus. »Ich muss mit jemandem reden …«

Charley drehte sich auf dem Schemel um und starrte sie neugierig an. »Was für ein Jemand? Jemandes Freund vielleicht?«

»Charley!« Serenas Stimme klang scharf. »Sei nicht töricht!« Sie sah Anna an. »Geben Sie mir fünf Minuten. Warten Sie in der Lounge. Dann können wir reden.«

Anna nickte wie betäubt. Sie drehte sich um, ging langsam zur Treppe und stieg die Stufen hinauf.

Die Lounge war leer. Sie blickte zur Flügeltür hinaus auf das Schattendeck mit seiner Markise und den Tischen. Es sah angenehm aus da draußen – kühl, ohne direktes Sonnenlicht. Der ältere Kirchenmann und seine Frau saßen unter der Markise, kalte Getränke vor sich, und ganz in ihrer Nähe saß ein Paar, das ihr erzählt hatte, sie kämen aus Aberdeen. An einem der Tische erkannte sie Ben. Er schien zu schlafen. Toby saß mit dem Rücken zu ihr allein an einem Tisch in der Nähe der Tür, ein Bier neben dem offenen Skizzenblock, und zeichnete fleißig.

Sie stellte sich so hin, dass sie ihm eine Weile zusehen und sein Profil betrachten konnte, als er seine Hand ausstreckte, sein Glas nahm, trank und sich dann wieder über seinen Skizzenblock beugte, wo seine schlanken braunen Finger sich zügig über das Blatt bewegten. Aus seiner Blickrichtung schloss sie, dass er wohl das schlanke Minarett zeichnete, das sie über den schwankenden Kronen der Palmen am jenseitigen Ufer sehen konnte.

Ein großes Kreuzfahrtschiff kam ihnen stromabwärts entgegen. Sie hörte den Takt der Musik noch über den Puls der Maschinen. Nach der Anzahl dieser riesigen lärmenden Schiffe zu schließen, so dachte sie bitter, musste ein Großteil aller Ägyptenbesucher allergisch gegen Stille sein. Dieselben Leute, die in die antiken Bauwerke drängten und lachten, niemandem zuhörten und nichts sahen. Plötzlich fühlte sie einen gewissen Unwillen. Wieso konnten sie alle so sorglos sein? Viele von ihnen waren wahrscheinlich aus einer Laune heraus nach Ägypten gekommen, hätten überallhin fahren können, hatten wahrscheinlich schon ganz Europa, wenn nicht sogar die ganze Welt mit Pauschalreisen abgeklappert, während sie selbst, die sich so lange leidenschaftlich gewünscht hatte, nach Ägypten zu kommen, nervös, voller Sorgen und einsam war.

»Kommen Sie doch heraus und setzen Sie sich zu mir.«

Toby hatte seinen Bleistift hingelegt und lehnte sich in seinem Stuhl zurück. Er musste ihre Anwesenheit gespürt haben. Zögernd trat sie durch die Tür. »Danke.«

Er stand halb auf. »Soll ich Ihnen ein Bier holen?« Es schien als Versöhnungsgeste gemeint zu sein.

»Nein danke.« Sie versuchte ihre Ablehnung durch ein Lächeln abzumildern. »Ich bin nur herausgekommen, um ein bisschen Luft zu schnappen.«

»Laute Bande, was?« Als hätte er ihre Gedanken gelesen, nickte er zu dem Kreuzfahrtschiff hin, das allmählich in der langen, flachen Flussbiegung hinter ihnen verschwand.

»Ja, sie zerstören wirklich die Stille.«

»Sie haben ihren Spaß. Ich glaube, man sollte sie nicht verdammen.« Er warf ihr einen Blick zu, die Spur eines Lächelns auf den Lippen. »Die Vögel kümmern sich nicht darum. Sehen Sie die Silberreiher da drüben auf den Bäumen am Ufer? Sie sitzen einfach da, schauen herum und sehen mysteriös aus.«

»Sie sind an die Schiffe gewöhnt. Es müssen täglich Hunderte vorbeikommen und ich denke, inzwischen wissen sie, dass die Leute nie aussteigen. Jedenfalls nicht hier.« Anna zog einen Stuhl heraus und setzte sich an seinen Tisch. Seine Zeichnung stellte das Minarett dar, wie sie es sich gedacht hatte, zusammen mit den Palmen und einer Gruppe von Lehmhäusern mit Flachdach. Seit sie Kom Ombo verlassen hatten, fuhren sie durch Nubien und die Landschaft hatte sich deutlich verändert. Beispielsweise waren die Häuser farbig angestrichen.

»Ich beneide Sie, dass Sie die Reise auf diese Weise festhalten können.« Sie deutete auf das Skizzenbuch. »Ich muss meine Zuflucht zur Kamera nehmen.«

»Sind Sie denn keine gute Fotografin?« Er zeichnete wieder und schraffierte einen Schatten ohne aufzuschauen.

Sie wurde ärgerlich. »Warum glauben Sie das?«

»Ich glaube das nicht. Sie erwecken den Eindruck durch Ihre eigenen Zweifel an der Qualität Ihrer Fotografien. Schließlich ist das hier doch wohl das fotogenste Land der Welt. Man muss außerordentlich unfähig sein, wenn man keine brauchbaren Schnappschüsse für das Fotoalbum heimbringt.«

»Herrgott, klingt das herablassend!« Sie konnte sich nicht beherrschen.

»Wirklich?« Sein Bleistift hing einen Moment in der Luft, als dächte er darüber nach. »Wenn das so ist, tut es mir Leid.« Das sah man ihm allerdings nicht an. »Wie ich sehe, schleppen sie nicht mehr Ihren gesamten Besitz mit sich herum.«

»Meinen Besitz?« Sie sah ihn einen Augenblick lang verwirrt an. Dann begriff sie. »Ach, Sie meinen das Tagebuch.«

Er zuckte kaum wahrnehmbar mit den Achseln. »Frauen müssen anscheinend immer riesige Säcke voller Sachen überallhin mitnehmen.«

»Anders als die Männer haben wir keine großen Hosen- und Jackentaschen.«

Endlich blickte er auf und musterte ihr Kleid, wie ihr schien, eingehender als nötig. »Das stimmt wohl«, gab er zu.

»Anna?« Als sie Serenas Stimme hörte, sah sie sich erleichtert um. Serena stand da und sah auf Tobys Zeichnung. »Ich will nicht stören«, sagte sie lächelnd.

»Nein. Nein, Sie stören nicht im Geringsten.« Anna stand hastig auf. »Ich überlasse Sie jetzt Ihren kreativen Prozessen«, sagte sie etwas schnippisch zu Toby. Ohne eine seiner schlagfertigen Antworten abzuwarten, ging sie voraus, die Treppe hinauf zum oberen Deck.

Serena folgte ihr zur Reling. Einige Minuten lang betrachtete sie die vorbeigleitende Landschaft. Schließlich sagte sie: »Wollen Sie mir denn nicht sagen, was los ist?«

»Halten Sie mich für verrückt?« Anna starrte ins Wasser.

»Das bezweifle ich. Es sei denn, Toby Hayward hätte sie verrückt gemacht. Sie mögen ihn nicht, oder?«

Es gab eine lange Pause. »Er ist mir zu scharfzüngig. Ich will mich nicht die ganzen Ferien über duellieren. Dafür sehe ich keine Veranlassung. Aus irgendeinem Grund fühlt er sich ständig angegriffen.« Plötzlich wechselte sie das Thema. »Serena, in meiner Kabine ist etwas. Es ist merkwürdig. Entsetzlich. Ich wollte Sie bitten, es sich anzuschauen.« Sie schauderte. »Und die Flasche ist weg.«

»Weg?« Serena fuhr herum und sah sie an. »Sind Sie sicher?«

»Ganz sicher. Ich hatte sie in der Kulturtasche mit den Schminksachen in der Dusche gelassen. Die Tasche war offen und die Sachen lagen auf dem Fußboden.«

»Dann ist sie gestohlen worden. Vielleicht jemand von der Besatzung …«

»Nein. Ich glaube, es war etwas – jemand – anderes.«

Serena sah sie durchdringend an. »Anna, manchmal, wenn man überreizt ist, bildet man sich Dinge ein. Das passiert sehr leicht.«

»Nein.« Annas Stimme klang ausdruckslos. »Bitte kommen Sie mit und sehen Sie es sich an. Ich bin nicht überreizt. Ich habe keinen Sonnenstich. Ich habe auch keine Halluzinationen.«

»Okay, okay. Ich bin's bloß, ja?« Serena beugte sich zu ihr herüber und legte ihre Hand auf Annas Arm. Sie dachte eine Sekunde lang nach, dann setzte sie sich seitwärts auf einen der Liegestühle. »Erzählen Sie mir genau, was Sie gesehen haben.«

»Unser Trankopfer für die Götter hat nicht funktioniert«, sagte Anna leise und kaute auf ihrer Lippe.

»Anscheinend nicht. Aber erzählen Sie, was Sie gesehen haben.«

»Staub. Weihrauch ... in meiner Kabine. Ich weiß nicht, was es ist, oder wie es dahin kam ... ich fühle sie ganz in der Nähe, Serena. Louisas guten Priester und den bösen Dschinn. Ich fühle sie so nah.« Sie schüttelte den Kopf. »Ich habe solche Angst.«

Mit einem plötzlichen lärmenden Crescendo schickte sich ein Kreuzfahrtschiff an, sie zu überholen, wobei es das schlammige Wasser mächtig aufwirbelte. Auf dem obersten Deck stand eine Reihe von Gestalten, alle gleich gekleidet in Shorts und Sonnenbrillen und einer erstaunlichen Auswahl schreiend bunter T-Shirts, und winkte unter lautem Gejohle. Anna hob zögernd den Arm, eine Gratulationsgeste für den Gewinner eines Rennens, das gar nicht ausgemacht gewesen war, und kehrte ihnen dann den Rücken zu. Sie sah auf Serena hinab. »Ich habe ein ganz naives, kindisches Bedürfnis zu beten. ›Bitte Gott, mach, dass alles gut wird. Mach, dass die bösen Männer weggehen.‹«

Serena blickte auf. »Wieso sollte es naiv und kindisch sein, zu beten?«

»Weil es nie hilft, oder?« Anna setzte sich auf den Liegestuhl Serena gegenüber. Sie beugte sich vor und stützte die Ellbogen auf die Knie. »Wenn es hart auf hart kommt, dann sind wir ganz auf uns selbst gestellt, stimmt's?«

Serena sah sie einen Moment lang an, mit einem Ausdruck großer Traurigkeit in den Augen. »Ich glaube nicht, dass wir allein sind«, sagte sie schließlich.

»Das ist ja offensichtlich, sonst würden Sie auch Thoth und Isis keine Opfer bringen«, erwiderte Anna. »Obwohl ich mich frage, ob Sie das nur getan haben, um mich zu beruhigen.«

Serena schüttelte den Kopf. »Ich glaube nicht an leere Gesten, Anna«, sagte sie entschieden. »Wir kennen uns vielleicht noch nicht sehr lange, aber ich hatte gehofft, das hätten Sie bemerkt.«

»Ja«, seufzte Anna. »Tut mir Leid.«

»Ich glaube wirklich von ganzem Herzen, dass Beten hilft.«

»Tut es das?« Anna war skeptisch. »Für Sie vielleicht.« Sie stand ruhelos auf und ging ans Geländer. Das größere Schiff mit seinen stärkeren Motoren hatte sie längst überholt und war verschwunden. Der Fluss war wieder ruhig. In der Ferne fuhr eine Feluke auf das Ufer zu.

Anna konnte sich an Gebete erinnern. Gebete, ihr Vater möge sie lieben und nur einmal etwas gutheißen, das sie tat. Gebete, dass Felix wirklich auf Dienstreise war, wie er gesagt hatte, Gebete, dass ihr Verdacht grundlos sei, Gebete, ihre Mutter möge nicht sterben. Keines ihrer Gebete hatte je eine Wirkung gezeigt. Nicht ein einziges.

»Vielleicht wurden Ihre Gebete gehört, aber die Antwort lautete Nein, aus Gründen, die Sie damals nicht verstehen konnten.« Serena lehnte sich zurück und schwang ihre Beine auf das Fußteil. Sie verschränkte die Arme. »Vielleicht ist es kindisch und naiv, um Ihre eigenen Worte zu zitieren, wenn man erwartet, dass die Antwort immer Ja lauten muss. Aber wenn Sie um etwas beten, das für Sie richtig ist, dann werden Ihre Gebete mit Ja beantwortet. Hören Sie nie auf zu beten, Anna.«

»Aber zu wem soll ich denn beten?« Ein großer, brauner Reiher flog flussaufwärts, ganz dicht über dem Wasser. Seine langsamen Flügelschläge gingen im Takt mit den Ruderschlägen eines kleinen Bootes, das hinter ihnen ihre Bugwelle kreuzte. »Isis? Thoth? Zu dem Jesus meiner Kindheit?« Sie schüttelte den Kopf. »Verzeihen Sie mir. Dies ist nicht der rechte Augenblick für tiefgründige philosophische Diskussionen.«

»Das finde ich schon. Es ist sehr wichtig. Vielleicht habe ich eine unorthodoxe Antwort auf Ihre Frage. Eine, die gut zu der ägyptischen Umgebung passt. Meiner Meinung nach sind sie eins, Anna. Isis. Thoth. Aton. Jesus. Alles verschiedene Aspekte eines großen Gottes. Beten Sie zu einem oder allen von ihnen, Liebe, aber beten Sie.« Sie lächelte traurig. »Wenn meine Ansichten weithin bekannt würden, dann käme ich wahrscheinlich selbst in unserem so genannten aufgeklärten Zeitalter auf den Scheiterhaufen. Kein Fundamentalist irgendeines Glaubens würde mich nur einen Augenblick lang tolerieren. Vielleicht sollten Sie besser nicht zuhören.«

»Es ist aber ein tröstlicher Gedanke. Er umfasst irgendwie alles.«

»Denken Sie doch mal, Anna. In den Zehntausenden von Jahren, in denen die Menschheit existiert und ihre Götter verehrt, hat jede Generation die Götter der vorigen Generation durch Götter ersetzt, die ihr mehr zusagten, und alle haben gesagt, ›du sollst keine anderen Götter haben neben mir‹, oder so etwas Ähnliches. Aber warum sollte einer besser sein als der andere? Oder besser als mehrere? So wie ich das sehe, ist jeder Gott eine Manifestation des einen Gottes in einer Form, die zu dem entsprechenden Zeitalter passt. In unserem Zeitalter und unserer Kultur hatten wir Jesus, einen sanften Heiler und Idealisten, aber die Menschen im Europa und mittleren Osten der letzten zweitausend Jahre waren weit davon entfernt, sanfte und idealistische Menschen zu sein; also haben manche Leute Jesus uminterpretiert und andere haben sich früheren Inkarnationen der Götter zugewandt. Andere haben Götter aus anderen Weltteilen adoptiert.«

»Ich glaube, Sie haben Recht. Fundamentalisten hätten tatsächlich Probleme mit Ihren Ansichten.« Anna schüttelte den Kopf. »Aber es bleibt die Tatsache, dass wir nur ein wenig Wein vor den Göttern von vor zweitausend Jahren geopfert haben in der Hoffnung, sie würden uns vor dem alten Dschinn beschützen, und sie haben, vielleicht mit Recht, keine Notiz von mir genommen. Was soll ich also jetzt tun?«

Serena stand auf. »Richtig. Kehren wir zu den praktischen Erwägungen zurück. In Ihrer Kabine ist etwas, das Sie mir zeigen wollen. Gehen wir und schauen es uns an.«

Die merkwürdige Substanz war verschwunden und mit ihr der Geruch.

Es dauerte nicht lange, die Kabine und das kleine Bad zu durchsuchen. Sie vergewisserten sich noch einmal, dann setzte sich Anna aufs Bett und Serena nahm auf dem kleinen Hocker Platz, den sie unter dem Toilettentisch hervorgezogen hatte.

»Jetzt glauben Sie wahrscheinlich, ich hätte mir alles nur eingebildet.«

»Nein, Anna, ich glaube Ihnen.«

»Aber der Geruch ist weg.«

»Ich glaube Ihnen trotzdem.« Serena lächelte.

»Und jemand hat die Flasche mitgenommen.« Anna schüttelte den Kopf. »Wissen Sie, seltsamerweise bin ich irgendwie erleichtert.«

»Sie klingen nicht ganz überzeugend.«

»Ich habe sie lange besessen. Sie bedeutete mir viel.«

»Mhm.«

»Und ich kann mir nicht vorstellen, dass ein Geist, sei es auch ein besonders schlauer ägyptischer Geist, etwas hochheben und wegtragen kann.«

»Aber warum sollte jemand anderes sie stehlen?«

»Sie ist antik.«

Sie sahen sich einen Augenblick lang an, dann schüttelte Serena den Kopf. »Nein. Nicht Andy. Niemals. Warum sollte er das tun? Er hält es für eine Fälschung. Wer weiß sonst noch davon?«

Anna zuckte die Achseln. »Niemand.«

Hatte Toby es in ihrer Tasche gesehen? Aber selbst dann hätte er es doch nicht genommen.

Serena beobachtete ihr Gesicht. »Ist Ihnen jemand eingefallen?«

»Nein. Von den Leuten auf dem Schiff würde es niemand nehmen. Das Tagebuch ist wertvoll. Das könnte für manche eine Versuchung sein. Andy und Toby haben mich beide diesbezüglich gewarnt, aber niemand würde das Fläschchen nehmen.«

Sie schwiegen einen Moment, ein Schweigen, das durch den Klang des Gongs aus den Tiefen des Schiffs noch verstärkt wurde. »Abendessen.« Serena hob die Schultern.

»Sollen wir etwas sagen? Fragen, ob jemand es gesehen hat?«

Serena schüttelte den Kopf und verzog das Gesicht. »Lieber nicht. Sie haben noch keinen konkreten Verdacht, wahrscheinlich kommt es nie so weit. Ich bin sicher, dass die Besatzung vertrauenswürdig ist, ebenso wie alle Passagiere. Nein. Ich an Ihrer Stelle würde die Sache erst einmal für mich behalten.«

Das tat sie auch. Die Mahlzeit verlief fröhlich und Anna ließ einfach das Gespräch um sich herum fließen und hörte den anderen zu. Ein- oder zweimal machte sie eine Bemerkung, aber das war kaum nötig. Der Besuch in Kom Ombo, die nachmittägliche Fahrt und das Rattern der Maschinen unterwegs nach Assuan hatten alle erschöpft. Es herrschte eine allgemein gesprächige gute Laune, unterbrochen von längeren entspannten Redepausen, bis einem nach dem anderen fast die Augen zufielen.

Omar hatte noch eine Filmvorführung in der Loungebar angekündigt und langsam begaben sich die Passagiere nach oben, um ihre Plätze einzunehmen und noch etwas zu trinken.

Während alle aus dem Speisesaal verschwanden, blieb Anna sitzen. Ben beugte sich über sie, als er den Tisch verließ. »Kommen Sie mit, liebe Anna?«

Sie schüttelte den Kopf. »Ehrlich gesagt, bin ich ein bisschen müde.«

»Okay.« Er lächelte sie kurz an und ging dann hinter Andy und Charley her. Charley sah sich beim Verlassen des Speisesaals noch einmal um und warf Anna einen triumphierenden Blick zu.

Sie war der letzte Gast und saß ganz alleine da, während Ali und Ibrahim die Tische abdeckten. Nach einer Weile kam Ibrahim zu ihr. Er nahm die letzten Teller vom Tisch und bürstete das Tischtuch ab. »Sind Sie traurig, Mademoiselle? Möchten Sie ein Bier zur Aufheiterung? Oder einen Kaffee hier allein? Ich kann Ihnen welchen holen.« Er hatte ein freundliches Gesicht mit vielen Falten, und als sie aufschaute, bemerkte sie, dass seine dunkelbraunen Augen sehr lieb aussahen.

»Das wäre schön, Ibrahim. Danke. Bitte einen Kaffee.«

»Aber nicht ägyptischen Kaffee.« Sein Gesicht legte sich beim Lächeln in tausend Fältchen. Es war ein ständiger Scherz auf dem Schiff, dass der ägyptische Kaffee für die meisten verweichlichten Engländer zu stark war.

»Nein. Dann könnte ich ja einen Monat nicht mehr schlafen. Schwachen englischen Kaffee mit Milch, bitte, Ibrahim.«

Ali war mit seiner Arbeit fertig. Er sah sich zufrieden um, schaltete alle Lampen aus, bis auf die über Annas Tisch.

»Es tut mir Leid. Ich mache so viele Umstände, wenn ich hier bleibe«, sagte sie zu Ali, aber er war schon in der Küche verschwunden, auf dem Weg zu den Besatzungsräumen dahinter. Die Antwort kam von Ibrahim, der ihr den Kaffee brachte.

»Das macht keine Umstände. Ich bediene Sie gerne, Mademoiselle. Bitte bleiben Sie sitzen, so lange Sie möchten.« Er verbeugte sich. Einen Augenblick zögerte er, als wollte er noch etwas sagen, dann drehte er sich um und ging weg.

Es war ein seltsames Gefühl, ganz allein im Speisesaal zu sitzen. Er lag jetzt fast im Dunkeln, abgesehen von dem Licht, das ihren Tisch beleuchtete. Die Anrichte mit der leeren gewienerten Kaffeekanne und den fleckenlosen Essensbehältern für das Frühstück lag im Dämmerlicht. Es war völlig still, nur das stetige Wummern der Maschinen und der Takt der Schaufelräder, die das Schiff langsam stromaufwärts schoben, drangen noch zu ihr.

Sie schlürfte gedankenverloren ihren Kaffee. Ein Teil von ihr freute sich darauf, in die Kabine zurückzugehen und weiter im Tagebuch zu lesen und dann früh einzuschlafen; ein anderer Teil war, wie sie zugeben musste, ein wenig nervös.

Sie saß noch lange vor ihrer leeren Tasse, das Kinn auf die gefalteten Hände gestützt, und starrte halb schlafend vor sich hin. So hörte sie auch nicht das leise Knarren, als die Flügeltür aufging.

»Aha! Hier verstecken Sie sich also!« Andy kam herein, zwei Gläser in einer Hand balancierend, und ließ die Tür hinter sich zuschwingen. »Ich hoffe, Sie wollten sich nicht vor mir verstecken.«

Sie sah auf und lächelte etwas müde. Unwillkürlich warf sie einen Blick auf die Tür hinter ihm, um festzustellen, ob Charley ihn verfolgte. »Als ob ich das könnte. Oder wollte.«

Er stellte die Gläser auf den Tisch und schob ihr eins davon hin. »Ein Schlummertrunk.«

»Danke.«

»Darf ich fragen, warum Sie so gedankenvoll und allein hier sitzen? Geteiltes Leid ist halbes Leid und so weiter. Wenn ich helfen kann.«

Komisch, wie entspannt sie sich sofort in seiner Gesellschaft fühlte. Sie warf ihm einen Blick zu. »Ich habe etwas verloren. Etwas ziemlich Kostbares. Mein Parfümfläschchen. Ich weiß, dass Sie es für eine Fälschung halten, aber es bedeutet mir viel.«

»Könnte es Ihnen irgendwo heruntergefallen sein? Vielleicht in Kom Ombo, als wir in den Ruinen herumgeklettert sind?

Sie schüttelte den Kopf. »Es ist aus meiner Kabine verschwunden.«

»Gestohlen, meinen Sie?« Er sah schockiert aus. »Sie haben es doch sicherlich irgendwo hingelegt? Oder vergessen, wo Sie es versteckt haben.«

»Das würde ich mir auch gerne einbilden, aber ich habe überall gesucht. Serena hat mir geholfen. Es ist nicht mehr da.«

»Haben Sie Omar den Verlust gemeldet?«

Sie schüttelte den Kopf. Sie konnte ihm ja schlecht sagen, dass er, Andy, ihr Hauptverdächtiger war. »Ich wolllte noch einmal suchen, bevor ich irgendetwas zu jemandem sage. Es würde die Atmosphäre vergiften, wenn ich jetzt mit Anschuldigungen käme. Vielleicht taucht es ja wieder auf.«

»Wenn Sie nach einem Verdächtigen suchen, dann würde ich mal diesen Hayward ins Auge fassen. Er hat ein auffallendes Interesse an Ihnen und Ihrem Tagebuch und niemand weiß irgendetwas über ihn.«

»Er zeigt kein größeres Interesse als Sie, Andy«, erwiderte sie. »Nein, er ist fasziniert von Louisas Malerei. Er ist ein bisschen schroff, wie ich zugeben muss, aber kein Dieb, da bin ich sicher.« Sie schaute auf die Uhr und seufzte. »Mit dem frühen Schlafengehen wird es wohl nichts. Ist der Film aus?«

Andy nickte. Er schlürfte seinen Drink und schaute sie über den Glasrand hinweg an.

»Und war er interessant?«

»Eine Lektion, wie man ein guter muslimischer Bürger im modernen Ägypten sein kann.« Er lächelte. »Interessant schon, aber ich würde lieber mehr über die alte Geschichte des Landes wissen, wenn wir denn schon etwas lernen müssen.«

Anna lachte leise. »Ich bin bei keinem einzigen Vortrag gewesen. Sie sind ja nicht obligatorisch.«

»Wenn sie in der Bar stattfinden, schon.« Er lehnte sich zurück und verschränkte die Arme. »Aber wie gefällt Ihnen die Kreuzfahrt, abgesehen von Ihrem Verlust? Allmählich habe ich das Gefühl, dass sie bisher etwas anstrengend für Sie war.«

Sie schwieg und dachte nach. »Ja, ich glaube, Sie haben Recht. Ich habe zu viel Gepäck mitgebracht. Nicht nur Louisa Shelley und ihr Tagebuch und ihr Parfümfläschchen, sondern auch meine Scheidung und meine Zukunftsängste.« Sie schüttelte langsam den Kopf. »Andy, kann ich Sie mal etwas fragen?« Sie hielt inne. Sie wollte wissen, ob er Louisas Bildern auf dem freien Markt begegnet war, ob er je Felix kennen gelernt hatte, ob Felix ihm je etwas von ihren Sachen angeboten hatte. Es war nie etwas auf Dauer aus dem Haus verschwunden, aber ein- oder zweimal hatte etwas eine Woche lang gefehlt, um gereinigt zu werden, wie er sagte, und war dann wieder aufgetaucht. Sie argwöhnte, dass er die Sachen hatte schätzen lassen. Oder dass er hin und wieder wegen geschäftlicher Schwierigkeiten doch in Versuchung gekommen war. Im Grunde spielte es eigentlich keine Rolle mehr. Zu der Zeit ihrer Scheidung war er so reich, dass er ihr das Haus mit beinahe seiner ganzen Ausstattung überlassen konnte. Aber ein Teil von ihr wollte verrückterweise immer noch wissen, wie sehr sie wirklich betrogen worden war. Sie überlegte noch, wie sie ihre Frage formulieren sollte, da flogen die Flügeltüren auf und Charley stürmte herein.

»Aha, hier versteckst du dich also!« Sie kam herein und ließ die Türen hinter sich zufallen. Nach dem Abendessen, an dem sie in blassgrüner Jacke und mit hochgesteckten Haaren erschienen war, hatte sie sich umgezogen. Jetzt hingen ihr die Haare offen um die Schultern und sie hatte ein knappes Trägerkleid an. »Woran liegt es wohl, Andy, dass ich mich gar nicht wundere, dich hier zu finden?« Sie blieb an ihrem Tisch stehen und sah auf Anna herunter. »Sag mir bloß eines, Andy. Ist es aus zwischen uns?«

Anna stand hastig auf. »Also sehen Sie, das hat nichts mit mir zu tun …«

»Natürlich hat es das.« Charley warf ihr einen hasserfüllten Blick zu. »Glauben Sie mir, das hat alles mit Ihnen zu tun.«

»Nein, Charley, das hat es nicht.« Andy stand ebenfalls auf und knallte sein Glas auf den Tisch. »Schon lange bevor wir hierher kamen, hatte ich deine Umklammerung und dein ewiges Gejammere satt, und seit wir auf dem Schiff sind, ist deine Laune unerträglich. Ich weiß nicht, was mit dir los ist. Ich will dir nicht wehtun, aber du und ich, wir kommen so nicht weiter. Ich wollte das eigentlich nicht sagen, aber anscheinend muss ich es tun. Du willst offenbar keine angenehme natürliche Beziehung, die sich organisch entwickelt. Du willst nur einen Mann, der dich mit Lebensstil versorgt, Charley. Du willst von ihm Geld, ein Haus, einen Ehering und sogar ein Designerbaby, zum Donnerwetter. Dieser Mann bin ich nicht. Du musst lernen, deinen eigenen Weg zu finden, Charley, oder einen anderen Idioten, dem es nichts ausmacht, sich ausnehmen zu lassen. Und lass Anna in Ruhe! Sie hat Recht.

Das hier hat nichts mit ihr zu tun. Wir sitzen hier friedlich und nehmen einen Drink. Das ist alles. Nicht mehr und nicht weniger. Keine Komplikationen.« Er schwieg und holte tief Luft. »Pass auf, das ist ein kleines Schiff. Für die meisten hier ist es der Traumurlaub ihres Lebens. Verdirb es ihnen nicht. Niemand sonst braucht das hier zu wissen. Ich weiß, dass Anna nichts sagen wird und ich auch nicht. Lass es unter uns bleiben und lass uns gute Freunde sein. Wenn wir morgen nach Assuan gehen, wollen wir Spaß haben, okay?« Er streckte ihr seine Hand entgegen.

»Freunde!« Charley spuckte das Wort förmlich aus. »Das glaube ich nicht. Weißt du, was du bist, Andy? Du bist ein aalglattes, eingebildetes, selbstgefälliges Schwein! Und für sie interessierst du dich nur wegen ihrem kostbaren Tagebuch, du würdest alles tun, um es zu bekommen. Ich kenne dich. Du wirst sie fallen lassen, sobald du hast, was du willst, ebenso wie du mich sitzen lässt, nachdem du den Hockney meines Vaters bekommen hast! Na ja, ihr passt zusammen.«

Die letzte Bemerkung schleuderte sie auf Anna hinunter, dann wirbelte sie herum und stürmte aus dem Speisesaal, wobei sie die Türen so hart gegen die Wand stieß, dass der Knall durch das ganze Schiff zu hallen schien.

Anna war perplex und sah Andy sprachlos an. Er seufzte. »Es tut mir Leid. Das hätte nie und nimmer passieren dürfen. Eine dumme Frau! Wir sind seit geraumer Zeit auf so etwas zugesteuert. Kümmern Sie sich nicht um das, was sie gesagt hat. Wenn wir Glück haben, ist die Luft jetzt gereinigt.« Er machte eine Pause. »Und wenn Sie es wissen wollen, ja, ich habe den Hockney ihres Vaters gekauft. Er war ziemlich gut. Und ich habe ihn mit Gewinn weiterverkauft. Legal. In aller Öffentlichkeit. Alle waren zufrieden. Eben war das erste Mal, dass sie das überhaupt erwähnt hat.«

»Allmählich habe ich das Gefühl, dass ein Fluch auf diesem Urlaub liegt.« Anna schüttelte den Kopf.

»Wieso, weil wir in Tutenchamuns Grab waren? Ich glaube das nicht.« Er lachte. »Kommen Sie, lassen Sie uns nicht Trübsal blasen! Ich habe noch mehr von diesem Zeug in meiner Kabine. Gehen wir und schenken uns nochmal nach …«

Gerade als er nach ihrem Glas griff, ertönte ein gellender Schrei irgendwo im Flur. Für den Bruchteil einer Sekunde starrten sie sich erschrocken an, dann drehte Andy sich um und eilte zur Tür, gefolgt von Anna.

Als sie aus dem Speisesaal kamen, versammelten sich die Leute bereits um eine offene Kabinentür am Ende des Flurs. Es war Charleys Kabine.

»Was ist los? Ist etwas passiert? Wo ist Serena?« Andrew drängte sich nach vorne durch.

Charley stand in der Mitte der Kabine und ihr rannen Tränen übers Gesicht. »Es war eine Schlange! Da drin!« Sie deutete auf den Boden, wo eine Schublade aus dem Toilettentisch lag, der Inhalt rundherum verstreut. »Sie hat da drin gelegen und auf mich gewartet!« Sie begann hemmungslos zu zittern.

»Hat sie Sie gebissen, Charley?« Ben bahnte sich einen Weg durch die Menge. Er trug einen Erste-Hilfe-Koffer.

Hinter ihm tauchte Omar auf, das Gesicht voller Entsetzen. »Was ist los, was geht hier vor?« Omar schob Ben zur Seite und trat in die Kabine. »Bitte, Miss Charley, seien Sie ruhig, damit wir uns gegenseitig verstehen können.« Charleys Schluchzen wurde immer aufgelöster. »Ganz ruhig, erzählen Sie uns, was passiert ist. Sind Sie verletzt?«

»Eine Schlange!« Sie zeigte auf die Schublade. »Da drin lag zusammengerollt eine Schlange!«

»Hat sie Sie gebissen?« Omars Gesicht war aschfahl geworden.

Sie schüttelte den Kopf.

Er holte tief Atem, sichtbar erleichtert. »Ich verstehe nicht, wie das möglich sein soll.« Stirnrunzelnd trat er einen Schritt von der Schublade zurück. »Wie kann denn eine Schlange auf das Schiff kommen?«

Hinter ihnen war auf einmal Serena in der Tür erschienen. »Was ist los? Stimmt etwas nicht?« Sie drängelte sich in die Kabine und sah die erschrockenen Gesichter der Umstehenden an.

»Wo warst du denn?« Charley brach wieder in Tränen aus.

»Ich war auf Deck und habe die Sterne angeschaut.« Serena legte den Arm um Charley und drückte sie tröstend. »Was ist los?«

»In der Schublade war eine Schlange.« Omar schüttelte bekümmert den Kopf. »Das ist so seltsam. Ich verstehe nicht, wie das passieren konnte…«

»Was wichtiger ist, wo ist sie hin?«, bemerkte Ben.

Die Schaulustigen hinter ihm verzogen sich einer nach dem anderen. Während alle erregte und nervöse Blicke tauschten, machte sich jeder auf den Weg zu seiner eigenen Kabine. Der Korridor war hell beleuchtet. Dort gab es keine Verstecke für eine Schlange. Ein schmaler Läufer lag auf dem Fußboden. Am Ende des Korridors, wo er in die Rezeption vor dem Speisesaal mündete, stand einer der Messingspucknäpfe, ein Überbleibsel aus den hochherrschaftlichen Tagen des Schiffes, und an der Wand dort hing das Schwarze Brett, an dem die Planung für den nächsten Tag angeschlagen war. Ansonsten gab es im Flur keinerlei Verstecke.

»Sie muss immer noch hier drinnen sein, sonst hätten wir sie gesehen.« Andy blickte umher. »Wir müssen unter dem Bett suchen, in den Schränken, in den Schubladen, überall. Sie muss recht klein gewesen sein, wenn sie in die Schublade gepasst hat. Serena, nehmen Sie doch Charley mit in die Bar, solange Omar, Ben und ich danach suchen.«

Omar schüttelte den Kopf. »Wir finden sie nicht. Schlangen können sich sehr gut verstecken. Sie können sich unsichtbar machen. Ich werde Ibrahim holen. Er ist ein Schlangenfänger. Er kann sie rufen, damit sie kommen.«

»Rufen?« Ben zog eine Augenbraue hoch.

Omar nickte. »Sein Vater und Vatersvater haben das auch schon getan. Sie haben Macht über die Schlangen. Er kann sie riechen. Wenn hier eine Schlange ist, dann wird er sie riechen und fangen und dann wegbringen.«

Sie alle starrten ihn an. »Im Ernst?«, sagte Ben schließlich. »Sie meinen, er ist ein Schlangenbeschwörer?«

Omar zuckte die Achseln. »Nicht wie so ein Schlangenbeschwörer, der mit einem Korb im Basar sitzt. Solchen Schlangen bricht man die Giftzähne aus. Ibrahim tut den Schlangen nichts und die Schlangen tun ihm nichts. Ich hole ihn jetzt.« Er verließ die Kabine, sichtlich erleichtert, die Gefahrenzone verlassen zu können.

Serena führte Charley fort. Sie sah Anna kurz an, als sie an ihr vorbeigingen. »Wir reden morgen.« Sie lächelte. »Fühlen Sie sich gut?«

Anna nickte. Nur sie und Ben und Andy waren von der Zuschauermenge noch übrig. Auch sie konnte gehen, das wusste sie, aber etwas hielt sie hier in der Tür fest. Sie trat einen Schritt weiter vor.

»Vorsicht, Anna«, warnte Ben. »Es kann eine Kobra sein. Sie sind immer noch recht häufig in den Feldern entlang des Nils.«

Aber ihre Augen waren auf die Schublade geheftet. Sie enthielt ein Durcheinander an filmreifer Unterwäsche – eher wohl Charleys als Serenas –, ein paar Ketten aus bunten Perlen und da mittendrin … Sie trat näher.

»Mein Parfümfläschchen!« Sie bückte sich und nahm es heraus. »Das ist mein Parfümfläschchen, das aus meiner Kabine gestohlen worden ist.«

Andy runzelte die Stirn. »Sie haben doch Serena davon erzählt, nicht wahr? Vielleicht hat sie …«

»Nein!« Anna fuhr herum. »Nein, Andy, es war Charley. Wir beide wissen, dass es Charley war.« Ihre Empörung wurde gemildert durch die Erleichterung darüber, dass sie nun doch an keine geisterhafte Erscheinung in ihrer Kabine glauben musste.

Hinter ihnen war Omar erschienen, gefolgt von Ibrahim, der einen Korb mit Deckel hielt

»Bitte, gehen Sie hier weg, Herrschaften.« Omar trat zurück und dirigierte Anna aus der Kabine heraus. Ibrahim blieb allein in der Mitte des Raumes stehen. Da sich Anna, Ben und Andy in der Tür drängten, warf Ibrahim ihnen einen strengen Blick zu und legte einen Finger auf die Lippen. Sie erstarrten, sahen ihm aber weiter zu.

Einige Sekunden lang stand er ohne sich zu rühren, den Kopf etwas schief gelegt. Dann drehte er sich um und lauschte wieder. Sie konnten seine Nasenflügel leicht beben sehen, als er schnupperte. Dann ging er zum Fenster und fuhr mit der Hand darüber. Es war geschlossen. Anschließend drehte er sich wieder um und musterte den Raum. Er sah verwundert aus.

Schließlich schüttelte er den Kopf. »Hier ist keine Schlange. *Pas de serpents.*«

»Bist du sicher?« Omar stand immer noch in der Tür.

»Ibrahim ist sicher. Aber es ist etwas Merkwürdiges hier.« Er runzelte die Stirn. Er starrte auf die Schublade hinunter. »Wenn sie da drinnen war, war sie sehr klein. Die Kobra, die wird bis zwei Meter lang. Mehr.« Er hockte sich hin und streckte die Hand aus, dann begriff er auf einmal, was die Schublade enthielt, und zog angeekelt seine Hand zurück. Er stand auf, wandte sich um und schaute Anna direkt in die Augen. Einen Moment lang starrte er sie an, dann schüttelte er den Kopf. »Mademoiselle hat etwas – etwas, das der Schlangenkönig bewacht ...« Seine Stimme brach ab, verwirrt. »Die Schlange fürchtet, Sie werden es einem Mann geben.«

Anna hielt das kleine Parfümfläschchen fester. »Ich verstehe nicht.« Kleine Wellen der Panik liefen ihr über die Haut.

Ibrahim nickte bedächtig. »Inzwischen ist er gegangen. Die Gefahr ist vorüber, aber es liegt ein Schatten in der Luft.« Seine langen, schlanken Finger woben eine Art Muster vor ihnen und ballten sich dann zur Faust. »Er ist wütend und das ist nicht gut.«

»Wir dürfen keine Schlange auf dem Schiff haben, Ibrahim«, ließ sich Omar hören. Er machte ein grimmiges Gesicht. »Wir müssen jemanden rufen, wenn wir in Assuan ankommen, wenn du sie nicht findest.« Er fügte eine rasche Erklärung auf Arabisch hinzu.

Ibrahims Gesicht verfinsterte sich unmerklich. »Traust du meinen Worten nicht?«

»Natürlich traue ich dir.« Omar verbeugte sich. »Es geht um den Reiseveranstalter. In Assuan kommt einer ihrer Vertreter an Bord, um nach dem Rechten zu sehen ...« Er hob bedeutungsvoll die Schultern.

»Und es wird auch alles recht sein, *Inschallah*!« Ibrahim nickte. »Jetzt gehen Sie. Gehen Sie alle in Ihre Kabinen. Der Schlangenkönig ist nicht mehr auf dem Schiff.«

Andy sah von Anna zu Omar. »Kann man da so sicher sein?«

»Habe ich das nicht gesagt?« Ibrahim blickte finster drein. Er war hoch gewachsen und schien, während er mit ihnen sprach, noch größer zu werden. Er war nicht in der weißen *Djelaba* des Kellners gekommen; sein Gewand war tiefblau und am Rand reich bestickt. Neben Omar, der nie etwas anderes trug als eine schwarze Hose zu einem europäischen Hemd, wirkte er exotisch und mysteriös und, wie Anna klar wurde, auf seltsame Art sehr mächtig.

Anna schlug die Begleitung von Andy und Ben aus und stieg ganz allein die Treppe zu ihrer Kabine hinauf. Als sie sich in dem Vorraum der Lounge umdrehte, um durch die Schwingtüren zu gehen, sah sie Charley und Serena eng nebeneinander gekuschelt auf einem Ecksofa in fast völliger Dunkelheit sitzen. Eine einzige Lampe warf ein warmes Licht auf sie. Jemand hatte ihnen Tee gebracht.

»Alles in Ordnung«, sagte Anna und ging auf sie zu. »Die Kabine ist sicher. Die Schlange ist weg.«

Charley sah auf. Ihre Wangen waren blass und mit Wimperntusche verschmiert. »Haben sie sie totgeschlagen?«

Anna schüttelte den Kopf. »Nein, sie ist verschwunden. Ibrahim kennt sich mit Schlangen aus. Er ist sicher, dass sie weg ist. Es gibt keinen Grund mehr zur Furcht.«

Sie setzte sich ihnen gegenüber und schaute von Serena zu Charley. »Wie ist denn mein Parfümfläschchen in Ihre Schublade geraten, Charley?«

Sie konnte den Schrecken in Serenas Augen deutlich wahrnehmen.

Charley blickte auf ihre Hände. »Es war ein Scherz. Ich wollte es nicht behalten.«

»Nein?« Einen Augenblick lang sah Anna sie skeptisch an. Sie griff in ihre Tasche, zog die Flasche heraus und legte sie vor sich auf den Tisch. »War Ihnen klar, dass sie kostbar ist?«

»Das ist sie nicht.« Charley blickte trotzig auf. »Andy sagt, es ist Trödel von einem Basar.«

»Und deshalb haben Sie gedacht, es macht nichts, wenn Sie mir das Fläschchen einfach wegnehmen?«

»Ich habe es doch schon gesagt. Ich hätte es Ihnen zurückgegeben.«

»Wie sind Sie eigentlich in meine Kabine gekommen?«

»Die Tür stand weit offen. Jeder hätte hineingehen können.« Charley rieb sich das Gesicht. »Sie lag da auf Ihrem Bett, ganz verdreckt und voller Erde oder so was, und ich dachte mir, warum nicht?«

»Auf meinem Bett?« Anna kräuselte die Stirn.

»Ja. Ich habe nicht Ihre Sachen durchwühlt, falls Sie das glauben. Sie lag einfach da.«

Anna schüttelte den Kopf und versuchte aus dem, was Charley gesagt hatte, schlau zu werden. Die Flasche war in eine Plastiktüte gewickelt unter all ihren Schminksachen in der Kulturtasche gewesen. Versteckt. »Aber Sie müssen doch aus irgendeinem Grund zu meiner Kabine gegangen sein.«

»Natürlich. Ich wollte mit Ihnen sprechen. Ich wollte Ihnen sagen, Sie sollten aus meinem Leben verschwinden und Andy in Ruhe lassen.« Charley suchte in ihrer Tasche nach einem Papiertaschentuch. Wieder rollten Tränen über ihr Gesicht. »Hören Sie, es tut mir Leid. Ich hätte sie nicht nehmen sollen. Aber es ist ja nichts Schlimmes passiert. Sie ist noch heil.« Sie stand auf. »Ich gehe ins Bett. Kommst du mit, Serena?«

»Gleich.« Serena rührte sich nicht.

»Aber ich will nicht alleine gehen. Woher soll ich denn wissen, ob sie gründlich gesucht haben?«

»Das hat er. Er war sich ganz sicher«, sagte Anna langsam. Sie sah Serena über den kleinen Tisch hinweg an. Dann drehte sie sich wieder zu Charley: »Es ist alles in Ordnung dort. Ihnen kann nichts mehr passieren.« Sie lächelte mit zusammengepressten Lippen. »Nur eines mochte ich noch wissen. Wie hat sie ausgesehen? Genau?«

»Wer? Die Schlange?«

Anna nickte. Unwillkürlich ballte sie ihre Hände zu Fäusten.

»Wie sehen Schlangen schon aus? Sie war lang. Und bräunlich. Und hatte Schuppen.«

»War es eine Kobra?«

»Ich denke schon. Sie hat sich aufgerichtet und ihre Haube geöffnet und gezüngelt.« Charley zitterte heftig.

»Na ja, was auch immer es war, sie ist auf jeden Fall weg. Sie brauchen sich keine Sorgen zu machen.«

Charley zögerte eine Sekunde, dann durchquerte sie die Lounge und ging durch die Schwingtüren. Anna und Serena sahen ihr nach. Dann wandte sich Anna Serena zu.

»Ibrahim ist eine Art Schlangenbeschwörer. Er nannte sie den Schlangenkönig, obwohl er sie gar nicht gesehen hat, und er sagte, sie würde etwas bewachen, das mir gehört, denn sie hätte Angst, ich würde es einem Mann geben.«

Beide starrten das kleine Fläschchen an, das neben einem Aschenbecher auf dem Tisch lag.

»Wenn sie nun zurückkommt?« Anna kaute nervös auf ihrer Lippe und unwillkürlich lief ihr ein Schauer über den Rücken.

Serena machte ein nachdenkliches Gesicht. »Was hat Ibrahim noch gesagt?«

»Er hat gesagt, die Gefahr wäre vorüber, aber es hinge ein Schatten in der Luft. Er meinte, die Schlange wäre wütend.«

Serena lehnte sich in die Kissen zurück. Sie schloss die Augen und schüttelte den Kopf. »Da bin ich überfordert.«

Anna hatte wieder eine Gänsehaut. »Ich lege die Flasche morgen in den Safe, aber ich weiß nicht, ob ich es wage, sie wieder in meine Kabine mitzunehmen, Serena. Wenn die Schlange mir nun folgt?« Sie ließ ein kurzes, freudloses Lachen hören. »Da kommt einem unser existentialistisches Gespräch über das Beten ein bisschen sinnlos vor, oder? Wie Sie gesagt haben, wir haben es hier mit Experten zu tun.«

»Hören Sie nicht auf zu beten.« Serena klang sehr entschieden. Sie hob eine Hand. »Ich versuche über die Kobra nachzudenken. Sie war ein sehr mächtiges Symbol im alten Ägypten. Die Uräusschlange, das Symbol des Herrschers, und die Schlangengöttin Wadjet, die mit Isis eins wurde – sie werden als Kobras dargestellt.«

Annas Frösteln wurde noch stärker. »Aber eine Göttin wäre doch eine Königin. Ibrahim nannte diese den Schlangenkönig. Es gibt doch keine Königskobras in Ägypten, oder?«

Serena zog eine Augenbraue hoch. »Ich glaube nicht, dass er damit die Gattung gemeint hat. Der Islam ist eine patriarchalische Religion, deshalb hält er sie für männlich, aber ich glaube, das Geschlecht der Schlange ist eher nebensächlich, wenn sie Sie im Visier hat.«

»Aber war sie wirklich da?«

Serena dachte einen Augenblick nach. »Charley jedenfalls schien davon überzeugt. Ob wirklich da oder nicht, Anna, Sie sollten davon ausgehen, dass sie tödlich ist. Ich an Ihrer Stelle würde mich mit dieser Frage nicht aufhalten, erst recht nicht, wenn sie Ihnen selbst begegnet!« Sie schüttelte den Kopf und fuhr sich mit der Hand über die Augen. »Gott, bin ich durcheinander! Meine Liebe, es ist spät. Ich finde, wir sollten schlafen gehen. Darf ich einen Vorschlag machen? Warum verstecken Sie die Flasche nicht an einem sicheren Ort? Vielleicht auf Deck? Nur, bis Sie sie in den Safe tun können. Nehmen Sie sie nicht mit in Ihre Kabine.«

Anna widersprach nicht. Sie öffneten die Tür zum hinteren Deck. »Die Blumen«, flüsterte Anna. »Ich könnte sie doch in einen Blumentopf stecken.«

Sie gingen zur Leiter und kletterten auf das Sonnendeck. Dort waren um den Bug herum ein Dutzend Blumenkästen mit bunten Blumen angeordnet, scharlachrote Geranien, Hibiskus und Bougainvilleen. Das Deck lag völlig verlassen in der Dunkelheit.

»Ich brauche etwas zum Graben«, sagte Anna leise. »Die Erde ist so hart. Ich will die Flasche nicht zerbrechen.« Sie blickte auf. Das Flussufer vor ihnen war auf einmal von zahlreichen Lichtern erhellt.

»Schnell. Ich glaube, wir sind schon fast in Assuan.« Serena hatte ebenfalls aufgeblickt. »Jemand hat mir gesagt, dass es da so voll ist, dass wir neben anderen Schiffen liegen werden, also ist dies unsere letzte Gelegenheit, etwas unbeobachtet zu tun. Warten Sie! Ich hole etwas.« Sie verschwand in der Dunkelheit und kam nach ein paar Sekunden zurück. »Jemand hat seinen Kamm auf einem Tisch liegen lassen. Ich hatte ihn vorhin schon bemerkt und er war immer noch da.« Der Kamm war aus Stahl und hatte einen sehr spitzen Griff.

Anna arbeitete eilig und schaffte es, eine kleine Mulde in den trockenen, sandigen Boden zu graben, in die sie die Flasche steckte. Sie schob wieder Erde darüber und klopfte ihre Hände ab. »Das genügt, solange niemand die Pflanzen herausrupft.«

»Das tut niemand. Sie gehen sehr sorgsam damit um. Haben Sie bemerkt, sie gießen sie jeden Morgen beim Sonnenaufgang.« Serena drehte sich einen Augenblick zum Geländer.

Das Schiff fuhr langsamer. Es steuerte aufs Ufer zu. Sie waren immer noch recht weit von der Stadt entfernt.

»Ziemlich beeindruckend hier oben, finden Sie nicht?« Sie schwieg. »Sieht so aus, als würden wir hier bis morgen warten. Wahrscheinlich ist es vorne zu voll, um im Dunkeln anzulegen. Anna, Liebe, werden Sie sich heute Nacht wohl fühlen? Haben Sie auch keine Angst?« Ihr Blick schweifte eine Sekunde lang zu den Pflanzen zurück.

»Ich habe keine Angst«, wiederholte Anna wie ein Mantra. Sie zwang sich, daran zu glauben.

Dennoch zögerte sie, als sie ihre Kabinentür erreichte. Die Tür war immer noch angelehnt, die Lichter brannten. Sie spähte vorsichtig hinein. Ohne es zu wollen, hielt sie nach den typischen schlängelnden Bewegungen einer Schlange Ausschau.

Sie durchsuchte die Kabine dreimal von unten bis oben, ehe sie schließlich die Tür zumachte und sie verschloss. Es war weder etwas von einer Schlange zu sehen noch von der Erde, von der Charley berichtet hatte. Sie durchsuchte gründlich ihr Bett, warf noch einen Blick an die Decke, dann zog sie sich in der Dusche aus und ließ lange das lauwarme Wasser über ihren Körper fließen. Als sie sich endlich abgetrocknet hatte und ins Bett kletterte, schlief sie schon beinahe.

Aber schon das kleinste Geräusch von der Dusche her ließ sie wieder aufschrecken. Ihr Adrenalin war in Wallung. Sie schaltete das Licht an, untersuchte noch einmal das Badezimmer, drehte den Hahn fester zu, damit er nicht tropfte, und stieg wieder ins Bett.

Ganz schwach konnte sie im Dunkeln einen üblen harzigen Geruch wahrnehmen. Was konnte das bloß sein? Und wo, um Himmels willen, kam er her? Mit einem Schauder griff sie nach dem Tagebuch. Ihr Schlafbedürfnis war verschwunden.

5

Heil dir, Löwengott! Lass nicht zu,
dass dies mein Herz von mir genommen wird!

Dreihundert Jahre sind vergangen. In der leuchtenden Wüste wechselt die Farbe der Felswand von Silber zu tiefem Samtschwarz, wo die Schatten sie vor dem Mondlicht verbergen. Die drei Männer, die zu dem Einschnitt in der Felswand kriechen, sind selbst kaum mehr als Schatten. Ihre Sandalen machen kein Geräusch, sodass der plötzliche Klang von Metall auf Stein, als die Spitzhacke ihre Arbeit beginnt, die Stille umso erschreckender durchbricht.

Die Männer arbeiten ohne zu sprechen, rasch und in der Gewissheit, dass dies endlich die Stelle ist, nach der sie so lange gesucht haben. Sie haben im Licht des Tages nach Zeichen geforscht und alles ausgekundschaftet. Aber das Freilegen, das Ausrauben des Ortes muss schnell und geheim vonstatten gehen, sonst werden sie von den Männern des Pharaos erwischt und bekommen die Strafe, die Grabräuber seit tausend Jahren gewärtigen müssen.

Der Ton der Hacke – Metall auf Stein – ändert sich. Die drei Männer halten atemlos inne und lauschen. Dann treten sie vorsichtig näher und strecken die Hände aus, um unter dem Geröll nach der verborgenen Kante der Tür zu tasten.

Vor vielen, vielen Jahren, so sagt die Legende, befahl ein anderer Pharao, das Grab zu versiegeln, nachdem der Hohepriester ermordet worden war …

Unter dem Vorwand starker Kopfschmerzen, die aufgrund der enormen Hitze oder des südlichen Breitengrades aufgetreten seien, überließ Louisa es den Forresters, am ersten Tag nach dem Anlegen in Assuan die Passagiere einer benachbarten Dahabiya einzuladen und zu unterhalten. Sie selbst wollte, da ihr nichts wohler tun könne, mit Hassan im Boot über den schmalen Wasserstreifen zur Nordspitze der flachen, wunderbar grünen Insel Elephanta fahren.

Er landete mit dem kleinen Boot auf einem schmalen Sandstrand und half ihr beim Aussteigen. Sie sah sich in glücklichem Staunen nach den Bäumen und Blumen um – Hibiskus, Poinsettia, Bougainvilleen, Mimosen und Akazien. Nach dem trockenen Felsufer und den Sandbänken auf der Strecke vor Assuan war es ein himmlischer Anblick.

Inzwischen nahm sie ohne die geringste Verlegenheit von Hassan den Beutel entgegen, der ihr weites hellgrünes Gewand und die ägyptischen Sandalen enthielt, und verschwand hinter einem Gebüsch. Sie waren inzwischen beide an dieses Ritual gewöhnt. In ihrem Versteck entledigte sie sich ihres Kleides, ihrer Unterröcke, ihrer langen Stümpfe, ihres Korsetts und sogar ihrer Unterhose, sodass sie für kurze Augenblicke das wunderbare Sonnenlicht und die Berührung des leichten Windes auf ihrer nackten Haut spürte; dann zog sie das federleichte Gewand über den Kopf und kehrte zu Hassan zurück, der inzwischen den Teppich ausgerollt, ihre Farben und das Skizzenbuch aufgebaut und die Körbe mit dem Essen und Trinken aufgestellt hatte.

Heute vertrödelte sie mehr Zeit als sonst mit ihrer Verwandlung. Die Insel war still, abgesehen von den Vogelrufen und dem sanften Plätschern des Wassers am Ufer. Hassan hatte ihr gesagt, dass es weiter im Norden nubische Dörfer gab, aber hier war es völlig ruhig, obwohl öfter Boote von der Stadt herüberruderten oder -segelten.

Es war niemand da und allmählich stieg die Sonne höher. Wenn sie sich ein wenig aufrichtete, dann konnte sie den Fluss sehen; in der Ferne sogar die *Ibis*, die neben anderen Schiffen ankerte. Die Sonnenflecken berührten ihre Schultern. Sie lächelte und hob das heiße Gewicht ihrer geknoteten Haare vom Nacken. Es war himmlisch, ihre Brüste in der sinnlichen Luft frei zu fühlen, die weiche Berührung der Blätter an ihren Schenkeln zu spüren.

»Sitt Louisa, es kommen Leute.« Hassans Stimme war sehr nah, gerade auf der anderen Seite des Busches. Er klang aufgeregt.

Mit einem Ausruf des Erschreckens und der Scham ergriff sie ihr Gewand, zog es an und kämmte mit ihren Fingern hastig ihr Haar zurück, als der Saum über ihre bloßen Füße fiel. Mit einer Bewegung hob sie ihre abgelegten Kleider auf, rollte sie zu einem Bündel zusammen und kam atemlos hervor.

»Hier. Bitte. Schnell.« Hassan nahm ihr die Kleider ab und gab ihr einen Bleistift in die Hand. Er bückte sich und zog etwas aus dem Picknickkorb. »Hier bitte, Sitt Louisa, ein Schleier für Ihre Haare.« Mit nur leisem Zögern schüttelte er die Falten heraus, legte ihr den Seidenschal über den Kopf und drapierte das eine Ende über ihre Schulter.

Als eine Gruppe von fünf oder sechs laut redenden Leuten auf den nahen Pfad einbog, war Hassan wieder der respektvolle Diener, der an der Kante des Teppichs das Essen auspackte, während Louisa zwar etwas unkonventionell gekleidet, aber züchtig von Kopf bis Fuß bedeckt war. Erst als die Besucher sich ihr näherten, dachte sie an ihre nackten Füße und zog sie schnell unter ihr Gewand. Sie hatten es wohl nicht bemerkt.

Es waren Engländer aus Hampshire an ihrem letzten Tag in Assuan, bevor sie sich wieder auf die lange Reise zurück nach Alexandria begaben. Eine Schrecksekunde lang fürchtete Louisa, sie wollten bleiben, sich neben sie setzen und mit ihr reden, aber nach einer Atempause, einem gegenseitigen Gruß, einem höflichen, oberflächlichen Blick auf das Skizzenbuch, in dem Hassan enorm geistesgegenwärtig eine Flussszene von der vergangenen Woche aufgeschlagen hatte, gingen sie weiter und der Lärm ihrer Gespräche verhallte so schnell, wie er gekommen war.

Louisa ließ den Bleistift fallen und warf den Kopf zurück, dass ihr der Schleier von den Haaren rutschte. »Wenn Sie mich nicht gewarnt hätten, wäre ich vollkommen nackt erwischt worden!«

Hassan senkte den Blick. »Sie waren gewiss vorsichtig und züchtig, Sitt Louisa.«

Sie lächelte. »Trotzdem. Ich habe sie nicht kommen hören.« Sie ließ sich von dem Schemel auf den Teppich gleiten und wieder lugten ihre nackten Zehen unter ihrem Saum hervor.

Ihre Augen trafen sich. »Sie sehen glücklich aus zwischen den Blumen.«

»Ich bin glücklich.« Sie lehnte sich auf die Ellbogen zurück und schaute in die Baumkronen über sich. »Es ist schön hier, Hassan. Ein Paradies.« Ein Wiedehopf flatterte mit aufgestelltem Kamm über ihren Köpfen in den Zweigen herum, sein hübsches rosa-schwarzes Gefieder war ein sanfter Kontrast zu dem üppigen Grün, sein weicher Ruf klang über das Wasser.

»Der Wiedehopf bringt Glück.« Hassan lehnte am Stamm einer Akazie. Er betrachtete sie eingehend, ein sanftes Lächeln auf den Lippen. »Würden Sie ein Bild von ihm für mich malen?«

Sie setzte sich auf und sah ihn erstaunt an. »Möchten Sie das wirklich?«

Er nickte.

»Dann werde ich ihn natürlich malen.« Ihre Blicke trafen sich wieder. Diesmal sah er nicht weg. Ganz tief drinnen fühlte sie ein erregtes Flattern und einen Augenblick lang konnte sie nicht atmen.

Sie schluckte heftig. Das durfte nicht sein. Das durfte sie nicht zulassen. Sie musste es jetzt beenden, solange es noch nicht zu spät war. Aber immer noch sah sie ihn an, ertrank in seinem Blick und fühlte das Wunder neuer unendlicher Möglichkeiten. Sie konnte nicht wegsehen.

Es war Hassan, der den Zauber brach. In einer fließenden Bewegung stand er auf und eilte zum Ufer, wo er einen Moment stehen blieb und mit geballten Fäusten über das Wasser starrte. Als er sich ihr erneut zuwandte, hatte er sich wieder im Griff. »Wenn Sie erlauben, werde ich jetzt das Essen aufdecken«, sagte er förmlich.

Sie fühlte sich ihrer Stimme nicht ganz mächtig und nickte nur.

Sie aß sehr wenig und blickte dabei auf den Nil, auf dem in der starken Brise, die inzwischen aufgekommen war, die Feluken hin und her glitten und sich zwischen den niedrigen Klippen hindurchschlängelten. Sie war so in ihre Träume versunken, dass sie gar nicht bemerkte, wie die Zeit verging. Langsam wanderte die Sonne über den Himmel.

»Sitt Louisa?« Sie bemerkte auf einmal, dass Hassan auf dem Teppichrand stand. »Soll ich das Essen wegpacken? Die Fliegen ...«

Sie nickte und er verbeugte sich. Schweigend füllte er den Korb mit dem nahezu unberührten Brot, Ziegenkäse und Obst. Danach verschwand er einen Augenblick zwischen den Bäumen. Als er zurückkam, hielt er einen Strauß roter Blüten in der Hand. Er überreichte sie ihr, als wären sie das kostbarste Geschenk der Welt.

Sie nahm sie wortlos entgegen. Sie betrachtete sie eingehend, genoss ihre Schönheit, die Vollkommenheit der Blütenblätter und Staubfäden, dann blickte sie auf. Er sah sie an. Sie lächelte fast schüchtern, denn sie fühlte sich auf einmal so befangen wie ein junges Mädchen, dann hob sie die Blumen an die Lippen und küsste sie sanft.

Keiner der beiden sprach ein Wort. Es war nicht nötig. Beide wussten, dass von diesem Augenblick an ihre Beziehung für immer verändert war.

»Wollen Sie jetzt zum Boot zurückgehen?« Sie hörte das Bedauern in seiner Stimme.

»Es gibt immer ein Morgen, Hassan.«

»So Allah will.« Er verbeugte sich kaum wahrnehmbar. »Ich mache mit Ihnen einen Ausflug zu dem Unvollendeten Obelisken, der immer noch in dem Steinbruch liegt, aus dem er vor Tausenden von Jahren herausgeschnitten wurde. Wir müssen auf Kamelen reiten!« Er lächelte spitzbübisch.

»Dann können wir sicher sein, dass die Forresters uns nicht begleiten wollen!«, sagte sie munter. »Das wird mir gefallen, Hassan. Und dann gibt es noch so viel zu sehen. Den Katarakt, Philae, den Souk.« Sie sah zu, wie er die Körbe in das kleine Boot lud.

Als er fertig war, wandte er sich zu ihr. »Sie sollten sich jetzt umziehen.«

Sie wollte schon ablehnen, wollte in ihrem weiten, lockeren Gewand in das Boot klettern, fühlen, wie das warme Wasser, das gegen die gebleichten Planken des Boots plätscherte, über ihre Zehen floss, als sie erkannte, wie verrückt ihr Traum war. Die Foresters wären im höchsten Grade schockiert. Sie wären vielleicht so empört, dass sie nicht mehr weiter mit ihnen reisen dürfte. Sie hatte nicht das Geld, ein eigenes Schiff zu mieten. Wenn sie sie am Ufer absetzten, dann wäre sie gestrandet, bis der Dampfer kam, und selbst dann hätte sie sich die Fahrkarte nach Kairo nicht leisten können.

Sie nahm das Kleiderbündel aus seiner Hand, zog sich wieder hinter die Büsche zurück und nach einigen herrlichen Augenblicken der Nacktheit zwängte sie sich wieder in das steife Walfischbeinkorsett, kämpfte mit seinen Bändern und zog dann Unterhose, Strümpfe und schließlich das schwarze Musselinkleid an. Dann, als Höhepunkt der Einengung, wickelte sie ihr Haar wieder zu einem Knoten und rammte die elfenbeinernen Haarnadeln hinein, damit er nicht verrutschen konnte, bevor sie ihr schwarzes Spitzenhäubchen unter dem Sonnenhut aufsetzte.

»Ich hasse das«, jammerte sie, als sie Hassan dabei zusah, wie er das weiche Gewand wegpackte, das immer noch warm von ihrem Körper war. »Ich will frei sein!«

Es war ein sinnloser Wunsch, denn noch während sie ihn aussprach, wusste sie, dass er niemals in Erfüllung gehen konnte. Nicht, solange zwei Jungen daheim auf sie warteten. Sie sah, wie er nur eine Sekunde lang den Stoff mit seiner Wange berührte, dann faltete er ihn zusammen, legte ihn weg und der Korb kam zu den anderen ins Boot.

»Meine Liebe, wir haben auf Sie gewartet.« Sir John Forrester stand an Deck und reichte die Hand hinunter, um ihr auf die Dahabiya zu helfen. »Ich wollte unbedingt, dass Sie unsere Gäste noch kennen lernen, bevor sie uns verlassen.« Er ging voraus in den Salon, doch plötzlich blieb er stehen, als wäre ihm gerade etwas eingefallen. »Ich hoffe, Ihre Kopfschmerzen sind besser geworden.«

»Ja, in der Tat, danke.« Sie zwang sich zu einem Lächeln und fragte sich, warum sie die Gelegenheit, die seine Frage ihr bot, nicht genutzt und behauptet hatte, ihre Kopfschmerzen seien immer noch unerträglich. Hinter ihr brachte Hassan die Essenskörbe an Deck. Als er wieder hinunterstieg, um ihre Malsachen zu holen, fragte sie sich, was er wohl mit ihren kühlen weichen Kleidern machte, wenn sie auf dem Schiff waren. Er konnte sie ihr ja nicht geben. Jane Treece würde sie in ihrer Kabine finden und sich fragen, warum sie ein Nachthemd auf ihre Landausflüge mitnahm. Als läse er ihre Gedanken, verbeugte er sich in ihre Richtung und erklärte, dass er die Farben und Skizzenbücher in ihre Kabine bringen werde, dann verschwand er. Einen Augenblick empfand sie einen Verlust.

Sie drehte sich um und folgte Sir John in die Kajüte, wo sie Augusta bei den Gästen sitzend fand. Zwei Gentlemen standen auf und verbeugten sich, als sie eintrat.

»Lord Carstairs und Mr. und Mrs. David Fielding und Miss Fielding.« Sir John stellte sie einander vor und bot Louisa dann einen Platz an. »Meine Liebe, wir wollten Sie um einen besonderen Gefallen bitten.«

Louisa wischte sich eine Haarsträhne aus dem Gesicht, in dem Bewusstsein, dass sie wohl leicht gerötet und unfrisiert aussah und dass ihre Kleider etwas in Unordnung waren, nachdem sie sie so hastig auf der Insel hinter dem Busch angezogen hatte. Als sie eben daran dachte, bemerkte sie, dass sich ein kleiner Zweig in der Borte ihres Rocks verfangen hatte, und sie zupfte ihn verstohlen ab. Sie spürte deutlich den kritischen Blick von Venetia Fielding. Wohl eher David Fieldings Schwester als seine Tochter, nahm sie an. Die junge Frau war nach der letzten Pariser Mode gekleidet, ihr Kleid war hinten mit einer kleinen Tournure ausgestopft und sie trug eine komplizierte Lockenfrisur. Mrs. Fielding war trotz ihres textilreichen, von der Mode diktierten Versuchs, die Tatsache zu verheimlichen, offensichtlich in anderen Umständen; sie wirkte erschöpft.

Es ging natürlich um ein Porträt. Einer von ihnen wollte ein Bild von sich oder möglicherweise von einem ägyptischen Tempel oder von sich vor einem ägyptischen Tempel, um es nach London mitzunehmen und seinen vornehmen Freunden zu zeigen. Was Lord Carstairs zu ihr sagte, traf sie daher völlig unerwartet.

»Sir John hat uns von dem Parfümfläschchen erzählt, das Sie besitzen, Mrs. Shelley, und von dem arabischen Fluch, der damit zusammenhängt. Könnte ich es vielleicht einmal anschauen?«

Sie musterte ihn, während er sprach. Er hatte glänzendes, kupferfarbenes Haar über einem schmalen, sonnengebräunten Gesicht mit ausgeprägten Wangenknochen und Augenhöhlen und einer schmalen, eher langen Nase, die ihm, wie sie mit plötzlicher unterdrückter Heiterkeit bemerkte, das Aussehen von Horus, dem Falkengott, verlieh. Der Eindruck war durchaus nicht abstoßend. Er war ein gut aussehender, stattlicher Mann.

»Ich hole es Ihnen mit Vergnügen.« Sie stand auf, dankbar für einen Vorwand, um die Gesellschaft für einige Minuten verlassen zu können, sich frisch zu machen und ihre Kleidung etwas zu richten.

Als sie zurückkam, war der Tee bereits serviert. Die Fielding-Damen lachten entzückend mit Augusta und die drei Männer hatten sich etwas abgesondert und um den Salontisch gruppiert. Unsicher, wo sie sich hinsetzen sollte, blieb sie einen Moment zögernd in der Tür stehen. Die Herren standen auf und machten ihr bei sich Platz. Die Frauen redeten ohne Unterbrechung weiter, aber mindestens ein Augenpaar fixierte ihren Rücken, als sie sich zu dem angebotenen Stuhl begab. Sie sah sich um und stellte fest, dass Venetia Fielding sie mit einem Ausdruck verkniffener Gegnerschaft ins Auge fasste.

Louisa setzte sich, zog die Parfümflasche heraus und legte sie in die Mitte des Tisches. Das dazugehörige Blatt Papier schob sie Lord Carstairs zu. »Können Sie Arabisch lesen, Mylord?« Sie lächelte ihn an und war überrascht, dass sein Gesicht sich daraufhin aufhellte.

»Ja, in der Tat, gnädige Frau.« Er nahm das Blatt, aber sein Blick richtete sich sofort auf die Flasche. Offensichtlich war er begierig, sie zu berühren, und hielt sich nur mit der größten Selbstbeherrschung zurück.

Es folgte ein Moment des Schweigens, dann begann er vorzulesen. Seine Übersetzung glich im Großen und Ganzen der von Sir John und als er geendet hatte, ließ er das Blatt auf den Tisch fallen.

Er beugte sich vor und betrachtete die Flasche eingehend. Keiner der beiden anderen Männer hatte den leisesten Versuch unternommen, sie in die Hand zu nehmen. Er schwieg lange, dann sah er Louisa wieder an. »Und haben Sie die Geister schon gesehen, die sie bewachen?« Die Frage klang nicht scherzhaft, sondern schien völlig ernst gemeint zu sein. Sie wollte den Kopf schütteln, dann zögerte sie.

Seine Augen wurden schmal. »Ja?« Es war nur ein Flüstern.

Sie hob halb verlegen die Schultern. »Ich fürchte, ich habe eine zu üppige Fantasie, Mylord. Dieses Land verführt einen zu allerlei Einbildungen.«

»Erzählen Sie.« Seine Augen hielten ihren Blick fest.

Sie rutschte unbehaglich auf ihrem Stuhl. »Ein- oder zweimal hatte ich das Gefühl, beobachtet zu werden. Und im Tempel von Edfu habe ich jemanden gesehen. Ich dachte, es wäre mein Dragoman Hassan.« Sie verweilte kaum wahrnehmbar bei dem Namen, und zu ihrer Verwirrung zogen sich die Augen des Mannes leicht zusammen.

»Aber es war nicht Hassan?«, ahmte er sie mit samtiger Stimme nach.

»Nein, es war nicht Hassan.«

»Wie sah sie aus, die Gestalt?«

Sie spürte die Erregung, die sich unter seinem regungslosen Gesicht verbarg. Sie warf einen Blick auf Sir John und David Fielding und musste feststellen, dass beiden Männern die Sache nicht geheuer zu sein schien.

»Wie ein großer Mann in einer weißen *Djelaba*. Aber es war nur eine Art Eindruck im Schatten des Tempels.«

»Und Sie haben sich vergewissert, dass niemand sonst da war?«

»Natürlich.«

»Ja!« Diesmal klang das Wort wie ein befriedigter Seufzer. Sie sah stirnrunzelnd zu, wie er schließlich die Hand nach der Flasche ausstreckte. Als seine Hand nur noch einen Fingerbreit von der Flasche entfernt war, hielt er inne und holte tief Luft, um sich zu beruhigen, dann erst nahm er die Flasche in die Hand. Eigentlich schaute er sie gar nicht an. Er hielt sie ein Weilchen in der Hand, wobei er Louisa in die Augen blickte, dann sanken seine Lider langsam und er saß abwesend und mit geschlossenen Augen da. Es herrschte befangenes Schweigen, nur hin und wieder unterbrochen von dem weiblichen Gelächter von der anderen Seite des Salons.

Louisa beobachtete Carstairs' Gesicht und sah, wie ein plötzlicher Schauder seinen Körper ergriff, dann endlich öffnete er die Augen und betrachtete die Flasche in seiner Hand.

»Ja!« Zum zweiten Mal war es das Einzige, was er sagte. Nur ein einziges, leises Hauchen.

Louisa ertrug das Schweigen nicht länger. »Meine Flasche scheint Sie sehr zu interessieren, Lord Carstairs.« Sie legte Wert auf die Betonung, dass die Flasche ihr gehörte. Er hielt sie so genießerisch und mit solchem Triumph in der Hand.

Der Klang ihrer Stimme holte ihn anscheinend mit einem Ruck in die Wirklichkeit zurück. Als erinnerte er sich, wo er war, legte er die Flasche mit deutlich fühlbarem Bedauern auf den Tisch.

»Wo haben Sie sie nochmal her?« Sein Blick suchte wieder ihre Augen und hielt sie fest.

»Mein Dragoman hat sie für mich auf dem Basar in Luxor gefunden.« Sie hoffte, man würde das so verstehen, dass sie ihn geschickt hatte, um ihr ein Andenken an ihren Besuch dort zu kaufen.

»Tatsächlich?« Er sah wieder auf die Flasche hinunter. »Darf ich fragen, was Sie dafür bezahlt haben?«

Auf diese Frage war sie nicht vorbereitet. Sie durfte nicht zugeben, dass es ein Geschenk war. »Ich hatte ihm Geld für mehrere Einkäufe gegeben. Ich fürchte, ich habe keine Ahnung, auf was er sie am Ende heruntergehandelt hat. Warum wollen Sie das wissen?«

»Weil ich sie Ihnen abkaufen will. Ich werde Ihnen den Preis ersetzen und noch einmal so viel, damit Sie sich etwas anderes kaufen können.«

Ein Finger streckte sich vor und berührte die Flasche mit beinahe ehrfürchtiger Zartheit.

»Es tut mir Leid, Lord Carstairs, aber sie ist nicht verkäuflich. Sir John hält sie ohnehin für eine Fälschung.«

»Es ist keine Fälschung!« Carstairs warf seinem Gastgeber einen geringschätzigen Blick zu. »Sie ist echt. Aus der achtzehnten Dynastie. Trotzdem ist der Geldwert nicht hoch. Diese Fläschchen gibt es relativ häufig in Luxor. Sie sind natürlich aus den Gräbern gestohlen. Aber es gefällt mir.« Er wandte sich wieder an Louisa. »Mrs. Shelley, ich wäre Ihnen wirklich sehr verbunden, wenn Sie mir gestatteten, sie zu kaufen. Sie ist nicht unersetzlich. Ihr Dragoman wäre sicher imstande, mehrere ähnliche Fläschchen zu finden, wenn Sie nach Luxor zurückkehren.«

»Warum können Sie dann nicht selbst ein ähnliches Fläschchen suchen, Mylord?«, fragte Louisa sanft. »Warum müssen Sie unbedingt meines haben?«

Carstairs blickte ihr wieder in die Augen. Sein Gesicht nahm eine unangenehme Rotfärbung an. »Es gibt einen persönlichen Grund, warum ich dieses hier haben will.« Als nähme er plötzlich die befremdeten Blicke der beiden anderen Männer wahr, runzelte er die Stirn und wirkte zum ersten Mal etwas unsicher. »Die Legende: Sie gefällt mir einfach. Sie würden mir einen unermesslichen Gefallen erweisen, Mrs. Shelley.« Er lächelte. Sein Gesicht leuchtete auf und sie spürte die Strahlkraft seines Charmes. Einen Augenblick schwankte sie beinahe, doch dann erkannte sie bestürzt, dass sie um ein Haar ihre Meinung geändert und sich seinem Willen gebeugt hätte. Es kostete sie eine große Willensanstrengung, ihre Hand auszustrecken und die Flasche an sich zu nehmen. »Es tut mir Leid, wirklich. Aber ich möchte sie behalten. Ich bin sicher, Sie werden eine finden, die Ihnen genauso viel Vergnügen bereitet, Mylord.« Mit der anderen Hand griff sie blitzschnell nach dem Blatt, stand auf und verbeugte sich leicht. »Mylord, meine Herren, ich bitte Sie, mich zu entschuldigen. Mein Besuch auf Elephantine hat mich ziemlich ermüdet. Ich werde mich für eine Weile in meine Kabine zurückziehen.« Sie wandte sich den Damen zu, entschuldigte sich mit ähnlichen Worten und verließ den Raum.

In ihrer Kabine ließ sie sich mit einem Seufzer auf das Bett fallen und betrachtete die Flasche in ihrer Hand. Das Geschenk Hassans. Seit jenen besonderen Augenblicken auf Elephantine war es ihr doppelt so viel wert. Dreimal so viel. Ohne nachzudenken, drückte sie sie an die Lippen und fühlte die Kühle des Glases an ihrer heißen Haut.

Es klopfte an ihrer Tür. Das konnte doch noch nicht Jane Treece sein, die ihr helfen wollte, sich für das Abendessen fertig zu machen. Zu ihrer Überraschung war es Augusta Forrester. Sie drang einfach in die enge Kabine ein und schloss die Tür hinter sich.

»Ich bitte Sie, noch einmal über Lord Carstairs' Angebot nachzudenken, Louisa. Sie würden John und mir einen großen Gefallen erweisen.« Die Frauen blickten beide auf das Parfümfläschchen hinunter, das auf dem Bett lag. »Ich verstehe ja, dass es ein reizvolles kleines Andenken ist, aber Sie hängen bestimmt nicht so sehr daran, dass Sie sich halsstarrig verweigern werden!« Sie setzte sich. Ihre zierliche Figur wirkte auf einmal üppig, wie sie da in ihrem magentafarbenen Seidenkleid auf dem Frisierhocker thronte und Louisa anlächelte.

»Verzeihung. Ich will ihn nicht verärgern, aber ich kann es nicht verkaufen.« Louisa faltete die Hände im Schoß.

»Warum? Was ist so Besonderes daran?«

»Nun, die romantische Geschichte einerseits. Und das ist ja vermutlich auch der Grund, warum Lord Carstairs es unbedingt haben will. Und ich habe noch andere Gründe. Es ist extra für mich gefunden worden und entsprach genau meinen Vorstellungen. Nein, es tut mir Leid, ich will Ihren Freund nicht kränken, aber so ist es nun einmal. Wenn er ein Gentleman ist, wird er die Sache auf sich beruhen lassen.«

Augustas Lippen spannten sich etwas. »Sie wissen, wer er ist, meine Liebe?«

»Es ist mir egal, wer er ist.« Louisa ballte die Fäuste im Schoß. »Wenn Sie mich jetzt bitte entschuldigen würden, ich möchte mich fürs Abendessen fertig machen.«

»Roger bleibt zum Abendessen. Es wird für uns alle peinlich sein, wenn Sie ihm seinen Wunsch abschlagen.«

»Dann komme ich eben nicht. Ich werde meine Meinung jedenfalls nicht ändern.« Louisa spürte Wut in sich aufsteigen. Sie beherrschte sich mit Mühe, nahm die Duftflasche und schloss sie in ihrem Kleiderkoffer ein.

Augusta seufzte. »Also gut, ich werde es ihm erklären. Bitte bleiben Sie der Mahlzeit nicht fern. Das würde John und mich sehr kränken.« Sie stand auf, wobei die magentafarbenen Falten sich mit einem aufwendigen Rascheln um sie herum ordneten. Sie sah nie anders als kühl und elegant aus, bemerkte Louisa, gleichgültig, welche Temperaturen herrschten. Augusta lächelte bemüht. »Es tut mir Leid, dass dies passiert ist. Ich hoffe, es bekümmert Sie nicht allzu sehr. Ich bin sicher, dass er die Sache nicht weiter verfolgt, wenn ich ihm sage, dass Sie nicht nachgeben. Ich schicke Ihnen jetzt Treece, damit Sie sich für das Abendessen fertig machen können.«

Nachdem sie gegangen war, starrte Louisa noch einige Zeit auf die Tür. Dann stand sie auf, zog den winzigen Schlüssel aus dem Schloss des Kleiderkoffers und hängte ihn an die dünne Goldkette, die sie um den Hals trug. Die Flasche sollte sicher verwahrt bleiben. Als Jane Treece kam, hatte sie schon ihr Kleid ausgezogen, saß am Toilettentisch und bürstete ihre Haare aus.

Anna ließ das Tagebuch sinken und sah sich in ihrer eigenen Kabine um. Sie war so plötzlich aus Louisas Welt gerissen worden, dass ihr nahezu das Herz stehen blieb. Sie setzte sich auf.

»Wer ist da?« Sie nahm eine Bewegung hinter der halb geschlossenen Badezimmertür wahr, ohne sie tatsächlich zu hören.

Die Nacht hinter ihrem Fenster war noch pechschwarz. Sie warf einen Blick auf die Uhr. Es war Viertel vor drei. Sie hatte stundenlang gelesen. Das Schiff war vollkommen still. Sie gab sich einen Ruck und kletterte aus dem Bett, ging auf Zehenspitzen durch die Kabine, stieß die Tür auf und machte Licht.

Der Raum war leer, immer noch ein wenig dampfig von der Dusche, die sie vor dem Zubettgehen genommen hatte. Sie schaute zweimal nach, aber es war nichts da. Langsam schloss sie die Tür, ging zurück ins Bett und löschte das Licht. Sie war völlig erschöpft. Ein Teil von ihr befand sich noch auf der Dahabiya mit Louisa und wusste das Parfümfläschchen sicher im Koffer, stellte sich Lord Carstairs' gierige Finger vor, die sanft das Glas berührten, und spürte Louisas Angst vor der Gestalt im weißen Gewand, die im Schatten in ihrer Nähe lauerte. Sie fröstelte und lehnte sich in ihre Kissen zurück. Es hatte keinen Zweck, sich so weit beruhigen zu wollen, dass sie schlafen konnte, also gab sie es bald auf. Sie würde heute Nacht keine Ruhe finden, warum sollte sie es also versuchen? Mit einem Seufzer drehte sie sich zur Seite, reckte sich nach dem Lichtschalter und nahm das Tagebuch wieder auf.

Es stellte sich heraus, dass die Fieldings, die, wie Louisa erfuhr, die Forresters einige Jahre zuvor in Brighton kennen gelernt hatten, ihr Schiff vor zwei Monaten in Luxor gemietet hatten. Louisa erkannte schnell, dass die schwache Gesundheit seiner Frau in Verbindung mit der üblen Laune seiner Schwester für David Fielding zu viel war. Er, ein unkomplizierter, freundlicher Mann, war völlig überfordert, als Schiedsrichter zwischen diesen zwei überaus boshaften Frauen zu fungieren. Auch war es offensichtlich, dass der Grund für ihren langen Aufenthalt in dem Treffen mit Lord Carstairs lag, dessen Schiff nördlich von Luxor in Denderah festgemacht hatte. Er war reich, frisch verwitwet und hatte einen Adelstitel. Jede Familie mit einem unverheirateten weiblichen Wesen Ende zwanzig oder Anfang dreißig in ihrer Mitte hätte ihn für eine unwiderstehliche Partie gehalten. Als beide Schiffe südlichen Kurs nach Esna und Edfu nahmen, fuhren sie im Konvoi und Carstairs hatte anscheinend die räuberischen Absichten von Venetia und Katherine Fielding nicht entmutigt.

»Ich glaube nicht, dass ich in Ihrem Zustand hier unten geblieben wäre«, meinte Augusta Forrester in einer Gesprächspause etwas spitz zu Katherine.

Katherine wurde krebsrot. Ihr Gatte kam ihr zu Hilfe. »Wir hatten nicht vor, so lange hier zu bleiben, verehrte Lady Forrester, das kann ich Ihnen versichern. Ich hatte gehofft, wir wären um diese Zeit längst wieder in London. Jetzt werden wir Katherines Entbindung in Ägypten abwarten müssen.« Er warf einen hasserfüllten Blick auf seine Schwester. »Es ist für Kate viel zu spät, um noch zu reisen.«

»Lord Carstairs hat zwei reizende Kinder, Augusta«, warf Katherine liebenswürdig ein, offenbar um das Thema zu wechseln. »Ach, jetzt sind sie mutterlos, die armen Kleinen.« Sie lächelte Venetia vielsagend an.

»Es ist gar nichts Reizendes an ihnen«, sagte Lord Carstairs, der bei der Erwähnung seines Namens hellhörig geworden war. »Sie sind zwei kleine Barbaren. Drei Kindermädchen und ein Hauslehrer haben mir ihretwegen schon gekündigt und ich überlege, ob sie nicht in einem Käfig im zoologischen Garten am besten aufgehoben wären.«

Louisa unterdrückte ein Lächeln. »Sind sie wirklich so schlimm? Darf ich fragen, wie alt sie sind?«

»Sechs und acht, Mrs. Shelley. Alt genug, um sich allen Erziehungsbemühungen zu entziehen.«

Louisa lachte. »Meine beiden Jungen sind genau im gleichen Alter«, rief sie aus. Dann schüttelte sie traurig den Kopf. »Ich vermisse sie so sehr. Sind Ihre Jungen hier bei Ihnen in Ägypten, Lord Carstairs?«

»Um Gottes willen! Ich habe sie in Schottland gelassen. Ich hoffe, ich sehe sie nicht wieder, bevor sie Manieren gelernt haben.« Er lehnte sich in seinem Stuhl zurück und lächelte sie auf einmal an. »Ich nehme an, bei Ihrer Erfahrung mit Kindern haben Sie nicht mehr den naiven Blick der Kinderlosen.« Die Bemerkung war verletzend gemeint und sie kam auch so an. Katherine zuckte zusammen; von den beiden anderen Frauen wirkte die eine geknickt und die andere ungehalten.

»Das ist ein wenig hart, Mylord. Manche Kinder sind wunderbar«, erwiderte sie heftig. »Meine zum Beispiel.«

Er hatte sich besonders um sie bemüht, seit sie in den Salon zurückgekommen war, aber er hatte das Parfümfläschchen mit keinem Wort erwähnt. Vielmehr hatte er sich äußerste Mühe gegeben, sie zu unterhalten. Nun verbeugte er sich versöhnlich. »Ihre Kinder, gnädige Frau, können nicht anders als wunderbar sein, da bin ich sicher. Vielleicht sollte ich Sie nach Ihren wirkungsvollen Erziehungsmethoden fragen.« Zu ihrer Erleichterung wandte er sich wieder den Fieldings zu und nicht ohne Geschick gelang es ihm, Katherines Laune zu besänftigen. Venetia hingegen schenkte er nur wenig Beachtung, wie Louisa feststellte.

Erst als die Gäste schon im Aufbruch begriffen waren, ließ Lord Carstairs die Katze aus dem Sack. »Mrs. Shelley, darf ich fragen, ob Sie sich uns morgen anschließen wollen, um den unvollendeten Obelisken in den Steinbrüchen zu besichtigen? Es ist ein faszinierender Ausflug und ich habe versprochen, David und Venetia dorthin zu begleiten.«

Wie hätte sie ablehnen können? Hätte sie sagen sollen: ›Aber ich will mit Hassan hingehen, in meinem weichen, kühlen Gewand‹?

Sir John besiegelte ihr Schicksal. »Fabelhafte Idee«, dröhnte er. »Sie wollte sowieso hingehen. Ich habe gehört, wie der Dragoman dem Koch Anweisungen für ein Picknick gegeben hat. Jetzt braucht er gar nicht mitzugehen. Er kann hierbleiben und mir bei ein paar Besorgungen in Assuan helfen.«

Anna schüttelte den Kopf. Wie unfair. Arme Louisa. Wenn etwas schief gehen konnte, dann ging es auch schief. Oder würde sie dem zudringlichen Carstairs erliegen und ihre knospende Liebe für den sanften Dragoman aufgeben? Ihr Kopf schmerzte vor Müdigkeit, aber sie konnte nicht widerstehen, ein paar Seiten zu überspringen, um festzustellen, was als Nächstes geschah. Ein hastig gekritzelter Eintrag unter der Bleistiftzeichnung einer schwarz verschleierten Frau nahm ihren Blick gefangen.

»Nun bin ich also auf einem Kamel geritten und habe den umgestürzten Obelisken gesehen, aber lieber Gott, ich habe solche Angst. Als ich gestern Abend in meine Kabine zurückkehrte, war das Schloss meines Kleiderkoffers aufgebrochen und die Flasche verschwunden. Die Forresters waren außer sich und Roger war verzweifelt. Die Besatzung ist ins Kreuzverhör genommen worden, sogar Hassan. Dann sah ich ihn. Den großen Mann im weißen Gewand. Er war hier in meiner Kabine, keine zwei Meter von mir entfernt, und hielt die Flasche in der Hand. Und er hatte so seltsame Augen, wie Quecksilber, ohne Pupillen. Ich schrie und schrie und der *Reis* kam und dann Hassan und dann Sir John und sie fanden die Flasche unter meinem Bett. Sie glauben, es war ein Flusspirat, und danken Gott für meine Rettung. Er hätte ein Messer dabei gehabt, sagen sie, und sie meinen, er sei wegen des bisschen Schmucks zurückgekommen, das ich hier auf dem Schiff bei mir habe. Aber wenn dem so ist, warum hat er ihn nicht vorher genommen? Ich konnte ihnen nicht erzählen, dass ich meine Hand ausgestreckt hatte, um ihn zu vertreiben, und dass meine Hand durch ihn hindurchgestoßen war wie durch Dunst.«

Anna zog sich eine weiße Baumwollhose und ein dunkelblaues Hemd an, ging durch die Loungetür nach draußen und stieg zum oberen Deck hinauf. Der Fluss lag still, aber es wurde allmählich heller. Sie stützte die Ellbogen auf das Geländer und legte den Kopf in die Hände. Der Blumentopf, in dem das Fläschchen zwischen den Wurzeln versteckt war, erschien nur als dunklerer Schatten zwischen den anderen Schatten. Die kühle Luft umfächelte ihr Gesicht und langsam gelang es ihr, sich zu entspannen und das Entsetzen zu überwinden, das Louisas letzte Eintragung bei ihr ausgelöst hatte. Sie konnte das jenseitige Ufer nur so eben erkennen und hoch oben auf dem Hügel etwas, das wie die Silhouette eines kleinen Tempels aussah. Ein Muezzin begann die Gläubigen zum Gebet zu rufen. Seine Stimme hallte weit in der Stille.

»Können Sie auch nicht schlafen?« Sie fuhr erschrocken herum. Toby stand hinter ihr.

»Ich habe Sie gar nicht kommen hören.«

»Tut mir Leid. In meiner Kabine war es so heiß. Da dachte ich, ich könnte aufstehen und den Sonnenaufgang anschauen.« Er kam näher und stützte sich neben sie auf das Geländer. »Es ist so schön hier.« Seine Stimme klang träumerisch weich in der Stille um sie her. »Schauen Sie!« Er zeigte über das Wasser. Drei Reiher kamen auf sie zugeflogen, weiße Schatten über einer Dunstschicht. Sie sahen den Vögeln schweigend nach, bis sie verschwunden waren.

»Haben Sie schon von der Schlange gestern Nacht gehört?« Sie warf ihm einen Blick zu. Er hatte einen verzauberten Gesichtsausdruck. Bei ihren Worten erwachte er allerdings aus seiner Träumerei und sah sie an.

»Haben Sie Schlange gesagt?«

»In Charleys Kabine. Sie war in einer Schublade versteckt.«

»Du lieber Himmel! Wie ist sie denn dahin gekommen?«

Sie zuckte die Achseln. Magie. Uralte Verwünschungen. Der Fluch eines Dschinn. Das waren natürlich keine Erklärungen, die sie diesem Mann gegenüber äußern konnte. »Omar meint, sie müsste irgendwie an Bord gekrochen sein. Es hat sich herausgestellt, dass Ibrahim, unser Kellner, ein richtiger Schlangenbeschwörer ist. Er war vollkommen sicher, dass die Schlange nicht mehr da war, also sind alle wieder ins Bett gegangen.«

»Nur konnten Sie nicht schlafen.«

Sie zuckte bedauernd die Achseln. »Nein, ich konnte nicht schlafen.«

»Das wundert mich nicht.« Er schaute wieder über den Fluss in einem Schweigen, das etwas ungeheuer Freundschaftliches hatte. Sie konnten jetzt die kleinen Wellen nah am Schiff sehen und weiter entfernt kamen allmählich die Palmen vor der Hügelkette zum Vorschein.

»Als ich ein Kind war, habe ich Schlangen geliebt. Ich besaß eine Ringelnatter namens Sam«, erzählte Toby plötzlich mit der Andeutung eines Lächelns. »Nicht ganz auf demselben Niveau wie eine ägyptische Schlange, wie ich zugeben muss, aber ich konnte meine Großtanten damit ganz schön erschrecken.« Wieder schwiegen sie lange. Anna sah ihn von der Seite an. Er schien wieder in seine Träumerei versunken, während es langsam heller wurde. »Es dauert nicht mehr lange, bis die Sonnenscheibe aufgeht.« Er drehte sich um und lehnte sich mit dem Gesicht nach Osten an das Geländer. »Und wenn sie kommt, kehrt Leben ins Land zurück.« Dann wechselte er geschickt das Thema. »Nachher werden wir neben einem der großen Vergnügungsschiffe anlegen, dann haben wir drei anstrengende Tage vor uns.« Er gähnte und richtete sich auf. »Da ist sie, die Sonne.«

Wie aufs Stichwort hörten sie Schritte und es erschienen zwei Besatzungsmitglieder. Sie holten die Taue vom Ufer ein, während tief im Schiffsbauch die Maschinen zu rattern begannen. Toby warf einen Blick auf seine Armbanduhr. Er lächelte Anna verschwörerisch an. »Also, wenn ich mich recht erinnere, beginnt das Frühstück heute sehr früh; die anderen stehen jetzt wohl alle auf.

Wenn wir gegessen haben, müssen wir uns für unsere heutigen Abenteuer wappnen. Wollen Sie mit mir hinunterkommen?«

Zu ihrer eigenen Überraschung sagte sie freudig zu. Endlich war er einmal entspannt und das plötzliche Gefühl der Gemeinsamkeit hielt immer noch an.

Anna hatte erst wieder Gelegenheit, mit Serena zu sprechen, als sie aufgebrochen waren, um den unvollendeten Obelisken zu besichtigen, den Louisa in zwei Zeilen abgetan hatte. Sie saßen nebeneinander hinten im Bus – keine Kamele für sie –, der über die Schlaglöcher Assuans holperte.

Charley und Andy saßen mehrere Reihen auseinander. Toby, der Skizzenbuch und Kamera dabei hatte, saß direkt vor ihnen allein auf einer Bank.

»Louisa hat ihn wiedergesehen. Den Mann in Weiß. In ihrer Kabine! Genau, wie Sie ihn in Ihrer Trance beschrieben haben«, sagte sie, als der Bus vom Kai losfuhr. »Und er hat versucht, die Flasche zu stehlen. Ich habe den Eintrag gestern Nacht gelesen. Sie hatte jemanden namens Lord Carstairs kennen gelernt, der sie ihr abkaufen wollte ...«

»Roger Carstairs?« Serena sah sie an. »Aber der ist berühmt, oder vielmehr berüchtigt. Er war Antikensammler, aber auch eine Art Aleister-Crowley-Figur. Er versuchte sich in schwarzer Magie und solchen Sachen.« Sie riss die Augen weit auf. »Offensichtlich hat Louisa sie ihm nicht gegeben?«

»Nein, sie ließ sich nicht erweichen.«

»Aber er hat etwas darin gesehen.«

»O ja. Er hat etwas darin gesehen, obwohl ihn vielleicht auch das arabische Schriftstück gelockt hat. Heute Nachmittag lese ich weiter.«

»Haben Sie Omar die Parfümflasche gegeben, damit er sie wegschließt?«

Anna schüttelte den Kopf. »Nach dem Frühstück war zu wenig Zeit. Und außerdem waren zu viele Leute unterwegs.« Als sie allein im Dunkeln dort oben gewesen war, bevor Toby auftauchte, hätte sie um nichts in der Welt die Flasche ausgraben wollen. Sie schauderte. »Ich dachte, sie ist sicher da, wo sie ist. Es wird bestimmt niemand die Blumen anrühren.« Sie schwieg einen

Augenblick. Es wäre ehrlicher gewesen zu sagen, dass sie selbst sie nicht anfassen wollte. Nicht zurzeit.

Sie stiegen aus und marschierten pflichtbewusst durch den Steinbruch und kletterten einen Weg hinauf, um von oben den großen Obelisken zu betrachten, der genau da lag, wo er vor mehr als 3000 Jahren im Steinbruch des Pharaos ausgehauen worden war. Nahezu vollendet lag er da wie ein riesiger gefallener Krieger, noch halb eingeschlossen im Granitfels, beinahe befreit, ehe ein Fehler im Stein gefunden wurde, um dessentwillen man ihn liegen gelassen hatte. Anna war merkwürdig bewegt von dem Anblick und zückte ihre Kamera.

»Schön, nicht wahr?« Toby stand auf einmal neben ihnen. Er trug einen kleinen Skizzenblock in der Hand und war damit beschäftigt, das Abbild des Obelisken mit kühnen, sicheren Bleistiftstrichen auf das Blatt zu bannen. Er warf ihr einen Blick zu. »Man spürt die Seelenqual, nicht wahr? Die gewaltige Enttäuschung, die sie empfunden haben müssen, als ihnen klar wurde, dass sie ihn aufgeben mussten.«

Sie nickte. »Nahezu fertig. So vollkommen.« Sie stellte die Kamera scharf. »Die Sonne steht zu hoch. Es gibt nicht genug Schatten, als dass seine Fehler im Kontrast herauskommen würden.«

»War Louisa hier?« Er konzentrierte sich auf seine Skizze. »Es ist schwierig, den Maßstab von so etwas rüberzubringen. Selbst wenn ich ihn auf eine große Leinwand übertrage und Menschen dazu male, damit man sehen kann, wie groß alles ist, wird es schwer. Wussten Sie, dass er als einer der größten Obelisken gilt, die je hergestellt wurden? Er misst etwa zweiundvierzig Meter. Stellen Sie sich den einmal aufgestellt vor! Ein Zeiger Richtung Himmel.« Er sah auf, hielt den Bleistift einen Moment in der Schwebe und sah sie dann wieder an. »War sie hier?«

»War wer hier?« Sie steckte die Kamera wieder in ihre Schultertasche.

»Louisa. Hat sie den Obelisken gemalt?«

Anna schüttelte den Kopf. »Sie war hier, aber sie berichtet nicht viel darüber in ihrem Tagebuch, außer dass sie auf einem Kamel geritten ist. Ich glaube, sie war nicht ganz bei der Sache. Sie war mit Freunden unterwegs – oder vielmehr Bekannten –, die ihr offenbar nicht sehr sympathisch waren. Einer von ihnen war ein Mann namens Lord Carstairs.«

Sie wollte zu gerne wissen, wie er auf diesen Namen reagierte, falls er je etwas von Carstairs gehört hatte. Anscheinend hatte er das. Er pfiff leise. »Ich erinnere mich, dass meine Großmutter mir einmal etwas über ihn erzählt hat, als ich noch ein Kind war. Großvater hörte es und war außer sich, er sagte, sie dürfe nicht über ihn sprechen. Damals verstand ich nicht, warum. Aber schließlich war sein Großvater Gemeindepfarrer, das erklärt es wohl. Wie um alles in der Welt hat sie so einen üblen Kerl kennen gelernt?«

Anna zuckte die Achseln. »Ich glaube, wirklich kennen gelernt hat sie ihn nicht. Ihre Schiffe lagen hier in Assuan nicht allzu weit auseinander und er machte einen Besuch.« Das Parfümfläschchen erwähnte sie nicht.

Als sie gegen die Sonne blinzelte, merkte sie plötzlich, dass Andy auf sie zukam. Hinter ihm standen Charley und die Booths und eine ganze Gruppe vom Schiff und starrten alle auf das blendend weiße Rechteck des Obelisken hinunter, der unter ihnen am Fuß der Felswand lag.

Andy kam zu ihnen, wobei er allerhand Geröll vom Weg lostrat. Er warf einen Blick auf Tobys Zeichnung. »Nicht übel.« Sein Ton klang eher reserviert.

Toby ignorierte ihn. Er blätterte um und fing eine neue Zeichnung an. Diesmal war sein Gegenstand ein alter Ägypter, der mit verschränkten Armen in ihrer Nähe stand und bewegungslos über die Stadt blickte. Die Flächen seiner Wangen und Nase waren so wettergegerbt wie der ausgehauene Stein ringsum.

Anna sah zwischen Andy und Toby hin und her. Die Spannung zwischen ihnen war greifbar. Was auch immer zwischen diesen Männern ablief, sie wollte sich dadurch nicht den Tag verderben lassen. Sie drehte sich um und ging eilig zu der anderen Gruppe hinüber, wobei sie wieder in ihrer Tasche nach dem Fotoapparat grub.

An diesem Morgen ergab sich keine Möglichkeit mehr, mit Serena zu sprechen. Im Bus landete sie neben Ben – gesprächig, begeistert und sehr breit auf dem schmalen Sitz neben ihr. Auf ihre Rückkehr zum Schiff mit dem üblichen warmen Getränk zur Abkühlung und den heißen Tüchern gegen den Staub folgte beinahe unmittelbar das Mittagessen und die Nachricht, dass sie am

Nachmittag auf Feluken zu Kitchener's Island hinüberfahren würden – der Blumeninsel.

Andy, Charley und die Booths bestiegen die erste Feluke. Anna gehörte zur zweiten Gruppe und sah zu, wie sich das Segel des ersten Bootes blähte und sie losfuhren. Dann waren sie selbst an der Reihe, in das zweite Boot hinabzuklettern, wo sie sich neben Toby wiederfand. Er lächelte sie kurz an, da sie aber nicht zum Reden aufgelegt war, blinzelte sie zu der anmutigen Parabel des grauen Segels vor dem intensiv blauen Himmel hinauf. Als sie auf der Insel an Land gingen, um den botanischen Garten zu besichtigen, half Toby ihr ans Ufer und stellte den Schwarm von Kindern, die um Bakschisch bettelten, mit einer Hand voll billiger Kugelschreiber zufrieden, die er aus seiner Tasche zog.

Als sie sich umsah, entfuhr ihr ein Ausruf des Entzückens. »Wie wunderschön! Mir war gar nicht klar, wie sehr ich Gärten und Grün vermisst habe.« Es war ebenso himmlisch wie Louisas Beschreibung von ihrem Besuch auf der nahe gelegenen Insel Elephantine und genauso überwältigend. Vor ihnen erstreckte sich ein Netz von Wegen, die sich zwischen Bäumen und Gebüschen hindurchwanden. Überall gab es Blumen und Vögel. Genauso musste sich Louisa gefühlt haben, als sie mit Hassan gelandet war. Anna griff automatisch nach ihrer Kamera. »Das kann ich gar nicht alles in ein paar Stunden aufnehmen. Warum haben sie bloß so einen kurzen Besuch geplant?«

Toby zuckte die Achseln. Er stand noch neben ihr, während die anderen schon weitergegangen waren. »Das gilt für jede unserer Besichtigungen, für alles, was wir sehen.« Er sah sich aufmerksam um. »Das nächste Mal fahre ich allein nach Ägypten und bleibe ein paar Monate.« Er hatte einen nagelneuen Skizzenblock dabei und sie fragte sich, wie viele er wohl schon aufgebraucht hatte.

»Fühlen Sie nie die Versuchung, Ihre Kamera zu benutzen?«, fragte sie plötzlich. Sie hatte eine in seiner Tasche bemerkt.

Er verzog das Gesicht. »Ich benutze sie. Ich muss. Wenn mir die Zeit zum Zeichnen fehlt. Aber heute hatte ich genug Zeit. Meine Aufzeichnungen bedeuten mir mehr als Zelluloid.« Er ließ sie einen Augenblick das Blatt sehen, das bereits mit kleinen Skizzen gefüllt war; jede einzelne umringt von Notizen über Farben und Licht. »Falls ich zu Hause in England Schwierigkeiten bekommen sollte, dann müssen Sie mir mit Ihren Fotos zu Hilfe eilen.« Er fuhr mit einem schmutzigen, knetbaren Radiergummi über das Blatt und zeichnete dann blitzschnell weiter. Ein Baum, ein Pfau, eine Gruppe stachliger Palmen, eine kleine neugierige, halbwilde Katze, eins nach dem anderen entflog seinem Bleistift.

Die Vorstellung, dass sie sich in England wiedersehen würden, erfüllte sie auf einmal mit seltsam gemischten Gefühlen. Sie unterzog sie einer Prüfung. Einerseits ärgerte es sie, dass er einfach davon ausging, wenn auch mit einem Scherz verbrämt, dass sie miteinander in Kontakt bleiben würden; andererseits freute es sie vielleicht ein wenig.

»Sind Sie eine gute Fotografin?« Er stellte die Frage während des Zeichnens, über die Schulter hinweg.

Sie zögerte. »Ich weiß nicht. Mein Mann nannte es immer mein kleines Hobby.«

Er machte ein tadelndes Gesicht. »Bloß weil Ihr Mann sich herablassend über Sie als Fotografin geäußert hat, heißt das nicht, dass Sie schlecht sind.«

Sie dachte nach. »Nein. Nein, ich bin gut.« Unbewusst hatte sie die Schultern hochgezogen. »Ich habe Arbeiten ausgestellt. Und ich habe Preise gewonnen.«

Toby blieb stehen und sah sie mit neu erwachtem Interesse an. »Dann sind Sie gut. Und dennoch ist Ihnen die Meinung Ihres Ex-Ehemanns noch wichtig?« Er schüttelte den Kopf. »Sie müssen an sich glauben, Anna. Es kommt mir so vor, als wären Sie viel zu lange unterdrückt worden!« Auf einmal grinste er. »Verstecken Sie nicht immer Ihre Kamera. Sie stecken sie immer weg, haben Sie das bemerkt? Zeigen Sie sie her! Sie sind ein Profi. Seien Sie stolz darauf.« Er hielt inne, dann zuckte er die Achseln. »Entschuldigung. Ende der Predigt. Es geht mich gar nichts an.« Er zeichnete bereits wieder. Diesmal einen alten Mann, der vor ihnen den Weg fegte. Mit wenigen sicheren Strichen fing er den Körperrhythmus ein, die Würde des Alters, die Weigerung, sich der Versteifung der Knochen zu beugen.

Langsam wanderten sie weiter, verbunden in einer Art stiller Symbiose, und folgten einem Weg hinunter, der den Blick auf den Nil öffnete. Das Ufer, das hier mit einem schmalen Sandstreifen an die Beschreibung Louisas erinnerte, wurde auf der einen Seite von einem toten Baum begrenzt. Eine Gruppe von Reihern hockte auf den nackten Ästen und schlief in der Sonne.

Anna sah sich um und stellte fest, dass sie allein waren. Die anderen waren den Hauptweg entlang gegangen und in den Parkanlagen verschwunden. Toby zeichnete vor sich hin, nur in Einzelheiten vertieft, die er auf das Blatt bannte, während sein zweiter Unterarm für Halt sorgte.

Sie blinzelte durch den Sucher ihrer Kamera auf den Fluss. Draußen auf dem Wasser lagen zwei Feluken zusammengebunden mit gerefften Segeln, derweil schwebte der Klang von nubischen Trommeln und Gesang über das Wasser zu ihnen herüber.

»Vorhin haben Sie gesagt, Sie hätten von Lord Carstairs gehört«, sagte sie und grub in ihrer Tasche nach einer neuen Filmrolle. »Was war so schlimm an ihm?«

Er lächelte zurückhaltend. »Da sein Name zu Hause nicht erwähnt werden durfte, schlug ich ihn natürlich bei der ersten Gelegenheit nach, bei der ich Zugang zu einer Bibliothek bekam. Es muss in den 1870er Jahren gewesen sein, da wurde er aus England verjagt wegen etwas, das man heute als satanische Praktiken bezeichnen würde. Ich glaube, es waren kleine Jungen beteiligt.« Er brach die Spitze seines Bleistifts ab und fluchte. »Er leitete eine Art Geheimbund in London – ähnlich dem Hellfire Club. Ich weiß nicht, wo er seinen Lebensabend verbrachte. Ich könnte mir vorstellen, dass Nordafrika oder der Nahe Osten ihm recht gut gefallen hätten.«

»Ob das Louisa wohl klar war?«

Er schüttelte den Kopf. »Wann war sie hier? Ende der sechziger Jahre, nicht wahr? Ich glaube nicht, dass der Skandal damals schon passiert war. Ehrlich gesagt, weiß ich nicht viel über ihn, aber ich denke, dass ihm Ägypten mit all den Mythen und Legenden und den Dingen aus *Tausendundeiner Nacht* sehr zugesagt hat.« Er zog ein Federmesser heraus und begann, den Bleistift zu spitzen. »Hat sie ihn nur einmal gesehen?«

Anna zuckte die Achseln. »Ich schaffe am Abend immer nur ein kleines Stück vom Tagebuch. Sodass ich mit unserer Reise gerade Schritt halte. Wobei ich natürlich darauf achte«, fügte sie lächelnd hinzu, »es von der Sonne und anderen klebrigen Gefahrenquellen fern zu halten.«

Einen Augenblick lang dachte sie, diesmal würde ihm keine Antwort einfallen, aber als er das Federmesser zusammenklappte und in seine Hüfttasche steckte, warf er ihr einen raschen spöttischen Blick zu. »Das nagt noch an Ihnen, was?«

»Ein bisschen.« Sie verschränkte die Arme.

»Aber schon.«

Sie zuckte die Achseln. »Ja, stimmt.«

»Und darf ich es sehen? Wenn ich es nicht berühre? Ich halte Abstand und lasse Sie umblättern.«

»Mit meinen eigenen zarten, sauberen, nicht-klebrigen Fingern! Ja, ich bin sicher, unter dieser Bedingung kann ich es Sie sehen lassen.«

Einen Moment lang trafen sich ihre Blicke. Sie wich als Erste aus.

Sein Bleistift bewegte sich wieder blitzschnell und bannte die Szene vor ihm auf das Blatt. Hypnotisiert durch die Bewegung seiner Hände, sah sie ihn die Worte kritzeln: *Karminroter Hibiskus … grün: aqua, malachit, smaragd, gras … blendendes Licht von Wasser/Sand … Kontrast tiefer Schatten/trockenes Laub …*

»Dieser Andy gefällt Ihnen, oder?« Ein kurzer Blick unter seinen sandfarbenen Wimpern hervor und schon zeichnete er wieder.

»Ich finde, das geht Sie nichts an.«

»Anscheinend hat er Charley sitzen lassen und jetzt sorgt sie dafür, dass es jeden angeht. Ihre Tiraden gegen Sie im Bus waren nicht sehr freundlich.«

»Dass er sie hat sitzen lassen, hat nichts mit mir zu tun!« Anna presste verstimmt die Lippen zusammen. »Es hat vielmehr damit zu tun, dass sie sich unmöglich benommen hat.«

»Also mögen Sie ihn nicht.«

»Das habe ich nicht gesagt. Aber ich mache hier Urlaub. Ich will mich erholen. Spaß haben. Ägypten sehen. Und ich will keine Schwierigkeiten.« Sie ließ ihn unvermittelt stehen, ging auf den Weg zurück und duckte sich unter den Büschen hindurch.

Zu ihrer Überraschung folgte er ihr. »Verzeihen Sie mir. Es geht mich wirklich nichts an.« Er klappte seinen Skizzenblock zu und steckte ihn in seine Tasche.

»Ich denke, es ist Zeit, dass wir die anderen finden.« Sie sah sich nicht nach ihm um. Die Stimmung war zerstört.

Erst am frühen Abend konnte sie wieder mit Serena sprechen. Sie nahmen die letzten beiden Liegestühle auf dem Oberdeck. Anscheinend war das Schiff den ganzen Nachmittag über noch einmal nach der Schlange durchsucht worden, doch als sie von Kitchener's Island zurückkamen, hatte sich die Aufregung wieder gelegt. Serena und Anna hatten nichts gesagt. Was gab es auch zu sagen? Dass es eine magische Schlange war? Dass sie vielleicht überhaupt nicht existierte? Der Einzige, der etwas hätte sagen können, wäre gewiss Ibrahim gewesen. Sie nahmen Bücher und Schreibzeug und gingen nach draußen, um sich nach ihrer erfrischenden Rückfahrt zu entspannen. Die Pflanzen waren gegossen worden, wie Anna auffiel. Um jeden Topf herum glänzte die Nässe in der Abendsonne. In kurzer Zeit würde das Holz wieder trocken sein.

»Ich werde sie heute Nacht retten.« Anna verzog das Gesicht. »Mir gefällt der Gedanke nicht, dass sie nass ist.«

»Natürlich können Sie auch jetzt aufstehen, hinübergehen und sie ausgraben. Niemand würde es bemerken. Vermutlich.«

»Vermutlich.« Anna lächelte. Und wenn es jemand merkte, wen ginge es etwas an, außer sie selbst? Aber sie rührte sich nicht. Mit einem kurzen Blick über das Deck erkannte sie Andy, der unter seinem Strohhut schlief, ein Bier neben sich auf dem kleinen Tisch zwischen den Liegestühlen. Von Charley keine Spur. Und von Toby auch nicht.

Da sie inzwischen neben einem viel größeren Kreuzfahrtschiff am Flussufer in Assuan angelegt hatten, wurde sie das unangenehme Gefühl nicht los, dass sie ständig beobachtet wurden. Zumindest standen jetzt zwei Leute auf dem oberen Deck und sahen auf sie herunter. Möglicherweise blickten ein Dutzend weitere hinter den Jalousien hervor. Aber das war es nicht allein.

Sie rückte unruhig auf ihrem Stuhl hin und her und sah erneut auf das Rot, Grün und Orange der Pflanzen.

Eine hohe Gestalt stand daneben. Einen Moment lang war Anna unfähig sich zu rühren. Sie starrte sie an, nahm jede Einzelheit der langen weißen plissierten Robe, der dunklen adlerartigen Gesichtszüge, der funkelnden Augen auf. Es musste jemand von der Besatzung sein. Einer der Kellner. Langsam, kaum dass sie zu atmen wagte, hob sie die Hand an die Sonnenbrille und schob sie auf ihre Stirn, um besser sehen zu können. Sofort verschwand er.

»Serena.« Sie selbst konnte hören, dass ihre Stimme erstickt klang.

Keine Antwort. Serenas Augen waren geschlossen.

»Serena!«

»Was ist?« Serena setzte sich auf. Die Dringlichkeit in Annas Stimme hatte sie aufgestört.

»Schauen Sie zu den Pflanzen.«

Serena tat es, dann sah sie wieder Anna an. »Was?«

»Sehen Sie etwas? Ihn!«

Stumm sah Serena wieder zum Bug hin. Dann schüttelte sie langsam den Kopf. »Was haben Sie denn gesehen?«

»Einen hoch gewachsenen Mann. In einer langen weißen Robe. Er bewacht das Fläschchen!« Mit zitternden Händen nahm sie die Sonnenbrille ab. »Ich habe ihn ganz deutlich gesehen. Am hellichten Tag. Zwischen all den Leuten.« Ihre Stimme war zu einem hellen Kreischen geworden. »Ich habe ihn gesehen!«

Sie zitterte am ganzen Körper.

»Es ist ja gut, Anna.« Serena erhob sich aus ihrem Liegestuhl, setzte sich bei Anna auf die Kante und legte den Arm um sie. »Sie sind in Sicherheit. Jetzt ist niemand mehr da.«

»Was ist los?« Andy stand auf einmal neben ihnen. Anscheinend hatte er sie beobachtet und Anna schreien hören. »Geht es ihr nicht gut? Kann ich etwas tun?« Seine Stimme klang gepresst vor Sorge.

Serena sah auf. »Danke. Es geht ihr gut. Nur ein bisschen zu viel Sonne und zu viel Herumlaufen.« Sie sah sich um und blickte dabei in ein Dutzend Augenpaare, die neugierig auf sie beide gerichtet waren. Die meisten schauten sofort wieder weg, wenn sie ertappt wurden, aber Ben war aufgestanden und kam zu ihnen herüber.

Anna fuhr sich mit der Hand übers Gesicht. »Es ist alles in Ordnung. Bitte machen Sie keinen Aufstand.«

Andy hockte sich neben den Liegestuhl. Er roch leicht, aber nicht unangenehm nach Bier. »Sie sehen aber gar nicht gut aus. Sie sind kreidebleich. Soll ich Sie in Ihre Kabine bringen?«

»Nein. Nein, danke.« Sie blickte auf seine Hand, die er sanft auf ihre gelegt hatte. Sie schüttelte sie nicht ab. »Es geht mir gut, Andy, ehrlich.«

»Man kriegt leicht zu viel Sonne ab, ohne dass man es merkt. Gehen Sie doch lieber auf das Hinterdeck unter die Markise, da ist es kühler, und ich hole ihnen etwas Kaltes zu trinken.«

Es kam ihr einfacher vor, nicht zu widersprechen, zudem war das Angebot durchaus verlockend. Mit einem verstohlenen Blick Richtung Bug stand sie auf und erlaubte Andy und Ben, sie in den Schatten zu geleiten. Serena packte ihre Habseligkeiten zusammen und folgte ihnen.

Falls irgendjemand einen schwachen Schatten bemerkte, der kurz über den Topfpflanzen auf dem Deck schwebte, dann dachte er bestimmt, er gehöre zu den beiden Männern, die sie zur Treppe führten.

Sobald sie bequem an einem der Tische im Schatten saß, verschwand Andy, um ihr wie versprochen etwas zu trinken zu holen. Serena setzte sich ihr gegenüber. »Es könnte auch Einbildung sein.«

Anna lachte kurz. »Vielleicht haben Sie Recht und ich habe wirklich zu viel Sonne abbekommen.« Sie sah auf und verzog das Gesicht. »Ich will nichts anderes als eine Touristin sein, Serena.«

»Ich weiß.«

»Ich könnte es da in der Erde lassen. Oder in den Nil werfen.«

»Das könnten Sie.«

»Aber es ist ein Teil meines Erbes. Meine Großtante würde es mir nie verzeihen, wenn ich ohne es nach Hause käme.«

»Ich bin sicher, das würde sie schon, wenn sie wüsste, was vorgefallen ist.«

»Wie soll ich ihr das denn klarmachen? ›Ach, übrigens, Tante, das kleine Parfümfläschchen, das du mir geschenkt hast, als ich ein Kind war, trug einen Fluch‹.« Sie schloss die Augen und schüttelte verzweifelt den Kopf. »Ich weiß nicht, was ich tun soll.«

»Ich habe Ihnen doch gesagt, geben Sie es Omar, damit er es wegschließt. In den nächsten Tagen haben wir ein paar tolle Ausflüge vor. Wir werden nicht so viel auf dem Schiff sein. Wir beginnen die Rückreise erst nach unseren beiden Tagen in Abu Simbel. Entspannen Sie sich. Seien Sie eine Touristin.« Sie lächelte. »Und genießen Sie es, dass alle sich um Sie kümmern.« Hinter Anna sah sie Andy mit einem Tablett voller Getränke kommen.

Anna folgte ihrem Blick und nickte zweifelnd. »Ich bin nicht so sicher, dass selbst das ohne Komplikationen ist. Ich glaube nicht, dass Ihre Untermieterin die Duellpistolen schon weggeräumt hat.«

Serena schnaubte verächtlich. »Wahrscheinlich nicht. Aber zumindest ist Charley sehr körperlich. Sie brauchen sich keine Sorgen zu machen, dass sie sich plötzlich in Luft auflöst oder in Ihrer Dusche auftaucht.«

Als Andy sein Tablett abstellte, lachten sie schon wieder. Er freute sich sichtlich. »Fühlen Sie sich besser?«

Anna nickte. »Sie hatten Recht. Zu viel Sonne. Ich brauchte einfach ein bisschen Schatten.«

Als Anna nach dem Abendessen mit Serena in der Lounge saß, kam Toby zu ihnen herüber. Andy saß an der Bar. Anna vermutete, dass er schon einige Drinks intus hatte.

Toby hockte sich auf eine Sofalehne. »Ich glaube, ich muss mich bei Ihnen entschuldigen, Anna. Verzeihen Sie mir bitte, wenn ich heute Nachmittag in irgendwelche Fettnäpfchen getrampelt bin.«

Sie zuckte mit den Schultern. »Eigentlich haben Sie das gar nicht getan.«

»Doch, Sie hatten Recht. Es ging mich überhaupt nichts an.«

Serena stand auf.

Anna setzte eine besorgte Miene auf. »Gehen Sie?«

Serena nickte. »Es tut mir Leid. Ich bin so müde. Ich glaube, ich war noch in keinem Urlaub so erschöpft und habe so gut geschlafen. Erst laugen sie einen völlig aus, dann füttern sie einen, bis man sich nicht mehr bewegen kann. Das zusammen mit der Hitze funktioniert blendend.« Sie lachte in sich hinein. »Ich wünsche Ihnen beiden eine gute Nacht. Vergessen Sie nicht, dass morgen wieder ein langer Tag ist.«

Sie sahen ihr nach, wie sie langsam zur Tür ging. »Nette Frau.« Toby winkte einem der nubischen Kellner. »Darf ich einen Drink für Sie bestellen, Anna? Noch ein Friedensangebot.« Er lächelte.

Sie lehnte sich nach hinten und nickte. »Danke. Ein Bier wäre schön.« Anna sah ihn von der Seite an. Sie betrachtete ihn mit verwundertem Lächeln. Wie konnte ein Mann sie in einer Minute dermaßen ärgern und in der nächsten so für sich einnehmen?

Eine Weile saßen sie schweigend da und beobachteten die anderen. Sie ergriff als Erste das Wort. »Was machen Sie mit all Ihren Zeichnungen?«, fragte sie neugierig, als Ali die Gläser auf den Tisch stellte. »Arbeiten Sie sie in Ihrer Kabine aus oder müssen sie warten, bis Sie nach Hause kommen?«

»Die meisten müssen warten.« Er unterschrieb den Bon und legte ihn zurück auf das Tablett. »An einem oder zweien arbeite ich. Manches muss ich bald machen, um die Farben, das Licht, die Hitze in meinem Kopf zu behalten.« Er bewegte beim Sprechen die Arme, zeichnete vor sich Figuren in die Luft. »Man denkt immer, man würde das nicht vergessen; die Eindrücke sind so lebendig, so intensiv, aber nach einer halben Stunde zu Hause in England mit seinen sanften Grüntönen und seinem Dunst und bewölkten Himmel fängt diese Intensität an zu verschwimmen.« Er hob sein Glas und rollte es nachdenklich zwischen den Handflächen. »Maler sind raffgierig. Sie wollen Gedanken fangen und auf Papier oder Leinwand festhalten. Sie weiden sich an ihnen. Sie spießen sie auf wie Schmetterlinge, um die Lebensessenz aller Dinge, die sie sehen, einzufangen.«

Anna lächelte. Sie hatte das Gefühl, dass er nicht oft in dieser Weise seine tieferen Gedanken preisgab, sogar vor sich selbst, und sie fühlte sich geschmeichelt, dass er ihr genug vertraute, um seine Begeisterung mit ihr zu teilen. »Ich beneide Sie um Ihre Kreativität.«

»Warum?« Wieder dieser schneidende Ton, der direkte Blick, der sie immer so aus der Fassung brachte. »Anna, vergessen Sie nicht, dass Sie Fotografin sind. Bei Ihnen ist es dasselbe, nur das Medium ist ein anderes, weiter nichts.«

»Nein, nein, es ist überhaupt nicht dasselbe. Sie sind wirklich getrieben von Leidenschaft. Sie widmen sich voll und ganz Ihrer Kunst. Und Sie machen es professionell. Felix hatte Recht. Für mich ist es nur ein Spiel.«

»Kunst als Hobby kann genauso leidenschaftlich, wie Sie sagen, genauso allumfassend sein wie als Beruf. Schließlich können Sie doch nicht wissen, ob Sie nicht eines Tages einen Beruf daraus machen wollen. Sie sind gut, das haben Sie bewiesen und Sie haben dieses tief gehende Verständnis, diese Beziehung zu den Gegenständen, auf die Sie sich konzentrieren, was Sie vermutlich mehr als gut werden lassen könnte. Sogar erstklassig.«

Er sah ihr in die Augen. Sie fühlte, wie ihre Wangen sich unter der Intensität seines Blicks röteten.

Toby versteckte das Gesicht hinter seinem Glas, sie hatte den Verdacht, dass sein Vortrag ihn ebenso verlegen machte wie sie. Als er aufsah, war er wieder ruhig. »Louisa hat das natürlich empfunden. Die allumfassende Intensität dieses Landes. Das sieht man ihrem Werk an. Es muss doch wohl auch aus ihrem Tagebuch hervorgehen.« Er legte den Kopf schief. »Wäre jetzt ein guter Moment, es anzuschauen?«

Anna lachte. »Sie werden nicht aufgeben, ehe ich es Ihnen zeige, stimmt's?«

»Nein.« Toby schüttelte den Kopf.

»Okay.« Sie stand auf.

Sie hatte nicht erwartet, dass er ihr folgen würde. Sie hatte die Absicht gehabt, in ihre Kabine zu gehen, das Tagebuch zu holen und es zurück in ihre gemütliche Ecke in der Lounge zu bringen. Sie hatte sich vorgestellt, wie sie in freundschaftlichem Schweigen bei einem zweiten Drink oder einer Tasse Kaffee zusammensitzen würden, während er das Tagebuch durchblätterte. Aber er stand mit ihr auf, leerte rasch sein Glas und selbst ihren Versuch, ihn mit ablehnenden Gesten zurückzuhalten, beantwortete er nur mit einem Lächeln und ging weiter.

Als sie sich zwischen den anderen Gästen hindurch ihren Weg bahnte, spürte sie Andys Blick. Sie sah ihn nicht an.

Sie ließ die Kabinentür offen. »Lassen Sie es uns holen und in die Lounge zurückkehren«, sagte sie so bestimmt wie möglich. Sie fühlte sich nicht bedroht oder unsicher bei ihm, nur ein bisschen beengt; als ob sie die Luft anhalten müsste, weil es in dem kleinen Raum nicht genug Luft für sie beide gab.

Das Tagebuch lag auf dem Nachttisch. Er entdeckte es sofort und hob es auf, während er sich auf das Bett setzte. Er öffnete es und hielt es sanft auf seinen geöffneten Handflächen mit einer Ehrfurcht, die sie plötzlich rührend fand.

»Toby?«

Keine Antwort. Sie zweifelte, ob er sie überhaupt hörte. Sie lehnte am Schrank und sah ihm fasziniert zu, wie er langsam die Seiten umblätterte und das Buch mit den Augen verschlang.

Keiner von ihnen hörte die Schritte im Korridor draußen. Erst als die Tür so heftig aufgestoßen wurde, dass sie gegen die Wand schlug, sah Anna Andy dastehen und sie beide anstarren.

»Ich will mit Ihnen reden, Anna!« Er klang unerklärlich wütend. »Und zwar jetzt, wenn es Ihnen nichts ausmacht.«

Ihr Blick verfinsterte sich. Die unterdrückte Gewalttätigkeit in Andys Stimme erreichte schließlich auch Toby, der aufblickte und das Tagebuch mit einem träumerischen Ausdruck in den Augen auf die Knie sinken ließ.

»Wenn Sie uns bitte entschuldigen würden, Toby.« Andy trat in die Kabine. »Das lege ich lieber weg, glaube ich.« Bevor Toby reagieren konnte, hatte Andy das Tagebuch von seinen Knien genommen. Er zog die Schublade aus dem Nachttisch, legte das Tagebuch hinein und knallte dann die Schublade zu.

»Andy, was machen Sie da?«, rief Anna wütend. »Was fällt Ihnen ein, hier so einzudringen?«

Toby stand auf, sein Gesicht wurde grimmig. »Was, zum Teufel, soll das?«

»Eine Privatangelegenheit.« Andy streckte die Hand aus, als wollte er ihn am Arm packen. Toby zuckte zusammen. »Fassen Sie mich nicht an, Watson! Was ist denn los mit Ihnen?«

»Überhaupt nichts.« Andy wich ein Stückchen zurück. »Es tut mir Leid, dass ich Sie unterbreche, aber es ist wichtig, dass ich mit Anna spreche. Allein. Also wenn Sie uns bitte entschuldigen würden.«

»Anna?« Toby sah sie an. »Ist Ihnen das recht?«

Anna war empört. Sie warf Andy einen zornigen Blick zu. »Nein, ist es nicht. Raus, Andy! Ich weiß nicht, was das soll, und es ist mir auch egal.«

»Ich sage es Ihnen, sobald wir allein sind.« Andy trat zurück und stellte sich neben die Tür, wie um Toby den Weg nach draußen zu weisen.

Anna sah Toby zögern. Sie konnte seinen Widerwillen spüren. »Vielleicht sollten Sie wirklich gehen, Toby. Wir sehen uns das Tagebuch ein andermal an«, sagte sie. »Ich werde schon alleine damit fertig.«

Toby zögerte erneut und Anna sah, wie er Andy mit zusammengekniffenen Augen anstierte. Einen Moment dachte sie, sie würden sich schlagen. Dann schritt Toby unvermittelt an ihnen vorbei aus der Kabine, ohne sich noch einmal umzusehen.

Andy schloss die Tür. Sie konnte seine Bierfahne riechen. »Es ist wichtig, Anna.«

»Stimmt etwas nicht? Was es auch ist, es muss schon ziemlich wichtig sein nach diesem Auftritt.«

Andy seufzte. »Sie dürfen ihm nicht trauen und Sie sollten nicht mit ihm allein sein.«

»Toby? Sie reden von Toby?« Sie war sehr verwundert.

Er setzte sich auf das Bett, beinahe auf dieselbe Stelle, wo Toby gesessen hatte, und einen Augenblick lang ruhten seine Augen auf der Schublade. »Das ist ein sehr kostbarer Gegenstand, Anna, und Sie sind zu vertrauensselig.« Er sackte zurück auf die Kissen. »Was wissen Sie denn überhaupt über Toby Hayward?« Er beobachtete schweigend ihr Gesicht. »Das dachte ich mir.« Er verzog verächtlich den Mund. Er stand auf und ging zur Tür. »Mehr sage ich jetzt nicht. Nicht, ohne Nachforschungen angestellt zu haben, aber Sie dürfen nicht allein mit ihm sein. Niemals. Und lassen Sie dieses Tagebuch nicht aus den Augen!«

6

Die Pforten des Himmels werden mir aufgetan;
die Pforten der Erde werden mir aufgetan.
Wenn die Toten, so hier liegen,
das Losungswort kennen,
werden sie am Tage heraustreten und sie werden
über die Erde wandeln
unter den Lebenden.

Sie bringen mehr Spaten und Brecheisen, um die Tür aufzubrechen und das Geheimnis des Grabes zu durchdringen; aufgeregt sind sie und voller Furcht, aber von Kraft beseelt durch ihre Habgier. Ein Loch ist in eine Ecke der Tür gebohrt, und die tote, leere Luft, die von hunderttausend Sonnen heiß gebacken wurde, strömt aus der Dunkelheit wie der Atem der Unterwelt.

Hinter ihnen lauern Augen; Beobachter in der Nacht, die unter dem Wüstenmond näher kommen.

Verrat bringt Tod. Dies ist das Wort des Pharaos.

Falls die Priester sich rühren in den inneren Fesseln, die sie halten, falls ein Sonnenstrahl, nur stecknadelgroß, durch das kleine Loch fällt und das ›Ka‹ der Männer berührt, so ist nie-

mand da, es zu sehen. Der heiße Wind weht. In einem Tag, einer Woche, einem Monat hat sich der Sand wieder vor der Tür aufgehäuft und das Loch ist verschwunden. Alles ist wieder dunkel.

Nachdem Andy gegangen war, stand Anna einige Sekunden völlig reglos da, dann ging sie zur Tür und drehte den Schlüssel im Schloss. War er betrunken? Sie war sich nicht sicher. Auf jeden Fall hatte er sich theatralisch benommen und er ging ihr mehr und mehr auf die Nerven. Andererseits – konnte er vielleicht in Bezug auf Toby Recht haben? Sie zog das Tagebuch aus der Schublade und stand nachdenklich da, das Buch an die Brust gedrückt.

Toby war ein anziehender Mann und es war eine Herausforderung, sich mit ihm zu unterhalten. Ihre anfängliche Abneigung hatte sich in faszinierte Toleranz und inzwischen sogar in ein Gefühl echter Freundschaft verwandelt. Mehr nicht. Doch seine Zurückhaltung und sein sprunghaftes Benehmen hatten zur Folge, dass sie tatsächlich nichts über ihn und seine Herkunft wusste, außer dass er ein begabter Maler war. Sie zog nachdenklich die Stirn in Falten. Toby hatte eine Seite, die sich leicht angegriffen fühlte und stets wütend reagierte, eine Seite, die sie zu Beginn ihrer Bekanntschaft so abgestoßen hatte. Und er hatte auch eine dunkle Seite, die leicht durch eine scheinbar unverfängliche Bemerkung provoziert werden konnte. Aber deshalb musste man sich vor ihm nicht fürchten, ebenso wenig wie vor Andy. Diese Vorstellung war einfach lächerlich.

Sie setzte sich, legte das Tagebuch auf die Knie und öffnete es. Für Toby war es, soweit sie sehen konnte, ein Tor zu Louisas schöpferischem Geist. Er interessierte sich dafür wegen des Inhalts, der Bilder, der Enthüllungen über Louisas Beziehung zu Ägypten. Für Andy war es nicht mehr als eine kostbare Antiquität. Der Name Louisa Shelley hatte für ihn nur eine finanzielle Bedeutung. Immer noch ganz verwirrt und ärgerlich sah sie auf die Seite mit schräg geneigter Schrift, die sie aufgeschlagen hatte. Für sie war es das Tor zu einer anderen Welt. Und zwar zu einer Welt, die sie im Moment unendlich verführerisch, wenn auch ein bisschen Angst einflößend fand; auf jeden Fall besser, als sich Gedanken zu machen über diese Männer und ihr immer unberechenbareres Benehmen. Entschlossen verdrängte sie beide aus ihren Gedanken und begann, sich bettfertig zu machen.

Es war früh. Ein durchsichtiger Dunstschleier hing im Licht der Morgendämmerung reglos über dem Nil, als Louisa, in einen wollenen Schal gewickelt, an Deck ging und sich ans Heck des Schiffes stellte. Einige Männer der Besatzung scheuerten das Deck am Bug, waren aber so mit ihrer Arbeit beschäftigt, dass sie anscheinend keine Notiz von ihr nahmen.

»Sitt Louisa?« Hassan erschien nur wenige Augenblicke später. Er lief barfuß auf den kühlen Planken, deshalb hatte sie ihn nicht kommen hören.

Sie drehte sich zu ihm um und lächelte. Ihr Herz hatte beim Klang seiner Stimme einen Sprung gemacht. Hinter ihm sah sie zwei Reiher tief über dem Wasser stromabwärts fliegen. Auf einer benachbarten Dahabiya traf die Besatzung alle Vorbereitungen, um die Segel zu setzen. Die Dämmerung reduzierte die Farbenpracht ihrer Kleider auf das verschwommene Bild geschäftigen Treibens. Bei Sonnenaufgang würde Wind aus dem Norden aufkommen.

»Geht es Ihnen gut? Haben Sie keine Angst mehr nach gestern Nacht?« Hassans Stimme klang ernst.

Sie schüttelte den Kopf. »Ich hoffe, die Besatzung ist nicht verärgert über die Durchsuchung. Das war nicht meine Idee. Ich weiß, dass niemand auf dem Schiff mein Parfümfläschchen gestohlen hat. Vor allem Sie nicht!«

Er lächelte bekümmert. »Sir John sollte das nicht wissen. Unter der Besatzung gab es Gemurre, aber das habe ich wieder in Ordnung gebracht. Machen Sie sich keine Sorgen.« Er sah ihr einen Moment in die Augen. »Sie sagen, da war kein Flusspirat. Da konnte keiner sein.«

»Nein.« Sie wandte sich ab. »Wie Sie wissen, ist das Fläschchen unversehrt gefunden worden. Es war in meiner Kabine und ich habe den Verdacht, dass es die ganze Zeit da gewesen ist.«

»Und der Mann?« Hassan sprach so leise, dass sie ihn kaum hörte.

»War ein Geist. Meine Hand glitt durch ihn hindurch.«

Sie drehte sich wieder zu ihm um und sah ihn erblassen. »*Allah yehannin aleik!* Gott erbarme sich deiner!« Er schluckte. »Ein Dschinn?«

»Ein altägyptischer Priester. Und das bedeutet, dass die Geschichte auf dem Blatt Papier wahr ist. Sie haben mir etwas geschenkt, das von einem Diener der alten Götter dieses Landes beschützt wird.« Sie sah wieder auf den Fluss. Der Dunst hatte sich aufgelöst, stellenweise wurde das Wasser schon blau. »Sagen Sie mir, was ich tun soll, Hassan. Soll ich es behalten? Soll ich es Lord Carstairs geben, wie er es wünscht, oder soll ich es in den Fluss werfen und Sobek, dem Krokodilgott erlauben, es in die Dunkelheit zurückzuholen?«

»Es muss dem Willen Gottes überlassen werden, Sitt Louisa. *Inschallah!*«

»Aber was ist der Wille Gottes, Hassan?« Fröstelnd zog sie den Schal enger um sich.

Sie bekam nur ein Achselzucken zur Antwort. Er wechselte das Thema. »Wollen Sie heute nach Philae gehen? Den Isistempel sehen und das Haupt des Kataraktes?«

Sie schüttelte den Kopf. »Nicht heute. Sonst denken die Forresters noch, ich würde sie völlig im Stich lassen. Gehen wir morgen. Wenn wir früh genug aufbrechen, dann kann uns niemand aufhalten und wir können den ganzen Tag dort verbringen.«

Er verbeugte sich. »Ich werde es in die Wege leiten, Sitt Louisa.«

Er wurde unterbrochen von einer schrillen Stimme hinter Louisa, die sie zu Tode erschreckte. »Louisa! Was machen Sie da draußen? Kommen Sie sofort herein! Der Boy hat das Frühstück serviert.« Augusta stand in der Salontür.

Louisa sah sich nach Hassan um. »Morgen«, flüsterte sie.

Er verbeugte sich noch einmal. »*Naharak sa'id*, Sitt Louisa, möge Ihr Tag glücklich sein.«

Augusta schob Louisa zum Tisch. »Ich nehme an, Hassan schämt sich gehörig. Wie konnte er es zulassen, dass jemand in Ihre Kabine eindrang!« Sie schien über den Zwischenfall eher empört zu sein als Mitleid zu haben. »Ich hoffe, er sorgt dafür, dass das nicht wieder passiert.«

»Hassan ist mein Dragoman«, erwiderte Louisa sanft. »Nicht mein Aufpasser. Aber ich bin sicher, dass er, wie auch die übrige Besatzung, für unsere Sicherheit sterben würde.« Sie machte eine kleine Pause, damit der Tadel sich setzen konnte, dann fuhr sie fort: »Morgen mache ich wieder einen Ausflug mit ihm. Ich will den Tempel von Philae sehen. Ich möchte gerne ein paar Bilder von den dortigen Ruinen malen. Ich glaube, sie sind etwas ganz Besonderes und sehr schön, wie sie da auf der Insel liegen.«

Augusta schauderte. »Ich weiß, dass diese Orte sehr bewundert werden. Aber in Wirklichkeit sind sie so groß, so vulgär.« Sie rümpfte die Nase. »Diese grässlichen Heidengötter.« Sie sah Louisas Gesichtsausdruck und machte eine wegwerfende Geste. »Es tut mir Leid, meine Liebe. Ich weiß, dass Sie anderer Meinung sind. Aber meine sensible Natur müssen Sie mir schon lassen.« Sie nahm sich ein großes Stück Brot und schnitt eine Scheibe von dem krümeligen weißen Käse ab. »Jedenfalls bin ich froh, dass Sie nicht vorhaben, heute irgendwohin zu gehen. Sir John hat dem Konsul eine Nachricht geschickt, damit er heute aufs Schiff kommt und unsere Beschwerde anhört wegen des Diebes gestern Abend.«

»Aber Augusta!« Louisa war entsetzt. »Wir haben keinerlei Anhaltspunkte, wer es gewesen sein könnte, keine Beweise …«

»Wir haben den Beweis, dass Sie ihn gesehen haben, meine Liebe. Das genügt.« Augusta sah auf und hob eine befehlsgewohnte Augenbraue, als Hassan in der Tür erschien. »Was ist?« Sie schob sich ein Stück Brot in den Mund.

»Lord Carstairs, Sitt Forrester. Er möchte mit Ihnen und Sitt Louisa sprechen.«

Sie konnten die hoch gewachsene Gestalt ihres Besuchers hinter Hassan im Türrahmen sehen.

Augusta schluckte hastig ihren Bissen herunter und führte verwirrt die Serviette an die Lippen. »Ach, du lieber Himmel. Und hier sitzen wir ganz unpassend gekleidet für den Empfang von Gästen und Sir John ist noch im Bett!« Sie warf einen Blick auf Louisas Schal, anschließend auf ihren eigenen einfachen Rock und ihre helle Bluse.

Es blieb keine Zeit, abzulehnen. Lord Carstairs verbeugte sich bereits vor ihnen und schickte Hassan mit einer Handbewegung fort.

»Ich hoffe, Sie haben gestern Ihren Ausflug zum Obelisken genossen«, sagte er schließlich, als Augusta nach ihrer ausführlichen Beschreibung von Louisas Schrecken am Abend zuvor endlich wieder Luft holte. Als sie erzählte, dass das Duftfläschchen gestohlen worden war, sich dann aber auf wundersame Weise wieder gefunden hatte, sah Louisa ihn heftig die Stirn kräuseln. Doch bald wirkte er wieder so gefasst wie eh und je. Er erwähnte den Gegenstand nicht weiter, und nachdem der Diener ihm eine Tasse Kaffee gebracht hatte, wandte er sich mit einer Frage an sie. »Planen Sie noch weitere Besichtigungen, Mrs. Shelley?«

Louisa wollte gerade sagen, sie hätte keine Pläne, da mischte Augusta sich ein. »In der Tat, Lord Carstairs. Sie will nach Philae gehen. Möchten Sie auch dorthin?«

Louisa biss die Zähne zusammen, um nicht zu widersprechen. Sie durfte nicht unhöflich zu ihrer Gastgeberin sein, die es zweifellos gut meinte. Stattdessen stand sie auf. »Ich möchte sehr gerne dort hingehen, wenn Zeit dafür ist.« Sie brachte, wie sie hoffte, ein höfliches Lächeln zustande. »Vielleicht auf dem Rückweg, nachdem wir Abu Simbel besucht haben? Und ich habe vom *Reis* erfahren, dass es zwei oder drei Tage dauert, um über den Katarakt zu kommen. Vielleicht nutze ich dann die Gelegenheit, das Schiff zu verlassen und vorauszureisen. Es ist noch viel Zeit, um das zu entscheiden.« Sie nickte beiden zu. »Bitte, bleiben Sie sitzen, Lord Carstairs. Verzeihen Sie, aber ich muss heute Morgen noch einige Briefe schreiben, damit sie den Dampfer erreichen, bevor wir losfahren.«

Sie verließ den Salon mit mehr Hast als guter Sitte, ging zu ihrer Kabine und öffnete die Tür.

Ein Klopfen an der Tür erschreckte Anna zu Tode. Sie warf einen Blick auf ihre Armbanduhr. Es war schon nach Mitternacht. Sie legte das Tagebuch weg und stieg aus dem Bett. »Wer ist da?«

»Andy. Es tut mir Leid, dass ich so spät noch komme. Ich muss mit Ihnen reden.«

Zögernd drehte sie den Schlüssel um und öffnete die Tür.

Andy begutachtete ihr dünnes Baumwollnachthemd und ihre langen gebräunten Beine und grinste. »Ich hoffe, Sie haben noch nicht geschlafen.« Er warf einen Blick auf das Bett, wo die Nachttischlampe und das abgelegte Tagebuch seine Frage beantworteten.

»Nein, ich habe nicht geschlafen.« Anna hatte immer noch die Türklinke in der Hand. Sie machte keine Anstalten, ihn hereinzubitten. »Ich finde, Sie haben für diese Nacht schon genug gesagt, Andy. Was gibt es denn so Wichtiges, das nicht bis morgen warten kann?«

»Es geht um das Tagebuch. Ich mache mir Sorgen. Ich wollte Ihnen anbieten, darauf aufzupassen. Entschuldigen Sie, Anna, aber ich traue Toby Hayward wirklich nicht über den Weg. Ich habe das Gefühl, er könnte entweder versuchen, Sie zu überreden, es ihm zu geben, oder er wird es sich einfach nehmen.«

»Das ist eine hirnrissige Idee! Wie können Sie es wagen, so etwas überhaupt nur zu denken!« Anna holte tief Luft. »Andy, es ist mein Tagebuch, und was ich damit mache, geht Sie wirklich nichts an.«

Sie flüsterten, weil alle anderen schon schliefen. Der Korridor vor ihrer Kabine wurde nur von einer kleinen Lampe am Ende der Treppe beleuchtet.

Sie holte tief Luft. »Jetzt gehen Sie bitte. Lassen Sie mich in Ruhe.«

Er sah sie an, einen halb berechnenden Ausdruck im Gesicht, der sich einen Augenblick später wieder verschleierte. »Entschuldigung, ich wollte Sie nicht ärgern.« Er trat einen Schritt zurück und dann, als wäre ihm das gerade eingefallen, berührte er ihren nackten Arm. »Anna, ich mache mir bloß deshalb Sorgen, weil Sie mir wichtig sind.« Bevor ihr klar wurde, was er tat, nahm er sie in die Arme und drückte beinahe entschuldigend einen leichten Kuss auf ihre Lippen, dann ließ er sie los. Mit dem raschen, jungenhaften Lächeln von jemandem, der weiß, dass man ihm verzeiht, wenn er nur zerknirscht genug aussieht, warf er ihr noch eine Kusshand zu, dann drehte er sich um.

Anna schloss die Tür und lehnte sich erschöpft und mit geschlossenen Augen dagegen. Ihr Herz klopfte unregelmäßig und unwillkürlich fuhr sie sich mit den Fingern an die Lippen. Sie bestand aus lauter widerstreitenden Gefühlen. Vor allem war da immer noch ihre Wut. Was immer diese Vendetta bedeuten sollte, die Andy gegen Toby führte, sie fühlte sich nicht wohl dabei, nicht zuletzt wegen ihres eigenen Verdachts. Aber zudem empfand sie auch noch Überraschung, Genugtuung und, wie sie zugeben musste, Vergnügen. Andy war ein anziehender Mann und ohne das Bier wäre sein Kuss angenehm gewesen. Gleichzeitig hatte sie den leisen Verdacht, dass er das wusste und sie ausgenutzt hatte.

Schließlich löste sie sich von der Tür, nahm das Tagebuch in die Hand und betrachtete es nachdenklich. Wie wertvoll war dieses Buch?

Hassan hatte in der sanften Dunkelheit unmittelbar vor der Morgendämmerung die Feluke seitlich neben das Schiff gelenkt. Sie konnte seine weißen Zähne aus dem Schatten seines Gesichts blitzen sehen, als er sie anlächelte und verschwörerisch den Finger an die Lippen legte. Schweigend reichte sie ihm Malzeug, Kleiderbündel und Schuhe. Sie war barfuß wie er, sodass sie auf den Holzplanken kein Geräusch machte.

Als sie über die Reling kletterte, fassten seine kräftigen braunen Hände sie um die Taille und wie ein Messerstich durchdrang sie eine schreckhafte Erregung, als er sie von der Leiter ins Boot hob. Nachdem er sie zu ihrem Sitz geleitet hatte, ließ er sie los. Leise löste er das Tau und lenkte die Feluke aus dem Windschatten der Dahabiya in den Hauptkanal. Der Fluss war vollkommen still.

Sie hatte fast die ganze Nacht wach gelegen. Noch lange nach Einbruch der Dunkelheit war der Lärm aus Assuan über das Wasser zu ihnen gedrungen und sie konnte Musik und Trommeln hören, Gelächter und Geschrei, all die Geräusche der ewigen arabischen Stadt mit dem Geruch von Tieren und den Küchengerüchen der anderen Schiffe. Erst als die Nacht vor Anbruch der Dämmerung tiefer wurde, kam frischere Wüstenluft und endlich wurde es still.

Louisa warf furchtsame Blicke auf die Nachbarschiffe, die *Skarabäus*, die Lord Carstairs bewohnte, und dahinter die *Lotus* der Fieldings. Sie lagen in völliger Dunkelheit. Nicht einmal aus den Kabinen der Besatzung drang irgendein Geräusch.

Sie schwiegen beide. Die Brise hörte beinahe sofort auf, sodass sie nicht mehr vorwärts kamen, dann ergriff sie die Strömung und trieb sie rückwärts. Ohne weitere Umstände ergriff Hassan die großen Ruder. Er holte mächtig aus und drehte den Bug wieder Richtung Süden, anschließend ruderte er voran, während der Morgenruf eines Muezzins von einem entfernten Minarett über das Wasser klang.

Es dauerte lange, bis er drehte und das Boot diagonal zum Ufer lenkte. Als die Feluke anlegte, lächelte er triumphierend. Ein Junge wartete mit Pferden auf sie, drei gesattelt und eines mit Taschen.

»Wir reiten jetzt fünf Meilen am Katarakt entlang.« Hassan sprach wieder in normaler Lautstärke, sie waren außer Hör- und

Sichtweite der *Ibis.* »Dann werden wir jemanden finden, der uns zur Insel hinüberbringt.«

Er sah zu, wie Louisa in ihre Schuhe schlüpfte. Das Licht war bereits viel stärker. Der Junge, barfuß und zerlumpt, stopfte ihr ganzes Gepäck in die Satteltaschen, sprang auf sein Reitpferd und ritt im Schritttempo voraus, den Zügel des Packpferdes in der Hand.

»Haben Sie Sorgen, Sitt Louisa?« Hassan half ihr in den Sattel und sah einen Augenblick zu ihr auf.

Sie schüttelte den Kopf. »Ich hatte nur Angst, Lord Carstairs könnte uns sehen und mich zurückrufen, damit ich mit ihm gehe. Das wollte ich nicht.«

»Dann soll es auch nicht sein. *Inschallah.*« Er lächelte und ging zu seinem Pferd. »Und die Flasche, Sitt Louisa? Ist sie gut versteckt?«

Also hatte er auch den Verdacht, dass jemand danach suchen könnte, wenn Louisa nicht an Bord war.

Sie nickte. »Sie ist gut versteckt, Hassan. In meinem Farbkasten.« Eine Geste zum Packpferd vor ihnen gab ihm zu verstehen, dass sie tief in ihrem Korb mit den Malsachen, in einer sorgfältig gepackten kleinen Kiste, lag. »Lord Carstairs wird sie nicht finden. Und auch kein Flusspirat.«

Hassan schwang sich in den Sattel. »Und der Dschinn, Sitt Louisa? Was ist mit dem?« Er machte das Zeichen gegen den bösen Blick.

Sie zuckte die Achseln. »Wir müssen beten, dass der Dschinn uns in Ruhe lässt, Hassan, und dass unsere Gebete, Ihre und meine, uns beschützen.«

Dutzende von Malen während ihres Ritts wollte sie anhalten, die Dörfer am Katarakt malen, die Schönheit des Flusses, der über die Felsen herabstürzte, die Zeichnungen, die in Jahrtausenden von Pilgern auf dem Weg zum Isistempel in die Klippen eingeritzt worden waren, aber er ließ es nicht zu. »Auf dem Rückweg, Sitt Louisa. Dann können wir Halt machen. Oder wenn die Dahabiya den Katarakt hinaufgeschleppt wird, dann haben Sie genügend Zeit, alles zu malen.« Er sah sich unruhig um, aber es waren keine Verfolger zu sehen.

Hin und wieder sahen sie beim Näherkommen etwas von den fernen Säulen des Tempels, dann schließlich waren sie oben am

Beginn des Wasserfalls, wo der Fluss wieder breiter und stiller wurde, und vor ihnen lag die Insel Philae. Sie hielten auf den Landungssteg zu, wo sie ein Boot mieten konnten, um auf die Insel zu fahren, und Hassan lud das Packpferd ab. Er gab dem Jungen einige Piaster, befahl ihm, auf ihre Rückkehr zu warten, und begann noch einmal zu rudern.

Louisa konnte die Augen nicht von der Insel abwenden. Der Tempel, der sich im stillen, blauen Wasser spiegelte, war atemberaubend schön. Die Kontraste waren überwältigend. Das Gelb der Insel, wo die Wüste sich dem Fluss näherte; das intensive Blau des Wassers unter dem noch blaueren Himmel; die riesigen schwarzen Felsen, die die Insel umgaben wie schlafende Ungeheuer; die honigfarbenen Säulen und in der Ferne die östliche Bergkette, die im Hitzedunst einen violetten Farbton angenommen hatte.

Ihre Verwandlung in die leichter bekleidete Malerin hatte diesmal an einem abgeschiedenen Flecken hinter ein paar Felsen stattgefunden, wo die Klippen sich den Wassern des Katarakts näherten. Nun, da Hassan sie zum Landeplatz ruderte, ließ sie ihre Hand in das laue Wasser hängen und ihre Füße waren wieder nackt. Ihre Augen waren auf die Säulen des Tempels geheftet. Sie hatte Carstairs vergessen und ihre Furcht, er könnte ihnen folgen.

»Dieser Ort wird die heilige Insel genannt.« Hassan lehnte sich einen Augenblick auf seine Ruder. »Der Heidengott Osiris ist auf der kleinen Insel neben Pilak begraben, das wir heute Philae nennen, und die Priester besuchten ihn von ihrem großen Tempel aus. Die Menschen kamen von überall her aus dem alten Ägypten und Nubien, um ihm und Isis Ehre zu erweisen.«

»Ich glaube, sie ist immer noch heilig.« Louisa hob ihre tropfnasse Hand, um ihre Augen vor der Sonnenglut abzuschirmen. »Die Verehrung der Isis hat sich über die ganze Welt verbreitet, bis hin nach England.«

Hassan war überrascht. »Und die Christen haben das zugelassen?«

Sie schüttelte den Kopf. »Das war vor Christus, Hassan. Ich nehme an, die Römer brachten sie aus Ägypten mit.« Sie verstummte und ließ das Bild auf sich wirken. »Sogar von hier aus kann ich spüren, wie heilig die Stätte einmal gewesen sein muss. Man fühlt es immer noch.«

Im Hof fanden sie einen Schattenplatz zwischen zwei der riesigen verzierten Säulen, die die große Kolonnade vor dem Eingang des Tempels bildeten, und Louisa begann sofort zu zeichnen, während Hassan noch auspackte.

Als er fertig war, hockte er sich auf die Fersen neben sie, zufrieden damit, nur zuzuschauen, und sofort wurde ihr seine Nähe körperlich bewusst. Als sie die Augen hob, begegnete sie den seinen, die auf ihr Gesicht geheftet waren. Einen Augenblick lang sahen sie sich an, dann schaute Louisa weg. Hassan streckte die Hand aus und berührte sanft die ihre. Sie blickte ihn wieder an. »Hassan …« Mehr konnte sie nicht sagen.

Er schenkte ihr sein ernstes, sanftes Lächeln und legte den Finger auf die Lippen. Es gab nichts zu sagen.

Lange blieben sie dort. Allmählich verlor sie sich wieder in ihre Arbeit und erst nach einigen Stunden machte sie Schluss und sie aßen Brot und Käse zu Mittag.

Dann war es Zeit, zur Besichtigung zu schreiten. Hassan sagte zwar, sie wären sicher, aber bevor sie ihre Farben und Skizzenbücher zurückließ, nahm Louisa doch das Parfümfläschchen mit samt seiner kleinen Kiste heraus und steckte es zusammen mit einem Notizbüchlein und einem Bleistift in ihre Rocktasche. Hassan nickte. »Besser, Sie nehmen es immer mit.« Er lachte. »Und meine Herrin kann nicht ohne ihr Zeichenbuch und ihre Bleistifte sein. Sie sind ein Teil von ihr, nicht wahr?«

Langsam wanderten sie über die Insel, gut versteckt hinter dem Tempel und den dazugehörigen Gebäuden und den Ruinen eines koptischen Dorfes, das vor vielen hundert Jahren hier gebaut und dann verlassen worden war. Hier und da blieb Louisa stehen, um rasch eine Palme oder ein Mauerstück zu zeichnen, während sie auf den eleganten Trajanskiosk zuschritten, das auf dem östlichen Ausläufer der Insel thronte. Vor dem unglaublichen Blau des Wassers und der kahlen Strenge der Felsen wirkte es überraschend anmutig und schön im Vergleich zu der statuenhaften Schwere des Tempels mit seinem eckigen Pylon. Louisa lachte vor Vergnügen. »Das muss ich malen. So wie wir es zuallererst gesehen haben. Vom Fluss aus. Oder vom Ufer dort unten.«

Hassan lächelte nachsichtig. Inzwischen machte es ihm Freude, wenn sie sich so begeisterte.

»Vielleicht beides. Ja, genau! Ich muss beide Ansichten malen. Aber wir haben nicht viel Zeit, wenn wir heute Abend schon zur *Ibis* zurückkehren müssen.«

»Wir können wiederkommen, Sitt Louisa. Ich denke nicht, dass Sir John Eile hat. Ich glaube, er freut sich, wenn er eine Ausrede hat, um noch zu bleiben. Der *Reis* hat mir gesagt, dass er das Schiff für die ganze Saison gemietet hat. Wir haben noch einen Monat oder mehr, bis es zu heiß wird und wir nach Luxor zurückkehren müssen, um nach Norden zu reisen.«

»Dann kommen wir wieder. Fühlen Sie den Zauber dieses Ortes, Hassan? Er ist überall um uns herum. Mehr als in den anderen Tempeln, die wir besichtigt haben. Dieser ist etwas Besonderes.«

Sie lehnte sich gegen eine zusammengestürzte Mauer und fächelte sich mit ihrem Strohhut Luft zu. Dabei fiel ihr Blick auf den gleißend hellen Sand einer kleinen Bucht unter ihnen. Ein Boot hatte dort angelegt, daneben stand ein europäisch gekleideter Mann. Auch er hatte seinen Hut abgenommen und wischte sich das Gesicht mit einem großen Taschentuch. Er hatte kupferfarbenes Haar. Louisa starrte ihn mit zusammengekniffenen Augen an, dann rief sie voller Bestürzung aus: »Das ist Carstairs!«

»Nein, Sitt Louisa, das kann nicht sein.« Hassan trat näher an sie heran und kniff die Augen gegen die Helligkeit zusammen.

»Doch.« Louisa fühlte Wut und etwas wie Furcht in sich aufsteigen. »Das hatte ich befürchtet! Wie kann er es wagen, mir zu folgen!«

»Aber er kann doch gar nicht wissen, dass Sie hier sind«, protestierte Hassan. »Er muss zufällig gekommen sein.«

»Sagen Sie ja nicht *Inschallah!*« Louisa war außer sich vor Wut. »Nicht der Wille Gottes hat ihn hergebracht. Das war seine eigene Schlauheit. Schließlich wusste der *Reis*, wo wir hinfahren wollten, und Augusta hat ihm gestern in meiner Anwesenheit von meinem Vorhaben erzählt! Und natürlich hätten beide ihm sowieso gesagt, wo ich bin, wenn er danach gefragt hätte. Sie halten das sicher für freundschaftlich und nachbarlich, da sie ohnehin von seinem Stand und seinem Reichtum geblendet sind.«

Hassan zog eine Augenbraue hoch. »Wir brauchen ihn nicht zu sehen, Sitt Louisa. Die Insel ist klein, aber es gibt Verstecke.«

»Aber er hat bestimmt den Jungen gefragt, der mit den Pferden auf uns wartet. Er hat den Mann gefragt, von dem wir das Boot gemietet haben, oder die Frau, die am Ufer Wäsche gewaschen hat, oder die Kinder bei den Ruinen. Die haben ihm alle gesagt, dass wir hier sind. ›Ja Mylord. Sie sind hier. Geben Sie uns Bakschisch, dann bringen wir Sie hin.‹« Beinahe stampfte sie mit dem Fuß auf vor Wut.

Hassan starrte scheinbar unbesorgt und mit unverändert ruhiger Miene das Ufer an. »Wir werden beweisen, dass sie alle Unrecht hatten. Wir werden in den Schatten verschwinden.«

Sie warf ihm einen prüfenden Blick zu. »Meinen Sie das ernst?«

»Sicher. Kommen Sie.« Er streckte seine Hand aus.

Ohne zu zögern ergriff sie sie, dann rannten sie den Weg zurück, den sie gekommen waren, zum großen Tempel.

Hassan fegte all ihre Habseligkeiten zu einem Haufen zusammen und warf den Perserteppich darüber. »Sehen Sie. Niemand kann sehen, dass eine Künstlerin hier gewesen ist. Nur ein Besucher, der weggegangen ist, um die Ruinen zu besichtigen. Hier, Kleiner!« Er winkte einem zerlumpten kleinen Jungen und zeigte ihm eine Münze. Der Junge riss die Augen auf. »Das ist für dich, wenn du auf unsere Sachen aufpasst. Wenn ein Herr kommt und fragt, dann weißt du nicht, wem sie gehören, und du hast überhaupt keine Frau hier gesehen, hörst du?« Louisa beobachtete das Gesicht des Jungen. Sie verstand das schnelle Arabisch nicht, aber der Sinn war eindeutig. Wenn der Junge seine Aufgabe gut erfüllte, dann würde er noch mehr bekommen. Ein Piaster wechselte den Besitzer. Die größere Münze wanderte wieder in Hassans Tasche. Der Junge sah sie verschwinden und nickte ernst. Wenige Augenblicke später saß er mit verschränkten Armen auf dem Haufen. Hassan lächelte. »Es gehen mehrere Besuchergruppen im Tempel herum, Sitt Louisa. Das hier kann jedem von ihnen gehören. Ich verspreche Ihnen, der Effendi wird nicht lange suchen.« Wieder nahm er ihre Hand. »Am besten gehen wir hinein. Da gibt es tausend Säulen, hinter denen man sich verstecken kann, hundert kleine Kapellen und Ecken und Umkleideräume. Es gibt Kammern in Kammern und Wände in Wänden. Es gibt eine Treppe, die hinauf auf den Pylon führt. Er wird uns nicht finden.« Sein Gesicht strahlte vor diebischer Freude.

Sie konnte nicht anders, sie musste mit ihm lachen. Wie zwei böse Kinder rannten sie in den Schatten der Kolonnade und versteckten sich hinter den Säulen.

Nah einigen Minuten erschien Lord Carstairs im Tor unter dem großen äußeren Pylon. Er stützte sich auf seinen Spazierstock und überschaute die Kolonnaden sehr gründlich, dann ging er langsam weiter.

Louisa dachte schon, er käme direkt auf sie zu. Sie hielt den Atem an und fühlte, wie Hassan sanft ihren Arm drückte. Er lächelte zu ihr herunter und gab ihr ein Zeichen, ihm zu folgen. Schweigend glitten sie in den Schatten zurück und bewegten sich auf den inneren Eingang unter dem zweiten großen Tor zu.

Hinter ihnen blieb Carstairs mitten im Hof stehen und schaute sich um. Louisa spürte, wie sein Blick über sie glitt und wieder zurückkehrte. Eigentlich war sie sicher, dass er sie gesehen hatte, aber nach einem Augenblick ging er weiter und strebte wie sie dem inneren Pylon zu.

Eine Besuchergruppe trat für einen Augenblick in das helle Sonnenlicht und blickte zu dem großen Relief des Neos Dionysos hinauf, der Horus und Hathor opfert. Hinter ihrer Säule sah Louisa, wie Carstairs zögerte und alle Frauen eingehend musterte. Nach einigen Augenblicken ging er weiter, überzeugt, dass sein Jagdwild nicht unter ihnen war. Sie fühlte Hassans Hand und folgte ihm in den dunkleren Schatten an der Wand, von wo sie auf Zehenspitzen zum Eingang schlichen.

Sie wusste nicht recht, wie sie es schafften. Als hätte Hassan einen Tarnmantel über sie geworfen, waren sie irgendwie hineingekommen, versteckt hinter der anderen Gruppe, ohne dass Carstairs sie sah. Sie verließen die anderen sofort und sausten durch diesen kleineren Hof mit seinen großen Säulen, deren Kapitelle bunt bemalt waren, zur Säulenhalle.

»Wo ist er jetzt?«, hauchte Louisa, während sie warteten. »Sehen Sie ihn schon am Eingang?«

Hassan zuckte die Achseln. »Wir müssen abwarten, was er als Nächstes tut. Wenn wir weiter in den Tempel hineingehen, sind wir gefangen. Zwar ist es dort dunkler, aber es gibt auch weniger Ausgänge, falls er uns folgt.«

Sie warteten und lugten hinter der Säule hervor. Louisa spürte deutlich, dass Hassans Arm den ihren berührte, dass seine Finger ihre streiften. Sie zog sich nicht zurück. Das Herz klopfte ihr in der Brust, halb aus Angst, halb, wie sie zugeben musste, vor Erregung.

Sie spürte, dass er sich leicht bewegte, ein Kiesel knirschte unter seiner Sandale auf einer Steinplatte, als er in den Hof hinaus spähte. Carstairs war unter dem Torbogen aufgetaucht und stand wieder da und schaute sich um. Sie hielt die Luft an; wieder war da die Angst. Sie hatte das Gefühl, er könnte sie sehen oder zumindest ihre Nähe spüren. Sein Gesichtsausdruck erinnerte sie an einen Hund, jeder Sinn geschärft, jeder Muskel gespannt, um seine Beute anzugreifen.

Aus Furcht, er könnte ihren Blick spüren, schloss sie die Augen. Langsam zog sie ihren Kopf zurück und wandte ihn dem Tor zum inneren Vestibül am anderen Ende des Hofes zu. Dahinter lag das Allerheiligste.

Als sie die Augen öffnete, stand da eine männliche Gestalt und beobachtete sie. Er war groß, weiß gekleidet, sein dunkles, adler artiges Gesicht ein verschwommener Schatten. Er begann, sich schwebend über die großen Steinplatten auf sie zuzubewegen. Die Arme hatte er über der Brust gekreuzt, doch als er näher kam, öffnete er sie und streckte sie nach ihr aus.

Erst als Hassan sie an sich zog und ihr die Hand auf den Mund presste, wurde ihr klar, dass sie laut geschrien hatte. »*Allahu Akbar; Allahu Akbar, Allahu Akbar!*« Er hatte es also auch gesehen. »Gott ist groß; Gott ist sehr groß; Gott schütze uns.« Er führte sie stetig rückwärts zur Wand. »*Yalla!* Geh weg! *Imschi! Allahu Akbar!* Gott schütze uns vor dem bösen Geist und dem englischen Effendi!«

Sie hatte wieder die Augen geschlossen und zitterte heftig. Das Herz schlug ihr bis zu den Ohren, aber sie spürte seinen starken Arm. Das Kästchen in ihrer Tasche drückte beim Gehen gegen ihre Hüfte. Es kam ihr vor, als würde es mit jedem Schritt schwerer und heißer. Mit einem Entsetzensschrei riss sie die Augen auf und nestelte an ihrem weichen Baumwollkleid. Sie war nicht sicher, was sie vorhatte. Es herausnehmen? Wegwerfen? Vielleicht in die Richtung des Heiligtums schleudern? Die hohe Gestalt war immer noch da, als sie sich nach ihr umsah. Sie war anscheinend nicht näher gekommen, aber sie erschien ihr noch körperlicher. Sie war nun imstande, Einzelheiten des Gesichts zu erkennen, die goldene Stickerei an seinem Gewand, den Gürtel um den Leib, von dem so etwas wie der Schwanz eines Leoparden herabhing.

»Lieber Gott, rette uns!« Ihr Flüstern war kaum zu hören und sie duckte sich in den Schatten zurück.

»Im Namen der Götter, denen du dienst, und von Isis, deiner Königin, verschwinde!«

Die Stimme erklang unmittelbar neben ihnen und Louisa keuchte vor Schrecken. Sie klammerte sich an Hassan.

Carstairs stand nur zwei Schritte von ihnen entfernt. Er starrte die Erscheinung an, die Handfläche am ausgestreckten Arm gegen sie gekehrt.

Einen Moment rührte sich niemand. Louisa hatte wieder die Augen geschlossen. Als sie schließlich wieder aufblickte, war die hohe Gestalt verschwunden. An ihrer Stelle stand Carstairs direkt vor ihnen, das Gesicht vor Wut verzerrt.

»So. Jetzt sehen Sie, wie gefährlich es ist, mit Dingen zu spielen, die Sie nicht verstehen!«, sagte er. »Ich nehme an, da ihr Bewacher sich hier gezeigt hat, haben Sie die Ampulle bei sich? Es wäre vernünftig, sie mir zu geben, finde ich.« Er streckte die Hand aus.

Weder Louisa noch Hassan regten sich. Carstairs' Gesicht verfinsterte sich. »Lass deine Herrin los, du Hund!«

Hassan zog sich wortlos zurück. Sein Gesichtsausdruck wurde hart. Louisas Angst verwandelte sich auf einmal in blinde Wut. Sie stopfte das Kästchen zurück in ihre Tasche und trat vor. »Wie können Sie es wagen, so mit Hassan zu reden! Was fällt Ihnen ein? Er hat mich beschützt. Er sorgt mit größter Gewissenhaftigkeit für mich.«

Ihr wurde bewusst, dass Gesichter aus dem Schatten hervorblickten. Die europäischen Reisenden warfen ihnen Blicke zu, als sie sich zum nächsten Vestibül begaben, und eilten dann weiter. Von der Kolonnade aus blickte eine Gruppe nubischer Gesichter, schwärzer noch als die Schatten, mit großen, runden Augen herüber und verschwand dann.

»Dann hat er seine Pflicht getan«, sagte Carstairs unbeeindruckt. Er holte tief Luft, um sich zu beruhigen. »Die Flasche bitte, Mrs. Shelley. Zu Ihrer eigenen Sicherheit.«

»Ich bin bei Hassan völlig sicher, danke, Lord Carstairs.« Ihre Blicke trafen sich und sie hielt seinem stand. »Und die Ampulle, wie Sie sie nennen, braucht Sie nicht zu kümmern. Ebenso wenig wie irgendein Aberglaube oder irgendwelche Erscheinungen, die Sie zu sehen glaubten. Was es auch war, es hat uns nichts getan.« Sie hoffte, dass er nicht sah, wie ihre Hände unter den Falten ihres Gewandes zitterten. »Ich bin aus einer Laune hierher gekommen, um den Tempel zu malen. Ich hielt es nicht für nötig, Ihre Erlaubnis einzuholen, noch hätte ich es mir im Traum einfallen lassen, Sie um Ihre Begleitung zu bitten. Ich habe ja beim Besuch des Obelisken gesehen, wie langweilig für Sie und die Fieldings mein Wunsch war, etwas zu verweilen, um die Ansichten zu zeichnen und zu malen. Allein geht es mir besser.«

»Wie dankbar Sie doch für mein Eingreifen sind«, höhnte er. »Ist Ihnen klar, Mrs. Shelley, was geschehen wäre, wenn ich nicht dagewesen wäre? Ist Ihnen klar, was geschehen wäre, wenn der Priester Hatsek erschienen wäre?«

Einen Augenblick herrschte Schweigen und Louisa starrte ihn trotzig an. »Der Priester Hatsek?«

Ein dünnes Lächeln erhellte für einen kurzen Moment Carstairs' Gesicht und verschwand dann wieder. »Der andere Dschinn. Die Hieroglyphen sind auf Ihrem Blatt Papier aufgezeichnet. Offensichtlich erkennen Sie sie nicht.«

»Nein, Lord Carstairs, ich habe sie nicht erkannt. Ich kann weder Arabisch noch Hieroglyphen lesen, wie Sie wohl wissen«, sagte sie kühl. »Noch glaube ich an Flüche oder böse Geister.«

»Das sollten Sie aber. Ihre Namen stehen deutlich auf dem Blatt, das Sie mir gezeigt haben. Anhotep, Hohepriester und Diener der Isis, und Hatsek, Diener der Isis, Priester der Sekhmet, der löwenköpfigen Göttin. Die löwenköpfige Göttin ist die Kriegsgöttin, Mrs. Shelley. Wo sie hinkam, war Entsetzen und Tod. Der Wüstenwind ist der heiße Atem ihres Hasses. Fühlen Sie ihn nicht sogar noch jetzt? Und hatten Sie nicht solche Angst vor der Gestalt, die Sie eben gesehen haben, dass Sie sich in die Arme Ihres ägyptischen Dieners warfen?«

Sie zögerte und da sah sie ein triumphierendes Glitzern in seinen Augen. »Bitte, Mrs. Shelley, belügen Sie sich doch nicht selbst, wenn Sie mich schon unbedingt anlügen wollen. Wäre ich nicht in diesem Augenblick gekommen, wären Sie und Ihr Diener tot.«

Louisa starrte ihn an. Hinter ihr steckte Hassan seine Hände in die Ärmel seiner weißen *Djelaba.* Sein demütiges Schweigen wurde Lügen gestraft durch die Verachtung in seinem Blick. Dennoch hörte Louisa ihn bei Carstairs' Worten wieder leise das Gebet um Allahs Schutz murmeln.

»Die Ampulle, Mrs. Shelley. Sie werden mir gewiss erlauben, sie zu nehmen.«

»Warum sollte sie bei Ihnen sicherer sein als bei mir, Lord Carstairs?« Ein Teil von ihr wollte sie ihm geben. Sie wollte sie auf ihn schleudern und schreien, er solle sie nehmen und behalten oder in den Nil werfen, wenn ihm danach sei. Ein anderer Teil wehrte sich leidenschaftlich dagegen. Irgendwo in ihrem Innern hörte sie die Stimme ihres geliebten George: ›Lass dich nicht einschüchtern, Lou! Lass es dir nicht wegnehmen. Woher willst du wissen, dass er diesen Geist nicht beschworen hat, um dich einzuschüchtern? Wofür will er es haben, Lou?‹«

Sie musste lächeln beim Gedanken an ihren Mann und den ach so vernünftigen Rat, den er ihr gegeben hätte, und sie sah die Überraschung in Lord Carstairs' Gesicht. Er hatte erwartet, sie würde voller Angst im Staube kriechen.

»Ich schätze Ihre Hilfe sehr, aber das, was wir uns alle eingebildet haben, ist nun verschwunden. Daher werde ich jetzt meine Besichtigung wieder aufnehmen, Lord Carstairs, ebenso wie meine Malerei, und Sie ungestört Ihren Besuch fortsetzen lassen.« Sie drehte sich um, winkte Hassan und schritt rasch davon.

»Sie haben ihn sehr verärgert, Sitt Louisa.« Hassans leise Stimme unmittelbar neben ihr ließ sie langsamer gehen. »Er ist kein guter Mann. Er wird ein schlimmer Feind sein.«

Sie schürzte die Lippen. »Ich bin auch ein schlimmer Feind, Hassan. Ich bin so ehrbar und höflich gewesen, wie ich konnte, aber ich lasse mich nicht einschüchtern. Und ich werde ihm nie gestatten, Sie zu beleidigen.«

Hassan schmunzelte. »Ich bin nicht beleidigt, Sitt Louisa. Der englische Milord macht mich nicht wütend und er sollte auch Sie nicht wütend machen dürfen, aber ...«, er schwieg nachdenklich. »Er hat Macht, dieser Mann. Macht, den Dschinn zu vertreiben. Aber nicht im Namen Allahs oder Ihres christlichen Gottes. Es fühlt sich nicht richtig an. Ich glaube, er hat die bösen Künste studiert.«

Louisa starrte ihn entgeistert an. »Aber er ist ein englischer Gentleman!«

Hassan zuckte die Achseln. »Ich bin kein gebildeter Mann, Sitt Louisa, aber ich fühle die Dinge in meinem Herzen und in diesem Fall weiß ich, dass ich mich nicht irre.«

Sie biss sich auf die Lippe und betrachtete einen Moment sein Gesicht.

»Er will die Flasche, Sitt Louisa, weil die Macht des Dschinn an sie gebunden ist.«

Sie schüttelte den Kopf. »Es ist kein Dschinn, Hassan. Wenn er Recht hat, sind es Priester der alten Religion Ihres Landes, Priester, die, wie er glaubt, auch in der Magie bewandert sind.« Sie hielt inne. »Glauben Sie, er hatte Recht? Glauben Sie, dieser Hatsek, wenn er so heißt, hätte uns getötet?«

Sie traten aus dem Schatten der Kolonnade wieder ins Sonnenlicht und fühlten die Hitze wie einen Hammerschlag auf ihren Köpfen.

»Ich weiß es nicht. Aber ich habe keine Todesangst gefühlt. Entsetzen, das schon. Aber vor dem Unbekannten.«

Lord Carstairs folgte ihnen nicht, sondern sah ihnen einige Sekunden lang nach, machte dann aber auf dem Absatz kehrt und strebte zum inneren Vestibül und zu der Dunkelheit des Heiligtums dahinter.

Als sie wieder bei ihren Habseligkeiten angekommen waren, gab Hassan dem Jungen seine ersehnte, sauer verdiente Münze, breitete den Teppich aus und begann Louisas Malsachen wieder auszulegen. »Wenn er vorbeikommt, was er sicherlich tun wird, dann müssen Sie ganz fleißig malen«, befahl er. Er zog den kleinen Falthocker für sie heraus und stellte ihre Staffelei und den Sonnenschutz auf. »Schauen Sie ihn nicht an. Konzentrieren Sie sich ganz auf Ihr Bild.«

Louisa lächelte. »Glauben Sie, das genügt? Wird er weggehen, ohne etwas zu sagen?«

»Ich denke schon, wenn Sie sich mit Schweigen umgeben.«

Sie lächelte. »Das klingt sehr weise.« Sie warf ihm einen Blick zu, aber er war schon wieder damit beschäftigt, ihren Farbkasten zu öffnen.

Sie stellte ihr Skizzenbuch auf die Staffelei und betrachtete bedauernd die halb fertige Zeichnung des Trajanskiosks. Stattdessen musste sie jetzt die Kapitelle mit ihren kräftig grünen und blauen Ornamentierungen weitermalen. Sie hatten keine Zeit, umzuziehen und sich woanders hinzusetzen. Er konnte jeden Moment kommen. Sie gestattete sich einen raschen Blick über die Schulter. In der großen Säulenhalle hinter ihnen war keine Bewegung. Das einzige Geräusch war das vereinzelte Tschilpen der Spatzen, während die Hitze über dem Hof flimmerte und die ganze Insel erstarren ließ.

Sie beugte sich vor und griff nach dem Wassertöpfchen. Hassan, aufmerksam wie immer, zog den Stöpsel aus dem Wasserbehälter und goss ihr ein. Sie spülte den Pinsel aus, wählte ein azurblaues Pigment aus ihrem Kasten, das sie auf die Porzellanpalette auftrug, wobei sie immer wieder Gelb beimischte, bis sie den richtigen Farbton hatte, um mit dem Kolorieren zu beginnen.

Hassan hockte sich in den Schatten der Säule, die sie gerade malte, anscheinend in Gedanken versunken, und als ihr Blick über ihn schweifte, ertappte sie sich dabei, wie sie den Augenblick noch einmal erlebte, als sie sich in seine Arme geworfen hatte. Er hatte sich stark und sicher angefühlt. Er hatte angenehm gerochen nach süßem Tabak, Gewürzen und frisch gewaschener Baumwolle, die von den Wäscherinnen in der heißen Sonne getrocknet worden war.

Sie steckte die Zunge ein kleines Stück zwischen den Zähnen durch, als sie den Pinsel wieder reinigte. Sie bemerkte, dass sie neben einer der reich verzierten Säulen einen Mann gezeichnet hatte. Nicht Hassan. Dies war ein großer Mann mit einem dunklen, schönen Gesicht, der mit gekreuzten Armen über den Nil zu den fernen Bergen im Westen blickte.

Auf einmal hörte sie hinter sich Schritte auf den rohen Steinplatten des Hofes und erstarrte, die Augen auf das Papier geheftet.

Während sie näher kamen, stellten sich ihr die Nackenhärchen auf. Dann entfernte sich das Geräusch unvermittelt, als hätte der Verursacher sie plötzlich bemerkt und deshalb eine andere Richtung eingeschlagen.

Sie riskierte einen Blick und sah einen großen, blonden Mann in einem leichten Tweedanzug und mit einem Tropenhelm, der einen Beutel über der Schulter trug. Die Schritte, die sie gehört hatte, stammten von seinen genagelten Stiefeln. Sie wusste nicht recht, wo er hergekommen war, aber er ging davon, ohne sich umzusehen.

»Machen Sie sich keine Hoffnungen, Sitt Louisa«, sagte Hassan leise. »Lord Carstairs ist noch da.«

»Wir könnten gehen. Wir könnten zum Boot zurücklaufen.«

»Wollen Sie sich verjagen lassen?« Hassan zog eine Augenbraue hoch. »Sie müssen ihm ohnehin wieder gegenübertreten. Er ist ein Freund von Sir John. Lieber hier. Lieber jetzt.«

Er hatte natürlich Recht. Wenn Carstairs ohne sie nach Assuan zurückkehrte, dann wäre sein Vorhaben gescheitert und es wäre weniger wahrscheinlich, dass er mit den Forresters darüber sprach. Sie wandte sich wieder ihrer Zeichnung zu und konzentrierte sich mühsam. Ihre Hand zitterte leicht, als sie den Pinsel wieder hob und Farben zu mischen begann.

Hassan saß reglos neben ihr. Er sah aus, als schliefe er, aber seine Augen waren auf das gewölbte Tor gerichtet, den einzigen Eingang zum Innern des Tempels. Nach langer Zeit stand er schweigend auf. Er sah Louisa einen Augenblick zu, dann ging er leise den Weg zurück, den sie gekommen waren. Sie sah ihm nach, aber als er ihr durch Zeichen zu verstehen gab, sie solle bleiben, wandte sie sich wieder ihrem Bild zu. Der Nachmittag war noch heißer geworden. Der Hof lag ohne die geringste Luftbewegung, das helle Sonnenlicht schimmerte über den Steinen. Auch in der schattigen Kolonnade, geschützt vor direkter Sonneneinstrahlung, war kein Lufthauch zu spüren. Sie beobachtete ein Weilchen das Tor, dann begann sie von neuem zu malen. Sie fühlte sich schläfrig. Die Hitze legte sich um sie wie eine weiche Decke. Die Augen fielen ihr zu. Sie fühlte das Kästchen in ihrer Rocktasche. Es war einfach nur da. Unauffällig. Sicher.

Mit einem leisen Seufzer rutschte sie von ihrem Klapphocker

auf den Teppich, den Hassan für sie ausgebreitet hatte. Sie zog den weichen Beutel, der ihre förmliche, modischere Kleidung enthielt, zu sich heran und legte ihren Kopf darauf. Sogar die Spatzen schwiegen jetzt. Sie saßen auf den reichen Steinmetzarbeiten der Kapitelle, die Schnäbelchen weit geöffnet, und atmeten heftig in der Hitze.

Als sie erwachte, saß Hassan im Schneidersitz neben ihr auf dem Teppich. Er lächelte. »Sie schlafen wie ein Kind. Ich hoffe, Ihre Träume waren friedlich.«

Sie lag still. »Die Hitze nimmt einen sehr mit.«

»Ach.« Er schüttelte den Kopf. »Sie sollten im Sommer hier sein! Aber dann fliehen die Europäer nach Norden und sind weit weg.« Er lachte leise.

»Haben Sie Lord Carstairs gesehen?«

»Er ist weg. Ich habe den Tempel durchsucht, sogar das Dach. Ich weiß nicht, wie er es angestellt hat, aber er ist nicht da. Schlafen Sie, Sitt Louisa. Ich werde Sie bewachen.«

Sie lächelte. »Da bin ich froh.« Schon schlossen sich ihre Augen wieder. Sie spürte, wie er ihr sanft die Schuhe auszog, spürte die Berührung seiner Hand an ihrem Fuß. Er erwies ihr große Ehre. Das war der einzige Gedanke, der ihr durch den Kopf flog, denn in ihren Träumen fiel sie bereits wieder in warme, duftende Stille.

Sie erwachte etwa eine Stunde später. Die Schatten waren gewandert und ihr Fuß fühlte sich unter dem brennenden Sonnenlicht ganz wund an. Sie zog ihn hastig zurück, setzte sich auf und sah sich um. Der Hof war so still wie vorher. Kein anderes Lebewesen war zu sehen. Hassan war fort.

Im Bewusstsein, dass sie sich am Fuß einen schmerzhaften Sonnenbrand zugezogen hatte, fragte sie sich, wo Hassan war. Sie rappelte sich auf und zog sich weiter in den Schatten zurück. »Hassan?«

Es antwortete nichts als die schwere Stille. Sie war verwirrt. Sie hatte das Gefühl, sie wäre der einzige Mensch auf der Welt. »Hassan, wo bist du?« Ihre Stimme wurde schrill.

Nichts rührte sich. Der Himmel war weiß vor Hitze, sodass sie nicht hineinschauen konnte.

Immer noch barfuß ging sie an der Kolonnade entlang Richtung Eingang. Dabei schaute sie auf beiden Seiten zwischen die Säulen.

»Hassan«, rief sie lauter und lauter. Wenn Lord Carstairs ihn gefunden und weggeschickt hatte? Wenn er ohne sie fortgegangen war? Sie musste zum Landungssteg gehen und sich vergewissern, ob das Boot noch da war.

Der Sand am Ende der Kolonnade lag blendend hell im gleißenden Sonnenlicht. Auf einmal fiel ihr ein, dass sie ihre Schuhe vergessen hatte, und sie zögerte. Dann hörte sie hinter sich eine Stimme. »Sitt Louisa?«

Sie fuhr herum. »Hassan! Oh, Hassan, Gott sei Dank!« Sie stürzte auf ihn zu. »Ich dachte, du wärest ohne mich fortgegangen.«

Er schloss sie in die Arme. Einen Augenblick hielt er sie fest, dann fühlte sie einen federleichten Kuss auf ihrem Haar. »Ich würde niemals ohne Sie gehen, Sitt Louisa. Ich würde Sie mit meinem Leben beschützen.« Langsam hob sie das Gesicht und sah ihn an. »Hassan …«

Sie hatte instinktiv reagiert, ohne nachzudenken.

»Psst. Hab keine Angst, Sitt Louisa. Bei mir bist du sicher.« Einen Moment sagte er nichts weiter, sah nur ihr Gesicht an, dann lächelte er. »Wir haben dagegen angekämpft; ich hielt es für verboten. Aber jetzt glaube ich, es ist Allahs Wille.« Er berührte mit einem Finger ihre Lippen. »Aber nur, wenn du es willst.«

Sie blickte ihn unverwandt an. Sie sehnte sich danach, ihn zu berühren. Einen Augenblick konnte sie nichts sagen, dann stellte sie sich auf die Zehenspitzen und küsste seine Lippen. »Es ist Allahs Wille«, flüsterte sie.

Für Louisa stand die Zeit still. Es war ihr, als wäre alles, was sie je geträumt, was sie sich jemals in ihren wildesten Fantasien vorgestellt hatte, in diesem Augenblick der Ekstase in seinen Armen zusammengeströmt. Sie wünschte, der Kuss würde nie enden. Als er schließlich doch zu Ende war, stand sie einige Sekunden wie betäubt da. Konnte man so glücklich sein? Sie blickte zu ihm auf und sie schauten sich eng umschlungen tief in die Augen.

Erst viel später bemerkte er ihre nackten Füße. »Du darfst nicht ohne Schuhe gehen, Liebste. Im Sand gibt es Skorpione. Komm.« Er hob sie auf, als wäre sie nicht schwerer als einer ihrer Körbe, und trug sie zum Teppich zurück. Bevor er ihr erlaubte sich hinzusetzen, schüttelte er ihn aus. Dann lächelte er. »Jetzt ist er bereit für meine Herrin.«

Sie setzte sich hin und legte die Arme um die Knie. Langsam kehrte sie in die Wirklichkeit zurück. »Hassan, ich bin Witwe. Ich bin frei. Aber du. Du hast eine Frau in deinem Heimatdorf. Wir tun Unrecht.«

Er kniete sich neben sie und nahm ihre Hand. »Ein Christ darf nicht mehr als eine Frau haben. Aber im Koran steht geschrieben, dass ein Mann mehr als nur eine Frau lieben kann. Ich habe meine Frau seit über zwei Jahren nicht mehr gesehen, Sitt Louisa. Ich schicke ihr Geld. Damit ist sie zufrieden.«

»Wirklich?« Louisa blickte skeptisch drein. »Ich wäre das nicht.«

»Nein, denn du bist eine leidenschaftliche Frau. Du würdest nicht verstehen, dass jemand sich nicht mehr nach den Freuden des Bettes sehnt. Wir haben zwei Söhne, wofür Allah gepriesen sei. Seit der Geburt meines kleinsten Jungen hat sie mich nicht geliebt, wie eine Ehefrau es sollte.«

»Ich könnte dich nicht wie eine Ehefrau lieben, Hassan. Wenn der Sommer kommt, muss ich nach Hause zu meinen beiden Söhnen.«

Er wandte traurig das Gesicht ab. »Bedeutet das, dass wir die Tage des Glücks vertreiben müssen, die in unserer Reichweite liegen?« Er ergriff ihre Hände. »Wenn unsere Herzen schon brechen sollen, dann lieber später. Dann können wir uns immer an die Tage des Glücks erinnern. Wenn nicht, dann gibt es nur Trauer.«

Sie lächelte. »Wie passend, dass wir uns im Isistempel unsere Liebe gestehen. Ist sie nicht die Göttin der Liebe?« Sie zog seinen Kopf an sich und küsste ihn wieder, aber er war auf einmal ganz steif und stieß sie von sich.

»Hassan, was ist los?« Sie war verletzt.

»*Ma feem tisch!* Das verstehe ich nicht. Lord Carstairs. Da ist er!« Er machte eine Handbewegung zum Ende der Kolonnade.

Sie erschrak. »Hat er uns gesehen?«

»Ich glaube nicht. Ich habe doch überall gesucht. Ich habe sogar nach seinem Boot geschaut, aber es war weg. Das ist eine kleine Insel. Er hätte sich nirgends verstecken können.« Er schüttelte ärgerlich den Kopf. »Warte hier, meine schöne Louisa. Rühr dich nicht vom Fleck.«

In Sekundenschnelle hatte er sie verlassen und glitt an den Säulen entlang. Louisa hielt den Atem an. Die Stille war wieder da.

Anna ließ das Buch sinken und rieb sich die Augen. Also hatte sich Louisa in Ägypten einen Liebhaber zugelegt. Sie lächelte. Das hätte sie von ihrer Ur-Urgroßmutter nie erwartet. Sie dachte an die Fotografie, die Phyllis ihr gezeigt hatte. Louisa war schätzungsweise sechzig Jahre alt, als das Foto gemacht wurde. Die hochgeschlossene Bluse, die streng zum unvermeidlichen Nackenknoten frisierten Haare, der direkte Blick der dunklen Augen, der ernste Mund, all das hatte nicht den geringsten Anhaltspunkt für eine exotische Romanze verraten.

Sie warf einen Blick auf die Uhr. Es war drei Uhr morgens und sie war erschöpft. Außerdem war ihr kalt. Die Geschichte hatte die erwünschte Wirkung gehabt. Für eine Weile hatte sie Anna von ihren Ängsten und der wachsenden Feindschaft zwischen Andy und Toby abgelenkt. Sie ließ ihren Blick durch die Kabine schweifen. Kein Duft von Harz und Myrrhe. Nur Essensgerüche, die durch das offene Fenster hereinströmten. Die lärmende, geschäftige Stadt am Ufer hinter ihnen schien keinen Schlaf zu kennen. Seufzend stand Anna auf. Eines musste sie noch tun, bevor sie einschlief.

Das Blatt, das hinten im Tagebuch eingeklebt war, war so dünn, dass selbst die eher deutliche arabische Schrift schlecht zu lesen war. Sie hielt das Buch gegen die Lampe und blinzelte auf die Seite. Ja. Da waren sie. Sie hatte die kleinen Hieroglyphen in der Ecke vorher gar nicht bemerkt. Die altägyptischen Zeichen waren so winzig, dass man sie fast gar nicht erkennen konnte.

Nun wusste sie also, wie die beiden Phantome hießen, die das

Fläschchen bewachten. Anhotep und Hatsek. Priester von Isis und Sekhmet. Sie kaute auf ihrer Lippe und schüttelte den Kopf.

Dann schloss sie das Tagebuch, legte es in die Schublade und schob sie zu. Louisa hatte überlebt und war eine berühmte Künstlerin und recht streng aussehende alte Dame geworden. Die Magie, die diese schlimmen Männer in die moderne Zeit mitgebracht hatten, konnte also nicht gar so Furcht einflößend gewesen sein. Schließlich hatte sie das Parfümfläschchen mit nach England gebracht.

7

Was also tatest du mit der Feuerflamme
und dem Kristalltäfelchen und dem Wasser des Lebens,
nachdem du sie begraben hattest?
Ich sprach Worte über ihnen.
Ich löschte das Feuer und sie sprechen zu mir,
welches ist dein Name?

Heil … Ich habe keinen Menschen verletzt.
Heil … Ich habe weder Mann noch Frau getötet.

Wieder geht jegliches Andenken an das Tempelgrab verloren; die Sanddünen liegen unter der Felswand in einem verlassenen Winkel des Landes. Der Geist kann sich bei Tage frei bewegen und bei Nacht über die Erde kommen, aber die Flasche ist gefangen, vergessen, eingehüllt in ihr eigenes Schweigen. Warum sollte man also ohne sie und das Geheimnis, das sie enthält, herauskommen?

Einer von uns ist vor die Götter getreten … Was aus seinem Munde kam, wurde für unwahr erkannt. Er hat gesündigt und er hat Übles getan und er ist vor Amenet, dem Verschlinger, geflohen.

Wenn wir uns vor den Göttern verbergen, ist alle Zeit gleich. Wenn die Götter uns Schlaf befehlen, sagen sie nicht, für wie lange. Noch zweihunderttausendmal rollt die Sonne über die Wüste und wieder richten Räuber ihren Blick auf diese Dünen. Die Priester regen sich. Vielleicht ist die Zeit gekommen.

Anna wurde ruckartig wach. Sie lag still und starrte an die Kabinendecke, wo die Fensterläden Schattenstreifen über die beweglichen Wasserreflexe von draußen warfen. Ihr Kopf schmerzte so, dass sie die Finger gegen die Schläfen presste. Sie fühlte sich völlig erschöpft. Sie war zu müde, um sich auch nur hinzusetzen. Erst als sie einen Blick auf ihre Armbanduhr warf, bekam sie einen Adrenalinstoß. Es war beinahe zehn Uhr.

Das Schiff war verlassen. Sie stand vor dem Schwarzen Brett vor dem Speisesaal, wo die Frühstückszeit längst vorüber war, und fragte sich, wo sie alle hingegangen waren. Die heutige Tagesplanung war ihr völlig entfallen. Auf dem säuberlich getippten Blatt vor ihr standen alle Aktivitäten des Tages aufgelistet. Heute Morgen gab es einen freiwilligen Ausflug nach Assuan und zum Basar, gefolgt von einem mittäglichen Kurzbesuch des alten Kataraktho-tels. Sie runzelte die Stirn. Da wäre sie gerne hingegangen. Langsam drehte sie sich um und schlenderte zur Lounge. Ibrahim sprach sie an, als sie gerade auf dem Weg zum schattigen Hinterdeck war. »Haben Sie Ihr Frühstück verpasst, Mademoiselle?«

Sie lächelte ihn an, gerührt, dass er das bemerkt hatte. »Ich fürchte, ich habe wieder verschlafen.«

»Soll ich Ihnen Kaffee und Croissant bringen?« Er drückte hastig seine Zigarette aus. Er hatte gerade die Bar poliert, nun räumte er das Staubtuch in ein Regal und kam zu ihr.

»Das wäre wunderbar, danke, Ibrahim.« Sie lächelte. »Sind alle an Land gegangen?«

»Fast alle. Sie wollen viel Geld im Basar ausgeben.« Er grinste.

Während er ihr Kaffee holte, begab sie sich an einen Tisch am hinteren Ende des Schattendecks, unter dem weißen Sonnensegel. Hier war sie genau am entgegengesetzten Ende von den Blumentöpfen mit ihren wuchernden Hibisken, Geranien und Bougainvilleen und dem Versteck des Parfümfläschchens. Dies war die ideale Gelegenheit, es hervorzuholen. Man konnte es nicht für immer in einem Blumentopf auf einem kleinen Nildampfer lassen. Aber sobald es wieder in ihrem Besitz war, würde sie eine Entscheidung fällen müssen. Sie starrte durch die Geländerstäbe auf das Wasser. Sie wollte mit Serena sprechen. Sie war sich ihrer Gefühle nicht mehr so sicher, jetzt, da sie die Namen der beiden Priester kannte, die der Flasche folgten. Und sie musste noch mehr über den Sekhmet-Priester herausfinden.

Sie kramte in der mitgebrachten Schultertasche nach ihrem Reiseführer. Irgendwo vorne gab es ein kurzes Glossar der ägyptischen Götter, das wusste sie. Sie schlug es auf und fand die Seiten. Hier war Sekhmet mit ihrem großen Löwenkopf. »Die Löwengöttin entfesselt ihren Zorn …«, stand da zu lesen. Über dem Kopf der Figur befanden sich eine Sonnenscheibe und eine Kobra. Sie fröstelte.

»Ist Ihnen kalt, Mademoiselle?« Ibrahim stand da mit seinem Tablett. Er stellte ihr Kaffee und ein Croissant auf den Tisch sowie ein Glas Obstsaft.

Sie schüttelte den Kopf. »Ich habe nur über etwas nachgedacht, was ich hier gelesen habe, über die alten Götter. Sekhmet, die löwenköpfige Göttin.«

»Das sind nur Geschichten, Mademoiselle. Sie sollten Ihnen keine Angst einjagen.«

»Sie ist die Göttin des Zorns. Sie wird mit einer Kobra dargestellt.« Sie blickte zu ihm auf. »Wie kommt es, dass Sie so viel über Schlangen wissen, Ibrahim?«

Er klemmte das leere Tablett unter den Arm und lächelte. »Ich habe von meinem Vater gelernt und er wieder von seinem Vater.«

»Und sie tun Ihnen nie etwas?«

Er schüttelte den Kopf.

»Als Charley die Schlange in ihrer Kabine fand, da sagten Sie, sie bewache etwas, das mir gehört. Woher wussten Sie das?«

Auf einmal war er nervös und fuhr sich mit der Zunge über die Lippen. Er warf ihr einen kurzen Blick zu, als überlegte er, was er sagen sollte, und sie versuchte ihm zu helfen. »War es eine echte Schlange, Ibrahim? Oder war es eine Zauberschlange? Ein Phantom?«

Er trat unbehaglich von einem Fuß auf den anderen. »Manchmal ist das das Gleiche, Mademoiselle.«

»Meinen Sie, sie wird zurückkommen?«

»*Inschallah.*« Er zuckte die Achseln.

Mit einer leichten Verbeugung und diesem ärgerlichen Wort, das Louisa immer so auf die Palme gebracht hatte, zog er sich zurück. Sie rief ihn nicht zurück. Was sollte sie noch sagen?

Eine Stunde später stand sie schließlich auf und begab sich zur Treppe, die auf das obere Deck führte. Das Schiff war immer noch leer. Sie hatte niemanden gesehen, weder Passagiere noch Besatzung, seit Ibrahim sie allein gelassen hatte, aber auf dem Fluss war viel los. Kreuzfahrtschiffe rangierten an den schmalen Anlegestellen, Flöße, Feluken, überladene Ruderboote, Fähren, kleine Fischerboote und Motorboote fuhren hin und her, manche nur einen Schritt von der Reling entfernt. Sie hörte den geschäftigen Lärm der Stadt, Autohupen, Rufe von der *Corniche*, aber das Deck selbst war leer. Ihr wurde klar, dass sie versucht hatte, Mut zu schöpfen, seit sie ihre Kabine an diesem Morgen verlassen hatte. Es war Unsinn, sich einzureden, sie müsste auf Serena warten. Das war nur eine Ausrede. Sie musste die Flasche ausgraben, sie in ihre Kabine mitnehmen, sie in einen verschlossenen Umschlag stecken, und wenn Omar zur Mittagessenszeit zurückkehrte, sie ihm geben, damit er sie in den Schiffssafe legte.

Die Blumen waren in der Frühe gegossen worden, aber das Deck war schon wieder trocken. Sie ging langsam zu den Pflanzenkübeln, stellte sich ans Geländer und schaute über den Fluss zu den sandfarbenen Hügeln, die im Hitzedunst schon beinahe wieder verhüllt waren. Es würde nicht länger als eine Sekunde dauern.

Sie stellte sich das Fläschchen vor, wie sie es so viele Jahre ihres Lebens gekannt hatte, wie es hübsch und unschuldig auf ihrem Toilettentisch gestanden hatte, erst in ihrem Elternhaus, dann in dem Haus, das sie mit Felix geteilt hatte. Damals hatte sie keine Angst davor gehabt. Auf einmal fiel ihr ein regnerischer Nachmittag in ihrer Kindheit ein, an dem sie ein Federmesser genommen und versucht hatte, es in das Siegel hineinzubohren und den Stöpsel herauszubekommen. Wenn es ihr gelungen wäre? Wenn die Substanz in der Flasche, was immer es war, ausgelaufen wäre? Warum hatten die Wächter der Flasche damals nicht versucht, sie aufzuhalten? War es das kalte englische Klima, die Entfernung von ihrem Geburtsland, was sie hinderte? Oder hatte ihre Unschuld sie gerettet und die Tatsache, dass sie sich wegen des mangelnden Erfolgs schnell langweilte und das Taschenmesser in ihre Shorts zurücksteckte, die Flasche mit schlechtem Gewissen an ihren Ort zurückstellte und aus dem Haus rannte, um im Regen zu spielen. Das war das einzige Mal, dass sie je versucht hatte, das Fläschchen zu öffnen.

Eine Feluke flog vorbei, bemannt mit zwei Jungen. Sie winkten und riefen und Anna winkte lächelnd zurück. Sie brauchte sich nur umzudrehen, ihre Hand unter die Pflanzen zu stecken und in der Blumenerde nach der Flasche zu fühlen. Mehr nicht. Dann würde sie sie nach unten tragen, gut einpacken und Omar geben. Es würde höchstens fünf Minuten dauern.

Plötzlich merkte sie, dass sie beobachtet wurde. Sie spürte, wie sich ein Blick in ihren Rücken bohrte. Ganz gewiss war es jemand auf dem großen Dampfer, neben dem sie lagen. Niemand sonst. Nur ein müßiger Zuschauer, der sowieso nicht erkennen konnte, was sie da machte. Es war nichts Unheimliches, das würde sie sonst spüren. Sie würde fühlen, wie die Gänsehaut sich auf ihrer Haut ausbreitete, und Kälte und Angst wie etwas Greifbares empfinden. Sie holte tief Luft, hielt sich am Geländer fest und drehte sich um. Das Deck war menschenleer. Sie schaute nach oben, aber auch da war niemand zu sehen.

Sie biss die Zähne zusammen, arbeitete sich zu dem Blumenkübel vor und bückte sich. Die inneren Blätter waren noch nass und die Erde war ganz matschig. Sie fuhr durch die verknoteten Stiele und Wurzeln, bis sie etwas Kaltes und Hartes spürte. Sie schloss die Augen, zwang sich zur Ruhe und begann, es herauszulösen. Schließlich hatte sie es. Sie richtete sich auf, hob es hoch und begann, die Erde abzuputzen. Da wurde es plötzlich kalt um sie.

Sie hielt den Atem an. Bitte, lieber Gott, nein. Nicht schon wieder. Langsam schaute sie auf.

Der Priester der Sekhmet, durchscheinend wie Nebelschwaden, trug die Haut eines Wüstenlöwen. Sie konnte alles sehen: das sandfarbene Fell, die große Pfote mit den ausgestreckten Klauen, die ihm über die Schulter hing, das goldene Halsband des Mannes, die Goldkette über seiner Brust, die das Fell hielt. Sie sah seine langen, schlanken Beine, seine Sandalen, seine muskulösen Arme, die einzelne Haarlocke über der Schulter, und sie sah für den Bruchteil einer Sekunde sein Gesicht, die brennende Wut seiner Augen, den gespannten Zorn in seinem Unterkiefer. Er hatte sie ebenso gesehen wie sie ihn. Er hatte ihre Gegenwart bemerkt, dessen war sie sicher. Er wusste, dass sie es gewesen war, die die heilige Flasche zwischen den Pflanzen versteckt hatte, und dass sie sie nach Ägypten zurückgebracht hatte.

Nein!

Sie glaubte nicht, dass sie das Wort laut gesprochen hatte. Ihr Mund war trocken, ihre Kehle wie zugeschnürt. Die Stille um sie her war allumfassend. Alle Geräusche von außen, vom Fluss und von der Stadt waren verstummt.

Mit einer einzigen, verzweifelten Bewegung warf sie sich herum und hob den Arm, um die Flasche in den Nil zu schleudern.

Doch da schloss sich eine Hand um ihr Handgelenk und die Flasche fiel ohne Schaden zu nehmen auf die ausgebleichten Baumwollkissen eines Liegestuhls. Auf einmal konnte sie wieder hören: die Boote, die Autos, die Rufe, all den Lärm der Moderne und darin eine bekannte Stimme.

»Was machen Sie denn da?« Es war Andy. Er starrte Anna verwundert an. »Was es auch getan hat, das verdient es doch nicht.« Er grinste und bückte sich, um das Fläschchen aufzuheben.

Einen Augenblick lang starrte sie ihn schweigend an, dann drehte sie sich um. Das Deck war leer. Sie hatte Halluzinationen. Natürlich. Ihre Müdigkeit, ihre Besessenheit von der Geschichte, vielleicht auch ihr Gespräch mit Ibrahim. All das hatte zusammengewirkt, sodass sie sich eingebildet hatte, etwas zu sehen.

Andy blinzelte die Flasche in seiner Hand vorsichtig an. »Sie ist nicht echt. Aber das wissen Sie natürlich. Ich hatte Recht. Die sind immer falsch. Alles Echte ist inzwischen in Museen.« Er rieb noch etwas Erde ab. Er nahm sein Taschentuch heraus und polierte sie kurz; anscheinend wollte er gar nicht wissen, warum sie voller Erde war. »Sehen Sie hier?« Er hielt sie ihr hin und zeigte auf den Stöpsel. »Das Glas ist maschinell hergestellt. Es ist nicht einmal eine sonderlich alte Fälschung.«

Sie streckte ihre Hand nicht danach aus. »Es muss älter als hundert Jahre sein, wenn es Louisa Shelley gehört hat.« Sie schluckte heftig. Zu ihrer Überraschung klang ihre Stimme ganz normal, sogar beleidigt. Wenn er Recht hatte, dann konnte es keinen Geist geben. Wie konnte dann ein Geist da sein?

Ihre Erwiderung schien ihn zu verwirren. »Natürlich. Ich hatte vergessen, dass es ihr gehört hat. Aber sind Sie sicher, dass es dasselbe ist? Familientraditionen und -geschichten sind oft voller Fehler. Ich kenne mich aus mit Provenienzen. Das ist mein Beruf, vergessen Sie das nicht. Die Leute schwören Stein und Bein, dass ihre Großmutter oder ihr Urgroßvater dies und jenes gemacht hat, und oft verhält es sich ganz anders. Sie lügen nicht bewusst, die Erinnerungen und Geschichten kommen nur mit den Jahren etwas durcheinander. Vielleicht hat Louisa es verkauft oder verloren. Vielleicht hat ein Sohn oder eine Tochter dies hier in einer Schublade von ihr gefunden und gedacht: ›Das muss es sein. Das ist die Flasche, über die sie in ihrem Tagebuch schreibt.‹ Hat sie darüber geschrieben?«

»Oh ja, sie schreibt darüber.«

»Und passt die Beschreibung?« Er kratzte mit dem Fingernagel am Siegel.

»Ja.«

Er sah mit skeptischer Miene zu ihr auf. »Warum wollten Sie es dann wegwerfen? Selbst wenn es viktorianisch ist und nicht pharaonisch, hat es doch einen gewissen Seltenheitswert.«

»Es ist nicht viktorianisch, Andy. Es ist echt.«

Er sah sie nachdenklich an, dann hielt er die Flasche nah an die Augen und blinzelte sie an. »Und Sie wollten sie in den Nil werfen?«

Sie verzog das Gesicht. »Ich hatte meine Gründe, glauben Sie mir.«

»Vielleicht sollte doch lieber ich darauf aufpassen?«

Sie zögerte. Es wäre so einfach, sie ihm zu geben, die ganze Geschichte zu vergessen. Die Verantwortung abzugeben.

Er beobachtete ihr Gesicht. »Was ist los mit der armen kleinen Flasche? Erst klaut Charley sie, jetzt wollen Sie sie loswerden.«

»Es ist eine Spukflasche, Andy. Ein Fluch hängt daran. Sie hat einen Wächtergeist…« Sie brach unvermittelt ab, als sie seinen Gesichtsausdruck sah.

»Ach, Unsinn! Das glaube ich nicht. Da steckt doch Serena dahinter, oder?« Plötzlich wieherte er vor Lachen. »Ach, meine arme Anna. Hören Sie, Süße. Sie dürfen sich nicht ins Bockshorn jagen lassen von ihr. Serena spinnt total. Mit ihrem ganzen spiritistischen Zeug und ihrer altägyptischen Mystik und Magie. Das ist Quatsch. Sie hat mit dem Zeug angefangen, als ihr Mann gestorben war. Lassen Sie sich von ihr keine Angst einjagen.«

»So ist es nicht, Andy.«

»Nein? Na, da bin ich aber froh. Einmal ist sie fast für unmündig erklärt worden. Deshalb ist Charley bei ihr eingezogen. Charleys Mutter und Serenas Schwester sind eng befreundet. Sie sind, glaube ich, zusammen zur Schule gegangen oder so. Ich glaube, alle waren der Meinung, dass Serena nicht länger alleine leben sollte.«

»Das glaube ich Ihnen nicht!« Sie starrte ihm ins Gesicht. »Serena weiß sehr viel. Und sie ist verlässlich. Ich mag sie.«

»Wir mögen sie alle, Anna. Deshalb geben wir uns solche Mühe, ihr zu helfen. Deshalb, wenn ich ehrlich bin, sind wir alle auf dieser Reise. Um ein Auge auf sie zu haben, für den Fall, dass sie sich in all diesem Hokuspokus verliert.« Er setzte sich unvermittelt auf den Liegestuhl. »Es tut mir Leid. Das ist offensichtlich ein Schock für Sie. Vielleicht hätte ich nichts sagen sollen. Aber all dieses okkulte Zeug ist Besorgnis erregend, und wenn sie Sie dazu gebracht hat, es zu glauben…«

»Sie hat mich nicht dazu gebracht, irgendetwas zu glauben, Andy.« Sie hielt inne. »Ich glaube es, weil ich Dinge mit eigenen Augen gesehen habe.«

Einen Augenblick herrschte Schweigen. Sie betrachtete sein Gesicht. Er beobachtete sie, den Kopf etwas schief gelegt, mit einem spöttischen Glitzern in den Augen. »Das haben Sie schon einmal gesagt. Aber was genau haben Sie gesehen? Helfen Sie mir auf die Sprünge.«

»Einen Mann. Zwei Männer. Einen mit einer Löwenhaut, einen mit einer langen Robe.«

»So gut wie jeder Ägypter, den Sie sehen, trägt eine *Djelaba,* Anna«, sagte er freundlich. »Wir befinden uns auf einem Schiff, wo es mehr Besatzungsmitglieder zur Bedienung gibt als Passagiere. Sie haben sicher auch bemerkt, dass sie unsere Leintücher und Handtücher ungefähr zehnmal am Tag wechseln. Sie stehen herum und warten auf den kleinsten Wink von uns ...«

»Andy!« Sie hob die Hand. »Hören Sie auf damit. Ich bin nicht blöd. Bitte reden Sie nicht so von oben herab mit mir. Ich weiß, was ich gesehen habe.«

Er zuckte die Achseln und lächelte charmant wie immer. »Wenn das so ist, muss ich mich entschuldigen.«

»Gerade eben habe ich den zweiten Priester gesehen«, fuhr sie fort. »Hier. Beinahe auf demselben Fleck, wo Sie jetzt stehen. Er hatte keine *Djelaba* an, sondern eine Löwenhaut. Deshalb wollte ich die Flasche wegwerfen. Ich hatte Angst.«

Er schüttelte den Kopf. »Das ganze klingt ziemlich seltsam, und ich glaube, ich kann verstehen, warum Sie die Flasche wegwerfen wollten. Aber es muss bestimmt eine andere Erklärung geben.«

»Ich dachte, Serena wüsste die Antwort.«

Er schüttelte heftig den Kopf. »Bitte, lassen Sie Serena da heraus. Ich schlage vor, Sie räumen das weg«, er sah die Flasche an, »und vergessen es. Sorgen Sie dafür, dass Ihnen der Urlaub Spaß macht. Warum sind Sie heute früh nicht mit den anderen gegangen? Serena und Charley waren total aufgeregt, weil sie einen Haufen Geld für exotische Dinge ausgeben und lernen wollten, wie man im Basar richtig handelt.«

Sie lächelte kaum merkbar. Was hatte es für einen Sinn, ihm ihre Gefühle erklären zu wollen? »Ich habe verschlafen.«

»Aha. Bis zum Morgengrauen gelesen!« Sein Grinsen wurde breiter. Keiner von ihnen hatte die Vorkommnisse der vergangenen Nacht erwähnt, aber plötzlich hing die Erinnerung an seinen Kuss zwischen ihnen. Er beugte sich vor und klopfte auf den Stuhl neben seinem. »Sie sehen so fluchtbereit aus, wie Sie da stehen. Setzen Sie sich doch ein bisschen und ich gehe runter und hole uns beiden einen Drink. Die anderen werden bald zurückkommen. Nach dem Essen holt uns ein Bus ab, wir besichtigen den Staudamm. Das lohnt sich bestimmt. Und Ihr Flaschengeist kann Sie da nicht einholen.« Er klang versöhnlich.

Sie runzelte die Stirn. »Sie glauben mir immer noch nicht, stimmt's?«

»Anna, meine liebe …«

Sie wurde wieder zornig. »Nein. Verzeihen Sie, Andy, aber ich muss noch einiges in meiner Kabine erledigen. Wir sehen uns beim Essen.« Sie hob ihre Tasche auf, steckte das Fläschchen hinein und ging los.

»Anna! Seien Sie nicht böse. Es tut mir Leid, wirklich. Ich glaube Ihnen ja, dass Sie meinen, Sie hätten etwas gesehen. Vielleicht haben Sie das ja auch.« Seine Stimme folgte ihr über das Deck. Dann änderte sich sein Tonfall. »Anna, hören Sie. Bevor Sie gehen, muss ich Ihnen noch etwas Wichtiges sagen. Ich habe heute Nacht nachgedacht. Über Toby …«

Sie blieb stehen und drehte sich langsam um. Er hatte sich aus dem Stuhl erhoben und kam ihr nach. Als er sie zögern sah, blieb er stehen. »Er hat eine Vergangenheit. Ich hatte Recht. Es ist etwas Gravierendes. Ich tratsche nicht, aber das hier ist ein kleines Schiff, und da er sich offensichtlich für Sie interessiert, finde ich, Sie sollten das wissen. Ich bin ziemlich sicher, woher ich mich an seinen Namen erinnere. Und an sein Gesicht. Es war in der Zeitung. Er wurde wegen etwas sehr Ernstem verurteilt.« Er machte eine Kunstpause. Anna wartete mit der Tasche über der Schulter. Halb wollte sie weggehen, halb wollte sie bleiben und hören, was er zu sagen hatte.

»Ich glaube, er war angeklagt, seine Frau umgebracht zu haben, Anna.«

Sie riss erschrocken die Augen auf. »Das glaube ich Ihnen nicht.«

»Ich hoffe, ich habe Unrecht. Aber ich musste es Ihnen doch sagen. Damit Sie vorsichtig sind.«

»Das bin ich.« Sie war erschüttert. Und sehr wütend. Wütend auf Toby und wütend auf Andy. »Das ist Tratsch, Andy. Sie wissen das nicht mit Sicherheit, und um was es auch geht, es ist lange her, sonst wäre er jetzt nicht hier.« Sie drehte sich auf dem Absatz herum und ging auf die Treppe zu. Sie sah sich nicht um, ob er ihr folgte.

In ihrer Kabine warf sie die Tasche auf das Bett. Die Gedanken an die Flasche waren verschwunden. Sie dachte über Toby nach.

»Zum Teufel!« Einen Moment lang starrte sie sich im Spiegel des Toilettentisches an. Ihre Wangen waren gerötet, aber sie war nicht sicher, ob das vom Ärger herrührte oder weil sie an Deck in der Sonne gestanden hatte. Ihre Augen füllten sich mit Tränen. Es war einfach zu viel. Die schlaflose Nacht, das Parfümfläschchen, die Geistererscheinung an Deck und nun dies. Plötzlich wurde ihr klar, dass sie verzweifelt hoffte, Andy hätte Unrecht. Dass Toby nicht der Mann war, für den er ihn hielt. Und sie war sich sicher, dass sie beide satt hatte, mit ihrem unstillbaren Verlangen, ihr Duftfläschchen und das Tagebuch in die Finger zu bekommen.

Sie drehte sich wütend zum Bett um und nahm das Fläschchen aus der Tasche. »Okay, Anhotep oder Hatsek, wer ihr auch seid! Wo seid ihr? Wenn ihr da seid, warum nehmt ihr das verdammte Ding nicht?« Ihre Stimme zitterte. »Wenn es so kostbar und wichtig ist, warum habt ihr es nicht schon vor langer Zeit genommen? Warum habt ihr bis jetzt gewartet?« Sie hielt inne. »Oder musstet ihr warten, bis ich es wieder nach Ägypten bringe? Ist es das? Solange wir im kalten England waren, ist nichts passiert. Aber jetzt sind wir hier und ihr wollt es haben. Prima. Nehmt es! Bitte schön!« Sie hielt es in der ausgestreckten Hand und drehte sich langsam einmal um die eigene Achse. »Nein? Niemand meldet sich? Na gut, dann lasst mich in Ruhe! Wenn ich euch noch einmal sehe, dann fliegt es über Bord und niemand sieht es jemals wieder. Kapiert?« Sie zog die Schublade des Toilettentisches auf, warf das Fläschchen hinein und knallte sie zu.

Beinahe in derselben Sekunde klopfte es. Sie fuhr herum, das Herz klopfte ihr bis zum Hals. »Wer ist da?« Sie schluckte nervös.

»Ich bin's, Andy. Ich will mich entschuldigen.«

»Das ist nicht nötig.« Sie machte keine Anstalten, die Tür zu öffnen.

»Bitte, Anna, lassen Sie mich herein.« Der Türknopf drehte sich. Sie hatte nicht abgeschlossen und die Tür ging auf. »Es tut mir wirklich Leid, dass ich sie aufgeregt habe. Das war nicht meine Absicht. Ich fand nur, Sie sollten es wissen.«

»Sie haben mich nicht aufgeregt, aber ich wäre dankbar, wenn Sie nicht immer ohne Erlaubnis in meine Kabine platzen würden. Zu Ihrer Information, Toby und seine Vergangenheit sind mir völlig gleichgültig. Und es ist mir auch egal, ob Sie mir das mit der Flasche glauben.«

»Sind Sie sicher?« Er zog eine Miene des Bedauerns. »Sie können ja versuchen, mich zu überzeugen.«

Sie zögerte und warf ihm einen wütenden Blick zu. Dann zuckte sie die Achseln. »Also gut. Ich will Ihnen etwas zeigen.« Sie trat zum Nachttisch. »Sie glauben, ich bilde mir Anhotep nur ein? Sehen Sie, was Louisa über ihn schreibt. Vielleicht glauben Sie ihr.«

»Es ist nicht so, dass ich Ihnen nicht glaube, Anna ...«

»Doch. Sie halten mich für eine neurotische Närrin. Denn schließlich denken Sie so über Serena, und wenn wir dieselben Dinge glauben, dann denken Sie auch so über mich.« Sie zog das Tagebuch aus der Schublade, setzte sich aufs Bett und öffnete es. Andy setzte sich neben sie. Sein Blick war gierig auf das Buch geheftet. »Zeigen Sie es mir«, sagte er ruhig. »Zeigen Sie mir, was Louisa über das alles sagt.«

Sie sah zu ihm auf, dann blickte sie schnell weg und blätterte durch die Seiten. »Okay, sehen Sie hier: ›Ich streckte die Hand aus, um ihn zu vertreiben, und meine Hand ging durch ihn hindurch wie durch Dunst.‹ Und hier: ›Die Gestalt beobachtete mich ... er kam auf mich zu, er schwebte über die roh behauenen Steinplatten. Er hatte die Arme über der Brust gekreuzt, aber als er näher kam, öffnete er sie und streckte sie nach mir aus. Ich schrie ...‹ Und sehen Sie hier. Und hier. Und sehen Sie, wie scharf Lord Carstairs auf diese Flasche war. Warum hätte er sich dafür interessieren sollen, wenn sie nicht echt ist?«

Andy machte eine Handbewegung, als wollte er das Buch nehmen. Im letzten Moment überlegte er es sich anders und ließ seine Hand zwischen sie auf die Bettdecke fallen. Sein Blick hing an dem Buch auf ihrem Schoß. Zwischen den eng geschriebenen Absätzen in der schräg gestellten Handschrift war eine kleine Aquarellskizze, etwa sechs bis sieben Zentimeter hoch. Sie stellte einen gut aussehenden Ägypter dar, der vor einem Hintergrund von Wüstenhügeln stand und ins Weite blickte. »Ist das Ihr Geist, Anhotep?«, fragte er zahm.

Sie schüttelte den Kopf. »Es steht nichts dabei. Aber ich glaube, das muss Hassan sein, ihr Liebhaber.«

»Ihr Liebhaber!« Er riss sich vom Tagebuch los und schaute sie an.

Sie nickte. »Ihr Dragoman. Sie hat sich in ihn verliebt, als sie zusammen die Sehenswürdigkeiten besuchten. Er war es, der ihr die Flasche schenkte.«

»Lieber Gott! Das war ganz schön riskant, oder? Das verstieß doch gegen jedes viktorianische Tabu. Klasse, Rasse und Religion auf einmal. Bravo, Louisa!«

Anna nickte. »Sie muss eine erstaunlich mutige Frau gewesen sein. Hier, sehen Sie. Da ist noch eine Beschreibung der Geister.« Ihr Finger fuhr unter den Worten entlang. »Glauben Sie mir jetzt?« Sie blickte auf.

Er rieb sich das Kinn. »Also, ich habe es nicht so mit Geistern und solchen Sachen, Anna. Wie immer sie das hier nennt. Tut mir Leid. Ich suche immer nach einer rationalen Erklärung, wenn etwas Ungewöhnliches passiert. Schließlich müssen damals ebenso viele gut aussehende Ägypter in weißen Roben herumgeschwebt sein und sich seltsam verhalten haben wie heute.« Er schwieg, offensichtlich konnte er kaum erwarten zu erfahren, wie es weiterging. »Aber wenn wir die Geister jetzt mal beiseite lassen und annehmen, dass sie nicht mehr getan haben, als in Philae im Schatten herumzuschweben, was geschah, als sie zurück zum Schiff kam? War Carstairs weiter hinter der Flasche her?«

Sie blätterte um. Hier fanden sich zwei Zeichnungen, eine von einer Feluke, die über den Nil segelt, während die Sonne hinter einer Sandsteinklippe untergeht, und die andere von einer Frau in nubischer Tracht mit Schleier über dem Kopf und einem Teil ihres Gesichts, die ein Tongefäß auf dem Kopf balanciert. Darunter zog sich die Schrift über das Blatt und wurde nach unten immer enger und enger.

»Es war nahezu dunkel, als wir neben der Dahabiya anlegten und Hassan ein Seil zu dem wartenden *Reis* hinaufwarf. Als ich an Bord kletterte, in meinen unbequemen anständigen Schuhen und meinem Kleid, schüttelte der *Reis* aufgeregt den Kopf. ›Sitt Louisa, es ist etwas vorgefallen. Sie müssen sofort in den Salon gehen.‹ Anschließend ließ er eine arabische Schimpftirade auf meinen armen Hassan los.«

Anna sah auf. »Sind Sie sicher, dass Sie das alles hören wollen?«

Andy nickte entschieden. »Auf jeden Fall. Lesen Sie weiter. Was ist dann passiert?«

Sie erkannte Lord Carstairs am Salontisch. Bei ihm standen die beiden Damen Fielding und Augusta. Sir John erwartete sie an der Tür.

»Gott sei Dank, dass Sie in Sicherheit sind, meine liebe Louisa. Gott sei Dank!« Er fasste sie an den Schultern und drückte einen Kuss auf ihre Wange. »Wir haben uns fast zu Tode geängstigt!«

Sie zog die Stirn in Falten. »Sie wussten aber doch, wo ich war?«

»Oh, ich wusste, wo Sie waren, aber als Roger uns erzählte, was Ihnen zugestoßen ist, waren wir völlig aus dem Häuschen, meine Liebe. Was für eine Katastrophe! Welch ein Skandal!«

Louisa starrte erst ihn, dann Lord Carstairs an. »Was für eine Katastrophe? Was für ein Skandal?« Plötzlich stieg Argwohn in ihr auf. Carstairs war zwar kurz zur Begrüßung aufgestanden, als sie in den Salon getreten war, hatte sich aber sofort wieder gesetzt und betrachtete nun seine Hände, die er auf dem Tisch gefaltet hatte. Er blickte nicht auf.

»Bitte, Lord Carstairs, was für einen Skandal glaubten Sie meinen Freunden berichten zu müssen?« Der aufgekeimte Zorn gab ihrer Stimme Kraft. Endlich sah er auf und erwiderte ihren Blick. Sie fühlte, wie ihr der Mut schwand. Sein Blick war unbeschreiblich tief und ebenso ausdruckslos. Für einen Augenblick wurde ihr Kopf völlig leer. Verzweifelt versuchte sie, Ruhe zu bewahren, worüber er lächelte. Ein strahlendes Lächeln von außerordentlicher Wärme.

»Mrs. Shelley, verzeihen Sie mir. Ich habe nur aus verzweifelter und echter Sorge um Ihre Sicherheit mit den Forresters darüber gesprochen. Ich wollte in keiner Weise Geheimnisse ausplaudern;

ich hätte niemals wissentlich etwas gesagt, das in irgendeiner Weise Ihren Ruf schädigen könnte.«

»Das hätten Sie auch nicht gekonnt, Mylord!« Sie sah ihm standhaft in die Augen und zu ihrer Erleichterung schaute er endlich weg. »Ich habe nichts getan, was eine solche Anklage begründen könnte. Was fällt Ihnen ein, so etwas zu unterstellen?«

Plötzlich wurde ihr bewusst, dass alle im Salon sie mit den Augen fixierten. Katherine hatte eine Hand sanft auf ihren schwellenden Bauch gelegt, wie um das Ungeborene vor den unausgesprochenen Schrecken zu schützen, die im Raum schwebten. Auf Venetias Gesicht malte sich eine seltsam erregte Ehrfurcht. Augusta wirkte bloß verlegen, Sir John schien aufgebracht und David Fielding wünschte offensichtlich, er wäre weit weg.

Schließlich brach er das Schweigen. Er war nach Louisas Ankunft im Salon stehen geblieben und hatte die Hände hinter dem Rücken verschränkt, als wollte er eine Rede halten. »Ich finde, meine Lieben, es ist Zeit, zu unserem Schiff zurückzukehren. Wir haben alle einen anstrengenden Tag hinter uns und ich bin sicher, dass auch Mrs. Shelley sich gerne ein bisschen ausruhen und beruhigen möchte, ohne uns alle dabeizuhaben. Katherine?« Er hielt seiner Frau den Arm hin, die ihn einen Augenblick enttäuscht anstarrte, da sie nun diesen herrlichen Streit nicht miterleben sollte, der sich zusammenzubrauen schien. Venetia, offensichtlich ebenso bekümmert, fuhr ihren Bruder an: »Wir können nicht ohne Roger gehen. Schließlich wollten wir den Abend zusammen verbringen, oder?«

David spitzte die Lippen. »Roger wird uns sicherlich diesmal entschuldigen. Wir können uns morgen immer noch treffen.«

Seine beschwichtigende Höflichkeit wurde Lügen gestraft durch den entschiedenen Ton in seiner Stimme. In Sekundenschnelle hatte Katherine sich aufgerappelt, sodass Venetia nichts anderes übrig blieb, als ebenfalls aufzustehen.

Louisa sah zu, wie sie sich verabschiedeten und an Deck gingen, um ihren Bootsmann zu rufen, und setzte sich schließlich. Lord Carstairs und Sir John waren ihren Gästen gefolgt, um ihnen Lebewohl zu sagen, sodass Sie sich nur Augusta gegenüber befand.

»Was soll dieser Unsinn bedeuten?«, fragte sie forsch. »Wessen hat er mich beschuldigt? Dieser Mann ist wirklich lästig. Er ist mir ohne Aufforderung gefolgt, hat meine Besichtigung unterbrochen und mir den ganzen Tag verdorben. Und jetzt bei meiner Rückkunft muss ich feststellen, dass er hinter meinem Rücken irgendwelche Anschuldigungen vorgebracht hat. Was genau hat er denn geruht, über mich zu sagen?«

Augusta ließ sich auf einem der Stühle nieder und faltete die Hände im Schoß. »Er hat uns von Hassan erzählt, meine Liebe, und von seinem völlig unakzeptablen Benehmen. Ich kann Ihnen gar nicht sagen, wie Leid mir das tut. Er hatte so gute Empfehlungen.« Sie schüttelte den Kopf. »Aber ach, ich glaube, Sie sind eine sehr anziehende Frau«, ihr Ton machte deutlich, dass dies als Kritik gemeint war, »und Sie und er haben so viel Zeit zusammen verbracht. Da konnte er sich nicht beherrschen. Und da war noch etwas.« Sie hielt stirnrunzelnd die Augen auf Louisas Gesicht gerichtet. »Roger hat mir – natürlich vollkommen diskret – mitgeteilt, dass sie«, hier zögerte sie zum ersten Mal und sah auf einmal sehr verlegen aus, »dass Sie nicht angezogen waren, wie es sich ziemt! Sie haben so etwas wie Eingeborenentracht getragen, das sehr aufreizend und völlig unmöglich war für eine anständige Frau!« Ihr Gesicht begann zu glühen und sie griff in ihren Ärmel und holte ein Spitzentaschentuch heraus, um sich die Oberlippe abzutupfen.

»Hat mir Lord Carstairs also nachspioniert, um diese Anschuldigungen zu erheben?«, fragte Louisa hitzig. »Ich entsinne mich nicht, ihn je gebeten zu haben, sich zu mir zu gesellen. Das Kleid, auf das er sich bezieht, habe ich aus England mitgebracht«, fuhr sie wütend fort. Ein kurzer Augenblick von schlechtem Gewissen war ebenso schnell wieder verschwunden, wie er gekommen war. »Es ist keinesfalls Eingeborenentracht, wie er es bezeichnet. Es ist kühle Kleidung, vernünftig für dieses Klima und in keiner Weise unziemlich, das kann ich Ihnen versichern.« Sie erstickte geradezu vor Wut. »Was Hassan betrifft, so hat er sich mir gegenüber nie anders als respektvoll verhalten. Wie kann Lord Carstairs es wagen, etwas anderes zu behaupten! Er beleidigt mich, Augusta!«

Augusta stand erregt auf und ging zwei oder drei kleine Schritte im Salon auf und ab. »Nein, meine Liebe. Das hat er überhaupt nicht gewollt. Er hatte Recht, mit John und mir zu sprechen, wirklich. Er macht sich Sorgen um Ihren guten Ruf. Er bewundert Sie, Louisa. Er hat große Achtung vor Ihrem Talent, das er uns gegenüber als beträchtlich bezeichnet hat.« Sie nahm einen der Briefe vom Beistelltisch und fächelte sich damit Luft zu. »Er hat es gut gemeint, meine Liebe, wirklich.«

»Wenn es so ist, dann habe ich Sie ja in allen Einzelheiten beruhigen können.« Louisa fühlte die Hitze in ihrem Gesicht. »Verzeihen Sie, Augusta, ich muss mich vor dem Abendessen noch umziehen.« Sie blieb an der Tür stehen. Augusta starrte bewegungslos auf den Boden und plötzlich tat sie Louisa sehr Leid. »Ich zeige Ihnen nachher ein paar meiner Zeichnungen, wenn Sie wollen, Augusta. Dann können Sie selbst sehen, was ich den ganzen Tag auf meinen Ausflügen zu den Tempeln tue.« Bislang hatte die Lady keinerlei Anteil an ihren Zeichnungen genommen. »Und sobald wir den Katarakt passiert haben, werden auch Sie sehen, wie schön diese Insel ist«, fügte sie sanft hinzu.

Erst nach dem Essen, als Augusta schon zu Bett gegangen war und Sir John und Louisa bei parfümiertem Tee im gedämpften Licht einer einzigen Lampe im Salon saßen, ließ Sir John die Bombe platzen.

»Ich habe dem Konsul eine Nachricht geschickt mit der Bitte, uns einen Dragoman für den Rest der Reise zu empfehlen.«

Louisa stellte ihre Tasse ab. »Ich brauche keinen anderen Dragoman. Hassan ist ideal für mich.«

Er schüttelte den Kopf. »Ich habe Hassan entlassen.« Er betrachtete eingehend seine Zigarre und drehte sie zwischen den Fingern hin und her.

»Was haben Sie getan?« Louisa konnte sich nicht rühren. Sie blickte nicht auf. Eine schwarze Woge schien sie unter sich zu begraben.

»Ich habe ihn weggeschickt. Er war ein recht netter Mann, aber er entsprach nicht ganz dem nötigen Standard, finden Sie nicht auch?« Er steckte die Zigarre in den Mund. »Seien Sie nicht traurig. Wir finden einen neuen für Sie, meine Liebe. Das wird Ihre kleinen Malausflüge keineswegs behindern.« Er hielt inne. »Sie werden sowieso nicht weggehen wollen, während wir den Katarakt hinauffahren. Das soll sehr aufregend sein. Da können Sie jede Menge vom Boot aus zeichnen …«

Anna sah ärgerlich auf. »Arme Louisa. Wie konnte sie das aushalten? Sir John war so herablassend. Und was für ein Widerling dieser Carstairs war!«

Andy saß neben ihr und sah in das Buch auf ihrem Schoß. Sein Arm drückte sich an ihren, wie sie auf einmal bemerkte, und ihre Schenkel berührten sich. Es fühlte sich nicht unangenehm an, so nah neben ihm zu sitzen. Beinahe unbewusst berührte sie ihre Lippen mit den Fingern, als könnte sie noch den flüchtigen Kuss der vergangenen Nacht spüren. Verlegen schloss sie das Buch. »Andy, es ist fast Mittagessenszeit. Ich höre schon die anderen. Sie müssen von ihrem Einkaufstrip zurück sein. Vielleicht können wir ein andermal mehr lesen.«

Er nickte zögernd. »Klar. Das hat Spaß gemacht.« Er stand auf und ging zur Tür. »Ich kann es kaum erwarten, zu erfahren, was weiter passiert.« Er drehte sich um und zwinkerte ihr zu. »Ich verlasse Sie, damit Sie sich fertig machen können. Bis gleich.«

Sie starrte die geschlossene Tür an. Der Raum wirkte plötzlich größer, leerer, irgendwie einsamer. Sie schüttelte den Kopf, stand auf und verstaute das Tagebuch in der Nachttischschublade.

Als sie in den Speisesaal kam, hatten die anderen schon Platz genommen. Neben Andy war ein Stuhl für sie freigehalten worden. Sie setzte sich und warf dabei einen Blick auf Toby. Er drehte ihr den Rücken zu, anscheinend hatte er ihr Kommen nicht bemerkt. Einen Augenblick betrachtete sie ihn nachdenklich, dann wandte sie sich ihrem Tisch zu. Charley saß zur Linken von Andy, dahinter Ben und Serena. Anna beugte sich vor und lächelte über den Tisch hinweg Serena an. »Schade, dass ich heute Morgen den Ausflug verpasst habe. Ich hätte gerne den Basar gesehen. Haben Sie etwas Hübsches gekauft?«

Serena nickte. »Ich zeige es Ihnen später.«

»Ich nehme an, Sie hatten auch einen hübschen Vormittag.« Charley stützte die Ellbogen auf den Tisch und sah an Andy vorbei. »Sie werden nicht allzu einsam gewesen sein. Wo doch Andy Ihnen Gesellschaft geleistet hat.«

Ali kam mit einem Stapel vorgewärmter Teller und begann sie auf dem Tisch zu verteilen. Hinter ihm folgte Ibrahim mit einer Terrine voll dampfender Linsensuppe. Dankbar für die Unterbrechung wandte Anna sich ab, aber Charley ließ sich nicht abschütteln.

»Merkwürdig, dass ihr gleich beide verschlafen habt, nicht wahr?« Sie warf ihr Haar zurück, ohne auf Ibrahims Servieren achtzugeben.

»Haben Sie etwas Hübsches auf dem Basar gekauft, liebe Charley?«, unterbrach Ben freundlich.

Sie überhörte es. »Ich schätze, der Basar war zu gewöhnlich für Anna. Schließlich stammt sie von einer berühmten Malerin ab. Sie will einfach nur faulenzen und warten, dass alle anderen sich um sie scharen. Wundert mich, dass sie nicht mit einer Privatyacht fährt. Aber dann hätte sie ja keine netten, ungebundenen Männer kennen lernen können.« Sie lehnte sich triumphierend zurück. »Ali? Wo ist mein Wein?« Ihr Ruf ließ den jungen Kellner nervös hochspringen. Er verbeugte sich und eilte zu dem Serviertisch in der Mitte, um die Flasche zu finden, auf der ihr Name stand. Sie goss sich ein Glas ein und leerte es in einem Zug.

»Charley, mach mal halb lang.« Andy lehnte sich zu ihr hinüber. »Das ist doch alles nicht nötig.«

»Nein?« Sie bediente sich wieder. »Dieser ägyptische Wein ist Schrott. Er ist nicht stark genug.«

»Er ist gut.« Andy nahm ihr die Flasche aus der Hand und stellte sie außerhalb ihrer Reichweite auf den Tisch. »Komm, hör bitte auf damit. Lass uns einfach alle gute Freunde sein.«

Anna bemerkte plötzlich, dass es im Speisesaal sehr still war. Alle waren betreten und konzentrierten sich auf ihre würzige, dickflüssige Suppe, die mit frischer Minze garniert war. Sie spürte, dass Ibrahim hinter ihr einen Korb mit warmen Brötchen herumgehen ließ. Sie blickte zu ihm auf, aber sein Blick ruhte auf dem Korb, sein Gesicht war völlig ausdruckslos.

Omar, der am Nachbartisch saß, stand schließlich auf. Man konnte ihm anmerken, dass er nicht gerne hineingezogen werden wollte. Er kam langsam herüber. »Ist alles in Ordnung, Herrschaften?«

»Es geht schon.« Andy sah zu ihm auf. »Wir kommen zurecht.«

Omar blieb einen Augenblick stehen, dann nickte er und wandte sich um. Toby saß seitwärts auf seinem Stuhl, einen Arm über die Rückenlehne gelegt, und beobachtete die Szene unverhohlen. Als sich ihre Blicke trafen, zwinkerte er Anna ironisch zu. Sie lächelte unsicher zurück.

Die Teller wurden abgeräumt und durch neue ersetzt. Hochgetürmte Schalen mit Reis und *Kebeiya* – Fleischklößchen – wurden aufgetragen.

Anna blickte um den ganzen Tisch herum. Charley hatte sich noch ein Glas Wein eingeschenkt. Sie trank ihn in übellaunigem Schweigen, während Serena ihr dabei zusah.

»Es ist doch recht anders als ein elegantes Essen auf einer privaten Dahabiya«, bemerkte Andy leise. »So zu reisen muss wundervoll gewesen sein, mit so viel Muße, Zeit und Geld.«

Anna nickte.

»Ich werde nicht vergessen, dass ich die Fortsetzung lesen darf«, fuhr er fort. »Ich will wissen, wie es weitergeht.« Er lächelte sie an.

»Das glaube ich Ihnen.«

Auf seiner anderen Seite saß Charley, die Finger um ihr Glas geschlossen, und starrte in die Ferne. Als hätte sie Annas Blick gespürt, richtete sie sich plötzlich auf. Sie nahm noch einen großen Schluck und beugte sich dann vor, um Anna ins Gesicht zu sehen.

»Ich trete ihn nicht an Sie ab, wissen Sie. Du gehörst mir, stimmt's, Süßer?« Ihre Hand landete auf Andys, die neben seinem leeren Teller ruhte, und ein Fingernagel kratzte über sein Handgelenk.

Er fuhr zusammen. »Charley!«

Sie lächelte süßlich. »Ja, Charley. Und wenn die süße kleine Anna sich zwischen uns drängt, dann werde ich noch ganz andere Seiten aufziehen, als nur ihre blöde ägyptische Flasche zu stehlen, das kannst du mir glauben ...« Sie brach mit einem Quietschen ab, als sich eine Hand auf ihre Schulter legte.

»Genug Drohungen, junge Frau!«

Toby war aufgestanden, ohne dass einer von ihnen es bemerkt hatte, und stand direkt hinter ihr. »Kommen Sie. Sie essen sowieso nichts und Sie verursachen hier nur viel Kummer. Ich schlage vor, dass Sie rausgehen und sich erst einmal ausschlafen.« Er packte sie am Arm und zog sie hoch. Das Weinglas flog ihr aus der Hand und entleerte sich auf Andys Hemd.

Mit einem Wutschrei wirbelte Charley herum und schlug Toby ins Gesicht.

»Nehmen Sie Ihre Hände weg!« Andy versuchte verzweifelt, sich mit seiner Serviette abzuwischen.

»Bitte, Mr. Toby, lassen Sie mich das machen!« Omar versuchte Toby wegzuziehen, während Ibrahim und Ali zu beiden Seiten mit neuen Tischtüchern auftauchten.

»Lassen Sie nur, ich schaffe das schon.« Toby hielt die schreiende Charley an den Schultern fest. »Ich stecke sie in ihre Kabine. Los, kommen Sie, Schluss jetzt mit den Faxen.« Er brachte sie aus dem Gleichgewicht und in Sekundenschnelle hatte er sie aus dem Raum geschleppt. Die Türen fielen hinter ihnen zu.

Serena erhob sich von ihrem Stuhl. »Ich schaue lieber mal nach ihr.« Andy sprang auf. »Nein, bleib hier. Ich gehe und sehe nach, ob sie okay ist.« Er ließ seine weinfleckige Serviette fallen und rannte hinterher. Aber zuerst raunte er Anna noch zu: »Ich habe Ihnen ja gesagt, dass er gewalttätig ist.« Dann war er fort.

Serena setzte sich achselzuckend und wandte sich wieder dem Tisch zu. Es schien nur Sekunden zu dauern, bis Ibrahim und Ali ein neues Tischtuch aufgelegt und den Tisch wieder gedeckt hatten. Der nächste Gang folgte. Daraufhin wurden die Gespräche im Speisesaal wieder aufgenommen – etwas lauter als zuvor.

Andy kehrte erst nach zehn Minuten zurück. Er hatte Hemd und Hose gewechselt. »Sie schläft.« Er nahm auf seinem Stuhl Platz.

»Und Toby?« Anna studierte sein Gesicht. »Ich hoffe, Sie haben sich nicht geprügelt.«

Andy lachte. »Nein, wir haben uns nicht geprügelt. Ich habe ihm geholfen, Charley in ihre Kabine zu tragen und ins Bett zu legen. Wir haben ihr die Schuhe ausgezogen und sie dann so liegenlassen.«

»Und wo ist Toby?«

»Keine Ahnung. Vielleicht wollte er ganz schnell die Szene malen, so wie Louisa das getan hätte. Wer weiß?« In seiner Wange war ein ärgerliches Zucken zu sehen, plötzlich schien er sehr blass. Er streckte die Hand nach Charleys Weinflasche aus und schenkte sich ein Glas ein.

Anna machte ein zerknirschtes Gesicht. »Tut mir Leid, dass ich gefragt habe.«

Sie aßen eine Weile schweigend, dann sah Serena auf. »Also, wann fahren wir los zum Staudamm?«

»Bald.« Omar hatte ihre Frage gehört und stand auf. »Herrschaften, bitte beeilen Sie sich mit dem Kaffee. Wir fahren gleich.« Er lächelte in alle Richtungen. »Gleich nach englischer Zeit, bitte, also heute. Nicht gleich nach ägyptischer Zeit, das wäre erst nächste Woche.«

Anna fing im allgemeinen Gelächter einen Blick von Serena auf. Das Verhältnis der Ägypter zur Zeit war einer von Omars Lieblingsscherzen – ohne Zweifel wiederholte er ihn bei jeder neuen Reisegruppe. Sie hatte bereits beschlossen, sich im Bus auf der Fahrt zum Staudamm neben Serena zu setzen. Sie mussten wichtige Dinge besprechen.

Ihre Entscheidung wurde jedoch von Andy durchkreuzt, der, kaum dass sie sich niedergelassen hatte, den Sitz neben ihr in Beschlag nahm. »Sie haben doch nichts dagegen?«

Sie verbarg ihren Unwillen, obwohl sie unbedingt mit Serena sprechen musste. »Natürlich nicht.«

»Haben Sie Ihre Spukflasche dabei?« Seine Augen blitzten.

Sie warf einen Blick in den Reiseführer auf ihrem Schoß. »Nein, ich habe sie in meiner Kabine gelassen.«

»Und das Tagebuch?«

»Das Tagebuch auch. Beides in Sicherheit.«

»Hoffentlich.« Er sah sich im Bus um, während sich die Türen schlossen und der Bus den Quai verließ. »Toby scheint nicht bei uns zu sein. Ich wusste, dass Charley nicht kommen würde – sie ist nicht dazu imstande –, aber wo ist er? Ich dachte, er interessiert sich für den Staudamm.«

»Nun, was immer er für Gründe hat, es ist ja nicht so, dass er einfach durch meine Kabine laufen kann«, erwiderte Anna entschieden. Weiter vorne im Bus saß Serena. Soweit sie sehen konnte, allein

»Hoffentlich haben Sie Recht.« Er verschränkte die Arme und grinste.

Andy wich nicht von ihrer Seite, nicht beim ersten Halt, wo ihnen gezeigt wurde, was vom Katarakt noch übrig war, nachdem man zu Beginn des zwanzigsten Jahrhunderts den ersten Damm gebaut hatte, und auch nicht, als sie beim großen Staudamm ankamen. Allmählich kam sie zu dem Schluss, dass er sich absichtlich zwischen sie und Serena drängte. Als sie aus dem Bus ausstiegen und oben auf dem gigantischen Betonbauwerk entlanggingen, um den Nassersee zu überblicken, den großen Binnensee, der durch den Damm entstanden war, wurde sie immer ärgerlicher.

»Das ist ganz schön beeindruckend, nicht?« Serena war ihnen gefolgt. »Aber es ist traurig, wenn man sich überlegt, wie viele Tempel und andere Dinge unter dem Wasser begraben sind.«

»Die wichtigen haben sie doch versetzt.« Andy trat zwischen sie.

Serena nickte. »Aber sie haben viele andere verloren. Der Damm hat nicht nur positive Seiten.«

»Nein?«, fragte Andy ungeduldig. »Wie meinst du das?«

»Nun, zum einen versalzen die Regionen am Unterlauf des Nils, weil die Strömung nicht mehr stark genug ist, das Meerwasser zurückzudrängen, zum anderen füllt sich der See mit dem ganzen Schlamm, den die alljährlichen Fluten auf die Felder gespült und sie damit gedüngt hatten.« Ihr Blick fiel auf Andys Gesicht und sie schüttelte den Kopf. »Ja, ich weiß, er hat Wunder gewirkt und jedermann hat jetzt Strom.«

Andy lächelte. »Was dem Wohlstand Ägyptens sehr gut getan hat. In wirtschaftlichen Dingen warst du noch nie sehr gut, meine Liebe.«

Anna sah, wie Serenas Wangen flammend rot wurden. »Es gibt Wichtigeres im Leben, als dass jedes Haus einen Fernseher hat.«

Andy blickte finster. »Natürlich. Und dann muss man auch noch an all die unglücklichen kleinen Vögelchen denken«, spottete er. »Und die armen vertriebenen Krokodile und all die empfindlichen magischen Dinge, die von den elektromagnetischen Feldern durcheinander gebracht werden.«

Serena schloss eine Sekunde lang die Augen und atmete tief. »Hau ab, Andy. Verschwinde und geh jemand anderem auf die Nerven, sei ein guter Junge!«

Anna sah ungeduldig zwischen beiden hin und her und wechselte dann das Thema. »Da unten auf der Mauer ist eine Hündin, die Junge hat. Die will ich fotografieren. Habt ihr die sandfarbenen Hunde überall gesehen? Ich weiß nicht, ob sie wild sind oder bloß herumstreunen, aber anscheinend gehören sie niemandem.« Sie führte Serena von Andy weg, kurz darauf holte sie ihre Kamera heraus und begann, Schnappschüsse von den Tieren zu machen, die am Wasser spielten.

»Er hat Sie richtig ins Schlepptau genommen!« Serena sah Andy nach, der sich langsam von ihnen entfernte, den Blick rückwärts auf den Fluss gerichtet. »Sie haben wohl nichts dagegen?«

Anna lächelte unmutig. »Das Gericht tagt noch. Manchmal ist er ein bisschen besitzergreifend.« Sie warf Serena, die über den Nassersee schaute, einen Blick zu. Anna konnte hinter der dunklen Sonnenbrille ihren Gesichtsausdruck nicht erkennen. »Ich werde nicht ganz schlau aus manchen Dingen, die er sagt. Er ist lustig. Er ist anziehend ...«

»Trauen Sie ihm nicht, Anna. Nicht rückhaltlos.« Zu ihrer Überraschung packte Serena sie plötzlich am Arm. »Seien Sie vorsichtig, bitte. Sie haben schon genug Probleme, und er ist genau die Art Mensch, der die Energien, die zur Zeit um Sie herumwirbeln, verschlimmern könnte.« Sie hielt inne. »Sie haben wahrscheinlich bemerkt, dass wir uns nicht allzu gut verstehen. Seit er mit Charley zusammen ist, versucht er, sich auch in mein Leben einzumischen. Er hat Ihnen vermutlich gesagt, dass er mich für durchgedreht hält.« Sie beobachtete Annas Miene. »Ja, das sehe ich Ihrem Gesicht an. Na ja, vielleicht stimmt es. Aber wenigstens versuche ich Gutes zu tun. Andy ist engstirnig, habgierig und grausam, und seit wir in Ägypten sind, kommt es mir aus irgendeinem Grund so vor, als würde er jede Minute aggressiver und raubgieriger! Also passen Sie bitte auf sich auf!« Sie drehte sich um und ging davon.

Anna starrte ihr hinterher. »Serena?«

Serena schüttelte den Kopf, ohne sich umzuwenden. Sie entfernte sich rasch von der Gruppe und ging mit hängenden Schultern den Damm entlang.

»Lassen Sie sie gehen.«

Anna fuhr zusammen. Andy war unbemerkt zurückgekommen. Er legte ihr die Hand auf den Arm. »Sie wird schon wieder. Das ist immer so. Sie hat ein sehr sonniges Gemüt, unsere Serena.«

Sie blickte zu ihm auf. »Haben Sie gehört, was sie gesagt hat?«

Er schüttelte den Kopf. »Wenn Sie ihr erzählt haben, was ich über sie gesagt habe, dann war sie wohl sehr grob.«

Sie runzelte die Stirn. »Sie halten mich also nicht für sonderlich taktvoll.«

»Verzeihen Sie mir.« Er legte wie zufällig seinen Arm um ihre Schultern. »Kommen Sie, stellen Sie sich da drüben hin. Ich will ein Foto von Ihnen machen.« Er dirigierte sie zur Mauer. »Wenn Sie hier stehen, kriege ich den Damm in ganzer Länge drauf.« Er verstummte und machte ein besorgtes Gesicht. »Was ist, Anna? Was ist los?«

Sie hörte ihn nicht. Sie starrte geradeaus, mit aufgerissenem Mund, den Körper vor Schreck angespannt, und nahm auf einmal ihre Umgebung nicht mehr wahr.

Nur zehn Meter von ihr entfernt stand der Priester Anhotep und sah sie an. Mit erhobener Hand deutete er auf ihr Herz.

8

Was fest verschlossen war, ist geöffnet …
Heil dir, der du die Herzen fortträgst.
Heil dir, der du die Herzen stiehlst und zerstampfst …

Die Legende hat sich gehalten. Der Sand wird verweht und nur ein Schatten verrät, was einst dort war. Erinnerungen werden geweckt. War dies das Grab der Priester? War dies das Grab, an das die Geschichte sich erinnerte, das sie dann aber wieder vergaß? Diesmal sind die Räuber besser ausgerüstet. Sie sind kräftiger. Die Wächter der Pharaonen gibt es schon lange nicht mehr. Als die Tür einbricht und herausgehebelt wird, ist niemand da, der den Inhalt des Grabes beschützen könnte.

Wo ist das Gold? Wo sind die kostbaren Edelsteine, Zier der Männer, die den Göttern dienten? Die Mumien werden auf den Sand hinausgetragen. Sie werden aufgeschlitzt, entheiligt, in Staub verwandelt. Die Kanopengefäße werden zerschlagen.

Da ist kein Schatz. Keine Vorkehrungen für das Leben nach dem Tode. Diese Männer waren von den Göttern zurückgewiesen worden.

Versteckt in ihrer Ecke finden Sie die Flasche. Sie bringen sie hinaus in die Wüste, werfen einen Blick darauf und werfen sie weg. Glas ist inzwischen etwas Gewöhnliches. Es hat für Goldsucher keinen Wert.

Sie lassen das Grab offen zurück. Die Geister der Toten nähren sich vom Sonnenlicht und dem Silbersegen des Wüstenmonds und werden kräftiger.

Doch in der Nacht begegnen die Männer, die ihre unheilige Hand an verbotene Orte gelegt haben, den Dienern von Anubis und Sobek. Die Götter werden immer die heilige Phiole mit den Tränen der Isis beschützen, und die Räuber werden sterben wie alle, die sie berühren. Ihre Leichen werden von Schakalen und Krokodilen gefressen, wie der Richtspruch der Götter es bestimmt.

»Das ist eine Fata Morgana, Anna. Nur eine Lichtspiegelung.« Andy hielt sie fest an sich gedrückt, als sie stammelnd hervorbrachte, was sie gesehen hatte. »Kommen Sie, wir gehen in den Schatten. Wir stehen hier oben einfach viel zu sehr in der Sonne.« Er führte sie langsam zum Ende des Damms, wo ein paar Bäume einen Flecken Schatten spendeten.

»Andy! Anna! Wartet!« Serena hatte sich endlich umgeschaut und erkannt, dass etwas nicht stimmte. »Was ist los? Was ist passiert?« Sie eilte zu ihnen zurück.

»Nichts, was dich betrifft, Serena«, warf Andy ihr kurz über die Schulter zu.

Anna verzog das Gesicht. Sie hatte sein Eingreifen nicht nötig, so gut gemeint es auch sein mochte, besonders in diesem Moment. »Es war Anhotep«, sagte sie mit zitternder Stimme. Sie blieb stehen. »Serena, er war hier, bloß eine Sekunde lang, auf dem Damm. Aber ich habe die Flasche auf dem Schiff gelassen. Er ist doch sicherlich in ihrer Nähe geblieben? Er würde mir doch nicht folgen. Warum sollte er mir folgen?«

Serena betrachtete forschend Annas Gesicht. »Sind Sie sicher, dass Sie ihn gesehen haben?«

»Sie hat nichts gesehen.« Andy legte Anna wieder den Arm um die Schultern. »Die Sonne scheint so grell, da kann man sich leicht Dinge einbilden – schließlich können in einer Fata Morgana ganze Städte auftauchen.«

»Ich habe etwas gesehen.« Anna riss sich von ihm los. »Es war keine Fata Morgana, Andy. Und ich habe ihn schon oft genug gesehen, um ihn zu erkennen.« Sie schauderte. »Er hat mich angestarrt! Beobachtet!«

Sich von mir ernährt. Die Worte kamen ihr unwillkürlich in den Kopf. Er zieht Nutzen aus meinem Zorn. Meiner Angst. Sie schauderte heftig.

Omar, der Ben und einer Gruppe von anderen Leuten einen spannenden Bericht über den Bau des Damms durch die Russen gegeben hatte, drehte sich um, als er Anna so laut reden hörte. »Gibt es Probleme, Herrschaften?« Er kam rasch auf sie zu. »Anna geht es nicht gut?«

»Mir geht es prima.« Anna zwang sich zu lächeln. Sie konnte sich schließlich nicht Omar anvertrauen. Er und Andy würden sie bestenfalls einsperren lassen.

»Vielleicht zu viel Sonne«, sagte Andy. »Ich kümmere mich um sie. Ein kühles Getränk und Schatten wird sie bestimmt wieder in Ordnung bringen.«

Er wollte Anna zum Bus zurückbringen, aber sie widersetzte sich. »Danke, Andy, ich bin völlig in Ordnung. Ich möchte ein bisschen mit Serena reden, wenn Sie nichts dagegen haben.«

Er lachte. »So, ich habe aber etwas dagegen. Ich kann es nicht ertragen, von Ihnen getrennt zu sein, und Serena möchte gerne Omars Geschichte über den Damm anhören, nicht wahr, Serena?« Seine Stimme klang auf einmal hart.

»Das glaube ich nicht.« Serena verschränkte die Arme. »Ich glaube, wir brauchen ein Gespräch von Frau zu Frau, Andy. Dabei kannst du nicht helfen.«

Anna unterdrückte ein Lächeln. »Bitte, Andy. Serena und ich

können im Bus etwas zu trinken holen. Gehen Sie und hören Sie Omar zu. Dann können Sie uns später alles erzählen.«

Die beiden Frauen drehten sich um und gingen den Damm zurück. Andy blieb zurück und sah zu, wie sie auf den Bus zusteuerten, dann wandte er sich achselzuckend ab.

Anna presste Serenas Hand. »Er war da und hat mich angestarrt. Hat auf mich gezeigt! Oh Gott! Ich kann es nicht fassen. Warum? Warum sollte er hierher kommen? Dies ist ein moderner Ort. Kein alter Ägypter hat je seinen Fuß hier auf den Damm gesetzt. Und das Parfümfläschchen ist nicht hier.«

Sie setzten sich nebeneinander im Schatten eines staubigen Baumes ins Gras und tranken aus ihren Wasserflaschen. Anna legte sich hin, den Arm über den Augen. »Bilde ich mir das alles nur ein? Hat er Recht? Ist es bloß zu viel Sonne und Fantasie?«

Sie schwiegen. Serena blickte durch die dünnen silbrigen Blätter zum intensiven Blau des Himmels. »Was meinen Sie?«

»Ich fange an zu meinen, dass ich es glaube.«

»Und ich meine, dass Sie Recht haben, Anna. Ich bin nicht so sicher, ob ich allzu viel weiß über diese Dinge. In vieler Beziehung bin ich überfragt, wie ich schon gesagt habe. Aber mir scheint, ich bin alles, was Sie haben, und deshalb muss ich Ihnen helfen, soweit ich kann. Andy darf Sie nicht dazu bringen, dass Sie mir misstrauen. Bitte.«

Ein Schatten fiel über ihr Gesicht und erschrocken sah sie zu der Ursache auf. Andy hatte sich anders entschieden und war ihnen nachgegangen. »Warum sollte ich sie dazu bringen, dass sie dir misstraut?« Er sah auf sie beide herab. »Sie hat selber genug gesunden Menschenverstand, Serena. Ich brauche ihr nichts zu erklären, was offensichtlich ist.«

Beide Frauen setzten sich auf.

»Andy, würden Sie uns bitte etwas Raum lassen?« Anna wurde jetzt wirklich ärgerlich.

Er setzte sich neben sie. »Das meinen Sie doch nicht ernst, oder?« Er grinste sie verschwörerisch an. »Wie fühlen Sie sich? Hat es Ihnen gut getan, etwas zu trinken? Ich habe etwas Bier in meiner Tasche im Bus, wenn Sie welches wollen.«

Serena zog die Knie an und legte ihre Arme darum. »Du gibst nicht auf, was, Andy?«

Er zuckte die Achseln. »Ich sage nur, wie es ist. Dein altägyptischer Kram ist ganz faszinierend, Liebste, aber er ist eben alt. Geschichte. Man soll es nicht heutzutage praktizieren. Dein Isisaltar im Schlafzimmer und all die Räucherstäbchen und so weiter. Es ist verrückt. Gefährlich. Du solltest selber nicht daran glauben und du solltest nicht versuchen, Anna mit reinzuziehen. Sie ist zu sensibel. Dieses Land ist wie ein Lakmuspapier für jeden Menschen mit ein bisschen Fantasie und einer romantischen Seele. Du musst dich zurückhalten.«

»Wie der gute, sichere Andy mit seinen bodenständigen Ansichten und seinem klaren Männerverstand?«, antwortete Anna sanft. »Kommt es Ihnen je in den Sinn, Andy, dass Serena Kontakt zu alten Wahrheiten haben könnte? Dass das, was sie sagt und glaubt, wertvoll sein könnte?«

»Es ist Blödsinn, Liebling.« Er rappelte sich auf. »Aber ich merke schon, dass ich Sie hier nicht bekehren kann, deshalb gehe ich zu den anderen zurück. Ihr habt noch eine Viertelstunde, dann müssen wir zurück zum Schiff.«

Nachdem er weg war, schwiegen sie lange. Serena hatte nachdenklich das Kinn auf die Knie gelegt. »Danke, dass Sie mich verteidigt haben.«

»Warum machen Sie das nicht selbst?« Anna war immer noch verstimmt. »Andy ist ein ganz schön harter Brocken. Er macht immer weiter, wenn Sie sich einschüchtern lassen. Sie sollten den Spieß umdrehen und ihm einen Haufen altägyptischer Flüche entgegenschleudern.« Auf einmal musste sie kichern. »Offenbar geht es mir schon wieder besser.«

»Gut.« Serena sah lächelnd auf. Sie holte tief Luft. »Der Grund, warum ich ihm keine Flüche entgegenschleudere, wie Sie sagen, ist, dass er mich wirklich tief verletzt. Manchmal macht er mich so wütend mit seinem billigen Spott und Sarkasmus und seinen Einschüchterungsversuchen, dass ich fürchte, ich könnte ausrasten und etwas sagen, das ich mein Leben lang bereuen würde.« Sie machte eine Pause. »Und ich könnte ihm ernstlichen Schaden zufügen, Anna. Das können Sie mir glauben. Ich kenne genug von dem, was Sie Flüche nennen, um das zu tun.«

Erneut entstand langes Schweigen. »All das existiert wirklich, nicht wahr?« Anna rieb sich mit den Händen über das Gesicht.

»Bloß weil die meisten Leute es nicht sehen oder verstehen können, heißt das nicht, dass es nicht da ist.« Sie seufzte. »Und man kann es nicht vertreiben, indem man behauptet, es existiere nicht. Nicht endgültig.« Sie sah Serena an. »Ich habe Angst.«

Serena beugte sich zu ihr herüber und nahm ihre Hand. »Ich bin für dich da. Wann immer du mich brauchst.« Sie sah sich um und schüttelte bekümmert den Kopf. »Schau, die anderen kommen zurück. Es ist wohl Zeit zu gehen. Wir reden später weiter.«

Im Bus saß Anna neben Ben. Andy setzte sich ganz nach vorne und bombardierte Omar mit Fragen. Serena, gegenüber von Anna, sagte sehr wenig. Sie schien tief in Gedanken versunken und nach der Ankunft auf dem Schiff verschwand sie sofort in ihrer Kabine. Anna blickte ihr gedankenvoll nach, dann ging sie zu ihrer eigenen Kabine und nahm den Telefonhörer von der Gabel. Nach einigen Sekunden meldete sich Serena. »Ich wollte noch länger mit dir reden«, sagte Anna schnell. »Kannst du in meine Kabine kommen? Dann werden wir nicht wieder unterbrochen.«

Serena lachte leise. »Von unserem lieben, ach so aufmerksamen Andy? Okay, meine Liebe. Gib mir zwanzig Minuten, dann bin ich bei dir.«

Anna sah nicht nach, ob das Parfümfläschchen noch da war. Sie gestattete sich auch keinen Blick über die Schulter oder in den Spiegel. Wenn die Priester wirklich existierten, dann musste sie schnell entscheiden, ob Serena ihr helfen konnte oder ob ihre Einmischung die Lage verschlimmerte. Sie wusste, dass es ein Mittel gab, um die Situation endgültig zu bereinigen: den Fluss. Und beim nächsten Mal würde sie sichergehen, dass niemand sah, wie sie die Flasche hineinwarf. Sie biss sich plötzlich auf die Lippe. Was, wenn sie sie nun hineinwarf und es die Priester einfach nur zornig machte?

Sie holte tief Luft. Nicht daran denken. Von jetzt an war ihr Bewusstsein dafür verschlossen. Sie musste es nur so belassen, und wenn sie stark genug war und sich sehr anstrengte und sich weigerte, ihrer Fantasie freien Raum zu geben, dann würden die Erscheinungen von selbst aufhören. Von jetzt an würde sich es sich verbieten, sich etwas einzubilden, etwas vorauszusehen, etwas zu fürchten. Und sie konnte sich noch an einen weiteren Gedanken klammern. Die Möglichkeit, dass Andy Recht und sie und Serena Unrecht hatten. Dass die unklaren Visionen, die in ihr Bewusstsein drangen, nichts anderes waren als Fieberfantasien eines überhitzten Gehirns.

Sie setzte sich aufs Bett und zog die Nachttischschublade auf. Es konnte nichts schaden, in das Tagebuch zu schauen, bis Serena kam. Selbst wenn Louisa über die Priester und ihre eigenen Visionen schrieb, würde sie das ablenken. Sie zog es heraus und betrachtete eine Weile den abgegriffenen Einband. Sie fragte sich plötzlich, ob Phyllis geahnt hatte, was für eine Zeitbombe sie auf ihre Großnichte losgelassen hatte, als sie das Tagebuch weitergab, und viele Jahre zuvor das Fläschchen, ein romantisches Geschenk für ein kleines, habgieriges Kind?

Sie seufzte. Ohne sich auch nur mit einem Blick in der Kabine umzuschauen, öffnete sie das Tagebuch und suchte nach dem Buchzeichen, das sie zwischen die Seiten gelegt hatte, die Postkarte mit dem Tempel von Edfu vor einem prächtigen Sonnenuntergang.

Louisa sprach heimlich mit dem *Reis* und bat ihn, Hassan eine Nachricht zu überbringen, aber er schüttelte nur den Kopf. Das freundliche Lächeln, die blitzenden Augen ihres Kapitäns waren verschwunden. Er sah sie kalt und vorwurfsvoll an und wandte sich dann mit knapper formeller Höflichkeit wieder seinen Pflichten zu. Luisa stieg mit ihrem Sonnenschirm, der sie vor der Morgensonne schützte, auf das obere Deck und lehnte sich an die Reling. Sie starrte über den Nil auf die Anlegestellen am anderen Ufer. Die Dahabiya der Fieldings war verlassen. Auf der von Lord Carstairs dahinter zeigte sich nur ein einzelner Mann, der im Schneidersitz auf dem Hinterdeck saß und ein Segel flickte. Traurig zerknüllte sie den Zettel, den sie an Hassan geschrieben hatte, und ließ ihn ins Wasser fallen. Eine Weile schwamm er, dann saugte er sich voll, sank und war nicht mehr zu sehen.

Etwas später hörte sie Ruder in den Dollen ächzen. Ihr Herz sank, als sie sah, dass Lord Carstairs sich zu ihnen rudern ließ. Sie lächelte nicht, als er grüßend die Hand hob. Stattdessen wandte sie sich ab, als hätte sie ihn nicht gesehen, und begab sich auf die andere Seite, um zur Stadt zu schauen. Augusta war mit den Damen Fielding am frühen Morgen an Land gegangen, um den Basar zu besuchen. Louisa hatte abgelehnt, sie zu begleiten. Sie hatte nicht die mindeste Lust einzukaufen.

Nur wenig später hörte sie hinter sich Schritte auf dem Deck.

»Mrs. Shelley. Ich muss mich aus tiefstem Herzen bei Ihnen entschuldigen.«

Ohne sich umzuwenden, sagte sie: »Das ist richtig, Lord Carstairs. Und aus noch tieferem Herzen müssen Sie sich bei meinem Dragoman entschuldigen, der wegen Ihrer Einmischung entlassen worden ist.«

Einen Augenblick herrschte Schweigen. Da sie offensichtlich nicht die Absicht hatte, sich umzudrehen und mit ihm zu sprechen, stellte sich Lord Carstairs neben sie an die Reling. »Meine Beweggründe waren nichts anderes als ehrenhaft, das versichere ich Ihnen«, sagte er leise. »Wollen Sie mir gestatten, das wieder gutzumachen? Wie ich gehört habe, werden wir heute Nachmittag den Katarakt hinaufgezogen. Die *Ibis* soll wohl den Anfang machen. Darf ich Sie vielleicht zu einem Picknick auf den Felsen begleiten, sodass Sie zusehen können, wie das Schiff von hier aus seine Reise flussaufwärts antritt? Das wäre ein wunderbarer Gegenstand zum Malen. Ich habe gehört, dass die Nubier sich wie Fische im Wasser bewegen, wenn sie die Taue ziehen. Auch ihre Kinder machen mit. Das wird ein großartiger Anblick sein.«

Seite an Seite starrten sie über das Wasser. In der Ferne konnte sie die Garis auf dem Felsgesims sehen, die von Pferden gezogen wurden, die Esel mit ihren so unterschiedlichen Reitern und mehrere Boote, die neben dem Quai auf den Sand heraufgezogen worden waren. Er betrachtete alles schweigend, zufrieden, dass er ihr das Angebot überbracht hatte. Vielleicht ahnte er auch, welchen Kampf sie mit ihrem Gewissen ausfocht. Eine Hälfte von ihr wollte die Einladung unbedingt annehmen. Die Gelegenheit, das

Schiff von den Felsen aus zu zeichnen, war zu verlockend, um sie nicht zu nutzen. Andererseits brannte immer noch ihre Wut gegen ihn und sie fühlte tief im Inneren, dass sie Hassan damit verraten würde.

»Denken Sie bitte an Ihre Bilder, Mrs. Shelley. Es wäre doch eine Schande, den Katarakt nicht in allen Ansichten darzustellen.« Die leise Stimme neben ihr klang überzeugend. »Das ist das Mindeste, was ich tun kann, um Sie ein wenig für Ihren Verlust zu entschädigen.«

Sie blickte ihn scharf an. Er starrte immer noch in die Ferne und drehte sich nicht um.

Schließlich gab sie nach. Wie er richtig gesagt hatte, war es töricht, die Chance zu vergeben, zumindest für kurze Zeit von den Felsen aus zuzuschauen und das Ereignis festzuhalten. Und wenn sie mit ihm ging, bedeutete das nicht, dass sie ihm verziehen hatte oder das je tun würde.

Mit ihren Malsachen bewaffnet, folgte sie später am Nachmittag Carstairs in sein Boot. Ihr war nur zu sehr bewusst, dass sie diesmal nicht ihr bequemes Kleid anziehen konnte und selbst auf dem Wasser sprühenden Fluss vollständig und formell gekleidet bleiben musste.

Erst als sie von der *Ibis* wegruderten, bemerkte sie Venetia Fielding, die ihnen vom Deck ihres Schiffs nachsah. Sogar aus dieser Entfernung konnte sie noch die Bosheit und Eifersucht dieser Frau spüren.

Sie landeten an einem Felsvorsprung oberhalb einer der schmaleren Schluchten zwischen den Inseln und Carstairs sprang behände ans Ufer. Der Bootsmann reichte ihm den Picknickkorb, Louisas Malsachen und einige weiche bestickte Kissen, die in Öltuch gewickelt waren, damit sie nicht nass wurden. Carstairs steckte dem Mann eine Hand voll Münzen zu und winkte ihn dann weg. »Hier werden wir eine fabelhafte Aussicht haben, wenn sie das Boot gegen die Strömung ziehen.« Er lächelte sie an und streckte ihr die Hand entgegen, um ihr mit vollendeter Liebenswürdigkeit auf die Kissen zu helfen. Dann reichte er ihr den Sonnenschirm. Beim Hinsetzen kam ihr in den Sinn, ob er wohl von ihr erwartete, gleichzeitig das Ding zu halten und zu malen.

Bei dem Rauschen des Wassers war an ein Gespräch kaum zu denken. Carstairs überließ das Auspacken der Farben ihr allein, stellte sich an die Felskante und starrte flussabwärts an die Stelle, wo das Schiff auftauchen musste. Lange stand er da, anscheinend in Gedanken versunken, dann drehte er sich schließlich wieder zu ihr um. Sie hatte den Sonnenschirm hinter sich abgelegt, ein Skizzenbuch geöffnet, und zeichnete bereits die Umrisse der Schlucht. Der Saum ihres Rocks war vom Sprühwasser des Wasserfalls nass geworden, aber es störte sie nicht.

Sie sah auf. »Wären Sie so freundlich, Mylord, mir etwas Wasser zu bringen?« Sie hielt ihm lächelnd das Wassergefäß hin. Als er es entgegennahm, trafen sich einen Augenblick lang ihre Blicke. Im hellen Sonnenlicht waren seine Iris farblos wie Glas, ihr Ausdruck unergründlich. Sie konnte ihren Blick nicht von seinem lösen. Einen Moment hatte sie das Gefühl zu fallen, dann riss sie ihre Augen von ihm los. Als sie auf das Wasser schaute, das um den Felsen wirbelte, nahm sie dort ein rätselhaftes Lächeln wahr, nur eine Sekunde lang, dann war es verschwunden, so schnell, dass sie sich fragte, ob sie es sich nur eingebildet hatte.

Louisa sah zu, wie Carstairs sich neben einen kleinen Tümpel im Felsen hockte, der von dem Sprühwasser gefüllt war, ihr Wassertöpfchen darin herumschwenkte und es ihr wiederbrachte.

Sie nahm es mit einem Kopfnicken entgegen. »Ich fürchte, Sie werden sich langweilen, Mylord.«

Er schüttelte den Kopf. »Keineswegs. Sie schätzen mich falsch ein. Ich habe eine unendliche Geduld.« Zu ihrer Überraschung ließ er sich auf einem Kissen neben ihr nieder und kreuzte die Beine. Sie zuckte die Achseln. Sie tauchte den Pinsel in das Wasser, das er ihr gebracht hatte, wählte Farben aus ihrem Kasten, mischte sie und wischte den entstandenen Farbton rasch auf das Papier.

Als sie sich das nächste Mal nach ihm umsah, war die Sonne etwas weiter gewandert. Die Schatten neben ihr waren tiefer als zuvor. Immer noch war nichts von der Dahabiya und ihrer Begleitung zu sehen. Er saß noch in genau derselben Haltung wie zuvor, die Augen auf ihre Skizze gerichtet, aber sie war sich sicher, dass er sie gar nicht wahrnahm. Sie hörte auf zu malen und legte leise ihren Pinsel weg. Er rührte sich nicht. Sie schob ihre Malunterlage vom

Schoß, stand lautlos auf und schaute auf ihn hinunter. Er schien sie überhaupt nicht zu bemerken.

»Mylord?«, flüsterte sie in sein Ohr. »Mylord? Roger? Sind Sie in Ordnung?« Seine Augen waren weit geöffnet, die Pupillen winzige schwarze Punkte in der seltsam hellen Iris. Sein Rücken war vollkommen gerade, die Hände ruhten leicht auf den Knien. Soweit sie sehen konnte, war er in eine Art Träumerei versunken.

Schaudernd richtete sie sich auf. Einige Sekunden betrachtete sie ihn noch, dann wandte sie sich ab. Sie stellte sich ans Wasser, starrte auf die Felsen und fragte sich, ob sie versuchen sollte, ihn zu wecken. Gerade in diesem Moment tauchten die ersten Gestalten am Ausgang der Schlucht auf, mit Tauen über der Schulter. Innerhalb von Sekunden war der Fluss ein Durcheinander von schreienden, lachenden Männern, etwa jeweils ein Dutzend an jedem der vier Taue, die das schwere Schiff gegen die Stromschnellen zogen.

»Das ist ein grandioser Anblick, nicht wahr?«

Sie fuhr zusammen, als die nahe Stimme erklang. Carstairs stand dich neben ihr und blickte auf die Szene vor ihnen.

»In der Tat.« Sie sah ihn von der Seite an. Sein Gesicht lag im Schatten seines weißen Tropenhelms, sodass sie seine Augen nicht sehen konnte.

»Möchten Sie ein paar Skizzen machen? Ich packe so lange unser Essen aus und ich muss noch etwas Bakschisch für die Jungen holen. Sobald sie uns entdecken, werden sie für uns tauchen wollen.« Während sie sich wieder mit ihren Malsachen hinsetzte, war er auf einmal geschäftig, packte den Picknickkorb aus, legte das kleine Tischtuch hin und schenkte Wein ein.

Mit einem kurzen Triumphschrei schleppten die Männer das Schiff näher und Louisa konnte nun Augusta und Sir John auf dem Dach der Vorderkabine sehen. Sie sahen herauf und winkten.

»Wir werden bei ihnen einsteigen, sobald sie die erste Stromschnelle passiert haben.« Carstairs reichte ihr ein Weinglas. »Dann können Sie die Geschichte sozusagen vom anderen Ende des Taus aus erleben. Wollen wir darauf trinken?« Er streckte ihr sein Glas entgegen, sodass sie sich gezwungen fühlte, das Gleiche zu tun. Eine Sekunde berührten sich ihre Hände, dann hob er das Glas an die Lippen. »*Salute*, schöne Dame.«

So sehr sie sich auch dagegen wehrte, sie musste ihm in die Augen blicken. Diesmal schaffte sie es nicht, sich loszureißen. Sie war zu müde. Sie merkte, wie sie auf die Kissen zurücksank. Er war ihr näher gerückt und beugte sich über sie. »Louisa, meine Liebe, darf ich dein Glas nehmen? Wir wollen es nicht verschütten, nicht wahr?« Sein Mund näherte sich ihrem Gesicht, seine Augen, die ihren Blick festhielten, groß wie Wirbel im Wasser, die sie zu verschlingen drohten. »Soll ich deinen Sonnenschirm so hinlegen, dass du mehr Schatten hast? So.«

Die Augen fielen ihr zu. Sie konnte nichts dagegen tun. Sie spürte seinen Mund auf ihrem. Er war fest, bestimmend. Ein Schauer der Erregung fuhr durch ihre Adern, doch dann setzte er sich plötzlich auf.

»*Yalla*«, brüllte er, »*Imschi!* Geh weg!«

Ein kleiner Junge, nur mit einem Lendentuch bekleidet, stand tropfend neben ihnen auf dem Felsen.

Ermattet brachte sie sich in eine sitzende Position, da sah sie, wie der Junge sich umdrehte. Er sprang vom Felsen in das schäumende, aufgewühlte Wasser. »Oh mein Gott, er ertrinkt!« Sie hörte ihre eigene Stimme nur wie von Ferne, schrill und erschrocken.

»Natürlich ertrinkt er nicht. Was glauben Sie denn, wie er hergekommen ist? Er ist nur hinter Bakschisch her.« Carstairs holte eine Hand voll Münzen aus seiner Tasche. Er warf sie hoch in die Luft und schaute zu, wie sie um den kleinen auf und ab hüpfenden Kopf ins Wasser fielen. In einer Sekunde war aus dem frechen Grinsen im Wasser ein Paar kleiner brauner Füße geworden.

»Ihr Wein, meine Liebe.« Er reichte ihr das Glas zum zweiten Mal. »Darf ich Ihnen auch etwas zu essen reichen?«

Es war, als wäre nichts geschehen. Verwirrt wischte sie sich über die Lippen. Er kniete vor dem Korb und holte Brot, hart gekochte Eier, Frischkäse und Obst heraus.

Sie schüttelte verwundert den Kopf. »Wie kommen wir zurück auf die *Ibis?*« Das kam ihr auf einmal sehr wichtig vor. Sie wollte zurück zu den anderen.

»Das werden Sie schon sehen. Wenn sie vorbeikommt, ist es ganz leicht.« Er häufte Essen auf ihren Teller, als wäre sie ein kleines Kind, und setzte sich zwei Schritte von ihr entfernt hin. Diesmal hatte er sie nicht direkt angeschaut.

Sie sah zum Sonnenschirm. Er war versetzt worden, sodass er sich nun zwischen dem Fluss und der Stelle befand, wo sie gelegen hatte. Niemand auf dem Schiff konnte gesehen haben, was geschehen war, wenn es denn tatsächlich geschehen war. Verwirrt sah sie auf ihren Teller. Wenn sie vorher Appetit gehabt hatte, so war er ihr gründlich vergangen.

Schließlich blickte Carstairs sie an. »Was ist los? Schmeckt es Ihnen nicht?«

Sie hob die Schultern. »Es tut mir Leid. Ich habe keinen Hunger mehr.«

Er stellte die Flasche hin, mit der er sich selbst nachgeschenkt hatte, und rückte wieder näher. »Hoffentlich haben Sie nicht zu viel Sonne abbekommen.«

»Nein.« Sie schüttelte den Kopf. »Nein, ich fühle mich wohl in der Sonne.«

Hatte sie es geträumt? Wenn sie ihn beschuldigte, sich an ihr vergangen zu haben, würde er sie dann eine Lügnerin schimpfen?

Er lächelte wieder und griff nach ihrer Hand. Sie versuchte wegzusehen.

»Louisa?« Seine Stimme klang klar über dem Rauschen des Wassers. »Kämpfe nicht dagegen an. Sieh mich an. Du weißt, dass du es willst.«

Sie holte tief Atem und starrte unentwegt auf die Lichtreflexe im Wasser, um ihm zu widerstehen. »Roger, bitte ...«

»Sieh mich an, Louisa. Was soll der Widerstand? Sieh mich an. Jetzt.« Seine Hand fühlte sich eiskalt an. Sie fröstelte. Sie konnte nichts dagegen tun, ihr Gesicht hob sich zu dem seinen.

»So ist es gut.« Seine Augen waren übermächtig. Sie spürte, wie sie wieder von ihnen angesaugt wurde, jeder Gedanke wurde ausgelöscht, ihr Körper wurde zu einer schlaffen, gehorsamen Puppe.

»So ist es gut. Es ist doch so einfach.« Er fuhr sanft mit den Fingern ihren Arm hinauf, nahm dann ihr Kinn und hob ihr Gesicht noch ein wenig mehr.

Diesmal öffneten sich ihre Lippen gehorsam unter den seinen, wenn auch ihr Körper nicht reagierte. Sie war unfähig, sich zu wehren. Sie merkte, dass er den Sonnenschirm wieder verschoben hatte. Dann spürte sie, dass er ihre hochgeschlossene Bluse aufknöpfte, seine Hand hineinführte, die feuchtweiche Spitze ihres

Hemdchens beiseite schob und mit seinen eiskalten Fingern nach ihrer Brust suchte. Sie schnappte nach Luft, stieß ihn aber nicht weg.

»Das Parfümfläschchen, Louisa. Du wirst es mir geben. Du wirst es mir zum Geschenk machen, mein Liebling.« Seine Lippen lagen auf ihrem Ohr. Die Worte hallten in ihrem Kopf. Das Parfümfläschchen. Ein Geschenk. Das Parfümfläschchen. Ein Geschenk.

Hassans Geschenk!

Ihre Augen öffneten sich weit. »Nein!« Sie stieß ihn heftig von sich. »Nein! Was machen Sie da?«

Sie raffte sich auf und rannte ein paar Schritte auf dem glitschigen Felsen, dann spürte sie, wie sie den Halt verlor. Mit einem Ausruf des Schreckens warf sie einen Arm zurück, um sich zu retten, kam irgendwie wieder hoch und blieb schwankend am Rand der Klippe stehen.

Genau in diesem Moment sah sie die hoch gewachsene Gestalt zwischen sich und Carstairs.

Einen Augenblick schwebte die Gestalt mit ausgestreckten Händen zwischen ihnen, das Gesicht eine Maske rasender Wut, dann verschwand sie.

Carstairs stand wie angewurzelt. Er war so weiß wie der Schaum auf dem Wasser ringsherum und zitterte heftig. Seine Augen glühten, aber sie konnte nicht erkennen, ob aus Furcht oder aus Erregung …

»Ahoi, Louisa! Sie sind bereit, an Bord zu kommen?« Eine Stimme ertönte plötzlich mitten im Rauschen der Stromschnellen, und als sie sich umdrehte, erblickte sie die Dahabiya nur vier Meter entfernt von ihrem Felsen. Rundherum waren plötzlich Dutzende von Männern, die an den Tauen zerrten, mit denen sie das Boot gegen das tosende Wasser heraufzogen. Sir John hob beide Hände und winkte. Im nächsten Moment war einer von der Besatzung bei ihnen auf dem Felsen. In Sekundenschnelle wurden ihre Habseligkeiten zusammengepackt. Nach weiteren zehn Sekunden war das Schiff nah genug, dass sie das Geländer der Leiter ergreifen und sich an Bord hieven konnte. Hinter ihr reichte Carstairs dem *Reis* das letzte Kissen und kletterte ebenfalls hinauf.

»Na, haben Sie uns gemalt? Lassen Sie sehen.« Sir John streckte die Hand nach ihrem Buch aus. Ohne ein Wort gab sie es ihm.

Carstairs hinter ihr beugte sich vor und fasste sie am Ellbogen. Seine Finger fühlten sich auf ihrer nackten Haut wie kaltes Gummi an.

Anna blickte unvermittelt auf. Besorgt sah sie auf die Uhr. Es war beinahe eine Stunde vergangen und von Serena keine Spur. Sie hob den Telefonhörer ab und wählte die Nummer der anderen Kabine.

Charley nahm ab. »Wer ist dran?« Sie klang, als hätte sie geschlafen.

»Charley, hier ist Anna. Ich möchte mit Serena sprechen.«

Charley schwieg, dann lachte sie hohl. »Pech. Sie ist nicht da.«

»Ach so. Wissen Sie zufällig, wann sie hinausgegangen ist?«

»Keine Ahnung.« Die Stimme klang auf einmal sehr gelangweilt. »Ich bin nicht ihre Aufpasserin.« Dann wurde der Hörer auf die Gabel geknallt.

Anna schürzte die Lippen.

Sie schloss das Tagebuch und legte es in die Schublade zurück. Auf dem Weg zur Tür überraschte sie ein Klopfen.

Serena stand da. Anna erkannte mit einem Blick, dass sie geweint hatte.

»Was ist los? O Serena!« Sie ergriff ihre Hand, zog sie in die Kabine und führte sie zum Bett, damit sie sich hinsetzen konnte. Einen Augenblick sah sie sie an, dann setzte sie sich neben sie. »Bitte sag, dass es nicht Andy war. Hat er auf dir herumgehackt wegen mir?«

Serena hob die Schultern, dann nickte sie widerwillig. »Es ist nicht deine Schuld, Anna. Er hat das alles sagen wollen, seit ich ihn kennen gelernt habe.« Sie schniefte und suchte in ihrer Rocktasche nach einem Papiertaschentuch. »Er war einfach so grausam.« Sie starrte vor sich hin, ihr Gesicht war ganz zerknittert und zerfahren. »In diesem Zustand kann ich gar nichts für dich tun, Anna.«

Anna sah sie bestürzt an. Dann stand sie auf, ging zum Toilettentisch und schenkte ein Glas Wasser ein. Sie reichte es Serena und zuckte hilflos die Achseln. »Was hat er gesagt? Willst du es mir verraten?«

»Ich glaube nicht. Ich denke, du hast genug Fantasie, um es dir auszumalen. Im Großen und Ganzen soll ich meinen Klimakteriumswahnsinn für mich behalten und mich von dir fern halten.«

»Und sonst? Was genau will er denn tun?« Anna spürte Wut in sich aufkeimen.

»Dir will er natürlich nichts tun.« Serena hielt das Glas mit beiden Händen fest umklammert und trank hastig und mit geschlossenen Augen das Wasser aus. »Aber mir wird er das Leben zur Hölle machen. Und dazu ist er imstande, das kannst du mir glauben. Er kommt vorbei. Er ruft an. Er lässt durchblicken, dass ich dabei bin, überzuschnappen. Er droht mir mit Psychiatern und Exorzisten und Gott weiß was! Es lohnt sich einfach nicht, Anna.« Seufzend stellte sie das Glas hin und schüttelte den Kopf. »Selbst wenn ich wollte, könnte ich nicht für dich da sein. Er hat mir jedes bisschen Selbstvertrauen geraubt. In diesem Zustand würden deine Priester Hackfleisch aus mir machen. Mein einziger Trost ist, dass ich wahrscheinlich nicht einmal mehr genug Energie habe, dass es lohnend für sie wäre, mich besessen zu machen.«

Anna schloss die Augen. Die Raumtemperatur schien um mehrere Grade gesunken zu sein. Sie dachte an Louisa und ihre Angst. »Warum glaubst du, sie würden versuchen, dich besessen zu machen?«

»Ich bin eine Eingeweihte. Ich habe wahrscheinlich die Art Energie, die sie brauchen. Wenn ich stark wäre und zentriert, dann könnte ich mich gegen sie wehren. Ich könnte sie auf ihrem eigenen Gebiet bekämpfen und vielleicht würde ich dir nützen.« Serena schüttelte den Kopf. »Aber laut Andy habe ich jetzt nur noch meinen selbstsüchtigen Verfolgungswahn. Ich habe ihn gebeten, es mal von deiner Warte aus zu betrachten. Sich mal vorzustellen, dass da eine wirkliche Bedrohung existiert. Sich mal zu überlegen, was passieren könnte, wenn diese beiden Priester stärker werden. Es ist niemand da, der sie bekämpfen könnte, außer mir.«

»Ich kann die Flasche immer noch wegwerfen, Serena«, unterbrach Anna.

»Das wird dir nichts nutzen! Du hast selbst gesagt, dass sie dir zum Staudamm gefolgt sind. Sie sind nicht an die Flasche gebunden, Anna. Es sind wirkliche, unabhängige Wesen! Ich weiß nicht, warum sie sich nicht früher gezeigt haben. Vielleicht wussten sie, dass du sie eines Tages nach Ägypten zurückbringen wirst. Vielleicht konnten sie in London nicht genug von der richtigen Art Energie finden. Aber nun, da sie eine Möglichkeit gefunden haben, genug Kraft zu gewinnen, werden sie nicht der Flasche hinterher in den Fluss springen und mit einem kleinen dampfenden Knall verschwinden!«

Anna musste trotz ihrer Angst unwillkürlich lächeln. Die Beschreibung löste ein so ulkiges Bild in ihrer Vorstellung aus. »Dann musst du mir helfen, Serena. Du musst. Ich brauche dich. Ich denke immerzu an Louisa, daran, welche Angst sie hatte.« Sie stand entschlossen auf. »Ich werde sofort mit Andy sprechen und ihn dazu bringen, dass er dich in Ruhe lässt.«

»Nein, bitte nicht!« Serena hielt ihre Hand fest.

»Versuch nicht, mich aufzuhalten. Ich habe genug von seiner Einmischung, ganz ehrlich. Wir sind uns einig, dass er ein Tyrann ist, und du hast Recht, das hier geht ihn überhaupt nichts an.«

»Du gehst ihn etwas an, Anna. Er will dich, und ehrlich gesagt«, sie zögerte, »ich glaube, noch mehr will er dieses Tagebuch. Im Grunde seines Herzens ist Andy immer zuerst der Händler und erst danach Freund oder Liebhaber. Es klingt schrecklich, aber er hat wahrscheinlich schon einen Käufer und einen Preis im Hinterkopf. Wenn ich Gefahr laufe, zwischen ihn und eine Gelegenheit für schnelles Geld zu geraten, dann kann ich mit dem Leben abschließen!«

Anna starrte sie einen Augenblick schweigend an, dann drehte sie sich auf dem Absatz um und stürmte aus der Kabine.

Andy war nicht schwer zu finden. Er saß an der Bar und sah Ali mit seinem Cocktailshaker zu.

»Ich will mit Ihnen reden. Und zwar sofort!« Anna blieb, die Hände auf die Hüften gestützt, mit blitzenden Augen vor ihm stehen. »Ihre Einmischung geht zu weit. Es reicht jetzt.«

Es war ihr bewusst, dass verschiedene Leute in der Lounge ihr rasche Blicke zuwarfen und dann wieder wegschauten, aber das kümmerte sie nicht.

»So so, Serena ist also auf direktem Wege zu Ihnen gekommen, was?« Er kritzelte seinen Namen auf die Rechnung und nahm das Glas von Ali entgegen. Er prostete ihr spöttisch zu. »Ich wollte Sie nur davor bewahren, in ihre dramatischen Sitzungen geschleppt zu werden. Sie wären mir sehr dankbar gewesen. Aber«, er zuckte die Achseln, »wenn Sie es denn unbedingt wollen, so sei es.« Er nahm einen ausgiebigen Schluck aus seinem Glas.

»Ja, ich will es. Und ich will nie wieder hören, dass Sie sie eingeschüchtert haben. Zum Donnerwetter, hören Sie auf, Ihre Nase da hineinzustecken! Wieso bilden Sie sich eigentlich ein, Sie hätten das Recht, darüber zu bestimmen, was ich mache und mit wem ich befreundet bin? Ich kenne Sie erst seit ein paar Tagen!« Sie reagierte übertrieben, das wusste sie, aber sie sah plötzlich Felix vor sich, wie er ihre Freunde aussuchte und über ihr Leben bestimmte. Damit war jetzt Schluss. Die neue Anna war frei und viel stärker als die alte.

»Sie kennen Serena auch erst seit ein paar Tagen«, erwiderte Andy. Er schüttelte den Kopf.

»Darum vertraue ich meinem Instinkt«, schoss sie zurück. »Ich mag sie und ich vertraue ihr.«

»Autsch. Muss ich daraus schließen, dass Sie mich weder mögen noch mir vertrauen? Schade. Ich hatte irgendwie genau den gegenteiligen Eindruck gewonnen.«

Sie sah ihm in die Augen. »Ich mag Sie, Andy, und ich bin sicher, dass ich Ihnen vertrauen kann. Aber das heißt nicht, dass ich Ihnen mein ganzes Wissen überantworten muss. Es heißt auch nicht, dass Sie mir meine Freunde aussuchen dürfen.«

Andy hielt ihrem Blick stand. »Darf ich Sie daran erinnern«, sagte er leise, »dass ich Serena seit Jahren kenne. Sie kennen sie erst seit wenigen Tagen. Meine Beziehung zu ihr geht Sie genauso wenig an.«

Einen Augenblick lang herrschte Schweigen.

Sie trat einen Schritt zurück und nickte kurz. »Touché! Solange Ihre Beziehung zu ihr meine Beziehung zu ihr nicht stört.« Sie wandte sich unvermittelt ab und stand plötzlich vor Toby, der Charley am Arm hielt.

»Ist das hier ein Privatkrieg?« Toby grinste sie ironisch an. »Wenn nicht, würden wir gerne mitmachen …«

Er verstummte, als Charley sich losriss und an ihm vorbeisegelte.

»Andy, du Schweinehund!«, lallte sie. Ihr Blick war getrübt und irrte an ihm vorbei durch den Raum und wieder zurück, als bekämen ihre Augen ihn nicht recht zu fassen. Als Anna auswich, stolperte sie vorwärts und streckte die Hände zur Bar vor. »Andy? Ich muss das für die Göttin Sekhmet tun. Sie braucht mich, Andy. Sie will mich haben.« In dem entsetzten Schweigen, das ihren Worten folgte, starrte sie um sich. »Andy, was ist denn los?« Ihre Stimme klang auf einmal ganz jämmerlich. »Andy, was passiert mit mir?«

Anna spürte einen leisen Druck auf der Schulter und drehte sich um. Es war Toby. Er winkte sie beiseite und mit einem hastigen Blick erst auf Charley, dann auf Andy folgte sie ihm.

»Andy, was ist los mit mir?« Sie hörte immer noch die jämmerlich hohe Stimme, als sie an der Tür waren.

»Du bist besoffen.« Andys harte Entgegnung war für alle im Raum hörbar.

»Nein!« Sie brach in Tränen aus. »Nein, das bin ich nicht. Ich habe überhaupt nichts getrunken …« Ihre Stimme wurde schwächer. Sie stand einen Augenblick leicht schwankend da, dann sackte sie vor seinen Füßen zusammen.

»Andy soll sich um sie kümmern.« Toby lotste Anna zur Tür. »Gehen wir nach draußen.«

»Sie sieht nicht gut aus.«

Sekhmet. Hatte Charley wirklich von Sekhmet geredet? Ihr lief ein Schauer den Rücken hinunter. Mit halb verwirrter, halb besorgter Miene folgte sie Toby auf das Hinterdeck. »Sie wirkte auf mich nicht betrunken.«

»Vielleicht war sie auch nicht betrunken, als sie beim Mittagessen das Riesentheater veranstaltet hat«, sagte Toby nachdenklich. Sie lehnten an der Reling und schauten auf den Fluss hinaus. »Sie hatte keine Fahne. Ich würde sagen, sie war krank. Vielleicht ist es die Hitze.« Er zuckte mit den Schultern. »Vielleicht sollte mal jemand mit Omar reden.«

Er drehte sich um. »Andy scheint allerhand Probleme zu haben im Moment. Nicht zuletzt mit mir.« Er klang unbeschwert, als er das Thema wechselte.

Sie schaute ins Wasser hinab. »Wie Sie sagen, Andy hat Probleme mit vielen Leuten.« Unvermittelt sah sie zu ihm auf. »Sie hat doch Sekhmet gesagt, nicht wahr?«

Er sah sie verständnislos an. »Wer?«

»Charley. Charley hat über die Göttin Sekhmet geredet.«

»Tatsächlich? Sie hat gerast und getobt wie eine Irre. Ich konnte sie gerade lange genug zurückhalten, dass Sie sich ihn zuerst schnappen konnten.« Er grinste sie schelmisch an. »Interpretieren Sie nicht zu viel in das hinein, was sie gesagt hat. Sie war nicht ganz bei Trost.«

Anna biss sich auf die Lippe. Sie schwieg einen Augenblick oder zwei und Toby betrachtete ihr Gesicht. »Darf ich Sie zu einem Drink vor dem Abendessen einladen?« Er trat von der Reling zurück und schaute zur Tür. »Ich glaube, die Luft ist jetzt rein.«

Sie schüttelte den Kopf. »Danke, aber ich rede lieber noch schnell mit Serena. Die soll wissen, dass der Mistkerl mich nicht von ihr fern halten kann.« Sie verstummte und betrachtete eingehend Tobys Gesicht. Auf einmal wurde ihr klar, dass sie seit Andys Eröffnung zum ersten Mal mit ihm allein war. Wie hatte sie das vergessen können? Aber es war so viel passiert, dass sie es verdrängt oder so getan hatte, als hätte sie nichts gehört. Auf jeden Fall hatte sie es nicht geglaubt. Oder? Sie sah ihm in die Augen, dann schüttelte sie den Kopf. Das war nicht das Gesicht eines Mörders. Wenn doch, dann war sie die schlechteste Menschenkennerin auf der ganzen Welt.

Serena war nirgends zu finden. Ihre Kabine lag im Dunkeln, nur eine friedlich schnarchende Charley lag darin. Sie war nicht in Annas Kabine, nicht auf dem oberen Deck, auch nicht in dem leeren Speisesaal. Verwundert ging Anna zurück in ihre eigene Kabine.

Wo steckte sie bloß? Sie konnte doch nicht allein an Land gegangen sein. Das Schiff war nicht so groß, dass jemand darauf verschwinden konnte. Sie musste bei jemand anderem in der Kabine sein. Vielleicht bei Ben oder den Booths oder einem der anderen.

Mit einem müden Seufzer setzte sie sich aufs Bett. Sie hatte nur noch eine halbe Stunde bis zum Abendessen. Sie konnte zur Bar zurückgehen und einen Drink mit Toby nehmen, oder sie konnte vielleicht noch einen Blick ins Tagebuch werfen, um herauszufinden, was geschah, als Louisa auf das Schiff zurückkam.

Louisa zog sich um, da ihre Kleidung vom Sprühwasser ziemlich durchnässt war, und ging dann wieder an Deck. Dort traf sie die Forresters im Gespräch mit Lord Carstairs, während sie auf die Männer hinabschaute, die mit größter Anstrengung das Schiff die Stromschnellen hinaufzogen. Sie errötete, als sie ihn sah. Sie hatte gehofft, er wäre zu seinem eigenem Schiff zurückgekehrt, das ihnen am nächsten Tag folgen würde.

Er wandte sich ihr zu und sie war verblüfft über den Ausdruck amüsierten Triumphs, mit dem er sie anblickte. Sie konnte ihn, wie sie plötzlich erkannte, lesen wie ein Buch. Er fühlte sich vollkommen sicher im Vertrauen darauf, dass sie sich an nichts von dem nachmittäglichen Ereignis auf dem Felsen erinnerte, und machte sich ein wenig über sie lustig. Ihr war kalt und wie schon zuvor, fühlte sie sich wie ein Kaninchen vor der Schlange, unfähig sich zu rühren oder gar wegzulaufen. Mit Mühe wandte sie den Blick ab und trat näher an Sir John, dessen bullige, gut gelaunte Solidität sehr tröstlich war.

»So, Lord Carstairs«, sagte sie von dieser sicheren Position aus, »ich nehme an, Sie kehren heute Abend zu Ihrem eigenen Schiff zurück? Ich darf Ihnen danken, dass Sie das Picknick für mich arrangiert haben.«

Er verbeugte sich nur leicht. Zum ersten Mal bemerkte sie, dass sein Lächeln ein wenig Schlagseite hatte. Das gab ihm ein unangenehm fuchsartiges Aussehen. Sie spürte wieder ein Frösteln.

Sir John bemerkte es. Er legte ihr den Arm um die Schultern und drückte sie kurz. »Kalt, meine Liebe? Das kommt von diesem Sprühwasser.«

Sie lächelte ihn an. »Ja, ein bisschen kalt ist mir schon.«

Der nächtliche Wüstenwind war noch nicht aufgekommen. Die Sonne, die im Begriff war, hinter den Klippen zu verschwinden, gab immer noch Wärme. Nur zwischen den Felsen und direkt an den Klippen war die Luft kühl. Auf einmal lag das Schiff ruhig da. Die Männer, die den ganzen Tag an den Tauen gezogen hatten, um es über die Stromschnellen zu bringen, verschwanden einer nach dem anderen in Richtung ihrer Dörfer, und der eindrucksvolle nubische Lotse, der den ganzen Tag vom Steuer aus alles mit beinahe königlicher Würde dirigiert hatte, verabschiedete sich zuerst vom *Reis*, dann von Sir John und ging anschließend ebenfalls nach Hause. Morgen würden sie alle für den letzten Abschnitt der Reise wiederkommen, um dann zum Fuß des Katarakts und zum nächsten Schiff zurückzukehren.

»Roger hat unsere Einladung zum Abendessen angenommen, meine Liebe.« Sir John strahlte. Wir verbringen die Nacht hier. So viel ich verstanden habe, werden wir morgen über die letzten Stromschnellen gezogen, dann liegen wir etwa einen Tag in Philae, bis die Fieldings nachgekommen sind. Es wird nett sein, bis zum zweiten Katarakt im Konvoi zu fahren.«

Louisa zwang sich zu lächeln, sie zwang sich, das Passende zu sagen, dann entschuldigte sie sich, um wieder unter Deck zu gehen. In ihrer Kabine streckte sie sich erschöpft und niedergeschlagen auf dem Bett aus und dachte an Hassan, während draußen die Sonne in goldener Pracht unterging.

Es klopfte und sie fuhr hoch. Sie musste eingeschlafen sein. Die Kabine lag in tiefer Dunkelheit. Als sie nach der Kerze tastete, konnte sie nichts um sich her sehen. Noch ein Klopfen hallte durch den engen Raum, als der Docht endlich zu brennen begann, und sie kam zu dem Schluss, dass es Treece sein musste, die ihr helfen wollte, sich zum Abendessen umzuziehen. Sie hatte vergessen, dass sie die Tür abgeschlossen hatte. Die Schatten flackerten in dem kleinen Raum über die tiefen Rost- und Goldtöne der Teppiche und Wandbehänge, als Louisa sich zur Tür vortastete und den Riegel zurückschob.

Draußen stand Lord Carstairs, den Kopf gebeugt unter der niedrigen Decke. Mit einer einzigen geschickten Bewegung schob er sie zurück in die Kabine, trat selbst ein und verriegelte die Tür hinter sich.

»Was fällt Ihnen ein?«

Er stieß sie unsanft, sodass sie rückwärts aufs Bett fiel und hilflos zusehen musste, wie er den Kerzenständer ergriff und damit in der Kabine herumleuchtete, um ihre Habseligkeiten zu untersuchen.

»Wo ist sie?«, zischte er.

»Wo ist was?« Sie war ihm unterlegen, im Sitzen war sie gezwungen, zu ihm hoch zu schauen, aber sie hatte keinen Platz zum Stehen, wenn sie ihn nicht tatsächlich wegschubsen wollte. »Wie können Sie es wagen, hier hereinzukommen?«, wiederholte sie. »Hinaus! Ich rufe um Hilfe! Es wird große Schwierigkeiten geben, wenn man Sie hier bei mir findet.«

»Das glaube ich nicht.« Er lachte. »Die Forresters würden es nie wagen, mir zu nahe zu treten, meine ach so ehrbare Mrs. Shelley. Besonders, wenn ich ihnen erzähle, wie begierig Sie heute Nachmittag meine Zärtlichkeiten empfangen haben.« Er umfasste ihr Kinn mit einem eisernen Griff seiner Finger wie schon einmal an diesem Tag und zwang sie, ihm in die Augen zu schauen. »Ja, Sie erinnern sich tatsächlich. Ich muss vorsichtig sein. Sie sind willensstark. Sie glauben, Sie könnten mir widerstehen.« Er schnaubte. »Also, Mrs. Shelley. Wo ist sie?«

«Die Parfümflasche?« Es hatte keinen Sinn so zu tun, als wüsste sie nicht, was er meinte. »Ich habe sie an Land versteckt.«

Seine Augen funkelten. »Nicht heute. Heute war es nicht möglich. Also gestern. Sie haben sie auf Philae gelassen? Wo?« Er stieß ihren Kopf nach hinten gegen die Wand. »Sagen Sie es mir!«, zischte er mit zusammengebissenen Zähnen.

Die Kabine war auf einmal sehr kalt geworden. Die Kerze flackerte und machte schwarze Rauchfäden. Seine Augen, nahe bei ihren, waren schwarze Abgründe. Sie konnte ihren Blick nicht abwenden. Verzweifelt schloss sie die Augen und versuchte, seinen unangenehm süßlichen Mundgeruch nicht einzuatmen.

»Das werde ich Ihnen niemals verraten.« Sie stieß mit der Faust gegen sein Gesicht und wurde mit einem leisen Lachen belohnt.

»Oh, du wirst es mir verraten, meine Süße. Glaub mir, du wirst es mir sagen.« Er packte sie am Handgelenk.

Es entlockte ihr einen Schmerzensschrei, wie er die zarten Knöchel zwischen seinen Fingern drückte. »Hilfe!« Ihr Schrei war nicht mehr als ein Flüstern. »Anhotep, wenn es dich gibt, dann hilf mir jetzt!«

Die Kerze flackerte.

Carstairs lachte wieder. »So so, unsere kleine Witwe beschwört den Hohepriester, aber sie weiß nicht wie.« Er stieß sie so grob gegen die Wand, dass sie keine Luft mehr bekam. »Wo ist die Flasche …« Er brach mitten im Satz ab. Das Schiff schwankte heftig. Oben an Deck blickte der *Reis* über die Reling. Ein Tau hatte sich gelöst und die *Ibis* war von der starken Strömung gedreht worden. Sie hörten Rufe und das Rennen eiliger Füße.

»Warum?«, ächzte sie. »Warum wollen Sie sie unbedingt haben?«

Er starrte auf sie herab. »Ich muss sie haben. Sie ist unverzichtbar für mich. Das ist keine Nippsache zum Spielen für Sie. Es ist ein heiliges Chrismatorium. Es enthält Macht. Macht, die nur ich benutzen kann!« Seine Augen glitzerten fiebrig und immer fester schlossen sich seine Finger um ihr Handgelenk.

»Anhotep!« Louisa kämpfte mit aller Kraft gegen ihn an. »Lass es nicht zu, dass er mir etwas zuleide tut …«

Die Kerzenflamme flackerte und neigte sich seitwärts, obwohl sich in der kleinen Kabine kein Lufthauch regte. Louisa öffnete die Augen und blickte an Carstairs vorbei zum Fenster. Dort stand eine Gestalt – wie ein Schleier, undeutlich. Sie konnte durch ihn die Wand, die Jalousien und den Schal sehen, den sie auf den Hocker geworfen hatte.

»Anhotep! Hilf mir!« Diesmal war ihre Stimme kräftiger. Die Angst vor dem Mann, der halb auf ihr lag, war weitaus größer als ihre Angst vor dem Schatten aus ferner Vergangenheit.

Carstairs zog sich ein wenig zurück, auch er hatte die atmosphärische Veränderung des Raumes und das seltsame Verhalten der Kerzenflamme bemerkt. Da ihr Blick auf etwas hinter seiner Schulter gerichtet war, drehte er sich zum Fenster um und schnappte nach Luft. In Sekundenschnelle stieß er sich vom Bett ab.

»Diener der Isis, ich entbiete dir einen Gruß!« Er verbeugte sich tief, ohne auf Louisa zu achten, die auf dem Bett hockte und sich so klein wie möglich machte.

Die Kabine enthielt kaum mehr Luft; die Kerzenflamme, die Augenblicke zuvor noch wild flackert und geraucht hatte, war zu einem schwachen Glühen geworden. Jeden Augenblick würde sie ganz erlöschen. Die Gestalt verblasste.

Louisa sprang vom Bett auf die Tür zu und tastete nach dem Riegel. Als die Gestalt endgültig verschwunden war, drehte sich Carstairs wieder zu ihr um. Seine Hände tasteten nach ihren Schultern, gerade als sie den Riegel gefunden hatte. Voller Verzweiflung zerrte sie daran, fühlte ihn nachgeben, aber es war zu spät. Er schleppte sie weg von der Tür und stieß sie wieder aufs Bett. Sie holte Atem, um zu schreien, doch er presste ihr seine Hand auf den Mund. Wieder hörte sie ihn lachen. Es klang erregt und triumphierend.

Gerade in dem Augenblick, als er Anstalten machte, ihre Bluse aufzureißen, klopfte es an der Kabinentür.

9

Ehre sei dir, Amun-Re,
der du über den Himmel wanderst,
jedes Gesicht erblickt dich.
Die Menschen rühmen deinen Namen.
Millionen von Jahren sind hingegangen über die Welt.
Du gleitest durch ungeahnte Räume,
reist durch ungeahnte Zeiten …

Wieder wird der Sand verweht. Das aufgebrochene, verlassene Grab wird wieder darunter verborgen. Die Mumien sind für immer dem Staub des Vergessens anheim gefallen; nur ihre Namen überleben, in Stein gemeißelt. Jahrhunderte vergehen, in denen die Priester nicht mehr sind als Schatten ohne Substanz, nichts im Licht der Sonne, nichts unter dem Mond, vergessen die Gelübde, die sie sterbend abgelegt haben, verbraucht der Hass, nicht mehr als ein Seufzen im Wind über den Sandhügeln.

Gott ist unter einem neuen Namen in das Land Kemet gekommen. Die alten Götter Ägyptens schlafen. Ihre Diener haben ihren Glanz eingebüßt. 3000 Jahre sind vergangen, seit das Grab über den Mumien der beiden Priester zum ersten Mal versiegelt wurde.

Die Hand, die das vergessene Fläschchen aus dem Sand gräbt, während der Vater in der Nacht nach größeren Schätzen sucht, ist die Hand eines Kindes. Der Knabe kratzt es mit gierigen Fingern los und hält es erfreut hoch, er sieht das Glas vor den aufsteigenden Strahlen der neugeborenen Sonne.

Aus dem feuchten Hauch der Morgendämmerung taucht ein Schatten auf, dann noch einer, und lächelt auf den Knaben herab. Nur der Esel spürt die Gefahr. Er legt die Ohren zurück und schreit ängstlich dem leeren Wüstenwind entgegen.

Es klopfte bereits zum zweiten Mal. Anna blickte fragend auf. Vor dem Fenster lag Dunkelheit, nur die kleine Nachttischlampe spendete Licht. Verwirrt legte sie das Tagebuch zur Seite, die Gedanken erfüllt von Louisas Entsetzen. Sie stand auf, ging zur Kabinentür und öffnete sie, in Gedanken noch halb in der rauchigen Kabine der Dahabiya.

Ibrahim stand da, das leere Tablett unter dem Arm. Er sah sie mit ernster Besorgnis an. »Geht es Ihnen nicht gut, Mademoiselle? Ich habe mir Sorgen gemacht, weil Sie nicht beim Abendessen erschienen sind.« Der Flur hinter ihm war verlassen.

Nur mit Mühe konnte sie in die Gegenwart zurückfinden. »Es ist alles in Ordnung, Ibrahim. Es tut mir Leid. Ich habe gelesen und gar nicht bemerkt, wie spät es war. Und den Gong habe ich nicht gehört.« Sie rieb sich müde über die Schläfen.

Er musterte sie eingehend, doch sein Eindruck schien ihn zu befriedigen. Er nickte langsam. »Ich bringe Ihnen etwas zu essen in Ihre Kabine.« Er wartete gar nicht auf eine Erwiderung, sondern drehte sich einfach um und ging weg. Sie folgte mit den Augen seinem langsamen, würdevollen Gang. In seiner weißen *Djelaba*, dem Turban und den Ledersandalen wirkte er zeitlos, fast wie eine biblische Gestalt. Sie kehrte in die Kabine zurück, ließ die Tür angelehnt und starrte gedankenvoll hinaus in die Nacht. Arme Louisa. Wie musste sie sich geängstigt haben! Und wie wütend sie gewesen war! Die Sprache des Tagebuchs erzählte von vielerlei widersprüchlichen Gefühlen, während die enge, saubere Handschrift in verblasster brauner Tinte gleichmäßig die Seiten füllte. Man konnte ihre Bestürzung nur daran erkennen, dass manchmal die Zeilen dichter zusammenrutschten, hier und da die Worte schräger standen oder ein nachlässiger Federstrich zwei Worte verband, wenn sie schneller und schneller geschrieben hatte, ein- oder zweimal fanden sich auch kleine Tintenspritzer, wo sie mit der Feder zu oft zu fest aufgedrückt hatte.

»Mademoiselle?« Ein leises Klopfen und schon stand Ibrahim wieder in der Tür. Er brachte ein Tablett mit einem Glas Hibiskussaft und einem Teller mit Brot, einem hart gekochten Ei und Käse. Er schob es auf den Toilettentisch und lächelte sie ernst an. »Da ist noch etwas, Mademoiselle.« Er griff in seine Tasche und holte ein Goldkettchen heraus, an dem etwas hing. Sie sah die Kettenglieder durch seine Finger gleiten.

»Ich hätte gerne, dass Sie das hier tragen, Mademoiselle.« Er hielt sie ihr hin. »Solange Sie auf dem Schiff sind. Bitte geben Sie es mir wieder, wenn Sie nach England zurückfahren.«

Sie starrte auf seine Hand, dann streckte sie langsam die ihre aus. »Ibrahim, was ist das?«

Er ließ das Goldamulett in ihre Hand fallen. Es war klein und sehr fein gearbeitet. »Es ist das Horusauge. *Allah yisallimak*. Möge Gott dich beschützen. Es wird helfen, Sie zu beschützen.«

Ihr Mund wurde trocken. »Schützen wovor?« Sie sah auf und begegnete dem Blick seiner tiefbraunen Augen. Er hielt ihrem Blick einige Sekunden lang stand, dann hob er leicht die Achseln und sah schweigend zu Boden.

»Ibrahim? Hat das etwas mit den alten Göttern zu tun? Und mit der Kobra?« Sie schluckte.

»*Inschallah!*« Diesmal kam kein Achselzucken, sondern der Schatten eines Nickens.

»Dann danke ich Ihnen. Vielen Dank. Es ist ja aus Gold, Ibrahim. Es ist sehr großmütig von Ihnen, dass Sie es mir anvertrauen.« Plötzlich lächelte sie. »Ich wünschte, ich könnte das Passende auf Arabisch sagen.«

»Man sagt: *kattar kheirak.*« Seine Augen blitzten.

»*Kattar kheirak*, Ibrahim.«

Er verbeugte sich. »*Ukheeirak*, Mademoiselle.« Er lächelte breit. »Jetzt muss ich gehen und in der Bar arbeiten. *Bon appétit, Mademoiselle. U'i. Leilt ik saideh*. Das bedeutet: Passen Sie auf sich auf und haben Sie eine glückliche Nacht.«

Als er fort war, betrachtete sie das Amulett in ihrer Hand. Es stellte ein Auge unter einer gebogenen Braue dar mit einem kleinen goldenen Wirbel darunter. Sie wusste, dass das Horusauge ein Symbol des Schutzes und der Heilkraft war, das seit Tausenden von Jahren überall auf der Welt benutzt wurde, um Gefahr, Krankheit und Unglück abzuwenden. Einen Augenblick hielt sie es fest in der Hand, dann suchte sie nach dem Verschluss und hängte es sich behutsam um den Hals. Es rührte sie tief, dass Ibrahim ihr etwas so Wertvolles anvertraut hatte. Allerdings erschreckte es sie auch. Was wusste er, dass er sich so um sie sorgte? Sie sah auf die Schublade des Toilettentischs hinab, machte sie aber nicht auf. Irgendwann heute würde sie dafür sorgen, dass die Flasche in den Safe kam. Sie schauderte.

Mit dem Glas voll duftendem Fruchtsaft setzte sie sich wieder auf das Bett und nahm das Tagebuch. Am nächsten Morgen würde sie entscheiden, ob sie mit auf die Segeltour gehen würde, die am Schwarzen Brett vor dem Speisesaal angeschlagen war, oder ob sie versuchen wollte, Serena zu finden, während Andy außer Sichtweite war, um sich in aller Ruhe und ohne die Gefahr, unterbrochen zu werden, mit ihr zu unterhalten. Aber zuerst musste sie heute Nacht herausfinden, wie es der armen Louisa in den Händen von Lord Carstairs weiter erging. Sie schüttelte die Kissen um sich herum auf, legte die Hand einen Augenblick auf das Goldamulett und lächelte. Es vermittelte ihr ein Gefühl der Sicherheit und des Umsorgtwerdens, das sie, wie sie jetzt merkte, lange nicht mehr empfunden hatte. Einige Minuten saß sie gedankenverloren da und genoss dieses Gefühl, dann öffnete sie das Tagebuch.

Mit einer Kerze in der erhobenen Hand überblickte Jane Treece die Szenerie. Es war klar, was hier vor sich ging. Louisa Shelley hatte sich benommen wie die Schlampe, für die sie sie immer gehalten hatte, und Lord Carstairs in ihrer abgedunkelten Kabine empfangen. Mit einem Blick der Verachtung bemerkte sie Louisas gerötetes Gesicht und ihren wunden Mund, ihre zerrissene Bluse und den gut aussehenden, wütenden Mann, der hastig vom Bett stieg. Er war noch voll bekleidet, also war sie rechtzeitig gekommen, um ihre Lust zu stören. Mit selbstgefälligem Lächeln räusperte sich Jane Treece.

»Soll ich Ihnen beim Umkleiden für das Abendessen helfen, Mrs. Shelley, oder soll ich später wiederkommen?« Ihre Stimme hätte kaum eisiger klingen können.

»Danke, Jane. Ja. Bitte bleiben Sie. Ich möchte mich gerne umziehen.« Louisas Stimme zitterte. Sie drehte sich nach Lord Carstairs um und deutete auf die Tür. »Hinaus!«

Einen Moment zögerte er, dann duckte er sich lächelnd unter der Tür hindurch. Im schmalen Flur drehte er sich um und hob die Hand. »*A bientôt*, Süße. Wir werden unsere angenehme Unterhaltung sehr bald fortsetzen.«

Louisa schloss die Augen. Jane Treece zündete die Kerze neben ihrem Bett und die übrigen auf dem Tisch an und Louisa sah ihr zitternd zu. In kurzer Zeit war die Kabine erfüllt von sanft flackerndem Licht.

Ohne ein Wort zu sagen, hob Jane Treece die Kleider auf, die Louisa am Nachmittag abgelegt hatte, und faltete sie zusammen. Dann nahm sie den Eimer und ging heißes Wasser und Handtücher holen. Louisa warf einen Blick auf ihren Schrankkoffer. Er war immer noch abgeschlossen, der kleine Schlüssel war sicher unter dem Fingerhut in ihrem Nähkästchen versteckt.

Mit zitternden Händen zog sie die Nadeln und Kämme aus ihren kastanienfarbenen Haaren, ließ sie lang über die Schultern fallen, nahm ihre Haarbürste und begann sie mit langen, rhythmischen Strichen zu bürsten, als könnte sie das Gefühl von Carstairs' Händen, den Geruch seines Atems, die kalte Faszination seiner Augen wegbürsten.

Sie blickte auf, als Treece zurückkam. »Danke, Jane.« Sie hatte Mühe, ihre Stimme unter Kontrolle zu bekommen. »Hat Lord Carstairs das Schiff verlassen?«

»Das weiß ich nicht, Mrs. Shelley.« Treece knallte das schwere Wassergefäß vorwurfsvoll auf den Toilettentisch, sodass das Wasser überschwappte. »Soll ich loslaufen und ihn holen?«

Louisa starrte sie an. »Wo denken Sie hin? Der Mann ist eine widerliche Bestie.« Plötzlich musste sie gegen Tränen ankämpfen. »Ich wollte nur wissen, ob er wirklich weg ist.«

Treece dachte lange über diese Worte nach und Louisa sah, wie die grimmigen Züge der Kammerfrau weich wurden.

»Ich glaube, ich habe sie sagen hören, dass er zum Abendessen bleibt«, bemerkte sie, als sie Louisas zerrissene Bluse entgegennahm und sie angeekelt betrachtete. »Das muss zu der *Ghasala*-Frau gebracht werden zum Waschen und Stopfen.« Sie blickte auf. »Die Forresters sind begeistert, dass ein Mitglied der Aristokratie ihnen so zugetan ist. Es würde sie höchst unangenehm berühren, wenn einer ihrer Gäste ihn verärgert hätte.«

»Ach, tatsächlich?« Mit zusammengekniffenen Lippen langte Louisa nach der Seife. »Bitte, gießen Sie mir etwas Wasser ein.« Sie fröstelte, obwohl es in der Kabine immer noch sehr heiß war. »Ich werde beim Abendessen mein Seidenkleid tragen, wenn Sie es bitte für mich heraussuchen, dann können Sie gehen und Lady Forrester helfen.« Sie richtete sich unvermittelt auf und blickte Jane fest in die Augen. »Bitte sprechen Sie nicht über diesen Vorfall mit den Forresters. Wie Sie ganz richtig gesagt haben, würde es sie nur in unnötige Aufregung versetzen.«

Sie wollte selbst mit Sir John sprechen und das bald. Aber die säuerliche Jane Treece sollte die Nachricht nicht schon vorher verbreiten. Zwar war ihr aufgefallen, dass die Einstellung dieser Frau ihr gegenüber sich etwas gemildert hatte, doch traute sie ihr ohne weiteres zu, die Geschichte auf einseitige und verfälschende Weise darzustellen. Mit einem tiefen Seufzer sah sie zu, wie sich die Tür hinter Jane Treece schloss, dann setzte sie sich auf den Hocker und betrachtete müde ihr Spiegelbild, ihren vollen, runden Busen, der durch das bebänderte Korsett mit seinem tiefen Ausschnitt voll zur Geltung gebracht wurde, ihre schmale Taille und das lange, üppige Haar, das um ihre Schultern hing. Ihr Gesicht hatte trotz Sonnenhut und -schirm etwas Sonne abbekommen und die ungewohnte Farbe ihrer Wangen ließ ihre dunklen Augen blitzen. Hatte sie sich unwissentlich aufreizend verhalten? Auf jeden Fall nicht mit Absicht. Niemals. Sie tauchte ihre Hände in die Waschschüssel, befeuchtete Gesicht und Hals und ließ dabei achtlos die Haare ins Wasser hängen.

Als sie sich aufrichtete, konnte sie vor lauter Wasser zunächst nichts sehen. Dann schüttelte sie die Tropfen aus den Augen, blickte in den Spiegel und hielt den Atem an. In dem beschlagenen Spiegel sah sie unmittelbar hinter sich eine Gestalt stehen.

Mit einem Schreckensschrei fuhr sie herum, aber es war niemand da. Sie hatte bloß die verschwommenen Umrisse der Signallampen eines Schiffes gesehen, das neben ihnen in die enge Anlegestelle einbog, und diese hatten zusammen mit den überkreuzenden Schatten der Kerzen das Furcht einflößende Bild ergeben. Das Handtuch fest an sich gepresst, sah sie sich um. Von ihr selbst abgesehen war die Kabine leer. Die üppigen Farben der Wandbehänge, die sie schmückten, erglühten warm im Kerzenschein. Angestrengt verlangsamte sie ihren Atemrhythmus und griff nach ihrem Kamm. Es war nur Einbildung. Sonst nichts. Es würde heute Nacht keine Geistererscheinungen mehr geben. Wenn sie angekleidet war, bleiben ihr noch ein paar Minuten, um sich beim Tagebuchschreiben zu sammeln, dann würde sie sich in den Salon begeben und, wenn es sein musste, den Rest des Abends die grausamen, harten Augen von Lord Carstairs ertragen.

Anna stand auf, begab sich ihrerseits zum Toilettentisch und brach sich ein Stück Brot ab. Sie schnitt das Ei in Scheiben, suchte eine Scheibe Käse aus und machte sich ein Sandwich, mit dem sie wieder zum Bett zurückkehrte. Das Horusauge ruhte zwischen ihren Brüsten. Das Gold fühlte sich warm an auf ihrer Haut. Sie hielt einen Augenblick lauschend inne und warf einen Blick auf die Uhr. Es war beinahe elf. Jetzt war Omars für heute Abend angekündigter Vortrag über die neuere Geschichte Ägyptens wohl beendet. Die anderen saßen vermutlich plaudernd und trinkend in der Lounge, bevor sie dann ins Bett gingen.

Sir John saß allein im Salon, als Louisa eintrat. Er stand eilig auf. »Meine Liebe, Sie sehen wunderschön aus!« Er musterte das nachtblaue Seidenkleid und dann, als könnte er sich nicht beherrschen, nahm er ihre Hand und küsste ihre Fingerspitzen. »Louisa, meine Liebe, ich fürchte, ich muss Ihnen eine enttäuschende Mitteilung machen. Roger musste uns verlassen. Er bekam Nachricht, dass es ein Problem mit einem Besatzungsmitglied auf seinem Schiff gab, daher musste er dorthin zurückkehren. Er bat mich, ihn bei Ihnen für sein plötzliches Verschwinden zu entschuldigen.«

»Ich glaube nicht, dass sein Verschwinden der Grund für die Entschuldigung war!« sagte Louisa spitz. Sie setzte sich auf den Polstersitz neben ihm. »Kommt Augusta bald?«

Er schüttelte den Kopf. »Leider war die Aufregung des heutigen

Tages zu viel für sie. Sie hat sich bereits zurückgezogen. Darum habe ich Abdul gebeten, uns das Abendessen früh zu servieren.« Er griff nach der Weinkaraffe. »Darf ich Ihnen einschenken, meine Liebe? Wir wollen auf die Überwindung des Katarakts trinken und auf einen glücklichen Abschluss des Unternehmens morgen.«

Sie nahm einen Schluck und stellte das Glas ab. »John, ich fürchte, ich muss Sie bitten, Lord Carstairs zu verbieten, je wieder einen Fuß auf dieses Schiff zu setzen. Er ist heute Abend in meine Kabine eingedrungen und hat sich erschreckend unanständig benommen.«

Sir John riss seine blassblauen Augen weit auf. Sie sah ihn mit den Fingern auf den Tisch trommeln.

»Louisa, das kann ich kaum glauben. Meine Liebe, er ist ein geachteter Mann. Ein Gentleman in jeder Beziehung.«

»Nein, kein Gentleman.« Louisa ballte ihre Hände zu Fäusten. »Wäre Jane Treece nicht dazwischengekommen, hätte er mich geschändet! Er hat eine geheimnisvolle Macht, eine Fähigkeit, mich zu hypnotisieren, die mich unfähig machte, mich zu wehren. Und er versucht, mich mit Drohungen dazu zu bringen, mich von meinem Parfümfläschchen zu trennen. Nein, ich kann Ihnen nicht gestatten, ihn hierher kommen zu lassen. Ich wollte dies nicht vor Augusta ausbreiten, denn ich weiß, dass sie ihn schätzt, aber Sie müssen doch zugeben, dass dies ein empörendes Benehmen ist!« Sie verstummte und griff mit zitternder Hand nach ihrem Glas.

Sir John starrte sie an. »Sie sagen, er hat versucht, Sie zu schänden?«

Sie nickte.

Er leckte sich die Lippen. »Er drang gewaltsam in Ihre Kabine ein?«

Sie nickte wieder.

»Und berührte Sie unzüchtig?« Seine Augen wanderten von ihrem Gesicht zum Ausschnitt ihres Kleids. Auf einmal atmete er sehr schwer. »Liebe Louisa, Sie dürfen nicht vergessen, dass Sie eine sehr anziehende Frau sind. Und in dieser Hitze kann selbst der vornehmste Mann sein Blut in Ihrer Gegenwart rasen fühlen.« Er stand halb auf und rückte ihr näher. »Ich selbst fühle mich stark angezogen von Ihnen. Stark!« Er berührte ihr Handgelenk mit seinen heißen Fingern.

»John! Was machst du da?« Augusta segelte in den Salon.

Er zuckte zurück, als hätte er sich verbrannt. »Meine Liebe! Ich habe dich gar nicht gehört. Was für ein Glück, dass du da bist! Louisa hat mir schreckliche Dinge erzählt. Schrecklich.« Er stammelte erschrocken. »Meine Liebe, Carstairs hat sich als ein ganz entsetzlicher Pharisäer erwiesen. Ein Schuft. Ein Schandfleck unseres Geschlechts.«

Augusta hatte sich am Tisch niedergelassen. Mit erstaunlicher Ruhe griff sie nach der Karaffe.

»Ich fand es außerordentlich töricht von Ihnen, dass Sie ohne Anstandsdame mit ihm einen Ausflug gemacht haben, Louisa«, bemerkte sie. »Sind Sie auch vor ihm *en deshabillé* erschienen?«

Trotz ihrer Wut errötete Louisa leicht. »Ganz gewiss nicht, das kann ich Ihnen versichern. Für Lord Carstairs' Benehmen fehlen mir einfach die Worte. Ich hoffe sehr, dass Sie ihm verbieten werden, je wieder einen Fuß auf die *Ibis* zu setzen.«

Augusta lehnte sich zurück und nippte nachdenklich an ihrem Glas. »Ich glaube, das können wir nicht tun. Der Mann ist Mitglied des Oberhauses. Ich muss zugeben, dass auch ich mich in seiner Gegenwart nicht wohl fühle, aber ich dachte, er hätte eher ein Auge auf Venetia Fielding geworfen. Ich muss sagen, es überrascht mich, dass er sich auf Sie gestürzt hat.«

Louisa zog eine Augenbraue hoch. »Das klingt, als wäre ich seiner Aufmerksamkeit unwürdig.« Sie war unsinnigerweise beleidigt.

Augusta lächelte trocken. »Nicht unwürdig, meine Liebe, aber vermutlich nicht reich genug. David Fielding ist sehr vermögend und er hat offen zu verstehen gegeben, dass Venetias Mitgift beträchtlich sein wird.«

Sie warf ihrem Mann einen Blick zu. »Gibt es einen Grund für sein Interesse an Louisa?«

Sir John saß eingeschüchtert da, die Hände vor sich auf dem Tisch. »Er will ihr Parfümfläschchen.« Er zuckte die Achseln. »Gott weiß warum, aber ich denke, es hat mit seinen altägyptischen Studien zu tun. Ich wünschte, Sie würden es ihm geben, Louisa, und die Sache hinter sich bringen. Es ist doch gar nicht so besonders wertvoll und Sie können jeden Preis verlangen. Der Mann wird zahlen, was Sie wollen.«

Louisa blickte ihn an. »Es ist unverkäuflich. Das habe ich ihm gesagt. Und für mich ist es außerdem eine Erinnerung an Hassan, der es für mich gekauft hat und den Sie so ungerecht entlassen haben …« Mitten im Satz brach sie ab und biss sich auf die Lippe, um nicht mehr zu sagen. »Er war mein Freund, das macht es doppelt kostbar für mich. Ich versichere Ihnen, ich werde mich niemals davon trennen. Solange ich lebe.«

Anna legte das Tagebuch nieder. Sie hatte vor der Tür ein Geräusch gehört. Nervös starrte sie den Türknopf an, lauschte und erschrak fast zu Tode, als sie ein leises Klopfen hörte.

»Wer ist da?« Sie räusperte sich ängstlich.

»Ich bin's, Toby. Ich wollte Sie nicht wecken. Ich wollte nur wissen, ob alles in Ordnung ist.«

Sie stieg aus dem Bett und öffnete die Tür. »Mir geht es gut, danke.« Er lehnte an der Wand, den einen Arm lässig hinter dem Kopf. Er lächelte sie an, ohne Anstalten zu machen, hereinzukommen. »Ich habe mir ein bisschen Sorgen gemacht, als Sie nicht zum Abendessen erschienen sind. Aber ich habe gehofft, dass Andy Sie nicht auf sein Lager gezerrt hat.«

Sie lächelte. »Keine Chance.«

»Da bin ich aber froh. Okay, gute Nacht, schlafen Sie gut.«

Sie blieb in der Tür stehen, als er den Flur hinunterging, und sah ihn noch um die Ecke biegen. Dann ging sie nachdenklich zurück in ihre Kabine.

An diesem Abend las sie nicht weiter. Sie duschte nur schnell und fiel dann erschöpft ins Bett. Ihr letzter Gedanke galt dem Amulett um ihren Hals. Damit fühlte sie sich merkwürdig sicher.

Und sie schlief gut bis in die frühen Morgenstunden. Dann wachte sie halb auf. Sie döste weiter, wachte wieder auf, schlief wieder ein. Als sie das nächste Mal aufwachte, tastete sie schon nach dem Tagebuch, ehe sie überhaupt die Augen geöffnet hatte. Allmählich wurde sie besessen von der Neugier, wie es Louisa ergangen war.

Louisa hatte nach ihrer unangenehmen Unterhaltung mit den Forresters lange geschlafen, daher traf sie am nächsten Morgen, als sie in einer dünnen Bluse und einem Rock aus ihrer Kabine kam, Augusta alleine im Salon an. Augusta führte sie an Deck, wo sie unter einem Sonnensegel Limonade tranken. »Sir John und ich haben miteinander gesprochen, Louisa«, begann sie. Sie warf ihrer jüngeren Freundin einen kurzen Blick zu. »Wir sind zu dem Schluss gekommen, dass wir wohl überstürzt gehandelt haben, als wir Hassan entließen. Vielleicht hat Roger uns irregeführt. Natürlich unabsichtlich«, beeilte sie sich hinzuzufügen. »Der *Reis* meint, Hassan sei noch nicht flussabwärts gereist. Er und Sir John sind an Land gegangen, um ihn zu suchen. Zwar werden die Männer, die uns den Katarakt hinaufziehen, bald wiederkommen, aber es wird für Hassan ein Leichtes sein, in Philae zu uns zu stoßen, wenn er will.«

Louisa hielt die Luft an. Sie schloss die Augen und gab sich größte Mühe, die Fassung zu bewahren. Ihr Herz schlug wie wild.

»Würde Ihnen das Freude machen, meine Liebe?«

Sie bemerkte plötzlich, dass Augusta ihr Gesicht musterte.

Sie nickte. »Das würde mich sehr freuen.«

»John ist ein guter Mensch, müssen Sie wissen, meine Liebe.« Augusta kaute etwas verlegen auf ihrer Lippe. »Manchmal gerät er in Erregung, aber er meint es nicht böse.«

Louisa lächelte. »Das weiß ich.« Sie war gerührt. Es konnte nicht einfach für Augusta sein, sich in einem Atemzug für ihren Mann zu entschuldigen und sie zu warnen. Beides hatte sie mit unendlichem Takt erreicht.

Nun blieb nur noch ein Streitpunkt. »Und Lord Carstairs?«

»Wenn Hassan da ist, gibt es keinerlei Notwendigkeit für Sie, mit Carstairs allein zu sein, meine Liebe. Ich glaube, Roger wurde als Kind sehr verwöhnt, deshalb benimmt er sich auch als Erwachsener noch so. Wenn er etwas haben will, dann glaubt er, es stünde ihm von Rechts wegen zu und nichts darf ihm im Wege stehen. Wir werden ihm zeigen müssen, dass er zwar immer noch willkommen ist auf der *Ibis*, in diesem Fall aber nicht bekommt, was er will.«

Louisa verbrachte den Rest des Vormittags damit, die Klippen und Felsen zu zeichnen. Es wurde Mittag, bevor die Männer zurückkamen, um das Schiff das letzte Stück des Katarakts hinaufzuziehen. Mit ihnen kamen Sir John und Lord Carstairs.

Louisa hatte sich ganz an das andere Ende des Schiffes zurückgezogen, um alles von dort aus sehen zu können. Sie begrüßte die beiden Neuankömmlinge nicht, sondern sah vielmehr den Männern zu, die sich auf den Felsen um die Taue formierten, wie Kohorten, die sich darauf vorbereiten, gegen die Elemente zu kämpfen. Nach einigen Augenblicken sah sie aus dem Augenwinkel, dass Sir John und Carstairs unter Deck in den Salon gingen, wo Augusta Schutz vor der Sonne gesucht hatte.

Es dauerte eine Weile, bis sich wieder jemand zeigte. Es war Augusta. Ihre Augen glänzten, als sie nach achtern eilte und sich neben Louisa setzte.

»Eine wunderbare Neuigkeit! Sie werden es nicht glauben!«

»Sir John hat Hassan gefunden?« Louisas Herz hüpfte vor Freude.«

»Hassan?« Augusta sah einen Moment lang verwirrt drein. »Ach, nein. Ich glaube, er hat ihm eine Nachricht hinterlassen, dass er der *Ibis* folgen soll, wenn er seine Stelle wiederhaben will. Nein, nein, es ist noch viel besser. Meine Liebe, Roger Carstairs hat John gefragt, ob er Sie besuchen dürfe. Meine Liebe, er möchte um Ihre Hand anhalten!«

Louisa starrte sie an. Einen Moment lang war sie zu verblüfft, um zu reagieren. Eine eisige Klammer schien sich um ihre Lunge gelegt zu haben, sodass sie nicht atmen konnte. Ihr Mund war trocken.

Augusta klatschte in die Hände. »Selbstverständlich hat Sir John ja gesagt. Er wusste, dass Sie sich darüber sehr freuen würden! Roger hat sich immer wieder entschuldigt, dass er Sie gestern so erschreckt hat. Er sagte, aus Liebe zu Ihnen hätte er völlig den Kopf verloren. Er hat Ihnen ein wunderschönes Geschenk mitgebracht, Louisa ...«

Endlich konnte Louisa sich rühren. Steif wie eine Holzpuppe stand sie auf. Stifte und Pinsel fielen auf das Deck und rollten weg, während sie Augusta anstarrte. »Was fällt ihm ein!« Ihre Stimme war so heiser, dass sie im Hals kratzte. »Was fällt ihm ein, hierher zu kommen und sich auf dem Schiff einzuschleichen! Wieso fragt er Sir John? Der ist nicht mein Vater. Wie kann irgend jemand annehmen, dass ich erfreut bin?«

Augusta war völlig perplex. Einen Augenblick lang wusste sie nichts zu sagen. Sie hob die Hände und ließ sie wieder fallen in einer Geste völliger Verwirrung. »Er hat John gefragt, weil er Ihr Gastgeber ist. Dies ist sein Schiff. Wir kümmern uns um Sie, meine Liebe.« Sie schien den Tränen nah. »Wir dachten, Sie würden sich so freuen. Denken Sie doch: sein Titel …«

»Ich will seinen Titel nicht, Augusta!«, sagte Louisa. »Und ich will ganz gewiss weder ihn noch sein Geschenk. Ich werde ihn nicht empfangen. Bitte sagen Sie ihm, er soll gehen.« Sie drehte sich um, lehnte sich an die Reling und starrte ins Wasser.

»Louisa …«

»Nein.« Sie sah sich nicht um. »Bitte! Schicken Sie ihn weg!«

»Das kann ich nicht, Louisa.« Augusta blieb noch einen Augenblick stehen und sah sie an, dann drehte sie sich seufzend um. Als auf einen Schrei hin die Haltetaue gelöst wurden und das Schiff in den Kanal schwenkte, fand Louisa sich allein auf Deck.

Etwa eine Stunde später begab sie sich vorsichtig zu ihrer Kabine. Als sie am Salon vorbeikam, warf sie einen Blick hinein. Augusta und Sir John saßen allein dort. Von Carstairs war nichts zu sehen. Mit einem erleichterten Seufzer ging sie weiter zu ihrer Tür und stieß sie auf. Er saß auf dem Bett. Neben ihm auf der Tagesdecke lag ihr Tagebuch und ihr Reisenecessaire.

Als sie vor Überraschung und Angst aufstöhnte, lächelte er. »Bitte schreien Sie nicht, Louisa. Es wäre so peinlich, wenn ich Sir John und Augusta sagen müsste, dass sie nichts anderes als den Schrei Ihrer Leidenschaft gehört haben. Geben Sie mir den Schlüssel zu diesem albernen Kästchen und wir sind fertig miteinander.«

»Sie haben mein privates Tagebuch gelesen!« Sie war überwältigt vor Wut.

»Ja, in der Tat. Was für ein interessanter Lesestoff! Sie scheinen meine Gesellschaft nicht zu schätzen, meine Teure. Sie haben eher etwas für Eingeborene übrig, wie ich sehe.« Er warf ihr einen höhnischen Blick zu. »Glücklicherweise sind mir Ihre Ansichten ziemlich egal. Den Schlüssel bitte oder ich muss das Schloss aufbrechen.«

»Verlassen Sie meine Kabine!« Louisas Zorn wuchs. Hitze durchströmte sie. »Verschwinden Sie auf der Stelle!« Sie näherte sich ihm und riss ihm das Tagebuch aus der Hand. »Soll ich den Hohepriester wieder zu Hilfe rufen? Er kam, als ich ihn rief, haben Sie das vergessen? Wer weiß, was er tun würde, um mich zu beschützen.«

Carstairs lachte. »Priester beschwören ist meine Aufgabe, nicht Ihre. Ich habe mich jahrelang in den okkulten Praktiken geübt, die die Wächter Ihres Fläschchens herbeizitieren. Wollen Sie das wirklich?« Er stand unvermittelt auf und sie zuckte erschrocken zurück. In der engen Kabine wirkte er besonders groß. Zwar versuchte sie es zu verbergen, aber ihr Mut verließ sie so schnell er gekommen war.

Carstairs sah mit unverhohlener Verachtung auf sie herab, dann erhob er das Gesicht und atmete tief.

»Anhotep, Priester der Isis, ich rufe dich herbei. Im Augenblick. Anhotep, Priester der Isis, zeige dich jetzt vor mir. Anhotep, Priester der Isis, komm ans Licht des Tages!« Er warf die Arme hoch, seine Stimme hallte in der Stille nach.

Louisa jammerte leise.

Sie konnte die Gestalt bereits sehen, durchsichtig erschien sie vor dem Fenster, das schmale, hochmütige Gesicht, die eckigen Schultern, die merkwürdig blassen Augen, dem erschreckend durchdringenden Blick von Carstairs so ähnlich. Die Stille in der Kabine war auf einmal überwältigend, die Atmosphäre elektrisch geladen. Louisa schloss die Augen.

»Haben Sie gerufen, Mrs. Shelley?« Die Stimme von Jane Treece direkt hinter ihr ließ sie zusammenzucken.

Einen Augenblick war sie wie gelähmt, dann drehte sie sich um. »Ja, bitte!« Sie klammerte sich an den Arm der Kammerfrau. »Würden Sie bitte Lord Carstairs hinausbegleiten? Er wollte gerade gehen.« Sie begann heftig zu zittern.

Als Treece Carstairs hinausführte, sank sie auf das Bett, unfähig sich zu rühren, und schloss die Augen. Als sie sie wieder öffnete, war die Gestalt im Fenster immer noch da …

»O Gott!« sagte Anna laut. Sie schloss das Buch und holte tief Luft. Ihre Hände zitterten. Sie warf einen Blick durch die Kabine auf die Schublade des Toilettentischs. Sie zwang sich aufzustehen und wollte gerade hinübergehen, als ein Räuspern vor ihrer Tür sie erschreckte.

Es war Toby.

Er registrierte ihr kurzes Nachthemd und ihre zerrupfte Erscheinung. Dann sah er ihr ins Gesicht. »Ich habe mir Sorgen gemacht, als Sie nicht zum Frühstück gekommen sind, wo Sie doch schon das Abendessen verpasst haben. Sind Sie wirklich in Ordnung? Sie sehen schrecklich aus.«

Sie lachte krächzend. »Ist das Ihre übliche Anmache?«

»Nein, wenn es ums Anmachen geht, habe ich Besseres drauf.« Er lächelte wieder. »Was ist los, Anna? Ihre Hände zittern.«

Verlegen verschränkte sie die Arme vor der Brust. »Ich bin in Ordnung.«

»Nein, Sie sind nicht in Ordnung. Liegt das an meinem Anblick oder ist es wieder dieses verdammte Tagebuch?« Er hatte es auf dem Bett entdeckt. »Anna, verzeihen Sie, wenn ich das sage, aber wenn es Sie zu sehr aufregt und Sie so viel Zeit kostet, dass Sie die Ausflüge verpassen, für die Sie Tausende von Pfund bezahlt haben, ist es dann vernünftig, es weiterzulesen?« Einen Moment sah er ihr grimmig in die Augen. »Warum schmeißen Sie es nicht weg? Nein, das war nicht ernst gemeint, dazu ist es zu kostbar. Aber stecken Sie es weg. Lesen Sie es zu Hause im Garten.«

»Das kann ich nicht. Ich muss wissen, was weiter passiert.« wimmerte sie.

»Sie müssen?« Seine Stimme klang auf einmal etwas weicher. »Warum? Was ist daran so wichtig?«

»Es geht um das Parfümfläschchen. Jemand hat versucht, es ihr zu stehlen. Sie hält es irgendwie für verflucht.« Sie verstummte, denn sie hatte das Gefühl, irre zu reden.

Toby betrachtete immer noch das Tagebuch. »Und Sie halten die Flasche auch für verflucht?«

Sie sah auf, in dem festen Glauben, er mache sich über sie lustig, aber sein Gesicht war völlig ernst.

»Würden Sie es mir zeigen, Anna? Watson hält es für unecht, stimmt's? Daraus macht er keinen Hehl. Ich bin kein Experte, aber ich habe ein Gefühl für die Dinge.«

Sie zögerte, dann ging sie kurzentschlossen zum Toilettentisch und zog die Schublade auf. Sie reichte ihm die Flasche, ohne sie aus dem Schal zu wickeln. Er nahm den Seidenstoff ab und ließ ihn auf das Bett fallen. Dann kniff er ein Auge zu und hielt die Flasche dicht vor sein Gesicht. Sie sah zu, wie er mit den Fingern sanft über die Oberfläche rieb, und war seltsam fasziniert davon, wie er das Glas streichelte und mit dem Daumen über das Siegel fuhr. Dann streckte er mit der Flasche auf der Handfläche den Arm aus, als wollte er ihr Gewicht schätzen.

»Für mich fühlt sie sich echt an.« Er sah zu ihr auf. »Mundgeblasen. Raue Oberfläche mit vielen kleinen Fehlern, in mancher Beziehung roh, aber mehr als das.« Er fuhr noch einmal mit konzentrierter Miene darüber. »Ich kann fühlen, dass sie sehr alt ist. Fragen Sie nicht, wie, aber ich kann es.«

»Andy hat gesagt, der Hals sei maschinell hergestellt«, sagte sie leise.

»Quatsch. Wenn er das sagt, hat er keine Ahnung von Glas. Und so was nennt sich Kunsthändler! Nein.« Er fuhr mit dem Zeigefinger über das Siegel. »Nein, da ist nichts maschinell gemacht. Ich könnte es nicht datieren; das müsste ein Fachmann im Museum tun.«

»Aber ist es ägyptisch?« Sie sah zu ihm auf.

»Sagt Louisa Shelley, dass es ägyptisch ist?«

»O ja.« Sie kaute auf ihrer Lippe.

»Dann ist es auch ägyptisch.« Er lächelte sie aufmunternd an. »Anna, warum suchen Sie nicht eine schöne Stelle im Tagebuch?«, schlug er plötzlich vor. »Etwas Fröhliches. Da muss es doch auch schöne Stellen geben. Dann legen Sie es für eine Weile weg und kommen mit zum Segeln. Darf ich versuchen, eine fröhliche Stelle für Sie zu finden?«

Sie zögerte.

»Ich werde es nicht beschädigen, das verspreche ich. Ich blättere es nur durch und sehe mir die Schrift an. An der Schrift kann man eine Menge erkennen, wissen Sie.« Er wartete, und als sie nichts sagte, setzte er sich auf das Bett und begann hinter der Stelle, wo sich ihr Buchzeichen befand, vorsichtig zu blättern.

Sie beobachtete ihn stumm und fragte sich, warum sie ihm das erlaubt hatte, warum sie ihn hereingebeten hatte, warum sie ihm die Flasche gezeigt hatte. Warum sie sich, wie ihr jetzt klar wurde, in seiner Gegenwart wohler fühlte als in Andys. Trotz Andys Beschuldigungen. Beschuldigungen, so sagte sie sich, die sie nicht für einen Moment geglaubt hatte!

Er sah plötzlich auf. »Hier, sehen Sie! Das scheint ein gutes Stück zu sein. Schauen Sie, die Handschrift ist federnd und sogar das Bild ist fröhlich. Darf ich es Ihnen vorlesen?«

Sie zuckte die Achseln und setzte sich auf den Hocker.

Am Tag, als sie in Philae anlegten, kehrte Hassan zurück. Die *Skarabäus* hatte einen Steinwurf entfernt festgemacht und die Dahabiya der Fieldings wenige Meter dahinter.

Mit ruhiger Würde hatte Hassan Sir Johns Erklärung entgegengenommen, dass alles ein Missverständnis gewesen sei, und er glitt so sachte in das Leben auf dem Schiff zurück, als wäre er nie fort gewesen. Die Forresters hatten inzwischen erraten, dass Louisas Beziehung zu ihm inniger war, als sie alle öffentlich zugeben mochten.

Es war dunkel. Louisa schlich an Deck, wo sie Hassan fand, mit dem sie an Land rudern wollte. »Ich habe den Forresters gesagt, dass ich den Fluss im Mondlicht malen will«, sagte sie leise. »Sie versuchen nicht mehr mich aufzuhalten, und Lord Carstairs ist, glaube ich, auf der *Lotus* und unterhält sich mit Mr. Fielding, der eine Kamera mitgebracht hat, über das Fotografieren, also sind wir ungestört.«

»Abgesehen von den Bakschischjungen.« Hassan lächelte. »Sie sind Tag und Nacht da.«

»Aber von denen kann man sich loskaufen?«

»O ja, von denen kann man sich loskaufen.« Er nickte.

Der Mond schien riesig über das Wasser und warf schwarze Schatten über den Sand. Sie spazierten langsam und genossen die intensive Schönheit der Nacht. Die Tempelsäulen, die fernen Hügel, der Sand, alles rundherum hatte sich von Gold in glitzerndes Silber verwandelt.

»Wir gehen oben auf die Mauer«, flüsterte Hassan. »Ich zeige es dir.«

Vorsichtig kletterten sie in der stockfinsteren Nacht die ausgetretenen Stufen hoch und traten dann wieder in das Mondlicht hinaus. Hier oben war es kühler und Louisa zog einen Schal über ihre Schultern. Sie konnten zu ihren Füßen die ganze Insel sehen und im Hintergrund die drei Schiffe wie kleine Spielzeugboote. Im Norden lagen die Kataraktinseln; die Stromschnellen und das Sprühwasser glitzerten im Mondlicht. Im Süden schlängelte sich der breite, langsam fließende Strom außer Sichtweite. Der riesige Tempel unmittelbar unter ihnen lag still und geheimnisvoll da, wie große schwarze Teiche, zwischen denen die versilberten Säulen standen.

»Willst du hier oben malen, Sitt Louisa?« Hassans Flüstern wirkte in der Stille beinahe erschreckend.

Sie nickte. »Sind wir hier sicher, Hassan?«

Er wusste nicht recht, ob sie sicher vor Carstairs meinte oder vor den Geistern. Vielleicht vor beiden. »Wir sind sicher. Ich packe jetzt aus.« Er breitete den Teppich aus.

Der Fluss lag vollkommen still unter ihnen. Die Forresters auf der *Ibis* waren schon in ihrer Kabine. Die Fieldings und ihr Gast auf der *Lotus* hatten die Feinheiten der neuen Kamera bereits ausgelotet und saßen nun an Deck und aßen Sorbet, während Venetia ihnen aus einem Roman von Jane Austen vorlas.

Louisa zeichnete lange. Hin und wieder war sie so überwältigt von ihrer Umgebung, dass sie wie verzaubert dasaß und der Bleistift auf dem Papier still verharrte. Hassan saß mit gekreuzten Beinen einen Schritt von ihr entfernt. Er war seit seiner Rückkehr eher zurückhaltend. Stiller. Nachdenklicher.

»Du denkst viel, mein Freund?«, sagte sie schließlich.

»Ich betrachte die Nacht. Und ich betrachte dich.« Er lächelte.

»Und ich dich. Schau.« Sie hielt ihm das Skizzenbuch hin. Es enthielt ein kleines Bild von ihm; nachdenklich, schön, das verschmitzte Lächeln unverkennbar um seine Augen spielend.

»Du erweist mir große Ehre, Sitt Louisa.«

»Ich zeige nur die Wahrheit.«

Sie beugte sich vor. »Ich habe Sitt Augusta gesagt, dass wir im Tempel schlafen würden, wenn uns der Mond ermüdet.«

Er nickte ernst. »Ich habe Kissen und Teppiche. Dann kannst du den Sonnenaufgang beobachten.«

»Wir werden ihn zusammen beobachten.« Sie streckte die Hand aus und berührte sanft die seine.

Er rutschte näher zu ihr. »Als sie mich wegschickten, dachte ich, mein Herz würde vor Kummer aufhören zu schlagen«, sagte er schließlich. »Du bist meine Sonne und mein Mond und die Sterne meines Himmels, Sitt Louisa.«

Langsam beugte er sich zu ihr herüber und berührte ihre Lippen mit den seinen. Die Wärme und das Glück, die sie umschlossen, vertrieben alles aus ihren Gedanken außer dem sanften, schönen Mann, der seine Arme um sie gelegt hatte.

»Beschütze uns, große Isis, und verbirg uns vor neugierigen Blicken, ich bitte dich.« Ihr geflüstertes Gebet stieg empor in der Dunkelheit und schwebte bis zum Mond, während weit unter ihnen auf dem Fluss Lord Carstairs aufstand, sich streckte, sich von den Fieldings in ihrem Salon verabschiedete und dann an Deck kam, wo er einen Augenblick stehen blieb und durch die Palmen ans Flussufer starrte zu dem Tempel, der so heiter auf der Insel im Mondlicht schimmerte.

Eine ganze Weile herrschte Schweigen. Toby schloss das Tagebuch und legte es auf den Nachttisch.

»So hat also Louisa Shelley in Ägypten die Liebe gefunden«, sagte er schließlich. »Freut Sie das? Können Sie jetzt das Buch weglegen und sich entspannen und Spaß haben? Es wurde kein Fluch erwähnt. Keine bösen Geister.«

Sie lächelte. »Sie haben Recht. Ja, ich lege es weg.«

»Und kommen Sie Segeln?«

Sie sah auf die Uhr. »Wenn es nicht zu spät ist?«

»Es ist nicht zu spät.« Er stand auf. »Sie ziehen sich an und ich sehe nach, ob noch ein Boot übrig ist für uns und ob ich Ali oder Ibrahim überreden kann, uns ein paar Sandwiches mitzugeben. Ich kann keine persischen Teppiche und Stelldicheins im Mondschein versprechen, aber wir werden unser Bestes tun.« Er wandte sich zum Gehen, hielt dann aber plötzlich inne. »Anna, verzeihen Sie mir eine persönliche Frage, aber was haben Sie da für ein Amulett um den Hals? Das habe ich noch nicht an Ihnen gesehen, oder?«

Sie legte rasch die Hand darauf. »Es soll mich beschützen.« Sie lächelte ihn spöttisch an. »Es nennt sich Horusauge.«

Er nickte. »Na, ich bin sicher, es wirkt. Bis gleich.«

Sie traf ihn an Deck und stellte fest, dass tatsächlich eine Feluke übrig geblieben war aus der Traube, die am frühen Morgen das Heck des Schiffes umlagert hatte, um die übrigen Passagiere zu individuellen Ausflügen mitzunehmen.

Toby half ihr, es sich im Boot bequem zu machen, und kletterte dann noch zweimal auf den *Weißen Reiher*, einmal, um seinen Skizzenblock zu holen, und dann noch einmal, um Ali um ein paar zusätzliche Saftdosen zu bitten, bis er sich schließlich neben ihr niederließ und ihrem Bootsmann erlaubte, langsam loszusegeln, auf das gegenüberliegende Ufer zu, wo sich das Schiff im stillen Wasser spiegelte. Es war himmlisch, sich auf den abgenutzten Kissen zurechtzulegen, das große dreieckige weiße Segel mit seinen dunkleren Flicken vor dem blauen Himmel zu betrachten. Mit einem Seufzer des Entzückens suchte Anna in ihrer Tasche nach ihrer Kamera.

»Glücklich?« Toby sah sie amüsiert an, als sie sich zurücklehnte, um das Segel zu fotografieren.

»Sehr. Danke, dass Sie mich aus meiner Kabine ausgegraben haben.«

Er hatte seinen Arm auf den Bootsrand gelegt, seine Hand nahe an ihrer Schulter. Seine Tasche lag zu ihren Füßen auf den Planken. Er war aus seinen Schuhen geschlüpft, seine Füße auf den warmen Planken waren ebenso braun wie die ihres Bootslenkers. Er lächelte. »Sie mussten gerettet werden, wie Rapunzel.«

»Glauben Sie, ich hätte mein Haar heruntergelassen?«, fragte sie lachend.

»Ich glaube, Sie sind drauf und dran.«

Das Wasser plätscherte leise unter dem Bug, als das Boot drehte und Wind nahm. Das Segel klatschte einmal und füllte sich dann, ein weißer Flügel vor dem Blau. Sie griff wieder nach ihrer Kamera. Der Bootsführer stand entspannt am Bug nahe beim Mast, beschattete die Augen mit der Hand und starrte über das Wasser zum anderen Ufer. Sein Profil vor dem Segel hätte direkt aus einem Tempelrelief stammen können – die hohe Stirn, die riesigen mandelförmigen Augen, die Wangenflächen, der Winkel von Lippen und Kinn. Sie richtete die Kamera auf ihn, wobei sie sich fragte, ob es ihm wohl etwas ausmachte, wenn sie ihn fotografierte, aber er hatte bereits gesehen, was sie tat. Er grinste breit und stellte sich in Positur für sie. Einen Arm um den Mast geschlungen, balancierte er auf einem Bein.

»Versuchen Sie's nochmal, wenn er nicht herschaut.« Tobys geflüsterter Ratschlag ließ sie schmunzeln. Zum Teil hatte er Recht. Die selbstvergessene Anmut war schön gewesen, aber auch diese Pose gehörte zur Szene der ständigen Interaktion mit den Touristen, zum Spiel, das beide Seiten spielten: Die Nilanwohner versuchten, den Erwartungen der Besucher gerecht zu werden, während diese dringend benötigte Devisen ins Land brachten und selten übergroße Ansprüche stellten. Im Großen und Ganzen schien diese Beziehung sehr gut zu funktionieren. Die Freundlichkeit und der Humor der Ägypter erlaubten ihnen, ein gewisses Gleichgewicht zu wahren. Wenn sie denn so etwas wie Widerwillen spürten oder das Gefühl hatten, ausgebeutet zu werden, so verbargen sie das sehr gut.

Anna schloss die Augen und ließ den Kopf zurücksinken, sodass die Sonne unter ihre Hutkrempe schien. Plötzlich traf sie die starke Hitze im Gesicht und sie sah das heftige Rot ihrer Lider. Hastig richtete sie sich gerade in dem Moment wieder auf, als der Steuermann das Ruder herumriss und der Bootsmann seinen Platz am Mast verließ, sich ihr gegenübersetzte, um das Segel zu befestigen, das Boot herumschwang und der Schatten des Segels auf ihr Gesicht fiel. Die neue Gestalt am Schiffsbug balancierte mit Leichtigkeit in ihren Goldsandalen auf den Planken und blickte mit ausgestreckten Armen und erhobenem Kopf über das Wasser direkt in die Sonne. Sie schrie leise auf vor Schreck und die drei Männer im Boot schauten sie an.

»Anna?« Toby berührte ihren Arm. »Ist etwas?«

Sie schluckte. Die Gestalt war verschwunden. Natürlich war sie verschwunden. Es war der Schatten des Bootsmanns gewesen oder ein Luftspiegelung in der heißen Luft über dem Boot.

Sie schüttelte den Kopf. »Tut mir Leid, ich habe Sonne in die Augen bekommen.«

»Das ist nicht gut, Missee.« Der Bootsmann drohte ihr mit dem Finger. »Sehr gefährlich.«

Sie hob die Schultern und nickte, machte ein reuevolles Gesicht und zog die Hutkrempe herunter. Sie sah nicht, wie Toby die Stirn runzelte und an ihr vorbei zum Bug des Bootes starrte.

Als sie zurückkehrten, wurden in der Bar die Apéritifs serviert. Wie sich herausstellte, hatte Andy ihr schon einen besorgt. »Extra für Sie!« Er reichte ihn ihr mit einer eleganten Verbeugung. »Um Entschuldigung zu sagen. Ich werde mich nicht mehr einmischen und ich werde kein Tyrann mehr sein.« Sein jungenhafter Charme gehörte zu seinem festen Verhaltensrepertoire.

Anna sah sich über die Schulter nach Toby um, der ein sarkastisches Lächeln verbarg. Er zwinkerte ihr zu und hob dann die Hände in einer Geste der Unterwerfung. »*Inschallah*«, flüsterte er und legte die Hände zu einem spöttischen Gruß aufeinander. »Sie trinken mit dem *Effendi.*« Er begab sich zur Bar, wo Ali, wie sie sehen konnte, eine Flasche mit ägyptischem Bier für ihn öffnete.

Anna wandte sich Andy zu. »Es geht nicht um Verzeihung, Andy. Ich will einfach bloß mit Serena reden können, wann ich will, ohne dass Sie uns unterbrechen. Wo ist sie übrigens?«

Er zuckte die Achseln. »Ich weiß es nicht, ehrlich. Vielleicht ist ihre Feluke noch nicht zurückgekommen, aber wenn sie kommt, besorge ich ihr einen Drink, küsse ihre Füße, streichle ihre Hand, was immer Sie wollen.«

Anna lächelte. »Einfach nett sein würde schon genügen.«

»Dann werde ich nett sein.« Er grinste breit. »Ich bin nett. Ich bin immer zu allen Leuten nett.« Er klopfte Ben auf den Rücken, der gerade vorbeikam. »Stimmt's, Ben?«

»Du klingst, als wärst du *high*, mein Freund«, antwortete Ben gutmütig. »Aber wenn das heißt, dass du mich auch zu einem Drink einlädst, sage ich nicht Nein, was immer es ist.«

Andy lächelte ihn viel sagend an. »Es ist der Sonnenschein, alter Knabe, sonst nichts.« Plötzlich fuhr er herum. »Und hier ist Serena. Und Charley mit ihr.«

Die beiden Frauen erschienen nebeneinander im Eingang.

»Andy schmeißt eine Runde, Mädchen. Ich würde etwas Exotisches und Teures bestellen«, rief Ben ausgelassen.

»Cocktails für die beiden Damen?« Ali hatte das Gespräch aufmerksam verfolgt und lächelte erwartungsvoll. »Ali macht sehr gute Cocktails. Viele Sachen drin. Sehr teuer.«

Serena schüttelte den Kopf. »Nein danke. Fruchtsaft wäre schön.«

»Ich nehme einen.« Charley kletterte auf einen Barhocker. »Einen Cocktail mit so vielen Sachen, wie Sie sich nur vorstellen können, Ali.« Ihre Augen glänzten fiebrig und ihre Haut hatte Sonne abbekommen, sodass sie wie bestäubt aussah mit vielen kleinen Sommersprossen. Sie trug ein weit ausgeschnittenes ärmelloses Kleid und um den Hals eine Kette mit türkisen Perlen.

Serena nahm ihren Guavensaft entgegen und zog sich auf ein Sofa zurück. Nach einer Minute ging Anna zu ihr und ließ die anderen an der Bar zurück.

»Wir müssen bald miteinander reden.« Anna setzte sich neben sie. Als sie die Bar verließ, war ihr aufgefallen, dass Toby nirgends zu sehen war.

»Na, wo bist du gewesen?« Serena blickte trübsinnig in ihr Glas.

»Ich bin auch segeln gegangen, mit Toby.« Anna sah sie von der Seite an. Sie spürte, wie sie leicht errötete, aber Serena bemerkte es nicht. »Ich habe heute den Priester Anhotep wieder gesehen«, fuhr

Anna fort. »Wenigstens ...«, sie zögerte, »glaube ich es. Auf der Feluke.«

Serena sah überrascht auf. »Hattest du denn die Flasche dabei?«

»Nein. Sie ist immer noch in meiner Kabine. Es ist anscheinend völlig egal, was ich tue. Ich sehe ihn dauernd.«

Serena verzog das Gesicht und zuckte die Achseln. »Hoffentlich hat er sich nicht an dich gehängt.«

»An mich gehängt?« Anna zwang sich, die Stimme wieder zu senken. »Du machst doch hoffentlich Witze. Lieber Gott, du meinst, ich bin besessen?«

»Nein!« Serena richtete sich ruckartig auf. »Nein, gerade das meine ich nicht!« Sie fixierte Charley an der Bar und beobachtete sie mit skeptischem Blick. Dann wandte sie sich wieder Anna zu. »Nein, das musst du nicht missverstehen. Du bist in keiner Weise besessen, aber er könnte eine Energieverbindung mit dir eingegangen sein. Das bedeutet, dass er ...« Sie blickte umher und gestikulierte hilflos. »Es ist so, dass er dich als eine Art Benzintank benutzt. Er hat nur noch wenig Saft, weil er keinen eigenen Körper hat, deshalb muss er den von einem Menschen borgen, um genug Energie zu bekommen, dass er sich bewegen und sich zeigen kann. Er hat eine Art Saugpumpe in dein Energiefeld eingeführt, damit er deine Energie anzapfen kann, das bedeutet, dass er immer in deiner Nähe bleibt.«

Anna schauderte. »Ich hoffe sehr, dass das nicht stimmt.« Sie nippte an ihrem Glas und fröstelte wieder heftig. »Wie kann ich ihn wieder loswerden?«

»Wenn du willenstark bist, genügt vielleicht allein deine Intention.«

»Ich bin willenstark.«

»Dann sag ihm, er soll weggehen, wenn du ihn das nächste Mal siehst.«

»Das habe ich schon versucht. Ich habe ihn angeschrien, habe gesagt, er soll die Flasche nehmen und dann verschwinden. Aber er ist nich gekommen. Es ist nichts passiert.«

»Warte, bis du ihn siehst, Anna. Dann sprich zu ihm. Sei nicht ängstlich oder wütend, das macht dich nur schwach. Sei einfach stark und liebevoll.«

»Liebevoll!« Anna starrte sie ungläubig an. »Das glaube ich nicht. Wie könnte ich ihn denn lieben?«, fragte sie unwillig.

»Die Liebe überwindet alles, Anna.« Serena lächelte wissend. »Vor allem Hass und Angst.«

»Nein, nein, tut mir Leid, das kann ich nicht glauben. Leider.« Anna nahm noch einen Schluck aus ihrem Glas. »Und ich fürchte, das würde unser Freund als Schwäche interpretieren.« Sie starrte auf ihre Sandalen. »Es gab doch aber zwei Priester, oder? Wo ist der andere abgeblieben?« Sie blickte auf.

Serena starrte wieder zur Bar hinüber, wo Charley gerade laut kichernd den Kopf in den Nacken warf. »Ich weiß es nicht«, sagte sie schließlich. »Ich weiß nicht, wo der andere abgeblieben ist.« Sie lehnte sich zurück und sah Anna an. »Nein, du hast Recht. Es ist keine leichte Sache, Anhotep zu lieben. Aber ich denke nicht, dass er dir schaden will. Ich finde, du solltest jede Anstrengung auf dich nehmen, um ihm entgegenzutreten. Fordere ihn heraus. Zeig ihm, wie stark du bist. Sobald du mit ihm in einen Dialog getreten bist, kannst du ihn fragen, warum er unbedingt die Flasche haben will, und vielleicht auch, was du damit machen sollst und wie du ihm helfen kannst. Und dann kannst du ihn bitten, dich zu verlassen.«

»Wenn es so weit ist, werden wir uns bereits duzen und ich lade ihn zum Essen ein«, erwiderte Anna. Sie hielt inne. Louisa hatte es geschafft. Sie hatte Anhotep beschworen, sie vor Lord Carstairs zu beschützen. Vielleicht hatte Serena Recht. Vielleicht konnte sie tatsächlich Kontakt zu ihm aufnehmen. Andererseits ... Sie schauderte. »Ich fürchte, du verlangst zu viel. Wenn ich auch nur den leisesten Schatten von dem Typen sehe, bekomme ich weiche Knie.« Sie unterbrach sich. »Ich kann nicht glauben, dass wir dieses Gespräch führen!« Sie beugte sich vor und stützte den Kopf in die Hände. »Ich will die Flasche loswerden, Serena. Ich werde nicht damit fertig. Das hier sollte ein erholsamer Urlaub werden, stattdessen wird er zum Albtraum!«

Einen Augenblick herrschte Schweigen, dann beugte Serena sich vor und berührte ihren Arm. »Soll ich mich für dich darum kümmern?«

»Du?« Anna sah müde auf.

Serena nickte. »Ich nehme sie mit in meine Kabine. Ich könnte Gebete darüber sprechen, eine Anrufung und Entlassung vollziehen und etwas Weihrauch verbrennen.«

»Doch wohl nicht, wenn Charley dabei ist!«

»Nein, nicht wenn Charley dabei ist. Lass es mich tun, Anna. Ich weiß, wovon ich rede.« In ihrer Stimme lag etwas Dringliches.

Anna lehnte sich zurück und schloss müde die Augen. »Warum habe ich sie bloß hierher gebracht? Es war so sinnlos. Nichts als eine törichte, romantische Idee.«

»Das konntest du doch nicht wissen. Außerdem hattest du wahrscheinlich gar keine andere Wahl. Vieleicht hat Anhotep dir die Idee in den Kopf gesetzt.«

Anna schauderte. »Danke. Er saugt also nicht nur meine Energie auf, er sitzt auch noch in meinem Kopf!«

Serena stand auf. »Lass es uns jetzt tun, solange Charley und die anderen hier sind. Dann können wir sie unbemerkt holen, in meine Kabine bringen und die ersten Gebete sprechen, bevor irgendjemand Wind davon bekommt.« Beide wussten, dass mit ›irgendjemand‹ Andy gemeint war. »Den Rest mache ich später, wenn Charley ihren Rausch ausschläft.« Sie warf einen Bick über die Schulter zu Charley, deren Gekicher immer schriller wurde.

Anna nickte. Sie erhob sich und folgte Serena aus dem Raum.

Andy sah, wie sie durch die Schwingtür verschwanden, und runzelte die Stirn.

Anna fischte ihren Kabinenschlüssel aus der Tasche und schloss auf. Dann stutzte sie. »Jemand ist hier gewesen.«

Sie trat vorsichtig in das kleine Zimmer und blickte sich um. Das Bett war gemacht worden und auf der Tagesdecke lagen saubere Handtücher, aber das geschah jeden Morgen. Doch dies hier und jetzt war anders. Als sie sich umschaute, richteten sich die Haare auf ihren Unterarmen auf. »Ist Anhotep da?«, flüsterte sie.

Sie ging zur Badezimmertür und stieß sie auf. Das Bad war leer.

Serena war ihr hineingefolgt. Sie blickte ebenfalls umher und schüttelte dann den Kopf. »Ich kann Anhotep nicht spüren. Ich glaube nicht, dass er da ist.«

»Was ist es denn dann?« Anna ging zum Toilettentisch und zog die Schublade auf. Das Fläschen lag dort, wo sie es hingelegt hatte, noch immer in den Schal gewickelt. Sie nahm es zögernd heraus und reichte es Serena. »Ganz dein.«

Serena nickte. »Komm mit mir in meine Kabine. Wir wollen sichergehen, dass Anhotep mitkommt. Was hast du?«

Anna starrte auf ihren Nachttisch. Mit einem verzweifelten Aufstöhnen sprang sie vor und öffnete die Schublade. Sie war leer. Das Tagebuch war fort.

10

Ich habe mich zusammengesetzt und wiederhergestellt;
Ich habe meine Jugend zurückgewonnen;
Ich, Osiris, Herr der Ewigkeit …

In der Lehmziegelhütte am Dorfrand fegt eine Frau den Boden, um des Sandes Herr zu werden. Unter der Schlafmatte ihres Sohnes findet sie ein Stück Stoff und darin ein Fläschchen, das immer noch vom Wüstensand bedeckt ist, aus dem es kam. Einen Augenblick hält sie es in der Hand, neugierig, aber auch ärgerlich darüber, dass er es versteckt hat und für sich allein behalten wollte. Sie fühlt, wie es vibriert und heiß wird, und auf einmal fröstelt sie. Sie wickelt es wieder ein und versteckt es unter der Matte.

Als er vom Feld zurückkommt, ist er glücklich. Er hat eine Entscheidung getroffen. Die Flasche ist wertlos, so hat sein Vater gesagt, darum wird er sie seiner Mutter schenken und für seine Großzügigkeit Segenswünsche von ihr ernten. Er wickelt sie aus und nimmt sie mit zum Fluss, wo er sie im trüben Wasser am Rand der Felder wäscht. Nun glänzt das Glas und ist strahlend sauber, aber sein Alter ist in die Unvollkommenheiten seiner Oberfläche eingeschrieben.

Seine Mutter nimmt das Geschenk entgegen und lächelt. Sie unterdrückt den Widerwillen, als es in ihrer Hand liegt, und sie versteckt es in einer Ecke. Jedes Mal, wenn sie nun daran vorbeikommt, überläuft sie ein Schauer, und sie macht das Zeichen gegen den bösen Blick. Sie spürt die Schatten, die es bewachen, und sie hat Angst.

Der Knabe ist jung und kräftig, wie sein Bruder. Die Priester nähren sich an ihrer Lebenskraft und jeden Morgen bei der Wiedergeburt des Sonnengottes sind sie mächtiger.

Die Kinder aber werden schwächer.

»Was ist passiert?« Serena presste die Flasche an ihre Brust.

»Das Tagebuch. Jemand hat es genommen.«

»O Anna! Das kann doch nicht sein. Ich weiß, dass es wertvoll ist, aber niemand auf dem Schiff würde es nehmen, nicht einmal Charley. Bist du sicher, dass du es nicht woanders hingelegt hast? In deine Tasche? Du hast es doch überallhin mitgenommen. Oder es ist in einer anderen Schublade oder einem Koffer oder so?«

»Nein. Es ist weg.« Anna presste grimmig die Lippen zusammen. Mit zitternden Händen begann sie, die Kabine systematisch zu durchsuchen. Sie dachte nicht an den finanziellen Wert des Tagebuchs, sondern nur an die Geschichte. Sie war zu begierig zu erfahren, wie es mit Louisa und Hassan weiterging.

Es war sinnlos, den Koffer vom Schrank zu holen, das wusste sie, sinnlos ihn zu öffnen und das weggeworfene Einwickelpapier zu durchsuchen, dennoch tat sie es. Als sie ihn wieder zumachte und auf den Schrank hievte, klopfte es an der Tür. Und gleich darauf wurde sie aufgestoßen.

Andy spähte herein. »Alles in Ordnung, ihr beiden?«

»Nein, keineswegs.« Anna blickte ihm bekümmert entgegen. »Das Tagebuch ist weg!«

»Louisa Shelleys Tagebuch?« Er runzelte die Stirn.

»Was denn sonst für eins?«

»Anna, ich habe Ihnen doch gesagt, Sie sollen gut darauf aufpassen! Sie wussten doch, wie wertvoll es war.« Er trat in die Kabine. »Sind Sie sicher, dass es nicht hinter den Schrank gefallen ist, oder unter das Bett oder so?«

»Ja, ich bin ganz sicher.« Sie stand mitten in der Kabine und rührte sich nicht. »Jemand hat es genommen.«

»In diesem Fall können wir uns ja wohl alle vorstellen, wer dieser Jemand ist«, meinte Andy achselzuckend. »Ich habe Sie ja gewarnt, Anna.«

»Wenn Sie Toby meinen, der kann es nicht gewesen sein. Ich bin heute Morgen mit ihm segeln gewesen.«

Andy hob eine Augenbraue. »Und wart ihr jede Sekunde zusammen?«

»Ja.« Sie zögerte. »Na ja, vielleicht nicht ganz jede Sekunde.«

Er hatte sie allein im Boot sitzen lassen, bevor sie lossegelten. Mit welcher Ausrede? Um seinen Skizzenblock zu holen. Als ob er jemals ohne ihn ausginge. Und dann war er noch einmal verschwunden, um Saftdosen aus dem Speisesaal zu holen. Und als sie zurückkamen, hatte er sie in der Bar stehen lassen. Wo war er so rasch hingegangen? In dem Moment hatte sie sich nichts dabei gedacht, denn sie wusste ja, wie unsympathisch ihm Andy war, aber jetzt ...

Andy sah ihr Stirnrunzeln und grinste. »Genau. Wollen Sie, dass ich mal mit ihm rede?«

»Nein!«, antwortete sie wie aus der Pistole geschossen. »Nein, sagen Sie nichts. Wenn jemand mit ihm redet, dann ich.«

Sie glaubte nicht, dass Toby es gewesen war. Das war unmöglich. Dennoch musste sie zugeben, dass er mehrfach die Gelegenheit dazu gehabt hatte.

»Anna«, mischte Serena sich leise ein. »Du kannst nicht davon ausgehen, dass es Toby war. Es kann leicht auch jemand von der Besatzung genommen haben. Oder ein Fremder – jemand, der an Bord gekommen ist, als wir alle segeln waren.«

»Aber wie hätte der etwas über das Tagebuch wissen sollen?«, fragte Anna finster. »Ein Dieb hätte meine Lapislazulikette und meinen silbernen Armreif genommen, die auf dem Toilettentisch herumlagen. Die sind sicher etwas wert.« Sie schüttelte den Kopf. »Nein, es war jemand, der genau diesen Gegenstand haben wollte. Gott sei Dank hat er nicht die Flasche genommen. Das wäre ja wirklich ein Witz gewesen!«

Andy folgte ihrem Blick zu dem Seidenbündel, das Serena in der Hand hielt. »Ist sie das?«, fragte er scharf. »Wie kommt Serena daran?«

»Ich habe sie ihr gegeben, damit sie sie in Gewahrsam nimmt«, erwiderte Anna entschieden.

»Ich glaube, das wird sie nicht tun.« Andy trat vor und nahm sie Serena mit ruhiger Bestimmtheit aus der Hand. »Es ist wohl besser, ich nehme sie in Gewahrsam, wenn Sie nichts dagegen haben. Sie ist zwar nicht echt, aber es ist immerhin eine Kuriosität, und unter den gegebenen Umständen ist sie bei mir sicherer. Außerdem lasse ich nicht zu, dass Serena wieder mit ihrem Hokuspokus anfängt und Charley verrückt macht. Dieses Schiff ist für mein Empfinden schon genug von Aberglauben und Hysterie erfüllt.«

Er wickelte die Flasche noch fester in den Schal, steckte sie in die Tasche und ging zur Tür. »Machen Sie sich keine Sorgen. Bei mir ist sie sicher.«

»Andy! Geben Sie sie zurück!« Endlich fand Anna ihre Stimme wieder. »Geben Sie sie sofort zurück!«

Aber er war schon fort, mit großen Schritten ging er den Korridor entlang und verschwand um die Ecke.

»Ist denn das zu fassen?« Anna drehte sich zu Serena um, die auf das Bett gesunken war. »Hast du das gesehen? Er hat sie einfach genommen.«

»Ja. Es tut mir Leid, Anna.«

»Er ist einfach ein Schweinehund!« Anna stampfte vor Wut mit dem Fuß auf. »Und er kommt sich so toll vor. Hast du das gesehen? Nur weil Toby sich als Dieb entpuppt.« Sie hielt inne. »Oder zumindest …«

»Genau.« Serena sah auf zu ihr. »Zieh bitte keine voreiligen Schlüsse aus Andys Gerede, Anna. Urteile selbst über das Tagebuch. Oder frag Omar, was du machen sollst.« Sie zögerte. »Ich denke, man sollte wirklich die Polizei rufen, wenn es tatsächlich so wertvoll ist.«

Anna setzte sich neben Serena. »Ich gehe zu Toby und frage ihn direkt. Wenn er es genommen hat, dann nur zum Lesen. Er hat es angeschaut und wir sind beide vollkommen in der Geschichte versunken. Er würde es niemals stehlen. Niemals!«

»Und die Flasche?« Serenas Augen glänzten verdächtig.

»Ach, mach dir darüber keine Sorgen. Die kriege ich schon wieder.« Anna verschränkte die Arme. »Wenn Andy allen Ernstes glaubt, dass er mich bloß mal zu einem Drink einzuladen braucht, damit ich zu allem Ja und Amen sage, dann hat er sich geschnitten. Was fällt ihm ein, so mit mir – mit uns – umzuspringen?«

»Das ist eben typisch Andy.« Serena lächelte bitter. »Er tut alles, um mich zu ärgern. Jetzt lernst du ihn endlich kennen.«

Anna stand auf. »Warum tut er das?«

Serena hob die Schultern. »Ich glaube, er hat Angst vor mir, oder vielmehr vor den Dingen, die ich repräsentiere. Eine Frau mit Macht.« Sie schüttelte missbilligend den Kopf. »Ich durchschaue ihn. Ich falle auf seinen Charme nicht herein. Ich habe – oder hatte – Einfluss auf Charley. Ergo bin ich ein Feind, den man besiegen und erniedrigen muss.«

»Aber das ist ja furchtbar.«

Serena nickte. »Aber in einem hat er Recht. Auf dem Schiff spricht es sich langsam herum, dass seltsame Dinge passieren. Wir müssen tatsächlich aufpassen, dass Aberglaube und Hysterie, wie er das nennt, nicht unser Urteil vernebeln.«

Anna nickte reumütig und ging zur Tür. »Verstanden. Hör zu, ich gehe jetzt gleich, noch vor dem Mittagessen, zu Toby. Mach dir keine Gedanken wegen der Flasche.« Sie schmunzelte. »Mal sehen, was Anhotep unternimmt. Im Augenblick bin ich mehr als glücklich, dass ich sie nicht habe, und vielleicht ist sie bei Andy ja wirklich gut aufgehoben.«

Serena erhob sich vom Bett und schüttelte den Kopf. »Da habe ich so meine Zweifel. Aber jetzt gehe ich, damit du Toby besuchen kannst – es sei denn, du möchtest, dass ich mitkomme.« Sie machte eine kurze Pause. »Nein? Dann sehen wir uns später. Ich hoffe wirklich, dass er kein Dieb ist. Ehrlich gesagt, mag ich ihn recht gern.«

Ich ja auch. Diesen Gedanken schob Anna beiseite, als sie sich zu Tobys Kabine aufmachte. Sie ballte ihre Hände zu Fäusten. Wer hätte sonst noch das Tagebuch nehmen können? Wer sonst wusste davon? Wer sonst hätte Interesse daran?

Sie wusste, wo seine Kabine lag; sie hatte ihn ja herauskommen sehen, als sie Serena suchte. Vor seiner Tür blieb sie stehen und holte tief Luft. Abgesehen von den gedämpften Gesprächen, die aus der Lounge herüberdrangen, war es auf dem Schiff vollkommen still. Sie hob die Hand und klopfte leise. Keine Antwort. Sie klopfte lauter. Immer noch keine Antwort. Sie blickte sich verstohlen um, und da niemand im Korridor zu sehen war, drehte sie am Türknopf. Die Tür ging auf, er hatte nicht abgeschlossen.

Als sie hineinspähte, blieb ihr schier die Luft weg. Der Grundriss der Kabine war der Gleiche wie bei ihr, sie musste direkt unterhalb liegen; es war die einzige andere Einzelkabine im Schiff und wie ihre im vorderen Teil des Schiffs untergebracht. Aber die Ähnlichkeit hörte bei den Möbeln auf. Er hatte seine Kabine in ein Atelier verwandelt. In der Mitte stand eine Klappstaffelei mit einem großen geöffneten Skizzenblock, auf dem das Ufer draußen vor dem Fenster dargestellt war. Ringsum an den Wänden hingen Zeichnungen und Gemälde. Auf dem Toilettentisch und auf dem Nachtschränkchen lagen Farbkästen, Kohle- und Bleistifte. Die Badezimmertür stand offen, sodass man einen noch feuchten Entwurf sah, der zum Trocknen über dem Duschbecken hing. Sie blickte sich staunend um und trat einen Schritt näher. Der Raum wirkte wie eine Schatzhöhle voller Farben. Einen Augenblick vergaß sie, warum sie gekommen war. Wann hatte er das alles gemalt? Wo nahm er die Zeit her? Er musste in jeder freien Sekunde zwischen ihren Landausflügen und auch nachts gemalt haben.

Sie ging noch einen Schritt weiter und die Tür fiel hinter ihr zu.

Die Bilder waren wunderschön. Die Farben barsten geradezu vor Lebendigkeit. Sie stand vor der Staffelei und betrachtete das geschäftige Flussufer mit seiner Reihe großer Vergnügungsdampfer, dazwischen ihr eigener kleiner Raddampfer neben einem riesigen, übertrieben geschmückten schwimmenden Hotel.

Es dauerte einige Minuten, bevor ihr wieder einfiel, wonach sie eigentlich suchte, und sie ihre Aufmerksamkeit von seinen Bildern ab- und seinen persönlichen Habseligkeiten zuwandte. Die Schubladen unter dem Toilettentisch enthielten ein Durcheinander von Hemden, einigen Pullovern und Unterwäsche. In der Tasche daneben lagen weitere Malstifte. Sie öffnete den Schrank. Ein paar Hosen, Jeans und ein Jackett. In der Schublade des Nachttischs befanden sich eine Taschenlampe, Notizzettel, Postkarten und ein Füllfederhalter. Das war alles. Zwei Taschenbücher, beide ungelesen, soweit sie sehen konnte, und ein stark benutzter Reiseführer von Ägypten, sowie sein Rasierzeug und sonstiger Toilettenkram auf dem Glasbord in der Dusche vervollständigten seinen Besitz.

Sie zog die Tagesdecke zurück und suchte unter den Kissen, dann fuhr sie mit der Hand unter der Matratze entlang. Nichts. Seufzend stand sie wieder auf und strich sich das Haar aus dem Gesicht.

Wo konnte er es sonst noch versteckt haben? Sie warf noch einmal einen Blick in den Raum, da ließ sie ein leises Geräusch von der Tür herumfahren. Toby stand in der Tür, eine Hand gegen den Türrahmen gestützt, die andere in der Jeanstasche, und beobachtete sie. Er sah aus, als stünde er schon eine Weile da. Sein Gesicht war hart, die Augen kalt.

»Sind Sie fertig mit Ihrer Durchsuchung?«

»Toby!« Die Worte erstarben ihr in der Kehle, als er in die Kabine trat, die Tür schloss und den Riegel vorschob.

»Warum haben Sie abgeschlossen?« Ihr Mund wurde trocken.

»Weil ich mit Ihnen reden will, ohne dass Watson seine Nase da hineinsteckt. Sie haben vermutlich einen Grund für Ihr Hiersein?«

Sie zögerte. Eine Welle von Panik überkam sie. »Ich habe Sie gesucht. Ich wollte Ihnen für den Ausflug danken. Ich habe mich gefragt, wo Sie sind.«

»Und Sie dachten, ich hätte mich vielleicht in einer Schublade im Toilettentisch versteckt.« Er zog sarkastisch eine Augenbraue hoch. »Oder möglicherweise unter der Matratze.«

Sie riss sich zusammen. »Toby, verzeihen Sie mir. Ich wollte Sie treffen. Ich habe geklopft. Die Tür ging auf und da habe ich die Bilder gesehen und …« Sie hob hilflos die Schultern. »Ich bin reingekommen, um sie anzuschauen.«

»Und Sie dachten, Sie könnten bei der Gelegenheit schnell mal ein bisschen herumschnüffeln.« Immer noch klang seine Stimme hart.

»Ich habe nicht geschnüffelt!« Sie war beleidigt. »Wenn Sie es genau wissen wollen, ich habe nach meinem Tagebuch gesucht.«

»Nach Ihrem Tagebuch?«, wiederholte er.

»Mein Tagebuch ist aus der Nachttischschublade verschwunden. Sie waren der Einzige, der wusste, dass es dort lag.«

»Also haben Sie sich gedacht, Sie suchen mal in der Schublade neben *meinem* Bett! Mit anderen Worten, Sie haben angenommen, ich hätte es gestohlen!«, sagte er ungläubig.

»Nein.« Ihre Antwort kam zu schnell, das wusste sie. »Nein, das habe ich nicht angenommen.«

»Wer denn dann?«, fragte er leise. »Lassen Sie mich raten. Es war Watson.«

Sie zuckte die Achseln.

»Und Sie haben ihm geglaubt.« Er verschränkte die Arme.

»Es war eine Möglichkeit«, gab sie zaghaft zurück. »Sie hätten es ja geliehen haben können, um es zu lesen.«

»Ohne Sie zu fragen?« Seine Stimme klang mehr als verärgert.

»Ja! Was hätte ich denn sonst denken sollen? Wir beide haben es doch zusammen angeschaut. Wir haben darüber geredet. Sie haben mir in die Feluke geholfen und dann haben Sie mich da sitzen lassen, stimmt's? Und Sie sind zu den Kabinen zurückgegangen. Woher sollte ich denn wissen, dass Sie nicht zu meiner Kabine gegangen sind? Verraten Sie mir das mal!«

»Sagen Sie mir zuerst einmal, warum zum Teufel Sie Ihre Kabinentür nicht abschließen, wenn Sie allen Leuten dermaßen misstrauen?«

»Das ist es ja eben«, erwiderte sie. »Ich habe ja allen getraut.«

»Allen außer mir.« Seine Stimme wurde dunkler. »Dann erklären Sie mir mal, warum Sie mir nicht mehr trauen. Warum traut Andrew Watson mir nicht? Womit habe ich so viel Argwohn verdient?«

Er blickte ihr auf einmal in die Augen und sie errötete. »Ich weiß es nicht.«

»Sie wissen es nicht.« Er holte tief Luft. »Oder Sie wollen es nicht sagen. Ich nehme an, Watson hat seine Nase in Dinge hineingesteckt, die ihn nichts angehen, und den Brunnen vergiftet.« Er rieb sich das Kinn, ohne den Blick von ihrem Gesicht zu wenden. »Ich sehe Ihnen an, dass ich Recht habe. Sie sind nicht auf die Idee gekommen, mich nach der Wahrheit zu fragen? Sie haben nicht wenigstens ein kleines bisschen an ihm gezweifelt? Ich dachte, wir wären gewissermaßen befreundet. Offensichtlich habe ich mich geirrt.«

Er ließ sich schwer auf das Bett fallen, nachdem er einen Arm voll Sachen auf den Boden geworfen hatte, um Platz zu schaffen.

Anna biss sich auf die Lippe. Ihre Angst hatte sich in Luft aufgelöst. »Okay, ich will Ihnen sagen, was passiert ist. Ich habe ihm nicht geglaubt, nicht eine Sekunde lang, bis das hier geschah. Und dann... Es tut mir Leid.« Sie ließ den Kopf hängen. »Ich war so aufgeregt wegen des Tagebuchs, dass ich nicht klar denken konnte.« Sie richtete sich auf. »Wenn ich ehrlich bin, dann habe ich eigentlich gehofft, Sie hätten es. Denn wenn Sie es nicht haben, wer hat es dann?«

Er dachte einen Augenblick nach. »Wollen Sie wirklich meine Meinung hören?«

Sie nickte, aber ihr ironisches Lächeln nahm er gar nicht wahr. Er starrte das Bild auf der Staffelei an. »Ich möchte wetten, es war Watson selber.«

Anna schüttelte den Kopf. »Das würde er nicht tun. Außerdem war er da...« Sie brach ab.

»Er war da. Er hat seine Anteilnahme geäußert und mit dem Finger auf mich gezeigt. Ich kann mir die Szene genau vorstellen, Anna, ganz deutlich.« Er beugte sich unvermittelt vor. »Warum sollte ich das Tagebuch haben wollen, sagen Sie mir das mal! Er ist der skrupellose Händler. Er ist der Mann mit den Kontakten.« Er blickte zu ihr auf. »Na? Ich habe Sie etwas gefragt. Warum sollte ich es haben wollen?«

Sie zuckte die Achseln. »Es ist begehrenswert. Es ist ein Kunstwerk. Louisas Zeichnungen sind darin. Es ist eine Menge wert...« Ihre Stimme versagte.

»Es ist eine Menge Geld wert«, äffte er sie nach. »Ich brauche kein Geld, Anna. Und ich will Louisas Tagebuch nicht. Ist das klar?« Er sah zum Fenster hinaus. »Jetzt gehen Sie lieber.«

»Toby, es tut mir Leid.«

»Gehen Sie!« Aus seinen Augen strahlte wieder die unüberwindliche Kälte.

Sie verzog das Gesicht und wandte sich zur Tür. Mit der Hand auf dem Türgriff drehte sie sich noch einmal zu ihm um. »Es tut mir Leid«, wiederholte sie.

»Mir auch.«

»Können wir nicht Freunde bleiben?«

Er schwieg einen Augenblick, dann schüttelte er den Kopf. »Ich glaube nicht, Anna.«

Sie schob den Riegel zurück, öffnete die Tür und trat hinaus. Im Flur blieb sie stehen und holte tief Luft. Zusätzlich zu ihrem Ärger war ihr nun zum Weinen zumute. Sie drehte sich um und floh den Korridor entlang.

Hinter ihr öffnete sich Tobys Kabinentür. Er trat heraus und sah ihr nach. »Anna!«

Ohne den Ruf zu beachten, rannte sie die Stufen hinauf zu ihrer Kabine.

Sie stürzte hinein und schlug die Tür hinter sich zu. Heftig atmend hielt sie plötzlich inne.

Die Kabine war nicht leer. Die Luft war erfüllt von einem betäubenden Geruch nach Harz und Myrrhe.

In der Mitte stand eine schattenhafte Gestalt, groß, körperlos, doch in ihrer äußerlichen Haltung unverkennbar. Anhotep wandte sich ihr halb zu und seine Augen suchten die ihren, als er langsam eine schmale, schmächtige Hand gegen sie zu heben begann.

Sie schrie. Ihr ganzer Körper war kalt geworden. Sie konnte nicht atmen. Verzweifelt versuchte sie zur Tür umzukehren, sich zu bewegen, ihre Augen von seinem Blick zu lösen, aber es gelang ihr nicht. Irgendetwas hielt sie fest gebannt, wo sie war. Sie konnte spüren, wie die Beine unter ihr nachgaben, und rote Lichter flackerten vor ihren Augen.

Als sie zu Boden sank, wurde die Tür aufgestoßen und Toby kam hinter ihr her ins Zimmer gestürzt. »Was ist los? Was ist passiert? Ich habe Ihren Schrei gehört.« Er sah wild um sich, packte ihre Hand und zog sie zu sich herauf. »Anna, was ist? War jemand hier?«

Hinter ihr war die Kabine leer.

»Ist es Watson?« Er schob sie wieder beiseite, sanfter jetzt, durchschritt die Kabine und öffnete die Tür zur Dusche. Es war niemand darin. Nirgendwo sonst konnte sich jemand versteckt halten.

»Nein, es ist nicht Andy. Es ist Anhotep, der Priester.« Sie zitterte heftig. »Sie haben im Tagebuch über ihn gelesen. Der Priester, der hinter meinem kleinen Parfümfläschchen her ist. Er war hier. Er stand genau da!« Sie zeigte auf die Stelle am Boden, etwa einen halben Meter von ihr entfernt. »Aber das Fläschchen ist nicht mehr da. Andy hat es mitgenommen.«

Sie zitterte so stark, dass ihre Zähne klapperten. Langsam sackte sie auf ihr Bett und sah zu ihm auf.

Es folgte ein langes Schweigen. Sie überlegte, ob er lachen würde; ob er sich über ihre Worte lustig machen würde.

Er schürzte die Lippen. »Andy Watsons Name nimmt, wie's scheint, einen ziemlich großen Raum in unseren Gesprächen ein, hab' ich Recht?« Er sah sich noch einmal in dem kleinen Raum um. »Hatten Sie diese Erscheinung schon mal vorher? Haben Sie nicht heute Morgen auch auf dem Boot etwas gesehen? War es das? Der Priester?«

Erleichterung durchströmte sie. Er glaubte ihr! Er hielt sie nicht für wahnsinnig. Sie nickte.

»Sie haben mir gesagt, dass ein Fluch auf dem Fläschchen lastet. Aber Sie haben mir nie gesagt, wie oder warum. Warum haben Sie mir von alledem nichts gesagt, als wir im Tagebuch darüber lassen?«

»Damit Sie mich für verrückt halten? Was glauben Sie, was passieren würde, wenn sich die Geschichte auf dem Schiff herumspricht? ›Passagierin sieht altägyptischen Priester!‹ Entweder würden alle in Panik geraten und nach Hause fahren oder sie würden mich einsperren lassen. Zumindest wäre ich danach die Witzfigur des ganzen Schiffes.« Sie verbarg ihr Gesicht in den Händen. »Ich bin am Ende meiner Kräfte.«

»Weiß sonst noch jemand davon?«

Sie nickte. »Serena.«

»Und was sagt sie dazu?«

»Sie glaubt mir. Sie kennt sich mit Ägypten recht gut aus, denn sie hat altägyptische Religionen und Riten studiert. Sie weiß, was man tun kann. Sie wollte die Flasche nehmen und sie segnen oder so was, aber dann hat Andy sie sich geschnappt.«

»Wie konnten Sie das zulassen?«

Sie zuckte mit den Schultern. »Er ging einfach damit weg. Ich war wahrscheinlich zu überrascht. Ich hätte ja schlecht mit ihm ringen können. Er sagte, dass er sie sicher für mich aufbewahren wollte.«

Toby setzte sich neben sie. »Ich glaube, dass er eher vorhat, sie zu verscherbeln«, sagte er zynisch.

»Erst mal müsste er sie mir abkaufen.« Anna schüttelte den Kopf und lächelte mit feuchten Augen. »Und da er sie für unecht hält, würde er nicht viel dafür bieten!«

»Außer er verkauft sie als echt.« Toby seufzte. »Und bisher wissen wir immer noch nicht, wo das Tagebuch abgeblieben ist.« Er sah auf seine Uhr. »Es ist fast Mittagessenszeit. Ich denke, es tut uns vielleicht ganz gut, wenn wir in einem voll besetzten Speisesaal eine Mahlzeit zu uns nehmen. Das holt einen wieder auf den Boden der Tatsachen zurück. Und kein Geist kommt uns dort in die Quere. Wir können uns beruhigen, über die Situation noch mal nachdenken und Watsons Verhalten beobachten. Ihrem Parfümfläschchen und Ihrem Tagebuch wird nichts geschehen. Nicht solange sich damit Geld verdienen lässt. Meine Vermutung ist, dass er beides hat und sehr gut darauf aufpassen wird.« Er wartete auf ein Zeichen der Zustimmung von ihr. »Und dann haben wir einen Nachmittag frei, bevor wir morgen alle nach Abu Simbel fahren. Also schlage ich vor, dass wir am Nachmittag mit Serena reden. Wenn Ihr Geist echt ist, und ich habe keinen Grund, daran zu zweifeln, dann müssen wir sie zweifellos konsultieren, was sich tun lässt, um Sie vor irgendwelchen paranormalen Einflüssen zu schützen. Vielleicht sollten wir zugleich Kriegsrat halten, wie wir das Tagebuch zurückerobern, und bei dieser Gelegenheit«, er unterbrach sich und lächelte sie schief an, »meinen Namen ein für alle Mal von irgendwelchen Verdächtigungen frei machen können.«

Anna, Toby und Serena hielten ihren Kriegsrat auf der Terrasse des Old Cataract Hotel bei einer Kanne Earl Grey. Erst als sie auf ihren Stühlen saßen und den Ausblick über den Nil genossen, kamen sie auf den Grund zu sprechen, warum sie das Schiff verlassen hatten.

»Haben Sie Andys Gesicht gesehen, als er uns drei zusammen aufbrechen sah?« Serena rührte abwesend in ihrem Tee. »Er verlor seine berühmte Kaltschnäuzigkeit. Für mich sah er entschieden beunruhigt aus.«

»Wozu er auch allen Grund hat.« Toby beugte sich vor und betrachtete einen Moment lang Serenas Gesicht, dann nickte er. »Anna hat mir gesagt, dass Sie sich mit ägyptischen Ritualen auskennen. Kann ich daraus schließen, dass Sie sich mit modernen spirituellen Techniken und Magie beschäftigt haben, die auf altägyptischen Schriften beruhen?«

Serena erwiderte seinen Blick. »Ich habe bei Anna Maria Kelim studiert, wenn Ihnen das etwas sagt.«

Toby zuckte die Achseln. »Ich habe mich früher mal ein bisschen für diese Dinge interessiert, als ich noch jünger war. Ich bin kein Experte, aber der Name ist mir nicht unbekannt. Das Wichtigste ist, dass Sie wissen, was Sie tun. Ich fürchte, dass Annas Geist oder Geister sich nicht von einem bisschen New Age-Singsang einschüchtern lassen.« Er lehnte sich auf seinem Stuhl zurück. »Anna sagt, dass Sie gut sind. Glauben Sie das auch?«

Serena sagte eine Weile nichts, offenbar verblüfft von seiner direkten Art. Doch ihre erste Verstimmung verflüchtigte sich so schnell, wie sie gekommen war. Nach wenigen Sekunden des Nachdenkens nickte sie langsam. »Solange Andy nicht in der Nähe ist. Er hat eine Begabung, meine Energie zu zerstören. Ich habe noch nie in Ägypten gearbeitet. Ich war noch nie hier. Alles, was ich sagen kann, ist, dass ich zu Hause ein bisschen Erfahrung mit *Rescue work* gesammelt habe – Sie wissen, was *Rescue work* bedeutet, oder?« Sie blickte Toby an, der gerade seine Tasse an den Mund führte und kurz nickte.

»Er vielleicht, aber ich nicht«, sagte Anna.

»Es bedeutet, Seelen, die erdgebunden sind, zur Flucht zu verhelfen. Die meisten ›Geister‹, wenn du dieses Wort gebrauchen willst, sind verloren. Gefangen. Unglücklich. Einige von ihnen, wenn sie plötzlich eines gewaltsamen Todes gestorben sind, bekommen noch nicht einmal mit, dass sie tot sind. Niemand kam, um sie abzuholen oder nach ihnen zu sehen. Ich habe mit einem oder zweien dieser Fälle zu tun gehabt und ihnen weitergeholfen.« Serena klang jetzt selbstbewusster, da sie sah, dass sie vor Zuhörern sprach, die ihr Respekt entgegenbrachten. »Aber ich habe noch nie mit einem Geist gearbeitet, der erdgebunden bleiben wollte, weil er noch etwas zu erledigen hatte. Solche sind unheimlich. Sinnen auf Rache. Richten Unheil an. Mischen sich immer noch in die Welt ein, die sie verlassen haben. Können nicht loslassen. Anhotep und sein Kollege sind so. Und sie sind keine gewöhnlichen Geister. Sie waren erfahrene Priester, die eines der mächtigsten okkulten Systeme kannten, von denen wir wissen. Sie haben sich wahrscheinlich entschieden, nicht sterben zu wollen.«

Es trat ein kurzes Schweigen ein. Anna fröstelte. Die Wärme auf der Terrasse, die vergnügten Menschengruppen, die beim Tee saßen und sich entspannt unterhielten, die Kellner, die erstaunliche Bilderbuch-Ansicht vom Nil, alles schien sich plötzlich von ihr zu entfernen und seltsam unwirklich zu werden.

»Und was ist mit dem Kollegen geschehen? Dem zweiten Priester?«, fragte Toby nach einem Moment. »Ihn haben Sie nicht erwähnt.«

Mit Schaudern erinnerte sich Anna an Louisas und ihr eigenes Entsetzen, als sie Hatsek, den Priester der löwenköpfigen Göttin, gesehen hatte. »Ich habe ihn gesehen. Und Louisa hat ihn auch gesehen, im Tempel. Er schien der mächtigere, der bösere von beiden.«

Toby verzog das Gesicht.

»Glauben Sie uns immer noch?« Anna sah ihn an. »Sie halten uns nicht für verrückt?«

»Nein, ich halte Sie nicht für verrückt. Ich habe selbst Geister gesehen.« Toby sagte dies, ohne zu lächeln. »Es ist die Dummheit unserer Kultur, alles für unwahr zu erklären, was sich nicht mit einer Algebraformel oder in einem Reagenzglas nachweisen lässt. Glücklicherweise sind die meisten anderen Kulturen der Vergangenheit und viele heutige sehr viel weiser als wir im Westen. Man muss die Materialisten in unserer Welt einfach ignorieren und seinem Bauch, seiner Intuition vertrauen. Und diejenigen von uns, die mutig an dieser Überzeugung festhalten, weil sie diese Intuition haben oder weil sie mit eigenen Augen etwas gesehen haben, müssen einfach mit dem Risiko leben, dass man sich über sie lustig macht.«

Serena stellte ihre Tasse mit einem kleinen Klirren ab und schüttelte ungläubig ihren Kopf. »Ich kann Ihnen nicht sagen, wie wohl es mir tut, Sie das sagen zu hören!«

»Und mir erst.« Anna lächelte voller Zuversicht.

»Schön. Da wir jetzt die Truppen gesammelt haben, sollten wir uns darüber klar werden, was wir tun wollen.« Toby beugte sich vor und dachte konzentriert nach. »Wir haben nur noch ein paar Stunden, bevor wir nach Abu Simbel aufbrechen. Sie wissen, dass der Reisebus in den frühen Morgenstunden abfährt, damit wir den Weg durch die Wüste vor der größten Hitze hinter uns haben. Danach haben wir noch mehrere Tage Dampferfahrt zurück nach Luxor, aber ich nehme an, dass Anna die Sache jetzt geklärt haben möchte, bevor wir nach Abu Simbel fahren, nicht erst später. Und vergessen wir nicht, es sind zwei Dinge, die anstehen. Neben Anhotep haben wir noch das viel greifbarere Problem mit dem verschwundenen Tagebuch.«

»Sie glauben nicht, dass beides zusammenhängt? Sie glauben nicht, dass Anhotep das Tagebuch irgendwie genommen hat?«, fragte Serena nachdenklich. Sie rührte immer noch in ihrem Tee.

»Nein, das glaube ich nicht. Warum sollte er? Ich glaube, dass Andy Watson es genommen hat. Vielleicht können wir seine Kabine durchsuchen, so wie Sie meine durchsucht haben.« Er warf Anna einen kurzen Blick zu.

Sie errötete. »Er teilt seine Kabine mit Ben. Das wird nicht einfach.«

»Nicht so leicht wie bei mir, meinen Sie?« Er grinste boshaft. »Das stimmt. Aber da wir zu dritt sind, bin ich mir sicher, dass wir irgendwie für Ablenkung sorgen können. Es wäre für alle auf dem Schiff höchst unangenehem, wenn wir es Omar sagen und vielleicht sogar die Polizei einschalten müssten. Wenn es also eine Möglichkeit gibt, dann denke ich, wäre es am besten, wenn wir die Sache selbst lösen könnten.« Er sah Serena an. »Wenn Sie bereit sind, einen Exorzismus, oder wie immer Sie das nennen, vorzunehmen, wann, meinen Sie, sollte das stattfinden, und was brauchen Sie dazu?«

Serena dachte einen Moment nach. »Wir brauchen in jedem Fall das Parfümfläschchen selbst, als Fokus. Außerdem brauche ich etwas Zeit, um mich vorzubereiten. Ich habe die Sachen mitgenommen, die ich für meinen eigenen spirituellen Bedarf brauche. Weihrauch. Kerzen. Ein Sistrum.« Sie schüttelte leicht den Kopf. »Ich habe sie bisher natürlich nicht benutzt, da ich mit Charley in einer Kabine bin. Ich werde es in Annas Kabine machen, am besten noch heute Abend. Wenn wir morgen so früh aufbrechen, werden alle früh zu Bett gehen, dann sind wir ungestört. Aber Toby, nehmen Sie es mir nicht übel, ich glaube, Sie sollten nicht dabei sein. Ich glaube, das geht nur Anna und mich an.« Sie sah ihn entschuldigend an. »Ich kann mich irren, aber ich habe das Gefühl, dass wir alleine sicherer sind. Nur wir beiden Frauen. Frauen sind de facto Dienerinnen der Isis. Frauen kommen weniger leicht zu Schaden.«

Toby nickte. »Ich will da nicht mit Ihnen streiten. Solange Sie glauben, dass Sie sicher sind.«

Serena hob die Schultern. »Ich hoffe es jedenfalls.« Sie seufzte. »Ich hoffe hier eine ganze Menge.«

Einen Moment schwiegen alle.

»Dann werden wir als Nächstes Andys Kabine duchsuchen, um das Buch und die Flasche zurückzuholen.« Toby leerte seine Tasse. »Einer von uns kann suchen. Die anderen kümmern sich darum, dass Andy und Ben nicht hineingehen und ihn erwischen.« Er sah hinüber zu Anna. »Ich schlage vor, Sie suchen. Sie haben Übung darin.«

»Ich habe mich entschuldigt, Toby!« Anna blitzte ihn unwillig an. »Wie lange wollen Sie noch darauf herumreiten? Es tut mir Leid. Ich hätte nicht auf Andy hören sollen. Ich hatte solche Angst um das Tagebuch. Ich hatte nicht den geringsten Grund zu der Annahme, dass er es entwendet hat ...«

»Aber Sie waren froh, mich verdächtigen zu können.«

»Nein. Ich war nicht froh. Überhaupt nicht froh. Genauso wenig wie ich froh war, mir auch nur vorzustellen, Andys Anklagen gegen Sie könnten wahr sein!« Offenbar hatte sie einen wunden Punkt berührt. »Ich konnte mir einfach keine andere Möglichkeit vorstellen. Sie waren der Einzige, der davon wusste.«

»Abgesehen von Andy selbst.«

»Abgesehen von Andy.«

»Und Charley und Serena und wahrscheinlich allen anderen auf dem Schiff.«

Anna schloss mit einem tiefen Seufzer die Augen. »Okay. Es tut mir doppelt Leid. Ich krieche im Staub. Bitte, Toby, wir brauchen Ihre Hilfe. Machen Sie mir das Leben nicht so schwer.«

Ohne Zweifel würde er irgendwann in der Lage sein, ihr zu erklären, was eigentlich los war. Bis dahin musste sie ihm einfach vertrauen und warten.

Er sah sie einen langen Moment an, dann senkte er den Blick.

»Nein, Sie haben Recht. Ich bin es, der sich entschuldigen sollte. Ich bin in manchen Dingen etwas überempfindlich. Okay. Gehen wir. Wir können ebenso gut auch gleich anfangen. Wenn Andy an Land gegangen ist, können wir seine Kabine ohne Gefahr unter die Lupe nehmen.«

Die Tür war abgeschlossen.

»Verdammt!« Toby rüttelte am Türgriff.

»Versuchen Sie Ihren Schlüssel.« Anna blickte sich nervös um. Andy und Ben, so hatte sich herausgestellt, waren segeln.

Toby wühlte in seinen Taschen und zog ihn schließlich hervor. Er passte nicht.

»Und Ihrer?« Er sah sie an.

Sie hatte ihn bereits in der Hand, da tauchte Ali am Ende des Gangs auf. »Probleme?« Er zeigte ein strahlendes Lächeln.

»Wir müssen in die Kabine.« Anna wusste, dass es keinen Zweck hatte, sich zu verstellen. Zu deutlich hatte er sie gesehen.

»Okay.« Ali vergrub seine Hand tief in der Tasche seiner *Djelaba* versinken und brachte einen Schlüsselbund zum Vorschein. »Dieser hier passt für alle. Sehr nützlich. Sie dürfen nicht Ihren Schlüssel verlieren.« Er öffnete die Kabinentür und stieß sie auf, dann schlurfte er mit seinen flachen losen Sandalen über den Korridor davon.

»Puuh!« Toby schaute sie an und grinste. »Er wollte nicht wissen, was wir hier zu suchen haben!«

»Er dachte wahrscheinlich, dass es unsere ist.« Anna trat ein und sah sich um. In der Kabine herrschte ein unbekümmertes Chaos, überall lagen abgelegte Kleidungsstücke und Schuhe herum. Auf einem der beiden Nachttische stand eine Kamera, auf dem anderen eine Flasche Wasser und allerlei Toilettenartikel. Auf einem Bett lagen zwei Reiseführer und ein paar Postkarten, auf dem anderen ein umgekrempelter Pullover und ein feuchtes Handtuch.

»Es dürfte versteckt sein. Schubladen. Koffer. Hinter oder unter irgendetwas.« Sie zog die Schublade des Toilettentischs auf und übersah den spöttischen Blick, den Toby ihr zuwarf. Sie durchsuchten systematisch alle möglichen Verstecke, unter den Matratzen, in der Garderobe, im Badezimmer, sogar hinter den gerahmten David Roberts-Drucken, die an den Wänden hingen.

»Nirgendwo eine Spur.« Anna schüttelte den Kopf.

»Sie müssen hier sein. Er hat sie nicht zum Segeln mitgenommen. Das wäre viel zu gefährlich.«

»Dann muss es eine Stelle geben, an die wir noch nicht gedacht haben.« Sie drehte sich langsam um und versuchte sich irgendein Versteck vorzustellen, worauf niemand kam, irgendetwas Offensichtliches. »Es ist nicht hier. Keins von beiden ist hier drin.« Kläglich schüttelte sie ihren Kopf. »Wir haben jeden Quadratzentimeter abgesucht.«

»Das haben Sie in der Tat!«

Die Stimme von der Tür ließ sie zusammenfahren. Beide drehten sich um.

Andy stand auf der Türschwelle und starrte sie an. »Darf ich fragen, wonach genau ihr sucht?«

»Ich denke, diese Frage erübrigt sich!« Toby hatte sich aufgerichtet, nachdem er tief hinten in der Schublade eines der Nachttische gegraben hatte. »Anna möchte ihr Tagebuch zurück und ihr Parfümfläschchen.«

»Und Sie glauben, dass ich sie habe?« Andys Gesicht war knallrot. Sie konnten seine Bierfahne riechen.

»Ich weiß, dass Sie die Flasche haben, Andy, und ich will sie wiederhaben. Und ich habe den Verdacht, dass Sie auch das Tagebuch haben.« Anna bemühte sich, ihre Stimme ruhig klingen zu lassen. »Ich glaube, dass Sie Toby beschuldigt haben, um mich auf eine falsche Fährte zu locken, und das hat auch leider eine Weile funktioniert. Aber jetzt nicht mehr. Geben Sie mir die Sachen bitte zurück.«

»Ich habe das Fläschchen an einen sicheren Ort gebracht, was Sie als Erstes hätten tun sollen! Aber hierher zu kommen und mir zu unterstellen, ich hätte Ihr Tagebuch genommen! Das ist empörend!« Andy steigerte sich in selbstgerechte Wut. »Raus hier! Verschwinden Sie augenblicklich!« Er packte Anna am Arm und schleuderte sie zur Tür. »Ab jetzt. Raus hier!«

»Rühr sie nicht an, du Scheißkerl!« Toby näherte sich ihm von hinten.

Andy ließ Anna los und wich zur Seite.

Als er sich wegdrehte, packte Toby ihn an der Schulter und drehte ihn um, sodass er ihm ins Gesicht sehen konnte. »Rühr sie nicht an!« Die Aggressivität in der Kabine war mit Händen zu greifen.

»Toby!«, schrie Anna. »Nein!« Sie umklammerte seinen Arm. »Tu's nicht! Hör auf! Was ist mit euch los? Warum ist so viel Hass auf diesem Schiff?«

Tobys Gesicht war wutentstellt. Er schüttelte Anna ab und ballte die Fäuste.

»Toby!«, rief Anna erneut. »Toby! Nicht! Bitte!«

Toby hielt inne. Ein paar Sekunden lang bewegte sich niemand, wie ein erstarrtes Tableau auf einer Bühne, dann verschwand das Feuer langsam aus Tobys Augen und er ließ seine Faust sinken. Er schubste Andy fort.

Andy setzte sich aufs Bett. Sein Gesicht war bleich.

Anna warf Toby einen raschen Blick zu. »Ich glaube, wir gehen besser.«

Er nickte. Mit einem letzten zornerfüllten Blick auf Andy ging er hinaus.

»Sind Sie in Ordnung?« Anna folgte Toby, doch in der Tür blieb sie stehen und drehte sich noch einmal um.

Andy nickte.

»Es war Ihre Schuld. Sie hätten mich nicht anfassen dürfen. Und Sie hätten nicht meine Sachen nehmen dürfen.«

Andy sah zu ihr auf. »Verzeihen Sie mir, Anna. Ich weiß nicht, was über mich gekommen ist. Das sieht mir wirklich gar nicht ähnlich, wirklich nicht. Aber Sie glauben mir jetzt, nicht wahr? Er ist ein Mörder, Anna. Was immer Sie tun, passen Sie auf.«

Anna wandte sich ab und schloss die Kabinentür hinter sich. Toby war fort.

Zitternd entfernte sie sich von der Treppe und klopfte an Serenas Tür.

Serena öffnete. »Habt ihr es gefunden …« Sie brach mitten im Satz ab. »Anna, was ist los? Was ist geschehen? Doch nicht Anhotep?«

»Nein, nicht Anhotep. Andy ist zurückgekommen und hat uns in der Kabine erwischt. Er und Toby hatten fast eine Schlägerei.«

»Eine richtige Schlägerei?« Serenas Augen weiteten sich.

»Einen richtigen Kampf. Mit Fäusten.«

Serena biss sich auf die Lippe. »Ich muss sagen, wenn ich ehrlich bin, erstaunt mich das nicht. Komm rein.« Sie zog Anna in die Kabine und schloss die Tür hinter ihr. »Ist Andy in Ordnung?«, fragte sie, als käme ihr die Idee erst jetzt.

»Er wird überleben.«

»Und Toby?«

Anna zuckte die Achseln. »Er war Furcht einflößend, Serena. Einen Moment lang sah es aus, als würde er die Beherrschung verlieren. Ich konnte es in seinen Augen sehen. Wenn ich nicht dagewesen wäre, hätte er Andy wahrscheinlich geschlagen.« Sie schüttelte bekümmert den Kopf. Sie glaubte nicht, dass Toby ein Mörder war, natürlich nicht! Aber sie hatte jetzt eine Seite an ihm gesehen, die ihr Angst einjagte, und plötzlich war sie voller Zweifel.

Serena forschte in ihrem Gesicht. »Habt ihr das Fläschchen gefunden?«, fragte sie ruhig.

»Nein.«

»Ach, wie schade.« Sie dachte einen Moment lang nach, dann schüttelte sie den Kopf. »Ich habe eine Theorie, Anna. Ich hoffe, dass ich mich irre.« Sie hielt inne. »Ich hoffe inständig, dass ich mich irre.« Es folgte eine weitere längere Pause. »Es ist nämlich so, der andere Priester, Hatsek, der Priester der Sekhmet, ist hier. Auf dem Schiff. Ich habe schon seit einer Weile den Verdacht, dass Charley, als sie das Fläschchen gestohlen hat, unter seinem Einfluss stand; dass er vielleicht ihre Energie ausnutzt und dass sie deshalb immer schwächer wird. Ohne Frage ist sie nervlich ziemlich am Ende. Sie hat nie so getrunken, wie sie's jetzt tut. Außerdem hat sie ein- oder zweimal im Schlaf von Sekhmet gesprochen, ihren Namen gerufen.« Sie schauderte. »Charley beschäftigt sich nicht mit altägyptischer Geschichte, Anna. Sie hat noch nie etwas von Sekhmet gehört. Sie interessiert sich nicht für das, was ich tue. Im Gegenteil, sie hasst es.«

Anna nickte. »Und neulich in der Bar hat Charley auch von Sekhmet gesprochen.«

»Ja, und jetzt ist da noch etwas«, fuhr Serena fort. »Toby und Andy. Ich glaube, er bezieht auch Kraft aus ihrer Wut. Es ist eine seltsame Atmosphäre auf dem Schiff. Ich kann spüren, wie sie intensiver wird. Sie wirkt auf uns alle. Hat Toby dein Fläschchen berührt?« Anna nickte erneut.

»Und Andy natürlich sowieso.« Serena ging nachdenklich zum Fenster und sah hinaus. Da sie neben einem sehr viel größeren Kreuzer angelegt hatten, konnte sie nur die glänzende weiße Farbe des Schiffsrumpfs einen guten Meter vor sich sehen. »Und dann bist da noch du. Anhotep folgt dir überallhin. Er muss deine Energien benutzen.« Sie seufzte. »Andy wollte euch das Fläschchen nicht geben, sehe ich das richtig?«

»Ja, er meinte, er hätte es an einen sicheren Ort gebracht, wie ich es hätte tun sollen.« Anna setzte sich auf das Bett.

»Kannst du die Zeremonie auch ohne Fläschchen durchführen?«, fragte sie und sah hoffnungsvoll zu Serena auf. »Können wir es rasch machen?«

Serena nickte zögernd. Sie sah nicht überzeugt aus. »Wir können es versuchen.« Sie langte in eine Reisetasche an ihrem Bett und holte ein Spiralheft hervor. Es war eng beschrieben, der Text nur hier und da von Diagrammen unterbrochen. »Ich habe darüber nachgedacht, welche Worte und welches Ritual wohl am geeignetsten sind. Wir müssen sie beide beschwören, herzitieren und dann auf eine solche Weise verabschieden, dass sie nicht mehr zurückkehren.«

»Und du weißt, wie man das anstellt?« Anna richtete ihre Augen auf das Heft.

Serena sah sie zweifelnd an. »Theoretisch ja.«

»Was passiert, wenn wir es nicht schaffen?«

Serena zuckte die Achseln. »Dann habe ich alles nur schlimmer gemacht. Dadurch, dass wir ihnen so viel Aufmerksamkeit zuwenden, machen wir sie stärker.«

»Aber wenn wir es richtig machen, dann können wir Charley helfen?«

Serena verzog das Gesicht. »Wenn wir sie loswerden, wird es euch beiden helfen. Das heißt, wenn ich's richtig mache.«

»Machen wir es jetzt. In meiner Kabine.«

»Jetzt? Anna, ich weiß nicht, ob ich bereit dazu bin.«

»Du musst bereit sein.« Anna ergriff ihre Hand. »Es wird schon recht werden. Es muss. Bitte.«

Serena holte tief Luft. »Okay. Ich werde mein Bestes tun. Es ist ein bisschen so wie das, was wir in Kom Ombo gemacht haben, nur besser. Wirkunsgvoller. Wir haben Zeit und sind ungestört und wir können es richtig aufbauen.« Sie sah sich in ihrer Kabine um, als ob sie kontrollieren wollte, dass sie auch alles hatte, was sie brauchte, dann klemmte sie sich das Heft unter den Arm und nahm die Reisetasche. »Gehen wir.«

Anna folgte ihr. »Brauchen wir Charley dafür?«

Serena blieb stehen. »Ich habe mich das auch schon gefragt. Ich glaube, in diesem Stadium nicht. Wir können die Zeremonie nicht durchführen, wenn sie da ist, sie würde uns zu sehr stören, abgesehen davon sind die Energien überall. Ich hoffe nur, ich mache es so gründlich, dass die ganzen Bindungen zu dir, zu Charley, vielleicht zu Andy und Toby – vielleicht sogar zu mir – zerstört werden und wir alle im selben Moment freikommen.« Sie fuhr sich nervös mit der Zunge über die Lippen. »O Gott, Anna, ich hoffe, dass ich in diesem Punkt Recht behalte.«

Sie schlossen die Läden vor dem Fenster, schoben den Nachttisch in die Mitte des Raumes und legten einen von Annas Seidenschals darüber. Auf diesen improvisierten Altar stellte Serena Kerzen in kleinen farbigen Glashaltern, eine Weihrauchschale aus Messing sowie eine winzige geschnitzte Isis-Statuette. Sie blickte sich um und schüttelte den Kopf. »Es ist nicht dunkel genug. Die Vorhänge sind zu dünn, es kommt zu viel Licht durch die Schlitze. Wir müssen noch etwas davor hängen.« Sie drapierten ein Badehandtuch über das Fenster und darüber Annas Wolldecke. Endlich war die Kabine dunkel. Serena schaltete das Licht an und wühlte dann in ihrer Tasche. Sie brachte ein Henkelkreuz zum Vorschein – das ägyptische Symbol des ewigen Lebens –, das sie neben die Statuette legte, und dann noch ein verschlungenes rotes Amulett an einer schwarzen Lederschnur, das sie sich um den Hals hängte.

»Was ist das?« Anna, die während der Vorbereitungen schweigsam zugesehen hatte, beugte sich jetzt vor und betrachtete es aufmerksam.

»Es wird Tyet genannt. Es stellt den Knoten in Isis' Gürtel dar. Oder ihr heiliges Blut, weshalb es aus rotem Jaspis geschnitten ist. Es ist ein sehr mächtiges Symbol.«

Unbewusst griff Anna nach dem Amulett, das an ihrem eigenen Hals hing. Serena quittierte die Bewegung mit einem kurzen zustimmenden Kopfnicken.

Sie holte eine Schachtel Streichhölzer aus der Tasche hervor. »Ich werde den Schutz von Isis anrufen, bevor ich anfange. Dann rufe ich die beiden Priester vor ihren Altar. Ich habe diesen Weihrauch noch vor der Reise in London zusammengebraut. Es kommt dem *Kyphi*, dem Rauchwerk, das der Isis geweiht war, noch am nächsten. Man hat es in ihren Tempeln während der Rituale gebraucht.« Sie lachte abschätzig. »Ich habe es aus Spaß gemacht. Es sind so viele Zutaten drin. Rosinen. Myrrhe. Honig. Wein. Harz. Lavendelöl. Wacholderbeeren. Und noch viel mehr. Ich habe nicht gedacht, dass ich's mal für einen solchen Zweck verwenden würde.«

Anna biss sich auf die Lippe. »Ist es auch wirklich sicher?«

Serena nickte. »Das Schlimmste, was passieren kann, ist, dass es keinerlei Wirkung tut oder dass sie den Ruf hören, aber nicht kommen. Es kann sein, dass wir das Parfümfläschchen auf dem Altar brauchen, aber ich werde es versuchen.« Sie zündete die Kerzen an, dann machte sie das Licht aus. Einen Moment lang stand sie schweigend und mit geschlossenen Augen, dann fasste sie ein letztes Mal in ihre Tasche und zog ein rechteckiges Paket hervor, das in weiße Seide eingewickelt war. Sie packte es aus. Es war ein etwa handgroßer Metallgegenstand, dessen Form an das Henkelkreuz erinnerte. Vier Drähte waren über das schlaufenförmige obere Ende gespannt, auf denen wiederum kleine Zimbeln befestigt waren. »Das ist ein Sistrum, das heilge Instrument der Götter«, erklärte sie, als sie es auf den Altar legte und die weiße Seide sorgfältig gefaltet beiseite legte. »Es wird geschüttelt, um zu rufen, zu reinigen und zu schützen.«

»Brauchen wir nicht etwas Wein?« Anna setzte sich auf ihr Bett, so weit wie nur irgend möglich von Serena und ihren Aktivitäten entfernt.

»Diesmal nicht. Falls ...« Sie unterbrach sich unmerklich. »Wenn. Wenn es klappt, werde ich zum Dank Opfer darbieten.« Sie nahm den kleinen Weihrauchkegel aus der Schale und hielt ihn in die Kerzenflamme. »Ich werde dich segnen und beschützen, Anna. Bleib einfach ganz ruhig dort sitzen, was auch geschieht. Wenn du Angst hast, visualisiere dich selbst in einem undurchdringlichen Kreis von blauem Feuer.«

Anna nickte. Ihr Mund war ausgetrocknet.

Als der würzige Duft des Weihrauchs aus der Schale hinaufkräuselte, begannen die Kerzen zu flackern.

Serena psalmodierte flüsternd. Dann nahm sie das Sistrum und wedelte damit in Richtung der vier Ecken des Raumes, danach drehte sie sich zu Anna und schüttelte es in ihre Richtung. »Heil, Isis, Beschützerin deiner Töchter. Sei mit uns. Heil, Isis, wache über uns. Heil, Isis, gib uns deinen Schutz. Heil, Isis, umgib uns mit deinem schützenden Feuer, sodass deine Dienerinnen Anna und Serena dir dienen und mit deinen Priestern Anhotep und Hatsek sprechen können!«

Anna spürte, wie ihre Hände schwitzten. Die Kerzenflammen waren jetzt ruhig; die feine Spirale blauen Rauchs stieg senkrecht zur Decke empor. Der Weihrauchgeruch verursachte Anna Brechreiz und ließ sie frösteln. Sie erkannte ihn: Es war derselbe seltsame, widerliche Geruch, der manchmal ihre Kabine durchdrang.

Serena sprach wieder, ihre Stimme erhob und senkte sich in rhythmischem Singsang. Im Licht der Kerzen konnte Anna den Schweiß auf ihrer Stirn sehen. Ihre Augen waren weit geöffnet und hatten einen starren Blick, ihre Finger hielten den Griff des Sistrums umklammert.

»Heil dir, Anhotep, sei gegrüßt. Komme zu uns, dass wir mit dir sprechen können ...«

Immer wieder wurde die Litanei wiederholt. Sie stieg in der stickigen Kabine auf, fing sich unter der Decke und nahm eine geradezu körperliche Präsenz an, die den Druck in dem Raum unerbittlich erhöhte. Anna hielt den Atem an, jeder Muskel ihres Körpers war angespannt, ihre Augen zuckten hin und her und suchten jede Ecke nach der schattenhaften Gestalt von Anhotep ab, bis mit einem fast unhörbaren Seufzer die Kerzen erloschen.

Anna schluckte schwer und unterdrückte einen Schrei. Das Gerassel des Sistrums verstummte, die Stille nahm zu. Plötzlich nahm Anna das Trommeln ihres eigenen Pulsschlags wahr, dann hörte sie ein seltsam gurgelndes Geräusch aus der Mitte des Raumes. Sie strengte ihre Augen an, um Serena zu sehen, die im Finstern regungslos stand und auf den Altar blickte. Das Sistrum fiel ihr rasselnd aus der Hand und sie sank in die Knie. Einige Sekunden lang schwankte sie erschöpft vor und zurück, dann fiel sie zu Boden.

Anna blieb erstarrt sitzen, wo sie war. Sie hatte zu große Furcht, um sich zu rühren, doch der Laut von Serenas heiserem Atem brachte sie auf die Beine. Sie sprang vom Bett und rannte zum Fenster, riss die Verdunkelung herunter und stieß die Fensterläden zurück, dann eilte sie zu Serena, kniete sich neben sie und nahm ihre Hand.

»Serena, Serena, sag etwas!« Sie schüttelte die Hand, dann schlug sie ihr sanft ins Gesicht. »Wach auf! Komm, wach auf! Du musst mit mir sprechen!« Serenas Gesicht war dunkelrot verfärbt, ihre Augenlider zuckten, ihre Pupillen waren geweitet.

»Serena!«, rief Anna ihr ins Ohr, dann ließ sie Serenas Kopf auf den Boden sinken, rappelte sich auf und rannte ins Badezimmer. Sie füllte ein Glas mit dem lauwarmen Wasser aus dem Kalt-Wasserhahn, eilte zurück und schüttete es Serena ins Gesicht.

Serena prustete. Einen Moment lang schien ihr ganzer Körper einen großen Krampfanfall zu durchleiden, dann fiel sie zurück auf den Boden und schloss die Augen. Anna sah, wie die Farbe aus ihrem Gesicht und alle Spannung aus dem Körper wich.

»Serena?« Anna sah sie voller Entsetzen an. »Serena?« Sie nahm Serenas Handgelenk und fühlte den Puls. Er war spürbar, zwar unregelmäßig und schwach, doch zunehmend stetiger. Serena holte tief Atem, dann noch einmal, und öffnete ihre Augen. Sie lag da und sah Anna mit leerem Blick an.

»Geht es dir gut?« Anna nahm das Handtuch, das sie auf das Bett geworfen hatte, und trocknete damit Serenas Gesicht und Haare. »Komm. Ich helfe dir. Was ist geschehen?« Sie legte den Arm um ihre Schulter und half ihr beim Aufsetzen.

»Kann ich etwas trinken?« Serenas heiseres Flüstern war kaum zu hören. Sie lehnte sich mit dem Rücken an das Bett und schloss wieder die Augen. Ihre Hände begannen zu zittern.

Anna stand auf und holte die Flasche Wasser, die sie immer auf dem Toilettentisch stehen hatte. Sie schenkte ein Glas ein und half Serena, es an die Lippen zu heben. Serena nahm einen Schluck, dann einen zweiten, dann holte sie wieder fröstelnd Atem. »Was war los?« Ihre Augen fokussierten jetzt besser, als sie zu Anna aufsah.

»Ich weiß nicht. Ich hatte gehofft, du könntest es mir sagen.« Anna setzte sich auf den Boden neben sie. »Du hast im Kerzenlicht gesungen, plötzlich wurde es in der Kabine ganz heiß, es gab keine Luft mehr, die Kerzen gingen aus und du hast angefangen komische Gurgellaute auszustoßen. Ich dachte, du würdest erwürgt. Ich hatte schreckliche Angst.«

Serena griff nach dem Glas und nahm noch einmal einen großen Schluck. »Kannst du das Fenster öffnen? Ich kriege keine Luft.«

Anna sah rasch auf. »Es ist offen, Serena. Willst du an Deck gehen?«

Serena schüttelte den Kopf. »Noch nicht. Ist irgendetwas schief gegangen?« Sie rieb sich die Augen. »Ich kriege es nicht zu fassen … In meinem Kopf … Es ist wie ein Traum. Es ist da, aber ich komme nicht dran. Irgendetwas ist passiert.« Sie trank das Glas aus und hielt es Anna hin.

Ohne ein Wort brachte Anna die Flasche und füllte nach. »Anhotep ist nicht gekommen.«

Serena runzelte die Stirn. »Anhotep«, wiederholte sie.

»Anhotep. Dieser Name …« Sie schüttelte wieder den Kopf. »Der Sonnenaufgang. Ich sah, wie die Sonne aufging. Und den Sonnenuntergang.«

Anna studierte besorgt Serenas Gesicht.

»Äonen von Sand, Wanderdünen.« Sie fiel für eine Minute in Schweigen, dann schloss sie die Augen. »Ich bin gestern gestorben, aber heute trete ich wieder hervor. Die mächtige Frau, die die Wächterin des Tores ist, hat den Weg für mich bereitet. Ich kämpfe am Tag gegen meinen Feind und ich habe ihn besiegt.« Sie schwieg wieder und Anna starrte sie an. Es dauerte mehrere Sekunden, bevor sie sagte: »Das ist aus dem *Totenbuch*.«

Anna hob eine Augenbraue und verzog das Gesicht. »Was ist das?«

»Es sind eigentlich Anweisungen. Sie stehen an den Grabwänden geschrieben. Antike Texte. Hymnen. Gebete. Anrufungen. Ich wusste nicht, dass ich welche davon auswendig kann.« Sie fröstelte plötzlich. »Ich habe mich selbst geschützt, Anna. Ich habe alles richtig gemacht.«

»Er ist nicht gekommen, Serena. Ich habe ihn nicht gesehen.«

»Wer kam denn dann?« Serena lehnte ihren Kopf gegen das Bett. Ihr Gesicht war bleich und angestrengt, sie sah vollkommen erschöpft aus.

»Ich weiß es nicht.« Anna stand auf. Sie strich sich das Haar aus dem Gesicht. »Ich glaube, ich habe ihn wahrscheinlich verjagt. Ich hatte solche Angst. Ich dachte, du würdest sterben.«

»Sterben?« Serena riss die Augen auf.

»Du hast nach Atem gerungen. Deine Augen waren wie irr. Du bist zusammengebrochen und dein Puls war fast auf Null. Es passierte, als die Kerzen ausgingen. Es war verrückt. Sie wurden nicht ausgeblasen. Sie gingen einfach aus. Urplötzlich.«

Serena schüttelte den Kopf. »Und der Weihrauch?«

Anna wandte sich zu dem kleinen Altar um. Die Messingschale stand zwischen den Kerzen. Kalt.

»Ich verstehe nicht, was das bewirkt hat. Ich nehme an, dass die Energien in der Kabine sich irgendwie verschoben haben. Du hast wahrscheinlich dafür gesorgt, dass es aufgehört hat. Was es auch war.« Mit zittrigen Beinen erhob sich Serena.

»Ich glaube, er hat versucht, von dir Besitz zu ergreifen«, platzte Anna plötzlich heraus. »Ich glaube, dass er für einen kurzen Moment in dir war. Dein Gesicht veränderte sich. Es sah dir überhaupt nicht mehr ähnlich. O Serena, es war gefährlich, was wir getan haben! Ich glaube, beinahe wäre etwas Schreckliches geschehen. Stell dir vor, er hätte es geschafft! Stell dir vor, er hätte Besitz von dir ergriffen!«

Es folgte ein langes Schweigen, während Serena tief in Gedanken versunken dastand, dann endlich hob sie die Schultern. »Ich glaube, dass mein Schutz möglicherweise nicht stark genug war.« Sie seufzte, dann lachte sie unbehaglich. »Vermutlich weiß er sehr viel mehr von diesen Dingen als ich!« Sie bückte sich, hob das Sistrum vom Boden auf und legte es sacht auf den improvisierten Altar. Dann reckte sie ihre Arme in die Höhe.

»Anna, ich glaube, ich gehe jetzt für ein Weilchen an Deck. Stört es dich, wenn ich alleine gehe? Ich muss meinen Kopf frei bekommen.«

Nachdem sie gegangen war, ließ Anna ihren Blick durch die Kabine schweifen. Dann räumte sie langsam auf. Serena hatte alles unverändert verlassen, der Altar stand noch an seinem Ort, mit den Kerzen, der Statuette und dem Henkelkreuz. Vorsichtig legte Anna alles nacheinander in die Reisetasche und wickelte das Sistrum wieder in das Seidentuch. Dann faltete sie die Wolldecke zusammen und schob den Nachttisch an seinen alten Ort zurück. Der Anschein von Ordnung hob ihr Befinden etwas, aber immer noch fühlte sie sich unwohl in der Kabine – schreckhaft sah sie bei dem leisesten Geräusch über die Schulter. Und Geräusche kamen von überall her. Geräusche vom Deck des Nachbarschiffs; Geräusche aus der Stadt; Musik vom Kai irgendwoher, Gespräche und plötzliches Gelächter vom Gang. Wo aber war dann die Stille hergekommen? Diese außerordentliche Stille, die dem Erlöschen der Kerzen vorausgegangen war? Die tiefe Stille, die Louisa im Tempel der Isis wahrgenommen hatte? Sie schauderte und ging zur Tür.

Ben saß in Gedanken versunken an der Bar und trank einen Fruchtsaft, als sie in die Lounge kam. Draußen sah sie mehrere Leute unter Sonnenschirmen an den Tischen sitzen; sie lasen, schrieben Postkarten oder redeten leise miteinander und beobachteten diejenigen, die wieder aufs Wasser gegangen waren, um zu segeln.

»Bereit für den frühen Aufbruch?« Ben lächelte sie an. »Vier Uhr früh ist eine ziemliche Herausforderung für die meisten von uns, denke ich!«

Anna nickte. Sie hatte die Fahrt nach Abu Simbel ganz vergessen.

»Ich habe den Eindruck, dass zwischen Andy und Ihrem Freund Toby einiges im Argen liegt.« Ben hob eine Augenbraue. »Gehe ich recht in der Annahme, dass da Eifersucht im Spiel ist?«

Anna runzelte die Stirn. »Ich kann Ihnen nicht recht folgen.«

»Ach, kommen Sie. Beide haben doch ein Auge auf Sie geworfen, und wie!!« Ben grinste. »Was für eine Macht ihr Frauen doch habt!«

Anna schüttelte den Kopf. »Ich glaube, von meinem Tagebuch ging eine größere Verführung aus als von mir.« Sie seufzte. »Haben Sie gewusst, dass es weg ist? Jemand hat es aus meiner Kabine entwendet. Andy und Toby haben sich gegenseitig beschuldigt.«

Ben sah entsetzt aus. »Das ist schlimm. Haben Sie es Omar gesagt?«

»Ich will keine unnötige Aufregung verursachen. Solange ich es zurückbekomme. Das ist das Wichtigste.«

»Ich werde ein bisschen Detektiv spielen.« Ben zwinkerte. »Wenn Andy es hat, dann wird er es mir irgendwann sagen.«

Sie lächelte. »Danke. Es ist wertvoll, aber es hat für mich eine noch viel größere Bedeutung. Viel größer.« Zum Beispiel wollte sie endlich wissen, wie es mit Louisa und Hassan weiterging.

Serena lehnte auf dem obersten Deck an der Reling und starrte nach unten auf den Fluss, als Anna sich schließlich zu ihr gesellte. Sie stand in einem gewissen Abstand und zögerte, aber Serena warf ihr einen Blick zu und lächelte. »Ich bin wieder okay. Es tut mir alles sehr Leid.«

»Bist du sicher? Dass es dir besser geht, meine ich.«

Serena nickte. »Was es auch war, es ist vorbei. Mir geht es gut.« Sie sah zu Anna hinüber. »Ich habe mich entschlossen, morgen mit nach Abu Simbel zu fahren. Ich will dies nicht abbrechen, aber ich muss mal ein bisschen vom Schiff. Ein bisschen Raum um mich schaffen; Distanz zu alldem gewinnen. Kommst du auch mit? Das solltest du.«

Anna zuckte die Achseln. »Ich glaube schon. Es ist der Höhepunkt der Reise, stimmt's? Durch die Wüste fahren und den Tempel von Ramses sehen.«

Serena lächelte fröhlich. »Gut. Keine Geister mehr. Zwei Tage weg sein. Ein hartes Besichtigungs-Programm, um uns abzulenken.«

Anna runzelte die Stirn. »Du musst mir verzeihen. Es ist meine Schuld, dass du da hineingeraten bist.«

»Nein. Es ist niemandes Schuld. Schließlich interessiere ich mich für ägyptische Magie und Religion. Abgesehen davon, habe ich es selbst angeboten.« Serena lächelte wieder. »Es ist nur ein bisschen übermächtig geworden, deshalb will ich ein, zwei Tage Abstand gewinnen. Aber du sollst jetzt bitte nicht denken, dass mich die Sache kalt lässt. Ich fühle mich nur einfach so entkräftet. Ich habe so etwas noch nie erlebt. Ich werde da sein, wenn irgendetwas passiert, im Reisebus oder in der Wüste oder in Abu Simbel. Aber ich hoffe, es passiert nichts. Dann dachte ich, vielleicht, wenn wir zurückkommen – wir haben noch einen Tag zur Besichtigung von Philae, bevor wir zurück nach Luxor kreuzen –, können wir in Philae noch einmal etwas versuchen. Philae ist immerhin der Tempel der Isis.«

»Du bist großartig«, warf Anna ein. »Ich habe viel von dir gelernt.« Sie legte ihre Hand auf das Amulett, das an einer Kette um ihren Hals hing. »Du glaubst also, er wird uns nicht nach Abu Simbel verfolgen?«

Es entstand ein kurzes Schweigen. Serena beobachtete eine Feluke, die mit der Strömung an ihnen vorbeifuhr. Der Steuermann saß verträumt im Heck, sein Arm hing lässig über der Ruderpinne. Das Boot war voller großer Kartons und sie dachte plötzlich an den Kontrast zwischen ihm und einem entsprechenden Lieferanten in London, der mit seinem Lieferwagen durch die verstopften Straßen fuhr. Sie lächelte und blickte zu Anna zurück. »Nein, ich glaube nicht, dass er nach Abu Simbel kommt. Ich hoffe nicht«, sagte sie schließlich. »Ich wünschte, wir wüssten, was mit Louisa Shelley geschah. Sie hat es durchgestanden. Sie hat es geschafft.«

Anna nickte traurig. »Ich glaube, es macht mich unglücklich, nicht zu wissen, was geschah. Ich denke immerzu an sie. Aber wie du sagst, sie hat es geschafft. Sie kehrte nach Hause zurück und nahm ihr Leben wieder auf.«

Aber was wurde mit Hassan? Die Frage ging ihr immer öfter durch den Kopf. Und was war mit den Priestern Anhotep und

Hatsek? Sie hatten Louisa mit ihrem Spuk verfolgt, so wie sie ihre Ururenkelin verfolgten. Wie hatte sie es zuwege gebracht, dass sie sie in Ruhe ließen? Eine neue Welle der Frustration und der Wut erfasste sie, als sie an das Tagebuch dachte. Sie seufzte. Mehrere Minuten standen die zwei Frauen schweigend und in Gedanken versunken da, und erst als Serena sich zum Gehen wandte und einen Stuhl suchte, merkte Anna, dass sie eine Entscheidung getroffen hatte. Sie würde morgen nicht mit dem Bus fahren. In letzter Minute würde sie ihre Meinung ändern und allein auf dem Schiff zurückbleiben. Damit würde sie zwei Tage gewinnen, an denen sie ungestört suchen konnte.

Nach Abu Simbel konnte sie immer noch ein andermal fahren.

Sie vergaß für einen Moment, dass die Priester der Isis und Sekhmet wahrscheinlich mit ihr an Bord bleiben würden.

II

Heil euch, o göttliche Wesen,
ihr göttlichen Herren alles Seienden,
die ihr ewig lebtet und deren doppelte Lebensspanne einer
unbegrenzten Zahl von Jahren Ewigkeit ist …
O weist mir einen Weg, auf dem ich in Frieden wandeln kann.

Die Kinder werden krank. Ihre Kraft verfliegt mit dem Wüstenwind. Ihr Drang, nach alten Welten zu graben und die Schätze in längst verlassenen Gräbern zu suchen, ist erloschen. Ihre Mutter sorgt für sie und verbirgt den Kummer in ihrem Herzen.

Das Fläschchen ist vergessen – in den dunklen Winkel der Bauernhütte dringt kein Lichtstrahl. Seine Wächter sind unsichtbar, jenseits von Zeit und Raum, deren Bestimmung sie sich entziehen, ohne Fleisch und Knochen, ohne Grab oder Grabbeigaben oder Namen.

Der jüngere Knabe stirbt zuerst, seine Seele ist ausgesaugt. Sein Körper wird im Sand begraben und mit Tränen begossen. Dann wird auch der Ältere zum letzten Mal krank. Während er auf seinem Lager im Fieber liegt, sieht er die Priester, wie sie über ihm hocken, spürt, wie sie gierig den Atem seines Lebens verschlingen, und er weiß, dass er es war, der sie ins Haus gebracht hat. Er versucht eine Warnung zu flüstern, doch die Worte werden ihm von den trockenen Lippen des Todes geraubt.

Bald wird die Mutter den Gutenachtkuss der Diener der Götter empfangen und ebenfalls ihr Leben dahingeben, um ihnen ewiges Leben zu spenden. Zurück bleibt ein trauernder Mann in einem leeren Haus, der seine Habseligkeiten zusammenrafft und den Ort verlässt, in dem nun nur noch der Schatten und der Sand wohnen. Er sieht das Fläschchen nicht, hinten auf dem Bord, und es bleibt zurück.

An Annas Bett klingelte mitten in der Nacht das Telefon. Es war wenige Minuten nach halb vier. Sie setzte sich mit einem Ruck auf und fragte sich, wo sie war. Ihr Traum hielt sie noch eine Weile umfangen – sie schien wesenlos zu schweben –, dann war er fort. Sie behielt noch nicht einmal das Geräusch einer Sandale oder das Wispern eines Leinenkleids in Erinnerung. Verwirrt blickte sie sich um, dann kam es ihr wieder in den Sinn. Sie standen auf, um durch die Wüste zu fahren, 280 Kilometer südwärts von Assuan, nach Abu Simbel. Dem Weckruf durch das Telefon folgte ein Klopfen an der Tür. Eine Tasse Tee wurde gebracht. Anna sprang schnell in ihre Kleidung, Jeans und ein T-Shirt und noch einen Pulli gegen die Nachtkälte, dann verließ sie ihre Kabine, um Omar zu suchen. Er zuckte nur mit den Schultern, als sie ihm erklärte, dass sie nicht mitfahren wolle. *Inschallah*! Es war ihr überlassen. Sie sollte Ibrahim sagen, dass sie Mahlzeiten bräuchte, und ansonsten ihre Ruhe genießen.

Andy stand nah bei der Rezeption, wo sich die Passagiere in schläfrigen Gruppen einfanden, um an Land zu gehen. Als er sie sah, blickte er finster drein und wandte sich ab. Nun, es war gut, dass er sie gesehen hatte. Er würde annehmen, dass sie mit den anderen im Bus wäre. Wenn er schließlich herausfand, dass sie keineswegs mit den anderen im Bus saß, war es zu spät für ihn, sich umzuentscheiden und mit ihr zurückzubleiben.

Als sie Serena sah, die sich müde ihre Übernachtungstasche über die Schulter hängte, flüsterte sie ihr zu, wie sie sich entschieden hatte. Serena nickte. War sie nicht vielleicht sogar ein bisschen erleichtert?, dachte Anna. Toby konnte sie nicht sehen, aber die Passagiere strömten bereits über die Gangway auf das stille Schiff, das neben ihrem festgemacht hatte, wo sie durch leere Aufenthaltsräume und Flure, die widerlich nach kaltem Zigarettenrauch und schalem Bier rochen, zur zweiten Gangway gehen konnten, die an Land führte. Dort erwartete sie ein kleiner Bus, der sie zum Treffpunkt brachte, wo sich jeden Morgen ein Konvoi von Bussen und Taxis versammelte, um mit einer Eskorte südwärts durch die Wüste zu fahren, die zugleich militärisches Gebiet war.

Als sie alle gegangen waren, stand Anna noch ein Weilchen da, horchte auf die Stille und überlegte wehmütig, ob sie die richtige Entscheidung getroffen hatte. Sie konnte es nicht mehr rückgängig machen. Mit einem Achselzucken kehrte sie zu ihrer Kabine zurück.

An der Tür zögerte sie einen Moment, unsicher, was sie vorfinden würde, wenn sie sie öffnete. Sie holte tief Luft, griff mit einer Hand nach dem goldenen Anhänger an ihrem Hals und stieß die Tür auf. Die Kabine war leer.

Als sie später erwachte, lag sie angekleidet auf dem Bett. Einen Augenblick war sie ratlos, dann merkte sie, dass irgendetwas auf dem Schiff anders war als sonst. Dann fiel es ihr ein. Sie konnte die Leere um sich her spüren, die verlassenen Kabinen, das Fehlen der üblichen Geschäftigkeit. Omar hatte ihr gesagt, dass nur zwei oder drei Männer der Besatzung an Bord bleiben würden, während die anderen die Gelegenheit wahrnehmen wollten, die paar Tage vor der Rückreise nach Luxor an Land zu gehen. Soweit sie wusste, war sie die einzige Passagierin, die nicht an der Fahrt nach Abu Simbel teilnahm und auf dem Schiff geblieben war.

Langsam stand sie auf. Sie war sich nicht sicher, wo sie ihre Suche nach dem Tagebuch anfangen sollte, aber Andys Kabine schien der naheliegendste Ort. Entweder hatte sie es beim ersten Mal übersehen, oder, wenn es nicht dagewesen war, so war es vielleicht jetzt da.

Um hineinzukommen, würde sie einen Schlüssel brauchen. Wie sie erwartet hatte, war das Schiff vollkommen verlassen. Sie konnte mühelos zur Rezeption hinuntergehen und Andys Schlüssel vom Haken nehmen, wo Omar alle Schlüssel verwahrt hatte, bevor sie das Schiff verließen. Sie steckte ihn in ihre Tasche und machte sich zum zweiten Mal auf den Weg zu Andys Kabine.

Als sie die Tür erreichte, hielt sie plötzlich inne. Was, wenn sie sich täuschte? Was, wenn er aus irgendeinem Grunde seinen Entschluss geändert hatte und doch in seiner Kabine war? Sie machte die Augen zu und holte tief Atem, um ihre Nerven zu beruhigen. Dann steckte sie den Schlüssel behutsam ins Schloss, drehte ihn und schob die Tür auf.

Diesmal war die Kabine aufgeräumter. Vermutlich hatten sowohl er als auch Ben festgestellt, dass es einfacher war, eine Übernachtungstasche zu packen, wenn in der Kabine eine gewisse Ordnung herrschte.

Sie verriegelte die Tür hinter sich, um nicht wieder unterbrochen zu werden, und durchsuchte systematisch und ohne jede Rücksicht den ganzen Raum, jeden Quadratzentimeter zweimal, bis sie schließlich aufgeben musste.

Sie stand still, sah sich um und hatte das Gefühl einer überwältigenden Niederlage. Nirgendwo gab es die geringste Spur vom Tagebuch oder vom Fläschchen, also blieb ihr keine andere Wahl, als unverrichteter Dinge die Kabine zu verlassen und den Schlüssel wieder an seinen Haken zu hängen. Zuvor versicherte sie sich aber, dass von ihrer intensiven Suche nichts zu sehen war. Dann ging sie tief in Gedanken die Treppe hoch. Auf die Idee, dass er das Tagebuch und das Parfümfläschchen mitgenommen haben könnte, war sie nicht gekommen. Sie konnte nur hoffen, dass er sie anderswo auf dem Schiff versteckt hatte.

Sie stieß die Tür zur Lounge auf und trat ein. Ibrahim stand hinter der Bartheke und putzte Gläser. Er grüßte sie mit breitem Lächeln. »*Misr il khir.* Guten Morgen, *Mademoiselle*.«

Sie merkte, dass er sie eingehend musterte, wohl weil er wissen wollte, ob sie das Amulett trug. Dann nickte er wie zu sich selbst, offenbar zufrieden, dass er die Goldkette an ihrem Hals entdeckt hatte.

»Guten Morgen, Ibrahim. Es sieht so aus, als ob ich für eine Weile ganz allein hier wäre.«

Er schüttelte den Kopf. »Omar sagt, drei Leute für die Mahlzeiten, *Mademoiselle*. Ich koche ganz allein für Sie.«

»Drei Leute?« Sie runzelte die Stirn. »Wissen Sie, wer die anderen beiden sind?«

Er zuckte die Achseln. »Bisher ist noch keiner aufgewacht. Ich koche früh fürs Mittagessen und stelle es im Speisezimmer auf eine Warmhalteplatte. Suppe. Reis. Ich mache Grillhühnchen mit gerösteten Bananen. Mögen Sie das?«

Sie lächelte. »Es klingt wunderbar. Ich wusste gar nicht, dass Sie ein Koch sind, Ibrahim.«

»Der richtige Koch ist Nubier, er besucht jetzt seine Mutter in Sehel. Aber Ibrahim ist auch ein wundervoller Koch. *Inschallah*!« Er schüttelte sich vor Gelächter. »Möchten Sie jetzt einen Drink?«

Sie bestellte ein Bier und ging hinaus aufs Deck. Es war schon heiß, die Luft flimmerte auf den geschrubbten Holzplanken. Ein weiteres riesiges Kreuzfahrtschiff, auf dessen oberem Deck neugierige Zuschauer in strahlend bunten Hemden und Shorts dicht gedrängt standen, manövrierte an den Kai. Der Hügel auf der anderen Seite des Flusses mit seiner runden fatimidischen Kapelle war fast im Hitzedunst verschwunden, und die wenigen Feluken, die auf der breiten Wasserfläche ihrem Gewerbe nachgingen, trieben mit schlappen Segeln, ohne den geringsten Windhauch. Die Topfpflanzen hinter ihr strahlten farbenfroh, das Deck um sie herum war seit dem morgendlichen Begießen schon lange wieder trocken.

Es war zu heiß, um auf dem Oberdeck zu bleiben. Also kehrte

sie um und ging die Stufen wieder hinunter, um unter der Markise zu sitzen, das Glas vor sich auf dem Tisch. Während Ibrahim kochte, würde sie die Gelegenheit nutzen, um rasch die Lounge zu durchsuchen. Es war durchaus möglich, dachte sie, dass Andy das Tagebuch dort irgendwo versteckt hatte. Sie seufzte. Es war natürlich ebenso gut möglich, dass er überhaupt nichts damit zu tun hatte, dass es jemand anderes gestohlen hatte und sie es nie mehr wiedersehen würde.

»Anna!«

Die leise Stimme hinter ihr traf sie völlig überraschend. Sie fuhr herum. Toby stand im Schatten, mit seinem Skizzenblock unter dem Arm.

Sie starrten sich einen Moment lang unsicher an, dann sagte er: »Ich dachte, Sie wären mit Serena nach Abu Simbel gefahren.«

»Ich konnte nicht, mit der Ungewissheit, was aus dem Tagebuch geworden ist.« Anna blinzelte zu ihm auf. »Geht es Ihnen gut? Nach dem Vorfall in Andys Kabine habe ich mir Sorgen gemacht.«

Er zuckte mit den Schultern. »Ich bin an Deck gegangen, um mich zu beruhigen. Sonst hätte ich das Schwein noch umgebracht.«

»Sie haben sich für mich eingesetzt und ich habe mich immer noch nicht dafür bedankt.«

Abwehrend hob er seine Hände und schüttelte den Kopf. »Keine Ursache.«

Sie lächelte unsicher. »Und warum sind Sie geblieben? Ich hätte gedacht, Sie wollten den Tempel von Ramses sehen.«

Er zuckte erneut die Achseln. »Ich fand es besser, mich eine Weile von Watson fern zu halten. Den Tempel kann ich mir auch ein andermal ansehen. Ich komme ja wieder nach Ägypten, vergessen Sie das nicht.« Er zog den Stuhl neben ihr unter dem Tisch hervor. »Darf ich?«

Sie nickte. »Ibrahim sagte, wir können uns an der Bar selbst bedienen. Schreiben Sie es einfach auf den Zettel. Er kocht das Mittagessen.«

Toby grinste. »Großartig.« Er wollte in die Lounge gehen, dann blieb er stehen. »Ich nehme an, Sie haben die Kabine noch einmal durchsucht?«

Sie nickte. »Habe ich in der Tat.«

»Kein Glück?«

Sie schüttelte den Kopf. »Es wäre ein Witz, wenn er es doch mitgenommen hätte, oder?«

»Allerdings.« Er verschwand durch die Tür, um im nächsten Moment mit zwei Gläsern Bier zurückzukehren. Er setzte sich. »Wir müssen natürlich systematisch vorgehen. Wir müssen jeden Ort, der in Frage kommt, durchsuchen und dann abhaken. Er hat es ganz sicher nicht mitgenommen. Das wäre zu riskant. Er hat es an irgendeinem sicheren Ort auf dem Schiff versteckt.«

Er schien davon auszugehen, dass er ihr helfen würde. Nach kurzem Nachdenken fand sie Gefallen an diesem Gedanken.

Er warf ihr über den Rand seines Glases einen Blick zu. »Natürlich, der Safe! Was ist mit dem Safe? Haben Sie schon daran gedacht? Das ist der naheliegendste Ort.«

Sie trafen Ibrahim, wie er im Speisesaal drei Gedecke auflegte. Aus der offenen Küchentür kam ein verführerischer Duft von Knoblauch und Zwiebeln.

»Ist es möglich, einen Blick in den Safe zu werfen?« Anna setzte sich an den Tisch und sah flehentlich zu ihm auf. »Ich habe Andy Watson das Tagebuch meiner Großmutter geliehen, und ich glaube, dass er es vielleicht zur Sicherheit in den Safe getan hat, weil er nicht wusste, dass ich auf dem Schiff bleibe. Ich brauche es dringend.«

»Ihr Buch mit den kleinen Bildern?« Ibrahim richtete sich auf, die Stirn in Falten gelegt.

»Erinnern Sie sich daran? Sie haben es in meiner Kabine gesehen?«

Er nickte. »Ich habe den Schlüssel. Ich sehe für Sie nach.«

Sie folgten ihm hinunter zur Rezeption und warteten, während er an dem Schloss herumfummelte. Er murmelte vor sich hin und fummelte weiter, bis schließlich die kleine Tür aufsprang. Der Safe war voller Umschläge und kleiner Päckchen.

»Pässe. Geld. Schmuck.« Er zuckte die Achseln. »So viel. Ich werde es finden. *Inschallah*!«

Er durchstöberte die Päckchen, nahm die größeren Umschläge

und las offenbar ohne Mühe die darauf geschrieben Namen. »Andrew Watson!« Er zog einen heraus.

»Der ist zu klein.« Anna schüttelte enttäuscht den Kopf. »Das Tagebuch passt da nicht hinein.«

Ibrahim betastete den Umschlag sorgfältig. »Reisepass und Travellerschecks.« Er grinste. »Ich schaue noch einmal.«

Ein paar Minuten später brachte er triumphierend einen zweiten Umschlag zum Vorschein. Dieser sah sperriger aus.

»Das ist es! Das ist die richtige Größe«, rief Anna glücklich.

Ibrahim reichte ihr den Umschlag. »Sehen Sie nach.«

Sie fuhr mit dem Daumen unter die zugeklebte Lasche des Umschlags und zog das Tagebuch heraus.

»Gut! Gut!« Ibrahim strahlte vor Freude. »Jetzt gehen wir zu Mittag essen.«

»Einen Moment.« Anna streckte ihre Hand aus. »Mein Parfümfläschchen. Das hat er auch gehabt. Wenn es im Safe ist, kann es drin bleiben, aber ich würde es gerne wissen.«

»Fläschchen?« Ibrahims sah sie verständnislos an.

»Die kleine Flasche.« Sie begegnete seinem Blick. »Das Fläschchen, das von der Kobra bewacht wurde.«

Ibrahim schüttelte den Kopf. »Das ist nicht hier«, sagte er bestimmt.

»Aber Sie haben doch gar nicht nachgesehen.«

»Nein. Nicht hier. Ibrahim ist sich sicher.« Er schlug die Safetür zu und drehte den Schlüssel um.

Sie warf Toby einen raschen Blick zu. Er hob eine Augenbraue. »Wenigstens haben Sie das Tagebuch. Und den Umschlag, auf dem Andrew Watson steht, vermutlich von ihm selbst geschrieben.« Er grinste. »Beweis genug für Sie? Bin ich für immer rehabilitiert?«

Sie nickte und drückte das Tagebuch an ihre Brust. »Beweis genug. Wenn Sie wollen, werde ich den Rest meiner Tage im Staub vor Ihnen kriechen.«

Sein Lächeln wurde breiter. »Ein oder zwei Tage reichen.«

Sie warteten, bis das Essen vorüber war, bevor sie sich das Tagebuch vornahmen. Der dritte Gast war nicht erschienen und schließlich gingen sie aus dem Speisesaal, ohne zu wissen, wer es war. Bereitwillig folgten sie Ibrahims Vorschlag, mit einer Feluke auf Kitchener's Island zu fahren und ein Teepicknick zu veranstalten. Dort, umgeben von Hibiskus und Bougainvillea, setzten sie sich unter die Bäume, öffneten das Tagebuch und Anna begann laut vorzulesen.

Am Nachmittag nahm Hassan selbst die Ruderpinne in die Hand und sie segelten in südlicher Richtung von der *Ibis* ab. Sie schoben das Boot an einer Stelle an Land, wo sie außer Sicht der schreienden, lachenden Dorfbewohner waren, weit genug weg von der Menge der Nubier, die ihnen zugewunken hatte, als sie vorübersegelten. Sie stolperten das Ufer hinauf zu den Dünen. Es war brennend heiß. Louisa hielt den Sonnenschirm über sich und schaute sich um. Auf der einen Seite sah sie einen ausgedörrten Bergrücken, auf der anderen am fernen Horizont einen riesigen magischen See, dessen flirrendes Wasser von Palmen gesäumt war. Sie blickte ihn verlangend an und schüttelte dann den Kopf. »Es ist zu heiß zum Malen. Die Farbe trocknet mir am Pinsel fest.«

»Und ist es auch zu heiß für die Liebe?« Hassan lächelte.

Sie berührte seine Hand. »Es ist zu heiß zum Atmen.«

Sie rutschten den brennend heißen Sand hinunter und Louisa kletterte wieder in das Boot. Auf einer entfernten Sandbank sonnten sich zwei Krokodile mit aufgesperrten Mäulern. Ein Reiher stand ohne jede Furcht neben ihnen.

»Wir könnten dort bei den Palmen aussteigen.« Louisa zeigte auf eine entfernte Palmengruppe. Hassan nickte, warf die Ruderpinne herum und lenkte das Boot in Richtung auf das gegenüberliegende Ufer. Dort gab es keine Krokodile und der Sand war unberührt. Hassan sprang ins seichte Wasser und zog das Boot an Land. Er half Louisa aus dem Boot, dann gingen sie hinüber zu den Palmen. Sie malte etwa eine Stunde, bevor die

Hitze sie wieder auf das Wasser trieb und sie einen neuen Plan fassten. Jetzt wollten sie zur *Ibis* zurückkehren und erst am Abend, wenn es kühler wurde, an Land gehen und in die Wüste reiten, um unter dem weiten offenen Himmelszelt zu übernachten.

Hassan hatte den Eseljungen weggeschickt. Er würde gleich nach Sonnenaufgang zurückkehren, sodass sie zur *Ibis* zurückreiten konnten, bevor die Sonne ihre ganze Kraft entfaltete. Jetzt, da die Sonne langsam unterging, spürten sie den ersten kalten Hauch des Wüstenwinds.

»Bist du sicher, dass er uns wiederfindet?« Louisa blickte in die Runde. Der Horizont wirkte unendlich. Eine Linie goldener Berge, auf denen noch das Sonnenlicht ruhte, lag auf der einen Seite, ein sanfter schwarzer Schimmer, der die beginnende Nacht ankündigte, auf der anderen. Vor ihnen erhob sich ein Hügel mit Felsplateau, das von sanften sandgefüllten Mulden und Klüften durchzogen war.

Hassan lächelte. »Er wird kommen. Kein Grund zur Furcht. Wir sind in Sichtweite des Flusses. Er wird immer hier sein. Wir sind nur ein paar Meilen stromaufwärts von dort, wo die *Ibis* ankert. Komm«, er reichte ihr seine Hand und zog sie einen schmalen Weg zwischen den Dünen hinauf. »Wir gehen durch dieses Wadi, dann zeige ich dir meine Überraschung.«

Schließlich kletterten sie aufwärts. Ihre Füße versanken im Sand, der immerzu verrutschte und sich neu formierte, Wellen und Linien aus Licht und Schatten bildete. Endlich erreichten sie die felsige Höhe des kleinen Bergs.

»Hier! Der Gipfel!« Mit einem Ausdruck des Triumphs zog er sie die letzten Meter hinauf und trat dann zurück, sodass sie das Ziel ihres Ausflugs sehen konnte.

Auf der Spitze des Plateaus stand ein kleiner, schöner Tempel, ähnlich dem Kiosk, den sie in Philae gesehen hatte. Louisa betrachtete verzückt die Blattornamente an den Kapitellen und die Köpfe der Göttin. Zwar war der Tempel nur noch eine Ruine, aber die untergehende Sonne färbte ihn mit einem wunderschönen Rotgold, während der dunkle, fast schwarze Fluss dahinter bereits im Schatten der Nacht lag.

Louisa starrte ihn an, sprachlos vor Freude. »Wo sind wir?«, fragte sie endlich.

»Es ist der Tempel von Kertassi.« Er machte eine ausholende Gebärde mit der Hand. »Dieser Tempel ist Isis geweiht. Er ist sehr schön, nicht wahr? Ich wusste, dass er dir gefällt.« Er lächelte.

Louisa sah zu den Säulen hinauf, deren lange schwarze Schatten hinunter zum Wasser fielen, wo die glitzernden Spiegelungen schon tief im Dunkeln lagen, während der große schlafende Fluss sich in stetigen Windungen zu seiner weit entfernten Quelle im Herzen Afrikas zurückträumte. Dann drehte sie sich um und blickte über die weite Wüste, an deren Rand die große glutrote Sonne unaufhaltsam unterging. Sie drehte sich wieder um, fast atemlos überwältigt von der Schönheit der Aussicht, trat einen Schritt zurück, rutschte in dem weichen Sand aus, der stets in Bewegung zu sein schien und von allen Seiten herdrang, und griff lachend Hassans Arm, bevor sie fallen konnte. Jetzt sah sie in der Ferne auch den Eseljungen. Der Schatten des Tiers, das heim in sein Dorf trottete, breitete sich überlang vor ihnen aus. Die beiden Gestalten waren nicht größer als winzige Spielzeugfiguren und sie sah ihnen nach, wie sie in der Dunkelheit des Flusstals verschwanden.

»Bald ist die Sonne untergegangen.« Hassan legte seinen Arm um ihre Schultern. »Schau, sie geht hinüber in die Welt der Götter und wir sehen ihr dabei zu.« Der Bogen über der Horizontlinie wurde immer kleiner, das Rot unmerklich dunkler.

Louisa konnte sich von dem Anblick nicht losreißen. Sie hielt ihren Atem an, während die Sonnensichel schmaler und schmaler wurde, bis kaum mehr ein Splitter davon sichtbar war. Dann war sie untergegangen.

Sie hatte Tränen in den Augen, wie sie dort zusammen das Abendrot schwinden sahen. Inzwischen war es dunkel und die Sterne erschienen. Louisa hatte ihren Sonnenhut abgenommen. Sie schüttelte ihr Haar frei und blickte voller Entzücken hinauf in den Himmel. »Ich kann jeden Stern am Firmament erkennen! Wenn ich mich auf die Zehen stelle, kann ich sie berühren! Der Himmel ist wie ein schwarzer, diamantenbestickter Samtrock!«

Hassan schwieg. Er sah ebenfalls nach oben, in Gedanken verloren. So standen sie lange Zeit beieinander, bis es Louisa plötzlich kalt wurde und sie sich daran erinnerte, dass die Luft hier schnell abkühlte.

Hassan hatte eine ihrer Taschen auf der Schulter hergetragen. Jetzt packte Louisa sie aus, während er zu der Stelle zurückging, wo der Eseljunge sie verlassen hatte, und die beiden anderen Taschen mit allem, was sie für die Übernachtung brauchten, holte. Den Teppich, das Zelt, Essen und Trinken. Er hatte sogar an ihre Farben in der Stofftasche gedacht, aber sie machte keine Anstalten, sie auszupacken, also ließ er sie am Fuß einer der Säulen stehen.

»Ich fürchte, dass ich einschlafen werde und den Sonnenaufgang verpasse.« Louisa saß, einen Teppich um sich geschlungen, in der Mitte des Tempels und sah ihm zu, wie er beim Licht einer kleinen Lampe das Essen auspackte.

Hassan lächelte. Er hatte das Zelt aufgebaut, ließ die Körbe stehen und setzte sich neben sie. »Fürchte dich nicht. Ich werde für dich wach bleiben.«

»Die ganze Nacht?« Sie spürte die Wärme seines Körpers nah bei sich. Beinahe zögernd streckte sie ihre Hand aus und berührte seinen Arm. Die Flamme in der Lampe flackerte und rauchte unter den Säulen des Tempels.

»Die ganze Nacht, meine Louisa.« Er nahm ihre Hand, führte sie in den Halsausschnitt seines Hemdes, das er unter dem roten wollenen Burnus trug, und drückte sie an seine Brust. Dann zog er sie an sich. »Frierst du?«

Sie nickte. Ihr Herzschlag beschleunigte sich.

»Die Wüste ist sehr kalt, wenn die Sonne untergegangen ist. Dafür ist sie tagsüber immer heißer. Und bald kommt der Wind aus dem Süden, der Khamsin, und bringt Sandstürme mit sich. Niemand will dann in der Wüste sein.« Er streichelte zärtlich ihr Haar. An ihn geschmiegt, hob sie ihr Gesicht zu ihm und fühlte die Berührung seiner Lippen im Dunkeln.

Traumselig ließ sie sich von ihm in das Zelt führen und auf die Kissen betten, die er dort ausgelegt hatte. Sie spürte, wie er eine Decke um sie hüllte, dann zog er ihr sanft, jede Bewegung eine Liebkosung, die Kleidung von den Schultern und schob sie beiseite, bis sie nackt in seinen Armen lag. Sie schloss die Augen, spürte, wie sich ihr Körper entspannte, bis sie in einen Traum sank. Seine Hände, seine Lippen fuhren zart über ihre Haut und sie fühlte sich wie ein Instrument, dem er eine wilde Musik entlockte.

Weit weg heulte ein Schakal über die Wüste. Sie zog sich zusammen, doch seine Hände hielten sie und besänftigten sie und als sein Mund sich auf ihren legte, überließ sie sich ganz und gar der Ekstase, die in jedem Teil ihres Körpers zuckte.

Hinterher schlief sie ein, sicher in der Beuge seines Arms. Seinem Versprechen treu lag er wach und sah aus dem Zelt in den Sternenhimmel hinauf.

Irgendwann vor der Morgendämmerung döste er, dann wachte er pötzlich auf. Der Sand um sie herum seufzte und zischte unter dem leisen Aufruhr des Windes. Er öffnete die Augen und starrte in die Dunkelheit. Im Osten, wo die Dämmerung einsetzen würde, war bereits ein erster grauer Schatten zu erkennen.

Er hörte eine andere seufzende Bewegung im Sand und lauschte angespannt. Da war jemand oder etwas, nah bei ihren Sachen. Ein Schakal, der von dem Nahrungsgeruch angezogen worden war, obwohl Hassan das Essen sorgfältig eingepackt hatte, oder ein Junge aus dem Dorf, der Böses im Schilde führte.

Vorsichtig zog er seinen Arm unter Louisas Schulter heraus. Sie bewegte sich, ihre Augenlider zuckten.

»Dämmert es schon?« Ihre Stimme war sanft und rau, ihr nackter warmer Körper lag entspannt unter der Decke.

»Bald, meine Liebste«, flüsterte er. »Bleib ganz ruhig liegen.«

Er schlüpfte unter der Decke hervor, stand auf und sah sich in der Dunkelheit um, während er sich fröstelnd ankleidete. Die Luft roch scharf und kalt.

Nichts bewegte sich jetzt. Die Wüste war still. Im Osten wurde der graue Streifen heller. Aus dem Augenwinkel sah er, dass Louisa sich aufsetzte und zum Ausgang des Zeltes kroch. Er sah nicht viel mehr als den schattenhaften Umriss von ihr. Sie rieb sich die Augen wie ein Kind und das Haar wogte ihr über die Schultern. Die Sterne verloren plötzlich an Leuchtkraft.

Er ging zwei Schritte auf die Körbe zu, dann hielt er wieder inne. Irgendein sechster Sinn sagte ihm, dass jemand oder etwas da war, dort hinter den Säulen. Er sah sich nach einer Waffe um. Überall in der Ruine lagen Steinhaufen herum, er bückte sich vorsichtig und nahm ein paar Steine auf, die sich beruhigend schwer in seinen Händen anfühlten.

Louisa strengte ihre Augen an. Es war geringfügig heller geworden, aber sie konnte ihn nicht mehr sehen. Wo sie einen Augenblick zuvor noch klar seine Silhouette erkannt hatte, war nichts mehr. Sie wollte ihm etwas zurufen, doch irgendeine Ahnung warnte sie davor. Behutsam tastete sie nach ihrem Kleid, zog es über den Kopf, wobei sie jedes Geräusch vermied, kniete sich dann hin und ließ es über ihre Hüften gleiten.

Etwas bewegte sich plötzlich auf den Essenskorb zu, sie hielt den Atem an und rührte sich in der Stille nicht.

Ein plötzlicher Schrei Hassans brachte sie auf die Füße, sie sah eine vorstoßende Bewegung bei der äußersten Säule, dann hörte sie ein Ächzen und das Grunzen von kämpfenden Männern.

Nach kurzem Zögern bückte sie sich, klaubte ein Stück Sandstein als Waffe auf und rannte auf den Lärm zu.

Hassan rang mit einem anderen Mann, einem Mann, der europäische Kleidung trug. Als sie näher kam, keuchte sie vor Schrecken. Im Zwielicht der Vordämmerung war es schwer, etwas Genaues zu erkennen, aber sie wusste, wer es war. Sie erkannte seine Gestalt, seine Haare und jetzt, da er vor Wut aufstöhnte, seine Stimme. Es war Carstairs.

Beinahe im gleichen Augenblick ertönte ein scharfer Schrei von Hassan, dann fiel er zu Boden und rührte sich nicht mehr. Louisa erstarrte, dann stürzte sie zu ihm. »Was haben Sie getan? Hassan, mein Liebster, bist du in Ordnung?« Sie kniete nieder und berührte seinen Kopf, ihre Augen fest auf Carstairs gerichtet, der über ihnen stand. Die Wunde an Hassans Kopf war nass und klebrig. Ohne hinzusehen wusste sie, dass es Blut war.

Carstairs hielt ein Messer in der Hand. »Die geweihte Ampulle. Oder ich töte ihn.« Seine Augen funkelten, als er auf sie zuschritt.

»Sie sind wahnsinnig!« Sie versuchte, Hassan mit ihren bloßen Händen zu beschützen.

»Schon möglich.« Carstairs kam rasch wieder zu Atem. »Aber lassen Sie meinen Geisteszustand ruhig meine Sorge sein, Mrs. Shelley. Geben Sie mir die Flasche und Sie sind mich für immer los, andernfalls sehe ich mich gezwungen, ihn zu töten. Sind Sie selbst wahnsinnig, nur mit einem Bauern als Schutz in die Wüste hinauszugehen? Haben Sie noch nichts von den Banditen gehört, die hier draußen Reisende überfallen und ausrauben?«

»Hier gibt es keine Banditen außer Ihnen!«, rief sie ihm verzweifelt entgegen. »Und Sie werden sich vor Gericht verantworten.«

Hassan wollte sich bewegen. Er stöhnte und sie drückte ihn sanft zurück. »Lieg ganz still, mein Liebster.«

»Ja, ganz still.« Carstairs lächelte. Es war heller geworden, wie sie plötzlich bemerkte. Jetzt konnte sie sein Gesicht deutlich sehen. »Und was das Gericht anbelangt, wer würde Ihnen denn glauben, wahnsinnig, wie Sie sein werden, vor Angst und Durst und von den Vergewaltigungen der Männer, die Sie gefangen und in die Wüste verschleppt und Sie der Mittagssonne überlassen haben?« Er steckte langsam das Messer in seinen Gürtel. Er trug eine breite, bestickte Schärpe über seiner englischen Hose. »In einer Minute geht die Sonne auf und mit ihr kommt die Hitze.« Er stemmte seine Hände auf die Hüften. »Die Ampulle, Mrs. Shelley.«

»Ich habe sie nicht.«

»Ach, kommen Sie.«

»Natürlich habe ich sie nicht. Meinen Sie, ich nehme sie mit in die Wüste?«

Er lächelte. »Ich sehe, ich muss Sie erst überzeugen, damit Sie mich ernst nehmen.« Er trat zwei Schritte zurück. »Haben Sie die Tempelverzierungen gesehen, Mrs. Shelley? Haben Sie die Reliefs der *Uraei* entlang der Wand gesehen, die heiligen Kobras Ägyptens? Haben Sie die Vipern auf den Altären über der Göttin gesehen? Dies ist ein Wüstentempel, Mrs. Shelley. Ein Tempel, wo die Löwin dem Wadi hinaus aus der Wüste folgt, um am Fluss zu trinken, und wo die Königsschlange lauert, um sie zu beschützen!« Er wandte sich mit hoch erhobenen Armen gen Osten. »Große Sekhmet, erhöre mich! Schwester der Isis und Hathors, Auge von Ra, mächtige Göttin des Krieges, Atem des Wüstenwinds, Herrin der Schlange Apophis, die mit dem Sonnengott kämpft, wenn er aufsteigt, sende mir den *Uraeus*, deinen Flammen speienden Diener, dass er deine Priester und das Gefäß ihrer Zauberkraft schütze!

Sende ihn mir jetzt!« Seine Stimme hallte von den Säulen wider, sodass sie zu klingen begannen. Louisa starrte ihn an, unfähig, ihren Blick von ihm zu wenden, Hassans Kopf in ihrem Schoß. Sein Blut sickerte immer weiter auf ihren Rock.

Hinter ihnen, hinter dem jenseitigen Ufer des Flusses erschien der erste dünne, blutfarbene Bogen der Sonne, Spiegelbild ihres Untergangs am Abend zuvor, und sandte waagerechte Strahlen von Rot und Gold über den Sand. Die Schatten der Sandwellen waren schwarz und das Rot und Gold spiegelte sich im Wasser zu ihren Füßen.

»Lieber Gott, bitte rette uns«, hörte Louisa sich selbst flüstern, als ob die Worte von jemand anderem kämen.

Sie sah, wie sich zu Carstairs Füßen ein Schatten bewegte. Etwas glitt über den Sand. Sie konnte es jetzt deutlich sehen, den langen bräunlichen Körper, die glänzenden Schuppen, die kleinen Augen wie Perlen. Die Schlange bewegte sich mit ein oder zwei Windungen auf ihn zu und verharrte dann reglos. Sie schien ihn zu beobachten, und als er auf sie und Hassan wies, stellte sie sich auf, spreizte ihre Haube und begann sich hin- und herzuwiegen, wobei ihre Augen nicht von seinen wichen.

Sie hörte Hassan stöhnen. »Zieh dich langsam zurück. Bewege dich ganz langsam, meine Louisa. Lass mich allein zurück.«

Carstairs lächelte. »Mrs. Shelley ist nicht in Gefahr, du Hund. Der Diener der Isis würde nie einer Frau etwas zu Leide tun. Nur Männern. Männer sind anders. Kein Mann, es sei denn ein Priester, darf diese Flasche berühren. Wenn er es dennoch tut, wird der Diener von Isis und Ra ihn töten. Also dich, wertloser Hundesohn. Du bist es, der sterben wird.«

Hassan wollte sich mühsam aufsetzen, doch Louisa hielt ihn zurück. Sie trat einen Schritt vor und würdigte die Schlange, die sich neben Carstairs Füßen wiegte, keines Blickes. »Wenn Sie Hassan töten, werden Sie die Flasche nie wieder zu Gesicht bekommen. Er hat sie irgendwo in den Feldern am Nil vergraben. Niemand sonst weiß, wo sie ist, nicht einmal ich. Halten Sie ihm die Schlange vom Hals, Mylord, oder Sie werden es bitter bereuen.«

Carstairs lächelte, doch seine Augen verrieten eine Spur Unsicherheit. »Warum sollte ich Ihnen Glauben schenken?«

»Weil es die Wahrheit ist.« Mit gespannten Schultern und geballten Fäusten hielt sie seinem Blick mehrere Sekunden lang stand.

Er wandte den Blick als Erster ab.

»Also gut. Aber was hergerufen wurde, kann nicht fortgeschickt werden!«, sagte er leise. »Wo immer Sie hingehen, mein Diener wird Ihnen folgen.« Er wies auf die Schlange. »Bis ich die geweihten Tränen der Isis in meinem Besitz habe, wird mein Diener sie bewachen. Glauben Sie nicht, dass dieser Hund mir entkommen kann. Ich werde ihn beobachten.« Er lächelte grimmig. »In alle Ewigkeit, wenn es sein muss.«

Das Buch sank aus Annas Händen und sie starrte ausdruckslos vor sich hin.

»Die Kobra in Charleys Kabine. Carstairs hat sie hergezaubert, nicht die Priester!«

Toby griff nach dem Tagebuch in ihrem Schoß, schloss es und legte es beiseite. »Vielleicht. Andererseits gibt es immer noch Kobras in Ägypten.«

»Aber in der Kabine eines Nilkreuzers? In der Schublade einer Kabine auf einem Vergnügungsschiff?«

Er schüttelte den Kopf. »Ich gebe zu, das wäre schon ein sehr seltsamer Zufall.«

Sie saßen eine Weile schweigend und blickten auf den Fluss. Anna durchbrach als Erste die Stille. »Die Tränen der Isis. Klingt romantisch, nicht wahr? Ich glaube, es ist das erste Mal, dass wir einen Anhaltspunkt dafür haben, was wirklich in der Flasche ist. Ich habe sie natürlich gegen das Licht gehalten, aber das Glas ist vollkommen undurchsichtig. Man kann nicht mal sehen, ob überhaupt was darin ist.«

»Wie stark glauben Sie an die Wissenschaft?« Toby lehnte sich zurück und beschirmte seine Augen mit einem Arm. Die Schatten der Palmwedel spielten über sein Gesicht. »Sie könnten sie zum British Museum bringen, wenn Sie wieder in London sind, denen die ganze Geschichte erzählen und sie bitten, sie zu entsiegeln. Die können es unter sterilen Bedingungen machen und herausfinden, ob irgendwas drin ist.«

Anna blickte träumerisch in die Ferne. »Wissenschaft gegen Romantik. Das scheint irgendwie ein sehr modernes Problem zu sein. Wollen wir noch weiterlesen?«

Toby sah kurz auf seine Uhr und schüttelte den Kopf. »Wir haben Ibrahim versprochen, dass wir vor Sonnenuntergang zurückkommen, damit er für uns kochen kann und dann frei hat. Lesen können wir auch später noch.« Er zog die Stirn in Falten. »Ibrahim weiß, dass die Kobra Magie ist, oder? Erinnern Sie sich, wie er reagiert hat, als wir ihn fragten, ob die Flasche im Safe ist. Sollen wir ihm nicht erzählen, wie sie hierher gekommen ist?«

Anna nickte. »Er ist sehr weise. Ich glaube, er weiß eine ganze Menge über diese Dinge. Viel mehr, als er zu erkennen gibt.« Sie fröstelte. »Ich weiß nicht, ob es die Sache besser oder schlimmer macht – unser Wissen, dass die Kobra von einem Okkultisten aus dem 19. Jahrhundert da hineingetan wurde statt von Priestern vor ein paar tausend Jahren.«

»Ich glaube, das ist eher eine technische Frage, die uns in diesem Stadium nicht so sehr zu interessieren braucht.« Toby grinste, dann setzte er sich auf. »Ägypten ist ein magischer Ort. Die Vergangenheit ist hier überall gegenwärtig. Jemand, der sich auskennt, kann wahrscheinlich ohne allzu große Mühe Dinge aus der Vergangenheit heraufbeschwören, seien es Priester oder Schlangen. Sie haben erzählt, dass es Serena gestern Abend fast geglückt wäre.«

Anna nickte. Sie zog ihre Knie unter das Kinn und umschlang sie nachdenklich, den Blick auf die fernen, kaffeefarbenen Hügel gerichtet.

»Kommen Sie.« Toby stand auf und reichte ihr die Hand. »Wir wollen ein Taxi rufen und nach Hause fahren.«

Sie lachte. Die Leichtigkeit, mit der sie hier ein Boot heranwinken konnten, amüsierte sie. Sie sah zu, wie Toby ihre Sachen zusammenpackte und in seinem Rucksack verstaute. »Sie glauben also, dass Serena ein echtes Medium ist?«

»Ja.« Er machte eine Pause und sah sie fragend an. »Sie etwa nicht?«

Sie nickte. »Doch. Sie plant noch ein zweites Ritual. In Philae. Im Tempel der Isis. Aber sie hat geradezu Angst vor Andy.«

»Wie wir alle!« Plötzlich sah er grimmig aus. »In ihrem Fall deshalb, weil er sie tyrannisiert. Meiner Meinung nach geht da etwas Freudianisches vor, denn Charley wohnt bei ihr und respektiert und mag sie offensichtlich und bestimmt hat Serena Charley mehr als einmal erklärt, dass sie Andy für einen Idioten hält. Anna, was wollen Sie wegen des Tagebuchs unternehmen? Wenn er zurückkommt.«

Sie nahm ihren Sonnenhut ab und fächelte sich damit Luft zu. »Ich weiß es nicht. Es wäre blöd, zu viel Aufhebens darum zu machen. Ich will, dass die Polizei aus dem Spiel bleibt. Gott weiß, was sonst passieren würde. Irgendwie habe ich das Gefühl, dass es unklug wäre, die Sache aufzubauschen. Er würde es nur abstreiten und sagen, ich hätte es ihm geliehen oder so. Und es wäre ziemlich schwierig, das Gegenteil zu beweisen. Ich werde es wegschließen oder es immer bei mir tragen und es wahrscheinlich dabei bewenden lassen.«

Er starrte sie an. »Anna, er hat versucht, etwas zu stehlen, das vielleicht Tausende von Pfund wert ist.«

»Ich hab's zurück«, sagte sie bestimmt. »Und er muss mit der Tatsache leben, dass Sie und ich und Serena wissen, dass er ein Dieb ist. Und er weiß nicht, wem wir es noch gesagt haben. Er wird Blut und Wasser schwitzen.«

»Und das ist alles, was Sie vorhaben? Ihn schwitzen zu sehen?«

Sie nickte. »Solange wir in Ägypten sind, ja.«

Er schnaubte und schüttelte den Kopf. »Okay. Wenn Sie es so wollen. Es ist Ihr Tagebuch.«

Sie gingen den Pfad hinunter zu dem Landungssteg. Als sie ankamen, waren dort schon mehrere Boote versammelt. Im Wasser und auf dem Steg trieben sich Dutzende von Männern und Jungen herum, die Souvenirs in allen möglichen Formen und Größen und Nippsachen für Touristen feilboten. Anna und Toby bahnten sich einen Weg durch die Menge und winkten ein Boot heran. Nach einem fröhlichen und raschen Austausch von Zahlen, begleitet von einer reichen Gebärdensprache, gelang es Toby, einen Preis für die Rückfahrt zum *Weißen Reiher* auszuhandeln, und sie stiegen an Bord. Dabei mussten sie sich bis zum letzten Moment der Plastikgötter, Ramsesköpfe und Zinnkatzen sowie der Händler erwehren, die mit all diesen Dingen lockend herumwedelten und hinter ihnen herwateten, bis ihnen das Wasser an die Schenkel reichte.

»Ich habe das gehasst, als wir zuerst hier ankamen, aber allmählich gewöhne ich mich daran.« Anna zuckte die Achseln und kehrte der Insel und den Männern, die inzwischen eine neue Touristengruppe belagerten, den Rücken zu. »Ich bin sicher, die Leute würden mehr kaufen, wenn sie sich die Sachen in Ruhe ansehen dürften. So wie es ist, muss man ja davonlaufen. Schon ein zweiter Blick ist eine Katastrophe.«

Toby lehnte sich auf seinem Sitzplatz zurück und sah zu den Segeln hinauf. Es schien eine Art Wind zu geben, denn sie hatten ganz gut Fahrt auf ihrem Rückweg zum *Weißen Reiher*, auch wenn das große Segel kaum gebläht am Mastkopf hing. »Es geht aber immer freundlich zu. Ich mag die Menschen hier.« Er warf einen Blick auf den Mann am Steuerruder, der nun, nachdem er sie beide der Konkurrenz weggeschnappt hatte, gelassen und scheinbar unbeteiligt seinem Tagwerk nachging, ohne sie eines Blickes zu würdigen. »Ich schätze, richtig schlimm ist es nur in diesen Touristen-Hochburgen. Im übrigen Ägypten kann man wahrscheinlich reisen, ohne dass man auf Schritt und Tritt verfolgt wird. Auf der Insel selbst hat uns schließlich niemand belästigt, oder?«

Sie aßen bei Kerzenlicht eine Spezialität von Ibrahim, etwas, das er *Mulukhiya* nannte, eine Kräutersoße auf Reis, gefolgt von gegrilltem Flussbarsch und Gemüse. Als Nachtisch gab es Datteln und Frischkäse, danach ägyptischen Kaffee. Erst als sie ihm versicherten, dass sie nichts mehr essen könnten, wünschte Ibrahim ihnen eine gute Nacht und ging.

»Und so haben wir das Schiff für uns ganz allein«, sagte Toby mit einem Lächeln zu Anna.

Sie nickte. »Vergessen Sie nicht, dass der Kapitän noch an Bord ist.«

»Aber wir sehen ihn nicht. Er ist die graue Eminenz.« Toby grinste. »Vielleicht gibt es ihn überhaupt nicht. Oder vielleicht ist er auch Ibrahim, nur mit einer anderen Mütze!« Er warf ihr einen Blick zu, dann wurde sein Gesicht nachdenklich. Er ging voraus an Deck und lehnte sich an die Reling. Nachdem Anna sich zu ihm gesellt hatte, schwiegen sie noch lange. Sie fragte sich, ob er ihr etwas zu sagen hatte und noch darüber nachdachte. Während sie neben ihm an der Reling stand, wartete sie ruhig ab, zufrieden damit, einfach dem Heraufziehen des Abends zuzusehen.

Es dauerte noch mehrere Minuten, bis er schließlich sprach. »Was hat Andy Ihnen über mich erzählt?« Er sah sie nicht an.

Sie kaute nervös auf ihrer Lippe. Einen Moment lang sagte sie nichts, dann wandte sie sich ihm zu. »Er hat angedeutet, sie wären in irgendeinen Skandal verwickelt gewesen.« Sie zuckte die Achseln. »Unter den gegebenen Umständen habe ich allerdings nicht viel darauf gegeben. Ich glaube, da sitzt er doch wohl selbst ziemlich im Glashaus.«

Er verzog das Gesicht. »Warum haben Sie mich nicht gefragt, ob es wahr ist?«

Sie zögerte, musterte sein Profil. »Weil ich gedacht habe – gehofft habe –, dass es nicht wahr ist.«

Er hatte sie immer noch nicht angesehen. Erst nach einem weiteren langen Schweigen wandte er seinen Blick schließlich ihr zu. »Es ist wahr. Anna, ich will nicht, dass es irgendwelche Geheimnisse zwischen uns gibt.«

Sie wartete, während sich in ihrem Magen ein dumpfes Angstgefühl breit machte. Ihr Mund war trocken, als sie es endlich über sich brachte, die Frage zu stellen: »Was ist geschehen?«

»Ich habe jemanden umgebracht.«

Eine lange Stille folgte. »Warum?«

Er biss die Zähne zusammen. »Er hat meine Frau vergewaltigt.«

Anna schloss die Augen. Ihre Hände umfassten die Reling, bis die Knöchel weiß waren.

Neben ihr richtete Toby sich auf und starrte vorbei an den Lichtern, die das Flussufer säumten, in die Dunkelheit der Berge. »Ich bedaure es nicht. Wenn ich's nicht getan hätte, wäre er ungeschoren davongekommen. Es war die Art von Gerechtigkeit, die den Beifall der ägyptischen Götter gefunden hätte.«

Es folgte ein langes Schweigen. »Waren Sie im Gefängnis?«, fragte sie schließlich.

»Wegen Totschlags, ja.«

»Und Ihre Frau?«

Sie betrachtete sein Profil im Dunkeln.

»Meine Frau ist tot.«

»Tot!« Anna sah ihn entsetzt an.

»Sie hat sich das Leben genommen, während ich im Gefängnis war. Der Staat hat es sich zwar nicht nehmen lassen, mich zu bestrafen. Aber er tat nichts gegen den Mann, der sie überfallen und gequält hat. Der Staat zog es vor, ihr nicht zu glauben. Als ich im Gefängnis saß, hat er ihr nicht beigestanden; stattdessen musste sie zusehen, wie sie allein mit ihrem Unglück und ihrer Scham fertig wurde. Sie war schwanger, als sie starb, offensichtlich von ihrem Vergewaltiger. Sie hatte niemanden. Keine Familie. Mein Vater war tot. Meine Mutter im Ausland. Sie konnte nicht rechtzeitig herüberkommen.« Er holte tief Atem, drehte sich um und ließ Anna stehen. Er stieg auf das Oberdeck und sie sah, wie er in der Dunkelheit verschwand. Lange Zeit blieb sie stehen, dann drehte sie sich um und folgte ihm.

»Danke, dass Sie es mir gesagt haben.«

»Wenn ich's nicht getan hätte, hätte Watson das früher oder später erledigt, da bin ich sicher. Die Leute erinnern sich immer an solche Sachen, obwohl es inzwischen Jahre zurückliegt.« Schließlich wandte er sich zu ihr um. »Haben Sie Lust auf einen Drink?« Sie war verlegen, weil sein Gesicht so gezeichnet war von seinen Gefühlen, aber er verbarg sie sofort wieder. »Wenn Sie mit einem Mörder trinken wollen.«

»Sie sind kein Mörder. Nicht wenn es um Totschlag ging. Und ja, bitte, ich würde sehr gern etwas trinken.« Sie wollte ihn berühren, um ihre Worte zu untermauern und um ihn zu trösten, aber sie fühlte, dass das falsch war. Jetzt war nicht die Zeit dafür. Stattdessen zwang sie sich zu lächeln und diesmal war sie es, die sich umdrehte und den Weg zur Bar voranging.

Toby schenkte zwei Gläser Whisky ein, zeichnete den Zettel neben der Kasse ab und schob ihr ein Glas hinüber. »*Slainte!*«

Sie schaute verwundert.

Er zuckte die Achseln. »Prost dann. Auf Sie und mich und die Mysterien Ägyptens, *Inschallah*!«

Sie stieß mit ihm an. »Toby ...« Sie hielt inne. Wie sollte sie die widerstreitenden Gefühle, die in ihr tobten, in Worte fassen? Wut über die Ungerechtigkeit des Lebens. Sympathie. Mitgefühl für ihn, Traurigkeit wegen seiner Frau, wegen des ungeborenen Kindes, das das unschuldige Opfer von so viel Unglück war. Zorn auf den Mann, der so viele Leben zerstört hatte. Es war unmöglich. Aber als sie zu ihm aufsah und seinem Blick begegnete, merkte sie, dass er verstand.

»Wollen wir etwas mehr von Louisa lesen?«, fragte er leise. Es war das Zeichen, das Thema zu wechseln.

Sie nickte.

Das Tagebuch lag in ihrer Kabine. Nach dem Duschen und Umkleiden für das Abendessen hatte sie es im Koffer eingeschlossen. Sie stand auf. »Soll ich es herbringen oder wollen wir es in meiner Kabine lesen?«

Er beobachtete ihr Gesicht. »Was möchten Sie denn?« Er klang zögernd.

Sie hatte keineswegs beabsichtigt, eine Einladung auszusprechen. Doch nun stellte sie fest, dass es genau das war. Sie lächelte und streckte die Hand aus.

In der Kabine schaltete sie die Bettlampe an. »Das Tagebuch ist eingeschlossen. Ein klassischer Fall von Stalltürverriegelung.« Sie lachte. Als sie ihn ganz nah hinter sich stehen spürte, empfand sie plötzlich eine Woge der Erregung. Sie griff in ihre Schultertasche nach dem Schlüsselbund, dann ging sie zum Koffer.

Toby fasste sie am Handgelenk. »Anna?«

Sie rührte sich nicht. Doch dann drehte sie sich um und sah zu ihm auf.

Eine lange Zeit standen sie eng umschlungen, bis Anna sich sanft aus der Umarmung löste. »Bist du sicher, dass es das ist, was du willst?« Sie war selbst erstaunt, dass sie es war, die die Führung übernahm, sie, die diese Wendung einleitete, erfüllt von einem so großen Verlangen nach ihm, dass es sie fast lähmte. Sie hatte so etwas vorher noch nie gefühlt. Wenn es je eines Beweises bedurft hätte dafür, dass sie Felix nie wirklich geliebt hatte, dann war es dieses unglaubliche, unleugbare Verlangen, das sie jetzt überwältigte.

Toby lächelte. »Es ist sogar sehr, was ich will.« Er fasste sie an den Schultern. Als er sie wieder an sich zog, fühlte sie, wie er nach dem Reißverschluss ihres Kleides tastete. Es glitt zu Boden und im nächsten Moment spürte sie seine Hände auf der brennenden Haut. Kühl und fest streichelten sie ihre Schultern, ein Finger fuhr an ihrem Hals hinab zu den Brüsten. Sie keuchte, hob ihm erneut ihren Mund entgegen, er hakte ihren BH auf und ließ ihn zu Boden fallen, dann zog er sie zum Bett.

Es war sehr viel später – sie schlief mit dem Kopf in seiner Armbeuge –, als sie von einem lautstarken Klopfen an der Tür erwachte.

Sie lag still, hielt den Atem an. Er begann neben ihr sich zu bewegen.

Sie sahen sich einen Augenblick lang an. »Das muss Ibrahim sein.« Anna setzte sich auf. Sie hüllte sich in ihren Morgenmantel, knotete den Gürtel zu und eilte zur Tür, als eine neue Kanonade gegen die Tür donnerte und in der Kabine widerhallte. Sie schloss auf und öffnete die Tür.

Fast wäre Charley in den Raum gestürzt. »Anna! Sie müssen mir helfen!« Tränen strömten ihr über das Gesicht. »O Gott!« Sie blickte hastig hinter sich, dann stolperte sie in die Kabine, warf die Tür zu und schob den Riegel vor. Sie schien Toby noch gar nicht bemerkt zu haben, der vom Bett aus nach seiner Hose angelte und verstohlen hineinschlüpfte. Charley zitterte heftig, als Anna einen Arm um ihre Schultern legte und sie auf den Stuhl vor den Ankleidetisch führte. »Was ist los? Was ist geschehen? Ich dachte, Sie wären mit den anderen gegangen.«

Charley schüttelte den Kopf. Sie hatte Annas Hände gepackt und hielt sie umklammert, als ob ihr Leben daran hinge. »Lassen Sie ihn nicht herein. Halten Sie ihn fern von mir!«

Toby zog sein Hemd an. Er runzelte die Stirn. »Wen? Wer ist es, Charley? Was ist passiert?«

»Ich habe geschlafen. In meiner Kabine.« Sie schüttelte den Kopf. »Ich dachte, es wäre ein Traum. Ich habe geträumt.« Ihr Atem kam in kurzen Stößen, ihre Hand zitterte stark um Annas. »Dann bin ich aufgewacht. Ich hatte die Tür abgeschlossen. Ich weiß, dass ich sie abgeschlossen hatte. Aber er war da.« Sie brach in Schluchzen aus.

Toby kniete sich vor sie hin. Er nahm eine ihrer Hände. »Charley, hören Sie mich an. Sie sind in Sicherheit. Wir lassen nicht zu, dass Ihnen irgendetwas zustößt.« Er machte eine Pause.

Ihr Schluchzen ließ nach. Sie sah ihn kurz an. Ihr Gesicht war weiß wie ein Laken, die Wimperntusche lief in Streifen herunter, ihre Augen waren rot und geschwollen. »Sind Sie sicher?« Sie klang hilfsbedürftig wie ein kleines Kind und hielt jetzt seine beiden Hände umklammert.

»Ich bin mir ganz sicher. Jetzt sagen Sie uns in Ruhe, was geschehen ist. Wer war in Ihrer Kabine?«

»Es war ein Mann. In einer grünen *Djelaba.*«

»Ein Ägypter?«

»Ja, natürlich ein Ägypter!«

»Hat er Ihnen etwas getan? Was hat er gemacht?«

Sie schüttelte den Kopf. »Nein. Er hat mir nichts angetan. Ich glaube nicht. Aber er griff nach mir.«

»Beschreiben Sie ihn. War es einer der Kellner?«

»Nein, nein. Er war sehr groß. Er trug ein Fell um die Schultern …«

»Ein Löwenfell?« Anna hatte sich auf dem Bett niedergelassen.

Charley sah zu ihr und zuckte mit den Schultern. »Ich weiß nicht. Ich glaube schon. Das kann es gewesen sein.«

Toby warf Anna einen Blick zu. »Wir brauchen Serena, nicht wahr?«

Anna verzog das Gesicht und nickte wortlos.

»Charley?« Toby machte einen neuen Versuch. »Warum sind Sie nicht mit den anderen gefahren?«

»Ich wollte ja. Ich hatte es fest vor.« Sie schüttelte den Kopf. »Ich erinnere mich, dass ich früh aufgewacht bin, und Serena und ich, wir haben uns angezogen. Ali brachte Tee. Dann war sie fertig, aber mir war nicht wohl. Ich ging zum …« Erneut schüttelte sie den Kopf und drückte die Fingerspitzen gegen ihre Schläfen. »Ich sagte, ich würde nachkommen. Mir war so kalt. Und ich war so müde. Ich setzte mich einen Moment aufs Bett. Serena kam zurück und ich glaube, sie hat gefragt, wie es mir geht, und ich habe gesagt, dass ich schlafen will.«

Anna stand auf. Sie nahm eines der Papiertücher aus der Schachtel und drückte es Charley in die Hand. »Das erklärt die dritte Person auf dem Schiff. Serena muss es Omar gesagt haben und er Ibrahim, dass Sie geblieben sind. Was geschah dann?«

»Ich erinnere mich an nichts, bis ich aufgewacht bin und er dastand.« Charley begann wieder zu schluchzen, die Tränen liefen ihr die Wangen hinunter und fielen in ihren Schoß.

»Und dann?«

»Dann habe ich geschrien. Ich setzte mich auf und schrie und er machte einen Schritt auf mich zu. Dann begann er zu zittern.« Sie schüttelte den Kopf, verwirrt. »Er hat ziemlich heftig gezittert, dann ...« Sie hielt inne und zuckte die Achseln. »Dann war er irgendwie plötzlich weg.«

»Sie meinen, er verließ die Kabine, oder verschwand er?«

Sie zuckte wieder die Achseln. »Er hat nicht die Tür geöffnet. Das habe ich gemacht. Ich habe nicht gewartet, ob ich noch was sehe. Ich bin hinausgerannt und da war niemand. Es war so still. Sie sind noch nicht weg, oder?«

»Wer?« Anna schüttelte den Kopf. »Meinen Sie die anderen? Sie sind gestern gefahren.« Sie blickte kurz auf ihre Uhr. »Das ist vierundzwanzig Stunden her, Charley.«

Charleys Augen waren auf Anna gerichtet. »Nein.« Ihr Gesicht nahm den Ausdruck kindlichen Trotzes an. »Ich bin doch nur eine Minute eingenickt.«

»Wenn Sie geschlafen haben, seit die anderen weg sind, dann haben Sie vierundzwanzig Stunden geschlafen.« Toby sah sie besorgt an.

»Nein«, sagte sie ungläubig. »Nein. Das kann nicht sein. Nein.« Sie begann ihren Oberkörper vor- und zurückzuwiegen. »Nein.«

»Charley!« Toby stand auf und legte seine Hände auf ihre Schultern. »Hören Sie zu.« Er hielt inne. »Hören Sie? Gut. Sie haben geschlafen. Aber das macht nichts. Sie müssen erschöpft gewesen sein. Sie brauchten den Schlaf.«

»Ich habe nicht getrunken.« Sie schien nicht gehört zu haben, was er sagte. »Ich habe nicht getrunken. Ich weiß, dass ich dumm und hässlich und kindisch war. Ich weiß, dass ich das war. Aber ich habe nicht getrunken. Andy sagte, dass ich nicht mehr trinken dürfte. Ich hab's auch nicht getan. Ich schwöre es.« Wieder schüttelte sie ihren Kopf und schaukelte vor und zurück, vor und zurück, wie ein Automat.

»Wann haben Sie zuletzt gegessen, Charley?« Toby hatte wieder ihre Hände genommen. Er warf Anna einen Blick zu. »Siehst du, wie dünn sie geworden ist?«, flüsterte er ihr zu. »Ich kann es nicht glauben. In einer Woche.«

Anna nickte. Sie hatte Charleys Gesicht eingehend studiert, während Toby mit ihr sprach. »Charley, sind Sie sicher, dass dieser Mann Sie nicht berührt hat?«

Die Frage schien Charley zu verblüffen. Sie hörte auf zu schaukeln und runzelte die Stirn.

»Sind Sie sicher, dass er Sie nicht im Schlaf berührt hat?«

Charley schauderte. »Ich hatte meine Kleidung an. Diese hier.« Sie wies auf ihre Jeans und ihr schwarzes T-Shirt. »Ich hatte mich angezogen, um zum Bus zu gehen. Ich habe sie nie ausgezogen. Ich hatte meine Übernachtungstasche gepackt. Ich war fahrbereit.«

»Und Sie haben sich einen Moment hingesetzt, und als Sie wieder aufwachten, waren vierundzwanzig Stunden vorbei.« Anna wünschte sich inbrünstig, dass Serena hier geblieben wäre. »Charley, Sie sagten, dass Sie geträumt haben, als Sie dieser Mann geweckt hat. Erinnern Sie sich daran, was Sie geträumt haben?«

Charley zuckte mit den Schultern und schüttelte den Kopf.

»Hat Sie vielleicht irgendjemand im Traum berührt?«

»Sie meinen …? Nein! Ach, igitt, nein!«

»Ich meine nicht sexuell.« Anna warf Toby rasch einen Blick zu und war erleichtert, ihn zwinkern zu sehen. Ihr Aufwachen war so plötzlich und traumatisch gewesen, dass sie seit Charleys Türklopfen noch keine Sekunde an ihn oder an die Berührung seines Körpers hatte denken können. Sie spürte, wie sie jetzt leicht errötete, und schüttelte eilig den Kopf. »Ich meine, haben Sie gespürt, dass er Sie hier berührt hat?« Sie legte ihre Hand auf ihren eigenen Bauch. »Oder am Mund oder am Hals oder am Kopf?«

Charley sah nachdenklich aus. »Ich weiß nicht. Es hat hier etwas wehgetan.« Sie legte ihre Hand auf den Bauch. »Ich dachte, ich hätte etwas Schlechtes gegessen.«

»Der Fluch des Pharaos.« Toby zog eine Grimasse. »Kann schon sein. Aber Anna denkt an etwas anderes.« Er sah zu ihr hinüber. »Habe ich Recht? Der Inkubus? Nährt sich von ihrer Energie?«

Anna nickte. »Das glaubt Serena.«

»Was? Was glaubt sie?« Charleys Augen waren weit aufgerissen und sie begann wieder zu zittern.

»Andy wird so wütend sein. Er wollte neben mir sitzen. Und jetzt sind Sie mit ihm zusammen«, sie nickte zu Toby hin, »und gar nicht hinter meinem Andy her. Oder wollen Sie sie beide?« Sie warf Anna einen herausfordernden Blick zu. »Wussten Sie, dass er Ihre blöde kleine Flasche bei sich hatte? Wenn Sie sie wieder verloren haben, dann wissen Sie jetzt, dass nicht ich es war.«

Einen Moment lang herrschte Schweigen in der Kabine. Dann: »Er hat sie mitgenommen?« Anna starrte sie an. »Sind Sie sicher?«

Charley nickte. »Ganz schön beliebt, was?«

Annas Gesicht war wie erstarrt. Sie betrachtete den Koffer vor dem Schrank. Darin lag das Tagebuch, in dem sie und Toby vor wenigen Stunden über die Schlange gelesen hatten. Die Königsschlange, die dressiert war, die Menschen zu töten, die das geweihte Fläschchen berührt hatten.

Sie sah kurz Toby an. »Die Kobra«, flüsterte sie. »Die Wächterin des Duftfläschchens. Nur Frauen haben das Fläschchen besessen. Louisa. Meine Urgroßmutter. Meine Großtante. Und ich.«

»O verdammt!« Toby rieb sich das Kinn. »Was machen wir jetzt? Sag nicht, dass wir ihm hinterherfahren sollen!«

»Wir müssen. Es ist vielleicht noch nicht zu spät. Vielleicht können wir ihn warnen. Es zurückbekommen.«

»Was ist los? Was haben Sie?« Charley packte Toby am Arm.

»Die Schlange, die Sie in Ihrer Kabine gefunden haben«, sagte Anna scharf. »Sie hat Ihnen nichts getan, weil Sie eine Frau sind. Wenn Sie ein Mann gewesen wären, hätte sie Sie getötet.«

Charley starrte sie an. »Warum? Was meinen Sie damit?«

»Sie bewacht das Fläschchen. Stellen Sie jetzt keine Fragen, Charley. Glauben Sie es einfach! Du musst Ibrahim finden«, sagte

Anna zu Toby. »Er kennt sich mit der Schlange aus. Er wird wissen, was zu tun ist. Vielleicht können wir Omar anrufen, damit er Andy warnt.«

»Nein! Lassen Sie mich nicht allein!« Charley klammerte sich an Tobys Arm fest, als er sich zur Tür wandte. »Was ist mit dem Mann in meiner Kabine!«

»Wir lassen Sie nicht allein, Charley.« Toby seufzte. Er schob sie zu Anna. »Bleibt ihr beide hier. Ich sehe zu, ob ich Ibrahim finde.«

Als er gegangen war, schloss Anna die Augen. Sie holte tief Luft. »Wenn wir Omar nicht erreichen, dann müssen wir die anderen selbst ausfindig machen. Andy ist ein Gauner, aber den Tod verdient er nicht. Wir müssen einen Weg finden, wie wir ihn warnen können. Müssen uns einen Bus oder ein Taxi oder sonst was nehmen. Wie viel Geld haben Sie flüssig, Charley? Wir werden Bargeld brauchen.«

Sie kramte unter ihrem Bett nach ihren Schuhen und nahm ihre Tasche. Sie schloss den Koffer auf, nahm das Tagebuch heraus und stopfte es in ihre Reisetasche. »Wollen Sie Ihre Sachen mitnehmen? Wir können sie holen, wenn wir an Ihrer Kabine vorbeikommen. Wo ist Toby hin?«

»Sie haben ihn doch fortgeschickt, damit er nach Ibrahim sucht«, sagte Charley. Dann hielt sie sich den Bauch. »Ich glaube, ich muss mich übergeben.«

»Das Klo!« Anna zeigte auf die Tür.

Sie versuchte die Geräusche, die aus dem Duschraum kamen, zu ignorieren, schnappte mechanisch ihren Sonnenhut, ihre Sonnenbrille und ihren Reiseführer und warf sie zusammen mit einer Flasche Wasser in die Tasche. Als Toby zurückkehrte, war Charley wieder erschienen und sah blasser aus denn je. Anna war bereit zum Aufbruch.

»Ich habe mit dem Kapitän gesprochen. Er weiß von nichts. Nicht wo sie sind oder wo Ibrahim sein könnte; er glaubt allerdings, dass er in einem der Dörfer Freunde besucht. Aber er kennt jemanden, der uns ein Taxi besorgen kann. Es wird in zehn Minuten am Kai sein.«

»Lassen Sie mich nicht allein!« Charley klammerte sich an beide. »Ich will nicht zurück in meine Kabine gehen. Sie können mich nicht dazu zwingen. Er wird mich umbringen!«

»Wir lassen Sie nicht allein, Charley«, sagte Toby freundlich. Er versuchte, seinen Ärmel aus ihren Händen zu befreien. »Sie können entweder mit uns kommen oder wir bringen Sie in ein Hotel, bevor wir gehen. Dort sind Sie sicher.«

Charley schüttelte den Kopf. »Ich hasse das alles. Ich möchte nach Hause.«

»Ein Hotel kann das für Sie arrangieren, wenn Sie das wirklich wollen.« Toby warf Anna über Charleys Kopf hinweg einen Blick zu. »Ich glaube, das ist die richtige Entscheidung. Sie kann nicht auf dem Schiff bleiben und sie kann nicht mit uns kommen. Es sind an die zweihundertfünfzig Kilometer. Das wird Stunden dauern.«

Anna erklärte sich bereit, in Charleys Kabine zu gehen, während Charley, an Toby geklammert, draußen auf dem Flur wartete. Die Kabine war leer. Anna stand einen Moment nur da, sah sich um und lauschte. Als ob ihre Sinne durch all das, was geschehen war, neu sensibilisiert worden wären, gab sie auf ihre Intuition in einer Weise Acht, wie sie das nie zuvor getan hatte. Und diese sagte ihr, dass dort nichts war; nichts, vor dem man sich zumindest jetzt noch fürchten müsste. Sie nahm Charleys Übernachtungstasche, schaltete das Licht aus und schloss die Tür hinter sich. Insgeheim stieß sie ein inständiges Gebet aus, der Priester von Sekhmet möge bleiben, wo immer er war, und ihnen nicht folgen.

Ein schwarzes Auto wartete am Ufer auf sie. Der junge Mann am Steuer trug westliche Kleidung und grüßte Toby mit einer gewissen Ehrerbietung, als sie einstiegen. In Sekundenschnelle hatte er das Steuer herumgerissen und fuhr vom Kai weg und südlich die Straße am Felshang entlang.

Er hielt vor dem *Old Cataract Hotel.*

»Warte hier«, sagte Toby zu Anna. Er nahm Charley am Arm und half ihr aus dem Taxi. »Es dauert fünf Minuten.«

Kurz darauf waren sie im Hoteleingang verschwunden. Anna war zu müde, um zu denken. Wenn Toby es organisieren konnte, dass man sich um Charley kümmerte, und das zu dieser Stunde, umso besser. Sie selbst würde sich jetzt keine Gedanken darüber machen.

Als er eine Viertelstunde später zurückkehrte, war sie eingenickt. Das Öffnen der Autotür weckte sie. Er stieg ein und gab dem Fahrer kurze Anweisungen. Er schien mit sich zufrieden zu sein, als sie losfuhren. »Sie ist gut aufgehoben. Sie passen auf sie auf, außerdem habe ich ein paar Anrufe gemacht. Jemand sieht am Morgen nach ihr, ob es ihr gut geht. Sie kann entweder dort bleiben, bis wir mit dem Dampfer zurück nach Luxor fahren, oder sie besorgen ihr ein Ticket, damit sie früher nach Hause fliegen kann. Und für uns habe ich auch alles geregelt. Südlich von Assuan ist militärisches Sperrgebiet. Ich dachte einfach, dass ich mich erkundige für den Fall, dass wir Passierscheine und so weiter brauchen, um in die Wüste zu fahren.« Er lehnte sich neben ihr zurück.

»Und brauchen wir welche?«

»Alles organisiert. Kein Problem.«

Sie warf ihm einen skeptischen Seitenblick zu. »Bist du sicher?«

»Absolut. Jetzt schlaf noch ein bisschen. Ich wecke dich, wenn wir da sind.«

»Toby?« Fröstelnd zog sie ihren Pulli enger um die Schultern. Im Auto war es während der Wartezeit sehr kalt geworden. »Was ist, wenn der Priester von Sekhmet sie erwischt hat? Was, wenn er zurückkehrt, sowie sie alleine ist?«

»Die Hotelcrew hat ein Auge auf sie. Wenn irgendetwas passiert, rufen sie den Arzt.«

»Und was kann ein Arzt tun?«

Er zuckte die Achseln. »Wir sind bald wieder in Assuan, Anna. Wahrscheinlich schon heute Abend. Und wir können von Abu Simbel aus anrufen. Es ist nicht am Ende der Welt. Sowie wir Andy gefunden und ihm die Flasche abgenommen haben, haben wir das Schlimmste hinter uns.« Nach kurzem Schweigen sagte Toby: »Solange du nicht von mir verlangst, dass ich die Flasche berühre!«

Anna lächelte grimmig. »Nein, das erwarte ich nicht.« Sie schnappte nach Luft, als das Auto in ein große Schlagloch fuhr und sie gegen Toby warf. »Ich fände es gar nicht schön, wenn du das Opfer einer Schlange würdest.«

Er legte seinen Arm um sie und zog sie eng an sich. »Ich auch nicht, das kannst du mir glauben.«

Lange sagte keiner von beiden mehr etwas, während sie durch die holprigen Straßen und zahlreichen Kurven zum südlichen Stadtrand fuhren. Die Hauptstraßen waren hell erleuchtet, die Seitenstraßen dunkel, die Fensterläden gegen die kalte Nachtluft geschlossen.

»Toby?« Anna war jetzt hellwach.

»Was ist?«, fragte er und nahm ihre Hand.

»Glaubst du, dass wir zu spät kommen?«

»Wir kommen nicht zu spät.« Er drückte ihre Finger. »Wenn überhaupt irgendetwas geschehen sollte, dann werden wir rechtzeitig vor Ort sein. Da bin ich mir sicher.«

12

Lobpreisungen dir, o du Gott,
der du den Augenblick nach vorne trägst,
du Bewohner aller Geheimnisse,
du Wächter des Wortes, welches spricht …

Das Haus wurde leer zurückgelassen. Jeder kannte den Fluch, der darauf lag: Alle, die hier wohnten, starben. Aber die Zeit vergeht. Selbst Dörfer verschwinden. In der Wüstenluft liegen die Lehmziegel verstreut. Die wenigen Habseligkeiten, die zurückgelassen wurden, sind wie herrenloses Treibgut unter dem Sand.

Die Priester werden schwache, wesenlose Gespenster ohne das Lebensblut menschlicher Energie. Sie neiden der Sonne und dem Mond ihre Existenz und dem Wüstenwind seine Kraft. Sie lauern, angetrieben nur von ihrem gegenseitigen Hass.

Wieder kreuzen Männer und Jungen diesen Weg, immer auf der Hut, immer in Erwartung, dass der Schutt von Tausenden von Jahren Reichtümer und Ruhm für die wenigen Glücklichen birgt. Ein Mann bückt sich, hebt hier eine Scherbe auf, dort ein Tongefäß. Er sieht das Glitzern von Glas, schiebt mit dem Fuß den Sand beiseite, um die winzige Flasche bloßzulegen. Sie ist hübsch. Sie ist interessant. Wer weiß, vielleicht ist sie alt. Er hebt sie auf, wischt sie an seiner Djelaba *ab und steckt sie ein. Nur einmal hält er bei alledem inne, sieht sich um und fröstelt.*

Die Götter wachen über dich, Mann der Wüste, damit deine Stunde nicht bald schon anbricht …

Sie erwachten einige Zeit später, als das Taxi mitten auf der Straße anhielt. Der Fahrer drehte sich um, lehnte sich über den Sitz und klopfte auf Tobys Knie.

»Wollen Sie die Geburt von Sonnenkönig Ra sehen?«

Toby blickte mit grimmigem Lächeln aus dem Fenster. Jeder Tourist seit Anbeginn der Zeit hatte offensichtlich diesen Halt verlangt. Wahrscheinlich war er obligatorisch. »Morgendämmerung. Komm, Anna. Fünf Minuten machen jetzt keinen so großen Unterschied und es lohnt sich wirklich. Sonnenaufgang über der Wüste.«

Sie öffneten die Türen und stiegen aus. Die Luft war frisch und beißend kalt, als sie auf der Mitte der verlassenen Straße standen und in die Runde blickten. Der Teer der Straße erstreckte sich in der düsteren Dämmerung wie ein gerades Band durch die Wüste, hier und da von Sandwehen und Geröll aus kleinen und größeren Steinen bedeckt. Das Licht war kalt und farblos. Es war sehr still. Das einzige Geräusch war das Knacken des abkühlenden Motors. Der Fahrer machte sich nicht die Mühe, auszusteigen. Er saß hinter dem Steuerrad und binnen Sekunden fielen ihm die Augen zu.

Das heraufdämmernde Licht im Osten war sehr hell und wurde jede Sekunde stärker. Die Sterne über ihnen, vor einer Weile noch zum Greifen nah, waren nun verschwunden. Zwei oder drei kleine flache Wolken, die bewegungslos über ihnen standen, spiegelten einen Augenblick lang einen roten Schimmer, dann schwand die Farbe wieder und schließlich die Wolken selbst.

Anna nahm Tobys Hand. Sie bekam eine Gänsehaut. »Es ist, als ob die ganze Welt den Atem anhielte.«

Er nickte. »Schau. Jeden Moment ist es so weit.«

Sie standen schweigend, ihre Augen auf die wachsende Helligkeit gerichtet, während um sie herum immer mehr von der Wüste sichtbar wurde und das Licht an Kraft gewann. Es lag etwas Unerbittliches, ja fast Bedrohliches in dem Geschehen. Dann plötzlich stieg der Rand der Sonne über den Horizont und blendete sie.

Anna hielt den Atem an, zu Tränen bewegt von der unaussprechlichen Schönheit des Augenblicks. Nach wenigen Sekunden, während die Sonne höher stieg, konnte sie nicht mehr hinsehen, stattdessen wandte sie sich um und sah, wie das Licht sich bis an den äußersten Horizont über die Wüste ergoss.

»Okay. Das war's. Komm.« Toby ergriff ihre Hand. »Wir müssen weiter. Es wird bald heiß und wir haben noch einen weiten Weg vor uns.«

Als sie Abu Simbel erreichten, war Anna noch einmal eingeschlafen. Sie wachte erst auf, als sie klappernd in die Parkzone einbogen und der Fahrer den Motor abstellte.

»Gute Geschwindigkeit, ja?« Er lehnte sich wieder über den Sitz und strahlte sie an.

Toby nickte. Er griff nach seiner Geldbörse. »Gute Geschwindigkeit, gutes Geld.« Er zog einen Packen schmutziger Geldscheine heraus und zählte sie in die Hand des Mannes. Anna stieg schon aus und die Hitze traf sie wie ein Hammerschlag, als sie sich unter den Autos und Bussen umsah. »Wie sollen wir die anderen finden?«

Toby winkte dem Fahrer und sah zu, wie das Taxi zurückstieß und abfuhr.

»Fährt er weg?« Anna starrte ihm nach.

»Nicht wenn er weiß, was gut für ihn ist. Ich habe ihm nur den Fahrpreis für die Hinfahrt gegeben. Wenn er den Rest will, muss er auf uns warten.« Toby lächelte. »Nein, er sucht nur einen Parkplatz. Dann wird er ein Nickerchen machen, bis wir zur Abfahrt bereit sind. Nun, ich vermute, dass die anderen bereits bei einem der Tempel oder am Strand sind. Wir versuchen es zuerst beim großen Tempel. Es gibt da so viel zu sehen.«

Nachdem sie sich an der schon recht langen Schlange vor dem Eingang angestellt hatten, musterte Toby die Menge ringsum nach bekannten Gesichtern. Wortfetzen aus allen Sprachen der Erde klangen an ihre Ohren, während sie sich langsam vorwärts bewegten.

Toby konzentrierte sich und versuchte, aus der Mischung von Worten, Gelächter und Rufen etwas zu verstehen.

»Ich denke, wir würden etwas darüber hören, wenn irgendjemand von einer Schlange angegriffen wurde. Kobras sind hier oben wahrscheinlich ziemlich selten, es wäre genau die Art von Nachricht, die sich sofort herumspricht.« Er lächelte sie aufmunternd an. »Kopf hoch. Wir kommen rechtzeitig, da bin ich ganz sicher.«

Sie war so müde, dass sie kaum die Augen offen halten konnte, als sie die Eintrittskarten kauften und hineingingen. Sie folgten dem Pfad an einem niedrigen Hügel entlang und sahen sich plötzlich einer der berühmtesten Ansichten der Welt gegenüber, den vier Kolossalstatuen von Ramses II., die in eine Felswand gesetzt waren und über das strahlend blaue Wasser des Nassersees hinwegblickten.

Vor dem Tempel herrschte ein solches Gewimmel, dass die Menschenmenge die Ansicht trotz der Höhe der Statuen stark einzuschränken drohte. Anna verschlug es angesichts solcher Massen den Atem. »Wir werden sie nie finden!«

»Natürlich finden wir sie!« Toby sah sich um.

»Hoffentlich kapiert Andy, wie viel Mühe du dir gibst, seine Haut zu retten. Verdient hat er es eigentlich nicht.«

Sie bahnten sich ihren Weg durch die Touristengruppen. Alle Gruppen schienen ihre eigenen Führer zu haben, die marktschreierisch eine kurze Geschichte des großen Sonnentempels und des kleineren Nachbarn zum Besten gaben, den Ramses für seine Lieblingsfrau, Nefertari, hatte errichten lassen. Erst nach dieser Einführung bewegten sie sich zum Tempel selbst. »Vielleicht hat Carstairs, dieser Schurke, den Fluch ja auch längst widerrufen.«

Anna schüttelte den Kopf. »Du hast vergessen, dass Charley die Schlange gesehen hat.« Sie drängte sich zur Tempelfassade durch und blickte fieberhaft nach links und rechts.

Toby beeilte sich, um sie einzuholen. »Wir dürfen uns nicht verlieren! Mein Gott, ich hätte nie gedacht, dass es hier so voll ist. Als Omar uns sagte, niemand sei gezwungen, hierher zu fahren, dachte ich, nur ein paar Leute, eine ausgesuchte Minderheit wäre wagemutig genug.«

»Die anderen sind vielleicht drinnen.« Sie sah zum Eingang.

»Das ist am wahrscheinlichsten.«

Während sie weiterhin bei jedem Schritt die Gesichter um sie her musterten, gingen sie durch den Eingang in die Dunkelheit, in das, was der Reiseführer den *Pronaos* nannte, eine riesige Felsenhalle mit zwei Reihen von vier hoch aufragenden Säulen. Sie standen eng beieinander, starrten ins Dunkel und spürten die Unmengen von Menschen, die sich um die Säulen drängten. Nur direkt am Eingang konnte man einen Eindruck des Ganzen erhalten. Die Wände waren überall mit Reliefs von Ramses' Siegen bedeckt. Weiter drinnen war es fast finster.

»Wir werden sie nie finden!« Anna war zu müde und zu sehr in Sorge, um die imposanten Szenen aufzunehmen, überdies war sie den Tränen nahe.

Plötzlich berührte sie jemand an der Schulter. »Anna?«

Es war Serena. Sie schloss Anna in die Arme. »Was um alles in der Welt machst du hier? Hast du deine Meinung geändert? Wie bist du hergekommen?«

Anna erwiderte erleichtert die Umarmung. »Das ist eine lange, lange Geschichte. Wo ist Andy?« Sie sah sich verzweifelt um.

Serena zuckte mit den Schultern. »Ich habe keine Ahnung. Er ist zurzeit die letzte Person, nach der ich Ausschau halte!«

»Geht es ihm gut?«

»Soweit ich weiß. Ich habe ihn beim Frühstück im Hotel gesehen. Er schien okay zu sein. Warum?«

»Und er ist hier?«

»Ja, irgendwo. Wir müssten alle hier sein. Gestern sind wir auf dem Nassersee gesegelt, abends haben wir die angestrahlten Tempel gesehen und dazu einen Vortrag von Omar gehört. Der war erstaunlich gut, mit einem Film, wie sie die Tempel von der Stelle bewegt haben, als das Tal geflutet wurde, wie sie sie auseinander genommen und einen künstlichen Berg gebaut haben, um sie hineinzustellen, und das alles. Heute besichtigen wir die beiden Tempel von innen, anschließend kehren wir zurück zum Schiff.« Sie hielt eine Sekunde inne. »Weshalb die Aufregung um Andy?«

»Er hat das Tagebuch im Safe des *Weißen Reihers* gelassen, aber die kleine Flasche hat er mitgenommen. Und wahrscheinlich auch die Kobra. Sie wird ihn töten.«

»Warum sollte sie ihn töten?« Serena wich zur Seite aus, als eine energische Italienerin ihr mit dem Ellbogen in die Rippen stieß und ihr eine Kamera ins Gesicht schwang. Sie hörte nicht einmal auf die Rufe eines Aufpassers, dass das Forografieren mit Blitzlicht verboten sei.

»Sie wird ihn töten, weil Carstairs sie gerufen hat, um Hassan zu töten! Es ist ihre Aufgabe; sie ist da, um die Flasche zu beschützen. Wir müssen die Flasche zurückbekommen, bevor die Bestie ihn beißt! Es hat nichts mit den Priestern zu tun. Sie war programmiert, Hassan zu töten und jeden anderen, der sie berührt! Aber nur Männer, keine Frauen. Deshalb konnte auch Charley und mir – und dir – nichts passieren.«

Serena hob eine Augenbraue. »In diesem Fall neige ich dazu, sie nicht daran zu hindern.« Sie schnitt eine Grimasse. »Nein, okay, war nur Spaß. Natürlich musst du es ernst nehmen. Du willst also, dass ich ihn suchen helfe und warne?«

Toby nickte. Er tippte auf seine Uhr. »Es ist das Beste, wenn wir uns verteilen, dann können wir ein größeres Gebiet absuchen. Treffen wir uns doch in einer halben Stunde draußen vorm Haupteingang und hoffen, dass einer von uns ihn bis dahin gefunden hat.«

»Er wird uns nicht glauben«, sagte Serena und wandte sich ab. »Gott weiß, wie ihr ihn überreden wollt, zuzugeben, dass er das Fläschchen mitgenommen hat. Ganz zu schweigen von der Gefahr, durch eine magische Schlange vergiftet zu werden, wenn er es nicht zurückgibt!« Sie schüttelte noch immer den Kopf, als sie und Anna sich trennten und jeder für sich in der riesigen Tempelhalle die Suche aufnahm. Sie gingen in Richtung der Eingänge, die tiefer ins Dunkel des Tempels führten.

Das Gedränge nahm etwas ab, wenn man von der Säulenhalle in die kleineren Räume dahinter kam. Anna, die sich langsam die rechte Säulenreihe vorgearbeitet hatte, trat in den ersten Raum und musterte verstohlen die wenigen Leute, die dort die Reliefs betrachteten. Im Dunkeln waren sie nur Silhouetten, doch keiner hatte die Größe und Schulterbreite von Andy. Sie ging weiter zum nächsten Durchlass und warf einen Blick in die etwas kleinere Kammer, als eine Stimme gleich neben ihr sie aufschreckte.

»Anna, meine Liebe. Ich dachte mir, dass Sie es sind. Wie sind Sie hierher gekommen?« Ben lächelte sie an. Er hatte seinen Hut noch auf, trug seine alte Leinentasche über der Schulter und seine Augen glänzten. »Ist es nicht ein sagenhafter Ort? Was für ein Triumph der Ingenieurskunst! Wenn man bedenkt, dass alles in Blöcke geschnitten und hertransportiert und wieder aufgebaut wurde wie ein gewaltiges Lego-Modell.« Er stockte. »Stimmt etwas nicht, meine Liebe?«

»Ben, ich muss Andy finden. Ich kann mich auf all das hier nicht konzentrieren, bevor ich ihn nicht gefunden habe. Wissen Sie, wo er ist?«

Ben schüttelte den Kopf. »Um ehrlich zu sein, ich glaube, ich habe ihn seit gestern Abend nicht gesehen. Ich erinnere mich nicht, dass ich ihn beim Frühstück gesehen hätte.« Er schloss seinen Reiseführer, einen Finger zwischen die Seiten geklemmt. »Wenn ich ihn sehe, soll ich ihm sagen, dass Sie ihn suchen?«

Anna verzog das Gesicht. »Das könnte ihn veranlassen, in entgegensetzter Richtung Reißaus zu nehmen. Könnten Sie ihn zum Eingang bringen? Wir wollen uns in einer halben Stunde draußen treffen. Es ist wirklich wichtig. Es geht um Leben und Tod!«

Ben nickte etwas abwesend. Schon öffnete er wieder sein Buch. »Ich werde die Augen offen halten. Ich verspreche es.«

Die nächste kleine Kammer, in die sie lugte, war leer. Einen Augenblick stand sie in der Türöffnung und sah hinein, verblüfft von der plötzlichen seltsamen Stille. Von den Örtlichkeiten, die sie in Ägypten besucht hatte, konnte man sich nur an den wenigsten den eigenen Gedanken überlassen und einfach die Atmosphäre aufnehmen. Und in diesem Tempel waren der Lärm und das Treiben noch schlimmer als sonstwo, was ja auch nicht weiter verwunderlich war. Seit er nach dem Bau des hohen Staudamms wiedererrichtet worden war, wurde er von den Massen belagert. Und doch begann sie, in diesem kleinen Seitenraum zu erschauern. Die Stille war durchdringend. Vielleicht waren immer noch die alten Götter oder ihre Gefährten hier. Sie merkte, wie ihre Hände feucht wurden, als die Stille der Kammer sie immer dichter umfing und sie für einen Augenblick durchdrang.

Da tauchte plötzlich eine Gruppe von Besuchern hinter ihr auf. Sie sprachen laut und erregt Französisch, drängten an ihr vorbei in die Kammer und fast im selben Moment leuchtete für den Bruchteil einer Sekunde ein verbotenes Blitzlicht auf und warf ein hartes weißes Licht auf den höhlengleichen Raum. Es folgten schreiendes Gelächter, ein Hin und Her von Stimmen und kehliges Gekicher. Anna ging fort.

Im Allerheiligsten, tief im Herzen des Tempels, standen vier Leute. Es geschah zweimal im Jahr, dass die Sonne ihren Strahl den ganzen Weg vom Eingang bis in diese Tiefe des Felsens auf den Altar fallen ließ und drei der vier Sitzstatuen anleuchtete, die ihn bewachten. Der Tempel war bei seinem Wiederaufbau exakt in der gleichen Weise ausgerichtet worden wie vormals an seiner ursprünglichen Stätte: Also fiel das Licht auch hier so ein, dass die vierte Statue – der Gott Ptah, Schöpfergott, Gott der Toten, Herr der Finsternis – für immer im Dunkeln blieb, auf ewig von der Sonne unberührt.

Ptah war natürlich der Gemahl von Sekhmet …

Anna blieb stehen. Die Worte aus der Dunkelheit kamen, wie sie feststellte, von der Gruppe von Leuten, die vor den Statuen stand.

Sekhmet.

Sie spürte, wie sich ihr Magen aus einem Gefühl plötzlicher Angst umdrehte. Würde Hatsek hierher kommen? Würde er diesen Tempel erkennen, wiedererrichtet und überflutet von Ungläubigen eines anderen Zeitalters, als es das seine gewesen war?

Fast im selben Moment, als sie dies dachte, wusste sie, dass er kommen würde, dass er binnen einer Sekunde, wie durch ihren Gedanken selbst herbeigerufen, da sein würde. Sie trat zur Seite in eine Ecke des Allerheilgsten und sah sich um.

»Andy?« Sie begriff erst, dass sie laut gerufen hatte, als einer aus der Gruppe vor den Statuen sich zu ihr umdrehte und sie erstaunt ansah.

Andy war nicht hier. Die Besucher, die jetzt hinausschlenderten, wobei sie sich mit ehrfürchtigem Staunen umsahen, ein oder zwei von ihnen im Vorübergehen auch Anna anschauten, waren Fremde. Als Anna wieder in den Raum sah, waren noch zwei andere Leute dort und studierten die sitzenden Statuen. Nah bei ihnen schimmerte die Luft einen kurzen Augenblick und wurde kalt.

Anna versuchte zurückzugehen, aber ihre Füße waren wie angenagelt. Auch konnte sie ihre Augen nicht abwenden. Das Allerheiligste wurde dunkler und in der seltsamen Kälte, die sie umfing, konnte sie ferne Stimmen vernehmen, fernen Gesang.

Licht flackerte an einer Seite der Statuen. Es kam von einer Lampe, die sich in einer Wandnische befand. Vorne erschienen auf dem, was sie für einen Altar gehalten hatte, die Umrisse eines Modellschiffs.

Und dann sah sie ihn, einen großen Mann von sehr dunkler Gesichtsfarbe und mit hart durchfurchten Zügen, seine bloßen Arme von Muskelsträngen überzogen. Abgesehen von einem kurzen Rock um die Hüfte und einem lohfarbenen Löwenpelz um die Schultern, war er nackt. An seinen Füßen trug er vergoldete Sandalen und in seiner Hand einen langen Stab. An dessen Ende befand sich eine Schnitzerei in der Form eines Löwenkopfes mit fauchend aufgerissenem Rachen.

Er sah an ihr vorbei, schien sie nicht wahrzunehmen, als er sich langsam auf den Eingang des Allerheiligsten zubewegte. Der Gesang wurde lauter. Sie erkannte die pentatonischen Schnörkel der Melodie, den aufsteigenden und sinkenden Klang, der wie aus unvorstellbarer Ferne herzudringen schien, getragen vom Wüstenwind. Sie nahm einen seltsam süßlichen und beißenden Geruch von Weihrauch wahr. Der Mann stand vor der Statue des Ptah, verbeugte sich, legte etwas davor ab und verbeugte sich dann nacheinander vor den anderen Statuen.

Starr vor Angst merkte Anna, dass jemand neben ihr im Eingang stand. Die Gestalt ging an ihr vorbei in die Mitte des Allerheiligsten. Anna sah, wie sich Schatten durch den Raum bewegten, zwei

Leute unterhielten sich leise. Die beiden Szenen, die beiden Zeitalter schienen für einen Moment zusammen zu existieren, am gleichen Ort. Die beiden Leute schienen den Priester nicht zu sehen, der in ihrer Nähe stand. Sie schienen auch nichts Ungewöhnliches zu hören. Sie waren es, die durchsichtig zu sein schienen; Geistererscheinungen aus einer anderen Zeit. Und der Priester der Sekhmet, der sein Ritual zelebrierte, erschien wirklich an diesem seltsamen rekonstruierten Ort, der immer noch die Kraft hatte, Echos der Vergangenheit heraufzubeschwören.

»Geht es Ihnen gut?« Eine Berührung am Arm erschreckte Anna und brachte sie schlagartig zurück in die Gegenwart. Sie erkannte eine der Mitreisenden von ihrem Schiff – ihr Mann war Pfarrer im Ruhestand, so erinnerte sie sich, und sie hatten zehn Enkel, die zusammengelegt hatten, um sie auf diese Reise ihres Lebens zu schicken.

Anna schwankte etwas, fasste sich mit der Hand an den Kopf, sodass die Frau näher kam und einen stützenden Arm um ihre Schulter legte. »Soll ich Ihnen hinaushelfen, meine Liebe?«, fragte sie. »Es ist stickig hier drinnen, nicht? Und der komische Geruch hilft auch nicht sonderlich.«

»Geruch?« Anna sah sie erstaunt an, immer noch benommen und verwirrt.

»Wie in einer italienischen Kathedrale. Weihrauch.« Die Frau lächelte. Celia Greyshot. Das war ihr Name. Plötzlich fiel er Anna wieder ein.

»Weihrauch? Wie kann hier Weihrauch sein?« Die Statue von Ptah war wieder allein. Keine Gaben zu ihren Füßen. Kein Priester weit und breit.

»Nein, natürlich.« Celia machte selbst ein ungläubiges Gesicht. Sie schnupperte hörbar. »Sie haben Recht. Es ist weg. Es muss jemandes Parfüm gewesen sein. Oder vielleicht habe ich es mir nur eingebildet.« Sie fröstelte. »Das ist ein mächtiger, unheimlicher Ort, finden Sie nicht?«

Anna lächelte so gut sie konnte. »Ich glaube, ich möchte nach draußen. Ich fühle mich ein bisschen komisch.« Sie sah auf die Uhr, blinzelte in dem dämmrigen Licht ihr Handgelenk an. Es war schon über der Zeit, die sie mit Serena und Toby verabredet hatte.

Serena saß draußen auf einer Bank. Sie sprang bestürzt auf, als sich Anna mit ihrer Begleiterin näherte. »Anna, was hast du? Was ist los?«

Anna schüttelte den Kopf. »Zu viel Hitze, zu wenig Schlaf, glaube ich. Celia war so lieb, mir zu helfen.« Sie ließ sich auf die Bank plumpsen. »Keine Spur von Andy? Oder von Toby oder von Ben?«

Serena schüttelte den Kopf. »Nichts.« Sie sahen zu, wie Celia mit einem freundlichen Abschiedswort und winkend in der Menschenmenge verschwand, um ihren Mann zu suchen.

»Ich habe Hatsek gesehen! Im Tempel!« Anna wandte sich an Serena, sowie ihre Begleiterin außer Hörweite war. »Er stand vor der Statue des Ptah im Allerheiligsten. Jemand dort sagte, dass Ptah Sekhmets Gemahl war!«

Serena dachte einen Moment nach. »Hattest du das Gefühl, dass deine Energie abnahm?«

Anna zuckte mit den Schultern. »Ich denke schon. Ich wurde fast ohnmächtig. Darum ist Celia mir zu Hilfe gekommen. Aber es war Angst, Serena! Kalte, schreckliche, totale Angst!«

Serena nickte. »Ich habe eine Entscheidung für mich getroffen, seit ich hier bin, Anna. Ich will versuchen, die Priester noch einmal anzurufen. Aber auf meine eigene Weise. Ich glaube, ich kann es diesmal, und ich bin sicher, dass es das Richtige ist. Wir werden es, wenn du willst, in Philae versuchen, heute Abend, wie ich vorgeschlagen habe. Und es wird nicht schief gehen, das verspreche ich.« Sie ergriff Annas Hände. »Also, wollen wir weiter nach Andy suchen?«

Anna schloss müde die Augen. »Toby und ich sind hundertfünfzig Meilen durch die Nacht gefahren, um Andy zu retten! Wir müssen nach ihm suchen. Wir müssen. Was, wenn er von der Schlange gebissen worden ist?«

»Du bist sicher, dass die Schlange ihn töten will?«

»Dafür hat Carstairs sie gerufen: um Hassan zu töten.«

»Und, hat sie ihn getötet?«

Anna zuckte die Achseln. »Ich weiß es nicht. Ich habe noch nicht so weit gelesen. Ich glaube nicht.«

»Hast du das Tagebuch bei dir?«

Anna nickte. »Ich werde es nie wieder aus den Augen lassen!«

»Darf ich dann vorschlagen, dass wir uns irgendwo ein schattiges Plätzchen suchen, etwas Kühles trinken und mal nachsehen? Es kann sein, dass Louisa einen Weg gefunden hat, wie mit der Sache umzugehen ist. Die ganze Panik ist vielleicht unbegründet.«

Anna nickte zögernd. »Das klingt vernünftig.«

»Das tut es, Anna. Und nachher, wenn er dann nicht schon längst mit Toby oder Ben oder irgendjemandem aufgetaucht ist, haben wir immer noch die Chance, Andy zu finden. Komm.« Serena stand auf und hielt ihr die Hand hin. »Gehen wir aus der Sonne.«

»Ich habe es hinter der Verschalung versteckt.« Hassan zeigte Louisa ein loses Brett in der Kabinenwand. »Siehst du? Hier.« Er blickte sich kurz um, als ob er sichergehen wollte, dass niemand sonst da war, der ihn beobachtete, dann holte er ein kleines Päckchen hervor und reichte es ihr. »Was machen wir damit?« Die Beule an seinem Kopf war zurückgegangen und die Wunde nahezu verheilt.

An diesem Morgen ankerte die *Ibis* neben verschiedenen anderen Schiffen in einiger Entfernung vom Strand, gegenüber dem Tempel von Abu Simbel. Unter den Nachbarbooten hatte sie Carstairs *Scarab* entdeckt.

Eine Rettungsmannschaft hatte Hassan vom Kiosk in Kertassi zurück zur *Ibis* gebracht. Louisa, nun allein und außer sich vor Wut, bat, dass einer von ihrer Crew sie zu Carstairs Schiff hinüberruderte, doch als sie dort ankam, war er bereits gegangen. Sein *Reis* war ratlos, als sie nach ihm fragte. »Er sagen, gehen für drei oder vier Tage. Nicht sagen wo.« Das schwarze Gesicht des Nubiers war voller Sorge. »Vielleicht ich helfen der Sitt?«

Louisa schüttelte den Kopf. »Vielen Dank, nein. Ich bin sicher, dass ich ihn bald sehen werde.«

Sie gab dem Ruderer Anweisung, sie zur *Lotus* zu bringen, auf der sie David Fielding und seine beiden Damen mit ihren Sonnenschirmen erkannte. Venetia begrüßte sie mit finsterem Blick. Weder David noch seine Frau rührten sich.

»Katherine ruht gerade. Ich glaube nicht, dass sie die Kraft hat, Besuch zu empfangen«, rief Venetia frostig hinunter.

Louisa neigte leicht den Kopf. Es war nicht einfach, in dem engen, schwankenden Ruderboot und mit Blick nach oben zu der anderen Frau eine würdevolle Haltung zu bewahren. »Dann möchte ich sie nicht belästigen. Ich wollte aber eigentlich mit Ihnen oder Ihrem Bruder sprechen. Wissen Sie, wo Roger Carstairs ist?«

Venetias Gesicht errötete sichtlich. »Ich habe keine Ahnung. Ich dachte, Sie sind diejenige, die in all seine Unternehmungen eingeweiht ist?«

»Ich nehme wohl an, dass Sie davon unterrichtet sind, dass er meinen Dragoman Hassan angegriffen und schlimm zugerichtet hat.« Louisa sah in das Gesicht der Frau, ihre Worte hallten über das Wasser und waren vermutlich auch für David und seine Frau deutlich vernehmbar. »Wenn Sie ihn sehen, dann möchte ich, dass Sie ihm zu verstehen geben, dass er an Bord der *Ibis* unerwünscht ist, gleichgültig, aus welchem Grund er kommt. Ich will ihn nie wieder sehen und Sir John hat ihm verboten, noch einmal einen Fuß auf das Schiff zu setzen.« Sie lächelte kalt. »Ich habe keinen Zweifel, dass es Sie freuen wird, nun freie Bahn zu haben, Venetia, aber hüten Sie sich. Der Mann ist ein Ungeheuer.«

Als sie zur *Ibis* zurückruderten, spürte Louisa bei jedem Ruderschlag ihres Bootsmannes, wie die Augen der anderen Frau auf ihrem Rücken hafteten. Als sie wieder an Bord kletterte, stand Venetia noch immer an der Reling und sah ihr nach.

»Sitt Loisa?« Hassan, bandagiert und größtenteils wiederhergestellt, wartete an Deck. »Du hättest nicht zu ihm gehen dürfen.« Er sah sie wütend an.

Louisa hob die Schultern. »Du glaubst, ich würde es auf sich beruhen lassen? Er hat versucht, dich umzubringen. Er ist ein gefährlicher Mann ...« Langsam schüttelte sie den Kopf. »Aber er war ohnehin nicht da. Und vor ein paar Tagen wird er nicht zurück sein. Niemand weiß, wohin er gegangen ist.« Sie berührte seinen

Arm. »Wir brauchen nicht an ihn zu denken. Er ist weg. Lass uns glücklich sein.« Sie lächelte ihn flehentlich an. »Wir bleiben ein Weilchen hier, sodass ich den Sonnentempel malen kann, und dann machen wir noch viele Malausflüge, wenn wir zum zweiten Wasserfall fahren. Ich hoffe, wir sehen ihn nie wieder.«

Er nickte. »Natürlich, meine Louisa. Wir tun, was immer du willst.«

Er hatte ihr gezeigt, wo er die kleine Flasche versteckt hatte. Jetzt hielt er sie in der Hand und betrachtete sie. »Was sollen wir damit machen?«

Louisa zuckte mit den Schultern. »Gibt es denn keinen sicheren Ort?« Sie nahm sie an sich. »Während Carstairs weg ist, werde ich sie bei meinen Malsachen aufbewahren.« Sie seufzte. »Ein so kostbares Geschenk, mein Liebster, und so gefährlich. Ich werde sie für den Rest meines Lebens in Ehren halten. Er wird sie nicht bekommen.«

»Für den Rest deines Lebens?«, wiederholte Hassan leise. Er warf ihr einen kurzen Blick zu. »Dann willst du sie mit nach England nehmen?«

Louisa biss sich auf die Lippe. Über die Zukunft wollte sie nicht nachdenken, aber sie wusste, dass sie ihre Augen nicht mehr lange davor verschließen konnte.

Mit einem Kopfschütteln, als müsste er sich die Worte abringen, fuhr er fort: »Bald wird es zu heiß sein, um in Oberägypten zu bleiben. Sir John wird den anderen Reisenden folgen und wieder nach Norden aufbrechen. Was hast du vor, wenn du wieder in Kairo und Alexandria bist?«

Louisa wandte sich von ihm ab. Sie ging ans Ende des Decks, dann drehte sie sich wieder um. »Ich muss nach England zurück, Hassan.« Sie hielt inne. »Zu meinen Kindern. Aber wie kann ich dich verlassen? Ich weiß nicht, was ich tun soll!« Ihre Stimme zitterte plötzlich. »Ich habe nie eine solche Liebe für einen Mann empfunden!« Sie schloss die Augen. Sie wusste, wie treulos ihre Worte waren, wie nah sie den Tränen stand.

Hinter ihr regte sich etwas und sie spürte plötzlich, dass Augusta in der Tür zum Salon erschienen war. Verzweifelt versuchte sie sich zu fangen, während Hassan taktvoll ein, zwei Schritte Abstand von ihr nahm.

»Meine Louisa, du musst nicht weinen«, murmelte er. »Du und ich, wir werden im Herzen zusammen sein, wenn es Gottes Wille ist. Diesen Nachmittag werde ich dich zum großen Sonnentempel dort drüben bringen. Wir können in den Bergen dahinter spazieren gehen.« Er lächelte traurig. »Wir werden glücklich sein, solange wir können. Ich kann mit dir bis nach Alexandria zusammen bleiben, wenn du willst und wenn Sir John es erlaubt. Und dann im nächsten Jahr kommst du wieder und dein Hassan wird dich erwarten.«

Sie sah mit starrem Blick über den Fluss und die Wüste. *»Inschallah!«*, wisperte sie.

»Louisa, meine Liebe. Sie können nicht hier draußen ohne Schatten stehen!«, plärrte Augustas Stimme, als sie sich Louisa näherte. In der Hand hielt sie Louisas befransten Sonnenschirm. Hassan verbeugte sich und zog sich zurück. Louisa tupfte sich hastig die Tränenspuren ab.

»Ich habe vorhin gesehen, wie Sie vom Schiff der Fieldings kamen. Sie hatten gar nicht gesagt, dass Sie sie besuchen wollten. Ich wäre sonst gerne mitgekommen.«

Louisa brachte ein müdes Lächeln zustande. »Ich hatte eine Botschaft für Lord Carstairs zu überbringen. Ich wusste nicht, dass er weg ist.«

»Weg?« Augusta runzelte die Stirn. »Wir kann er denn weg sein? Wohin ist er gegangen?«

»Ich weiß auf beide Fragen keine Antwort. Ich habe den Schiffsjungen gebeten, mich zu den Fieldings hinüberzurudern, um zu erfahren, ob sie etwas wissen, aber Venetia verneinte.«

Etwas am Ausdruck ihrer Lippen ließ Augusta eine Augenbraue hochziehen. »Sie ist nicht sehr glücklich über Lord Carstairs Interesse an Ihnen. Ich fürchte, sie macht sich immer noch Hoffnungen.«

»Tatsächlich? Nun, sie kann ihn gerne haben.«

»Sind Sie immer noch unversöhnlich, meine Liebe? Er wäre eine so gute Partie. Titel. Geld. Und so ein gut aussehender Mann.«

»Und so widerlich.«

Augusta seufzte. Sie sah zum Schiffsheck, wo Hassan und der *Reis* sich im Schatten des Segels mit einer Wasserpfeife zum Gespräch niedergelassen hatten.

»Wenn Sie wieder in England sind, werden Sie die Dinge ganz anders betrachten, meine Liebe«, sagte sie sanft. »Und es wird sehr bald Zeit, dass wir zurückkehren.« Sie fächerte sich ihr Gesicht, während sie sprach. »Sir John hat entschieden, nicht weiter in den Süden zu fahren. Die Hitze wird unerträglich, und David Fielding sagte uns, dass er sich genauso entschieden hat. Er will Alexandria in jedem Fall vor Katherines Niederkunft erreichen. Auch sie findet die Hitze unerträglich. Was immer Roger vorhat, unsere beiden Schiffe fahren zusammen und so schnell es nur geht. Wir werden noch diesen Nachmittag die Rückreise gen Norden antreten.«

Louisa folgte ihr in den Salon. »Aber Hassan bringt mich heute Nachmittag an Land, damit ich den großen Tempel von Ramses malen kann.« Sie wies über das Wasser auf die vier halb vom Sand bedeckten gewaltigen Riesenfiguren, die direkt aus der Felswand gehauen waren, welche die Uferlinie dominierte.

Augusta seufzte. »Meine Liebe, Sie haben schon so viele Tempel gesehen. Den meisten Menschen würde das fürs ganze Leben reichen«, sagte sie bestimmt. »Gewiss können Sie ihn von hier aus zeichnen, wenn Sie partout ein Porträt von diesen scheußlichen großen Figuren brauchen. Sie müssen dazu nicht an Land gehen.«

»Doch, ich muss!« Louisa spürte, wie Panik in ihr aufwogte. Ihr Verlangen, mit Hassan allein zu sein, überwältigte sie.

»Was höre ich, was höre ich?« Sir John schritt in den Salon und sah die beiden Frauen mit großen Augen an. »Was müssen Sie unbedingt, Louisa, meine Liebe?«

»Sie will heute Nachmittag den Tempel besuchen«, antwortete Augusta für sie. »Ich habe ihr gesagt, dass das nicht geht. Wir fahren nach Hause.«

»Nein, nein. Wir müssen den Tempel sehen, bevor wir aufbrechen. Das ist eines der Weltwunder, Augusta, oder wenn nicht, dann sollte es das zumindest sein. Ich werde mit Louisa zusammen an Land gehen. Warum kommst du nicht auch mit, meine Liebe?«

Augusta schauderte. »Auf keinen Fall. Ich habe bisher nicht eine von diesen Heidenstätten besucht und ich habe nicht vor, jetzt damit anzufangen. Ich bleibe auf der *Ibis*.«

»Schön und gut.« Er nickte. »Wir werden nicht allzu lange brauchen. Soviel ich weiß, kann man trotz des vielen Sands hineingehen und die große Säulenhalle und das innere Heiligtum der Götter sehen. Wenn wir das hinter uns haben, kommen wir zurück und lassen den *Reis* die Segel setzen, sowie wir den Fuß an Deck setzen. Ich habe gehört, dass die Reise in den Norden viel Zeit kosten wird, selbst wenn wir keinen Halt einlegen. Der Wind wird wahrscheinlich die meiste Zeit gegen uns sein, aber zumindest ist die Strömung auf unserer Seite.« Er lächelte Louisa an. »Meine Liebe, sie sehen sehr bekümmert aus. Ist Ihnen mein Plan nicht recht?«

Louisa schüttelte den Kopf. »Es tut mir Leid«, stieß sie aus. »Ich habe gedacht, dass ich heute Nachmittag malen könnte. Ich hatte keine Ahnung, dass Sie mit uns kommen wollen.«

Er runzelte die Stirn. »Können Sie nicht ein paar rasche Skizzen anfertigen, meine Liebe? Das haben Sie früher auch getan. Dann haben Sie an Bord, wenn wir auf dem Rückweg sind, alle Zeit der Welt zum Malen.«

»Ich weiß, dass John nur so schnell wie möglich zu mir zurückkommen will«, erklärte Augusta. Sie hob eine Augenbraue. »Wenn Sie länger an Land bleiben wollen, so bin ich sicher, dass sich das einrichten lässt. Selbst wenn die *Ibis* schon flussabwärts unterwegs sein sollte, können Sie uns ohne Mühe einholen. Diese kleinen Feluken fahren so viel schneller unter leichten Winden als größere Schiffe. Sie sollen Ihre paar Extrastunden haben, mit...« sie zögerte, »Ihrem Pinsel und Ihrer Muse.«

Louisa warf ihr einen dankbaren Blick zu, doch Augusta sah sie nicht an. Sie hatte sich in einen Sessel nahe der offenen Tür gesetzt und fächelte sich eifrig Luft zu.

Louisa, Hassan und Sir John verbrachten eine Stunde im Tempel, betrachteten die Reliefs und lugten über die Sandablagerungen in die bisher noch unausgegrabenen Ecken und Winkel. Dann ruderte Hassan Sir John zurück zur *Ibis*. Louisa blieb allein zurück und zeichnete die vier großen Köpfe von Ramses, die aus ihren Sandhüllen hervorstarrten. Als Hassan wiederkam, trug er eine Tasche über der Schulter. »Ich darf dich begleiten, wohin du willst, solange wir das Schiff vor Sonnenuntergang erreichen. Sie wollen früh aufbrechen, doch der Wind ist für sie ungünstig. Wir holen sie mühelos ein.« Er lächelte und reichte ihr die Hand. »Komm. Pack dein Malzeug zusammen. Ich will dir die Berge hinter dem Tempel zeigen.«

Bald verloren sie den Fluss und die Boote, die am Ufer vertäut waren, aus dem Blick. Hier in der glühenden Hitze waren sie vollkommen allein. Hassan lächelte sie an. »Ich habe mit einem Dragoman von einer anderen Dahabiya gesprochen. Er hat mir einen Geheimeingang in den Berg auf der Rückseite des Tempels beschrieben, wo wir Schutz vor der Sonne finden und ungestört sind.«

Sie hielten an. Sie atmeten beide schwer und Louisa spürte, wie ihre Haut von der brütenden Hitze feucht wurde. »Es ist vielleicht das letzte Mal.«

Er schüttelte den Kopf. »Nein, es wird noch andere geben. Sie können dich auf ihrem Schiff nicht zur Gefangenen machen. Bei Flaute können wir auch wieder Ausflüge machen.«

»Aber bei den Tempeln sind wir nie mehr allein.«

»Es gibt immer Möglichkeiten, meine Louisa. Immer. Wir werden Möglichkeiten schaffen.« Er schmunzelte und nahm ihre Hand.

Es war nicht schwer, den dunklen Eingang in dem Sandsteinfels zu finden. Sie blieben davor stehen und spähten hinein. »Es ist wie im Tal der Gräber«, flüsterte Louisa. Die sandigen Hügel hinter ihnen waren vollkommen leer. Nur ein einsamer Geier drehte am Himmel hoch oben seine Kreise.

Hassan lächelte sie an und hielt ihr die Hand hin. »Sollen wir auf Erkundungstour gehen?«

Sie traten in den Schatten und Hassan stellte ihr Gepäck ab. In der Tasche suchte er nach einer Kerze. »Willst du hineinsehen?«

Sie runzelte unbehaglich die Stirn und schüttelte den Kopf. »Wir brauchen nicht weiter hineinzugehen, oder? Lass uns hier, nah beim Licht bleiben.«

Er lachte. »Erzähl mir nicht, dass meine Louisa genug vom Dunkel hat.«

Sie nickte. »Nur im Moment. Lass uns den Teppich ausbreiten und hier rasten. Niemand kann uns sehen, es sei denn, es käme jemand direkt hierher vor den Eingang, aber es ist meilenweit niemand zu sehen.«

Er zuckte die Achseln und tat, worum sie gebeten hatte, breitete den Teppich aus und griff nach der Tasche, die Fruchtsaft, Wasser und Lederbecher enthielt. Plötzlich runzelte er die Stirn. »Was ist das, Louisa?«

»Das Parfümfläschchen. Ich wusste nicht, wo ich es verstecken sollte. Selbst dein Versteck auf dem Schiff war zu auffällig und ich konnte nicht herankommen, ohne gesehen zu werden.«

Hassan schauderte. »Es ist dreimal verflucht, meine Louisa. Du solltest es nicht mehr berühren.«

»Ich weiß.« Die kleine Flasche war in Seide eingeschlagen und mit einem langen Band verschnürt. Sie lag in seiner offenen Hand und Louisa sah sie an. »Dass so ein kleiner Gegenstand so viel Unheil anrichten kann.«

Hinter ihnen in der Dunkelheit rührte sich etwas. Keiner von ihnen bemerkte es, beide betrachteten das kleine umwickelte Päckchen. »Es war dein Geschenk für mich«, sagte Louisa mit einer ungläubigen Kopfbewegung. »Ganz am Anfang.«

Er nickte. »Ich habe dich geliebt, meine Louisa, gleich vom ersten Moment an, als ich dich sah. Aber du warst eine englische Dame und ich nur ein Führer von niedriger Herkunft.«

»Nicht niedrig, Hassan. Warum niedrig?«

Er zuckte die Achseln. »So sehen deine Landsleute die Ägypter nun mal an, meine Louisa.« Er lächelte. »Und vielleicht, wenn wir ehrlich sind, meine Landsleute auch deine Landsleute, *Inschallah*!«

Die Schatten in der Höhle waren sehr dunkel. Hinter ihnen führte ein Gang ins Ungewisse, tief ins Herz des Berges.

»Was immer unsere Völker empfinden, du warst mein Freund, und jetzt bist du mein Geliebter.« Sie rückte an ihn heran und ihre Lippen berührten sich. Langsam glitten sie auf den Teppich. Sie hatten nur noch Augen füreinander, deshalb sahen sie auf dem steinigen Sandboden der Höhle weder die schlängelnde Bewegung, noch hörten sie das trockene Rascheln der Schuppen.

Es war eine junge Schlange, vielleicht nur gut einen Meter lang und sehr schnell. Sie ließ Louisa außer Acht und ging auf den Mann los, der immer noch das Parfümfläschchen in der Hand hielt.

Als er den plötzlichen Schmerz der giftigen Zähne spürte, sprang Hassan auf und fuhr herum. Das Fläschchen flog durch die Luft und rollte ans eine Ende des Teppichs. Einen Moment lang sah er auf die Wunde an seinem Arm, nah an der Schulter, dann entfuhr ihm ein Angstschrei. Sein Gesicht verzerrte sich vor Qual und Trauer, als er Louisa anblickte.

»Hassan!« Sie hatte die Schlange nur eine Sekunde lang gesehen. Schon war sie zwischen den Steinen außer Sicht geglitten. »Hassan, was soll ich tun?« Sie umschlang ihn. »Sag schnell! Was soll ich tun?«

Sein Gesicht war grau geworden. Kalter Schweiß brach aus seiner Haut hervor. Er blickte sie starr an, sein Gesicht nahm plötzlich einen gebannten Ausdruck an, seine Augen waren auf ihre gerichtet, er rang nach Atem und griff sich an die Brust.

»Louisa! Meine Louisa!« Die Worte kamen undeutlich, da die Muskeln um seinen Mund sich zusammenzogen und erstarrten. Er sackte auf seine Knie und krümmte sich. Die Haut um seinen Mund verfärbte sich blau, als er seitwärts auf den Höhlenboden fiel.

»Hassan!« Sie starrte ungläubig auf ihn hinunter. »Hassan, sprich mit mir!« Sacht berührte sie seine Schulter mit einem Finger, wagte kaum zu atmen. »Hassan, Liebster. Sprich zu mir …« Ihre Stimme verlor sich in der Stille, als sie neben ihm niederkniete. Er schnappte immer noch nach Luft. Dann brach er rückwärts auf dem Teppich zusammen, unfähig sich zu rühren. Eine Lähmung schien langsam von ihm Besitz zu ergreifen, während er aus dämmrigen Augen zu ihr aufschaute. Dann, zwischen einem gepeinigten Atemzug und dem nächsten, hörte sein Herz auf zu schlagen.

»Hassan!« Ihr erstickter Schrei war so leise, dass er die heißen Schatten in der Höhle kaum störte.

Sie wusste nicht, wie lange sie neben seinem Körper ausgeharrt hatte. Die Sonne wanderte weiter, sodass sie nicht mehr in die Höhlenöffnung schien, die Hitze aber blieb drückend. Sie weinte, dann saß sie nur da und starrte ins Leere. Sie hatte keine Angst, dass die Schlange zurückkehren könnte. Die Dienerin der Götter hatte ihr Werk getan und war in das Reich zurückgekehrt, aus dem sie kam.

Schließlich bewegte sich Louisa. Sie beugte sich hinunter und küsste die armen gemarterten Gesichtszüge und die Wunde, die bereits schwarz und brandig war. Dann faltete sie den Teppich über sein Gesicht und flüsterte ein stilles Gebet. Unbeholfen stand sie auf, blieb einen Moment so stehen, von Trauer überwältigt. Sie wandte sich um und taumelte hinaus in das erbarmungslose Sonnenlicht.

Sie erinnerte sich kaum daran, wie sie durch die Berge zurück zum großen Tempel gefunden hatte oder an ihr tränenvolles Flehen an die anderen Besucher, die sie dort sah, und an den großen blaugewandeten Dragoman einer anderen Yacht, der das Weitere in die Hand nahm, Männer aussandte, um Hassans Leichnam zu holen, ein Boot für Louisa herbeirief, das sie zurück zur *Ibis* brachte, Frauen aus dem Dorf besorgte, die um den Mann, den sie nicht kannten, jammern und weinen sollten. Louisa war es nicht gestattet, ihn noch einmal zu sehen und an seinem Begräbnis teilzunehmen, das vor dem Dunkelwerden stattfand, noch durfte sie auch nur den Ort des Grabes kennen.

Sie nahm nur von Ferne wahr, dass Augusta die Arme um sie legte, dass Jane Treece ihr aus den staubigen, fleckigen Kleidern half und dass sie selbst in der abgedunkelten Kabine lag. Sie hörte, wie der Anker hochgezogen wurde, das Quietschen der Takelage und das sanfte Klatschen des Flusswassers, dann schlief sie, betäubt von Augustas Laudanum, das man ihr mit einem Getränk eingeflößt hatte, endlich ein.

Anna starrte Serena an. Beide Frauen hatten Tränen in den Augen. »Arme Louisa. Sie hat ihn so geliebt!« Anna presste das Tagebuch an die Brust.

»Glaubst du, dass die Forresters von ihrer Liebe wussten?« Serena nahm ihre Saftdose, stellte sie aber unangerührt wieder weg.

Anna zuckte die Achseln. »Ich habe das Gefühl, dass Augusta es ahnte. Dass Sir John so etwas für möglich gehalten hat, glaube ich eher nicht. Wären sie doch nur nicht allein an Land gegangen! Wenn sie den Tempel nur vom Schiff aus gezeichnet hätte!«

Sie saßen eine Weile in Gedanken verloren, dann wandte sich Serena wieder an Anna. »Ich glaube, wir suchen jetzt besser weiter nach Andy, was meinst du?«

Anna nickte. Dann schüttelte sie heftig den Kopf. »Ich will, dass das alles nur erfunden ist!«, rief sie unvermittelt aus. »Eine Geschichte! Ich will nicht, dass das wirklich geschehen ist.«

»Es ist wirklich geschehen. Und Hassan ist irgendwo hier draußen gestorben.« Serena nickte zu dem glitzernden Wasser des Sees hin. »Diese Hügel um die Tempelstätte liegen jetzt alle unter dem Wasser des großen Sees. Sein Grab, wo immer es war, gibt es nicht mehr.«

Ein Schatten fiel auf sie und sie sahen auf. Toby und Omar standen vor ihnen.

»Bist du in Ordnung?« Toby berührte sanft Annas Schulter. Er hatte die Tränen in ihren Augen gesehen.

»Wir haben über den Tod von Hassan gelesen«, antwortete Serena für sie.

Toby seufzte. »Hat der Dreckskerl ihn also umgebracht? Armer Hassan. Ich habe Omar erzählt, warum wir Andy dringend finden müssen.« Er sah ihn kurz an. »Er ist bereit, der Geschichte nachzugehen, auch wenn er nicht wirklich an sie glaubt, stimmt's?«

Omar nickte. »Mann muss nur glauben, dass man verflucht ist, und schon beginnt der Fluch im eigenen Kopf zu arbeiten«, sagte er. »Ich habe Toby gesagt, ich glaube, dass Andy um den Tempel herumgegangen ist, um die Rückseite anzuschauen. Man kann da hineingehen und sehen, wie der künstliche Berg errichtet wurde. Es ist sehr interessant. Soll ich's Ihnen zeigen?«

Sie folgten ihm zu den großen Tempelstatuen, wo sich die Massen unvermindert dicht drängten. Daneben führte ein schmaler Eingang in die Felswand hinein. Omar zeigte darauf. »Wenn Sie hier hineingehen, werden Sie ihn finden, glaube ich. Ich suche woanders für den Fall, dass er sich anders entschieden hat. Ich komme Ihnen bald nach.« Er verbeugte sich und verschwand in der Menschenmenge.

»Er glaubt nicht an die Gefahr, oder?« Anna ging hinter Toby zum Eingang.

Er schüttelte den Kopf. »Natürlich nicht. Er glaubt, wir sind durchgedreht. Er sagt, es gibt hier keine Schlangen. Es sind scheue Geschöpfe. Niemals würden sie an einen Ort wie diesen kommen, wo es von Menschen nur so wimmelt. Aber er ist ein sehr guter Führer. Er ist bereit, uns jeden Gefallen zu tun. Und er will, dass niemand von uns unglücklich ist, also tut er sein Bestes und das ist das Wichtigste.«

Sie traten aus dem Sonnenlicht ins Dunkel des großen Hohlraums unter dem künstlich angelegten Berg, der errichtet worden war, um den wiedererbauten Tempel zu umhüllen. Anna starrte in die riesige Kuppel über ihnen. Einen Moment lang war sie so verblüfft durch dieses fremdartige Nebeneinander von modernster Technik und Jahrtausende altem Tempel, der im Herzen dieses Berges aus dem Raumfahrtzeitalter untergebracht worden war, dass sie nicht anders als stehen und staunen konnte.

Als sie die Stufen hinaufstiegen, gewöhnten sich ihre Augen an das Dämmerlicht. Auch hier gab es dichte Menschenmengen, Plakatwände und einen Getränkestand sowie am Ende der Treppe einen enorm breiten Fußweg. »Wir werden ihn nie finden.« Anna sah sich verzweifelt um. »Ich kann die Gesichter erkennen, aber es sind zu viele.«

»Wir werden ihn finden.« Serena duldete keinen Zweifel. »Ich verspreche dir, dass wir ihn finden.«

Toby ging voraus und musterte mit zusammengekniffenen Augen die Aussichtsplattformen. Er schüttelte den Kopf. »Ich glaube eigentlich nicht, dass er hier ist. Bestimmt hat er sich wieder aus dem Staub gemacht. Omar sagt, dass sich sowieso alle in einer Stunde beim Bus treffen müssen.«

»Es wird hier passieren. In Abu Simbel. Ich weiß es.« Anna war plötzlich wie besessen. »Wir müssen ihn finden.« Sie drehte sich um und bahnte sich ihren Weg zurück zum Eingang. »Wir müssen ihn finden. Wir müssen! Andy!« Ihr Ruf verlor sich in dem weiten Gewölbe.

»Lassen Sie sie gehen!«, rief Toby Serena zu. »Ich glaube nicht, dass er hier ist, aber wir gehen besser systematisch vor.«

Doch Serena hatte sich bereits umgedreht und lief Anna hinterher. Toby blieb, wo er war, und zog die Stirn in Falten. Dann fuhr er fort, die Gesichter in der Menge zu mustern.

Anna drängte zum Ausgang und blickte immer ängstlicher um sich. Sie hatte immerzu das Bild vor Augen, wie Hassan auf dem Boden lag, sein Körper von der raschen Wirkung des Gifts entstellt. Die Kobra, wenn es eine Kobra war, die leise zu den Liebenden schlich, als sie sich im Schatten der Höhle küssten. Louisas Verzweiflung und namenlose Trauer, als sie von dem Leichnam ihres Geliebten fortging, den sie nie wiedersehen sollte.

So wütend sie einerseits auf Andy war, so wenig wünschte sie ihm ein solches Schicksal. Der Zorn machte ihr ein schlechtes Gewissen. Wenn ihm irgendetwas zustieß, dann, weil er das Fläschchen genommen hatte; wenn sie es nicht nach Ägypten gebracht hätte, wenn sie nicht darüber gesprochen hätte, wenn sie ihm das Tagebuch nicht gezeigt, ihn nicht Auszüge daraus hätte lesen lassen, wenn sie ihn nicht in gewisser Weise ermutigt hätte, dann wäre er jetzt nicht in dieser Lage.

Blind drängte sie zu dem einen Ort, an dem sie noch nicht gesucht hatte, dem kleineren Tempel, den Ramses für seine Frau Nefertari gebaut hatte. Er war längst nicht so überlaufen wie der große Sonnentempel.

Ein Fries spannte sich um den Eingang zum Tempel, ein Fries von Kobras. Anna blieb stehen und starrte ihn an. Sie hatte einen Kloß im Hals. Einen Moment lang hielt sie inne, versuchte Ruhe zu gewinnen, dann stürzte sie sich in die Dunkelheit hinter dem rechteckigen Eingang.

Als ihre Augen sich an die Düsternis im Innern gewöhnt hatten, war der Erste, den sie sah, Andy. Er stand da und sah zu einem der Säulenkapitelle hinauf, nah am Ende der Säulenhalle. Sie traute ihren Augen nicht, sah ihn voller Unglauben an, dann ging sie fast zögerlich auf ihn zu und fasste ihn am Arm. Serena, die vielleicht zehn Schritte hinter ihr war, blieb stehen und sah zu.

»Andy?«

Er schrak zurück. »Anna! Was machen Sie denn hier? Sie waren doch nicht im Bus?«

Sie schüttelte den Kopf. »Ich habe mich nicht wohl gefühlt. Ich bin später mit Toby in einem Taxi nachgekommen.« Plötzlich wusste sie nicht, was sie sagen sollte. Sie merkte, dass Serena neben sie getreten war, und warf ihr einen hilflosen Blick zu. »Ich brauche die Parfümflasche, Andy«, brach es endlich aus ihr hervor. »Sie müssen sie mir zurückgeben. Jetzt.«

Er neigte seinen Kopf leicht zur Seite. »Was für eine Parfümflasche?«

»O bitte, Andy. Spielen Sie keine Spiele mit mir.« Sie streckte ihre Hand aus.

Er zuckte mit den Schultern. Sein Gesicht war kalt. »Ich habe sie in Sicherheit gebracht. Auf dem Schiff. Sie glauben doch nicht, dass ich sie hergebracht habe?«

Ein großes Gefühl der Erleichterung ergriff sie. »Wo auf dem Schiff haben Sie sie gelassen?«

»Ich habe sie Omar gegeben, damit er sie an einen sicheren Ort tut.«

Sie schüttelte den Kopf. »Tja, sie ist nicht im Schiffssafe. Ich habe nachgesehen.«

Er kniff die Augen zusammen und sie sah, wie sich seine Kiefermuskeln spannten. »Ach, tatsächlich? Also sind Sie zurückgeblieben, um zu schnüffeln?«

»Andy, ich hatte keine Wahl.« Sie konnte es nicht glauben, dass sie sich ihm gegenüber rechtfertigen musste. »Sie haben zwei Dinge an sich genommen, die mir gehören. Zwei Dinge, auf die Sie kein Recht hatten.« Sie hielt seinem Blick entschieden stand. »Das Tagebuch habe ich gefunden.« Sie machte eine Pause.

Sein Gesicht blieb unbewegt.

»Es war im Safe, in einem Umschlag, auf dem Ihr Name stand. Aber das Fläschchen war nicht da. Ich will es zurückhaben.«

»Okay. Dann hab ich's also nicht im Safe gelassen.«

»Wo ist es also?«

»Anderswo. In meiner Kabine. Da ist es bestens aufgehoben.«

»Es ist nicht in Ihrer Kabine. Dort habe ich auch nachgesehen.«

Sein Gesicht verfinsterte sich. »Dazu hatten Sie nicht das geringste Recht.«

»Sie hatten kein Recht, meine Dinge zu stehlen.« Sie tat einen Schritt auf ihn zu und war überrascht, dass er vor ihr zurückwich. »Es war *Diebstahl*, Andy.« Sie nutzte ihren Vorteil. »Ich habe Sie gefragt, ob Sie mein Tagebuch hätten, und Sie haben es abgestritten. Es ist sehr viel Geld wert, wie Sie mir selbst erklärt haben.«

»Moment mal!«, unterbrach er sie. »Ich habe es genommen, um sicherzugehen, dass es sicher verwahrt ist. Ich hatte nicht vor, es zu behalten. Sie sollten mit Ihren Anschuldigungen vorsichtig sein.« Über jedem seiner Wangenknochen erschien ein roter Fleck.

»Dann hätten Sie mir sagen sollen, was Sie damit gemacht haben, statt Toby zu beschuldigen.« Sie spürte, wie ihr Zorn größer wurde und sich seinem annäherte.

»Ach, Toby! Der Held der Taxifahrt quer durch die Wüste!« Er verschränkte die Arme. »Nun, ich hatte Recht in Bezug auf ihn!«

Es folgte einen Moment lang Stille. Eine Gruppe italienischer Touristen ging an ihnen vorüber und verschwand in den Tiefen des Tempels. Mit lauten, aufgeregten Gesprächen und Lachsalven drangen sie weiter in die große Tempelhalle vor und scharten sich um eine der fern stehenden Säulen.

»Was Toby getan hat, ist Vergangenheit. Er hat dafür bezahlt.«

»Oh, er hat dafür bezahlt, nicht wahr, Anna? Hat er Ihnen das erzählt?« Andy warf einen raschen Blick auf Serena. »Nun, er scheint aus seiner Vergangenheit nichts gelernt zu haben. Als Sie nicht da waren, im Bus, habe ich neben einem Mann namens Donald Denton gesessen. Er ist ein pensionierter Arzt, der früher in der Nachbarschaft von Toby wohnte. Er erinnerte sich an die ganze Geschichte. Toby hat einen Mann umgebracht, von dem er behauptete, er hätte seine Frau vergewaltigt, aber tatsächlich hatten die Frau und dieser Typ eine Affäre miteinander, und sie war kurz davor, mit ihm durchzubrennen! Und Toby hat seine Frau gleich mit umgebracht.« Sein Gesichtsausdruck entspannte sich. »Es tut mir Leid, Anna. Ich weiß, wie sehr Sie das enttäuschen muss ...«

»Das ist nicht wahr! Sie hat Selbstmord begangen.«

»Hat er Ihnen das erzählt?«

»Er hat mir alles darüber erzählt, ja.«

»Und Sie haben ihm natürlich geglaubt.« Er seufzte. »Ich nehme nicht an, dass ich Sie überzeugen kann.« Er steckte die Hände in seine Hosentaschen und starrte nach oben zu dem großen Kuhkopf der Göttin Hathor über ihnen. »Sie haben ihn wirklich gern, nicht wahr?« Er blickte zu Serena. »Und Sie sicher auch. Ich werde die Frauen nie verstehen!« Er grinste. Er hatte sich gefangen; offenbar glaubte er, das Tagebuch und das Fläschchen seien vergessen.

»Warum sprechen Sie nicht mit Toby selbst? Er ist hier irgendwo.« Anna wies auf den Ausgang. »Ich würde gern hören, was er zu Ihren Vorwürfen sagt.«

»Ach, nein. Sie kriegen mich nicht zu einer neuen Schlägerei, Herzchen.« Plötzlich sah er auf die Uhr. »Jedenfalls wird der Bus gleich abfahren. Ich glaube, es ist Zeit, dass wir uns auf den Weg machen.« Er schritt entschlossen an ihr vorbei in Richtung Ausgang.

Anna sah Serena an. »Ich glaube nicht, dass er die Flasche bei sich hat. Am Ende war er gar nicht in Gefahr!«

Serena nickte. »Für Andy ist aufgeschoben nicht aufgehoben«, sagte sie knapp, »in mehr als einem Sinn.«

Anna zuckte die Achseln. »Ich glaube ihm nicht. Nicht, was er über Toby gesagt hat.«

»Richtig. Er ist der geborene Lügner.« Serena hängte sich bei Anna ein. »Komm. Fahr mit uns im Bus zurück.«

Anna zögerte. »Wir sind im Auto gekommen. Toby hat dem Fahrer gesagt, er soll warten.«

Serena zog die Nase kraus. »Wie verdammt reich dieser ehemalige Sträfling sein muss!«

»Ach was!« Nun errötete Anna. »Er hat es für mich getan. Er sorgt sich, Serena. Du hast gesehen, wie sehr.«

Sie traten aus dem Tempel und sahen sich um. Von Andy fehlte jede Spur.

Omar stand gut fünfzig Meter entfernt, umgeben von einer Menschentraube. Er sah sie ins Sonnenlicht treten und hob seine Hand, um sie zu sich zu winken. »Wir müssen bald gehen, Herrschaften. Der Bus wartet.« Er grinste Anna an. »Ich habe Andy gesehen. Er sagt, sie hätten ihn gefunden.«

Anna nickte. »Und ob ich das habe.«

»Und da war keine Kobra?«

Sie schüttelte den Kopf.

»Was für ein Glück!« Omar lächelte noch breiter. »Jetzt bitte, wir sammeln uns alle und gehen.«

Anna hielt ringsum Ausschau. »Serena? Wo ist Toby hingegangen?«

»Er ist im Berg geblieben, als wir zu Nefertaris Tempel gingen.« Serena verzog leicht die Miene. »Ich bin sicher, er wird uns finden.«

»Ich weiß nicht, was ich machen soll. Er erwartet, dass ich mit ihm zurückfahre. Ich muss das Auto finden.«

»Na, das dürfte kein Problem sein. Wahrscheinlich ist es auf dem Parkplatz, dort, wo auch der Bus ist.« Serena seufzte. »Okay, wir suchen es und dann musst du dich entscheiden. Anna, ich mag Toby auch. Ich traue ihm und Andy würde ich niemals trauen, aber sei vorsichtig. Nach allem wissen wir immer noch so gut wie nichts über ihn, stimmt's, nicht mehr, als was wir eigentlich übereinander wissen.«

Die beiden Frauen sahen sich einen Moment lang an. Anna grinste und mit einem hilflosen Achselzucken folgte sie Omar.

Andy traf sie auf dem Parkplatz. Er lächelte breit. »Also, Sie werden nie erraten, was hier vorgefallen ist!«

Anna runzelte die Stirn. Er sah sie an. Fast hämisch, dachte sie. Ihr sank der Mut, ohne dass sie wusste, warum. »So? Was ist denn vorgefallen?«

»Ihr Freund Toby. Die Polizei ist gekommen. Sie haben ihn mitgenommen und Ihr Auto ist weg. Ich fürchte, Sie müssen mit dem Plebs im Bus vorlieb nehmen.« Er verneigte sich leicht.

»Toby ist verhaftet?«, kam es von Anna zurück. »Sie lügen!«

»Das hätten Sie gern! Nein, ich lüge nicht.« Er blieb stehen, sein Gesicht nahm einen sachlichen Ausdruck an. »Ach, herrje, ich kann sehen, welch ein Schock das für Sie ist. Er hat Sie zum Narren gehalten, nicht wahr? Er hat uns alle zum Narren gehalten. Seine Malerei muss eine Tarnung für etwas anderes gewesen sein. Sie sollte ihm einen respektablen Anstrich geben.«

»Aber was soll er denn angestellt haben? Ich verstehe nicht. Hat er mir eine Nachricht hinterlassen?«

Andy zuckte mit den Schultern. »Zweifellos werden wir bald genug über alles informiert werden.«

Serena fasste Anna am Arm. »Lass uns in den Bus steigen«, sagte sie leise. »Du kannst hier nichts tun.«

Andy betrachtete Annas Gesicht eingehend. »Denken Sie nicht mehr an ihn, Anna. Seien Sie dankbar, dass Sie ihm nicht ins Netz gegangen sind.« Er hob eine Hand wie zum Gruß, dann, als er Joe näher kommen sah, wandte er sich um und stieg an Omar vorbei in den Bus. Omar stand bei der Tür und zählte die Köpfe.

Anna saß mit Serena hinten. Sie war zu schockiert und fühlte sich zu elend, um zu sprechen, als die Türen sich schlossen und der Bus vom Parkplatz und zurück auf die staubige Straße kurvte. In wenigen Minuten hatten sie das schäbige Schlackenstein-Städtchen von Abu Simbel hinter sich und waren in der Wüste, isoliert von der brennenden Wüstenhitze durch Klimaanlage und Sonnenblenden und den schmachtenden Gesang eines ägyptischen Sängers in der Stereo-Anlage.

Zweimal hielten sie auf der Rückfahrt an. Einmal, um eine spektakuläre Fata Morgana anzusehen, die jeder – außer Anna, die ihre Kamera nicht dabei hatte – pflichtschuldig fotografierte. Die trockene Ofenhitze des frühen Nachmittags ließ sie alle nach Luft schnappen. Dann noch einmal, um eine Kamelkarawane anzuschauen, die aus der Wüste kam. Diesmal blieb sie im Bus sitzen und sah zu, wie die armen Tiere auf Lastwagen verladen und dort mit Peitschen in die Knie und unter die schweren Netze gezwungen wurden, die sie festhalten sollten. Die wenigen Schnappschüsse von jungen Kerlen, die auf ihren Rennkamelen angaben, konnte die Verzweiflung in den Augen jener stolzen Geschöpfe, die auf dem Weg zu den Fleischmärkten in Assuan waren, schwerlich wettmachen, dachte Anna.

»Alles okay?« Serena stieg wieder in den Bus und ließ sich neben ihr nieder.

Sie nickte. »Ich glaube, ich habe genug von Ägypten. Als Urlaub, um mich aufzumuntern und mein Selbstwertgefühl, meine Selbstsicherheit wiederaufzubauen, war es ein totaler Reinfall.«

Serena lehnte sich zurück und starrte an die Decke. »Toby bedeutet dir viel, stimmt's?«

»Ja.«

»Es tut mir so Leid. Andy ist ein Dreckskerl. Ich wette, dass er vollkommen falsch liegt. Ich werde alles nachprüfen, was er dir gesagt hat.«

Hinter der Sonnenbrille standen Tränen in Annas Augen. »Ich verstehe überhaupt nichts mehr.« Sie seufzte tief auf. »Aber irgendetwas können wir sicher tun, um ihm zu helfen.«

Es war, als ob sie nach Hause kämen. Die Mannschaft mit ihren freundlich lächelnden Gesichtern war nach den zwei freien Tagen wieder an Bord und verteilte duftende Handtücher, um die Hitze und den Staub der Wüste aus den Gesichtern zu wischen. Dazu gab es frisch hergestellte Limonade.

Anna stand in der überfüllten Rezeption und trank aus ihrem Glas, bevor sie zu ihrer Kabine gehen wollte. Plötzlich tauchte Andy vor ihr auf. Er kam auf sie zu und legte seine Hände leicht auf ihre Schultern.

»Anna, ich bedaure es wirklich aus tiefstem Herzen. Es war brutal, wie ich Ihnen die Nachricht überbracht habe. Und wollen Sie mir bitte verzeihen, dass ich das Tagebuch unter meine Fittiche genommen habe? Ich wollte alles andere als Sie beunruhigen. Es war unglaublich gedankenlos von mir. Kommen Sie doch zur Bar, wenn Sie sich frisch gemacht haben, und ich lade Sie zu einem Drink ein. Bitte.« Seine Augen blickten ernst und freundlich.

»Andy, ich bin so müde. Ich möchte mich nur ausruhen …«

»Das sollen Sie auch. Nach dem Essen. Es wird ein spätes Mittagessen geben, dann können wir uns alle ausruhen, damit wir, wenn es dunkel geworden ist, erholt genug sind, um zur Licht-und-Ton-Show nach Philae zu fahren. Bitte, Anna. Ich möchte, dass wir Freunde bleiben.« Er hielt inne und grinste fragend Omar an, der neben ihnen stehen geblieben war.

»Ihre Tasche, Andy. Sie haben Sie im Bus vergessen.« Omar klopfte ihm auf den Rücken. »Zum Glück hat der Fahrer sie gesehen.« Er gab ihm die Tasche und ging weiter, auf der Suche nach dem Besitzer eines weiteren vergessenen Gepäckstücks.

Andy warf sich automatisch die Tasche über die Schulter. »Sagen wir, in einer halben Stunde? In der Bar?«, sagte er zu Anna. »Bitte.«

Sie sah die Tasche an. Als er sie hochgehoben hatte, war das Seitenfach aufgeklafft und sie hatte ein Stückchen roter Seide herausschimmern sehen. Sie knallte das Limonadenglas auf den Rezeptionsschalter, dann schnappte sie den breiten Leinengurt, der über seiner Schulter hing, und zog die Tasche zu sich her.

»Komisch, dieses Tuch sieht so nach meinem aus.« Bevor er zurückweichen konnte, hatte sie das kleine Päckchen aus dem Seitenfach gezogen, rollte es auf und hielt das Parfümfläschchen in der Hand. »Sie hatten es die ganze Zeit bei sich?« Sie schleuderte ihm die Worte entgegen. »Sie hatten das Fläschchen im Bus! Wissen Sie nicht, was das für Sie hätte bedeuten können? Warum haben Sie gelogen, Andy?« Sie hielt ihm die Flasche unter die Nase. »Warum müssen Männer immer lügen?«

13

Mein Versteck ist geöffnet, mein Versteck ist entdeckt

Es gibt einen Handel mit allen alten Dingen. Menschen kommen von weit her und kaufen alles und jedes aus den Tagen der Gräber. Das Fläschchen wandert in einer Kiste voller Scherben und Perlen und Amulette über die Wasser des Nil und wird zu einem Händler nach Luxor gebracht.

Monatelang steht die Kiste unberührt in einem Lagerraum; als er sie auspackt, nimmt der Händler das Fläschchen sofort in die Hand. Es ist ihm vorher nicht aufgefallen, doch jetzt spürt er einen Anflug von Erregung. Glas aus dem Frühen Neuen Reich ist selten. Er bringt es an seinen Arbeitstisch und nimmt das Vergrößerungsglas.

Der Propfen ist fest hineingesteckt und versiegelt. Der Händler greift nach einem Messer, um ihn herauszulösen, doch dann zögert er und überlegt es sich anders. Stattdessen schickt er nach einem Freund. In seinem Haus ist es kalt geworden; in der Luft flackern Wüstenblitze auf und ein unirdischer Schimmer schießt über die Regale und den Tisch.

Der Gerufene, Kopf und Schultern in ein weißes Tuch gehüllt, berührt Brust, Mund und Stirn zum Gruß, bevor er an den Tisch tritt. Er ist ein ehrwürdiger und gelehrter Mann, der die magischen Künste studiert hat. Schweigend betrachtet er das kleine Glasgefäß.

Das Schweigen dehnt sich. Draußen wandert die Sonne über den Himmel und findet Einlass in das vergitterte Fenster. Auch der Schatten, den sie auf den Boden wirft, ist vergittert.

Der Mann schaut auf, sein Gesicht ist bleich.

Da ist Macht in diesem geweihten Fläschchen. Macht ohne Maß. Und es wird von Priestern aus alter Zeit bewacht, die es nie verlassen haben. Er schüttelt das Haupt. ›Bringe mir Papier und Tinte, dass ich ihren Willen aufschreiben kann. Diejenigen, die diesen Gegenstand mit frevlerischen Händen berührten, haben dafür mit ihrem Leben bezahlt.‹

Anna saß auf dem Bett in ihrer Kabine, als Serena klopfte und die Tür aufstieß. »Alles in Ordnung?«

Anna nickte. Das Fläschchen lag neben ihr auf der Decke.

»Ich habe mit Omar gesprochen.« Serena setzte sich, nahm es in die Hand und drehte es immer wieder sanft in ihren Händen. »Er war etwas erschrocken von deinem Ausbruch eben, deshalb habe ich versucht, es ihm zu erklären.« Sie zuckte mit den Schultern. »Er weiß überhaupt nichts davon, dass Toby verhaftet worden sein soll. Er hat sofort mit dem Kapitän gesprochen, weil er die Aufsicht auf dem Schiff hatte, während Omar weg war, und der sagte, dass niemand nach Toby gefragt hätte. Und Tobys Pass ist auch noch im Safe.«

»Was heißt das?«

Serena hob eine Augenbraue. »Das heißt, dass alles dafür

spricht, dass Andy lügt, wie ich es mir gedacht habe.« Sie hielt das Fläschchen in die Höhe. »Sonderbar, dass Louisa es nach Hassans Tod behalten hat. Ich hätte gedacht, sie wäre es lieber losgeworden.«

Anna schüttelte den Kopf. Sie nahm das Fläschchen und strich sanft mit dem kleinen Finger darüber. »Es ist so klein und es hat so viel Unglück gebracht. Bestimmt hat sie es behalten, weil Hassan es ihr geschenkt hat. Ich frage mich, ob sie Carstairs wiedergesehen hat.«

Serena deutete auf Annas Tasche. »Ich glaube, ich bin mittlerweile genauso süchtig nach der Geschichte wie du. Haben wir vor dem Essen nicht noch ein bisschen Zeit zum Lesen?«, fragte sie voller Hoffnung. »Es würde dich vielleicht von Toby ablenken …«

Sir John klopfte an Louisas Kabinentür und stieß sie auf. »Wie fühlen Sie sich, meine Liebe?« Sie lag auf dem Diwan, in einen seidenen Morgenmantel gehüllt. Sie hatte Kopfschmerzen und ihre Haut brannte wie Feuer. »Können wir Sie nicht überreden, wenigstens eine Kleinigkeit zu essen? Mohammed heckt immer neue Leckerbissen für Sie aus.« Er sah auf den unberührten Teller, der neben ihr stand.

Sie brachte ein müdes Lächeln zustande. »Es tut mir Leid. Ich bin nicht hungrig.«

»Nein. Na ja, ich sage ihm, er soll es weiter versuchen.« Er nickte. »Eine Gruppe von Nubiern kam heute Morgen an Bord, Louisa. Sie haben Ihre Bilder gebracht und die Sachen, die noch in der Höhle waren.« Er blickte plötzlich auf seine Füße. »Sie sind sehr ehrlich, diese Menschen. Ich habe es ihnen gut entgolten.« Er sah sie wieder an. »Ich dachte, dass Sie Ihre Sachen zurückhaben wollten.« Er ging zur Tür und hielt sich draußen noch mit irgendetwas auf, dann brachte er ihre Stofftasche herein. »Soll ich sie hier lassen?« Er wartete auf ein Zeichen. Als sie keines gab, zuckte er die Achseln und stellte die Tasche unter den kleinen Tisch an die Wand.

Kurz darauf verließ er sie und schloss die Tür leise hinter sich. Als er wiederkehrte, war es dunkel. Sie hatten oberhalb des Katarakts, nahe Philae, angelegt. Draußen erstrahlte der Fluss im Mondlicht.

»Louisa, Lord Carstairs ist im Salon. Er ist anscheinend auf dem Dampfer nach Assuan gekommen. Sind Sie wohl genug, um ihn zu empfangen?«

Sie setzte sich langsam auf und strich sich die Haare aus den Augen. »Er ist hier? Auf diesem Schiff? Ich dachte, Sie hätten ihm verboten, noch einmal einen Fuß darauf zu setzen.«

Sir John hob unbehaglich die Schulter. »Er hat gehört, was geschehen ist. Er möchte Sie sehen.«

Einen Moment saß sie regungslos, als ob sie ihre Kräfte sammeln wollte, dann stand sie allein auf. »Ich werde ihn im Salon treffen.«

»Soll ich Treece rufen, dass sie Ihnen beim Ankleiden hilft, meine Liebe?«

»Nein, das ist nicht nötig.« Sie stürzte an ihm vorbei. »Was ich Roger Carstairs zu sagen habe, erfordert keine formelle Kleidung.«

Er saß im Salon und trank mit Augusta Sorbet, als Louisa hereinplatzte. Beide wandten sich zu ihr um und sie sah, wie Carstairs die Augen aufriss. In ihrem dunkelblauen Morgenmantel, mit wirrem Haar und bleichem Gesicht, auf dem sich noch Tränenspuren abzeichneten, musste sie in der Tat ungewöhnlich aussehen.

»Bitte, lassen Sie uns allein, Augusta!« Ihre Bitte klang so entschieden, dass Augusta sich wortlos erhob und auf Deck verschwand. Im Salon war es still.

Louisa stand vor Carstairs, ihre Augen starr auf sein Gesicht gerichtet. »So, Mylord, sind Sie zufrieden?«

Er maß sie mit einem kalten Blick. »Was geschehen ist, ist ein Unglück. Sie hatten die Möglichkeit, es zu verhindern.«

»War es also meine Schuld?« Ihre Stimme klang sehr leise.

»Allerdings.« Er verschränkte die Arme. »Ich gestatte niemandem, sich mir in den Weg zu stellen, Gnädigste. Und um weiterem Unheil vorzubeugen, schlage ich vor, dass Sie mir jetzt das geweihte Fläschchen geben.«

»Niemals!« Ihre Augen blitzten. »Sie werden es niemals bekommen. Alle Götter Ägyptens waren Zeuge dessen, was Sie getan haben, Roger Carstairs, und sie schmähen Sie dafür. Der Priester, der die Flasche bewacht, der Priester der Isis verabscheut Sie!« Ihre Stimme hatte einen hohen Klageton angenommen.

Carstairs feixte. Er war keinen Zoll zurückgewichen. »Isis ist keine Göttin der Liebe. Sie irren sich in ihr, meine werte Louisa. Sie ist die Göttin der Magie und ihr Diener, mein Diener, ist die Kobra.« Er lächelte. »Wo ist das Fläschchen?«

»Ich habe es nicht mehr. Es ist in der Höhle, wo Hassan starb, und dort wird es bleiben, im Sand vergraben und von Ihrer Schlange bewacht!« Sie lachte plötzlich auf, ein tonloser, bitterer Laut, der ihn nachdenklicher stimmte als alles, was sie zuvor gesagt hatte. »Wenn Sie danach suchen, so hoffe ich, dass die Schlange der Isis Sie töten wird, mit der gleichen Sicherheit, mit der sie Hassan getötet hat!«

Er löste seine Arme aus der Verschränkung und verbeugte sich kurz. »Ich habe es nicht für möglich gehalten, dass Sie es in Abu Simbel lassen könnten. Ich hoffe zu Ihrem Besten, dass es unversehrt ist!«

Er ging auf die Tür zu, doch sie stellte sich ihm in den Weg. »Setzen Sie nie wieder einen Fuß auf dieses Schiff. Nie wieder. Die Forresters sind hierin ganz meiner Meinung. Und lassen Sie sich nie mehr unter anständigen Menschen blicken. Ich werde den Ruf Ihrer schändlichen Taten zu verbreiten wissen. In Luxor. In Kairo. In Alexandria. In Paris. In London. Ich werde dafür Sorge tragen, dass der Name Carstairs in der ganzen Welt geächtet ist.«

Einen Moment lang runzelte er die Stirn, verblüfft von der Energie ihrer Worte, dann lächelte er. »Niemand wird Ihnen glauben.«

»O doch. Dafür werde ich sorgen.« Sie drehte sich um und entfernte sich von ihm, dann blieb sie mit dem Rücken zu ihm stehen.

Er zögerte kurz, dann hörte sie, wie er den Salon verließ und hinaus in den Sonnenschein an Deck ging. In der nachfolgenden Stille hörte sie deutlich Augustas Stimme auf Deck. Sie hatte offenbar jedes Wort gehört, das Louisa gesagt hatte. »Bitte, kommen Sie nicht zurück, Mylord. Louisa hat Recht. Sie sind nicht länger willkommen in anständiger Gesellschaft!«

Er antwortete nicht. Sie ging zur Salontür und kam gerade rechtzeitig, um zu sehen, wie er hinunter in das kleine Boot sprang, in dem ihn einer seiner nubischen Diener zur *Ibis* gerudert hatte. Sein eigenes Schiff lag auf der anderen Seite des Flusses neben dem der Fieldings. Sie lächelte bitter. Es gab immer noch eine Familie, in der er willkommen war.

Sie trat hinaus in den Sonnenschein. Der *Reis* und die anderen Mannschaftsmitglieder empfingen sie mit teilnahmsvollen Blicken. Augusta sah auf den Fluss und verfolgte die Abfahrt ihres Besuchers. »Grässlicher Mann!«, sagte sie.

Louisa nickte. Sie war dankbar für Augutas Verständnis, dafür, dass sie es zumindest für möglich hielt, dass das, was Louisa sagte, der Wahrheit entsprach. Die Geschichte, die sie ihr erzählt hatte, war schließlich jenseits aller Wahrscheinlichkeit.

»Sir John wird uns unterstützen und ihm auch verbieten, an Bord zu kommen«, sagte Augusta sanft.

»Danke.«

Augusta warf ihr einen Blick zu. »Er ist zu David Fielding hinüber gefahren. Ich zweifle nicht daran, dass er unsere Empfindungen dort gebührend zur Sprache bringen wird.«

»Sie mögen ihn.«

»Sie mögen seinen Titel, meine Liebe. Wenn sie einmal dahinter schauen und merken, was für ein grauenhaftes Wesen sich da verbirgt, dann, da bin ich sicher, werden sie uns zustimmen.« Sie kniff ihre Augen vor dem grellen Licht zusammen. »Sehen Sie! Er hat sich anders entschieden; er geht gleich auf sein eigenes Schiff und sie setzen schon die Segel.«

Louisa lächelte. »Er geht zurück, um im Sand von Abu Simbel zu graben und das Fläschchen zu suchen, das ich dort gelassen habe.«

Augusta hob eine Augenbraue. »Lächerliches Mannsbild! Er glaubt wirklich an all diesen magischen Unsinn, nicht wahr!«

»O ja.« Louisa nickte traurig. »Er glaubt wirklich daran.«

Sie wandte sich ab und ging langsamen Schrittes zurück zu ihrer Kabine. Dort nahm sie die Haarbürste und bürstete ihr langes Haar aus, als ihr Blick auf die Stofftasche unter dem Tisch fiel, wo Sir John sie abgestellt hatte. Sie hielt inne und legte stirnrunzelnd die Bürste ab. Sie bückte sich, nahm die Tasche und leerte sie über dem Bett aus. Sie fasste sie an den Enden und schüttelte sie, sodass eine Kaskade von Stiften und Malutensilien mitsamt Zeichenblock auf die Decke purzelte. Da war ihr Farbkasten, das Wassertöpfchen und die Wasserflasche – aber warum hatte sie sie an einen Ort mitgenommen, wo die Farbe an der Pinselspitze trocknete, bevor sie das Papier berührte? Da waren eine Schachtel mit Kohlestiften zum Skizzieren in einem Tuch, ein Radiergummi, ein kleines Messer zum Spitzen der Stifte und, unter all dem, das in Seide gehüllte, mit Band umwickelte kleine Päckchen, in dem sich das Parfümfläschchen der Priester befand. Sie hob es auf und hielt es eine Weile in den Händen. Dann weinte sie stumm.

»So ist es also wieder zurückgekommen.« Serena schüttelte den Kopf. »Und Carstairs war schon abgesegelt. Er wurde natürlich geächtet. Sein Name ist immer noch berüchtigt. Ich glaube nicht, dass er je nach England zurückgekehrt ist.«

»Und er hat das geweihte Fläschchen nie bekommen.« Anna sah es zweifelnd an. »Ich glaube, ich sollte es in den Nil werfen.«

Serena verzog das Gesicht. »Nein! Nein, tu's nicht. Ich möchte noch ein anderes Ritual versuchen. Um mit den Priestern zu reden.« Sie stand auf, ging ans Fenster und sah hinaus auf den Fluss. »Das Fläschchen hat ihnen gehört, Anna. Oder zumindest einem von ihnen. Wenn das nicht geklärt wird, werden sie keine Ruhe finden. Wir müssen in Erfahrung bringen, was wir für sie tun sollen. Bitte, gib mir noch eine Chance.«

»Und die Schlange?«

»Die Schlange wird uns nichts tun.«

»Wie willst du das wissen? Wie wollen wir wissen, dass Carstairs nicht so außer sich war, dass er ihr befohlen hat, jeden zu töten, der sich dem Fläschchen nähert?«

»Gar nicht. Aber wie es aussieht, hat er das nicht getan. Schließlich ist niemand sonst gestorben. Sollen wir es nicht versuchen, Anna? Nach dem Essen, während die Leute ihre Siesta halten. Lass uns die Priester noch einmal rufen! Ich will mit Anhotep reden.«

Annas Mund klappte auf. »Ich dachte, wir wollen bis heute Abend warten, bis wir in Philae sind.« Sie fröstelte.

Serena nickte. »Das hatte ich auch vor. Aber es gibt keinen Grund mehr zu warten. Bitte, Anna. Beim letzten Mal hat es beinahe geklappt. Und ich habe das Gefühl, dass es diesmal etwas wird.« Sie nickte erregt. »Aber wir müssen erst erfahren, was mit Charley ist. Können wir Omar bitten, nachzufragen, was aus ihr geworden ist?«

Omar rief auf seinem Handy im Hotel an. Er hörte und nickte, sprach schnell und beendete schließlich die Verbindung. »Sie kommt zurück aufs Schiff. Sie sagen, dass sie ausgeruht ist und es ihr gut geht. Sie setzen sie in ein Taxi.« Er warf ihnen einen raschen Blick zu. »Sie sagen, dass die Rechnung von Toby Hayward bezahlt wurde. Er war am Nachmittag da.«

»Er war dort?« Anna sah ihn verblüfft an. »Im *Old Cataract Hotel*?«

Omar nickte.

»Und er hat Charley gesehen?«

»Er hat mir ihr gesprochen und die Rechnung beglichen.«

»Und wo ist er dann jetzt?«

Omar zuckte mit den Schultern.

Zwei Minuten später waren Anna und Serena vor Tobys Kabine. Anna klopfte. Es kam keine Antwort, sodass sie den Türgriff drehte. Die Tür ging auf und sie spähten hinein. Die Kabine sah vollkommen normal aus, allerdings ordentlicher als beim letzten Mal, als Anna sie gesehen hatte. Die Bilder und Farben waren aufgeräumt, das Gepäck noch da.

Serena schritt hinter ihr hinein. »Er ist also noch nicht gegangen.«

»Warum sollte er? Wo hätte er hingehen sollen? Wir wollten zusammen zurückkommen.« Anna biss sich unglücklich auf die Lippe. »Wenn er im Hotel war, dann kann er nicht in Haft gewesen sein.« Sie sah sich im Zimmer um, betrachtete den Ankleidetisch, das säuberlich hergerichtete Bett, die Halter im Badezimmer mit den frischen weißen Handtüchern. »Omar hat gesagt, dass sein Pass noch hier ist«, sagte sie nachdenklich und ließ sich auf dem Bett nieder.

»Vielleicht weiß Charley, wo er ist«, schlug Serena vor.

Draußen auf dem Gang war ein Geräusch zu hören und beide sahen auf, als Andy in der offenen Tür erschien. Er blickte sich um. »Zeit zum Essen, die Damen.«

»Sie wissen wohl nicht zufällig, wo Toby ist, oder?« Anna versuchte die Feindseligkeit, die sie in sich aufkommen spürte, zu zügeln.

Er schüttelte den Kopf. »Wahrscheinlich ist er noch bei der Polizei.«

»Er ist nicht in Haft, Andy, er ist in Assuan. Zumindest war er da noch vor kurzem.«

Andy sah einen Augenblick lang verwirrt aus, dann fing er sich wieder. Er trat vom einen auf den anderen Fuß. »Das ist mir zu hoch. Warum essen wir nicht zusammen und hören auf, uns über Toby Hayward zu sorgen?« Mit energischem Schritt ging er Richtung Speisesaal davon.

Das Essen fand in gedämpfter Stimmung statt. Als ob sie die allgemeine Erschöpfung nach der langen Wüstenfahrt spürten, trugen Ibrahim und Ali es ohne die geringste Verzögerung auf. Nur vierzig Minuten später, nachdem sie sich heimlich versichert hatten, dass Andy nach vielem Gähnen in seiner Kabine zur Ruhe gegangen war, gingen die beiden Frauen ein Deck höher zu Annas Kabine.

Die Vorbereitungen liefen diesmal sehr viel schneller. Anna hängte ihr Umhängetuch vor das Fenster, während Serena ihren Altar ausstattete. Kerzen, Weihrauch, die Statuette wurden jeweils an ihren Platz gelegt, dann nahm Anna das Parfümfläschchen, wickelte es aus und legte es ehrfürchtig neben Serenas Sistrum.

»Bereit?«, flüsterte sie. Ihr zitterten die Hände.

Serena nickte. Sie holte aus ihrer Tasche eine Schachtel Streichhölzer, zündete den kleinen Weihrauchkegel an und dann die Kerzen.

Hinter ihr zog sich Anna wieder auf das Bett zurück und setzte sich mit angezogenen Beinen so weit weg von Serena, wie in der engen kleinen Kabine möglich war. Atemlos sah sie Serena zu, die ihr einen kurzen Blick zuwarf. »Was auch passiert, versuche nicht einzugreifen. Versuche nichts aufzuhalten und wecke mich nicht, wenn ich in Trance falle. Das könnte sonst gefährlich für mich werden. Bleib du einfach in Sicherheit und sieh zu.«

Als das erste leise Singen den Raum erfüllte, auf- und absteigend zur Begleitung des rasselnden Sistrums, spürte Anna deutlich, wie sich die Atmosphäre verdichtete. Ihre Augen konzentrierten sich auf die Flasche.

Bleiches, schwankendes Licht fiel von den flackernden Kerzen in verschlungenen glitzernden Bögen auf das kunstvoll gearbeitete Glas. Vom Weihrauch kräuselte müßig spiralförmiger Rauch zur Decke empor und verlor sich im Dunkeln. Die Flasche stand vor der Isis-Statuette, ihre kräftigen Farben im Kerzenlicht gedämpft und schillernd. In der Spiegelung der Flamme schien sich der Inhalt zu bewegen.

Anna ballte die Hände zu Fäusten. Sie konnte fühlen, wie der Schweiß ihre Schläfen und Brüste hinabrann. Serenas Stimme wurde lauter, sei es, weil sie ihre Unsicherheit ablegte oder weil sie in den Phrasen ihres Psalmodierens Anna vollständig vergessen hatte. Als sie endete, schien die Kabine von der Energie der Worte widerzuhallen, dann begannen die Kerzenflammen sich wie in einem starken Luftzug zu neigen. Anna schluckte. Sie tastete nach dem Amulett an ihrer Brust und hielt es fest.

Sie konnte ihn sehen – den großen Mann, so durchsichtig, dass er kaum mehr als ein Schimmer in der Luft vor dem Fenster war.

Serena warf ihren Kopf zurück und rasselte mit dem Sistrum. »Komm! O Anhotep, Diener der Isis, komm! Zeige dich vor mir und vor diesem Gefäß geweihter Tränen!«

Er war jetzt deutlicher zu sehen, seine Glieder wurden unterscheidbar, der Umriss seines Körpers stand klar in den Schatten des Kerzenlichts.

Die Hände auf dem Altar, kniete Serena nieder. Ihren Kopf hatte sie immer noch in den Nacken gelegt, die Augen geschlossen. Sie rasselte noch einmal mit dem Sistrum, dann legte sie es hin. Anhotep war ihr plötzlich nahe gekommen. Er überragte sie. Sein Körper, ein durchsichtiger Schatten, war so nah, dass er sie berührte, und langsam, als sie aufstand, schienen ihrer beider Umrisse zu verschmelzen und eins zu werden.

Sie krampfte sich zitternd zusammen, dann richtete sie sich langsam wieder auf und öffnete die Augen. »Sei gegrüßt.« Ihre Stimme klang anders als alles, was Anna je zuvor gehört hatte. Tief und glockenähnlich erklang darin das Echo von dreitausend Wüstensonnen. »Ich bin Anhotep, Diener der Diener der Götter. Ich komme, um mir zu holen, was mein ist.«

Annas Mund war trocken geworden. Entsetzt starrte sie die Gestalt vor sich an und allmählich wurde ihr bewusst, dass sie allein mit ihm im Raum war. Der Körper von Serena war irgendwie träge und leer. Es war, als ob Serena selbst beiseite getreten wäre und ihm ihr Fleisch, ihre Muskeln und Organe geliehen hätte, die er brauchte, um auf Erden noch einmal wirken zu können.

Sie räusperte sich aufgeregt und war entsetzt, als sie sah, dass die Gestalt vor dem Altar sie deutlich gehört hatte. Das Gesicht wandte sich ihr zu.

»Wer nähert sich dem Altar der Göttin?« Die Worte schienen die Luft um sie zu erfüllen.

»Ich bin Anna.« Sie zwang sich, laut zu sprechen. »Ich bin es, die das geweihte Fläschchen nach Ägypten zurückgebracht hat. Ich … wir müssen wissen, was wir damit tun sollen.«

Eine Hand streckte sich im Kerzenlicht aus. Sie schwebte ein wenig über der kleinen Flasche und Anna sah mit einem Schaudern, dass sie, obwohl es Serenas Hand war, zwischen dem Fläschchen und den Kerzenflammen keinen Schatten warf.

Als die Kabinentür aufsprang, änderte sich eine Weile nichts. Das Licht, das vom Gang hereinfiel, erreichte nicht den Altar und die davor stehende Gestalt und für einen Moment wurden die Schatten dunkler.

»Hilf mir!« Die Stimme war unverwechselbar die von Charley. »Hilf mir! Es kommt wieder. Ich weiß nicht, was ich tun soll …« Sie taumelte leicht, dann sank sie in sich zusammen.

Mit einem wütenden Zischen drehte sich die Gestalt am Altar um. »Hatsek!«

Charley rappelte sich mühsam wieder auf und zitterte heftig. Anna sah von der einen zur anderen, gelähmt vor Furcht.

Was auch passiert, versuche nicht einzugreifen.

Serenas Worte schienen einen Moment lang im Raum nachzuklingen.

»Hatsek! Ich verfluche dich dreifach für deinen schändlichen Verrat!« Als die Worte die Kabine erfüllten, wurde Anna gewahr, dass eine zweite Gestalt in der Tür stand.

Sie löste ihren Blick von Charley und Serena und erkannte Toby.

»Verflucht seist du um der Mütter willen, die um ihre Söhne weinen mussten! Verflucht seist du für Betrug und Mord, verflucht für die Worte voller Bosheit, die du gesprochen!«

Charley trat einen Schritt zurück, dann schien sie sich zu fangen. Sie richtete sich zu ihrer vollen Größe auf. »Du warst immer ein Narr, Anhotep!« Sie schritt vor und streckte die Hand nach dem Altar aus, wo die Kerzen sich zur Seite neigten und tropften. Als ihre Hand durch den Weihrauch sich dem Fläschchen näherte, stieß Anhotep einen lauten Wutschrei aus und stürzte sich auf sie.

Die beiden Frauen gerieten aneinander, Charley schrie auf und sprang rückwärts zur Tür. Serena sackte zu Boden.

Die beiden Priester waren fort.

»Mach das Licht an, Anna, um Himmels willen!« Toby hielt Charley an den Handgelenken. Sie kämpfte wild gegen ihn an, während er sie zurück in die Kabine und schließlich auf das Bett neben Anna verfrachtete.

Anna eilte zum Fenster und riss das Tuch herunter, dann schob sie die Fensterläden auf. »Serena!« Sie kniete sich neben den leblosen Körper, der zusammengekrümmt auf dem Boden lag. »Serena, bist du in Ordnung?«

Auf dem Bett hinter ihr schluchzte Charley hysterisch. Sie nahm die Bettdecke, zog sie sich über den Kopf und wiegte sich vor und zurück.

»Ist Serena okay?« Toby blies die Kerzen aus, dann setzte er sich auf das Bett neben Charley und legte einen Arm um sie.

»Sie atmet. Sie ist nicht bei Bewusstsein. O Gott!«

»Sie wird wieder auf die Beine kommen. Leg ihr ein Kissen unter den Kopf. Hier.« Er gab ihr eines vom Bett. »Hol ihr etwas Wasser zum Trinken.«

»Was hat sie denn?«

»Weißt du das nicht? Du hast sie gehört. Sie ist, was man ein Trancemedium nennt. Ein *channeller*. Sie hat dem Priester erlaubt, durch sie zu sprechen, aber ihm nicht gestattet, von ihr Besitz zu nehmen. Sie war nur ein Vehikel und offensichtlich weiß sie, wie sie sich zu schützen hat. Das muss sie auch, wenn sie *rescue work* betreibt. Du musst warten, bis sie wieder zu sich kommt. Dann wird es ihr gut gehen.«

»Und Charley? Was ist sie?« Anna schaute auf.

»Vielleicht dasselbe. Nein, bei ihr war es nicht freiwillig. Vielleicht ist sie besessen. Hatsek hat ihre Energie benutzt und jetzt auch ihren Körper. Ich hätte sie nicht wieder aufs Schiff bringen drüfen.«

»Nein, wirklich nicht!« Plötzlich zitterte sie vor Angst und Wut. »Wo bist du gewesen? Was war los mit dir? Warum bist du einfach verschwunden? Wir haben dich gebraucht!«

Er nahm Charley in seine Arme und wiegte sie wie ein kleines Kind. »Später, Anna. Es tut mir Leid, dass ich dich verlassen musste. Ich konnte nichts daran ändern. Ich werde alles später erklären. Lass uns erst diese Sache hier in Ordnung bringen.«

Von Serena kam ein Stöhnen und Anna wandte sich ihr wieder zu. Sie nahm ihre Hand und streichelte sie liebevoll. »Serena? Kannst du mit mir sprechen? Geht es dir gut?« Sie stand auf und holte, wie Toby vorgeschlagen hatte, ein Glas Wasser. Sie half ihr, sich aufzusetzen, legte einen Arm um ihre Schultern und hielt das Glas an ihre Lippen.

»Was ist geschehen?« Serenas Stimme war heiser. Sie runzelte die Stirn und rieb sich die Augen, dabei bewegte sie den Kopf von einer Seite zur anderen.

Bei dem Klang ihrer Stimme stöhnte Charley und klammerte sich an Toby.

»War Anhotep da?« Serena nahm das Glas von Anna und trank das Wasser in großen Schlucken aus.

»Ja. Er war da.«

»Hat er gesagt, was wir tun sollen?«

»Er hatte keine Chance dazu.«

Serena ließ das leere Glas aus der Hand fallen, dann sank ihr Kopf für einen Moment auf ihre Brust. Ihre Haut war bleich und feucht, ihre Augen unkonzentriert und blutunterlaufen. »Warum nicht?«

»Hatsek war da.«

»Wie?« Sie schien die beiden anderen Personen im Raum noch nicht wahrgenommen zu haben.

»Charley kam herein. Er schien Besitz von ihr genommen zu haben. Es war beängstigend.«

Schließlich wandte Serena den Kopf zum Bett. Sie registrierte Toby, der Charley in den Armen hielt, und runzelte die Stirn. »Sie? Sie haben Charley zurückgebracht?«

Er nickte. »Verzeihen Sie mir. Ich habe einen schlechten Zeitpunkt gewählt.«

»Ich dachte, Sie wären im Gefängnis.« Serena kämpfte sich auf die Füße. Einen Moment lang stand sie leicht schwankend, dann setzte sie sich steif auf den Stuhl vor dem Ankleidetisch.

Toby verzog das Gesicht. »Nicht in letzter Zeit, zum Glück.«

»Wo waren Sie dann?«

»Bei einem Freund. Ich werde Ihnen die ganze Geschichte erzählen, aber nicht jetzt. Einverstanden? Wir müssen die Sache hier in Ordnung bringen. Was machen wir mit Charley?« Er brachte sie sanft in eine sitzende Position.

Charley hob ihr tränenverschmiertes Gesicht. »Ich will nach Hause.«

»Dann sollten wir das in Angriff nehmen.« Toby befreite sich von ihr und stand auf. »Ich habe einen Freund im Konsulat in Kairo. Ich habe heute schon einmal mit ihm telefoniert. Ich lasse ihn einen Rückflug arrangieren und frage ihn, ob jemand sie begleiten kann. Arme Charley. Es wird alles wieder gut. Wollen Sie zurück ins Hotel für die Nacht?«

Charley nickte. »Das Hotel hat mir gefallen.« Sie wiegte sich wieder.

»Wie um alles in der Welt haben Sie sie da untergebracht?«, fragte Serena müde. »Ich dachte, das *Old Cataract Hotel* wäre Monate im Voraus ausgebucht.«

Toby grinste. Er tippte sich an die Nase. »Sie machen sich Gedanken über das alte Ägypten. Lassen Sie mich mit dem neuen umgehen.«

Sie sahen zu, wie er Charley zur Kabine hinaus- und den Gang entlangführte. Anna schloss die Tür hinter ihm und lehnte sich dagegen. In der hellen Kabine erinnerte nur noch ein leichter Weihrauchgeruch an die Szene, die sich kurze Zeit zuvor hier abgespielt hatte.

Serena zuckte die Achseln. »War es also ein Erfolg oder wieder ein Fehlschlag?«

Anna antwortete mit traurigem Kopfschütteln. »Ich glaube, es war ein Erfolg. Vielleicht hätte es ohne Charley geklappt. Er ist gekommen. Er war wirklich hier in der Kabine. Er war in...« Plötzlich hielt sie inne. »Ich wollte gerade sagen, in dir, aber das war er nicht. Er ist irgendwie über dich geschlüpft wie ein Handschuh.« Sie schauderte. »O Serena, bist du sicher, dass dir nichts passieren kann? Stell dir vor, du wärst ihn nicht mehr losgeworden?« Sie setzte sich unvermittelt hin, überwältigt von Erschöpfung.

»Ich war nicht besessen, Anna.« Serena wickelte das Sistrum in den Seidenstoff ein. »Ich habe ihm nur erlaubt, mich zu benutzen.«

»Ist das nicht dasselbe?«

»Nein. Besessensein ist wie Vergewaltigung. Es geht keine Einladung voraus. Es ist gewaltsam. Ein Raub.«

»Das ist Charley geschehen?«

Serena biss sich auf die Lippe. »Ich fürchte, ja. Hatsek hat ihre Energie benutzt, sie aus ihr herausgesaugt wie ein Blutegel. Und es war ein Leichtes für ihn, einfach in ihre Persönlichkeit einzudringen.«

»Und ist sie jetzt frei von ihm?«

»Ich weiß es nicht.« Serena packte die letzte Kerze ein, dann wandte sie sich von ihrer Tasche ab und ging zum Spiegel auf dem Ankleidetisch. Eine Weile betrachtete sie prüfend ihr Gesicht. »Ich weiß es wirklich nicht. Vielleicht sollte ich noch einmal mit ihr reden, bevor sie uns verlässt, oder macht es das noch schlimmer?«

»Er wird sie doch nicht nach England begleiten?«

»Das weiß ich ebenso wenig. Im Moment weiß ich einfach überhaupt nichts.« Das Gesicht im Spiegel sah plötzlich alt aus. »Ich fühle mich scheußlich wegen allem. Wenn ich nicht eingegriffen hätte …«

»Wenn du nicht eingegriffen hättest, wäre ich wahrscheinlich längst schreiend in ein Irrenhaus verfrachtet worden.«

Serena setzte sich auf den Stuhl. »Einiges, was Andy über mich erzählt hat, ist wahr, weißt du. Ich habe mit diesen Dingen gespielt. Es war Spaß. Romantisch, wild. Es fühlte sich ein bisschen verworfen an, für mich als alte Frau – na ja, ältere Frau.« Sie lächelte. »Eine Witwe, ehrbar, sehr sogar, dazu noch Tochter eines Pfarrers, man stelle sich das vor.« Sie lachte verächtlich. »Meditation. Gebete zu Isis. Rituale bei Kerzenlicht. Nicht nackt oder so etwas, aber es war heimlich. Etwas, das einen verzückte. Es war unwirklich, aber es führte zu anderen Dingen, die wirklich waren, wie: *rescue work*, Trance, *channelling*. Doch das ägyptische Zeug … war anfangs eine Spielerei.«

»Bis du nach Ägypten gekommen bist.«

»Bis ich nach Ägypten gekommen bin.«

»Wo dir klar wurde, dass alles wirklich war, mitsamt deinen Fähigkeiten als eine Art von Priesterin.«

Serena nagte einen Moment lang an ihrer Lippe. »Eine Priesterin«, wiederholte sie. »Das klingt so exotisch. So mächtig. Ich schwelgte in der Idee, eine Priesterin von Isis zu sein.«

»Gut.« Anna stand auf. »Weil du das einzige As in meinem Ärmel bist.«

»Was willst du also tun?«

Sie sahen einander bedrückt an, dann zuckte Anna mit den Schultern. »Hast du die Kraft, es noch einmal zu versuchen? Wir wissen nicht sicher, ob Hatsek Charley nach London folgt. Was ist, wenn er dir oder mir folgt? Was, wenn die Kobra mitkommt? Irgendwie hat mein Herkommen diese ganze blöde Scharade in Gang gesetzt. Weißt du, als ich im Auto schlief, auf der Fahrt durch die Wüste, da habe ich geträumt, dass das Ganze ein Programmteil der Ferien ist, von der Reisegesellschaft eingefädelt, um uns auf dem Schiff zu unterhalten – wie ein Mord-Wochenende in einem Hotel in den Cotswolds –, und dass die Auflösung am Abend vor der Ankunft in Luxor stattfindet oder auf der Pascha-

Party, die sie für uns veranstalten, ich weiß nicht, vielleicht auf dem Flughafen vor unserem Heimflug.«

»Ich wünschte, es wäre ein Traum.« Serena schüttelte den Kopf. »Aber es ist keiner und wir müssen etwas unternehmen. Ich glaube, wir sollten es heute Abend noch einmal versuchen. In Philae, so wie ich es ursprünglich vorhatte. Im Tempel der Isis.«

Annas Mund stand vor Verblüffung offen. »So bald?«

»Ja.« Serena nickte. »Das wäre ideal. Wir gehen doch zu der Licht-und-Ton-Show, stimmt's? Es wird vielleicht schwierig, aber wir müssen versuchen, aus dem Zuschauerraum in die dunklen Bereiche zu schlüpfen, während alle abgelenkt sind. Ich bin sicher, es werden Hunderte von Leuten da sein, aber sie werden alle die Show anschauen. Wir müssen hoffen, dass uns keiner bemerkt.«

»Aber Philae ist wie Abu Simbel. Es ist nicht die wirkliche Stätte. Der Tempel ist auf höheres Gelände versetzt worden.«

»Ich weiß. Der heilige Boden der Isis liegt jetzt unter Wasser, aber ich glaube nicht, dass das eine Rolle spielt. Schließlich sind die Priester hierher gekommen und sie waren auch in Abu Simbel. Es würde mir beim Fokussieren helfen, wenn wir nah beim Tempel wären, und falls sie wollen, dass du ihnen das Fläschchen zurückgibst, dann wäre es der ideale Ort dafür. Würdest du dich davon trennen, Anna, wenn sie es zurück wollen?«

»Natürlich.« Anna sah auf das Fläschchen hinunter, das allein auf dem kleinen Tisch zurückgeblieben war, der als Altar gedient hatte. Sie nahm es hoch und drehte es in den Händen. »Ich frage mich, was passieren würde, wenn es zerbricht.«

Serena schloss die Augen und schüttelte den Kopf. »Ich glaube nicht, dass wir das ausprobieren sollten.« Sie stand auf und nahm ihre Tasche. »Ich gehe jetzt und schlafe ein bisschen. Ich bin vollkommen erledigt. Wir sehen uns später, okay?«

Anna nickte.

Sie stand noch lange an derselben Stelle, als Serena schon gegangen war, dann legte sie sich schließlich auf das Bett und schloss die Augen.

Zwanzig Minuten später gab sie es auf, schlafen zu wollen. Sie griff nach dem Tagebuch, hielt es eine Weile fest und dachte nach. Das Lesezeichen war schon fast ans Ende vorgerückt. Es blieben nur noch wenige Seiten zu lesen.

Louisa war schließlich in Schlaf gesunken. Als sie erwachte, lag sie einfach nur da und blickte wie so oft an die dunkle Decke in ihrer kleinen Kabine. Das Schiff war still, aber sie roch die Essensgerüche aus der Mannschaftskombüse, und von weiter weg, irgendwo vom fernen Ufer, hörte sie das leise Klagen eines Musikinstruments, das das leise Rascheln in den Palmen übertönte.

Sie brauchte den Kopf nur etwas zu wenden, um ihre Farben und Skizzenbücher auf dem Tisch zu sehen. Jane Treece hatte sie von Louisas Bett dorthin geräumt. Ganz vorn lag das kleine, in Seide eingewickelte und mit Band umschnürte Päckchen. Als eine Träne ihre Wange hinablief, schloss Louisa die Augen.

Jemand klopfte vorsichtig an die Tür. Einen Augenblick lang kümmerte sie sich nicht darum, dann rief sie mit einem Seufzer »Herein«. Augusta erschien mit einer Kerze in der Tür.

»Bitte, Louisa, kommen Sie doch zum Abendessen. Es würde die Männer so glücklich machen. Der *Reis* sagt, dass Mohammed ganz verzweifelt ist, dass Sie sich nicht trösten lassen. Sie werden noch krank, meine Liebe, wenn Sie nichts essen.«

Louisa setzte sich auf. Ihr Kopf drehte sich. Augusta hatte Recht. Es hatte keinen Sinn, sich zu Tode zu hungern. Schließlich musste sie nach England zu ihren Söhnen zurückkehren.

»Soll ich Treece bitten, dass sie Ihnen beim Ankleiden hilft?« Augusta bückte sich und hob den blauen Morgenrock auf, der heruntergerutscht war.

Louisa nickte. »Ja, das wäre schön. Bitte. Ich komme dann zu Ihnen.« Sie brachte unter Tränen ein Lächeln zustande, als Augusta die Kerze absetzte und hinausging, um Treece zu rufen.

Louisa saß regungslos in der stillen, dunklen Kabine, den Kopf auf die Hände gestützt. Sie konnte immer noch die Musik hören, doch klang sie weiter entfernt.

Die dunkelfarbige Holztäfelung und die Wandbehänge der Kabine bildeten in dem Licht der Kerze ein reiches Spiel aus Farben und Schatten, und als Louisa schließlich den Blick hob, war die Gestalt am Tisch genau das, ein Schatten, der über den Tisch gebeugt stand und seine Hand ausstreckte.

»Hassan?« Einen Moment lang war sie verwirrt. Sie rührte sich nicht. Erst nach einigen Sekunden sprang sie auf, wollte die Arme um ihn werfen, doch die Gestalt war fort.

Hinter ihr ging die Tür auf und Treece trat mit einer Schüssel und einem Krug voll dampfendem Wasser ein. Es roch nach Rosenöl und Louisa konnte den dünnen Ölfilm auf dem Wasser sehen.

Kläglich erlaubte sie Treece, ihr Gesicht, Hände und Hals zu waschen. Sie ließ sich in das weite dunkelgrüne Kleid helfen und dann das Haar zu einem Nackenknoten binden. Als Louisa die Kabine verließ, hörte sie die andere empört schnauben, während diese die Fensterläden öffnete und das Wasser hinaus in die Dunkelheit schüttete. »So ein Theater!« Die Worte waren absichtlich so laut gesprochen, dass sie sie hören konnte. »Und das alles für einen Eingeborenen!«

Die Wut trieb Louisa durch den Salon hinauf auf Deck, wo die anderen mit ihren Drinks auf sie warteten. Sie nahm den von Sir John angebotenen Platz, dann wandte sie sich um und sah über den Fluss. Hier war er sehr breit und machte einen weiten Bogen. Die Palmen, die auf beiden Seiten bis hinab ans Ufer reichten, wedelten mit ihren Blättern anmutig vor dem Sternenhimmel. Am jenseitigen Ufer sah sie zwei Schiffe, die nebeneinander vertäut lagen. Selbst im Dunkeln konnte sie sie erkennen.

Das Schiff der Fieldings und das von Lord Carstairs waren hell erleuchtet und die Musik kam, wie ihr plötzlich klar wurde, von einer Gruppe von Musikern, die auf dem Deck der *Scarab* spielten.

Sie drängte an Sir John vorbei an die Reling und starrte über das Wasser. Er folgte ihr. »Nehmen Sie sie einfach nicht wahr, meine Liebe. Kommen Sie, lassen Sie uns etwas trinken und dann essen wir zusammen.«

»Feiern sie dort ein Fest?« Eine *soirée*? Ihre Hände umklammerten das Geländer, sodass ihre Knöchel weiß hervortraten.

»Nichts dergleichen, da bin ich mir sicher. Sie haben nur eine Gruppe von Musikern gebeten, für sie zu spielen. Das ist ihr gutes Recht, Louisa…«

»Sie sind auf dem Schiff von Roger Carstairs!«

»In der Tat, das sind sie.« Er war verlegen. Sie sah, wie er mit dem Finger innen an seinem Kragen entlangfuhr.

»Aber ich dachte, er wollte zurück nach Abu Simbel!«

Sir John schüttelte mit finsterer Miene den Kopf. »Offenbar nicht.«

»Warum nicht?«

»Meine Liebe, ich weiß nicht, warum er dort noch einmal hätte hinfahren sollen. Sein Schiff hat unseres den ganzen Weg durch den Katarakt bis nach Assuan begleitet. So wie das von den Fieldings auch.«

»Ich habe ihm gesagt, er soll gehen!« Ihre Stimme war tief und wuterfüllt. »Ich habe es ihm gesagt, aber er hat sich nicht darum geschert.«

»Louisa, er weiß, dass er auf unserem Schiff nicht willkommen ist. Er hat nicht versucht, an Bord zu kommen. Aber ich kann ihn nicht davon abhalten, in unserer Nähe zu segeln!«

»Nein, aber ich kann es!« Sie drehte sich um und lief zu den Mannschaftsquartieren. »Mohammed! Rufen Sie den Jungen. Ich möchte jetzt das Ruderboot. Ich möchte über den Fluss gebracht werden.«

»Louisa, nein!« Sir John eilte ihr hinterher.

»Sie können mich nicht aufhalten!« Sie wandte sich zu ihm um. »Versuchen Sie es nicht. Ich verlange nicht, dass Sie mitkommen. Ich brauche nur den Jungen, um mich hinüberzurudern.«

Hinter ihnen war die Mannschaft von ihren Sitzen um die Kohlenpfanne aufgesprungen, auf der ihre Mahlzeit zubereitet wurde. Mohammed trat mit besorgtem Gesicht vor. »Wenn Lady Louisa über den Fluss fahren möchte, dann werde ich sie selbst rudern.«

»Danke, Mohammed. Das freut mich. Ich möchte sofort los.«

Ihr Gesicht war so weiß wie ein Bettlaken, während sie ihm zusah, wie er das kleine Beiboot an die Seite ruderte. Aus ihrer

Kabine hatte sie noch ihren Schal geholt. Er hielt das Boot ruhig, während sie hineinkletterte, dann wendete er es fachmännisch mit einem Ruder und begann über das dunkle Wasser zu rudern.

Es war David Fielding, der ihr an Deck half. Hinter ihm konnte sie Venetia und Katherine erkennen, die es sich auf riesigen seidenen Kissen bequem gemacht hatten und bei persischem Tee schläfrig der Darbietung vor ihnen zusahen. Roger Carstairs hatte bei ihnen gesessen. Als Louisa erschien, stand er auf. Er war mit einem weißen Turban und einem schwarzen Gewand bekleidet. Um die Taille trug er eine vielfarbige, befranste Schärpe, in der sein langes gebogenes Jagdmesser steckte.

Katherine lächelte und streckte ihr die Arme zu einem freundlichen Willkommen entgegen, doch Louisa bemerkte die Geste nicht. Ihre Augen waren auf Carstairs' Gesicht konzentriert. Katherine hielt mitten in der Bewegung inne, ihr Lächeln erstarb, dann legte sie die Hände besorgt auf ihren Bauch.

»Guten Abend, Mrs. Shelley!« Carstairs verbeugte sich. Die Musiker hinter ihm waren verstummt.

»Guten Abend, Mylord.« Sie wusste, dass Mohammed ihr über die Reling gefolgt war und nah hinter ihr stand. Wenn sie einen Schritt vorwärts ging, so tat er es auch. Seine Gegenwart gab ihr Sicherheit.

Carstairs nickte. »Wie ich sehe, haben Sie immer noch einen Eingeborenen an Ihrer Seite, Mrs. Shelley. Er kann sich gern zu den anderen Bediensteten gesellen, wenn Sie sich zu uns setzen und die musikalische Unterhaltung mit anschauen wollen.«

»Ich komme nicht, um mich unterhalten zu lassen«, gab Louisa zurück. »Und Mohammed bleibt hier bei mir, wenn er das will. Er ist der Freund meines Freundes.« Ihre Augen wurden schmal. »Warum sind Sie nicht zurück zur Höhle gefahren?«

Er lächelte. »Weil ich Nachricht bekam, dass die Phiole nicht mehr dort ist. Sie haben versucht, mich zu täuschen, Mrs. Shelley.«

»Das, was Sie so verzweifelt wollen, dass Sie bereit waren, dafür einen Menschen zu töten!« Ihre Stimme war ruhig.

Von Katherine kam ein leises Stöhnen.

»O ja, Mrs. Shelley. Ich war durchaus bereit, einen Menschen zu töten.« Er lächelte. »Auch wenn es in diesem Fall nicht nötig war. Die Schlange hat es für mich erledigt.«

Sie lachte. »Die Schlange hat es für Sie erledigt!«, wiederholte sie. »Haben Sie Ihren Freunden schon erzählt, wie furchtbar dringend Sie mein kleines Parfümfläschchen haben wollten? Und haben Sie ihnen gesagt, was Sie getan haben, um es in Ihren Besitz zu bringen? Haben Sie ihnen gesagt, wie durch und durch böse Sie sind?«

»O Louisa!« Katherines Aufstöhnen war voller Pein. »Bitte, meine Liebe, nicht!«

»Hindern Sie mich nicht daran, Ihnen zu sagen, was geschehen ist!« Louisa wandte sich ihr nur für eine Sekunde zu, doch vor der Kraft ihrer Worte wich Katherine in die Kissen zurück. »Dieser Mann, der Sie als Freund unterhält, ist ein abgefeimter Schurke, der schwarze Magie betreibt. Sie sind nicht sicher auf diesem Schiff. Niemand ist es!«

Sie konnte sehen, wie die Musiker und die Mitglieder von Carstairs' Crew aufhorchten. Sie wusste nicht, wie viele von ihnen Englisch sprachen, aber sie sahen alle ängstlich aus. »Ihr seid in Gefahr!«, rief sie ihnen zu. »Versteht ihr nicht?«

»Louisa, meine Liebe.« David Fielding legte seine Hand auf ihren Arm. »Wir wissen alle, dass Sie erregt sind. Mit gutem Grund. Aber das hilft niemandem. Was da draußen in der Wüste geschehen ist, war niemandes Schuld. Es war ein tragischer Unfall. Immer wieder kommen da draußen Leute durch Schlangen und Skorpione zu Tode.«

»Nein!« Louisa schüttelte den Kopf. »Das war kein Unfall. Hassan kannte sich mit Schlangen und Skorpionen aus. Das war seine Aufgabe! Mich zu begleiten und zu schützen.« Ihre Augen füllten sich mit Tränen. »Verstehen Sie nicht? Er hat es getan. So gewiss, als wäre er ein zweites Mal mit dem Messer auf Hassan losgegangen und hätte es ihm ins Herz gestoßen!« Sie zeigte mit ausgestreckten Armen auf Carstairs.

Carstairs schüttelte langsam den Kopf. »Das sind Wahnvorstellungen eines überhitzten Hirns.«

»Sind sie das?« Sie wischte sich die Tränen aus den Augen. »Sie wollen das Fläschchen also nicht?«

Er straffte sich plötzlich. Sein Blick wurde wachsam. »Sie wissen, dass mir sehr viel daran liegt, das Fläschchen zu erwerben, Mrs. Shelley. Ich habe Ihnen angeboten, es zu kaufen. Ich habe Ihnen gesagt, dass Sie Ihren Preis nennen können.«

»In Ordnung. Mein Preis ist Hassan! Wenn Ihre magischen Kräfte so stark sind, dann können Sie ihn wieder zum Leben erwecken!« Sie ging einen weiteren Schritt auf ihn zu und Mohammed folgte ihr wie ein Schatten. »Nun, ist Ihre Magie so mächtig, Lord Carstairs?« Sie lächelte herausfordernd.

Er kniff die Augen zusammen. »Sie wissen, dass ich das nicht kann. Niemand kann Tote wieder zum Leben erwecken.«

»Wie, nicht die Priester, die das Fläschchen bewachen?« Sie verschränkte die Arme. »Ich habe sie gesehen. Sie haben Macht. Und waren sie nicht selbst tot?«

Seine Augenlider waren so tief gesenkt, dass sie nicht erkennen konnte, ob er sie unter den Wimpern hervor ansah. Er stand da so still, als ob er nicht mehr atmete. »Die Priester sind keine lebendigen Wesen. Sie sind immer noch tot, auch wenn sie auf unserer Erde wandeln.«

Hinter ihm wurde zischend die Luft eingesogen und Louisa sah, wie die Männer in seiner Nähe die Augen aufrissen. Zumindest manche von ihnen waren fähig, dem Gespräch zu folgen.

»Dann können Sie meinen Preis also nicht zahlen?«

»Ich habe Ihnen Geld angeboten, Louisa. Jeden Betrag, den Sie nennen wollen.« Seine Stimme verriet wachsende Ungeduld.

Sie schüttelte ihren Kopf. »Geld bringt mir nichts.«

»Dann alles andere, was in meinen Kräften liegt. Juwelen. Land. Meinen Titel und meine Hand habe ich Ihnen schon geboten.«

Hinter ihm ertönte ein kurzer Aufschrei. »Roger! Du hast dich mir versprochen!«

Er überhörte es. Seine Augen waren nur auf Louisas Gesicht gerichtet. »Nun, was davon wollen Sie?«

Sie schüttelte den Kopf. »Ich glaube nicht, dass ich irgendetwas haben will, das Sie mir geben könnten, Mylord.« Ihre Stimme wurde plötzlich zu einem Flüstern. »Außer Rache.«

Venetia hatte sich schluchzend auf Katherines Schoß geworfen, die ihre Schwägerin in den Armen hielt. Bei Louisas letzten Worten wandten sich beide ihr zu und verstummten plötzlich.

Auf dem Schiff herrschte vollkommene Stille. Das einzige Geräusch war das sanfte Rascheln des Schilfs am Ufer. Louisa hielt seinem Blick stand. Schließlich nickte sie. »Ich habe das Fläschchen hier«, sagte sie ruhig. Sie zog das in Seide gewickelte Päckchen aus der Tasche ihres Kleides hervor.

Seine Augen weiteten sich begierig. »Und Sie wollen es mir nun geben!« Er lächelte triumphierend.

Sie sah nachdenklich auf ihre Hand hinab. »Nein«, sagte sie endlich. Sie richtete ihren Blick wieder auf ihn. »Nein, ich werde es Ihnen nicht geben. Ich werde es den Göttern geben, denen Sie zu dienen vorgeben. Sie werden nie wieder einen Blick hierauf werfen, Lord Carstairs. Nie!«

Mit einer raschen Bewegung schleuderte sie das Fläschchen so weit sie nur konnte in die Dunkelheit hinaus. Jeder auf dem Schiff hielt den Atem an, dann folgte ein leises Aufklatschen draußen auf dem Fluss.

»Nein!« Carstairs stürzte an die Reling. Er beugte sich weit darüber und starrte verzweifelt auf das Wasser. »Wissen Sie, was Sie getan haben?« Er drehte sich unvermittelt um, seine Augen blitzten vor Zorn. »Ja? Wissen Sie, was Sie da getan haben?« Er packte sie an den Schultern und schüttelte sie heftig.

»He. Halt mal! Hände weg von ihr!« David Fielding fasste ihn am Arm. Mohammed trat ebenfalls mit entschlossenem Gesicht vor. Er hatte sein Messer gezückt.

»Nein!« Katherine stieß einen Schrei aus. »Nein! Es wird sich noch jemand verletzen! David, pass auf! Lassen Sie los, Roger. Es hat doch keinen Zweck. Es ist verloren!« Sie kam auf die Füße. »In Gottes Namen! Das geht jetzt schon viel zu lange. Louisa, ich denke, Sie sollten jetzt gehen. Sie haben gesagt, was Sie sagen wollten!« Sie brach plötzlich ab und hielt sich stöhnend ihren Bauch.

»Kate?«, rief David Fielding besorgt. »Meine Liebe, was hast du?«

Sie richtete sich kreidebleich auf und taumelte zu den Kissen zurück. »Es geht mir gut.« Sie atmete schwer. »Louisa, Sie sollten gehen.«

Louisa hatte sich von Carstairs' Zugriff befreit und war zur Reling zurückgewichen. »Ich gehe.« Sie warf die Worte über die Schulter, als sie sich an ihren Begleiter wandte. »Mohammed, helfen Sie mir bitte ins Boot?«

Ihre Worte wurden von einem durchdringenden Schrei unterbrochen. Katherine krümmte sich erneut. »Mein Baby! Es ist mein

Baby!« Sie versuchte aufrecht zu stehen und suchte Halt bei ihrem Mann.

Louisa blieb auf der obersten Sprosse der Leiter stehen, und als sie sich umdrehte, sah sie mit Entsetzen einen roten Fleck, der sich auf Katherines Rock ausbreitete. Einen Augenblick lang bewegte sich niemand. Dann fasste sich Venetia an den Kopf und sank auf die Kissen. Niemand nahm Notiz von ihr. Louisa sah voller Angst die versammelten Männer an. Sie waren wie gelähmt, starrten auf die verzweifelte Frau und die Pfütze Blut, die unter ihrem Rock auf den Decksplanken entstand.

»Tragt sie hinunter in eine Kabine!« Louisa trat vor und schob Carstairs beiseite. »Los! Schnell!«

»Wir gehen zurück zur *Lotus*!« David Fielding sah sich verstört nach seinen Dienern um. »Sie sollte dort sein.«

»Dafür ist keine Zeit. Bringen Sie sie hinunter, David. Mylord«, wandte sie sich mit verächtlichem Blick an Carstairs, »sorgen Sie dafür, dass die anderen Männer das Schiff verlassen. Sie können sicher hinüber zur *Lotus* gehen. Mohammed, würden Sie bitte Lady Forrester zu Hilfe holen? Venetia, reißen Sie sich zusammen. Sie müssen bleiben und uns auch helfen. Los jetzt!«, schrie sie den entsetzten Gesichtern um sie her entgegen, als Katherine einen weiteren Schrei ausstieß. Er ließ die Männer kopflos in alle Richtungen hasten, schließlich drängte Carstairs David zur Seite, der vom Schock wie gelähmt war, nahm Katherine hoch und trug sie in den Salon, wo er sie auf den gepolsterten Diwan legte.

Als er sich von der schluchzenden, stöhnenden Frau abwandte und Louisa gegenüberstand, die ihnen gefolgt war, warf er ihr nur einen kurzen, kalten Blick zu, dann ging er an ihr vorbei wieder an Deck.

Venetia stand totenblass und weinend in der Tür und fürchtete sich offenbar, die Kabine zu betreten. »Wir brauchen heißes Wasser«, sagte Louisa, »und saubere Tücher.«

Katherine stöhnte wieder. David erschien in der Tür, sein Gesicht so weiß wie Papier. »Was kann ich tun?«

Louisa sah zu ihm auf. »Helfen Sie Venetia, Wasser zu holen.«

Sie wandte sich wieder Katherine zu und versuchte mit beruhigenden Worten, es ihr bequemer zu machen. Irgendwie schaffte sie es, ihr beim Aufsitzen zu helfen, sodass sie ihr das unfassbar eng geschnürte Kleid öffnen und über den Kopf ziehen konnte. Dann bettete sie sie wieder auf die Kissen. Katherines Angst war ansteckend. Louisa musste selbst gegen Wellen der Panik ankämpfen, als sie sanft das Haar der Frau zurückstrich und dann das blutgetränkte Kleidungsbündel verschwinden ließ. »Es wird alles gut, Katherine. Sie werden das schaffen.« Sie nahm ihre Hände und hielt sie fest umschlossen.

»Und das Baby? Was wird aus dem Baby? Der Termin ist erst in zwei Monaten!« Sie brach wieder in Tränen aus. »Es ist Davids Schuld. Er wollte nicht auf mich hören. Er hat darauf bestanden, in dieses gottverlassene Land zu fahren. Ich habe ihn gebeten, es nicht zu tun, aber er wollte Venetia herbringen. Er wollte einen Mann für sie finden.« Sie brach ab und hielt den Atem an, dann jammerte sie vor Schmerz.

Louisa hielt ihre Hände weiter fest. Als die nächste Wehe kam, krallten sich Katherines Finger immer enger an ihr fest. »Hier sind die Tücher.« Venetia trat in die Kabine und drückte sie ihr in die Arme, wobei sie es vermied, die Frau auf dem Diwan anzusehen.

»Behalten Sie sie für später. Holen Sie eine Schüssel mit warmem Wasser und einen Waschlappen, sodass wir sie waschen können.« Louisa warf ihr einen Blick zu. Plötzlich tat ihr Venetia Leid. Keine unverheiratete Frau sollte etwas Derartiges mit ansehen, vor allem nicht, wenn das Kind sterben musste. Sie biss sich auf die Lippe. Katherine atmete schwer, sie war jetzt still zwischen den Wehen, ihr Gesicht bleich und voller Tränenspuren. Louisa beugte sich über sie, um ihre Stirn abzuwischen, doch da kam eine neue Wehe. »Es ist Ihre Schuld!« Auf einmal schrie Katherine ihr ins Gesicht. »Wenn Sie nicht gekommen wären und mit Carstairs Streit angefangen hätten, wäre das nicht passiert!« Verzweifelt umklammerte sie Louisas Hände. »Sie hätten nicht kommen dürfen. Warum haben Sie es getan?« Sie atmete in heftigen Stößen, Schweiß lief ihr das Gesicht und den Körper hinunter.

Als die Wehe nachließ, hörte Louisa ein Geräusch an der Tür. Sie drehte sich um und sah Mohammed auf der Schwelle zögern. Er hatte seinen Kopf abgewandt, um nicht in den Salon zu sehen. »Lady Forrester will nicht kommen, Sitt Louisa. Sie sagt, sie versteht nichts vom Gebären. *Maleesh*! Das macht aber nichts. Ich habe eine Frau aus dem Dorf geholt, die sich in diesen Dingen auskennt.«

Hinter ihm lugte eine verschleierte Frau in die Kabine. Sie hatte große dunkle Augen, die sich scheu über dem Schleier umschauten. Schließlich ruhten sie mit einem Ausdruck der Besorgnis auf Katherine.

Louisa lächelte sie an. Sie erinnerte sich, dass Hassan ihr erzählt hatte, dass die weisen Frauen in den Dörfern oft große Kenntnisse in einfachen medizinischen Fragen und bei der Geburtshilfe besaßen.

Mohammed flüsterte der Frau schnell etwas zu, dann schlüpfte sie an ihm vorbei in die Kabine und näherte sich Louisa mit einer Verbeugung.

»Sprechen Sie Englisch?«, fragte Louisa.

Die Frau zuckte die Achseln. Sie trug einen kleinen Korb, den sie auf den Tisch stellte.

Katherine ergriff Louisas Hand. »Lassen Sie sie nicht näher kommen!« Sie schrie. »Lieber Gott, ich liege im Sterben und Sie bringen mir eine Eingeborene! Wo ist David? O Gott!«

Nachdem die Tür geschlossen war, legte die Frau ihren Mantel und Schleier ab. Sie war älter, als es zunächst den Anschein gehabt hatte, und als sie Katherine ansah, war sie sich sofort über die Situation im Klaren. Sie nickte, ging zu ihr hin und legte eine kühle Hand auf Katherines Bauch.

»Gut. Gut«, sagte sie. »Baby gut. *Inschallah*!«

»Schicken Sie sie weg!« Katherine schob ihre Hand weg, doch schon kamen die Schmerzen wieder.

Als nach wenigen Minuten die Kabinentür aufging, konnten die drei Frauen, die um Katherine standen, zunächt nicht erkennen, wer dort stand. Die Silhouette der Gestalt war groß und dunkel vor dem Nachthimmel und von der sie umgebenden Nacht kaum zu unterscheiden. Die Frau aus dem Dorf erkannte ihn als Erste, sie wandte sich mit einem Stöhnen ab und versuchte ihr Gesicht zu verbergen.

»Roger? Sind Sie es? Was ist?« Venetia entfernte sich mit unübersehbarer Erleichterung von ihrer Schwägerin. Die alte Frau nahm ihren Schal und legte ihn über ihren Kopf und vor das Gesicht.

»Ich bringe Hilfe.« Er bückte sich und schaute herein. »Ich habe den Priester der Sekhmet herabgerufen. Sie ist die Göttin der Heilkunst und mit seiner Hilfe wird sie dieser Frau Genesung gewähren!« Seine Stimme erfüllte die Kabine.

Katherine stöhnte. »Schickt ihn weg! Lasst ihn nicht zu mir!« Ihre Stimme war vom Schreien heiser. Sie klammerte sich an Louisa. »Lasst ihn nicht herein!«

»Sie haben sie gehört! Kommen Sie nicht herein. Bleiben Sie uns mit ihrer schmutzigen Magie vom Leibe.« Louisa sah zu ihm auf. »Sie sind hier unerwünscht!«

»Nicht einmal, um ihr Leben zu retten?« Die höhnische Stimme hallte im Raum wider. »Glauben Sie mir, Madam, nur Magie kann sie retten!«

»Ihre Art Magie kann nichts für sie tun! Es ist eine zerstörerische, mörderische Magie!«, rief Louisa.

»Sie wollen ein Risiko eingehen?« Die Stimme wurde immer spöttischer. »Ich denke, Sie lassen mich besser herein.«

»Nein!« Katherines Schluchzen war noch hysterischer geworden. »Nein, bitte, schicken Sie ihn weg! David!« Ihr letzter Schrei war so schrill, dass die Frau aus dem Dorf ihre Furcht vor Carstairs vergaß. Sie legte ihre Hand auf Katherines Bauch und gab Louisa ein paar unverständliche Anweisungen, denen sie eine Reihe sehr viel deutlicherer Gebärden folgen ließ. Sie versuchte, Katherine auf die Füße zu bringen. Sie zeigte ihr, dass sie in die Hocke gehen sollte für die Geburt.

Venetia war die Aufgabe überlassen, Carstairs aus dem Raum zu schieben, nach draußen, wo David allein auf dem Achterdeck stand. Ein paar Minuten später hörten sie beide den schwachen Schrei eines Säuglings. Bei dem Laut drehte sich David um. »War es das? War das mein Baby?« Er zitterte.

Carstairs zuckte die Achseln. Er entfernte sich von ihm und ging nun über das Dach der Kabine zum Bug. Dort stand er und streckte seine Arme zum Himmel aus.

Als David die Kabine betreten durfte, war sie schon aufgeräumt, die Salben aus Bockshornklee und Honig, Akazie und Tamariske waren wieder im Korb der Frau verstaut. Katherine lag auf dem Diwan, von Kissen gestützt, und das winzige Baby lag zwischen ihren Brüsten. Er sah es voller Besorgnis an.

»Es ist alles in Ordnung, David.« Katherine berührte den kleinen Kopf des Babys mit einem Finger. »Er liegt hier, damit er es warm hat. Er ist sehr klein, aber Mabrooka sagt, dass er gesund ist.« Sie lächelte die alte Frau an, die sich verneigte. Sie wickelte bereits wieder den Schleier um ihren Kopf. »Du musst ihr etwas Bakschisch geben, David«, fuhr Katherine fort. Ihre Stimme war schwach. »Sie hat mir wahrscheinlich das Leben gerettet.«

Louisa ließ sie allein und schlich hinaus an Deck, wo sie die Nachtluft in tiefen Zügen einatmete. Es musste kurz vor der Morgendämmerung sein.

Ein Laut hinter ihr ließ sie herumfahren. Carstairs stand dort mit verschränkten Armen. Als sie ihn sah, immer noch in sein schwarzes Gewand mit rotgoldener Schärpe und kunstvoll gebundenem Turban gekleidet, überkam sie ein Gefühl des Ekels. Er ließ seinen Blick mit geringschätzigem Schweigen über sie gleiten, sah das Blut auf ihrem Kleid, ihr verstrubbeltes Haar, ihre Erschöpfung, und sie spürte sofort, wie die Wut in ihr brodelte. »Wollen Sie nicht wissen, wie es ihnen geht?«

Er zuckte mit der Schulter. »Ohne Zweifel werden Sie es mir gleich sagen.«

»Sie sind beide sicher und wohlauf.«

»*Inschallah*!« Er neigte leicht seinen Kopf.

»Und ich werde jetzt gehen.«

»Bitte, tun Sie das.« Er drehte sich ohne ein weiteres Wort um.

Sie ging zum Heck, wo Mohammed mit überkreuzten Beinen saß und auf sie wartete. Die Anlegeleine des kleinen Ruderboots, das hinter der Dahabiya dümpelte, war neben ihm an der Reling befestigt. Er stand auf, als er sie näher kommen sah, und verbeugte sich. »Sitt Fielding geht es gut?«

»Sie ist wohlauf, Mohammed, dank Ihnen. Und das Baby, ein Junge, auch. Würden Sie mich bitte zurück zur *Ibis* bringen und dann noch einmal für Mabrooka zurückkommen?« Sie rieb sich die Augen. »Es ist schon fast Tag, ich bin sehr müde.«

Er wandte sich um und zog das Boot heran, dann stieß er unvermittelt einen Schrei aus. Ganz nah bei ihm auf den Planken lag eine große Schlange aufgerollt. Als er sich bewegte, zischte sie. Sie hob ihren Kopf, die Haube gespreizt, und wiegte sich hin und her, die Augen auf ihn gerichtet.

»Nein!« Louisa starrte sie einen Augenblick an, dann wandte sie sich an Carstairs. »Rufen Sie sie zurück! Sind Sie so abgrundtief böse, dass Sie noch einen weiteren unschuldigen Mann töten wollen?«

Er lächelte. »Ich habe sie nicht hergerufen, Mrs. Shelley, das versichere ich Ihnen.«

»Ihre Versicherungen sind nichts wert.« Sie nahm ihren ganzen Mut zusammen und ging vor zur Schlange. »Mohammed, steigen Sie ins Boot.«

»Nein, Gnädigste. Ich kann Sie nicht im Stich lassen.« Sein Gesicht war kreidebleich.

»Los! Sie wird mir nichts zun.« Sie stampfte mit dem Fuß auf und die Schlange zischte.

Mohammed bewegte sich behutsam rückwärts, Schritt für Schritt, während Louisa nach Venetias Sonnenschirm griff, der auf einem Stuhl neben ihr lag. Die Schlange beobachtete jetzt sie. »Rufen Sie sie zurück, Mylord.« Sie lächelte. »Wollen Sie, dass ich auch sterbe, damit ich dann bei Hassan bin?«

Er schüttelte langsam den Kopf. »Ich habe sie nicht gerufen!«

»Dann lassen Ihre Kräfte nach. Und Sie sind noch viel schwächer, wenn Sie die böse Ausgeburt Ihres Gehirns nicht auslöschen können.« Sie spürte, wie Mohammed hinter ihr auf der anderen Seite des Schiffs die oberste Stufe der kleinen Leiter bestieg. Als er sich hinunterließ, flüsterte er ihr zu. »Bitte, Sitt Louisa. Bitte. Bringen Sie sich in Sicherheit.«

Louisa zeigte ein weiteres Lächeln. »Also, Lord Carstairs. Wollen Sie mich ins Paradies zu Hassan schicken?«

Carstairs gab einen Zischlaut von sich, was die Schlange ablenkte. Als das Reptil sich ihm zuwandte, rannte Louisa an die Seite des Schiffes und kletterte die Leiter hinunter. Binnen Sekunden war sie im Boot, und Mohammed ruderte fieberhaft zur *Ibis*.

Hinter ihnen schallte Carstairs' kaltes Gelächter in die Dunkelheit.

Nachdem sie die halbe Strecke über den Fluss zurückgelegt hatten, stützte Mohammed sich auf dem Ruder auf. »Sitt Louisa. Ich habe etwas für Sie.« Er nestelte an seinem Gewand herum und brachte etwas kleines Weißes zum Vorschein. Er reichte es ihr. »Als ich fortruderte, um Lady Forrester zu holen, schwamm es vor mir im Wasser. Die Seide, in die Sie es gewickelt haben, hatte sich mit Luft gefüllt. Es ist gar nicht gesunken.«

Louisa betrachtete das kleine feuchte Päckchen in ihren Händen, dann sah sie mit einem zögernden, bitteren Lächeln zurück zur *Scarab*. Also war die Schlange viel klüger gewesen, als irgendjemand geahnt hatte. Das Parfümfläschchen war in Mohammeds Boot gewesen. Die Götter hatten es nicht zurückgenommen.

14

Der Opferblock ist bereit, wie du weißt,
und du bist gekommen, um zu Grunde zu gehen …
befreie du deine Priester von den Wächtern,
die mit Schlachtermessern
in ihren grausamen Händen metzeln

Der weise Mann nimmt ein Stück Papier. Darauf schreibt er die Namen der beiden Priester, Anhotep und Hatsek, und ihre Geschichte. Dann schreibt er eine Warnung an den Händler und für die Männer aus Luxor. Dies ist eine Geschichte von zwei Dschinns, die sich gegenseitig umbringen würden, wenn sie könnten, und die jeden töten würden, der ihr geweihtes Fläschchen berührt. Dies ist eine heilige Flasche, aus dem Allerheiligsten des Tempels geraubt. Hände, die sie entweihen, werden zu Staub zerfallen; die Hände der Priester sind blutbefleckt.

Als das Papier fertig beschrieben ist, ist die Sonne untergegangen und Dunkelheit hat sich über das Haus des Händlers gesenkt. Der weise Mann verbeugt sich und geht. Der Händler ringt mit dem, was er gehört hat. Er hält ein wertvolles Relikt aus der alten Zeit in Händen. Gibt er es erfüllt von Ver-

ehrung und Respekt den alten Göttern zurück, oder nimmt er es mit auf den Basar im Frangee-Viertel und verkauft es für mehr Geld, als er je sein eigen nannte?

Er liest das Papier gedankenverloren durch. Die Priester werden ungeduldig. Sie nähren sich von seiner Lebenskraft und von der seiner Söhne und Frauen und Diener und sie werden stärker, als sie je waren, seit sie aus der Verborgenheit ihrer Gruft ans Licht des Tages traten.

Mehrere Boote warteten am Kai, um die Schlangen von Schaulustigen zur Ton-und-Licht-Show im Tempel von Philae zu befördern. Die Passagiere des *Weißen Reihers* schlossen sich den Wartenden an und bestiegen die Ausflugsboote. Voller Erwartung und Erregung schauten sie über das dunkle Wasser mit seinen Tausenden von Spiegelungen.

Als Anna und Serena im Heck des Bootes Platz nahmen, ergab es sich, dass Anna neben Andy zu sitzen kam. Sie runzelte die Stirn, als er seinen Arm um ihre Schulter legte und sagte: »Nichts für ungut, was, Anna? Haben Sie sich eine warme Decke mitgebracht? Manchmal weht aus der Wüste ein sehr kalter Wind herüber, während man sich diese Dinge ansieht.«

Kaum wahrnehmbar rückte sie von ihm ab. »Danke, Andy. Ich bin auf den Abend bestens vorbereitet.« Sie warf Serena einen kurzen Blick zu. In Annas Tasche befanden sich die kleine Flasche und das Tagebuch, in Serenas die kleine Statuette, das Henkelkreuz, die Weihrauchschale und Kerzen. Sie wussten beide nicht, wie sie sich von der Menschenmenge lösen und im Dunkeln ins Allerheiligste des Tempels vordringen sollten, wenn es denn überhaupt möglich war. Anna sah sich nach Toby um und entdeckte ihn weiter vorne im Boot. Er sprach mit dem Mann am Steuerrad.

Sie lachten und gestikulierten zusammen, als ob sie sich seit Jahren kannten, und zum ersten Mal dämmerte ihr, dass Toby Arabisch sprach. Sie war sich immer noch nicht sicher, was draußen in Abu Simbel vorgefallen war, aber irgendwie beunruhigte es sie nicht weiter. Toby hatte eine Erklärung für sein Verschwinden und er würde sie ihr in einem geeigneten Augenblick geben. Alles andere war egal.

»Also verzeihen Sie mir?« Andy raunte in ihr Ohr. »Es ging mir nur um Ihr Wohl, verstehen Sie?«

Sie wusste nicht, ob er über den Diebstahl des Tagebuchs und des Parfümfläschchens redete oder ob er sich immer noch auf Toby bezog. Auf einmal war es ihr gleichgültig. Als die Boote ablegten und auf den Fluss hinausfuhren, beugte sie sich vor, sodass sein Arm sie nicht mehr berührte.

Der Tempel war mit Flutlicht beleuchtet. Seine heitere Schönheit spiegelte sich ringsum auf den Wasserflächen. Daneben erhob sich der Trajanskiosk, den Louisa so beredt beschrieben hatte, mit seinen eleganten Säulen, geradezu unwirklich gegen den mitternachtsblauen Himmel, ein verblüffender Kontrast zur Strenge der Pylone vor dem Tempel selbst. Anna verschlug es bei diesem zauberhaften Anblick schier den Atem. »Macht es etwas aus, dass er nicht auf der eigentlichen Insel von Philae ist? Dass sie ihn nach Aglika verlegt haben?«, flüsterte sie Serena zu. Wie konnte das etwas ausmachen? Er sah so vollkommen aus. Als ob er seit Tausenden von Jahren dort gestanden hätte.

Serena zuckte mit den Achseln. »Eigentlich war die Insel Biga, die Osiris geweiht war, der entscheidende Ort. Ich glaube, das muss da drüben sein.« Sie zeigte in die Dunkelheit. »Ich denke, es ist wie in Abu Simbel. Da war auch noch etwas von dem Heiligen spürbar, oder?« Sie sah hinaus aufs Wasser. »Und sei es nur, weil wir – die Touristen – mit einem Gefühl der Ehrfurcht hingehen. Das müsste doch für die nötige Atmosphäre sorgen, meinst du nicht?«

»Ich glaube nicht, dass alle, die heutzutage hierher kommen, Isis anbeten wollen.« Anna fröstelte und warf einen Blick auf die Tasche in Serenas Schoß. »Ich fürchte mich.«

Serena lächelte in die Dunkelheit. »Ich glaube, dass die Göttin noch da ist. Sie wird kommen. Es gibt keinen Grund, sich zu fürchten.«

»Und wird sie ihre Priester zurückrufen?«

Serena schüttelte bedächtig den Kopf, ihre Augen auf das illuminierte Bauwerk gerichtet, das sich aus dem schwarzen Wasser erhob. »Wer weiß, was sie tun wird?«

Als die Boote sich aufreihten, um nacheinander am Landungssteg unterhalb des Tempels anzulegen, kam Bewegung in die Passagiere. Sie standen auf und kletterten über ihre Sitze, duckten sich unter die Markise, gingen vorbei an dem laut wummernden Maschinenaufbau. Die beiden Männer, aus denen die Besatzung bestand, brachten das Boot behutsam an den Steg. Jetzt konnte man das Öl riechen, die Abgase aus dem Schornstein. Der Lärm dröhnte durch Mark und Bein.

Anna und Serena hielten sich still im Hintergrund und beobachteten, wie Andy sich mühsam nach vorne arbeitete.

»Er wird nach uns Ausschau halten!« Anna schüttelte den Kopf. Serena sah sie verständnislos an, weshalb Anna ihre Worte wiederholen musste. Sie schrie sie Serena gegen den Krach der Maschine ins Ohr.

Serena nickte. »Wo ist Toby?«

Anna zeigte auf die Menschenmenge vor ihnen.

»Vielleicht lässt Andy uns in Ruhe, wenn er uns mit Toby sieht«, rief Serena zur Antwort. Sie waren nun nah am Ausstieg und beiden wurde auf den hölzernen Landungssteg geholfen.

Serena, die zuerst Land unter den Füßen hatte, stellte sich etwas abseits von den anderen und wartete auf Anna. Zu ihrem Entsetzen sah sie, dass Andy das Gleiche getan hatte.

»Wir müssen ihn loswerden, sonst haben wir nicht die geringste Chance, abzutauchen.« Sie ließ ihren Blick über die Schatten ringsum schweifen. Es gab etwas Gebüsch, ein paar kleine Bäume, aber alles war gut beleuchtet, und der Weg zu den Stuhlreihen, wo das Publikum sitzen würde, war deutlich markiert.

»Kommt schon, ihr beiden. Wir wollen vorne sitzen!«, rief Andy.

Anna warf Serena einen kurzen Blick zu. »Gehen Sie nur, Andy.« Sie verschränkte die Arme. »Ich will neben Toby sitzen.«

Sie sah die Verärgerung in seinem Gesicht. »Soll das ein Witz sein?«

»Nein. Nein, ich mache keine Witze.« Kalt erwiderte sie seinen Blick.

»Glauben Sie nicht an seine Geschichte?«

»Ich weiß nicht, was ich glauben soll, Andy. Und ansonsten geht es Sie auch nichts an. Bitte, gehen Sie nur. Folgen Sie den anderen.«

Einen Augenblick lang dachte sie, er würde es ablehnen, aber plötzlich erschien Toby. Er stand am Rand des Weges und wartete. Andy betrachtete ihn mit unverhohlenem Abscheu und drehte sich um. In wenigen Sekunden war er in der sich langsam vorwärts bewegenden Schlange verschwunden. Toby schloss sich ihnen an. »Sehe ich das richtig, dass ich ihn verjagt habe?«

»Ja.« Anna lächelte. »Und das war wichtig, denn wir wollen uns unbemerkt verdrücken. Wir wollen ins Allerheiligste, während alle anderen abgelenkt sind, und eine zweite Anrufung der Priester versuchen.«

Toby warf einen Blick über die Schulter. »Ihr habt nicht die geringste Chance. Schau dir die ganzen Lichter an. Und da sind Männer, die die Leute auf ihre Plätze scheuchen.« Männer, Frauen und Kinder strömten an ihnen vorbei. »Es muss doch sicher nicht im Allerheiligsten sein? Die Nähe des Tempels müsste genügen. Wie wäre es da unten irgendwo?« Er zeigte nach rechts auf eine Stelle unterhalb des Kiosks.

»Kommen Sie mit uns?« Serena wurde sichtlich aufgeregt.

Toby schüttelte den Kopf. »Nur wenn Sie es wünschen. Dies ist Frauensache, oder? Aber ich helfe Ihnen gern, einen Platz zu finden, und stehe auch gern Wache.«

»Wir müssen schnell verschwinden. Wenn erst mal alle sitzen, kommen wir nicht mehr unbemerkt weg.« Sie blickte sich hektisch in der Gegend um. »Alles ist angestrahlt. Ich hatte keine Ahnung, dass die Insel so klein ist. Es wird schwer sein, irgendwo eine einsame Stelle zu finden!«

»Das kriegen wir schon hin.« Toby lächelte sie zuversichtlich an. »Folgen Sie mir hier den Weg hinunter.« Er tauchte plötzlich vom Pfad weg ins niedrige Gebüsch. »Sehen Sie?«, rief er gedämpft. »Dort, wo das Licht nicht hinkommt, sind die Schatten absolut schwarz. Das liegt am Kontrast. Niemand wird Sie da unten am Ufer sehen. Es ist ein perfekter Platz.«

Sie folgten einem schmalen Pfad am Rand der Insel, weg von den beleuchteten Sitzreihen. Der sandige Untergrund bot ihren Füßen nur wenig Halt. Sie klammerten sich an die Felsen unterhalb des Trajankiosks und entdeckten einen Streifen Strand, der von Büschen gesäumt war. Toby kroch hinunter ins Dunkel.

»Wenn Sie nicht das große Pech haben, dass ein verirrter Scheinwerfer herleuchtet, wird Sie niemand sehen. Alle sind vom Flutlicht geblendet, und wenn die Lightshow erst mal läuft, sind sie ohnehin beschäftigt. Okay? Sie haben ungefähr eine Stunde Zeit, schätze ich. Ich gehe zurück und halte hinten im Publikum die Augen offen. Nachher komme ich zurück und wir treffen uns am Ende hier.« Er sah sich um. »Viel Glück. Und seid vorsichtig.« Er küsste Anna rasch auf die Lippen und wandte sich ab. Man hörte das Rascheln trockener Farnwedel, dann war er fort.

Serena hockte bereits auf dem Sand und kramte in ihrer Tasche. »Ich glaube nicht, dass irgendjemand bei all dem grellen Licht da oben eine Kerze sieht. Ich werde sie später mit dem Weihrauch zusammen anzünden. Den brauche ich, um die Göttin anzurufen.« Sie sprach mit sich selbst. Sie holte tief Atem und biss sich auf die Lippe. »Ich habe ein Tuch mitgebracht, auf dem ich die Dinge ausbreiten kann.« Ihre Hände zitterten, als sie die kleine Statuette, das Henkelkreuz, den Weihrauch und die Kerze auf dem Tuch verteilte. Anna brachte aus ihrer eigenen Tasche das Parfümfläschchen zum Vorschein, packte es aus und legte es Isis zu Füßen. Dann erstarrte sie. Irgendwo über ihnen wurden plötzlich Stimmen laut. Lautes Gelächter erscholl über dem Wasser.

»Sie können uns nicht sehen«, murmelte Serena. »Wir warten, bis die Show anfängt.« Sie sah im Dunkeln auf ihre Uhr, zuckte aber nur die Achseln, denn sie konnte nichts erkennen. »Es kann nicht mehr lange dauern.« Sie hantierte mit den Streichhölzern und fluchte, als sie die Schachtel falsch herum öffnete und die Streichhölzer sich über ihren Schoß ergossen.

»Immer mit der Ruhe.« Anna fasste sie am Arm. »Wir haben keine Eile. Und wir sind hier sicher. Toby hat Recht. Niemand kann uns sehen, selbst wenn sie direkt zu uns herunterschauen.« Sie hielt inne und sah hinauf. »Hör mal, es fängt an.«

Plötzlich gingen überall auf der Insel die Lichter aus. Serena hielt den Atem an. Die Dunkelheit um sie herum war nahezu mit Händen zu greifen. Die Show hatte begonnen.

Es war schwer, den Lärm hinter ihnen nicht zu beachten. Die körperlosen Stimmen, die Musik, die über das Wasser schallte, das Lichtspiel, alles das, um die Geschichte aus der Dunkelheit wieder erstehen zu lassen. Doch die beiden Frauen knieten eng beieinander im Sand und konzentrierten sich auf das kleine Stück blasser Seide, das vor ihnen lag. Serena zündete ein Streichholz an, die Flamme flackerte leicht, als sie sie an den Weihrauchkegel hielt. Sie brauchte drei Streichhölzer, bis er glühte und ein dünner Faden Rauch aufstieg. Sie wandte sich der Kerze zu. Ihre Flamme brannte kurz hell auf, dann geriet sie ins Flackern und drohte auszugehen. Schließlich beruhigte sie sich und brannte ruhig.

»Isis, große Göttin, ich rufe dich an!« Serena sprach flüsternd. »Erhöre mich, große Göttin, hier auf deiner Insel, nahe deinem großen Tempel, erhöre mich und komme uns zu Hilfe. Rufe deine Diener Anhotep und Hatsek herbei, sodass wir ihren Streit schlichten und entscheiden können, was mit dem geweihten Fläschchen, das deine Tränen enthält, geschehen soll.«

Sie nahm die Flasche und hielt sie empor in das Samtblau des Himmels. Hinter ihnen schwollen die Musik und die seltsam unirdisch klingenden Stimmen an und hallten über das Wasser zu den schwarzen vulkanischen Felsen in der Ferne. Anna erschauerte heftig.

»Isis, sende deine Diener zu uns! Beschütze uns, beschirme uns mit deiner Magie und sende sie heute Nacht zu uns, damit wir mit ihnen hier auf deinem heiligen Grund sprechen können!« Serenas Stimme hatte sich dramatisch gesteigert. Hinter ihnen waren die Geräusche verstummt und das Licht gedämpft. Die Insel schien den Atem anzuhalten. Ein sanfter Windstoß streifte Annas Gesicht und sie sah die Kerze zittern. Ihre Hand umschloss das Amulett an ihrem Hals.

Serena hatte die Augen geschlossen. Sie legte das Fläschchen auf den Boden, dann streckte sie ihre Arme zum Himmel empor.

Irgendwo über dem Wasser stieß ein Vogel einen hellen Schrei aus. Sie konnten die kalte, reine Luft der Wüste riechen, durchsetzt von Myrrhe und Wacholder und Honig aus dem rauchenden Kegel.

Wenige Schritte von ihnen entfernt erschien ein schwaches Licht auf dem Strand. Es verschlug Anna den Atem. Sie warf Serena einen Blick zu, dann sah sie sich behutsam über die Schulter nach dem Tempel um. Sie konnte die Scheinwerfer sehen, die Kreise im Himmel beschrieben. Keiner strahlte in ihre Richtung.

Das Licht vor ihnen wurde größer. Es wurde länglich und nahm Gestalt an und allmählich bekam es immer mehr körperliche Konturen. Sie wagte kaum zu atmen. Serena hatte ihre Arme heruntergenommen und vor ihrer Brust gekreuzt. Sie kniete, den Kopf gesenkt, und wartete.

Sie wartet, dass ich etwas sage. Annas Mund war vor Angst ausgetrocknet. Sie musste sprechen, den Priester fragen, was er wollte. Sie sah zu seiner Gestalt am Strand auf. Er war näher gekommen. Er stand über Serena und sein Schatten fiel über ihr Gesicht.

Serenas Augen öffneten sich plötzlich. In ihnen standen Entsetzen und Angst. »Verräter!«, schrie sie. »Du scheußlicher Verräter!« Hinter ihnen schwoll die Musik an. Ihre Stimme ging in der Kakophonie der Töne unter. »Die Tränen der Isis gehören dem jungen König. Sie werden ihm das Leben retten.«

Anna schnappte nach Luft. Ein starker Schmerz erfasste ihren Kopf. Sie konnte nicht atmen. Sie spürte, wie ihr Körper heiß wurde, plötzlich stand sie auf. Sie konnte fühlen, wie sie Serena überragte.

»Sie gehören den Göttern! Die Tränen gehören den Göttern und ich werde nicht zulassen, dass sie einem anderen zu Nutze sind!« Sie presste die Worte ihren Lippen ab.

Serena sah auf. Die Schattengestalt war schmächtig und zerfetzt. Ein neuer Windzug von der Wüste her löschte die Kerzenflamme und Serena rappelte sich auf.

»Anna!« Ihre Stimme kam aus weiter Ferne. »Anna, sei stark! Denk an das Licht! O große Isis, beschütze Anna. Mache sie stark! Anna! Anna, kannst du mich hören?«

Doch Anna war weit weg. Ihren Blick zur Sonne erhebend, sah sie sie hoch in den Zenit steigen, ein strahlender Flammenball im blauen Ozean der Ewigkeit. Sie sah die goldenen Klippen, den

Eingang zum Tempel, verborgen und geheim, wo die Göttin ihre Wohnstatt auf Erden hatte.

Langsam kam sie näher, bewegte sich mit dem heißen Wüstenwind, lauschte dem Sand, der über weite Entfernungen hinweg flüsterte. In diesem verborgenen Tempel lagen alle Geheimnisse der Ewigkeit, gehütet von nur zwei Priestern, die für alle Ewigkeit Leben auf Leben dem Dienst der Götter geweiht hatten. Sie ging noch näher und spürte den umherschleichenden Schakal, den heiligen Wüstenlöwen, dem Dienst geweiht wie sie. Und zu ihren Füßen waren die Schlangen der Wüste, die Kobra, die Viper und die Natter. In ihrer Hand hielt sie ein Messer, dessen Schneide aus purem Gold war, hergebracht aus dem tiefsten Herzen Afrikas, um die Flamme des Sonnengottes zu spiegeln und in Feuer zu verwandeln.

»Anna!«

Eine Stimme aus tausend Jahren Entfernung hallte in der Stille. Der Fluss in seiner ganzen Schönheit netzte die Ufer der Wüste, schwoll zu einer Flut an und brachte grünen Überfluss, sank und schwoll wieder.

»Anna! Um Gottes willen!«

Um Gottes willen. Der eine Gott, alle Götter. Wie einfach es war. Ein paar Tropfen einer geweihten Flüssigkeit, in einem winzigen Glasbehältnis versiegelt, und mit dem Blut eines Freundes besudelt.

»Anna! Um Himmels willen, kannst du mich hören? Anna!«

Sie lächelte und schüttelte den Kopf. Jetzt konnte sie den Fluss sehen, unten zu ihren Füßen. Das Wasser ist frisch und Leben spendend: Es nährt den heiligen Lotus und benetzt den Sand, sodass die Löwin trinken kann ...

»Anna!« Plötzlich war es, als ob Annas Kopf auf ihre Schultern zurückschnellte. Ein Guss eiskalten Wassers traf sie ins Gesicht.

Serena schüttelte sie heftig. Sie ließ sie los, um noch eine Hand voll Wasser zu schöpfen und ihr ins Gesicht zu schütten, dann packte und schüttelte sie sie erneut. »Du hast dich nicht geschützt, du Närrin! Du warst von ihm besessen. Hatsek war in dir! Ich konnte sein Gesicht in deinem erkennen. Ich konnte seine Gestalt erkennen. Ich konnte seinen Hass sehen. Du hättest mich getötet, Anna!« Serena stieß sie so hart von sich, dass Anna taumelte und stürzte. »Weißt du, wie gefährlich das war?« Sie stand über Anna am Uferrand, ihr Haar zerzaust. Der provisorische Altar hinter ihnen war zerstört, Kerze und Weihrauch umgestürzt, ebenso die Statuette.

Anna fuhr sich über das Gesicht. Es war nass vom Nilwasser. Sie fröstelte. »Was habe ich getan?« Sie starrte verwirrt umher. Hinter ihnen fiel das Licht plötzlich auf den Trajanskiosk und beleuchtete die großen, reich verzierten Säulen. Serena schnappte Anna und zog sie in den Schatten hinunter. »Du warst Hatsek, verstehst du nicht? Du warst von ihm besessen, Anna. Er hat dich genommen.«

»Er hat meine Stimme benutzt? So wie Anhotep deine benutzt hat?«

Der Sand. Der Wüstenwind. Die glühende Sonne. Sie füllten immer noch ihren Kopf, obwohl der Himmel über ihr jetzt schwarz war und bestickt mit einer Myriade Sternen. »Er hat meine Augen benutzt. Aber er hat das hier nicht gesehen.« Sie gestikulierte wild. »Ich sah den Tempel. Den Tempel, wo Anhotep ihn reingelegt hat. Er war irgendwo in der westlichen Wüste am Fuß der Berge hinter steilen Felsen verborgen. Anhotep wollte das geweihte Wasser des Lebens für den Pharao, um es als Medizin zu verwenden. Aber das war ein Sakrileg. Es hätte ihm ohnehin nicht helfen können. Es sollte nicht sein. Die Geschichte war schon geschrieben.« Sie bewegte den Kopf langsam hin und her. »Der Diener der Göttin war ein Diener des einen Gottes. Von Aton. Anhotep war der Verräter.« Verstört blickte sie zu Serena auf. Sie wusste nicht mehr, was die Worte, die aus ihrem eigenen Mund kamen, bedeuteten

»Nein.« Serena schüttelte den Kopf. »Nein, Anna. Das ist nicht wahr. Sie haben sich gestritten. Es gab List und Betrug. Es gab einen Mord, der vertuscht werden musste.« Sie sah zu Boden, dann fiel sie mit einem Ausruf des Entsetzens auf die Knie. »Das Fläschchen! Wo ist es? Es ist weg!«

Anna zuckte mit den Schultern. »Lass nur. Die Priester haben es genommen. Es macht nichts. Es ist besser so. Es sind so viele Menschen umgekommen …«

Serena hörte auf, im Sand zu suchen, und sah sie an. »Was meinst du mit so vielen Menschen? Wie viele Menschen?«

»Viele. Es war nicht nur Hassan. Es gab Generationen von Menschen in Tausenden von Jahren. Was immer in dem Fläschchen war, ob sie Priester von Isis und Sekhmet oder von Amun oder von Aton waren, die Flüssigkeit gehörte nicht in unsere Hände. Gib sie den Göttern zurück.«

Sie drehte sich um und sah zum Tempel hinüber. Der Ton der Show war verstummt. Die Flutlichter waren wieder angegangen. Applaus wogte durch die Nachtluft. »Es ist vorbei. Wir müssen gehen. Lass es liegen. Lass alles hier auf der Insel der Göttin zurück.« Sie bückte sich und hob das Tuch auf. »Die Statuette, das Henkelkreuz, das Fläschchen. Lass sie im Sand versinken und verschwinden.« Sie wandte sich den Palmen zu, als jemand aus der Dunkelheit vortrat. Es war Toby.

»Wie ist es gelaufen? Hat es funktioniert?« Er sah von einer zur anderen und hob eine Augenbraue. »Nun? Was war?«

Serena zuckte die Achseln. »Wir haben das Fläschchen verloren. Es ist weg.« Sie beugte sich herunter und sammelte die übrigen Gegenstände in ihre Tasche. Sie entfernte den Sand von der kleinen, auf dem Thron sitzenden Isis-Statue und verstaute sie. Sie wollte sie nicht zurücklassen, vielleicht würde sie sie noch einmal brauchen. Ihr eigenes Opfer an Isis, eine kleine Goldbrosche, war still im Wasser versunken, während Anna und Toby miteinander sprachen. Dies waren die Werkzeuge ihrer Zunft.

»Anna?« Toby berührte sie an der Schulter. »Geht es dir gut?«

Anna nickte schweigend. Sie starrte in die Dunkelheit und sah ihn nicht an.

Er runzelte die Stirn, dann drehte er sich wieder um zu Serena. »Wir müssen gehen. Haben Sie alles?« Er sah sich um. Dann hielt er inne und zeigte auf etwas. »Da ist dein Fläschchen. Siehst du? Es ist in diese Vertiefung im Strandkies gerollt.« Er bückte sich und hob es auf. »Anna?«

Sie schien ihn nicht zu hören. Vor ihrem inneren Auge zogen immer noch die riesigen Ausdehnungen der Wüste vorbei. Er zuckte die Achseln und sah Serena an.

Sie nahm ihm die Flasche ab. »Ich passe auf sie auf.« Sie steckte sie in ihre Schultertasche, dann fasste sie Anna am Arm. »Bereit?«

Anna nickte langsam. Sie wandte sich vom Fluss ab, und als Toby ihr die Hand hinhielt, ergriff sie sie.

Hinter ihnen lag das Flussufer in tiefer Stille. Die Geräusche der Nacht waren verstummt. Eine kurze Weile versank dieser Teil der Insel in reglosem Schweigen, dann kehrten die Laute langsam zurück und das Wasser plätscherte wieder an den Uferstrand.

Andy wartete am Landungssteg auf sie. »Na, wie hat es Ihnen gefallen?« Er lächelte Anna an. »Fabelhaft, oder?«

Anna nickte. »Fabelhaft, wirklich.« Sie rieb sich einen Moment lang das Gesicht, als wollte sie sich selbst aufwecken. Sie fühlte sich immer noch seltsam weit weg von allem, wie abgeschnitten.

»Allerdings haben Sie es nicht gesehen.« Andy neigte sich nah zu ihr. »Glauben Sie wirklich, ich hätte nicht bemerkt, dass Sie sich fortgestohlen haben?«

Missbilligend trat sie zurück. Sie konnte Alkohol in seinem Atem riechen.

»Andy!«

»Sie mussten sich mit ihrem Lover in den Büschen verstecken, nehme ich an! Sie glauben mir nicht, stimmt's? Sie wollen nicht glauben, dass er ein Schurke ist.«

»Andy.« Toby ließ Annas Arm los und ging auf ihn zu. »Ich habe jetzt die Nase voll davon! Was genau wollen Sie sagen?«

»Dass Sie ein verlogener Scheißkerl mit Blut an den Händen sind, der sich von anständigen Frauen fern halten soll.« Er holte eine Flasche aus seinem Rucksack und nahm einen Schluck.

»Toby, nicht!« Anna kam mit einem Ruck in die Wirklichkeit zurück. Sie hielt Toby am Ärmel fest. »Tu's nicht! Schlage ihn nicht. Das ist doch nur, was er erreichen …«

Sie brach mitten im Satz ab und schüttelte den Kopf. Mit den Händen an den Schläfen sah sie ihn ausdruckslos an. Wieder ging etwas mit ihr vor. Inzwischen waren sie umringt von lauter Menschen. Sie konnte sehen, wie die Leute sie anstarrten und miteinander tuschelten, als Andy mit der Flasche in der Luft fuchtelte. Sie konnte sehen, wie Ben seine Hand nach Andy ausstreckte und ihm einfach die Flasche abnahm, sie konnte sehen, wie Omar, der sich zwischen ihn und Toby gestellt hatte, auf beide einsprach und gestikulierte, doch zur gleichen Zeit sah sie die große weiße Sonne, die strahlend rotgoldene Wüste, die Landschaft, die sie durch die Augen des Mannes wahrnahm und die alles andere überblendete. Die Stimmen entfernten sich. Sie wurden immer leiser.

Ihre Füße bewegten sich langsam zu den Booten. Sie sah, wie draußen auf dem Fluss mehr Boote ankamen, mit Leuten für die zweite Show, die bald beginnen sollte. Sie hatte Serena aus den Augen verloren. Ebenso Toby. Sie blickte sich verstört um. Ihre Augen fassten nichts klar. Sie konnte Dünen sehen; der Wind wirbelte Sand auf und peitschte gegen ihr Gesicht. Das strahlende Blau des Himmels darüber lag in weiter Ferne. Dann war Andy wieder neben ihr. Er lächelte und reichte ihr eine Hand.

»Bitte, Herrschaften. Wir müssen zum Schiff zurück. Der Koch hat ein wundervolles Abendessen für uns vorbereitet.« Omar trieb seine Herde enger zusammen. »Bitte, beeilen Sie sich. Ibrahim bringt mich um, wenn wir zu spät zum Abendessen kommen!« Er grinste und ging voraus, wobei er seine eigene Touristenmeute enger zusammenscheuchte aus Furcht, jemanden im Dunkeln zu verlieren.

Anna zögerte. Sie schüttelte wieder den Kopf und versuchte sich zu konzentrieren. »Wo ist Toby?«

Andy lachte. »Er ist wahrscheinlich von Interpol entführt worden. Er und die spinnerte Serena.« Er packte ihre Hand.

»Charley ist nach Hause geflogen. Haben Sie das gewusst? Dienstuntauglich den Abschied genommen. Es war zu viel für sie. So kann ich jetzt Ihnen meine ungeteilte Aufmerksamkeit schenken, Verehrteste. Ihnen und diesem wunderschönen Tagebuch.« Er beäugte ihre Tasche. »Bitte, erzählen Sie mir nicht, Sie hätten es mit hergebracht.«

Sie versuchte, ihre Hand freizubekommen. »Andy, wollen Sie mich wohl loslassen! Ich kann wirklich darauf verzichten, dass Sie mich begrapschen.« Wieder hatte sie Schwierigkeiten, den Blick auf etwas zu konzentrieren. Erst recht, sich auf das zu konzentrieren, was um sie herum geschah.

Sie gingen immer noch fast auf der Stelle, eine Menschenmenge, die am Rand des Tempelvorhofs wartete und langsam die Stufen hinunter zu den Landungsstegen tröpfelte, wo das erste Motorboot längsseits festmachte. Ihnen gegenüber, auf der anderen Seite des Kanals, ragten die riesigen Buckel der Insel von Biga wie schwarze Kavernen in die Schatten der Nacht auf, wo die Lichter von Aglika nicht hinreichten.

»Anna!« Plötzlich war Serena wieder neben ihr. »Bist du in Ordnung?« Sie waren jetzt fast an der Spitze der Schlange.

»Natürlich ist sie in Ordnung.« Auch Andy war immer noch neben ihr. »Ich passe auf sie auf.«

Serena schürzte die Lippen. »Was hast du dir dabei gedacht, eine Flasche Wodka mit hierher zu bringen.«

Er zuckte die Achseln. »Kalte Nacht. Ich fand's 'ne gute Idee. Ich habe sie Ben gegeben. Wenn du was willst, solltest du besser ihn fragen.«

»Ihn fragen!« Serena starrte ihn empört an. »Weißt du, wie sehr es die Ägypter beleidigt, wenn du so betrunken bist? Du Idiot!«

Der Mann, der die Besteigung des Bootes überwachte, hob eine Hand. Das Boot war voll. Es stieß vom Landungssteg ab und steuerte auf die Flussmitte zu, während ein zweites vor ihnen anlegte.

Anna nahm plötzlich wahr, dass Toby neben ihr stand. Sie warf ihm einen kurzen Blick zu und lächelte. »Ich fürchte, Andy hat vor, uns allen Schande zu bereiten.«

»Du überraschst mich!« Tobys Stimme klang grimmig. »Nun, wenn er sich unbedingt zum Narren machen will, dann schlage ich vor, er macht das woanders, wo er nicht Gefahr läuft, ins Wasser zu fallen!« Er hielt Andys Arm fest und drängte ihn vom Rand des Landungsstegs weg dorthin, wo Ben stand. »Können Sie ein Auge auf ihn haben, Ben? Er ist nicht gerade nüchtern und er geht uns mächtig auf die Nerven.« Er ließ ihn dort und kehrte zu Anna zurück. »Und du, Anna, siehst auch nicht gerade aus, als ob du völlig in Ordnung wärst. Was ist denn da vorhin am Strand passiert?« Er sprach leise in ihr Ohr.

Sie starrte ihn an und machte ein besorgtes Gesicht. »Es war ganz seltsam.«

Das Boot stieß an den Steg, kurz darauf löste einer von der Mannschaft die Kette vor dem Durchlass in der Brüstung, sodass sie an Bord steigen konnten. Sie gingen durch die Bankreihen, vorbei an der Maschine und auf das geräumige Heck. Anna setzte sich zwischen Serena und Toby in eine Ecke. Sie schüttelte den Kopf. »Ich glaube, ich bin einfach nur müde, das ist alles. Ich fühle mich ganz komisch.« Sie blickte auf. Andy kam grinsend auf sie zu. Er setzte sich auf den Platz ihr gegenüber.

Ben folgte ihm und setzte sich mit einem Achselzucken neben ihn. »Ich glaube, dieser Mann muss etwas Nahrung zu sich nehmen«, erklärte er frohgemut. »Wenn er erst das Abendessen hinter sich hat, wird es ihm wieder besser gehen. Nun, wie fanden Sie die Show, meine Damen? Hat sie Ihnen gefallen?« Er rückte näher an Andy heran, da sich immer mehr Leute auf den Bänken drängten.

»Sie war gut.« Anna nickte und lächelte.

»Nicht gut.« Andy beugte sich vor und berührte ihre Knie. »Sie hat sie nicht gesehen, das ungezogene Mädchen. Sie hat mit unserem flotten Knacki hier geknutscht.«

Toby blickte erzürnt, aber Anna umklammerte seinen Arm. »Lass dich nicht darauf ein. Überhör es einfach«, flehte sie ihn an.

Andy war nicht aufzuhalten. Er wandte sich wieder an Anna und hob seine Stimme, sodass er das Gelächter und Geschnatter und sogar die Maschine, die in der Bootsmitte vor sich hin dröhnte, übertönte. »Haben Sie also das hübsche Parfümfläschchen zur Show mitgebracht? Sie können sich ja wohl gar nicht davon trennen.«

»Ja, ich habe es mitgebracht.« Sie lächelte. Der Motor wechselte die Tonlage. Der Mann auf dem Landungssteg trat zurück und hob die Hand, dann tuckerte das Boot von der Insel weg. Hinter ihnen kam der angestrahlte Tempel in Sicht. Er schien über dem Wasser zu schweben, als sie in die breite Fahrrinne einfuhren und Kurs auf die Festlandsküste nahmen.

»Und hat es Ihnen magische Dienste geleistet? Sind Ihre Priester auf der Insel der Isis erschienen?« Er grinste breit.

»Das sind sie, ja.« Anna presste die Lippen aufeinander.

»Dann hat Ihre Magie also funktioniert. Sie haben sie ein-, zwei-, dreimal gerieben und der Geist kam aus der Flasche.« Er warf seinen Kopf zurück und lachte lauthals. Er amüsierte sich königlich.

»Das kam er tatsächlich.« Anna wandte sich ab, um ihn nicht weiter zu ermutigen.

»Und was kommt als Nächstes?« Er setzte sich vor und tippte an ihre Knie. »Werden sie sich auch auf dem Schiff zeigen? Können Sie sie dazu bewegen, an der Pascha-Party teilzunehmen und uns etwas vorzuführen, wenn wir nach Luxor zurückkommen? Habt ihr das gehört, Leute?« Er stand auf und erhob seine Stimme. »Annas altägyptische Gespenster werden für uns etwas aufführen.« Er hob seine Arme über den Kopf und wackelte vielsagend mit den Hüften.

»Setz dich hin, Andy. Du benimmst dich wie ein Trottel!« Ben zog ihn am Arm.

»Sie werden nicht noch einmal erscheinen, Andy«, warf Anna ruhig ein. »Aus dem einfachen Grunde, weil ich das Fläschchen auf der Insel gelassen habe. Es liegt dort begraben im Sand. Fort für immer.« Sie sah ihn spöttisch an. »Zu Ihrem Glück wird niemand sie je wieder sehen. Noch wird irgendjemand sehen, wer es war, der sie bewacht hat. Und damit wollen wir es endgültig genug sein lassen. Bitte.« Ihr Kopf schmerzte wieder. Sie sah ihn an, doch ein Schleier schien vor ihren Augen zu liegen. Sie blinzelte verzweifelt.

Andy lachte. »Ich wusste, dass Sie es irgendwann verlieren würden. Das blöde Ding war sowieso eine Fälschung.«

»Es ist keine Fälschung, Andy.« Serena wandte sich plötzlich an ihn. »Du bist der einzig Falsche hier weit und breit. Ein überheblicher, dummer, ungehobelter, großmäuliger Flegel! Ich kann dir gar nicht sagen, wie satt ich es habe, deine Stimme, deine Ansichten, dein Gespött mitanzuhören!« Sie griff nach ihrer Tasche, die sie zwischen den Füßen stehen hatte. »Zu deiner Information, Anna hat das Fläschchen nicht verloren. Ich habe es aufgehoben und mitgenommen. Es verdient Besseres, als im Sand zu verrotten!« Sie kramte in der Tasche herum. »Und wenn irgendetwas beweisen kann, wie dumm du bist, dann dies. Du bist ein Ignorant. Du hast keine Ahnung von wirklichen Antiquitäten. Dies ist über dreitausend Jahre alt!« Sie zog das kleine Fläschchen heraus und wedelte damit vor seiner Nase herum.

»Serena! Ich hatte es den Göttern zurückgegeben!« Anna war außer sich. »Gib es mir!«

»Warum? Du wolltest es doch nicht, du hast es weggeworfen! Ich werde dafür sorgen, dass es sicher aufbewahrt wird.«

»Nein, Serena! Diese Flasche hat Dutzende von Menschen das Leben gekostet, vielleicht Hunderte ...«

»Nur weil sie nicht wussten, was es war. Wir wissen es aber! Wir werden es mit dem Respekt behandeln, den es verdient. Wir werden darauf aufpassen.«

»Dreitausend Jahre alt? Das?« Andy setzte sich schwerfällig

hin. Mit einem verdrießlichen Schulterzucken riss er seinen Arm von Ben los.

»Jawohl, Andy. Das.« Serena wiegte es in ihrer Handfläche. »Es ist so heilig. So einzigartig.« Sie betrachtete es zärtlich, wissend, dass mindestens ein Dutzend Augenpaare auf sie gerichtet waren. Die Passagiere um sie herum warteten gespannt, was nun geschehen würde. Der Motor veränderte erneut seinen Klang, als der Mann am Steuer den Kurs änderte, und einen Augenblick lang wehten Dieselfahnen über sie hin. Dann war es vorbei und der kalte klare Wind schnitt wieder in ihre Gesichter. Serena fröstelte. Sie schaute zu Andy auf. »Wenn ich dir das hier gebe, weißt du, was dann passieren wird?« Sie rief über den Maschinenlärm und das Klatschen des Wassers am Bootsrumpf hinweg.

»Was?« Andy grinste. Er streckte seine Hand aus. »Zeig's mir.«

»Wenn ich es dir gebe, wird eine Kobra kommen, hier ins Boot. Eine tödlich giftige, böse Schlange.« Sie lächelte. »Und sie wird dich töten.«

»Es ist genug!« Anna beugte sich vor und riss ihr das Fläschchen aus der Hand. »Jetzt reicht's!«

»Zeigen Sie's mir!« Andy streckte seine Hand nach ihr aus. »Kommen Sie. Zeigen Sie mir die magische Schlange! Ich möchte sie sehen! Wollt ihr sie nicht sehen?« Er wandte sich gestikulierend an die anderen Passagiere. »Das wäre doch aufregend, oder?« Er erhob sich erneut, stand schwankend vor Anna und hielt ihr seine offene Hand hin.

»Andy, Sie sind ein Narr!« Anna hatte ihre Stimme erhoben, um sich Gehör zu verschaffen.

»Gib es zurück!« Serena umfasste Annas Handgelenk.

»Nein. Nein, Serena, es tut mir Leid.« Anna wich ihr aus. »Das gehört in eine andere Zeit und zu anderen Menschen. Sie wollen es für ihre Götter. Louisa hat versucht, es dem Nil zu übergeben. Jetzt bin ich dran!«

Sie stand auf und drehte sich zum Wasser um.

»Nein!« Serenas Schrei scholl über den Fluss. »Wirf es nicht weg!«

»Schon gut, ich hab's!« Andy sprang auf Anna zu, als sie den Arm hob. Mit aller Kraft, die sie aufbringen konnte, schleuderte sie das Fläschchen in das Kielwasser des Bootes.

Andy verfehlte ihren Arm, stolperte, und als sie auf ihren Sitz zurückfiel, flog er mit einer Drehung gegen die Reling, taumelte einen Moment lang, verlor das Gleichgewicht und stürzte kopfüber in den Fluss.

»Andy!« Auf Serenas Schrei folgten wie ein Echo die Schreie von anderen auf dem Boot. Die Mannschaft blickte sich um, erkannte, was geschehen war, drosselte die Fahrt und fuhr in einem kleinen Bogen zurück.

»Können Sie ihn sehen?« Toby und Ben starrten auf das dunkle Wasser.

»Taschenlampen! Hat irgendjemand eine Taschenlampe?« Toby warf seine Schuhe ab, stand schon auf seinem Sitz und beobachtete das Wasser ringsum. Als verschiedene schwache Strahlen hinter dem treibenden Boot gleichzeitig auf das Wasser trafen, sprang er hinein.

Ben beugte sich seitlich über das Boot und versuchte, einen der alten Kork-Rettungsringe von der Bordwand zu lösen. »Hier, Toby!« Er warf den Ring über Bord, als Tobys Kopf auftauchte. Zwei weitere Rettungsringe folgten, schlugen nah bei ihm auf dem Wasser auf.

»Andy! Andy, wo bist du?« Serena lehnte sich über die Bootswand, als einer der Ägypter von der Mannschaft ebenfalls ins Wasser sprang. Er landete nah bei Toby.

Plötzlich tauchten andere Boote aus der Dunkelheit auf, umfuhren sie im Kreis. Dutzende von Passagieren beugten sich vor und starrten angestrengt ins Dunkel. Von Andy gab es immer noch kein Zeichen, als eine schnelle Barkasse mit einem Scheinwerfer erschien. Zwei, drei weitere Männer waren jetzt im Wasser und alle tauchten.

»Das Wasser ist stockdunkel!« Toby tauchte wieder auf und schüttelte sich Tropfen aus den Augen. »Man kann nichts sehen.« Er trat im Wasser, drehte sich dabei langsam um sich selbst und suchte die Wasserreflexe um sich her ab.

Anna verließ die Reling und setzte sich. Sie stützte den Kopf in ihre Hände. »Er ist tot, nicht wahr? Und es ist meine Schuld! Die Götter haben ihn geholt! Ich habe ihn umgebracht!«

Sie sah in Serenas bleiches Gesicht. Tränen liefen ihr die Wangen hinab.

Serena wandte den Kopf zur Seite, um über das Wasser zu schauen. »Wenn es irgendjemandes Schuld war, dann war es meine«, flüsterte sie. »Ich habe ihn in Fahrt gebracht. Ich habe das Fläschchen herausgeholt.«

Jetzt schwammen mehrere Männer mit Toby, tauchten um das Boot herum. Dahinter erschien ein weiteres Boot und diesmal sahen sie, dass die Männer, die sich auf dem Bug versammelt hatten, Polizeiuniformen trugen.

»Sie finden ihn!« Ben setzte sich neben Anna und legte seine Hand auf ihre. »Er ist ein guter Schwimmer, was ich von mir leider nicht sagen kann, sonst wäre ich auch draußen.«

»Aber er war so betrunken!« Serena schüttelte den Kopf.

»Ich weiß. Aber es braucht mehr als ein Bad im Nil, um Andy unterzukriegen.« Ben klang selbst nicht sehr überzeugt. Einen Moment lang saß er einfach nur da, dann stand er wieder auf und stellte sich zu den anderen, die angestrengt das Wasser beobachteten.

»Sie finden ihn nicht.« Anna schaute Serena an. Das Boot war jetzt merkwürdig still, ohne Maschinenlärm und das Klatschen des Wassers gegen den Bug.

Die anderen Passagiere saßen schweigend, starrten umher, vom Schock wie gelähmt.

Serena schüttelte den Kopf. »Wie du sagst, die Götter haben ihn geholt. Er hat über sie gespottet, Anna, und er hat den Preis dafür bezahlt.«

Eine leichte Erschütterung ging durch das Boot, als eine Barkasse längsseits anlegte und zwei Beamte von der Touristenpolizei an Bord stiegen. Es gab einen aufgeregten Wortwechsel mit dem Bootskapitän, dann gingen sie nach hinten, wo Anna und Serena saßen.

Einer der Beamten setzte sich zu ihnen. »Dieser Mann hat Alkohol getrunken?«

Beide Frauen nickten.

»Er war sehr betrunken?« Der größere Mann, offensichtlich der Vorgesetzte, sprach Englisch mit starkem Akzent, aber fließend.

Anna sah auf. »Ja, er war sehr betrunken. Er hatte aus irgendeinem Grund eine Flasche Wodka bei sich. Er stand auf und«, sie hielt inne und spürte, wie sie wieder weinen wollte, »stürzte kopfüber ins Wasser.«

»Das Wasser ist sehr kalt.« Der Mann schüttelte den Kopf. Er starrte finster über die Bootswand. »Konnte er schwimmen?«

»Ja.« Ben hatte sich zu ihnen begeben. »Er war ein guter Schwimmer.«

»Dann sieht es nicht gut für ihn aus. Er hätte auftauchen und rufen müssen.« Der Beamte hob die Schultern. »*Yallah!*« Er wandte sich an seinen jüngeren Kollegen und nach einem raschen halb lauten Wortwechsel gingen die beiden Männer zum Kapitän zurück, der seinen Kopf schüttelte und immerfort seine Hände an einem öligen Lumpen abwischte.

Die Schwimmer kehrten einer nach dem anderen zu ihren Booten zurück. Anna sah, wie Toby wieder im Wasser trat und zu einem der Männer auf der Polizeibarkasse hinaufblickte. Er schüttelte den Kopf, doch der Mann lehnte sich herunter und bot seinen Arm an. Anna sah zu, wie Toby aus dem Wasser gezogen wurde. Ein paar Minuten später wurde er, in eine Decke eingehüllt, auf ihr eigenes Boot gebracht. Er zitterte vor Kälte, als er zu ihnen kam.

»Er ist einfach verschwunden. Das Wasser ist in der Dunkelheit wie Tinte. Man kann die Lichter sehen, wenn man nach oben schaut, aber nichts unter sich. Nichts!«

»Es war sehr mutig von dir, ihm hinterherzuspringen.« Anna beugte sich vor und berührte seine Hand. Sie war eiskalt.

Er schüttelte den Kopf. »Ich habe nicht drüber nachgedacht. Ich hätte warten sollen. Sehen, wo er auftaucht.«

»Er ist nicht aufgetaucht, Toby.« Serenas Gesicht war tränenüberströmt. »Wir haben alle geschaut.«

Erst lange Zeit später erreichten die Passagiere ihr Schiff. Die Mannschaft begegnete ihnen mit ernsten Gesichtern und nötigte sie sofort in den Speisesaal. Während Toby von Omar beiseite geführt wurde, damit ein Arzt ihn nach seinem langen Aufenthalt im kalten Nilwasser untersuchen konnte, marschierten die anderen folgsam zu den gedeckten Tischen und nahmen Platz. Niemand hatte sonderlichen Appetit. Schon bald brachen sie zu zweit oder zu dritt zu den Kabinen auf. Serena folgte Anna in ihre Kabine, wo sie sich nebeneinander auf das Bett setzten.

»Es war ein dummer Unfall, Anna.« Serena legte einen Arm um ihre Gefährtin. »Er war betrunken.«

»Es war unsere Schuld. Wir haben ihn beide aufgestachelt. Wenn ich die Flasche nicht weggeworfen hätte, wäre es nicht passiert.« Anna blinzelte die Wand an. Irgendetwas stimmte nicht mit ihren Augen. Plötzlich sah sie die Sonne wieder; den Sand, die Wedel einer großen Palme, die sich immerfort bewegten.

»Nein. Es hätte in jeder Sekunde geschehen können. Es hätte hier, auf diesem Schiff geschehen können! Andy war so!« Serena zuckte die Achseln. »Er war ein Narr. Ein großer, dummer, böswilliger, verlogener Narr.« Plötzlich schluchzte sie heftig.

Anna erhob sich. Sie schüttelte den Kopf und rieb sich die Augen. »Ich hole uns etwas von der Bar.« Sie zögerte kurz, dann ging sie zur Tür hinaus in den menschenleeren Flur.

Ibrahim stand hinter der Theke. Mehrere Leute saßen in Gruppen auf den Sofas an den Seitenwänden der Lounge und unterhielten sich gedämpft. Er sah auf, als Anna hereinkam, und setzte eine ernste Miene auf. »Haben Sie Ihr Amulett getragen?«

Sie nickte.

Ibrahim zuckte mit den Schulten. »Die Götter lassen nicht mit sich spaßen, *Mademoiselle*. Es tut mir Leid für Monsieur Andrew, aber so etwas kommt vor. *Inschallah*!«

»Er hat es nicht verdient zu sterben, Ibrahim.« Sie stieg auf einen Barhocker und stützte sich müde auf ihren Ellbogen.

»Das haben nicht wir zu entscheiden, *Mademoiselle*.«

»Hätte ich ihn retten können?« Sie sah zu ihm auf.

Er erwiderte ruhig ihren Blick. »Nicht, wenn es geschrieben steht, dass es sein Schicksal ist.«

»Ich denke immer, wir werden seine Stimme wieder hören; dass er unter Wasser geschwommen ist und irgendwo auf die Felsen gekrochen ist. Dass sie ihn lebend finden werden.«

Ibrahim neigte seinen Kopf leicht zur Seite. »Alles ist möglich.«

»Aber nicht wahrscheinlich.«

Er zuckte die Achseln. »Es ist Allahs Wille, *Mademoiselle*.«

»Was geschieht jetzt? Wird man unsere Kreuzfahrt abbrechen?«

Erneut hob er die Schultern. »Die Polizei kommt morgen. Und der Vertreter der Reisegesellschaft. Omar wird mit ihnen sprechen. Ich schätze, dass sie auch Sie sprechen wollen. Es ist ein sehr kleines Schiff. Jeder kannte Monsieur Andrew. Alle sind traurig.«

Sie nickte langsam. »Ich möchte mich einfach nur zusammenrollen und schlafen.«

»Wollen Sie einen Drink ans Bett?«

»Ja bitte. Und einen für Serena.«

Er nickte. »Ich bringe sie Ihnen zur Kabine. Sie können schon gehen.« Er drehte sich zum Bord um, dann warf er ihr noch kurz einen Blick zu. »*Mademoiselle*, nehmen Sie Ihr Amulett nicht ab. Auch nicht eine Sekunde. Es ist immer noch Gefahr in Ihrer Nähe.«

Sie blickte finster. Automatisch fuhr sie sich mit der Hand an den Hals. Sie wollte ihn fragen, warum er das gesagt hatte. Aber er war beschäftigt und kehrte ihr den Rücken zu. Und plötzlich merkte sie, dass sie es nicht wissen wollte. Nicht jetzt. Sie konnte nicht noch mehr ertragen.

Serena lag auf ihrem Bett und blätterte in Louisas Tagebuch.

»Ich hoffe, du hast nichts dagegen. Deine Tasche stand offen auf dem Nachttisch, da wollte ich die letzten paar Seiten lesen. Ich dachte, das würde mich etwas ablenken.«

Anna setzte sich neben sie. »Gute Idee.« Sie seufzte. »Ibrahim wird uns einen Drink hierher bringen. Ich denke, er wird uns einen Tiefschlaf-Drink zusammenbrauen.« Sie lächelte müde. »Also, wie ging es mit Louisa weiter?«

Serena setzte sich auf und stellte ihre Füße auf den Boden. »Das solltest du lieber selbst lesen.« Als es leise klopfte, wandte sie sich zur Tür und nahm von Ibrahim ein Tablett in Empfang.

»Hier. Dein Tiefschlaf-Drink.« Sie stellte ein Glas auf den Tisch neben Annas Bett und schnüffelte vorsichtig an ihrem eigenen. »Für einen Muslim und Abstinenzler mixt er ziemlich heftige Cocktails. Jahrelanger Bardienst für die Ungläubigen, ohne Zweifel.« Sie hielt mit wissendem Lächeln inne. »Hänge nicht trüben Gedanken nach, Anna. Es war absolut nicht deine Schuld. Er war selbst schuld, weil er sich sinnlos betrunken hat.«

Anna nickte. Sie fühlte Tränen aufsteigen.

»Ich lasse dich jetzt lesen«, flüsterte Serena. »Wir können morgen reden.«

Nachdem sie gegangen war, saß Anna mehrere Minuten da, ohne sich zu rühren, dann griff sie nach dem Glas. Sie warf ihre Schuhe von sich, lehnte sich zurück gegen die Kissen und nahm das Tagebuch zur Hand. Serena hatte Recht. Es waren nur noch wenige eng beschriebene Seiten bis zum Schluss. Sie zu lesen, würde ihre Gedanken von der unerquicklichen Gegenwart abziehen und sie in der unvermeidlich schlaflosen Nacht beschäftigt halten.

Nach Katherines Niederkunft blieben die drei Schiffe noch mehrere Tage an ihren Liegeplätzen. Dann, als sie kräftig genug war, um zurück zur *Lotus* gebracht zu werden, begaben sich die Fieldings und die Forresters im Konvoi auf den langen Weg nach Norden und ließen die *Scarab* hinter sich zurück. Lord Carstairs hatte sich nicht mehr blicken lassen, seit Louisa am Tag der Geburt sein Schiff vor der Dämmerung verlassen hatte. Sir John befragte den *Reis* des Schiffs, erhielt aber nur ein Achselzucken und einen vielsagenden Blick gen Himmel zur Antwort. Eine Suchaktion hatte nicht die geringste Spur von Schlangen welcher Größe auch immer ergeben.

In Luxor traf Louisa ihre Entscheidung.

»Ich nehme den Dampfer zurück nach Kairo«, erklärte sie den Forresters nach dem Abendessen, nachdem das Schiff vertäut war. »Sie waren so nett und gastfreundlich, aber ich habe Sehnsucht nach meinen kleinen Jungen.«

In ihrer Kabine begann sie die Malsachen einzupacken. Treece würde sich um ihre Kleidung kümmern, aber diese Dinge waren etwas Besonderes. Sie waren immer von Hassan ein- und ausgepackt worden. Sie schlug eines ihrer Skizzenbücher auf und betrachtete lange sein Gesicht, die dunklen, liebevollen Augen, den edlen Mund, die Hände, die so stark waren und gleichzeitig so gefühlvoll sein konnten.

In der Kabine war es sehr heiß, daher öffnete sie die Fensterläden. Am anderen Flussufer hatte eine Reihe von Dahabiyas am palmengesäumten Ufer festgemacht. Die meisten zeigten mit ihrem Bug nach Norden. Die Saison ging für die meisten Europäer zu Ende, für sie war es Zeit, nilabwärts nach Kairo und Alexandria an die Mittelmeerküste zu fahren, um den Heimweg nach Europa anzutreten.

Sie legte ihr Skizzenbuch beiseite, stand auf und sah hinaus in die Dämmerung. Die Sonne, ein karmesinroter Ball, stand tief über den Hügeln von Theben und warf einen roten Schimmer über das Wasser.

In der Kabine hinter ihr ertönte ein Geräusch, als ob sie nicht alleine wäre. Es war nur ein Gefühl. Ohne sich umdrehen zu müssen, wusste sie, was es war. »Ich habe versucht, das Fläschchen euren Göttern zurückzugeben«, sagte sie leise. »Jedes Mal kommt es zurück zu mir. Was soll ich denn tun?« Sie fürchtete sich nicht. Sie sah weiter auf das Wasser hinaus. Irgendwo da draußen, wo die Berge die Farbe von Blut annahmen, bevor sie sich in Dunkel hüllten, stand der Tempel, in dem jene Priester zu den Göttern gebetet und ihnen ihre unsterblichen Seelen geweiht hatten.

Das Fläschchen, immer noch eingewickelt in das fleckige Seidentuch, lag irgendwo zwischen den Farben und Pinseln auf dem Tisch hinter ihr. Die Kabine wurde langsam dunkel. Die Sonne kroch hinter die Hügel und die erste Nachtluft wisperte über das Wasser. Sie schloss die Augen.

Nimm es. Bitte, nimm es.

Die Worte hallten so mächtig in ihrem Kopf, dass sie schon dachte, sie hätte sie laut ausgesprochen.

Auf den Booten am anderen Ufer wurden Lichter angezündet; die Hügel waren verschwunden und die Sterne begannen einer nach dem anderen zu blinken.

Hinter ihr klopfte es laut an die Tür, kurz darauf trat Treece mit einem Kerzenhalter ein. Sie knallte ihn auf den Tisch. »Soll ich Ihnen beim Ankleiden helfen, Mrs. Shelley?« Das Gesicht der Frau war mürrisch. Wütend. Binnen Sekunden wusste Louisa, warum.

»Sir John sagt, dass der Dampfer ausgebucht ist. Es gibt bis nächste Woche keine Kabinen mehr, also werden Sie die kurze Zeit noch bei uns bleiben müssen.« Sie rümpfte missbilligend die Nase und wandte sich ab, um einen Wasserkrug zu holen.

Louisa sah ihr unglücklich hinterher. Sie wollte fort von Ägypten. Sie wollte dieses Kapitel ihres Lebens abschließen, in dem jeder Luftzug aus der Wüste sie an den Mann erinnerte, den sie geliebt und der ihretwegen den Tod gefunden hatte.

Ihr Blick fiel auf den Tisch. Eine Sekunde lang blieb ihr das Herz stehen. Sie dachte, das Fläschchen wäre fort. Doch dann sah sie es, klein, in schmutziger Hülle, halb versteckt unter einer Schachtel Kohlestifte. Als Treece den Kerzenständer so unsanft auf den Tisch gestellt hatte, war Wachs über den ganzen Tisch gespritzt. Ein kleines Klümpchen klebte an der fleckigen Seide, wie ein winziger Stalaktit, und sah bereits ebenso alt aus wie das Glas unter der Hülle.

Als sie es ansah, wusste sie, was sie zu tun hatte. Am nächsten Tag würde sie Mohammed bitten, sie noch einmal in das Tal der Gräber zu bringen, und dort würde sie das Fläschchen im Sand vergraben, unter einem Bild der Göttin, denn sie war es, die über sein weiteres Schicksal entscheiden musste.

Anna fielen die Augen zu. Sie nahm noch einen Schluck aus ihrem Glas. Ibrahim hatte Brandy, aber auch anderes in den Drink gemischt, seltsame, bittere Aromen, die sie nicht identifizieren konnte. Das Tagebuch wurde ihr plötzlich schwer in den Händen, sie ließ es auf die Decke sinken und sah schläfrig zum Fenster ihrer Kabine. Selbst bei dem Licht der Lampe neben ihrem Bett konnte sie noch die Sterne über dem Horizont erkennen. Mit einem Seufzer streckte sie ihre Hand aus und löschte das Licht. Nur einen Moment wollte sie ihren Augen Ruhe gönnen, dann würde sie in die Dusche gehen, um die Steifheit und den Schmerz der Nacht abzuwaschen.

Als sie tiefer in Schlaf sank, rückten die Schatten ihr näher und das Lied der alten Steine wurde lauter.

Sie wurde von der Sonne geweckt. Heiß. Rot. Glut unter ihren Augenlidern. Sie konnte die brennende Hitze auf ihrem Gesicht spüren, mit jedem Atemzug den scharfen Biss in ihren Lungen, das Kratzen des Sandes in ihren Sandalen. Langsam ging sie zum Eingang des Tempels. Sie schüttelte den Kopf, um sich von dem Dunst zu befreien, der sie zu umfangen schien. Einmal kroch sie wie eine Schlange auf ihrem Bauch über den Sand, dann schwebte sie mit dem Falken und dem kreisenden, immer lauernden Geier durch die Lüfte.

Sie ließ sich willenlos, wurzellos treiben, voller Zorn, dann kalt vor Furcht, als die Götter näher kamen, die Köpfe schüttelten und sich abwandten.

»Anna? Anna!«

Stimmen hallten in ihrem Kopf wider und verstummten, fortgetragen von dem südlichen Wüstenwind.

»Anna? Kannst du mich hören? O Gott, was ist los mit ihr?«

Sie lächelte, als die süßen Düfte von Blumen und Früchten aus den Tempelanlagen über den Sand zu ihr geweht wurden. Anis und Zimt, Dill und Thymian, Feigen und Granatäpfel, Oliven und Trauben und süße, saftige Datteln. Kräuter aus den sorgsam bewässerten Gärten und aus den Räumen Weihrauch, Harze und Öle.

Ihre Hände streckten sich nach dem überwältigenden Licht. Sie konnte die klebrige Fülle von Wein und Honig auf ihren Handflächen spüren. O geliebtes Land, Ta-Mera, Land der Flut, Land des Feuers.

»Anna!« Es war Tobys Stimme. Tobys Hände lagen auf ihrer Schulter, ihren Armen. »Anna, was ist los?« Er klang weit entfernt, seine Stimme war ein Echo über die Zeiten hinweg. Dann waren da andere Stimmen, grelles Licht in ihren Augen, Finger, die ihren Puls fühlten. Sie zuckte mit den Schultern. Sie waren weit weg und unwichtig. Die Sonne sank in einem strahlenden Karmesinrot. Bald würden die Sterne über der Wüste leuchten: der große Strom im Himmel, die Milchstraße, Spiegelbild des Flusses hier unten, und heller als alle anderen der heilige Stern Sept, der Hundestern auf der Ferse des Gottes Osiris.

Dann war alles dunkel. Sie schlief. Als sie aufwachte, spürte sie die kalten, köstlichen Wasser des Nils auf ihren Lippen. Erneut

Stimmen aus unnennbaren Entfernungen, erneut Stille und Dunkelheit.

»Anna!« Es war Serena. »Anna, du fährst nach Hause.«

Doch das hier war zu Hause. Das Zuhause der Götter, das Land des Sonnengottes Ra.

Seltsam. Sie saß in einem Auto. Sie konnte das Rucken der Räder spüren, das Gehupe hören, Abgase riechen, aber alles war so weit weg. Ein starker Arm hielt ihre Schulter umfasst und sie lehnte sich dankbar dagegen. Ihr Körper war unerträglich müde, während es ihren Geist immer noch mit Macht zur Wüste und zur Sonne zog.

Sie schlief wieder. Das Geräusch von Flugzeugdüsen war das gewaltige Brüllen der Katarakte in ihrem Kopf, das quirlende regenbogenfarbene Wasser unter dem dunklen Nilfels, das Abheben der Räder von der Startbahn der freie Flug des großen Falken, dessen Augen das weite Land Ägyptens überschauen konnten.

Folgsam nahm sie einen Schluck Fruchtsaft und knabberte an einem Stück Brot. Wieder fielen ihr die Augen zu. Ihr Kopf füllte sich erneut mit dem Heulen des Windes, dem Wüten des Sandsturms und dem scharfen Schwert der Wüstenblitze, die durch Wolken schnitten, welche nie Regen geben würden.

Über ihrem Kopf tauschten Serena und Toby Blicke und runzelten die Stirn. Als die Stewardess mehr Essen brachte, winkten sie ab.

Die Luft in England war eisig und scharf. Im Taxi wollte Anna sich wehren. Die Stimme in ihrem Kopf begann zu nörgeln. Das Wesen, das aus ihren Augen sah, wurde unruhig. Wo war die Sonne?

Anna wurde mit jeder Sekunde schwächer.

»Es tut mir Leid, dass ich dir das Ganze aufhalse, Ma. Wir wussten nicht, wo wir sie hinbringen sollten.« Tobys Stimme erklang plötzlich klar. Sein Arm hielt sie immer noch umfasst, so führte und stützte er sie. »Sie lebt allein, und wie wir schon gesagt haben, Charley wohnt bei Serena, dort ist also kein Platz. Ich weiß nicht, wie ich ihre Familie erreichen kann.«

»Bring sie nach oben, Schatz.« Die Stimme, die auf seine antwortete, klang freundlich und tief, gebildet und besänftigend. »Lass sie schlafen. Der Doktor ist unterwegs.«

Sie sank in ein weiches, warmes Bett und spürte die Umarmung von Entendaunen, den Halt flauschiger Kissen in der kühlen Dunkelheit eines englischen Schlafzimmers.

Allmählich ließ sein Griff nach, mit jedem Augenblick, den sie unter dem kalten nördlichen Himmel schlief, wurde die parasitäre Umklammerung ihrer Lebenskraft schwächer. Ägypten war weit weg.

Der Priester von Sekhmet sah aus den Augen einer englischen Frau auf eine seltsame und fremde Welt und war plötzlich von Furcht überwältigt.

15

Ich bin Gestern und Heute; und ich habe die Macht,
ein zweites Mal geboren zu werden.
Es werde nun erfüllt der Beschluss des Amun-Ra,
des Königs der Götter, des großen Gottes,
der Prinz ist dessen,
was Sein ward von Anfang an.

Das Fieber, das alle tötete im Haus des Händlers, erschreckt seine Nachbarn und seine Freunde. Sein Neffe kommt, um seine Schätze wieder zu holen, und verpackt sie, um sie zum Basar mitzunehmen. In den folgenden Wochen und Monaten wechselt viel Geld den Besitzer. Die hübsche Flasche, ein geeignetes Geschenk für eine Dame, steht mit dem Zettel, der die Legende dazu erzählt, verlockend im Regal. Die Priester, stark und zornig, kämpfen miteinander in den Sälen des Himmels und zerreißen mit ihren Speeren die Vorhänge der Dunkelheit.

Der Händler, dem der Stand auf dem Basar gehört, wird krank. Das Letzte, das er verkauft, gibt er einem schönen jungen Mann, dessen Augen vor Liebe leuchten und der ein Geschenk für seine Auserwählte sucht.

»Anna, sind Sie wach?« Frances Hayward stellte das Tablett bei der Tür ab, ging zum Fenster hinüber und zog die schweren Vorhänge auf, sodass das blasse Wintersonnenlicht über die Patchworkdecke floss. Sie wandte sich um, um ihre Patientin anzusehen. Die Frau, die sie da auf die Kissen gestützt liegen sah, war bleich und sehr dünn. Das lange dunkle Haar war über den blütengemusterten Bettbezug ausgebreitet. Unter den großen grünen Augen, die sich langsam öffneten, um den Raum erstmals deutlich wahrzunehmen, lagen tiefe Schatten der Anspannung und Erschöpfung.

Seit einigen Tagen war der merkwürdige Gedächtnisschwund, der wie ein Schleier über ihrem Verstand lag und ihr nur die einfachsten Lebensfunktionen erlaubte, zurückgegangen. Sie lächelte Frances an, während sie sich mit den Kissen im Rücken aufsetzte. Das Zimmer, das schon duftete von der Schale mit rosa Hyazinthen auf dem Tisch vor dem Fenster, füllte sich plötzlich mit dem reichen Aroma von Kaffee und Toast.

»Und wie geht es Ihnen?« Frances stellte das Tablett auf Annas Knie und setzte sich dann neben sie. Es stand eine zweite Tasse Kaffee auf dem Tablett, die sie nun nahm, während ihr Blick auf Annas Gesicht ruhte.

Anna schüttelte den Kopf. »Durcheinander. Verwirrt. Mein Gedächtnis ist so konfus. Es scheint nicht zurückzukommen.« Sie warf Frances einen kurzen Blick zu. Ihre Gastgeberin war eine große Frau mit grauem, wild gelocktem Haar. Sie hatte kräftige Glieder und ein hübsches Gesicht. Da war eine Ähnlichkeit mit Toby, versteckt aber unverkennbar.

Ruhig erwiderte sie Annas Blick und lächelte. »Soll ich es Ihnen noch einmal erzählen? Ich bin Tobys Mutter, Frances. Sie sind jetzt seit drei Wochen hier. Wissen Sie noch, wer Toby ist?« Sie hob fragend eine Augenbraue.

Anna spielte mit einem kleinen Stück Toast. Als keine Antwort kam, fuhr Frances fort: »Sie haben ihn auf einer Nilkreuzfahrt kennen gelernt. Während der letzten Tage dort wurden Sie krank. Toby und Ihre Freundin Serena wussten nicht, was sie tun sollten, deshalb haben sie Sie hierher gebracht.«

»Und Sie haben sich um eine völlig fremde Frau gekümmert.« Anna zerkrümelte das Stück Toast zwischen den Fingern.

»Es war mir eine Freude. Aber ich mache mir Sorgen, meine Liebe. Sie müssen doch Freunde und eine Familie haben, die sich allmählich wundern, wo Sie bleiben.«

Anna nahm die Kaffeetasse hoch und blies sanft in den heißen Dampf. Der Geruch löste tief in ihr etwas aus. Sie runzelte die Stirn und versuchte, ihre Erinnerung in Gang zu bringen. Da war so viel, nur knapp außerhalb ihrer Reichweite, wie ein Traum, der einem im Augenblick des Erwachens entgleitet. Da waren Bilder von Sanddünen und flirrender Hitze, vom leuchtenden Blau des Flusses und dem Grün der Palmen, aber keine Gesichter, keine Namen, nichts, um irgendetwas daran festzumachen. Wieder nahm sie einen Schluck Kaffee und zog die Stirn kraus.

»Toby meinte, es könnte Ihrem Gedächtnis auf die Sprünge helfen, wenn wir Sie in Ihr Haus brächten. Aber nur, wenn Sie sich stark genug fühlen.« Frances beobachtete Annas Gesicht.

Anna sah auf. Ihr Ausdruck war auf einmal belebter als bisher. »Sie wissen, wo ich wohne?«

Frances lächelte. »Ja, so viel wissen wir! Aber wir konnten Sie dort doch nicht allein lassen. Und wir wussten nicht, wen wir benachrichtigen sollten. Sie haben Toby einiges über Ihren Familienhintergrund erzählt, aber an Namen oder Adressen konnte er sich nicht erinnern.«

Später am Nachmittag fuhren sie mit dem Taxi quer durch London. Anna trug geliehene Hosen und gegen den kalten Märzwind einen eleganten Pulli aus Frances' Schrank. Die Kleider in ihrem Koffer waren aus leichtem Sommerstoff, für eine Kreuzfahrt bestimmt. Nichts von dem könnte sie vor dem Südostwind schützen, der durch die Straßen pfiff und dabei an Reklametafeln rüttelte, Abfall über den Gehweg fegte und hoch oben über der Straße durch die Fernsehantennen heulte.

Das Taxi hielt vor einem hübschen kleinen Reihenhaus in Notting Hill und sie stiegen alle aus. Anna stand da und betrachtete den warmen grauen Ziegelstein, die quadratischen Queen-Anne-Fenster mit den schmalen schmiedeeisernen Halterungen für die Blumenkästen, die blaue Eingangstür mit dem halbmondförmigen Oberlicht und den kleinen Vorgarten. Es kam ihr vertraut vor, aber doch irgendwie ohne Bezug.

»Es sieht hübsch aus«, sagte sie mit einem gequälten Lächeln. »Bist du sicher, dass ich hier wohne?«

»Sicher ist für mich gar nichts.« Toby legte ihr vorsichtig den Arm um die Schultern. »Sieh doch mal nach, ob du den Schlüssel hast.«

Sie sah ihn aufmerksam an, dann wühlte sie in ihrer Umhängetasche und zog einen Schlüsselbund heraus.

Das Haus roch kalt und unbewohnt und hinter der Tür lag ein Stapel Briefe. Sie bückte sich, um sie aufzuheben, dann ging sie ins Wohnzimmer rechts von der engen Diele und sah sich um. Das Zimmer war mit alten Möbeln eingerichtet. Farbenfrohe Teppiche und Kissen sowie scharlachrote geraffte Vorhänge, die halb über die nach hinten zum Garten hinausgehenden Fenster gezogen waren, brachten das schlichte polierte Holz wunderbar zur Geltung.

Toby griff zum Lichtschalter. »Hübsches Haus.« Er grinste.

Auf einem Tisch bei dem kleinen Knole-Sofa blinkte der Anrufbeantworter und zeigte fünf Gespräche an.

»Nur fünf, obwohl ich wochenlang weg war.« Anna starrte auf das Gerät.

»Ich nehme an, deine Freunde wussten alle, dass du weg warst. Und haben gerade erst bemerkt, dass du eigentlich zurück sein müsstest.« Tobys Erklärung war vernünftig. »Willst du ihn nicht abhören?« Er stand mit dem Rücken zum Kamin, die Arme verschränkt. »Vielleicht ist was dabei, was dir auf die Sprünge hilft.«

Anna zuckte die Achseln und drückte den Abspielknopf.

»... Anna, meine Liebe, hier ist deine Großtante Phyl!« Die Stimme klang laut und vorwurfsvoll in dem stillen Zimmer. »Wo in aller Welt steckst du? Du hast gesagt, du kommst mich besuchen, sobald du zurück bist. Ich muss unbedingt hören, wie es dir ergangen ist. Ruf mich an.«

»... Anna? Deine Großtante denkt anscheinend, dass du ihr aus dem Weg gehst. Ruf sie an oder mich, Herrgott nochmal!« Das war eine beleidigte männliche Stimme. Ihr Vater. Sie erkannte sie, ohne auch nur einen Augenblick zu zögern.

»... Anna, hier ist Felix. Ich habe deine Postkarte bekommen. Ich bin so froh, dass es dir gut gefällt. Pass auf dich auf.« Auch diese Stimme war vertraut. Sie fing an zu lächeln.

»... Anna? Anna, bist du da?« Schweigen, dann ein unterdrückter Fluch. Weiblich. Unbekannt.

»... Anna? Hier ist wieder Phyllis. Meine Liebe, ich mache mir Sorgen um dich. Bitte melde dich.«

Toby beobachtete ihr Gesicht. »Du hast die Stimmen erkannt?«

Anna nickte. »Und das Haus auch. Es ist alles vertraut. Trotzdem habe ich nicht das Gefühl, dass es meines ist.« Sie schüttelte den Kopf und legte die Hand an die Augen. »Ich fühle mich hier wie eine Fremde. Aber ich erkenne alles wieder.«

»Ich rufe jetzt deine Tante zurück.« Toby nahm das Telefon und wählte 1471. Nach einer Pause sah sie, wie er die 3 für den Rückruf drückte.

Das Telefon klingelte lange, bevor jemand abhob. »Willst du mit ihr sprechen?« Toby hielt ihr den Hörer hin. Mit einer Geste der Unsicherheit nahm Anna den Hörer.

»Anna? Anna, Gott sei Dank, mein Liebling! Ich habe schon gedacht, du hast dich in Ägypten verliebt oder hast dir einen gut aussehenden Scheich gesucht oder so etwas und beschlossen, nie wieder nach Hause zu kommen!« Die Stimme am anderen Ende machte eine Pause. »Anna?«

Anna schüttelte den Kopf. Tränen rannen ihr übers Gesicht. Sie konnte nicht sprechen.

Toby nahm ihr den Hörer ab. »Miss Shelley?« Er lächelte Anna aufmunternd zu. »Es tut mir Leid, dass ich unterbreche. Mein Name ist Toby Hayward. Ich war mit Anna auf der Kreuzfahrt. Es geht ihr nicht besonders gut. Könnten Sie es einrichten, nach London zu kommen, oder könnte ich sie zu Ihnen bringen? Sie möchte Sie so gerne sehen.«

Er lauschte einige Sekunden, beantwortete rasch besorgte Fragen, beruhigte und nickte. »Okay. Ich bringe sie morgen nach Suffolk. Ich bin sehr froh, dass wir Sie erreicht haben.«

Er legte den Hörer auf. »Sie wollte, dass du schon heute kommst, aber ich dachte, du bist vielleicht zu müde. Wir brechen morgen ganz früh auf.« Er blickte zu seiner Mutter, die ruhig neben der Tür gestanden und den Raum betrachtet hatte. »Möchtest du Anna helfen, ein paar warme Sache zusammenzusuchen, wo wir jetzt schon hier sind?«

Anna sah ohne großes Interesse die Post durch, die neben ihr auf dem Sofa lag. Sie nahm eine Postkarte in die Hand, betrachtete das Bild und las dann die Rückseite. Dann noch eine. Mindestens zwei ihrer Freunde waren offenbar ebenfalls vor kurzem in Ferien gewesen. Es waren auch einige Rechnungen dabei, die sie ungeöffnet weglegte, sehr zu Tobys Erheiterung, der sogleich darauf hinwies, dass ihr gesunder Menschenverstand sie offenbar nicht verlassen hatte.

»Nur die Erinnerung an die Ferien ist vollständig weg«, sagte sie müde. »Der Rest scheint unbeschädigt da zu sein. Ich habe die Stimme meines Vaters und die von Felix, meinem Ex-Mann erkannt. Ich habe Phyllis erkannt.« Sie schüttelte den Kopf. »Ich konnte mich nicht von selbst an sie erinnern; es war alles eine merkwürdige Leere, als ihr, du und der Doktor, mich befragt habt; aber als ich ihre Stimmen hörte und in meinem Kopf nach ihnen suchte, waren sie da!« Sie unterbrach sich. Sie sah hinunter auf einen Brief, den sie in der Hand hielt. Er trug ägyptische Briefmarken. Ihr Gesicht wurde blass.

Toby warf Frances einen Blick zu. Er legte den Finger an die Lippen. Beide beobachteten Anna, wie sie langsam den Umschlag aufriss. »Er ist von Omar«, sagte sie langsam. »Er will wohl wissen, wie es mir geht?«

Sie sah auf und ihre Augen weiteten sich. Die Schleusen waren geöffnet. Ein Sturzbach der Erinnerung, von Lärm, Bildern, von Rufen ergoss sich plötzlich in ihren Kopf. Sie setzte sich abrupt hin und starrte sie mit wilden Augen an.

»O Gott! Andy! Jetzt erinnere ich mich. Andy ist gestorben!«

Toby setzte sich neben sie und legte den Arm um ihre Schultern. »Fällt dir jetzt wieder ein, was geschehen ist?«, fragte er behutsam.

Sie starrte auf den Brief in ihren Händen. »Das Parfümfläschchen. Das Parfümfläschchen des Priesters von Sekhmet!« Plötzlich begann sie zu schluchzen, während ihr die Tränen übers Gesicht liefen. Sie schaute zu Toby auf. »Ich erinnere mich an Andy, wie er in den Nil stürzte. Wir waren in Philae gewesen.«

Toby nickte.

»Dann verschwand sein Körper. Es gab keine Spur mehr davon …«

»Sie haben ihn am nächsten Tag gefunden, Anna...«

»Und Ibrahim hat mir ein Amulett gegeben.« Sie legte die Hand an den Hals, als ob ihr erst in diesem Augenblick der Talisman wieder einfiele, der an der Kette um ihren Hals hing. »Ich trage ihn immer noch! Aber er ist doch wertvoll. Ich hätte ihn ihm zurückgeben müssen!«

»Nein, er wollte, dass du ihn behältst. Er hat mir eigens aufgetragen, dir zu sagen, dass du das Amulett für immer behalten sollst, Anna.« Toby nahm ihr Omars Brief aus den Händen und legte ihn auf den Tisch.

»Was ist mit Andy geschehen?« Sie wandte sich zu ihm, die Augen blind vor Tränen.

»Sein Leichnam wurde mit dem Flugzeug nach London gebracht und im Heimatdorf seiner Familie in Sussex begraben. Serena, Charley und Ben sind alle zur Beerdigung gegangen.«

»Und Charley?« Anna wiederholte den Namen wie ein Echo. »Geht es ihr jetzt gut?«

Toby nickte. »Es geht ihr gut.«

»Also bin ich's allein.« Sie blickte auf ihre Hände hinunter. »Es war nämlich kein Schock.« Plötzlich war alles kristallklar in ihrem Kopf. »Er brauchte mich. Der Priester brauchte mich, als Charley Ägypten verließ, und ich ließ ihn herein. Serena rief ihn in Philae herbei und ich sah zu, lächelnd, wollte unbedingt sehen, was passierte, da sprang er in meinen Kopf! Serena wusste, wie gefährlich er war. Auch Ibrahim wusste es. Aber ich öffnete mich einfach und ließ es geschehen! Wo ist Serena? Was ist mit ihr passiert?«

»Serena hat dich mehrmals besucht, Anna«, sagte Toby. »Sie hat sich solche Sorgen um dich gemacht. Sie hat dem Doktor zu erklären versucht, dass sie glaubte, du seist besessen, aber er wollte davon nichts hören. Wäre ich nicht selbst dabei gewesen, ich hätte es nicht für möglich gehalten, wie herablassend er sie behandelt hat. Es hätte mich nicht gewundert, wenn sie nicht mehr wiedergekommen wäre, aber sie kam wieder und brachte noch jemand mit, der dir helfen sollte, aber da wolltest du keinen mehr in deinem Kopf herumfuhrwerken lassen. Also haben wir beschlossen, lieber abzuwarten, bis deine Erinnerung von allein zurückkehrt. Mutter wollte einen Geistlichen hinzuziehen, aber Serena sagte, das würde den Priester zornig machen.«

Anna schüttelte sich. »Ich habe euch so viele Umstände gemacht.« Mit unglücklichem Gesicht sah sie auf. »Und es ist alles meine Schuld.«

»Es war nicht Ihre Schuld.« Frances kam und kniete sich vor sie hin. »Überhaupt nicht. Wie hätte irgendjemand ahnen können, dass solche furchtbaren Dinge passieren?« Ihr war kalt. »Kommen Sie. Wir wollen Ihnen ein paar warme Sachen zusammenpacken. Dann gehen wir nach Hause. Morgen treffen Sie Ihre Großtante und allmählich wird alles wieder aufs normale Gleis kommen.«

»Nichts kann je wieder normal sein.« Anna schüttelte den Kopf. »Ich habe Andy getötet. Mit Hilfe der dummen kleinen Flasche.«

»Nein.« Toby blieb hartnäckig. »Red dir auf keinen Fall so was ein, Anna. Was Andy getötet hat, war eine große Flasche – voll Wodka – auf einen leeren Magen!«

Zum ersten Mal an jenem Abend fragte sie sich, wo Toby wohl hingegangen war, nachdem sie zu dritt an dem kleinen runden Tisch in Frances' Souterrainküche gegessen hatten. Sie wartete, bis er sie beide auf die Wange geküsst hatte, dann die Stufen hinaufgerannt und, während er mit den Wagenschlüsseln klimperte, in der kalten Londoner Nacht verschwunden war, bevor sie sich bei Frances danach erkundigte.

Frances lachte. »Hat er Ihnen das nicht gesagt? Er wohnt bei einem Mann namens Ben Forbes. Soviel ich weiß, hat er ihn auf Ihrer berüchtigten Kreuzfahrt getroffen.« Sie zögerte. »Toby lebt in Schottland, Anna. Das wussten Sie doch? Nachdem seine Frau starb, wollte er nicht mehr in London bleiben und schenkte mir dieses Haus. Normalerweise wohnt er oben in Ihrem Schlafzimmer, wenn er in der Stadt ist, aber jetzt wollte er nicht, dass es Ihnen zu eng wird.«

»Er ist sehr freundlich zu mir gewesen«, sagte Anna nachdenklich. »Ich weiß nicht, wie es mir ohne ihn ergangen wäre.« Sie hob den Blick. »Und ich hätte Sie nicht kennen gelernt.«

Frances lächelte. »Es hat mich so gefreut, dass er Sie hergebracht hat.« Sie machte für sie beide gerade einen Schlummertrunk. »Sicher haben Sie sich schon gedacht, dass ich verwitwet bin. Und Toby ist ein Einzelkind. Ich bin so froh, dass wir, er und ich, Freunde sind. Ich nehme an, er hat Ihnen von der schrecklichen

Zeit vor zehn Jahren erzählt?« Sie hob den Blick und fuhr fort, als Anna nickte: »Er wurde sehr abweisend, nachdem Sarah gestorben war; er schloss so viele Menschen aus seinem Leben aus.«

Dies war der Augenblick, um Fragen zu stellen. Um mehr darüber herauszufinden, was geschehen war. Anna zögerte und der Augenblick war vorüber. Stattdessen fragte sie: »Kommen Sie morgen mit uns nach Suffolk?«

Frances schüttelte den Kopf. »Nein, meine Liebe. Ich würde sehr gerne irgendwann Ihre Großtante kennen lernen, aber nicht dieses Mal.« Sie zögerte. »Toby sagte, Sie sind geschieden?«

Anna nickte.

»Das muss sehr traurig für Sie gewesen sein.«

»Eigentlich nicht. Zuerst war es ein Schock, zu sehen, dass alles nicht so war, wie ich dachte. Aber dann, am Ende, war es eine Erleichterung. Das war Felix, mein Mann, auf dem Anrufbeantworter zu Hause. Wir reden noch miteinander.«

»Und Sie haben ihm eine Postkarte geschickt.«

Wieder nickte Anna. Sie nahm von Frances eine Tasse heiße Schokolade in Empfang und trank in langsamen kleinen Schlucken. »Hat Toby Ihnen die ganze Geschichte dieser Reise erzählt?«

Frances schüttelte den Kopf. »Mit ziemlicher Sicherheit nein. Um ehrlich zu sein, im kalten Licht des Londoner Winters klang das alles ein bisschen weit hergeholt. Nein!« Sie streckte Anna die Hand entgegen, als diese den Mund öffnete, um zu protestieren. »Ich will damit nicht sagen, dass es nicht tatsächlich geschehen ist. Offensichtlich ist etwas Furchtbares passiert. Ich sage nur, es fiel mir schwer, mir das alles vorzustellen. Andys Tod war schrecklich genug für mich. Vielleicht kann ich im Moment nicht mehr verkraften.«

Anna nickte langsam. Ihre Finger schoben sich tastend in den Kragen ihrer Bluse und schlossen sich um Ibrahims Amulett. »Ich würde gerne sein Grab besuchen«, sagte sie. »Ihm ein paar Blumen bringen. Ihm sagen, dass es mir Leid tut.«

Frances warf ihr einen kurzen Blick zu. Sie zögerte, offensichtlich um die richtige Antwort bemüht. »Anna, meine Liebe, Sie waren doch nicht etwa in Andy verliebt?«

»In ihn verliebt!« Anna war schockiert. »Aber nein, natürlich nicht!«

»Ich wollte nur sicher sein.«

Ein langes Schweigen trat ein. Anna suchte nach Worten, auf unsicherem Terrain; plötzlich wurde ihr eine tiefe, mit Nebel gefüllte Kluft in ihrer Erinnerung bewusst. »Hat Toby Ihnen nichts über Andy und mich erzählt? Wie er das Tagebuch meiner Urgroßmutter in seinen Besitz bekommen wollte?«

Frances nickte. »Doch, das hat er mir erzählt. Er hat mir viel erzählt, aber er hat auch manches ausgelassen.«

»Ach?« Anna starrte in ihre Schokoladentasse.

»Solche Dinge, die mich nichts angehen, zum Beispiel, welche Gefühle Sie beide füreinander haben.«

Anna fühlte, wie ihre Wangen rot wurden. »Ich weiß, welche Gefühle ich für ihn habe.«

»Sie haben ihn gern?« Frances sah auf und lächelte, als sie Annas Blick traf. »Verliebt?« Sie winkte mit der Hand, wobei sie die Finger kreuzte.

»Schon möglich.« Anna zuckte die Schultern. »Aber wir waren so kurze Zeit zusammen und diese Zeit war schwierig!«

Frances prustete. »Das ist etwas untertrieben, scheint mir! Ich will nicht weiter in Sie dringen, meine Liebe. Sie sollen nur wissen, dass ich mich sehr freue, dass Toby Sie kennen gelernt hat.« Sie streckte den Arm über den Tisch und drückte Annas Hand.

Anna ging dieses kurze Gespräch nach, als sie in der Badewanne lag und in der Ölbeimischung aus Rosen und Lavendel schwelgte, die sie im Regal darüber gefunden hatte, und allmählich legte sich ein Lächeln auf ihre Lippen. In ein großes weiches Badetuch gehüllt stieg sie in ihre Dachkammer hinauf, und während sie dort eine Weile im Kreis herum ging, dachte sie über ihren Besuch morgen mit Toby bei der Großtante nach.

Das Tagebuch lag auf dem kleinen Tisch vor dem Fenster. Sie stand da und betrachtete es. Sie hatte versprochen, es Frances zu lesen zu geben, während sie weg waren. Aber waren da nicht noch ein oder zwei Seiten, die sie selbst noch nicht gelesen hatte?

Ihre letzte Erinnerung an das Schiff war, dass sie das Tagebuch auf das Bett in ihrer Kabine geworfen und dann selbst dort gelegen und an die Decke gestarrt hatte, überwältigt von Furcht und einer seltsamen, fremdartigen Wut.

Nachdenklich griff sie nach dem Buch. War er wirklich fortgegangen, der Priester, der sich in ihr eingenistet hatte, oder wartete er nur auf den richtigen Augenblick? Sie schauderte; sie bewegte den Kopf vorsichtig von einer Seite zur anderen, wie um ihn zu prüfen, dann schaute sie hinunter auf das Buch in ihren Händen. Im letzten Abschnitt hatte sie gelesen, dass Louisa vorhatte, ins Tal der Gräber hinauszugehen, um das Parfümfläschchen, das, wie sich herausgestellt hatte, eine geweihte Ampulle war, zu Füßen der Isis zu begraben.

Es dämmerte, als Louisa und Mohammed ihre Esel bestiegen und, indem sie dem Fluss den Rücken zukehrten, nach Westen loszogen über die fruchtbaren, dicht bepflanzten Felder. Sie ritten schweigend, ungehindert von Packtieren oder Begleitern, und beobachteten, wie das schwache, klare Licht von Minute zu Minute stärker wurde. Als die ersten gebündelten Sonnenstrahlen lange Schatten vor ihnen über die Erde warfen, hatten sie bereits das Ende des fruchtbaren Landes erreicht und waren unterwegs in die grelle Hitze der Wüste.

»Wohin willst du die Flasche bringen, Sitt Louisa?« Endlich sah Mohammed zu ihr herüber. »Zu welchem Grab willst du gehen?«

Louisa zuckte die Schultern. »An einen stillen und verborgenen Ort, sodass die Flasche in Frieden ruhen kann. Ich muss ein Bild der Göttin Isis finden, damit die Flasche in ihrer Nähe liegen kann.« Plötzlich stolperte ihr Esel und sie griff nach dem Sattel, um sich festzuhalten. »Mehr habe ich nicht vor. Wir können anschließend gleich zum Boot zurückkehren und alles vergessen.«

Er nickte ernst. Der Pfad war enger geworden, als sie den Eingang des Tales erreichten. Er blickte umher, zu den dunklen Eingängen in den Felsen. Er war kein Dragoman. Er hatte, was das Tal betraf, nicht Hassans Kenntnis und Erfahrung. Er zügelte den Esel und schüttelte den Kopf. »Weißt du noch den Weg?«

Sie starrte in die Runde, in der Hoffnung, Mohammed würde die Tränen in ihren Augen auf die blendende Helligkeit der Morgensonne zurückführen, die von den glitzernden Felsen reflektiert wurde. Ihre Erinnerungen an diesen Ort waren so eng mit Hassan verbunden, jeder Fels, jeder Schatten trug den Abdruck seines Gesichts, jedes Echo hatte den Klang seiner Stimme.

Endlich trieb sie den Esel vorwärts. Diesmal gab es noch andere Besucher im Tal, Reisegruppen mit ihren eigenen Dragomanen, die alles anschauten oder wieder ans Tageslicht kamen voll Erstaunen über das, was sie gesehen hatten.

Sie hielten die Esel bei einem der Eingänge an. Mohammed glitt aus dem Sattel und half Louisa beim Absteigen; dann holte er Kerzen aus der Satteltasche. Er fröstelte. »Ich mag diesen Ort nicht, Sitt Louisa. Hier gibt es böse Geister. Und Skorpione.«

Und Schlangen.

Das Wort hing unausgesprochen zwischen ihnen. Louisa biss sich auf die Lippe und zwang sich, voranzugehen und den Weg zu zeigen. »Wir werden hier nicht lange bleiben, Mohammed, das verspreche ich. Hast du den Spaten?«

Sie hatten einen kleinen Spaten mitgebracht, der am Sattel seines Reittiers festgebunden war, sodass sie die Flasche im Sand vergraben konnte. Er nickte. Er ging nun rasch voraus, und sie sah, dass er die Hand auf dem Griff des Messers hielt, das in seinem Gürtel steckte. Als sie den Pfad hin zu dem schwarzen Viereck in der glänzenden Felskante hinaufstiegen, fand sie etwas Trost in dem Wissen, dass er bewaffnet und bereit war, das Messer zu ihrem Schutz zu gebrauchen.

Keuchend erreichten sie den Eingang. Mohammed spähte hinein. »Ist das die richtige Stelle?« Sie sah, wie er heimlich das Zeichen gegen den bösen Blick machte.

Sie bejahte stumm. Irgendwo da drinnen würde sie eine Darstellung der Göttin finden, mit der merkwürdigen charakteristischen Haartracht aus Sonnenscheibe und Thron und mit den Händen, die das Henkelkreuz umklammerten, das Symbol des Lebens, und den Stab.

Sie griff in die Tasche, die über ihrer Schulter hing, kramte nach dem Fläschchen, das immer noch in die vom Wasser fleckige Seide gewickelt war. »Es wird nicht lange dauern«, wiederholte sie. Sie ging vor ihm hinein in die Dunkelheit und hörte das Reiben des Zündholzes hinter sich, als er die Kerze in der kleinen Laterne anzündete, dann sah sie die Schatten die Wände hinaufhuschen. Hier waren sie, die Bilder, die sie in solcher Klarheit im Gedächtnis hatte, die hellen Farben, die dichten, unendlichen Geschichten, dargestellt in seltsamen, nicht zu entziffernden Hieroglyphen, während die Reihen der Götter und Göttinnen bis in die tiefe Dunkelheit reichten.

»Sitt Louisa!« Sein erstickter Schrei hallte in den stummen Tiefen des Grabes wider.

Sie wirbelte herum.

Er stand am Eingang, fast an der gleichen Stelle, wo sie ihn verlassen hatte, immer noch im Sonnenlicht, flach an die Wand gedrückt, vor Schreck erstarrt. Vor ihm wiegte sich das Haupt der Kobra hin und her.

»Nein!« Ihr Schrei zerschnitt die Schatten, während sie zum Höhleneingang zurückeilte. »Lass ihn in Ruhe! Nein! Nein! *Nein…*«

Als die Schlange zustieß, warf Louisa mit der Flasche nach ihr und fiel dann selbst über sie her, indem sie sie mit ihren bloßen Händen packte. Einen Augenblick wand sich die Schlange in ihrem Griff – warm, weich, schwer, dann war sie verschwunden. Louisa starrte auf ihre leeren Hände.

Mohammed sank schluchzend auf die Knie. »Sitt Louisa, du hast mir das Leben gerettet!«

»Hat sie dich nicht gebissen?« Plötzlich schüttelte es sie so gewaltig, dass sie nicht mehr stehen konnte. Auf einmal lag sie selber auf den Knien neben ihm.

»Nein.« Er schloss die Augen und holte tief Atem. »Nein, *Lillah!* Sie hat mich nicht gebissen. Schau her!« Er breitete die weite Pluderhose aus. Sie sah den Einriss durch die Giftzähne und die lange Giftspur, die von dem Loch über den Stoff hinuntergeronnen war.

Weiter unten hörten sie Steine rollen, und als sie hinsahen, kamen zwei Männer den Pfad heraufgeklettert. Der eine, in ägyptische Gewänder gekleidet, hatte eine gezogene Klinge in der Hand. Der andere war Europäer.

»Wir haben Ihre Schreie gehört.« Der größere der Männer war von seiner Sprechweise her offensichtlich Engländer. Er spähte in den Eingang des Grabes hinein, während die beiden Ägypter in schnellem, aufgeregtem Arabisch miteinander sprachen.

»Es war eine Schlange.« Louisa sah ihn dankbar an. »Ich glaube, sie ist weg.« Unsicher kam sie wieder auf die Füße.

»Hat sie jemanden gebissen?«

Sie schüttelte den Kopf. »Gott sei Dank hat sie ihn nicht erwischt.« Sie schloss die Augen.

Die Flasche war verschwunden. Keine Spur war von ihr zu sehen, weder auf dem Weg, noch am Eingang zum Grab, auch nicht auf dem Pfad, der den steilen Hang zum Fuß des Felsens hinunterführte. Sie war zusammen mit der Schlange verschwunden.

Sie nahm das Angebot ihrer Retter an, sich erst einmal auszuruhen und zu erfrischen, dann bestiegen sie und Mohammed wieder ihre Esel und ritten zurück zum Fluss.

Als sie staubig und erhitzt ankamen, fanden sie das Boot in großer Aufregung. Einer der Reisenden, die die Rückkehr nach Kairo geplant hatten, war krank geworden und so hatte man ihr eine Koje auf dem Dampfer besorgt, der am nächsten Tag ablegte. Die Zeit war knapp, wenn sie das Angebot wahrnehmen wollte. Sie musste ihre Sachen packen, sich bei allen verabschieden, unverzüglich ihre Koffer in die Barkasse verladen und sich zum Dampfer hinüberbringen lassen.

Später war sie froh, dass alles so schnell gegangen war. Zum Zurückblicken war keine Zeit. Kaum Zeit, um Lebewohl zu sagen. Mohammed und der *Reis* weinten, als sie das Boot zum letzten Mal verließ, ebenso Katherine Fielding, die zu ihrer großen Freude ihr Baby Louis nach ihr benannt hatte. Venetia bot ihr eine kalte Wange und nur die Andeutung eines Lächelns. David Fielding und Sir John umarmten sie wie zwei große Bären. Augusta nahm ihre Hände und drückte sie. »Die Zeit heilt alle Wunden, meine Liebe«, sagte sie sanft. »Sie werden die schlimmsten Augenblicke vergessen und die guten im Gedächtnis behalten.«

Es war seltsam, so zu reisen, mit dem stetigen Maschinengeräusch und dem Rauschen der Schaufelräder als Hintergrund für ihre Gedanken. Man war nicht mehr dem launischen Wind ausgeliefert. Die Flussufer mit ihrem dahingleitenden Panorama von Palmen und üppigem Getreide, die *Shaduf*, die das Wasser unablässig aus dem Fluss auf die Felder hoben, während sie vorüberfuhren, die dahintrottenden Wasserbüffel, die Esel, die Fischerboote – das alles beobachtete sie vom Deck aus, ihre geröteten Augen hinter einer Rauchglasbrille verborgen; sie machte Skizzen, schrieb die eine oder andere Zeile in ihr Tagebuch, um ihren Bericht der Ägyptenreise zu einem Abschluss zu bringen, und sie schlief.

Sie erreichte London am 24. April. Eine Woche später war sie wieder mit ihren Söhnen vereint. Erst am 29. Juli, an einem warmen Nachmittag, als sie in dem kühlen, von Bäumen beschatteten, auf der Rückseite ihres Londoner Hauses gelegenen Zimmer arbeitete, das sie als Studio benutzte, öffnete sie die erste der Kisten mit den Gemälden und Skizzenbüchern aus Ägypten und holte sie nacheinander heraus. Sorgsam stellte sie sie ringsum an den Wänden auf und begutachtete sie kritisch, dabei gestattete sie sich zum ersten Mal die Erinnerung an die Hitze und den Staub, die blauen Wasser des Nils, die blendende Helligkeit des Sandes, die Tempel und Monumente mit ihren Skulpturen, Bildern und Erinnerungen an eine längst verblichene Vergangenheit. Sie hielt inne und schaute aus dem Fenster auf das Gartenquadrat hinter dem Haus. Ihre Welt, die englische Welt, war überwiegend grün, sogar hier in London. Die Wüste und der Nil waren für sie nun nichts weiter als Erinnerungen.

Sie bückte sich, um die letzten Gemälde aus der Kiste zu holen, und zog die Stirn in Falten. Da war ihre alte Tasche. Sie musste sie dazu benutzt haben, die Bilder festzuklemmen. Sie zog sie heraus und starrte sie voller Wehmut an. Die Tasche hatte sie auf allen ihren Malreisen begleitet. Auch jetzt waren noch Pinsel und Farben darin. Sie stellte sie auf den Tisch und durchwühlte sie, um alles herauszuholen.

Das Parfümfläschchen war immer noch in die fleckige Seide gewickelt und mit einem Band zugebunden. Sie starrte lange Zeit darauf, bis sie sie langsam auszuwickeln begann.

Sie hatte die Flasche aus der Tasche genommen. Sie hatte sie nach der Schlange geworfen. Da war sie ganz sicher. Sie wusste noch, wie sie sie in der Hand gehalten hatte. Sie wusste noch, wie sie sie angeschaut hatte, als sie aus dem Sonnenlicht in den Schatten des Grabes trat.

Sie ließ die Seide auf den Boden fallen, stand da und betrachtete die Flasche, wie sie auf ihrer Handfläche lag. Dann bekam sie eine Gänsehaut. Wieder war sie zurückgekommen. Ob sie sie jemals loswerden konnte? »Hassan.« Sie flüsterte leise den Namen. »Hilf mir.« Sie hatte Tränen in den Augen, als sie sich zu dem kleinen Sekretär wandte, wo sie normalerweise saß, um ihre Korrespondenz zu erledigen.

Sie öffnete den Deckel, zog eine der Schubladen heraus und fasste hinein, um einen kleinen Hebel zu drücken, der das Geheimfach öffnete. Dort legte sie die Flasche hinein und sah sie einen Augenblick an, dann führte sie ihren Finger an die Lippen und drückte ihn leicht auf das Glas. Den Zettel mit der dazugehörigen Geschichte hatte sie in ihrem Tagebuch gelassen, das immer noch, seit Monaten unbesehen, in der Kiste mit den Schreibsachen lag. Ein letzter Blick, ein letzter Gedanke an Hassan, dann schloss sie die geheime Schublade. Sie rastete ein. Schnell schloss sie den Schreibtischdeckel.

Sie würde die Schublade und ihr Tagebuch nie wieder anrühren.

»Wusstest du das alles, als du mir das Tagebuch gegeben hast?« Anna saß neben Toby in Phyllis' sonnendurchflutetem Wohnzimmer.

Phyllis schüttelte den Kopf. »Ich hatte immer vor es zu lesen, aber irgendwie habe ich es mit meinen schlechten Augen nie geschafft.«

»Dann wusstest du also nichts über die Flasche, als du sie mir gegeben hast?«

Phyllis schüttelte den Kopf. »Ich hätte sie dir wohl kaum gegeben, wenn ich ihre Geschichte gekannt hätte.« Sie war etwas beleidigt. »Du warst ein kleines Mädchen. Soweit ich wusste, lag die Flasche in der Schublade, seit Louisa sie dort versteckt hatte. Der Sekretär kam natürlich über meinen Vater in meinen Besitz, ich wusste nichts von dem Zettel im Tagebuch. Selbst wenn ich gewusst hätte, dass er dort steckt, hätte dies für mich keine Bedeutung gehabt. Keiner von uns kann Arabisch lesen.«

Die drei saßen einige Minuten schweigend da. Im Kamin knisterte lustig das Feuer und füllte den Raum mit dem Duft von Apfelholz.

»Weißt du, was am Ende mit Louisa geschah?«, fragte Anna endlich.

Phyllis nickte langsam. »Ein wenig weiß ich. Mein Großvater war ja, wie du weißt, ihr ältester Sohn, David.« Nachdenklich hielt sie inne. »Sie hat nie wieder geheiratet. Soviel ich weiß, kehrte sie nie nach Ägypten zurück. Irgendwann in den Jahren nach 1880 zog sie aus London weg, da muss sie in den späten Fünfzigern oder frühen Sechzigern gewesen sein. Sie kaufte unten in Hampshire ein Haus, das sie David hinterließ, als sie starb. Ich weiß noch, wie ich dorthin ging, als ich sehr klein war, aber es muss vor dem letzten Krieg verkauft worden sein. Sie hat natürlich weiterhin gemalt und wurde noch zu ihren Lebzeiten eine recht bekannte Künstlerin.«

»Hat sie jemals wieder Tagebuch geführt?«, fragte Toby plötzlich.

Phyllis zuckte die Schultern. »Nicht, soweit ich weiß.«

»Ich würde zu gerne wissen, ob sie jemals wieder an Ägypten gedacht hat«, sagte Anna wehmütig. »Was muss sie empfunden haben, als sie entdeckte, dass sie das Parfümfläschchen immer noch besaß, nach allem, was sie durchgemacht hatte, um es loszuwerden? Und warum hat sie es versteckt? Warum hat sie es nicht sofort zerstört, als sie es fand? Warum hat sie es nicht in die Themse geworfen? Ins Meer? Irgendwohin! Anstatt es so in ihrer Nähe aufzubewahren. Hatte sie keine Angst, dass die Priester zurückkommen könnten? Oder die Schlange?«

Phyllis setzte sich in ihren Sessel zurück und schaute nachdenklich ins Feuer. Die Katze auf ihren Knien streckte sich genüsslich und tretelte dann einige Augenblicke auf dem dicken Tweedstoff ihres Rockes, bevor sie wieder einschlief. »Oben gibt es eine Kiste mit Großvaters alten Briefen, seinen Briefen an die Familie und dann vor allem denen von seinem Bruder John. Ich kann mich nicht erinnern, dass es da irgendetwas besonders Aufregendes gab, aber wenn du willst, kannst du sie haben. Toby, mein Lieber, könnten Sie hinaufgehen und sie für Anna herunterholen?« Sie sagte ihm, wo er sie finden konnte, und schaute ihm nach, als er das Zimmer verließ. Dann lächelte sie. »Halte dich nur an ihn, Schatz. Er ist ein sehr netter Mann. Liebst du ihn denn?«

Anna errötete. »Ich habe ihn gern.«

»Gern?« Phyllis schüttelte aufgeregt den Kopf. »Das reicht nicht. Ich möchte hören, dass du jemanden anbetest. Und dass jemand dich anbetet. Er tut das nämlich. Er kann ja kein Auge von dir wenden.« Plötzlich wurde sie wieder ruhig. »Was ist euch denn tatsächlich in Ägypten widerfahren? Ich glaube nicht, dass ihr mir alles erzählt habt. Es tut mir Leid, dass jener unglückliche Mann ertrunken ist. Aber da gibt es noch mehr, nicht wahr? Verstehe ich recht, dass du krank warst?«

Anna nickte langsam. »Nicht eigentlich krank. Ich will dir sagen, was geschah. Wusstest du, dass das Parfümfläschchen von Geistern besessen war? Ich weiß, das klingt verrückt. Unmöglich. Aber es ist wahr. Es wurde von zwei alten ägyptischen Priestern bewacht, die um seinen Besitz stritten. Sie erschienen auf dem Boot und erschreckten mich so, dass ich den Verstand verlor und etwas sehr Dummes tat. Ich hatte mich mit einer Frau namens Serena Canfield angefreundet. Sie ist Eingeweihte in einer Art modernem Isiskult. Sie rief die Priester herbei, um sie zu vertreiben. Eine Art Geisterdesinfektion. Aber ich ließ einen der beiden in meinen Kopf herein. Ich wurde eine Zeit lang leicht verrückt, nachdem Andy gestorben war. Wenn Toby sich nicht um mich gekümmert hätte, weiß ich nicht, was passiert wäre.«

»Anhotep und Hatsek.« Phyllis murmelte leise die beiden Namen.

Einen Augenblick wusste Anna nicht, ob sie richtig gehört hatte. Ihre Augen weiteten sich. »Dann hast du also doch das Tagebuch gelesen?«, sagte sie anklagend.

»Nein.« Phyllis schüttelte langsam den Kopf. »Es gibt ein Bild von ihnen, hier, in diesem Haus. Die Namen stehen auf der Rückseite.«

Anna starrte sie an. Ihr wurde durch und durch kalt.

»Wo ist es?«

»Ich habe das Bild nie gemocht, aber ich wusste, dass es wertvoll sein musste. Bei den heutigen Preisen ist es wahrscheinlich ein Vermögen wert, deshalb habe ich es behalten. Aber ich habe es in die hintere Vorratskammer gesteckt.« Sie wandte sich um, als Toby mit einer alten Kiste für Schulsachen unter dem Arm erschien. »Stellen Sie sie dahin. Vielen Dank, mein Lieber.« Sie runzelte die Stirn, als Anna zur Tür ging. »Warte, Schatz. Sei vorsichtig! Toby, gehen Sie mit ihr.«

»Wohin? Wohin gehen wir?« Toby lief ihr den langen Flur nach, während Phyllis am Feuer zurückblieb, das Gesicht ins Katzenfell gekuschelt.

»Sie hat ein Bild von ihnen! In der Speisekammer. Ich kann es nicht glauben! Sie hat ein Bild von den Priestern!« Anna stieß die Tür zur Küche auf und ging voraus. Es war eine große Küche, durch einen alten elfenbeinfarbenen Ofen warm gehalten. Der Eichentisch war mit Büchern und Papieren bedeckt, in der Anrichte hingen zu gleichen Teilen farbenfrohe Becher und alte Teetassen mit Sprüngen. Einen Augenblick stand sie still und starrte auf die Tür zwischen Anrichte und Spüle. »Da drin ist es.« Sie schluckte. Sie legte die Hand auf das Amulett am Hals. »Toby, es ist da drin!«

»Du musst es dir nicht ansehen.«

»Doch. Ich muss. Verstehst du denn nicht? Ich muss wissen, ob sie Louisa in der gleichen Gestalt erschienen sind!« Sie schaute mit großen Augen umher und konzentrierte sich auf eine Vase mit Winterjasmin auf der Anrichte. Unwillkürlich griff sie nach Tobys Hand, während sie den Pulsschlag in ihren Ohren zu beruhigen versuchte.

»Du bist in Sicherheit, Anna. Die Flasche liegt auf dem Grund des Nils.« Toby legte ihr den Arm um die Schultern. »Es ist nur ein Bild. Wir können es ignorieren. Ans Feuer zurückgehen und uns den Briefen widmen. Den Wasserkessel aufsetzen und Tee aufgießen. Nach Hause gehen.«

Sie schüttelte den Kopf. »Ich muss es sehen.« Sie holte tief Luft und ging zur Tür. Beim Öffnen griff sie nach dem Lichtschalter. Der Raum war klein, auf drei Seiten umrahmt von Regalen voll

Dosen, Gläsern und Schachteln und auf der vierten fast ganz von einer großen Gefriertruhe ausgefüllt. Darüber waren Haken, an denen Netze hingen, dazu Knoblauch, alte Pfannen und Körbe. Sie sah sich um und im ersten Augenblick bemerkte sie das Bild gar nicht. Dann erspähte sie es, halb verdeckt von einem Netz voller Kartoffeln. Der Rahmen maß etwa sechzig Zentimeter in der Höhe und gut vierzig in der Breite. Es zeigte zwei dunkelhäutige Männer, die in der Wüste vor einer Akazie standen, über ihnen ein saphirblauer Himmel. Einer war in weiße Leinengewänder gehüllt, der andere hatte ein Tierfell um Schulter und Taille geschlungen. Beide trugen eine seltsame Haartracht, hielten lange Stäbe und starrten den Betrachter durchdringend an. Toby ließ seinen Blick von dem Bild zu Anna wandern. Sie war so weiß wie ein Leintuch geworden.

»Das sind sie«, flüsterte sie. »Genau wie ich sie gesehen habe.«

»Genug. Das reicht jetzt.« Toby zog sie fort. »Komm. Zurück zum Feuer.« Er machte das Licht aus und schloss die Tür hinter ihnen.

»Warum habe ich es vorher nie gesehen?« Sie schüttelte den Kopf. »Ich war hundertmal in diesem Raum. Habe die Gefriertruhe aufgemacht, Sachen vom Regal geholt. Seit meiner Kindheit!«

»Vielleicht war es gar nicht da. Oder vielleicht hast du es nicht bemerkt, weil es halb verdeckt war. Schließlich hat es damals keine Bedeutung für dich gehabt.« Er folgte ihr durch den Flur zurück zum Wohnzimmer.

Phyllis saß auf einem Kissen auf dem Teppich vor dem Feuer, neben sich die offene Kiste. Derweil hatte die Katze den Sessel ganz übernommen. Phyllis sah auf, als sie hereinkamen. »Habt ihr es gesehen?«

»Seit wann hängt es da?« Anna ging neben ihrer Großtante auf die Knie.

»Ach, meine Liebe, das weiß ich nicht. Dreißig Jahre? Ich weiß nicht mehr, wann wir es dorthin gehängt haben. Es war mir immer unheimlich, deshalb habe ich es einfach eines Tages außer Sichtweite gebracht.«

»Und warum habe ich es nie zuvor gesehen?«

»Das hast du sicher. Du hast es nur einfach nicht bemerkt.«

»Aber verstehst du denn nicht? Wenn ich es gesehen hätte, hätte ich sie wiedererkannt. Ich hätte gewusst, wer sie sind.« Sie hockte auf den Fersen, den Kopf in den Händen.

Toby setzte sich neben sie. »Anna, unglaublich viele Menschen bringen es fertig, jeden Tag etwas zu sehen und es doch nicht wahrzunehmen«, sagte er behutsam. »Vor allem, wenn es dich nicht interessiert hat. Schließlich hattest du ja keinen Grund, es zu beachten. Es hatte für dich keine Bedeutung, bevor du in Ägypten warst.«

»Außer ich habe es bemerkt und in meinem Gedächtnis vergraben wie einen verborgenen Albtraum, der dann später wiederkommt. Die Reise nach Ägypten hat die Erinnerung dann unterschwellig zurückgeholt. Wie nennt man das? Verdrängte Erinnerung? Vielleicht habe ich mir alles nur ausgedacht. Die ganze Sache aus meiner Einbildung erschaffen.« Sie sah die beiden anderen voller Hoffnung an.

Phyllis zuckte mit den Schultern. »Ich habe die frühen Briefe gefunden«, warf sie ruhig ein. Sie hielt ihr einige mit weißem Klebestreifen zusammengehaltene Umschläge hin. »Schau mal nach, ob etwas Interessantes dabei ist.«

Mit zitternden Händen zog Anna den ersten Brief aus dem Umschlag. Sie las ihn in aller Ruhe durch und gab ihn mit einem Lächeln an Phyllis weiter. »Das sind sehr frühe Briefe. In diesem geht dein Großvater noch zur Schule.«

Sie machte den nächsten auf und dann noch einen. Langsam wich die Spannung von ihr, während sie in die harmlosen Alltagsprobleme einer viktorianischen Familie eintauchte. Zehn Minuten später stieß sie einen überraschten Ruf aus. »Nein! O Gott, hört zu! Dieser Brief ist von 1873. Er ist von John. Das ist Louisas jüngerer Sohn. ›Lieber David. Es geht Mutter wieder nicht gut. Ich habe den Doktor geholt, aber er hat keine Ahnung, was ihr fehlt. Er hat ihr Bettruhe verordnet und uns aufgetragen, dass sie es ruhig und warm haben soll. Auf ihre Bitte hin ging ich ins Studio, um ihr ein Skizzenbuch zu holen. Ich hatte die Hoffnung, dass das Zeichnen sie ruhig im Bett halten würde. Stell dir mein Erstaunen vor, als mir dort eine große Schlange entgegenkam! Ich wusste überhaupt nicht, was ich tun sollte. Ich schlug die Tür zu und rief Norton.‹« Sie blickte auf. »Wer war Norton? ›Wir gingen mit aller

Vorsicht hinein, fanden aber nichts. Sie muss durchs offene Fenster auf die Straße hinausgekommen sein! Sicher ist sie aus dem Zoologischen Garten entkommen.‹« Anna ließ den Brief sinken und starrte ins Feuer. »Die Schlange ist nach England gekommen«, sagte sie entmutigt. »Sie ist der Flasche gefolgt.«

»Schreibt er noch mehr?« Toby runzelte die Stirn. »›Wir haben Mutter nichts davon erzählt, um sie nicht aufzuregen.‹« Sie ließ ein kurzes Lachen hören. »Wie klug!« Sie blätterte durch weitere Briefe. »Nein, sonst nichts. Diese sind aus Cambridge. Dann die Armee. Das Zuhause wird nicht erwähnt. Nein, warte.« Aufgeregt hielt sie einen anderen Brief hoch. »Das ist Louisas Handschrift.« Ehrfürchtig faltete sie die Blätter auf und bemerkte, dass sie einen Kloß im Hals hatte. Es war, als entdeckte sie eine alte Freundin.

Ein langes Schweigen folgte, während sie die Seiten überflog. Als sie aufschaute, war ihr Gesicht verhärmt und angespannt. »Lies ihn.« Sie reichte Toby den Brief. »Lies ihn laut vor.«

»›Ich habe ein Bild meiner Verfolger gemalt, in der Hoffnung, sie aus meinem Kopf zu vertreiben. Sie suchen auch heute noch meine Träume heim, so viele Jahre nach meiner Reise nach Ägypten.‹ An wen schreibt sie diesen Brief?« Er sah auf.

»Er ist an Augusta adressiert. Die Forresters lebten damals in Hampshire. Vielleicht ist sie deshalb dorthin gezogen.« Sie fröstelte. Sie starrte ins Feuer und hielt die Knie umklammert. »Lies weiter.«

»›Letzte Nacht träumte ich von Hassan. Wie sehr ich ihn immer noch vermisse. Kein Tag vergeht, ohne dass er nicht irgendwo in meiner Erinnerung auftaucht. Aber ich fürchte seine beiden Begleiter in meinen Gedanken. Werden sie mir denn nie Ruhe gönnen? Sie bitten mich, die Flasche nach Ägypten zurückzubringen. Wenn ich bei Kräften wäre, würde ich das vielleicht tun. Vielleicht wird eines Tages einer meiner Söhne oder Enkel sie für mich hinbringen.« Toby brach ab, den Blick auf Anna gerichtet. »Das bist du. Ihre Ururenkelin. Du hast sie zurückgebracht.«

Sie nickte. »Aber irgendetwas ging schief. Ich wusste nicht, was ich tun sollte. Ich habe es nicht richtig gemacht.«

»Du hast die Flasche in Ägypten zurückgelassen.« Phyllis öffnete ein neues Briefbündel. »Darauf kam es an.«

»Und das Leben eines Mannes geopfert.«

»Nein, Anna. Dass Andy starb, als die Flasche im Nil landete, war reiner Zufall. Er war sturzbetrunken.« Toby faltete den Brief zusammen und steckte ihn in den Umschlag zurück. »Übrigens – obwohl das vielleicht kein Trost ist – habe ich inzwischen gelesen, dass es früher als großes Glück angesehen wurde, im Nil zu sterben, da man dann direkt von den Göttern aufgenommen wurde. Aber erinnere dich: Auf dem Boot gab es weder Priester noch Schlangen.«

»Wirklich nicht?« Anna lächelte still. »Der Priester von Sekhmet war in meinem Kopf, Toby.«

Phyllis setzte plötzlich eine fragende Miene auf. »Wir haben noch gar nicht über Sie geredet, Toby.« Geschickt wechselte sie das Thema. »Los, wir wollen alles wissen. Was machen Sie beruflich?«

Toby lächelte. Er setzte sich aufrecht hin und salutierte zum Spaß. »Leider bin ich ebenfalls Maler.« Er zuckte ratlos die Schultern. »Nicht so berühmt wie Louisa, aber ich hatte mehrere Ausstellungen und kann davon leben. Zudem habe ich das Glück, ein bisschen Geld geerbt zu haben, als mein Vater starb. Ich bin also sehr verwöhnt. Und ich bin Witwer.« Er zögerte, den Blick auf Anna gerichtet, dann schüttelte er den Kopf und fuhr fort: »Ich habe eine Mutter, leider weder Brüder noch Schwestern, aber einen Onkel am Konsulat in Kairo. Daher meine guten Kontakte dort. Ich arbeite weder für die CIA noch für die Mafia. Ich werde nicht polizeilich gesucht, wie offenbar unser armer verstorbener Freund Andy dachte. Ich habe ein Haus im schottischen Grenzland und noch eines in London, wo meine Mutter lebt. Meine Leidenschaft, zumindest bis vor kurzem, galt dem Reisen und dem Malen. Meistens bin ich allein unterwegs. Manchmal mache ich aber auch zum Spaß solche dummen Sachen wie eine Reise mit dem Orient Express oder eine Kreuzfahrt auf dem Nil. Ich habe mein Einkommen aufgebessert durch das Verfassen von zwei Reisebüchern, die beide recht gut ankamen.« Er grinste. »Sollte ich über unsere letzte Krreuzfahrt schreiben, dann würde das, fürchte ich, ein Roman werden und ich müsste mich als Krimiautor profilieren, sonst glaubt das kein Mensch.« Er zuckte die Achseln. »Das ist eigentlich alles. Ich möchte mich nur noch entschuldigen, dass ich Anna in Abu Simbel allein gelassen habe. Ich hatte nie die

Gelegenheit, zu erklären, was geschah und warum ich nicht da war, als sie mich brauchte.« Er schüttelte den Kopf. »Ich habe eine Freundin meiner Mutter getroffen, die an einer anderen Kreuzfahrt teilnahm. Sie war allein unterwegs, und kurz nachdem ich sie gesprochen hatte, wurde sie krank. Deshalb suchte mich die Touristenpolizei. Sie hat darum gebeten. Als ich endlich alles für sie in Ordnung gebracht hatte, war Anna schon mit dem Bus davongefahren.«

Anna lächelte. »Schon wieder in Schwierigkeiten, nur weil du nett zu Frauen warst. Das ist eine gute Ausrede. Ich vergebe dir.«

»Gut.« Phyllis kam mit einem Ächzen auf die Beine. »Also, meine Lieben. Ich denke, es ist Zeit für einen kräftigen Schluck. Wenn ihr wollt, könnt ihr die Briefe mitnehmen. Und das Bild.« Sie hielt inne. »Nein? Na schön. Dann bewahre ich wie bisher eure Priester tiefgefroren auf.« Sie lachte. An der Tür blieb sie stehen und drehte sich um. »Habe ich Ihnen das schon gesagt, Toby? Sie haben die Prüfung bestanden. Ich denke, Sie sind in Ordnung.«

Anna grinste. »Sie hat meinen Ex-Mann gehasst«, sagte sie leise. »Und fast alle meine alten Freunde; das ist also eine Ehre für dich.«

»Das freut mich.« Er trat vor und beugte sich, um ihr auf die Stirn zu küssen. »Aber das geht alles ein bisschen schnell, Anna. Ich mache keinen Heiratsantrag. Zumindest noch nicht ...«

»Und ich will nicht heiraten. Nie mehr!«, entgegnete sie scharf. »Ich bin eine unabhängige Frau, die eine Fotografenkarriere anstrebt. Vergiss das nicht.«

Er nickte.

»Aber verrate das nicht Phyllis. Noch nicht. Verdirb ihr das Vergnügen nicht.« Sie schaute hoch zu ihm und hob eine Augenbraue. »In Ordnung?«

»In Ordnung.« Er nickte. »Das ist mir recht so.«

***

Sie kamen sehr spät nach London zurück, aber im Souterrain des Hauses brannten noch die Lichter, als sie die Tür aufschlossen. Frances saß am Küchentisch und las. Sie schaute auf. »Habt ihr einen schönen Tag gehabt? Ihr müsst mir unbedingt alles erzählen. Aber zuerst …« Sie machte eine kleine Pause, in der beide die Falte zwischen ihren Augen sahen. Dann fuhr sie fort. »Ich war von Ihrem Tagebuch gefesselt, Anna. Ich habe mich den ganzen Tag kaum von der Stelle gerührt.« Sie streckte müde die Glieder. »Und dann muss ich Ihnen etwas Merkwürdiges erzählen. Ich weiß nicht, wie Sie es aufnehmen werden.«

Sie sah Toby zu, wie er die Kiste hereinbrachte und auf den Boden stellte. »Setzt euch beide hin.« Sie schloss das Tagebuch und starrte einige Sekunden vor sich hin auf die alte abgewetzte Tischplatte. Sie setzten sich, rechts und links von ihr, und wechselten einen betroffenen Blick, dann schauten sie sie erwartungsvoll an. Anna fühlte plötzlich innerlich ein bohrendes Unbehagen. Frances' attraktives Gesicht, das sonst so viel Ruhe ausstrahlte, war von Sorge gezeichnet.

»Der Schurke in dem Stück. Roger Carstairs. Wissen Sie, was mit ihm geschah?«

Anna zuckte die Achseln. »Er kam im Tagebuch nicht mehr vor, nachdem das Baby der Fieldings geboren war. Ich nehme an, er war seinerzeit ziemlich berühmt. Serena wusste etwas über ihn. Und selbst Toby hat von ihm gehört.«

Frances warf ihrem Sohn einen Blick zu und nickte. »Er war berühmt. Er verließ Ägypten im Jahre 1869 und reiste nach Indien und in den Fernen Osten. Er war etwa fünf Jahre fort, dann tauchte er in Paris wieder auf. Er lebte in der Nähe des Bois du Boulogne in einem weitläufigen alten Haus, das einmal einem französischen Herzog gehört hatte.«

Toby machte ein überraschtes Gesicht. »Woher weißt du das alles?«

Frances hob die Hand. »Er heiratete eine Französin, Claudette de Bonville, und hatte zwei Töchter. Eine von ihnen war die Großmutter meiner Mutter.«

Toby und Anna starrten sie in fassungslosem Schweigen an. »Sie stammen von Roger Carstairs ab?«, sagte Anna ungläubig.

»Leider ja.« Frances zuckte mit den Schultern. »Er hatte natürlich zwei Kinder aus erster Ehe. Sie blieben in Schottland. Der Ältere, James, erbte den Grafentitel, aber der starb dann aus, da weder James noch sein Bruder Kinder hatten.«

»Und was geschah mit Roger?« Anna starrte Toby an. Er schien genauso fassungslos wie sie.

»Er verschwand.« Frances zuckte mit den Schultern. »Das passt ziemlich gut. Man glaubte, er sei nach Ägypten zurückgekehrt. Ich habe heute Nachmittag die Familienpapiere und Aufzeichnungen durchgesehen. Nach fünf Jahren mit Claudette verließ er Frankreich unter undurchsichtigen Umständen und reiste nach Konstantinopel. Dann ging er nach Alexandria, wo er zwei Jahre blieb. Dann reiste er weiter. Soviel ich weiß, hat man nie wieder etwas von ihm gehört.«

Sie wandte sich Toby zu. »Bevor du fragst, warum du das alles nicht weißt – erstens hast du dich nie für Familiengeschichte interessiert und zweitens haben meine Eltern nicht geduldet, dass sein Name im Haus genannt wurde. Ich habe ihn völlig vergessen, bis sein Name in Louisas Tagebuch auftauchte. Claudette brachte die Kinder nach Schottland in dem Bestreben, Unterstützung durch seine Ländereien zu erhalten. Sie war mittellos, als er sie verließ. Die Brüder weigerten sich, ihr irgendetwas zu geben, so reiste sie in den Süden nach England, um Rogers Schwester zu besuchen. Die scheint eine freundliche Frau gewesen zu sein. Sie half ihnen, sich in England niederzulassen, und schließlich heirateten beide Mädchen Engländer.«

Anna starrte Toby schweigend an.

»Ich bin froh, dass du die Flasche über Bord geworfen hast.« Er hob eine Braue. »Sonst hättest du noch geglaubt, ich wollte sie mir unter den Nagel reißen!«

»Ich hoffe, du hast seine dunklen Kräfte nicht geerbt.« Anna zwang sich zu einem Lächeln. Sie schauderte.

»Nein, bestimmt nicht.« Er sah sie scharf an. »Außer dass ich Schlangen mag. Das hat dich jetzt durcheinander gebracht. Anna, das war vor mehr als hundert Jahren!«

»Ich weiß. Ich weiß, es ist ein seltsamer Zufall. Ich weiß, es ist nicht logisch. Ich habe nur einfach so lange in Louisas Kopf gelebt.« Sie schloss die Augen, sprachlos von dem Gefühl der Verzweiflung, das sie überkommen hatte.

»Es tut mir Leid. Vielleicht hätte ich es Ihnen nicht erzählen sollen.« Frances sah sie betroffen an. »Aber ich musste es tun. Ich wollte nicht, dass es zwischen uns irgendwelche Geheimnisse gibt. Ich dachte – ich hoffte –, es würde Sie interessieren. Es gibt Ihrer Geschichte so eine eigenartige neue Wendung.«

Anna stand auf. Sie ging hinüber zu dem kleinen Rattansofa unter dem Fenster und ließ sich darauf fallen. »Serena sagt, es gibt keine Zufälle.«

Toby warf seiner Mutter einen Blick zu. »Wenn es so ist, dann ist dies vielleicht unsere Chance zur Sühne. Vielleicht ist es mein Karma, das Unglück wieder gutzumachen, das er Louisa brachte.«

»Und die anderen schlimmen Dinge, die er beging?« Anna umschlang sich mit den Armen gegen die Kälte, die hier in der warmen Küche an ihr hochkroch. Sie zitterte.

»Bei vielen Leuten haben die Vorfahren schlimme Dinge angestellt, meine Liebe«, warf Frances leise ein. »In der Geschichte muss auch Raum für Vergebung sein. Das lehrt uns Christus. Und mag auch Roger Carstairs ein böser Mensch gewesen sein, so war doch mein Großvater, der auch, vergessen Sie das nicht, Tobys Vorfahr war, Pfarrer in einem Dorf in den Midlands, ein viel geliebter und hoch angesehener Mann, der unendlich viel Gutes in der Welt getan hat. Es fiel ihm schwer, mit der Erinnerung an seinen Großvater leben zu müssen. Er betete täglich für seine Seele, so erzählte man uns jedenfalls. So ist ein Gleichgewicht hergestellt. Unser Blut ist nicht ganz und gar befleckt.« Sie stand auf und lächelte müde. »Wenn ihr mich jetzt entschuldigen wollt, es ist sehr spät. Ich gehe zu Bett. Gute Nacht, meine Lieben.«

Toby und Anna sahen ihr schweigend nach. Toby war der Erste, der sprach, als die Tür hinter ihr zufiel. »Nun, das war ja ein ziemlicher Schlag ins Kontor. Unter all den Geschichten aus meiner Vergangenheit, von denen ich glaubte, ich müsste sie dir eines Tages erklären und mich herausreden, war die Abstammung von Roger Carstairs nicht dabei.« Er stand auf, ging zum Schrank unter der Arbeitsplatte und holte eine Flasche Whisky heraus. »Jetzt brauche ich etwas Stärkeres als heiße Schokolade. Magst du auch einen?« Er nahm zwei Gläser vom Regal über der Spüle. »Mutter hat natürlich Recht. Es spielt keine Rolle.« Er goss einen großen Schluck Whisky in jedes Glas und reichte ihr eines. »Nein, ich wollte nicht sagen, dass es keine Rolle spielt. Natürlich spielt es eine. Aber es hat nichts mit uns zu tun. Das ist doch so, oder?«

Anna schüttelte langsam den Kopf. »Natürlich nicht. Es ist nur so, dass im Augenblick der Gedanke an ihn sehr stark in meinem Kopf nachklingt. Es ist alles eng verknüpft mit der Furcht und dem Schmerz, den ich empfand. Es ist verknüpft mit dem Tod zweier Männer, die vor dreitausend Jahren gelebt haben. Es ist verknüpft mit Serena und Charley. Mit allem.« Sie stellte das Glas ab, ohne getrunken zu haben, und legte den Kopf in die Hände.

»Es war also kein schöner Urlaub?« Toby sah sie fragend an.

Sie musste lachen. »Nein, es war kein schöner Urlaub! Obwohl er unvergesslich war. Ich habe auch wunderbare Dinge gesehen und wunderbare Menschen getroffen.«

»Ich wollte, ich gehörte zu ihnen.«

Ein paar Sekunden musterte sie sein Gesicht. »Du gehörst dazu.«

»Obwohl du mich im Augenblick in einem schwarzen Mantel siehst, mit spitzem Hut und Tod bringendem Zauberstab, mit einem Korb voller Hausschlangen, die auf meinen Befehl töten?«

»Obwohl ich all dieses sehe!« Sie stand auf. »Ich gehe zu Bett, Toby. Ich nehme mein Glas mit. Es war ein anstrengender Tag, die Fahrt nach Suffolk und alles andere.«

»In Ordnung. Vielleicht können wir uns morgen noch mehr Briefe anschauen?« Er wies mit dem Kopf auf die Kiste.

»Vielleicht.« Sie ging zur Tür, dann wandte sie sich um. »Toby, ich möchte morgen nach Hause. Deine Mutter ist unglaublich lieb und gastfreundlich gewesen, aber es geht mir wieder gut. Ich möchte gern in meinen eigenen vier Wänden sein. Das verstehst du doch?«

»Natürlich.« Er konnte die Enttäuschung auf seinem Gesicht nicht verbergen.

»Es ist nicht wegen Carstairs. Ich muss die Fäden meines Lebens wieder aufnehmen.«

Er nickte. »Werde ich Teil dieses Lebens sein?«

Sie zögerte. »Ich glaube ja, ziemlich sicher, wenn du das willst. Aber ich brauche Zeit. Es ist einfach zu viel passiert.«

»Natürlich. Du sollst so viel Zeit haben, wie du brauchst.« Er stand auf, um die Tür für sie zu öffnen. Als sie an ihm vorbeiging, beugte er sich zu ihr und küsste sie auf die Wange. »Dass ich dich getroffen habe, war das Beste, was mir seit langer Zeit passiert ist, Anna.«

Sie lächelte. »Das freut mich.«

Erst nachdem sie gegangen war, wurde ihm klar, dass sie nicht gesagt hatte, dass es ihr mit ihm genauso erging.

Ihr kleines Schlafzimmer unter dem Dach war sehr beruhigend im Licht der Nachttischlampe mit dem Blumenmusterschirm. Sie streifte die Schuhe ab und schaute sich um, während sie von ihrem Whisky nippte. Hier fühlte sie sich sicher. Hier wurde sie ernährt und versorgt auf eine Weise, wie sie es schon lange nicht mehr erlebt hatte, seit ihrer Kindheit wohl nicht mehr. Sie mochte Frances sehr und vertraute ihr. Sie hatte Toby gern. Vielleicht liebte sie ihn sogar. Warum also war sie plötzlich so voll dunkler Ahnungen?

Sie ging zu der kleinen Kommode hinüber, die als Toilettentisch diente, und schaute in den Spiegel. Ihr Gesicht war hager und angespannt und sie war blass, das fand sie sogar selbst. Natürlich lag ihr Gesicht im Schatten, da das Licht von hinten kam.

Die Sonne war hervorgebrochen. Sie war jetzt so hell und schien zudem von der Seite her, sodass sie geblendet die Augen zusammenkneifen musste. Der Widerschein wurde etwas klarer. Sie konnte Klippen sehen; einen Vogel, der langsam über den Himmel flog; ein Palmenblatt, das ans Fenster pochte …

»Nein!« Sie wirbelte herum, sodass ihr Whiskyglas durch die Luft flog. Es traf die Ecke der Kommode und zersplitterte; der Whisky regnete auf Bürste und Make-up. Sie schloss die Augen und holte tief Atem. Als sie sie wieder öffnete, sah das Zimmer aus wie immer. Warm. Behütet. Sicher. Mit zitternden Händen sammelte sie das Glas auf und warf die Scherben in den Papierkorb. Sie wischte gerade den Whisky mit Papiertüchern auf, als es an die Tür klopfte. »Anna? Ist alles in Ordnung?«, rief Toby leise.

Sie biss sich auf die Lippe. Hinter ihren Lidern brannten die ersten Tränen. Schweigend ließ sie die zerknüllten Tücher fallen, ging zum Bett, legte sich hin und zog das Kissen über den Kopf.

»Anna? Schläfst du?« Nach einer Pause hörte sie, wie er die Treppe hinunterging. Und zehn Minuten später, wie er auf der stillen Straße den Wagen anließ und davonfuhr.

Als sie erwachte, war es draußen dunkel. Die Lampe brannte noch, das Kissen hielt sie fest in den Armen. Sie war vollständig angekleidet und das Zimmer roch scheußlich nach schalem Whisky. Stöhnend schleppte sie sich aus dem Bett und schaute auf die Uhr. Es war vier Uhr morgens. Sie zog sich aus und schlich hinunter zum Badezimmer, spülte die whiskygetränkten Tücher ab und ließ sich ein heißes Bad ein. Sie hoffte, das Geräusch des einlaufenden Wassers würde Frances nicht wecken, aber sie musste unbedingt den Gestank der Angst abwaschen, der an ihrer Haut haftete, die sandige Hitze, den elenden Wüstenschweiß, der in ihren Poren steckte. Sie lag lange da, den Blick auf die blassrosa Fliesen hinter den Wasserhähnen gerichtet, dann stieg sie endlich aus der Wanne und hüllte sich in ein Handtuch. Draußen auf dem Treppenabsatz vor dem Badezimmer war es ruhig, die Tür zu Frances' Schlafzimmer geschlossen. Oben öffnete sie das Fenster weit, ließ einen Schwall kalter Nachtluft herein, löschte dann endlich das Licht und schlüpfte ins Bett.

Es war nach zehn Uhr, als sie aufwachte. Sie zog sich schnell an und lief hinunter, fand das Haus aber leer. Im Souterrain lag ein Zettel auf dem Küchentisch: »Ich wollte Sie ausschlafen lassen. Bin zum Mittagessen zurück. F.«

Nachdenklich machte sie sich Kaffee. Dann ging sie hinauf ins Wohnzimmer im Erdgeschoss. Von Toby keine Spur. Keine Botschaft. Sie holte das Telefonbuch und fand Serenas Nummer.

»Ich habe so gehofft, dich zu erreichen. Ich wollte dir danken, dass du mich besucht hast.«

»Wie geht es dir?« Serenas Stimme klang fröhlich. Anna konnte im Hintergrund Musik hören. Sie erkannte die Erkennungsmelodie von *Classic FM* und dann die ersten Takte von Beethovens Sechster Symphonie.

»Serena, heute Nachmittag gehe ich nach Hause. Hast du Lust, mich dort zu besuchen? Ich gebe dir die Adresse.«

»Irgendetwas stimmt also noch nicht.« Serenas Stimma klang warm. Mitfühlend. Tröstlich.

»Ja.« Es gelang Anna, die Tränen hinunterzuschlucken. »Irgendetwas stimmt noch ganz und gar nicht.«

Toby und Frances kamen zur Mittagszeit zurück, mit Pastete, Käse, Brot und einer Flasche Merlot. Sie waren nicht überrascht, als sie Annas Koffer fertig gepackt in der Diele stehen sahen. »Ich fahre dich nach dem Essen heim.« Toby reichte ihr ein Glas Wein. »Wir werden dich vermissen.«

Sie lächelte. »Ich gehe ja nicht weit weg. Und ich hoffe, ihr werdet mich beide oft besuchen.« Sie hatte sich nicht klar gemacht, wie förmlich das klang. Sie wollte es eigentlich nicht so endgültig erscheinen lassen. Doch dann sah sie, wie Frances ihren Sohn anschaute. Er sah niedergeschlagen aus.

Er zwang sich zu einem Lächeln. »Du wirst es nicht schaffen, uns fernzuhalten«, sagte er. Das klang nicht sehr überzeugt.

Keiner der drei aß viel und kaum eine Stunde später fuhr er sie quer durch London, den Koffer im Kofferraum, Tasche, Kamera und Reiseführer auf dem Rücksitz.

Er fand einen Parkplatz gleich bei ihrer Haustür. »Jetzt übernimmt das Schicksal seinen Part«, sagte er voller Ironie. »Es hat beschlossen, dich eiligst in dein eigenes Leben zu entlassen.«

»Toby …«

»Nein.« Er hob die Hand. »Ich glaube fest an das Schicksal. Was kommt, kommt, und so weiter. Also los.« Er stieß seine Tür auf und ging zum Kofferraum.

Anna stieg aus, ging langsam auf ihre Haustür zu und ließ Toby mit dem Koffer nachkommen. Späte Schneeglöckchen und erste Krokusse wuchsen in dem kleinen Beet unter dem vorderen Fenster und Winterjasmin leuchtete gelb vor dem Londoner Ziegelstein. Im Blumenkasten steckten unordentliche Stiefmütterchen, ein untrügliches Zeichen dafür, dass ihre Besitzerin sich lange nicht um sie gekümmert hatte.

Sie suchte nach den Schlüsseln. »Dies ist kein Lebewohl, Toby.« Sie wandte sich auf den Stufen um und sah ihm ins Gesicht. »Da ist so manches, das ich für mich selbst klären muss.« Sie nahm seine Hände. »Bitte, sei da, wenn ich dich brauche.«

»Das bin ich, das weißt du.«

Sie umarmte ihn und küsste ihn auf die Lippen. Dann drehte sie sich um, trug den Koffer selbst hinein und schloss die Tür hinter sich.

Er starrte die Tür einige Augenblicke mit blinden Augen an, dann wandte er sich ab.

Auf der anderen Seite der Tür stand auch Anna zunächst still. Sie ließ den Koffer und die Taschen fallen und holte tief Atem, während sie versuchte, die Tränen zurückzuhalten. Es war wieder da. Das Sonnenlicht hinter den Augen. In der engen Diele eines Reihenhauses in West London konnte sie die Hitze der Wüstensonne auf ihrem Gesicht spüren und den aromatisch wehenden Rauch des *Kyphi* riechen, des Weihrauchs der Götter.

Sie biss sich auf die Lippe und warf einen Blick auf die Uhr. Bald würde Serena kommen. Vielleicht würden sie es zusammen schaffen, diesen Eindringling in ihrem Kopf für immer zu vertreiben.

Sie bückte sich, um ein paar Briefe vom Boden aufzuheben. Es war ein kleines Päckchen dabei. Sie warf die Briefe auf den Beistelltisch und starrte das Päckchen an. Es hatte ägyptische Briefmarken. Sie drehte es in den Händen hin und her, nahm es dann mit ins Wohnzimmer und riss es auf. Es enthielt einen maschinengeschriebenen Brief und ein kleineres wattiertes Päckchen.

Der Brief kam von der Polizeiwache in Luxor.

> Beiliegender Gegenstand wurde in der Hand des Verstorbenen, Mr. Andrew Watson, gefunden, als sein Leichnam aus dem Nil geborgen wurde. Später wurde festgestellt, dass genannter Gegenstand Ihnen gehört und dass er ohne Genehmigung importiert worden war. Inzwischen steht zweifelsfrei fest, dass Sie die Eigentümerin sind … Ich schicke ihn hiermit zurück … bitte bestätigen Sie den Empfang desselben …

»Nein.« Sie schüttelte den Kopf. »Nein. Bitte nicht.«

Sie legte das kleine Päckchen auf den Tisch und starrte es an. Dann wandte sie sich um und rannte zur Haustür.

»Toby!«

Verzweifelt rüttelte sie am Schloss und riss die Tür auf. »Toby, warte!«

Sein Wagen fuhr gerade vom Bordstein weg.

»Toby!«

Sie rannte zum Tor, aber er war, nachdem er mit erhobener Hand dem Autofahrer gedankt hatte, der ihn in den Verkehrsstrom einscheren ließ, davongefahren. Zu ihr hatte er nicht mehr zurückgeschaut.

»Toby!«

Sie stand da, sah ihm nach und fühlte sich so verloren und verschreckt wie noch nie in ihrem Leben. »Toby, komm zurück. Bitte. Ich brauche dich!«

Sie ließ die Hand sinken und ging dann langsam zum Haus zurück.

Während sie die Stufen hinaufging, konnte sie bereits von fernher über den Sand das Singen hören, den *Kyphi* riechen, die Hitze des Sonnengottes Ra spüren, wie er über den Horizont stieg.

Bei der Ampel in Notting Hill Gate runzelte Toby die Stirn. Er trommelte mit den Fingern aufs Steuerrad. Sein Kopf war voll von merkwürdigen Klängen, Klängen, die er nie zuvor gehört hatte: das klagende Singen ferner Stimmen, von einer Harfe als Echo zurückgeworfen, und etwas, das wie die tiefen, schwermütigen Töne einer Oboe klang, die über eine weite Entfernung herüberschwebten.

Verwirrt schüttelte er den Kopf.

Toby!

Der Ruf kam aus weiter Ferne.

Toby, komm zurück! Bitte!

Das war Annas Stimme.

Er schreckte hoch, als der Wagen hinter ihm ärgerlich hupte. Die Ampel hatte umgeschaltet, ohne dass er es bemerkt hatte. Er starrte benommen in den Spiegel, dann traf er einen plötzlichen Entschluss. Er drehte das Steuer ganz herum und wendete den Wagen unter zornigem Reifenquietschen.

Sekunden später raste er zurück zu ihrem Haus.

»Anna! Anna?« Er ließ den Wagen, mit offener Tür und laufendem Motor, mitten auf der Straße stehen.

»Anna! Mach die Tür auf!« Er rannte den Weg hoch und schlug mit den Fäusten an die Tür. Mit einem leichten Klicken schwang die Tür auf. Anna hatte sie nicht richtig zugemacht, als sie ins Haus zurückgegangen war.

»Anna?« Toby starrte hinein. »Wo bist du?«

Die Diele war verlassen, die Wohnzimmertür angelehnt. Er stieß sie auf und stürzte ins Zimmer.

»Anna!« Er schlitterte, bis er zum Stehen kam.

Das Zimmer roch nach Ägypten. Nach Hitze und Sand und exotischem Weihrauch.

Der Schatten umgab sie vollständig.

»Anna, wehre dich, Liebling! Ich lasse es nicht zu, dass er dich besitzt. Anna, sieh mich an! Ich liebe dich!«

Er ergriff ihre Hände und wirbelte sie herum, sodass sie ihn ansah. »Anna!«

Sie blinzelte und zog die Stirn kraus. »Toby?«

»Ich bin hier, Liebling. Es ist alles in Ordnung.«

Sie kam zu ihm zurück. Der Schatten wurde schwächer.

Er schloss sie in die Arme und küsste sie auf die Stirn.

»Sie ist zurückgekommen, Toby«, stammelte sie. »Die Flasche. Louisa konnte sie nicht loswerden und ich kann es auch nicht. Ich habe sie in den Nil geworfen, aber Andy hat sie aufgefangen!« Schluchzend warf sie einen Blick auf den Tisch, wo die kleine Flasche zwischen dem Verpackungsmaterial auf der polierten Mahagoniplatte stand. »Ich werde nie mehr frei sein.«

Er betrachtete sie nachdenklich. »Es gibt vieles, was wir tun können, Anna. Wir können sie dem Britischen Museum schenken. Wir können sie nach Ägypten zurückschicken. Wir können sie in die Themse werfen. Aber was immer geschieht, wir stellen uns dieser Sache gemeinsam.«

Sie blickte zu ihm auf. »Meinst du das wirklich?«

»Ja. Du bist nicht allein. Du wirst nie mehr allein sein, außer du möchtest das, und du wirst von Anhotep und Hatsek befreit werden. Das verspreche ich.«

Als er sie küsste, entdeckte er auf dem glänzenden Holz des Tisches, zwischen dem Packpapier verstreut, Stücke von getrocknetem Harz. Und er konnte den widerwärtigen Gestank riechen. Während er hinschaute, zeigte sich noch mehr davon auf dem Teppich zu ihren Füßen.

Anna sah zu ihm auf. »Serena kommt gleich her«, murmelte sie. »Sie wird uns helfen. Das weiß ich ganz genau.«

Toby umarmte sie fester. »Ganz bestimmt. Und vergiss nicht, ich habe das Blut von Roger Carstairs und meinem geistlichen

Urgroßvater in den Adern. Das ist auf jeden Fall ein Vorteil bei diesem spirituellen Eiertanz.«

Er erwiderte ihren Blick mit einem Lächeln. »Nur Mut, mein Liebling, ihre vereinten Schatten haben mich auf eine Idee gebracht. Wenn ich mich mit einem großen Hammer in der Hand über diese Flasche stelle, dann könnte es doch sein, dass die Priester des Alten Ägypten zur Abwechslung endlich mal auf das hören, was wir ihnen zu sagen haben.«

Die Göttin Isis ist mit dir und sie verlässt dich nie;
deine Feinde werden dich nicht stürzen …

Die Diener der Götter mögen in Frieden ruhen …

Nachwort der Autorin

Wie es wohl vielen Menschen ergeht, waren auch meine Erwartungen an Ägypten so gewaltig, dass ich mich, so könnte man sagen, fast sträubte, hinzufahren. Angenommen, es wäre gar nicht so wunderbar, wie ich es erhoffte? Angenommen, die Reise würde ein Fehlschlag, und alle meine Träume und Fantasien wären zunichte? Ich muss mich bei Carole Blank bedanken, sowohl für die Anregung, dieses Abenteuer zu wagen – für beide von uns zum ersten Mal – als auch dafür, dass sie anschließend auf der Reise eine so wunderbare Begleiterin war; es war ein so schönes Erlebnis!

Das Boot, in dem wir von Luxor nach Assuan segelten, war dem *Weißen Reiher* sehr ähnlich, obwohl zum Glück nichts Unheimliches passierte, während wir an Bord waren – und doch sah ich im Salon einen Geist! Vielleicht kam ich so auf die Idee, dass Geister auf Kreuzfahrt gehen können!

Zehn Minuten, nachdem wir vom Flughafen zum Zentrum von Luxor aufgebrochen waren, wusste ich, dass ich einen ägyptischen Roman schreiben würde. Ich war verzaubert und von da an war Ägypten all das, was ich erwartet hatte, und noch mehr. Die Atmosphäre, die Geschichte und die Erinnerungen, alles war da und zu entdecken, wenn man danach suchte, trotz der Menschenmengen.

Ich besaß schon viele Bücher über Ägypten und kaufte noch mehr dazu. Die größte Hilfe bei den viktorianischen Abschnitten dieser Geschichte waren jedoch die Berichte zweier unerschrockener Frauen, denen Louisa nachgebildet ist. Ich empfehle jedem, der sich für die ägyptische Geschichte des neunzehnten Jahrhunderts interessiert, *Letters from Egypt* (Briefe aus Ägypten) von Lucie Duff Gordon und *A Thousend Miles up the Nile* (Tausend Meilen nilaufwärts) von Amelia Edward. Und selbstverständlich sollte kein Mensch durchs Leben gehen, ohne die wunderbaren magischen Lithographien von David Roberts gesehen zu haben.

Rachel Hore und Lucy Ferguson waren mir dabei behilflich, beim Redigieren des Manuskripts wieder auf den Boden der Tatsachen zurückzukommen – wie immer meinen aufrichtigen Dank an die beiden. Meine Reise war so kurz und so voller Erlebnisse, dass meine Erinnerung durchaus manchmal fehlerhaft sein kann. In diesem Fall ist das allein meine Schuld.

Ich habe in Philae der Isis ein Opfer dargebracht. Wie eine Münze in der Fontana di Trevi wird auch dieses Opfer dazu verhelfen, dass ich eines Tages nach Ägypten zurückkehren werde. Das hoffe ich jedenfalls.